河图

河图

常芳 著

江苏凤凰文艺出版社

图书在版编目（CIP）数据

河图 / 常芳著. —南京：江苏凤凰文艺出版社，2023.1
ISBN 978-7-5594-6782-9

Ⅰ.①河… Ⅱ.①常… Ⅲ.①长篇小说-中国-当代 Ⅳ.①I247.5

中国版本图书馆 CIP 数据核字（2022）第 068538 号

河图

常芳 著

出 版 人	张在健
责任编辑	李 黎 唐 婧
责任印制	刘 巍
出版发行	江苏凤凰文艺出版社
	南京市中央路 165 号，邮编：210009
网 址	http://www.jswenyi.com
印 刷	苏州市越洋印刷有限公司
开 本	880 毫米×1230 毫米 1/32
印 张	20.125
字 数	470 千字
版 次	2023 年 1 月第 1 版
印 次	2023 年 1 月第 1 次印刷
书 号	ISBN 978-7-5594-6782-9
定 价	88.00 元

江苏凤凰文艺版图书凡印刷、装订错误，可向出版社调换，联系电话 025-83280257

目 录

第 一 章　偏方 …………………………………… 001
第 二 章　黄昏 …………………………………… 011
第 三 章　独立 …………………………………… 031
第 四 章　世界 …………………………………… 047
第 五 章　魂灵 …………………………………… 065
第 六 章　鱼眼 …………………………………… 076
第 七 章　合唱 …………………………………… 089
第 八 章　东方 …………………………………… 115
第 九 章　北极 …………………………………… 129
第 十 章　议员 …………………………………… 140
第十一章　鹅笼 …………………………………… 158
第十二章　马戏 …………………………………… 171
第十三章　宵禁 …………………………………… 188
第十四章　水泥 …………………………………… 210
第十五章　兄弟 …………………………………… 231
第十六章　河岸 …………………………………… 250
第十七章　年画 …………………………………… 268

第十八章	咖啡	282
第十九章	占卜	302
第二十章	布告	321
第二十一章	织女	339
第二十二章	天桥	354
第二十三章	面包	363
第二十四章	溺水	381
第二十五章	昔日	389
第二十六章	王室	420
第二十七章	糖果	438
第二十八章	杂种	456
第二十九章	莲花	474
第三十章	零落	488
第三十一章	月光	507
第三十二章	淤泥	523
第三十三章	呼吸	539
第三十四章	谣言	548
第三十五章	鬼皮	565
第三十六章	棺木	575
第三十七章	长夜	584
第三十八章	阴阳	598
第三十九章	玫瑰	605
第四十章	寂静	615
第四十一章	泺口	621
第四十二章	中国	636

第一章 偏 方

那列拼命游动的火车，奋力吼叫了起来。尽管隔着好几里地，它的声音，还是有一百头驴子的嘶叫声那么高亢。好像，它们，那些驴子的叫声，和那股子白色气体，都要钻过云彩眼，溜进天宫去。在牲口市里，时常就会出现这种情形，一头驴子叫起来，它周边所有的牲口，都会跟着没命地叫唤。还有那些滚圆的火车轮子也是一样。每回听见它们"咣当咣当"地叫嚣着，啃咬钢铁轨道的声音，周约瑟就知道，它们也在梦想攀着车头上那股白色粗气拧成的绳子，以及那一百头驴子的叫声，飘到天宫的大门口去，试着碰上点什么好运气。

隔上些日子，也许一个七天，也许两个七天，那位已经老迈的苏利士，就会给他重新描述一遍"天上那个充满喜悦和欢乐的园子"。他猜疑着，这个长长的铁家伙，准是从哪个乘坐它的妇人嘴里听到过，天上那个园子，也就是涞口人说的天宫里，有的是想偷吃苹果和蟠桃的仙女。"万物都有灵性。"以前，苏利士每回给他父亲说到那个仙境里的"伊甸园"，说到园子里的苹果树，引诱人类先祖偷吃苹果的那条四脚蛇，他父亲都会满脸笑着，用这句话回答宣教士。第一次这样回答苏利士时，他父亲还低下头瞅他一眼，摸着他的头顶，悄声告诉他，那个花果园子肯定是住着玉皇大帝和王母娘娘的天宫。"这是西洋人的叫法。"他父亲低头笑着，说那个仙境里的天使，就是天宫里的仙女。

周约瑟张开耳朵，继续听着那一百头驴子比它们发起情想配种时，还要卖力的叫声。"天上一日，世上百年。"他父亲在给人讲天宫里那些仙女偷着下凡到人间的故事时，开头总是先说上这么一句。人喜欢做天宫里的美梦，牲口们兴许也会做着那种好梦。自然，这事只有造人造物那位老天爷才会明白，他有没有把赐予人做梦的能力，同时赐给了这些牲口？周约瑟继续想着牲口市里那些叫驴，估摸着那些嘶叫起来的驴子，也是想让住在天宫里的君王和来往办差的天使，各路神仙跟仙女们，都因为听见它们浑身是力气的鸣唱，打心眼里怜悯起它们，然后在黑夜里扬几下鞭子，把天宫里成群的俊俏母驴，轰赶到它们的睡梦中去。

对于火车头上喷出的那股子白色气体，起初，泺口有三分之二的人，都在暗自畏惧着它。他们形容它是"邪魔嘴里喷出来的妖气"。有人甚至四处传播，说这些倒霉的白色雾气，不管飘到什么地方，也不管是什么人或是鸟兽，但凡碰到了它，哪怕是不小心被它沾染到一缕毛发，也会造成脉搏沉陷，神经错乱，变得像鱼一样喜欢往水底下钻。

那段时间，包括周约瑟在内，泺口差不多有一半的男人，每过上两天，就会提醒一遍他们的老婆：不管出于什么样的心思，什么由头，都不要试图跑了去靠近"火车道"和它上面的"火车"，别管那些庞大的铁家伙是老老实实地趴在铁轨上睡觉做梦，还是中了咒语一般，喘着粗气，疯魔似的朝前奔跑。据说，在济南通了火车的最初三年里，仅泺口就有九名妇女，由于好奇心过重，偷偷地溜到火车跟前察看它们，或是鬼使神差地被两条黑黝黝的"铁路线"牵引着，企图去捡拾些从火车上落下的、她们从来没见过的神奇东西。结果，一不小心，就被那些气体舔舐了头发或眉毛。

不幸的是，那九个被邪气沾染后的女人，最后都脱光衣服，披散开头发，在某个青天白日里，一头扎进了波澜不惊的黄河水里。其中有个年轻女人，是住在运署街上一位陈姓盐商的宠妾。在黄河侵入大清河之前和那之后，她的丈夫一家，都是泺口最富有的三大盐商家族之一。为此，差不多全部泺口的人，男人女人和孩子们，甚至那些没白没黑地在街巷里出没的狗和猫，都认得她。那是个对两只蜻蜓两只蝴蝶飞舞着交配，都充满了极大兴趣的女人。她一直好奇着，那些月亮般盈圆闪亮的钢铁轮子，是怎么转动起来，驮着那么长的火车身子飞驰的。为此，她日夜缠着宠爱她的盐商丈夫，让他携带上她，到火车站里去看一看"睡着觉"的火车。而她藏在心里，没有告诉丈夫的另一个真实想法，是想去看看，那些"睡觉"的火车，是不是跟她和她的盐商丈夫睡觉时一样，要紧紧地和另一列火车搂抱在一起。

被丈夫带着，见到停靠在站台的火车后，因为没能看到搂在一起睡觉的火车，那位小妾很是失望。不过，她仰头瞅眼天上的太阳，便知道是自己来错了时辰。男人和女人搂在一起睡觉，还要避开天上的日头呢。她笑着扫一眼自己的盐商丈夫，忍不住又朝火车跟前走了几步。她想亲手摸一摸，那些放着寒光的火车轮子，是不是和她的肌肤一样光滑、细腻、柔嫩，让抚摸它们的人，像盐商抚摸她的身体时那样爱不释手。就在她小心翼翼地摩挲着它们，暗暗地惊叹"它们竟比她擦了香胰子的手还光滑"时，在她旁边停靠着的另一列火车，忽然吐出来一大团黏稠的白色气体，瞬间就把她和她的尖叫声吞噬进去，如一只厚重的蚕茧，紧紧地把她缠裹了起来……在见识到火车的当天傍晚，这个眉心长着颗朱砂痣的年轻小妾，就赤裸着身子跑出家门，钻进了泥沙俱下的黄河水里。那个时候，他们家从大海里开来的一条装满海盐的帆船，恰好经过了那里。

　　三天后，一群赤裸着身体的纤夫，在水边看到盐商这位小妾时，他们发现，她的肚子至少比钻进水里前，大了十三倍。但是，她在街上行走时，曾经迷倒过洑口无数男人的那张小脸，却比之前变得更加鲜艳和迷人，让他们每个人都想跪下去，跪在她披散开的头发边，在她荡漾着笑容的嘴唇上用力亲一口，再亲一口，再亲一口。就在他们相互瞅来瞅去，惊喜交加着，不知道该怎么办时，一件更加奇异的事情发生了——他们看见，她的脸在荡起来的水波里笑了一阵后，一条接一条的银白色小鱼，源源不断地从她的肚脐眼里钻了出来。它们钻了足足有一个时辰，以至于纤夫们拉的那艘船上运载的冰块，都已经融化掉了一小半。而最后钻出来的那条小银鱼，还用尾巴支撑着身体，在她迅速瘪下去的肚皮上蹦跳半天，眼睛里流淌着盐粒般亮闪闪的眼泪，嘴巴里发出了新生儿似的细细啼哭声。

　　醋园里，以前用来接待客商的那间屋子内，南海珠一直在注视着他的父亲——他长久地低着头，像摆弄婴儿般，摆弄着他的药壶，在细密的桑条火上熬制着壁虎汤。他的病时好时坏。不好的时候，他完全不知道自己是谁，当然更不认得南家花园里任何一个人。他称呼他的太太"王妃娘娘"，将他的儿子和孙子们称为"小王爷"，他的两个女儿，他则叫她们"郡主殿下"。就是到茅厕去，他也要骑上马，在园子里穿上一个来回，或是绕上两圈。但这会儿，这位一辈子没有进入过官场的老进士，却让人丝毫看不出，他有任何痴呆的症状。药壶里的水沸腾后，南海珠瞅着他，一个暂时从痴呆中逃脱出来的人，挑起那只在水花里翻滚沉浮的壁虎，翻来覆去地端详着。每次熬药，他都会这样挑起它们，来回观望着，像是要从它们身上翻找出某件丢失的东西。南海珠默默地给他计算着，吃下这条壁虎，这种神形与两个月大的人胎几无区别的东西，他就吃下了整整一百条。这是信奉洋教的车夫，那个整天往城里送醋，闲下来就翻晒醋糟的周约瑟，从隐遁在浊口一位老太医手里讨弄到的偏方。从怀里往外掏写着药方那张马粪纸时，周约瑟喜笑颜开，手抖得比汛期里流淌的黄河水都快。然后，他站在几位主子跟前，满面喜悦着，说那位老太医在皇宫里时，曾经用这个秘方，治愈了差不多一百个患有各种疑难杂症的妃子皇子和太监宫女。然后，他又擅自主张，用差不多一百个黑夜，在他那座院子下面，弄出了两间比屋子还阔大的地窖子，根据那位老太医传授的秘诀，在里面饲养起了壁虎。

　　弄来这张药方子前，这个车夫还弄来了一堆稀奇古怪的药方。

　　南海珠从来不相信这些鬼方子。他同意让老进士尝试这个车夫讨来的药方，是由于周约瑟说出来的太医和皇宫，首先让他母亲动了心。对皇宫和皇宫里的人，他从来都没想过，他和他们是生活在一个天底下，和他有一针一线的牵扯。官府里规定该纳那些名目比河里泥沙还繁多的捐税，包括鸡屎税马粪税烟雾税和雨雪税，他从没拖欠过毫厘。而这些捐税，他觉得，应该是他和那座皇宫唯一的一丝联络。他忘记了听什么人说过，皇宫里那位曾执意宣布跟洋人开战，后来又被洋人吓得逃出紫禁城的年老太后，被人抬进棺材前，嘴里还含了颗价值连城的夜明珠。那颗夜明珠,他想,倒是和他那些捐税还算有点牵扯。但是,那座皇宫,那位也许还需要人抱在怀里睡觉的小皇帝,皇宫里年老年少的娘娘和妃子们,这些他认为跟南家花园没有丝毫关系的字眼,还是让他母亲决定了,用她丈夫的半条性命,冒险和皇宫里那些人再牵扯一回。

他顺从了她。

他想满足她在这个世上的任何心愿。哪怕她那个心愿,包括他在内,没有一个人能够真正理解。当然,他也想让自己验证下,一个距离皇帝的宫殿千里遥远,和皇宫几乎没有过沾染的人,他们的骨头筋肉,是不是和住在皇宫里的人长得一样,可以和他们共用一张方子,来治愈那个不愿为家庭和朝廷效力的身体所患的疾病。假如折磨他父亲几年的痴呆症,能用这个从皇宫里流出来的方子治愈,那么住在皇宫里的人自作主张,曾经替他支付给洋人的一两带有一倍利息的银子,和用一群驴子拉着火车厢在铁轨上奔跑,这种连醋园里伙计都觉得荒唐可笑的事,他就可以完全把它们从脑子里抹掉,或者择出来,像周约瑟往河水里扔玻璃瓶子那样,一把丢到流淌的黄河水中央。

那条壁虎在滚动的水里翻转起伏着。

炉子内的火,已经弱了下去。南海珠瞅眼变弱的火苗,起身走到了门外。太阳漫不经心地西沉着。它投在远处河滩上的日光,已经没有了多少活力。所有的伙计们,都在那些晾晒的醋缸间忙碌着。赶在天黑透前,他们要给白日晒过的每口醋缸扣上顶苇笠盖子。那些戴上尖顶帽子的醋缸,仿佛一队队蹲伏在河边,蓄着跳跃之势的德国兵丁,厮杀声随时都会从它们的尖帽子下面冲出来,踏着河滩上细密潮湿的沙子,传到这条河上游五十里或是下游一百里远的地方去。

那颗已经发白的太阳从天上消失后,醋缸投下的一块块浅淡阴影,也会跟着消退进沙层里。这个季节,露水正在日渐减少。他知道,它们都在偷偷地准备着,去变成白霜。从河滩近前的沙子,到远处成片的杂树林子,以及河面上那座正在跨过水面的庞大铁路桥,因为缺少了露水的滋养,它们都在一天比一天干燥、冷硬,缺乏了某些柔和与温润。

从大地腹部钻出的一条蟒蛇——那列火车,正在快速地朝前游来。因为跑得太快,有些花费力气,它口里在喷出一团一团来不及散开的白色水汽;半截身体和尾巴,都要被蒸腾的雾气吞没了。

周约瑟手里握紧鞭子,飞快地在胸前画着十字,从那列火车上缩回目光,望向他眼前的两匹骡子。两头牲口,还有那辆马车,路上往来的行人,都在染上淡黄的日光里,变成了一帧薄薄的皮影。

他惶惶地仰起脸,瞅一眼头顶上的天空,又扭转身子,朝身后的天上望去。天空既没有变高,也没有变矮,还是早晨他到城里去时瞅见的那种灰蓝颜色;上面大朵云团,还是山羊奶的腥膻白色。日头也在它这会儿该待的那个地方。路两边的庄稼地也是一样,它们彼此相安无事地待在原地,安分守己着,没有哪一小块土地,私下里交换过位置;哪怕是像街头上喝多酒的酒鬼,趔趄着步子,摇摆着他们的手脚。

庄稼地没交换身份,但在他左手边,无边无际地铺向天边的麦子地里,他一眼就瞅见了那个魅惑人的东西:它像人一样两腿站立着,粗大的尾巴拖在身后,拱手抱住两只前爪,对着西天上那颗正欲坠落的日头,遥遥地朝拜着,黑黄的皮毛在天地间来回地俯仰。

周约瑟头脑里嗡嗡地响起来。这让他想起了母亲纺线时的纺车,在黑夜里飞速地转动。他正在那些"嗡嗡"声里惊慌不已,偏又瞅见那只野物缓缓地转过身子,依然在胸前抱住两只小爪子,遥遥地对着他拜了三拜。拜过后,它还咧开黝黑的嘴角,冲着他笑了笑。

都是那条蟒蛇,那个该死的撒旦,让眼前事物全都变了形状,让他看见了这只作祟的野物。"撒旦退后!"周约瑟大喝一声,迅速朝地面上吐三口唾沫。"再说一遍,我是天下最毒那只蜘蛛的儿子。打三岁起,每个三伏天里,我都要吞下她三七二十一个亲戚。"

跟母亲学会唱"东拜拜,西拜拜,出来日头我晒晒"那个夏日里,周约瑟亦牢牢地记住了,自己是只蜘蛛的儿子,他的亲娘是只毒蜘蛛。那时候,他父亲还没有遇见苏利士。每年里,春风一动,他就开始昼夜地咳嗽,整个伏天里,都要去城隍庙后面一座破院子里,找到一个头发像鸡窝的老神婆子,用银针将他十根手指关节内的青筋挑破,放水,"驱胎毒"。旁边道观里有位老道士,实在听不得他每回都哭到背过气去,便在一日里拦住他们父子,给了他父亲一剂治疗咳疾的验方:鸡蛋一个,凿孔,七只活儿蛛置内,面团糊口,与七只子时生全须蝗虫同煎,晨起空腹汤服。服三伏,连服三年。痊愈后终生不复咳疾。他母亲胆子虽小,却不惧蜘蛛蝗虫,唯疑心杀多蜘蛛招致祸殃。后遂心生一法,让他跪拜于屋角一只大蜘蛛面前,拜了那只蜘蛛为亲娘。谓有亲娘庇护,它那些亲戚们纵是夭折了子嗣,也不敢来对他兴风作浪。"忘了我是谁,也不能忘了你亲娘是只蜘蛛!"他母亲反复叮嘱说,天地万物,一根草木一块石头,亦跟人同命。所以,街市里同他一般体弱的小孩子,便有人是一块大石头的儿子,有人是一棵老槐树的闺女,还有人是只皮狐精的孩子。

万物都有自己的难处。这只黄鼠狼,是打算从他口里掏出句吉言,变成人形呢。周约瑟不肯坏掉一只野物的修行,又不愿它借了自己的口气。心里慌乱,他口里便急切地念出一长串"阿门"。他自小就从母亲那里知道,狐狸刺猬黄鼠狼长虫这类野物,阴差阳错间受了天地万物的精华,修炼得日月久了,一心想摆脱原形变成人样时,人在它们心目中就是神仙。"纵然修炼上百年千年,也要有人开口,如女娲娘娘造人时那般,金口玉言地说它们'像人'了,它们才算完全得到造化,脱去原形,变化成人。"他母亲说。

念完十遍"阿门",周约瑟定下心神,然后举起鞭子,用力朝半空中甩了两下。懊恼着自己头脑里一时犯浑,竟把那列没命朝前奔跑的火车,想成了一条罪恶的蟒蛇。蛇这个名字,是老神甫苏利士教给他们的。"蛇就是伊甸园里的 Satan,是个能跟 God 比肩,无所不能变化,最爱耍阴谋诡计的 Devil。"在一个耍蛇人身上缠条蟒蛇,从他们家门口经过时,苏利士盯住那条碗口粗的蟒蛇,一边在胸前画着十字,对他父亲说道。在那之前,他们一直都把它们叫做"长虫"。这是他们日常里所能见到的、身体最长的一种爬行类虫子。

两匹骡子,还有它们屁股后面拖着的马车,在鞭花划过天空后,都拼尽着气力,从那块透明的干驴皮里挣脱了出来。

车上货物装载得过多时,走累了,这两头牲口的鼻孔里,也会像火车那样,喷出一团一团白色热气。周约瑟抬起手掌抹下眼睛。他松口气,紧走两步,伸手在靠近他身体的那匹骡子背上摸了摸。那匹骡子,来回地甩动两下粗壮的尾巴,算是回应了他。

"再耐上点性子,伙计,前面就到歇脚的地点了。"他又在那匹骡子身上轻轻地拍打两下,提醒着它,最好先别松劲,别去动偷懒那个小心眼。

车夫周约瑟弄到的一些用大枣配伍治病的偏方:

1. 咒枣除百病的方子:咒曰"华表柱"。念七遍,望天罡取气一口,吹于大红枣。嚼吃,汤水下。七个为一服。所念华表柱,因华表柱乃鬼之祖名。

2. 夜卧禁魇的方子:凡卧时,以鞋一仰一俯置床下,鞋子内各放大红枣三个,无噩梦及魇,至人间鼎沸。

3. 治疗各种疼痛的方子:咒曰金木水火土,五行助力,六甲同威,天罡大神,收入枣心。枣入肠中,六腑安宁,万病俱息。用大红枣一枚,念咒一遍,吸罡气一口入枣中。男去尖,女去蒂,黄酒嚼下。

4. 治疗男女不生养的方子:南瓜腹内发芽瓜种十颗,大红枣五个,桃仁七枚去芽,红花一钱,静夜黄酒煎熬。鸡鸣前汤水同食。

5. 治疗困顿痴呆的方子之一:松针五钱,生桃花二钱,何首乌三钱,远志一钱,大红枣七颗,露水干松针煎服。

6. 治疗困顿痴呆的方子之二:成年壁虎一条,大红枣九颗,嫩桑条细火煎服。

第二章 黄　昏

　　接近黄昏时，验收完大坝门前新铺的青石路面，谷友之就让两个巡警结伴回了巡警局。他没有和他们一起回去，是因为他要急着赶回家，陪他的太太南明珠，到她的英国朋友马利亚家里去用晚餐。

　　大坝门是浉口通往河边所有码头的唯一通道，从城里往返运输货物的车马，在上下关渡口来往的客商，北上或是南下需要乘坐火车的乘客，扛活的苦力，船工，纤夫，游方的和尚，道士，神婆子，神女，每一个人的脚和每一匹牲口的蹄子，都要经过此地。所以，这条路总比别处的道路坏得更快，也更让谷友之伤脑筋。他的太太，一个在新式女学堂里读过几年书，能够嘀里嘟噜着讲英国话的女人，曾不止一次地劝说他："把修路和回收垃圾这类小事，完全交给你那些属下们去做吧。你只需要做好浉口的巡警局长，安静地待在巡警局里，听他们前来给你汇报事务就可以了。""你说得很对，我的局长太太。"谷友之每次都顺从地答应着他的妻子，但实际上，他却没有把其中任何一件这样的事情，放手交给其他人去做。

　　到浉口任巡警局长前，谷友之在武器、操练、军服和组织，甚至连茅厕都借鉴西洋人模式的新军第五镇里，已经从正目、左哨哨官，一路做到了管带。而那几年西式军营生活给他带来的最深影响，就是做任何事情都要一丝不苟，亲力亲为。他一直告诉别人，正是西式训练那种做事情的认真和严谨，才使跟随一位英国军事专员和马利亚，前去探访新军第五镇的南家大小姐南明珠，在第五镇的营房里一眼看上他，并在后来成了他的妻子。

离开新军第五镇，与南明珠结婚后，谷友之保持那种认真和严谨态度的表现之一，就是每周都会风雨无阻地到商埠那家德国犹太人霍夫曼开的面包房里，亲自为他的妻子挑回几个可口的面包。在去买面包时，如果天气晴好，心情和时间都允许，他偶尔也会答应或者邀请他的妻子，带上她一块前往。不过，在更多时候，他都愿意独自去把它们买回来。这样，一来可以节约时间，当然比节省时间更重要的一点是，他的妻子，总是会因为这些突然而至的面包，送给他一个西方女人那样的拥抱。他热爱她的那种拥抱。在买回面包，或是骑着马巡视的路上，看着那些迎面走来或是与他擦肩而过的男人，他时常会想，他妻子的那些拥抱，真是像德国人面包房里出售的新鲜面包，可不是随便一个什么样的男人，都能够品尝到那样珍贵和甜美的东西的。

两个巡警和负责修路的工头离开后，谷友之站在那里，又让目光朝街道两旁的店铺巡视一遍，对着干净的青石路面点点头。然后，他才走到一家杂货铺子门前，去牵他那匹白马。

"局长大人，路面修得这么平坦，连走在上面的牲口蹄子和车轱辘，都得在心里给您作揖了。"谷友之还没走到木质人行道跟前，那间杂货铺子的主人，来家祥，就已经满脸堆着笑，走出了他的铺子。

"中间的路是铺好了，你们各家铺子门前的木道，也该清理养护一下了。"

"您下完命令，回去睡上一觉，等您明天再来，就会看见苍蝇的腿脚在木道上打滑了。"

街道两边的木质人行道，是谷友之到泺口上任巡警局长后，仿效商埠里人行道模式铺设的。同样，他也学着商埠里的管理方法，把这些木质道路的日常保养维护，交给了街边各家铺子的店主。而商埠里铺设那些木质人行道，则是由于当时那位在上海做过道台的巡抚袁大人，来北方上任时，把他推行西方做派，"将上海变成了一座现代城市"的经验，一笔一画地带到了这里。

"那就好，"谷友之从那棵大榆树上解着马缰，"不管谁治理泺口，咱们每个人都得履行好自己那份职责。"

相对于洋人制造出来那种有着两个胶皮轮子，需要人用两条胳膊和双腿去控制的洋车，谷友之更喜欢手里握着缰绳，轻松愉快地骑在四个蹄子跑动的马背上。

"在泺口，谁敢不明白这一点！"

来家祥抱抱拳，看着谷友之和他那匹白马，一前一后离开了店铺前的空地。他站在那里，想象着，有一天，水鬼黄三冠能够将这位巡警局长变成条大鱼，装到鱼篓子里，被他那头瞎驴驮到城里去，成为哪户人家饭桌上的一道菜。

对谷友之擅自主张，将沿街店铺门前铺设成木质人行道这件事，来家祥一直觉得是种天大的铺张浪费，是一种"老天爷从云霄里瞅着也会生气，觉得不可饶恕的罪孽"。而他父亲，曾经就为了脚底掌那么大两块薄木片，在十五岁那年，丢掉了左手最小那根手指头。

那时候，那个十五岁的少年，被父亲送到城里面，在布政司街上一家棺材铺子里，跟着位性情古怪的老木匠学做棺材，刚做了半年学徒。一天，这位小徒弟在睡梦里突发奇想，想给自己终年没鞋子穿的一双赤脚，做双木底鞋子。醒来后，趁着师父一早出门吃酒席的空当，他偷偷地将两块废旧薄木板锯成鞋底，又拿鱼膘粘上去两根布条，为自己的两只脚做了双木底鞋子。那是他人生里第一次让自己的两只脚脱离地面，品尝到了鞋子的滋味。尽管在那之前，他跟着父亲在下关码头帮人扛东西时，曾在一位客人不小心摔开的箱子里，看见过一本名字叫《海国图志》的书，并在帮那位客人捡东西时，快速地在那本封面绘着漂亮图案的书上翻了两页。但可以肯定一点，那本书里虽然介绍了世界上很多个国家，里面也包括扶桑国，可他并没有看懂和记住世界上有扶桑那样一个地方存在，更不知道生活在那个国家里的人，常年穿着木屐。他给自己用木板锯成鞋底，做出一双木底鞋子，完全是他自己在梦里的奇思妙想。他趿拉着那双又新鲜又奇怪的木鞋，像拖着两块板结的大地那样走着，还没在到处堆积着木材的铺子里走完三圈，没让自己的两只脚和膝关节，完全适应那两块没有灰尘和褶皱的地面，就被吃完酒席回来的师父瞅见了。他师父看他两眼，一句话也没说。然后，这位师父走到全身僵住的徒弟跟前，温和地拉住他一只手，放到旁边那条用来刨木头的长凳上，又摸过削木头的一把手锛子，毫不吃力地，像蜻蜓点水那样，砍掉了他一根小指头。接下去，这个小学徒看着从他手上蹦跳着跑走的那节小手指，在他还没弄明白是怎么回事，疼痛也还没有从那条凳子上站立起来，满脸惊恐地搂抱住他之前，他就已经被师父逐出了木匠铺子。

后来，来家祥执意要开间棺材铺子的念头，就是从他父亲那根被人砍掉半截的小手指上萌生出来的。

从沿街店铺门前铺上木质人行道开始，来家祥便时常会梦到,他父亲那根被砍掉的小拇指,来回地在地面上跳来跳去。而且,他一直不相信,浉口会需要这样一位喜欢铺张浪费的狗屁巡警局长,就像他心里从来也没相信过,那个预言浉口会变成一座死城的风水先生,是义和拳的什么余党。

浉口边上的黄河那里,纤夫们的号子声,顺着北风远远地飘下来,断断续续,像是马上要睡着了,却被一根细小的鞭子抽醒过来;但只一会儿,又安静地睡了过去。

黄河上,德国人正在修建那座横跨河面的铁路大桥,还要等待上几个月,当然,也许需要一年,或是更长一些日子,才能让火车轰轰隆隆地从它架在半空中的身体上驶过,"将那条被分割在黄河两岸的铁路线,从南到北地贯穿起来"。这件事情,是帮德国人修桥那位"美国工程师"戴维先生,陪着他的太太马利亚到南家醋园里"视察"时,亲口给醋园里一帮伙计们说的。

"只要再耐心地等待几个月,最多一年时间,所有的旅客,就不需要在河的一岸下了车,乘船摆渡过横在他们面前的黄河水,再到另一岸的车站去,换乘另一列火车,抵达他们要去的南方或是北方了。"那个身体和鼻子都非常高大的美国人,总是喜欢挽着他太太细白的胳膊。那天,他终于放下了那位洋太太的"葱白"手腕,站在醋园一块空地上,对着那群在烈日下刚刚翻晒完醋缸的伙计,这样信誓旦旦地告诉他们。好像他面前那群刚才还弯着腰低着头,在日光下劳作的汉子,每个人都在急切地期盼着,他负责修建的那座横跨过黄河的铁路大桥,能够在他说话的当天就铺设好轨道,让吐着白色蒸汽的火车——那条巨大的蟒蛇,张开它足足能遮盖住二百里河面的巨大翅膀,席卷着风头,从黄河上空飞驰过去。

那是两个特别喜欢到醋园里"视察"的洋人。

"我们欢迎马利亚女士和戴维先生！欢迎他们到我们醋园里来视察！"

南家那位大小姐，南明珠，第一次带着两个洋人"视察"他们家的醋园时，她还没有嫁给谷友之。那位巡警局长也还没有来到泺口，成为泺口的巡警局长。而那座眼下正跨过黄河的铁路桥，在那时候，还没有竖起离河水最远的那根桥墩。

在他们"视察"醋园时，那位总是称呼自己"戴维先生"和"人类学家"的美国男人，不管正在干活或者歇息的伙计们是否欢迎，他都会走到他们面前，云里雾里，东拉西扯地给他们讲上一阵子"美国的故事"。接着，他就会让他们给他讲发生在他们家人中间那些生老病死的事情。他要求每位伙计讲一个家庭故事。"哪怕是你们的邻居们和他们家一条狗相互打闹的笑话，也可以讲给我听。"他搜肠刮肚地引诱着他们。最后，他们每个人家里一日三餐都在吃什么主食，吃什么菜蔬，多少日子吃一顿肉和鱼，洗一次澡；他们第一个小孩子多大长出了第一颗牙齿，出生后几个月第一次生病；多大不再喝母乳，断奶后每天在吃什么食物；孩子母亲用什么方式给婴儿断奶，断奶时母亲怎么忍受奶水饱胀带给她们的痛苦……这些树木都没心思听的事情，他却询问得不能再仔细，比观看一朵花从盛开到衰败的过程还有耐心。他还又认真又耐心地告诉那些伙计们，在他的家乡美国，一位黑人母亲和一位白人母亲，在准备给她们的孩子断奶时，她们会分别采取哪些方式，去阻止她们的乳房像奶牛那样，源源不断地生产奶水。当然，他也会耐心地回答那些伙计，什么是白人母亲，什么是黑人母亲，什么是奶牛。因为除了他和他的妻子，站在他们周围的人，包括那位大小姐和醋园里所有的伙计，他们从来也没有谁能明白，他说的白人母亲和黑人母亲的乳房有什么区别，她们奶汁的颜色是不是一样，奶牛头上长不长犄角。

在周约瑟眼里，这位戴维先生是个不算怎么正经的男人。他不单把小孩子们胡乱唱的"东拜拜，西拜拜，出来日头我晒晒"记到一个大本子上，就是窑子里唱的"十八摸"那种下流调子，他也会写在上面。"……八摸呀，摸到呀，大姐的胳肢窝。摸来摸去喜死我，好像喜鹊垒的窝……"他在陈芝麻怪声怪气的唱调里，走到几个年轻伙计跟前，不顾他们面红耳赤，询问着他们多大年龄娶的妻子。"一夜里，您会和妻子做爱几次？嗯，或是这样说，您和老婆，一夜里在牙床上会几次鸳鸯？""您有没有进过妓院，睡过婊子？"这位戴维先生挨个问着那些年轻伙计，完全不理会他们的窘迫和难堪。而"在牙床上会鸳鸯"，是陈芝麻刚刚唱给他听的。"四更鼓儿忙，二人上了牙床，牙床一上会呀嘛会鸳鸯……"陈芝麻斜靠在墙上，眯着眼睛，怀里搂抱着一袋子红米，边唱，一只手还在米袋子上来回地游走着。伍春水起身走过去，抬脚踹倒了那袋子红米，说他日猪操狗都不打紧，但鸡巴里那点脓水泡了红米，坏了南家醋的品性，他就只能等着被水鬼弄进黄河里，搂着条鱼精去走马行舟了。

戴维先生走到伍春水身边，拍拍他的肩膀，告诉他，人类的交欢是神圣的，绝不是件令人羞耻的事。早在五世纪之前和十四世纪，古印度和阿拉伯就有了《爱经》与《芬芳花园》。"那是专门指导和教授人性爱的经典书籍，教给男人女人们各样交欢技巧。至少比你们中国的'春宫图'，要详尽五千倍。"他看着伍春水，笑着。"我准备将你们每个人讲的事情，吃喝拉撒，生育和养育孩子的经历，男人女人的欢爱，一字不落地记录下来，编成本有趣的书，拿到美国去印刷。让那些没有机会到这里来，又渴望了解中国的美国人,尽可能多地知道,你们东方人的日常生活。"他说。

醋园里的伙计们,包括周约瑟,差不多人人都认为,站在他们面前的这个美国男人,脑筋里一定有毛病。除了探询猪都不听的闲事,追问众人脸热心跳的房事,和大伙说完一句话,他偶尔还会嘟噜上两句或是三句醋园里所有伙计都听不懂的"鬼话"。起初,那些伙计们甚至怀疑,这个洋鬼子为了让他们说出他想听的话,一直在对他们念什么奇怪的咒语。但大小姐南明珠告诉他们:"戴维先生和大家说完话,他后面念叨那些,一种是他们美国人讲的英国话;另外一种,有时候是法国人的话,有时候是西班牙人的话。"她也和他们一样,她说,如果不是马利亚夫人告诉她,她也不知道,在汉话和英语之外,剩下那些话语,他是用哪国人的舌头说出来的。

接着,该要数落一下这位大小姐了。在那个美国男人反复地问伙计们"有没有去逛过妓院""一天睡几回老婆"这类话时,她不但不感到脸红害臊,还在旁边鼓动着那些年轻伙计。"戴维先生是位人类学家,你们要多讲点儿他想听到的事情。"虽然醋园里没一个人明白什么是"人类学家",而且那帮伙计们更是猜测,他们的大小姐也跟他们一样,根本不明白"人类学家"是个什么鬼东西。可大小姐南明珠呢,还是一个劲地在给他们说,戴维先生不但像他们懂得怎么酿醋那样,懂得如何去修建一座漂亮的大桥,另外,"他也懂得一个真正的人类学家,究竟该去做些什么事情"。

在泺口,差不多连那些五岁大的小孩子都知道,这个美国男人的太太马利亚,一个顶着满头黄色麦穗般奇怪头发的"洋女人",是南家大小姐南明珠的英文女先生。几乎每一天,南家大小姐都会陪着这位西洋太太,在泺口的大街上兜转几圈。尤其让小孩子们欢喜的是,这个洋人太太绣着牡丹花朵的那只手提袋里,总是装着分散不完的糖果。"那里面至少藏着三个糖果铺子。"泺口所有见过这位洋人太太的孩子,都对这种说法深信不疑,因为不管在哪条宽敞的街上,或是一条窄到只容许一个半人走过的胡同里,只要看到有小孩子,马利亚就会走过去,弯下身子,给每个小孩子手里,塞进去一颗或是两颗他们从来没有见到过的糖果。有时候则是在舌头上滑得跟水蛭一样的"巧克力豆"。"谢谢两位大小姐。"那些孩子会学着他们身边的大人,对马利亚和南明珠说。"她可不是大小姐。她是马利亚太太,是位女先生,是我的英文教师。"南明珠总是会笑着,挽着马利亚的手臂,耐心地给那些孩子和他们的家人做着解释。"She is my English teacher."有时候,南明珠也会逗着那些小孩子,这样用英国话对他们说。起初,那些小孩子们胆怯地看着她和马利亚太太,丝毫不知道她嘴里说出的话是什么意思。不过,没过上一个月,全泺口的小孩子,差不多都学会了这句洋文:"She is my English teacher."南明珠和马利亚每次在街上走过,给她们遇到的小孩子分完糖果,从他们身边走开,那些小孩子就会远远地尾随着她们,走上一节子路。"She is my English teacher!""She is my English teacher!"他们先是用极小的声音,差不多是在嗓子眼里哼哼着,然后,就慢慢地放开了喉咙,一遍一遍地,在她们背后拖着荒腔野调,高声地喊唱起来,声音差不多和飘在泺口上空的云彩一样高。

从济南城里回来,戴维没有顾得上脱掉长外套。他到书架上拿下那本厚厚的日记,将自己在城里一天的见闻,快速地记录在了上面。然后，他继续坐在桌子前，思考着，要不要在客人来访前剩余的不足一英尺长的时光里，先给那位"阿斯图里亚斯王子"写封信。

马利亚制作苹果馅饼的味道，从另一个房间溜进来，慷慨地钻进了他的鼻孔里。

他打了个喷嚏。

普天之下并无新事。他两只手捧住口鼻和下颌，在心里亲吻着弗洛雷斯的手背，对他说，他一个月前开始担忧的那件事情，现在，正在这个国家里变成现实。

"Aquí la masa ya está manifestando en la calle para procurar esa 'independencia' que le fascina."（"这里的人们为了取得他们想要那个'独立'，已经在街头进行大规模的游行了。"）

他让目光离开日记本上刚刚写下的那些西班牙语，嘴里喃喃着站起身，在书架最上面一层，翻找到了马利亚跟随他来浠口居住后，他写下的那本《关于浠口》的日记。为了不让马利亚看懂他记录下的某些内容，他所有的日记，都是用西班牙语完成的。

他翻到那本日记开头一篇，慢慢地阅读起来。

Vivimos en LUOKOU, una ciudad pequeña a la orilla sur del Río Amarillo. En las cartas a mis parientes les he comentado, con minuciosos detalles, sobre este río más grande del norte de China. Los viejos habitantes me dicen que en el río vive un Dios caprichoso. Dicen "caprichoso" porque ese "Dios del Río" siempre actúa a su antojo menos en los dos meses de invierno, cuando el río se congela. Una vez que se descontrole por algún motivo, sin poder contener su furia, en cualquier momento hará subir el agua hasta que desborde el dique, dejando que los camarones y peces naden en las calles de la ciudad, y que la torrente devore todo dentro y fuera de los dormitorios y las pocilgas. Pero a pesar de las inundaciones, la mayoría de los que viven aquí convienen en que Luokou es el lugar más tranquilo y cómodo para vivir, sobre todo para criar a tantos niños, como si ellos fueran una manada de peces, camarones, vacas y cabras. Incluso en los años revueltos en que el Gobierno de la dinastía Qing firmó sucesivamente los Tratado de Nanjing, Beijing y Ma Guan, se mantenía en calma como siempre. No hubo disturbios, ni siquiera un pequeño alboroto cuando esa emperatriz en la Ciudad Prohibida declaró la guerra a Gran Bretaña, Alemania, la República Francesa y otros países y mandó alimentar a gusanos con cadáveres de los extranjeros asesinados por los feroces bóxeres de Yihétuán. Durante unos meses, el gobierno ofreció una recompensa por las cabezas de los extranjeros: "la cabeza de un hombre vale 50 taeles de plata, la de una mujer, 40 taeles y la de un niño, 30 taeles." Como venganza de todo esto, los ejércitos de los "ocho países aliados" se apoderaron inmediatamente de Beijing, mientras la flota británica se dirigió a Tianjin para ocupar el puerto Dagu. Pero los residentes de LUOKOU, siendo testigo de tantos acontecimientos que ocurrieron en una etapa que, según los posteriores historiadores, "marca una hoja trascendental de la historia de China", siguen repitiendo tranquilamente la monotonía de los días. Según el jefe de policía local, lo peor que ha ocurrido durante este largo período no son más que una serie de peleas entre matones, pleitos entre vecinos, robos, o escándalos de unos mendigos que, pasándose por los boxeadores de Yihétuán, les robaron unos pantalones a uno de los sirgadores en el muelle que, como costumbre, no llevaban camisas ni zapatos.（我们居住的这座小镇，洤口，坐落在黄河的南岸。在之前写给亲戚们的信里，我曾经详细介绍过，中国北方这条最大的河流。常年居住在这座小镇上的人，据说人人都知道，这条河里居住着一位感情"丰富"的河神。当地居民认定他感情丰富的缘由是，除了冬季里冰面封河那两个月，在余下的三个季节里，这位"河神"的性情总是阴晴不定。而他一旦因为某件事情心绪失控，按捺不住心性，随时就会让河水汹涌着冲破河堤，任凭鱼虾游进镇子里哪条大街小巷，水头卷进哪户人家的卧房和猪圈，把它们里里外外冲刷个干净。尽管这样，除去河水泛滥决堤那些时候，居住在这里的绝大部分人，还是一致地认为，洤口是个安静舒适、最适合他们过日子的好地方。尤其适合生养像一群鱼虾一群牛羊那样多的孩子。即便在大清国政府签下《南京条约》，签下《北京条约》，以及签下《马关条约》那样特殊的年份里，它都一如既往地保持着平静，没有发生过任何骚乱。甚至连小小的骚动都没有发生。而在义和拳民杀洋人杀得最凶，大清国紫禁城里那位太后声势浩大地向英国、德国、法兰西共和国等十几个国家宣布开战，将捕捉到的洋人喂蛆，悬赏"捕杀一男性洋人赏银五十两，洋妇四十两，洋孩三十两"，那几个月里，当然还包括"八国联军"进入北京城，英国舰队开赴天津卫的大沽口。在所有这些也许会被后来的历史学研究者们定义为"中国历史由此走向某个重要阶段"的事件发生期间，据那位治安官先生介绍，整个洤口镇的居民，依然都在日复一日，安静地重复着他们各自过往的生活。而在这段漫长的时期里，洤口发生的最大最恶劣的事情，无非都是些无赖聚众斗殴，邻里争讼，盗窃，或是冒充义和拳民的乞丐，在码头边，明目张胆地抢走纤夫的几条裤子。而那些纤夫们，普遍都不穿上衣和鞋子。)

苹果馅饼的味道，源源不断地飘过来。

那位巡警局长和他的太太，也许已经在路上了。他想起这位治安官曾经亲口告诉他，在泺口，很多人都听信一位杂货商的信口雌黄，相信泺口真正的巡警局长，已经被在黄河里捕鱼的水鬼变成了一条鱼，而他这个巡警局长，不过是水鬼用一条鱼变出来的假货。戴维想着这则笑话，摇着头笑了一下。那次，这位治安官还告诉他，在那个杂货商和一些泺口人的想象中，包括城里衙门内他们那位巡抚大老爷，也极有可能是水鬼用鱼变成的，因为水鬼经常到巡抚家里去送鱼。为此，他们谁也保不准，他没有把那位真正的巡抚老爷变成一条胖头胖脑的什么大鱼。

戴维看了看钟表。

那是个和他一样喜欢骑马的治安官。

现在，时间已经不足以让他饱含激情地去写完那封重要的信了。

他让目光继续沿着那些词句往下移动着。

El paraíso tiene trece capas y el inframundo, nueve. Si los policías de Estados Unidos sólo nacen para proteger la propiedad privada de los blancos y ayudar a los propietarios de esclavos a atrapar a los fugitivos de su hacienda, no cabe duda de que los de este país, por su parte, también tienen ciertos compromisos para cumplir. Por ejemplo, el jefe de policía de LUOKOU se encarga de todas las pequeñeces arriba mencionadas, así como de guardar y escribir en persona los archivos locales de seguridad pública. Este trabajo lo asumió desde hace casi un año y se siente muy orgulloso de que hasta hoy, no haya registrado ningún incidente con severas consecuencias. Incluso en la protesta contra los alemanes que quisieron construir un puente ferroviario en esta región, no participaron más que una docena de dueños de pequeñas tiendas. Por si fuera poco, estos comerciantes no vinieron para luchar por sus propios intereses, sino instigados por un vendedor de ataúdes y otro de comestibles. Habiendo manifestado junto con sus empleados en la calle durante unos días, se marcharon hacia la capital de la provincia arrastrando consigo una docena de ataúdes que les había ofrecido el vendedor. Llevaban dos días protestando sentados frente al ayuntamiento, lo que parece un poco gracioso y nos hace preguntar si todo eso fue una promoción de las ataúdes tan bien hechas. En cuanto al verdadero motivo de la protesta, seguro que, para un estadounidense o un inglés que lo haya oído, sería mejor encontrar un lugar vasto, por ejemplo, una plaza, para acumular sus risas. Pues yo, al enterarme de eso, me reí a carcajadas durante medio día. Es cierto—— todo viene de una "profecía" demoníaca de un tuerto.

El "profeta" era un viejo con un ojo cubierto por un parche negro que siempre me recordaba a los capitanes de los barcos piratas del Caribe. Pero los piratas suelen sostener un monocular entre manos y este viejo, al parecer, no poseen cosas tan mágicas como así. Según dice el jefe de policía, ese "capitán pirata" se decía maestro de fengshui al pasar por LUOKOU. En una ocasión, después de comprar un paquete de tabaco en una tienda de comestibles, se sentó a la puerta, sacó una pipa de agua de cobre grabada con dibujos de pinos y grullas y fumó durante medio día. Luego de beber un tazón de agua que le había pedido al dueño, le dijo, tocándose el ojo "pirata" tapada con el parche negro, que era el centésimo hombre de buen corazón que había conocido desde que este ojo no pudo ver nada en el mundo. Para agradecer su amabilidad, le dijo en privado que dentro de poco un extranjero construiría, sobre el río Amarillo que pasa por esta tierra, un gran puente de hierro más alto que las nubes, y ese gigante de hierro negro, colgado día y noche sobre el Rio amarillo, se convertirá en una espada afila que, de manera misteriosa, cortará el Rio como corta el cuerpo de un dragón. Según la teoría de fengshui, este puente no solo arruinará la armonía natural del Rio Amarrillo, sino que también terminará la buena suerte de miles de años de la nación china. Cuando llegue ese momento, morirán tanto el país como sus pueblos y LuoKou, siendo la primera víctima, se convertirá en una cuidad ruinosa, donde las casas y tiendas, después de ser destruidas por un fuego que cae por la noche, se hundirán en el agua, dejando nada vivo en los próximos cien años.

A continuación, el jefe de policía repitió las últimas palabras que dejó el profeta al dueño antes de salir de su tienda.

"Destruido el Fengshui y morirán todos. Aunque los residentes se reúnan y las tiendas se reactiven dentro de cien años, será difícil escapar de los desastres y las malas suertes tanto reales como falsos. De lo falso se ve lo real, y de lo real se ve lo falso. Todos vivirán como las marionetas que se dejan manipular por otros y que sólo poseen un cuerpo humano con miembros heridos, pero sin corazón, ni intestinos, ni sangre, ni carne, ni piernas para caminar, ni boca para hablar, ni oídos para oír, ni ojos para ver. Para dicha gente, la vida es peor que la muerte, la vida es como la muerte."

Después de darle al dueño una descripción detallada de cómo sería esta ciudad dentro de cien años, el profeta tuerto también le dijo unas frases que parecían proverbios o parábolas de la Biblia:

"Los occidentales se apoderan de la capital, el emperador huye para no regresar, y los ministros se esfuerzan por mantener la situación precaria; El enemigo está en el oeste, la guerra en el sur y el incendio en el norte." Dijo que estas frases venían haciéndose realidad desde que los ejércitos occidentales invadieron Beijing y destruyeron con fuego el Antiguo Palacio de Verano construido por los manchúes.

Más tarde, el jefe de policía envió a dos patrulleros a averiguar más sobre el profeta funesto. Ellos llevaron dos semanas recorriendo los pueblos de ambos lados del Rio Amarillo y finalmente descubrieron que no era un buen hombre sino un ex bóxeador de Yihétuán. Uno de estos patrulleros era un joven que se llamaba Wu Jinlu, quien tiró un sucio parche negro al pie de la multitud, pisó el cordón sujetador con un zapato suyo, y declaró sonriendo que ese tuerto no era ciego en absoluto. En este sentido, sí era muy parecido a los capitanes piratas que, en vez de ser ciego, pueden ver a los mosquitos apareándose a 30 metros de distancia en la oscuridad. Wu también dijo que el viejo estafador, el "maestro de fengshui" que se hacía pasar por ciego, se dirigió a Beijing para buscar a sus cómplices poco después de pasar por Luokou. Cuando llegó la provincia de Zhili, dirigió a un grupo de boxeadores locales para saquear la casa de un terrateniente convertido en cristianismo, pero fue asesinado por un criado que vigilaba el patio con un rifle comprado a un misionero.

"Ese viejo mató a una docena de hombres y mujeres de una familia en Luokou, solo porque vio media caja de cerillas extranjeras en su mesa, ¿¿ lo creéis? " Estas fueron las últimas palabras que dirigió Gu Zhiyou, jefe de policía a los comerciantes que vinieron a protestar. Así que, de una manera inesperada, se puso fin a ese alboroto contra la construcción del puente ferroviario. Según dice el jefe de policía, todo eso debe a que la mitad de los artículos que vendía el líder de los manifestantes en su tienda de comestibles eran "extranjeros".

（天堂有十三层，阴间有九层。在美国，治安官的产生，完全是为了保护白人的私有财产，帮助奴隶主们抓捕逃离种植园的奴隶。而在我们此时居住的这个国家里，你得相信，治安官同样是为某一部分人服务的。除去上述那些再普通不过的小事，令泺口这位治安官先生始终引以为豪的，是他在上任巡警局长差不多一年的时间里，他接管和亲自记录那本"泺口治安志"，从来还没有一件引起什么轰动的事情，真正值得被他记录在日志的某一页当中。包括德国人要在这个地方修建铁路大桥，一帮人站出来阻拦滋事，也只有十几家小铺子的店主参与其中。而且，这些店主们闹事，完全是受一个开着棺材铺和杂货铺子的人蛊惑，并不是他们真正想要争取自己的某项权利。那群店主，他们带着各自铺子里的伙计，乱哄哄地在街头上闹了几天，又从棺材铺子里拉了十几口棺材，跑到城里，在他们的巡抚衙门前，有些滑稽地静坐两日。令人怀疑，他们是不是在帮忙宣扬那家铺子里的棺材做得结实。至于他们闹事静坐的真相，我得相信，无论是美国人或是欧洲人听了，他们都会禁不住地想找个广场，大声地发笑，以便有足够大的地方放置那些笑声。因为我在弄清楚真相时，首先就大笑了半日。一点没错，他们聚众闹事的起因，就是听信了一个独眼人的什么妖魔化"预言"。

那位"预言家"，是位戴着一只黑布眼罩的老先生。他那只黑眼罩，很容易就让我想到了加勒比海里那些海盗船上的首领。当然，那些海盗船长手里常常会握着只单筒望远镜。我猜这位老先生手里，怕是没有那种神奇的玩意。根据那位治安官先生的描述，这位预言家经过渌口镇时，一直吹嘘自己是位风水先生。那天，这位海盗头子走进杂货铺子，买包水烟丝，抱着杆上面刻有松树和丹顶鹤图案的黄铜水烟袋，先是在店铺门口抽了半天烟，中途又讨了一碗水喝。喝过水，"预言家"先生摸着他用黑眼罩蒙住的那只海盗眼，对店铺的主人说，他那只瞎眼看不见世界上任何东西后，他是他遇到的第一百个好心人。为了答谢店主的好心肠，他对他私言：过不了多久，就会有洋人在流经此处的黄河上，修建一座高过云彩的大铁桥。这座铁桥架起来后，横空跨过黄河水面那些黑铁，不舍昼夜地悬在黄河上空，情形宛如一把锋利的宝剑，将用影子功夫斩断黄河这条巨龙的身子，破了华夏数千年来的风水。黄河一旦在此破了风水，远则亡国亡族亡种，近则渌口镇率先化作一座死城，所有的屋舍店铺，都会在一夜间遭遇天火，破落倒闭，沉没水底，此后百年再无生机。

下面是治安官先生复述的，那位"预言家"离开浍口前，对店铺主人说的最后一段话：

"风水破后，亡种亡族别论，即便过上百年，此处人丁再聚，店铺重兴，也难逃真伪难辨之天灾厄运，正所谓假人真面，真人假面，真真假假，重重叠叠。众多再生傀儡，空有人形，身拖残肢断掌，任人欺凌摆布，无心无肠，无血无肉，腿不能行步，口不能言语，耳不能辨声，目不能察色。生不如死，生亦如死。"

这位独眼预言家先生，把这座镇子一百年后的情形，都给杂货铺店主详尽地描绘了出来。另外，他还对他说了一些类似《圣经》里箴言或是寓言异象的句子。"西方有人，足踏神京，帝出不还，三台扶倾。黑云黯黯自西来，南有兵戎北有火。"他暗示那位店主，这些箴言，早在西洋人攻进北京城，用火烧毁满人建造的那座圆明园时，就开始在应验了。

后来，那位治安官先生派出两名巡警，来回奔波大约两个星期，在黄河两岸的村庄里走访取证。他们最终拿出的答案是：那位妖言惑众的预言家，"不过是前几年义和拳长枪会残留的一名余党，并非一位良善的老人"。那个前去调查的巡警，一个名字叫伍金禄的年轻男子，还把一只看上去污黑不堪的黑眼罩扔到了众人脚下。随即，他用鞋子踩住眼罩上一根带子，笑嘻嘻地告诉围着他们的人群，那个预言家藏在眼罩后面的狗眼，实际上半点也不瞎。这倒和那些戴眼罩的海盗头子一模一样。"不但不瞎，还能在黑夜里瞅见百尺外的蠓虫子交尾晤对。"那个巡警对众人说，假扮瞎子骗人的"风水先生"，那个老骗子，在经过浍口不久，又在去北京寻找同党的路上，带人到直隶一家信奉洋教的乡绅家里洗劫。结果，他就被那户人家看守院子的仆人，用他们主人从一位宣教士手里购买的来复枪,打死了。

"你们肯定想不到,这位老先生,曾经因为在咱们浈口一户人家的桌面上,瞅见了半盒洋火,他就连夜带人来,杀掉了那户人家老少十几口子男女。"这是在那天的最后,治安官谷友之先生,对着一群闹事的店主们说的话。至此,一起因为修建铁路桥引起的聚众闹事案,就这样"意外"地得到了平息。他们的治安官先生说,这件事情得到平息,完全是因为带头闹事的那位店主的杂货铺子里,出售的一半物品都是"洋货"。)

在这篇日记后面,是他曾经用汉字记录的,关于黄河水的一个谚语:

El agua sube callado y baja rugiendo.(水涨不叫唤;消水才震天响。)

戴维伸出手指,摩擦着关于谚语那几个字。这是治安官谷友之讲给他的。由于担心他不明白,这位治安官还用另一个谚语,为他解释一番。"冷吱楞,热哼哼,开了锅,不吱声。"治安官说,"这和烧开水是一个道理。"

一个人的心,总是比他想象的要大很多。戴维在心里对那位"阿斯图里亚斯王子"说,也许,这次,那位治安官先生的治安志里,会有件真正值得他记录的事情,要被记录在案了。

第三章 独 立

两匹骡子在疲乏地走着。

从天桥上下来,周约瑟走在两匹骡子身边,将火车和那个盐商的小妾从心里抹干净,又像苏利士跪在上帝面前为某个将死的病人祷告那样,翻来覆去地默祷着"独立。独立"。他默念着,心里一边疑惧,回到醋园后,要不要把他在城里看到的混乱场面,和人群里高声喊着的"独立",告诉南海珠和醋园里的人。

路两旁全都是粗壮的柳树。在一棵满身披挂着碧青叶子的树下面,周约瑟吆喝着两匹骡子,让马车停了下来。一棵树木生长得葱茏,枝繁叶茂,比它旁边的树木早发芽晚落叶,往往意味着它盘错的根节下,拥有着一股子上好的水脉。浓口人都知道,不论人和物,在这样的风水地气上待长久了,指不定哪一日,就会因着那些看不见摸不到的风水,交上点好运气。

两头牲口站稳后,周约瑟从车上扯出两捆干谷秸,扔给了它们。

每天下午从城里返回来,过了天桥,他都要在这棵树下停住,让两匹骡子和马车歇一歇。爬那么高的天桥,不光骡子会累,马车也会觉得累。安顿好牲口和马车,周约瑟摸出烟袋,脊背靠着那棵粗壮的柳树,使劲抽两口烟。天空和路两边的庄稼地没变模样,他荷包里的烟,也还保持着它们原有的那些辛辣味道,又苦又呛。在浈口,没人能抽得了他种出来的烟叶,就像没人有胆量踏着成先生那块破毯子,在河水汹涌的水面上乘风破浪。浑身穿着鱼皮的水鬼也没那个胆子。到目前为止,除了苏利士,他最敬畏的人,就是这个能跟上帝一样在水面上行走的成吉思汗。他没亲眼见过上帝在水面上行走的神迹,却亲眼见识过在水面上行走的成吉思汗。尽管他和浈口所有的人——他相信,就是他们的主子,南家花园现在的主人,也不会知道,这位称呼自己成吉思汗的老先生,是从什么地方来到浈口的。不过,这丝毫也没有影响到他内心里对老先生的某些敬畏。

两匹骡子为着谁能够更多地占有它们面前的谷秸,相互纠缠起来。来回地撕咬,让系在它们脖子下方的铜铃铛,不断发出清脆的响声。

"干自己该干那份活,也要吃自己嘴边上那份料!"

周约瑟朝着两匹骡子吆喝一声,转过头继续抽烟。"人人都在做黄粱梦哩。"他冲着两匹骡子吐口烟雾,对它们嘀咕道。

那群乱哄哄地挥舞起胳膊,嘴里喊着号子的人,走过他和马车时,差点没把两匹骡子给吓惊了。一个头上顶着点心筐子的小男孩,试图从那些望不见首尾的人群中间穿过,到街道对面去。结果,他头顶的筐子被一条条不断起落的胳膊打翻在地,里面的羊角蜜和蟹黄酥,全部倾倒在地上,转眼间又被一堆凌乱的鞋子踩成了碎渣。看见点心和装点心的筐子都烂了,小男孩哭喊着扑到地上,死命地抱住一个人的腿,要求给他赔偿。那个人拖着小男孩朝前挪两步,没甩掉他,干脆弯下身子,在一名同伙的帮助下,手忙脚乱地扒开男孩抱住他的两只手,两人合力一推,将小男孩摔出路中间,他们则趁机挤进前面闹哄哄的人群里,消失不见了。"这是有人在做春秋大梦!"站在边家草包包子铺门前一位老先生,朝嘈杂的人群嘟囔着,往地上吐两口唾沫。老先生已经把小男孩拉到身边,掏出手巾给他擦着脸。小男孩的脸上,全是被泪水和汗水冲出的灰道子。他盯着那个仍在抽搭的男孩看一会,又朝混乱的人群瞅两眼。尽管一时没找出具体因由,他还是将怀里属于自己的几十文钱摸出来,塞到了那个倒霉的男孩子手里。从城里跑来跑去,跑出去了几十里路,再到这会儿,他觉得自己还没有后悔去做那件事。

在想着那个倒霉的男孩,再次为他撒落的一筐子点心惋惜时,周约瑟瞥见日头的两个腮上,已经涂了层鲜红的水胭脂,粉着张脸,就要坠到他眼睛在旷野中所能望见的,最远处那片树林里。就算日头娘娘停在那里偷点懒,重新描眉画眼搽胭脂,再红着脸喘息上一阵子,离天黑也就还有几里地的路程了。往日这个时辰,他和两匹骡子,当然还有那辆浑身冒着花醋味的马车,早就稳稳当当地拐进醋园的大门了。

送到教会医院里的花醋果醋,都是照着大小姐南明珠列出的明细单,根据不同人要求的口味和日期,按日按时送去的。医院里那些洋人宣教士,人人身体里都好像住着一个万能的神,给人看病手到病除。在二小姐南珍珠去跟他们学医术前,周约瑟就已经在苏利士举办的各种勉励会和读经会上,同他们熟识了。"就算上帝亲自来了,我相信,他也会爱上你们南家醋园里酿出的醋。"周约瑟每次走进教会医院,那个一脸络腮胡子的美国老宣教士,马洛牧师,都会满脸喜悦地笑着,将这句话重复一遍。那是个出生在美国的意大利人,除了精通医术,还喜欢给《圣经》

里那些诗篇谱写曲子。他告诉周约瑟，他母亲是个土耳其人，从小在土耳其的伊斯坦布尔长大。"那是一座位于博斯普鲁斯海峡的漂亮城市。"他给周约瑟解释着，并问周约瑟有没有见过大海，除了他的美国，是不是还听说过意大利和土耳其。"不知道它们也没有关系。"见周约瑟一个劲地摇头，他说他也从来没有去过那两个国家，因为在他出生之前，他的父亲和母亲，就已经离开他们各自的家乡和亲人，在美国大地上生活很多年了。但他母亲，一位有着漂亮大眼睛的优雅女士，从她美丽的少女时代起，就会熟练地拿那些熟透的紫色葡萄，酿出一种带甜味的香脂醋。而因为那些醋，上帝经常会派一些天使，假扮成他们邻居家的小孩子，钻到他们家的地窖子里，去偷喝那些美味得令人陶醉，甚至可以说让人想入非非的葡萄醋。

周约瑟使劲鼓两下鼻翼，嗅着车上时断时续却香甜无比的醋味。

"我们向你们吹笛，你们不跳舞；我们向你们举哀，你们不捶胸。"

他在飘荡的醋香里，默想着苏利士给他们念过的两句诗。那时候，他父亲周长河还活着。苏利士告诉他父亲，在这个世界上，有个被称作施洗约翰的男人，是全天下最后一个能说预言的先知。当时，他记住了苏利士念的诗句和他后面的话，但不明白那些诗和"先知"是什么意思。他母亲可能和他一样，除了不知道什么是先知，也弄不懂那些诗句在说什么。但是，他母亲没有去关心诗句，她只是低声羞怯地问丈夫："什么是先知？""就是姜子牙那样的算命先生，懂周易八卦麻衣相那种，掐掐生辰八字，就能算出人一世里能享多大富贵，吃几斗米，喝几升酒，命里有多少道沟沟坎坎。"他父亲给他们母子两个解释道。

现在，要是有个先知站在街头上，把后面几百年，哪怕几十年的世道，给那群乱哄哄的人演道一番，他们兴许就会少上几个人，这么没头没脑地跟着瞎闹腾了。周约瑟解开腰搭子，重新束紧裤腰，可惜着那两坛子上好的花醋。"都是清晨走得急了。"他懊恼着早上出门前，鬼使神差地，竟忘了瞅上眼皇历。正月十五蒸面灯时，他亲手做了摆在天地桌子上那盏面灯。掐周边代表十二个月的十二个花褶子前，他先是跪在院子里祷告十二遍，求神保佑他们全家人一年里出入平安。接着，他一边掐褶子，又念了十二遍"阿门"。但那根绕了棉条的灯芯面柱子燃尽后，它既没倒在正月二月三月四月五月六月的褶子上，也没倒在七月八月九月十月的任何一个褶子上面，十一月十二月上当然也没有。在他老婆瞅见那根灯芯倒在了九月和十月相邻的洼塌前，他已经偷偷把那根焦了的灯芯，移到了代表九月那个褶子的最高处。"灯落高处祥云来，灯卧洼塌霜雪临。"从进了九月，他天天都在小心着，害怕什么倒霉的事落在他头上。可躲来躲去，它还是跑出来，砸烂了车上的醋坛子。

醋养五脏之阴，也养五脏之阳。花醋是大小姐南明珠别出心裁，让人在黄米和红米里添加了桃花、玫瑰、茉莉、菊花、莲花这些植物花瓣，分别酿出来的。酿出花醋前，她已经用苹果、鸭梨、木瓜、红枣、葡萄、石榴、樱桃、桑葚子等一众水果，酿造出了各种果醋。她先是把这些不同香味的花醋和果醋，免费送给了医院里的宣教士和一些经商的洋人，结果，就连平常不喜欢吃醋的那部分洋人，也都迷上它们独有的味道，几乎一天也离不开它们了。有段日子，周约瑟甚至怀疑，这两匹长年负责运输清香米醋的骡子，它们是不是也和那些洋人一样，被大小姐的花醋和果醋给迷惑住了魂窍——只要到了大小姐派他往城里运送花醋果醋的日子，马车上一装满盛着果醋花醋的瓶瓶罐罐，这对牲口就会一路上欢快地小跑着，仿佛从它们老子身上传下来的，某种莫名其妙的小东西，忽然之间，就被醋里面飘荡着的一缕花香果香给点燃了起来。令他不可思议的，还有他自己。每到这时候，他也会跟那两匹中了邪魔的骡子一般，满眼里看到的天空都是那些花醋的颜色，风是果醋的颜色，浑身上下，每根汗毛都变成了鸟的羽毛，身不由己地就想跳到车辕上，怀里抱紧鞭子，闭上眼睛，一遍又一遍，毫无羞耻地哼起小孩子们坐在河滩上，两手拍打着沙滩唱的一首歌：

  剪刀石头布
  剪刀石头布
  有个人在沙滩上，支起了灶具。
  他又疯呀又癫
  又蹦呀又跳
  说他要把河滩上的沙子，全都纺成布。

  南海珠朝那辆行驶的马车望了一眼。

  周约瑟赶着马车，去了醋园的后院。车上垛得摇摇晃晃。那是些黄米或是红米。除了早上挑水和晾晒醋醅，这个车夫每日都要往城里跑一趟，给那些饭店商铺送去南家醋园里产出的泺口醋。回程的车上，隔三岔五，还要到商埠的南山米行里，拉回些南山里出产的黄米和红米。上好的醋，都离不开南山里那些上好的小米。

  等周约瑟把车上的东西卸下来，全部搬进库房，又把两匹浑身还在流淌汗水的骡子牵到牲口棚里，给它们喂上料，再转到前院来,南海珠已经看着他父亲将熬好的那服药喝下去,并重新站在了屋子门口。

周约瑟走到距离主人七八步远的地方,站立在那里,和南海珠打过招呼,禀报着主人,当天要送的货已经送到了各家店铺,该运的东西也都运回来,安置好了。"就是洋人医院里那些花醋,在文庙门口被一辆车上滚下的木头砸了,没能送到。"因为身上的醋味汗味和牲口味,每回给主人说话,他都会站在离他几步远的地方。这样,主人既闻不到他身上汗水和牲口的臭味,又能清楚地听见他在说什么。禀告完了,他便朝晒场上排列整齐的醋缸走去。那里,工头伍春水带着伙计们,正在盖着醋缸。在他偷着朝河水里扔玻璃瓶子那年,他们这位主子所以没把他赶走,其中最重要的原因,就是他手脚勤快得一个人可以当作三个劳力使用。在干活时,他从来都不知道偷懒是个什么玩意儿。

走出几步,周约瑟又犹豫着转回身,站到了刚刚离开的那个位置。然后,他站在那儿,给主人描述一遍他在城里见到的那个混乱场面。

"人山人海,从头到脚,一条街被挤得水泄不通,人人都在呼喊着'独立'。"周约瑟努力地说明着他那双眼睛在城里看到的情形。"街面上跑来跑去的小孩子也在裹乱,在人缝里钻来钻去,高唱着什么'汉水茫茫,不统继统。南北不分,和衷与共'。还有'水清终有竭,倒戈逢八月'。"

"独立!"

南海珠暗自重复着。到底闹开了。绩了这么多天的麻,终于搓起麻线,跟鄂省那个武昌城拧在了一条绳子上。他朝德国人正在建造的那座铁路桥的方向眺望着,尽管在他站立的这个位置上,现在什么也不能看到。天色正挨近傍晚。他想象着,越来软弱无力的光线,会让黄河上正在建造的庞然大物,那座铁路桥,看上去愈加黝黑,冷峻,遥不可及。

南海珠挥下手,让周约瑟离开了他站立的地方。

他厌恶所有的血腥场景。仅仅是他那位被太平军杀死的外祖父,在被他母亲来回絮叨的几十年里,每听一遍,他的头皮就裂开一次。

"独立。"

南海珠默念着,猜测着他那个兄弟,南怀珠,一定就是因为这个"独立",才把口信传到巡警局,让那位局长来告诉他,他今日不能回家来了。他还说什么?要把星期日改在明天过。他是觉得,那个"独立"和"明天",都是他口袋里的一个铜钱,他随便什么时候把手伸进口袋,都能牢牢地把它们攥在手心里。

"独立。"

他重复一遍,猜想着南怀珠在"德律风",也就是巡警局里那个鬼电话中,还给谷友之说了些什么。

"独立。"

他又重复一遍,确认着自己这会儿不是在一个什么梦里。

周约瑟晃动着身子,已经走到那群忙碌着覆盖醋缸的人群中间,抓起个尖顶苇笠,严丝合缝地把它扣到了一口醋缸上。现在,距离真正的严寒天气,距离醋缸结冰,还需要些日子,这些晒在露天场地里的醋,还不用装进坛子,搬进屋子里密封储存。南海珠朝那个车夫望去,继续想着他刚才说的话,觉得自己也许需要到河滩上去吹吹冷风。他招下手,把那个叫陈芝麻的伙计叫到跟前,嘱咐他"一会把老太爷送回家去"。然后,他一个人慢慢地走出醋园,朝远处那片开阔的河滩上走去。

大约是上个星期日——自从南明珠和南怀珠把"星期"这种西洋人的说法，带进南家花园，除了老太爷和老太太，这座宅子里所有的人，包括那些下人们，都跟着他们学会了使用"星期"这个计算日期的方法。"今日星期几了？""好像是星期五。""不对，明日才是星期五。这会离半夜子时还有好几个时辰，还是星期四。"家里的下人之间，时常会出现这样一番奇怪的对话。

南海珠努力回想一下，最后确定，是在上个星期日。他的兄弟南怀珠，每到星期日这天，都会从城里回浖口一趟，但这个星期日，他没有回来。上个星期日，南怀珠从城里回来后，隐隐约约地给过他一些暗示。南海珠拍了下后脑勺。那些壁虎在让他父亲的疾病有所好转的同时，也在悄悄地毒噬着他身体的一部分健康：除了混淆他的记忆，它们还会不时地让他产生点幻想。而在这之前，他是个从来不喜欢幻想的人。把那堆混乱的、肯定是属于幻想的东西拍掉后，他沿着脑子里一根蚕丝线那么细的小径，找到了他兄弟说过的那句话。"您知道，银价为什么没命地飙升吗？"南怀珠看着他，脸上带着点扬扬自得的神秘。后面，尽管他没再继续说出余下那部分，但他还是能够猜到他的兄弟想要表达什么。南怀珠那个同盟会员的身份，最初隐瞒住了家里所有人，唯独没瞒住他这个哥哥。那天，在南怀珠说完飙升的银价后，他静坐一会，起身离开了那间塞满旧家具和杂物的屋子。在这两年里，那间屋子一直是南怀珠和他约定，他从城里回家后，专门用来和他交谈"城里那些事"的地方。

远处，乱哄哄地闹了一整天的下关渡口，像一坛子封了口的醋，正在一寸寸地沉寂下去。上关渡口那里，盐垣里堆积如雪山般的一座座盐坨，以及水边那些泊着的船只上遗留下的、从大海里携带来的海水的腥味，此刻，比白日里更加浓烈地扩散了过来。

河水在涌动着。尽管天气已经变冷，冷得那些树叶子纷纷零落着，想藏进泥土里去取暖，但还没冷到水在夜里偷结下船头击不破的那种厚冰。即使那种又薄又透明，诱惑着年轻女人和孩子，被他们认作是天宫里下凡来的仙女们在水边游玩时留下的那些冰花，也还没在水边的任何位置结下。暮气在远处的河面上徘徊游荡着，像一伙假装无所事事的强盗，埋伏在沙丘和荒草间，等待着时机，抢占被船只和桅杆挤占去的那点空间。一会儿，沙滩、码头、暗流涌动的河面、长满杂草树木的河岸、两岸生长着庄稼的旷野、不远处德国人正在修建的那座黑色铁路大桥，以及被又宽又厚的砖墙包围住的浠口镇，整个世界都将被暮色笼罩起来，犹如某个妇人，把她破破烂烂的全部家当，统统包在了一块灰色破布子里头。还没有一盏灯火，被它们主人的手点亮、晃醒。

"现在才是傍晚。"南海珠心里这么想着，在沙滩上坐下来，试图在心里勾画出一幅浠口的地形图。他画了一遍，抹掉，又重新画一遍，直到他意识到，除了清楚地知道现在是傍晚这一点，其他的，在这会儿，他脑子里什么也不想知道，什么也不想记住。

和平常一样，谷友之骑在马上，南明珠乘坐的马车走在他和那匹白马后面。月亮已经升起来。不过，在出发前，南明珠还是让车夫点亮了车篷前头的那盏灯笼。这样，随着马车轻盈地颠簸，那盏透着毛茸茸红光的玻璃灯笼，便如另一轮新升起来的月亮，和天上那轮月亮交相辉映着，一路都在勾引着行人的目光。"她真是个爱美的女人。"他们家两个女仆人，私下里议论起她们的女主人和这辆马车,差不多每次都是这样说。接着,她们还会说她"像知道怎么抓住老爷的心一样,知道怎么让她那辆马车,在街上更招摇、惹眼"。

一般情形下,只要没有意外发生,当然,这要剔除暑天里黄河执意决堤的那些日子。不过,比较起来,这种意外到底是在少数。所以,在黄河耐着心思没有泛滥的日子里,每隔两个星期,至多三个星期,这位巡警局长——谷友之,就要陪同他的太太南明珠,到马利亚家里去做一次客。马利亚是南明珠在女子学堂里念书时的"英文教师",但现在,她们的关系则更像一对姐妹。通常,他们都会留在马利亚家里吃午餐或是晚餐。餐后,还要再享用一杯添加了蜂蜜的黑咖啡,或是布丁奶酪之类的甜点。南明珠喜欢女主人亲自给他们做的各种馅饼和焦糖布丁,也同样喜欢那杯加了蜂蜜的咖啡。她唯一对奶酪的喜好不是那么明显。谷友之从来没有让人觉得他怎么喜欢那些洋玩意。相反,他一直告诉他们,也就是那对洋人夫妇:"世界上最美味的食物,一定都是中国人发明和烹饪出来的。"他感兴趣的事情是在餐前和餐后那段时光里,听马利亚的丈夫戴维用流利的汉语,给他讲各种洋人的故事和外国宣教士来到中国后的"种种冒险经历"。偶尔,他也会漫不经心地探问一句中国人在西方的生活。每到这种时刻,他发现,两个人种长相完全不同的成年男人,安静得像两个木偶那样坐在一起交流,总是给他一种奇特又恍惚的感觉。令他太太南明珠感到不可思议的是,对于他们这种交流,他居然像那些长年吸食鸦片的瘾君子一样,似乎完全彻底地上了瘾。

在拉着马车的那匹马呼出的鼻息,差不多能扑到他胯下那匹马的尾巴上时,谷友之注意到,马车上面那盏灯笼透出来的红光,已经和淡淡的月色混在一起,铺到了他的马蹄下面。他磕了下那匹马的肚子，示意它走快一点。"天总是在你不留心它的时候，一下子就变黑了。""就是月亮地也无济于事。再好的月亮光，不如雾露天。"如果是像现在，在傍晚时分出门，到马利亚家里去用晚餐，南明珠总要对那个十分节俭，即使天还露有一丝亮光，也不情愿点灯的车夫唠叨几遍。"我最不喜欢的，就是在半道上停下车，等着你手忙脚乱地去点灯。"实际上，谷友之明白，他太太热衷于打扮自己的马车，在有月亮的晚上也不肯放过一盏红灯笼带给它的光彩，无非是因为马利亚对她这辆马车的赞美。"维多利亚女王乘坐的马车，也不过是这个样子。""一辆只有女王才能够乘坐的马车。我说的是真心话，明珠小姐，一点也没有我们苏格兰人的那种夸张。"在他们到达马利亚家门口，马利亚从家里走出来迎接他们，或是他们从马利亚家里告别出来，马利亚到门口送他们时，她每次都会这样赞美一番南明珠的马车。谷友之从来没在意过，马利亚口中的维多利亚女王是谁。不过，他心里非常清楚，不管维多利亚女王是谁，那仅仅就是马利亚这样的西洋妇人，在夸张地赞美某件事物时的一种表达方式。

第一次把马利亚介绍给谷友之时，南明珠只说了马利亚是她在女子师范学堂的教师，是个英国人，从出生到十岁前，一直生活在苏格兰的一个农场里。"那是从她祖父的祖父时起，就已经拥有的一个农场。"她这番鹦鹉学舌的陈述，都是在课堂上，马利亚做自我介绍时告诉她们的。那时候，马利亚还没有和她谈论过《罗密欧与朱丽叶》的爱情故事，也没有谈论《哈姆雷特》这类复仇剧在欧洲舞台上的流变。当然，她更没有透露给南明珠，莎士比亚是他们那个家族里三百多年前的一个亲戚。在那一年后，她才会非常自豪地和她谈起，三百年前，她祖母的祖母的外祖母的祖父……一家，和莎士比亚生活在同一个小镇上，并且，就住在距离莎士比亚家不远的克洛伯顿石桥边上。"那座石桥，至今还牢固地矗立在那里，每天都在安静地迎接着人们欢快抑或悲伤的脚步。"马利亚满脸喜悦，好像她正伫立在那座桥上，刚刚和走过她身边的莎士比亚打过招呼。马利亚认为莎士比亚的母亲，是他们那个家族里嫁出去的最活泼可爱的一个姑娘。而且，马利亚还告诉她这位中国朋友，她的祖母告诉她，不仅莎士比亚家中，包括整个斯特拉福街区所有人家，他们使用的铁制物品，都是她那位在圣三一体教堂里做牧师，同时经营着铁匠铺的祖先精心为他们打造的。他们家族里男人们最拿手的技艺，除了能够在那些冰冷的铁家伙上锻造出各种逼真的花朵和叶片外，还能够在那些植物中间做出各种惟妙惟肖的昆虫。"那条街上的人们，甚至可以在月光明亮的夜里，听见那些昆虫在植物间的鸣唱，看见它们抖开翅膀'嗡嗡嗡'地扇动着，试图飞到半空中去。"马利亚动情地看着南明珠说。

拐过街口，巡警局长就望见了马利亚的丈夫，那位正在黄河上建造铁路大桥的工程师。这是个喜欢称呼自己"戴维先生"和"anthropologist"的美国人。他和一个挑着灯笼的中国男仆人，正在家门口等候着他们。"您好，戴维先生。"谷友之在马上举起鞭子摇着，大声问候着戴维。从马背上跳下来，他把缰绳交到了那个挑着灯笼的仆人手里。然后，跟每次来时一样，他同戴维握过手，等待着南明珠那辆华丽的马车停下来。"您好，谷先生。"戴维笑着，问谷友之今天到得这么晚，是不是巡警局里事情特别多。"马利亚和她那些苹果馅饼，因为等待您和夫人到来，早就在厨房里等得要跳起来了。"他夸张地说。

戴维是个出生在中国的美国人。他告诉过谷友之，他是他那位曾经漂洋过海到中国做宣教士的父亲最小的一个儿子。谷友之见到他时,他的宣教士父亲已经去世三十年,埋在了南沂蒙县一个叫锦官城的乡村教堂里。陪伴他父亲永远留在那里的,还有他的一个哥哥。那是个名字叫托马斯的帅气男孩子,他一生都没有踏上过美国大地,见过美国湛蓝的天空以及群星璀璨的夜晚。他的母亲不断地对她周围的人重复:"托马斯在希腊语里的意思,是'奇迹';'奇迹'在神那里,就是'复活'。"她还不停地告诉周边人,那个十二岁的美丽少年,托马斯,在他闭上眼睛的最后一刻,还在询问着她这位不称职的母亲:"上帝保佑的那个美国,到底是什么样子?"他一直想知道,属于他的那个美国,属于他的那块美国的大地和天空,是被上帝当作礼物送给了更需要它的人呢,还是被一个和他一样想看见美国是什么模样的孩子,从他的睡梦中偷走了?那个儿子死后,他的母亲开始憎恨丈夫,憎恨埋葬了她儿子的那块土地。戴维成了她一生里生育的最后一个孩子,而按照新婚时的打算,她曾想为丈夫养育十二个孩子。

在他那个叫托马斯的哥哥死去后第七个月,戴维出生了。为此,他母亲始终都坚持认为,他就是她那个死去的儿子托马斯的复活。她执意叫他"小托马斯",尽管戴维讨厌这个"别人的名字"。在他父亲死后,年仅三岁的戴维,跟随他的母亲,回到了他们在美国密歇根州的家人们中间。他在那里生活到了二十七岁。直到有一天,由于意外,他看见了母亲保留着的一本他父亲生前在中国那处乡村教堂里记录的日记——《东方夜空》。他实在好奇父亲那些具有传奇色彩的经历。于是,他决定离开美国,离开他的母亲和家人们,回到他出生的地方——中国上海。在他二十八岁那年的夏天,他放弃了与弗吉尼亚州一位参议员女儿结婚的机会,说服母亲,把她交给了三个哥哥和一个姐姐。然后,他按着父亲日记里记录的,他最后一次回到美国,又选择再次离开家乡时所走的那条路线,在海上漂泊三个月,辗转来到了中国。但他在上海下船后,却没有像他父亲那样去做宣教士,或者做和宣教士有关的工作。他先是在一家法国人开的面包店里卖了半年面包,又做了七个月的邮政稽查员,后来到英国亚细亚石油公司的一家贸易行里,工作了一年零两个月。

正是在亚细亚石油公司里,戴维结识了一位德国工程师,并最终答应那个人,做了他的助手,原因是他那时候正好打算到上海以外的地方转转,"浏览一下这个国家其他地方的风光"。六个月后,他带着新婚的妻子,一位苏格兰长老会联合会宣教士的女儿马利亚,到达了"位于中国北方的济南"。在写给大洋彼岸的家人和亲戚们的书信里,他就是这么写的。在那些信中,他还刻意用了一些有趣的词语,告诉他那些不是很了解中国的亲戚,他最先住过的上海,位于"中国南方",那里有一条中国南方最大的河流,长江,流经这里;而他现在居住的这座城市,位于中国北方的济南,则有着中国北方最大的一条河流,黄河,流经这里。"有意思的是,这两条在空间上相距千里之遥的河流,它们的源头居然是同一个地方,终点也同样都是大海。它们都被称作这个国家的生命之河。唯一的不同是,它们一条像是它的动脉,一条如同它的静脉。"他在信上写道。

开始的两年,戴维和马利亚与那位德国工程师一家,共同住在一幢位于商埠附近的洋楼里。他的妻子马利亚,在一所女子学堂里担任英文教师;他则跟着那位德国工程师,沿河做一些水文考察和测量,至少两个星期才能回到家里,跟他的妻子相聚一次。这种情况,一直持续到那座铁路大桥动工修建的前一年,他才正式请求他的妻子马利亚,辞掉那份教师的工作跟他一起把他们的家安到了距离济南城二十华里的泺口。他们喜欢把这个名字叫泺口的小镇，称作济南府的"卫星城"。在写给家人和亲戚们的信里，他和她几乎都是这么称呼它的。他们的家人和亲戚们在回信时，也常常会因为心情和情绪的变化，或是真诚或是戏谑地问候着他们的"卫星城"。而他们在泺口的朋友南明珠，尤其喜欢这个名称。"卫星城？你们说泺口是济南府的'卫星城'？"南明珠常常惊讶于他们的某些想象力和创造力。但她的丈夫谷友之在听到这个名字后，却只是在那里端着酒杯，对着杯子里的苹果酒笑笑。南明珠问他为什么发笑，他则回答她，他是因为突然想到了月宫和月宫里那位嫦娥仙子。

戴维协助那位德国工程师，沿着黄河，在泺口上游和下游上百里的地方做的那些水文考察，测量四季的水位、气温，测量水力、冰力、风力，就是为了在流经泺口的黄河上空，建造一座跨越河面的铁路大桥，将被黄河阻断在南北两岸的铁路轨道，用这座铁路桥连接起来。而告别美国前，戴维在斯坦福大学所学的专业正是路桥建设。有一次，他和谷友之谈到了他的梦想。他说，他父亲到中国传教时的梦想，是能够在中国的每个村庄里，找到一位上帝的代理人帮助他传递上帝的福音。但他的梦想从来不是这样。"我希望，每一个中国村庄里，都能有一个人乘坐着火车，走过我亲手建造的这座铁路大桥。"他对谷友之说。

第四章　世　界

　　白天黑夜都拎着块"波斯"毯子，在大街小巷里游荡的那个老人，一直叫自己成吉思汗。"我叫成吉思汗。"在他愿意和人说话的时候，他会这样说。
　　"成吉思汗，你怎么还不跪下去祷告？"
　　"成吉思汗，你一会还要给谁祷告？"
　　"成吉思汗，你真会把我们小孩子吃进肚子里去吗？"
　　一年四季，每个早晨，都会有几个孩子跑到静安寺门口，找到这位成吉思汗，尾随在他后面游荡着，直到天完全黑透了——哪怕他们跟在他后面不足五步远的地方，眼睛也无法再看清他手里那块毯子。整个白天，他们乐此不疲做着的一件事情，就是反复向成吉思汗询问前面那几个问题。只有在他停留于河边或是某条街道的拐弯处，踮着脚向远处张望时，他们才会趁机朝他探过去脑袋，问他是不是在找他的家。"你有小孩吗？"他们非常谨慎地问他。在不愿意和他们说话时，成吉思汗总是沉默着，从来不回应他们。但是，他还是会望着他们，对他们笑一下。"到这里来，我的勇士们，坐到毯子上，歇歇你们的脚和战马。"偶尔，他也会把手里的毯子铺到地上，招呼着孩子们坐到他那块毯子上玩耍。那时候，他们就会相互对望一会，猜测他一定是找到了他要找的那样东西。他们始终相信，他每天在大街小巷和河边上游来荡去，一定是在寻找他最宝贵的那样东西。

成吉思汗手里的毯子一铺到地上，那群孩子就会跳蚤般挤满那块看不出原本颜色的毯子。"它现在有点脏了，但它是从波斯来的。"成吉思汗坐在孩子们旁边的地面上，瞅着毯子，认真地给他们说着他这块毯子的来历。"波斯是个什么地方，有没有浒口这么多街道？"一个孩子问道。所有的孩子中，没有谁知道波斯在哪里，四周是不是有宽阔的城墙包围着它，墙外是否也有一条发起脾气就会决堤的大河。在浒口，包括大人和刚学会说话的孩子，人人都把包围着浒口的围墙叫做城墙。"那是个国家。它在很远很远的地方，我也没去过。我的父亲告诉我，如果要到那里去，骑着骆驼也要走上一年半载。"成吉思汗老老实实地回答着那个孩子。"不过，"他说，"我那位祖先，早在几百年前，就带着他的勇士们，征服了那里。后来，他还把他的一个儿子留在那里，由他来掌管那个地方。当然，另外一些跟着他凯旋的人，一直都在告诉他们的老婆孩子，世界上所有好看又神奇的毯子，全是由波斯人织出来的。""你的老祖宗是谁？"另一个孩子大胆地问。这个孩子相信，成吉思汗应该早就记住了他的名字叫南海珠。每一年里，他爷爷都要把这个拎着毯子四处游荡的人，请到他们家里三次或是两次，用他们家里珍藏的、上面打造着漂亮花纹的银质餐具，招待他吃饭。那些餐具，他们家人只有在过年和为爷爷做寿时，才被准许拿出来使用一次。他已经暗暗地数过很多遍了，他们这些跟在成吉思汗后面游荡的小孩子，从静安寺门口跟到码头，或者从码头跟到静安寺门口，他们一个也没有少过。仿佛他是根串鱼的柳条子，始终结结实实地串着他们，一条鱼也没有弄少,连一片鱼鳞也没有丢掉。他由此断定,成吉思汗不会吃他们这些小孩子。尽管有很长一段日子,他甚至在睡梦里,都惧怕独自遇到他。原因是负责看护他们的两个奶妈,在他们兄弟两个哭闹时,就会想方设法地避开他们的母亲,用一种比夜里猫叫更可怕的嗓音,低声地恐吓着他们,若是再哭闹,她们就会找来那个拎着毯子的人,差遣他在半夜里把他们弄走。"那个人一将你们裹进毯子里带走,就会找个没人的地方,吃煎饼那样,卷上根章丘大葱,把你们吃了,连节脚指头都不会剩下。"她们说,"头发和指甲,也会被他吞下去。"

在他又长大两年后,他发现,整个泺口的小孩,差不多都和他一样,曾经害怕着那个人和他手里的毯子,担心他把他们藏进毯子里卷走,吃掉,连头发都吞下去。他甚至隐隐地察觉到,即便是他们醋园里那个跟黑砖塔一样结实的伍春水,似乎也在害怕着那个人和他手里的毯子。而伍春水的父亲,醋园里那个老工头,被他纠缠着讲的所有鬼怪故事里,几乎每回都有成吉思汗吃人的一节。他还告诉他,那个拎着毯子的人,能踩着毯子,"在黄河的水面上自由地行走",完全是因为他的脚一下到水里,脚趾间就跟鸭子那样长出鸭蹼,脚底板和腿上还会长满鸭毛。而站在河边上看他在水面上行走的人,只要看见他从怀里掏出绳子,往水里一抛,就会有个在水里沉浮着的"鱼人",被他拴着脚腕拉到岸边,好像那个潜在水里前行的鱼人,是自己躲在水下头,往脚腕上系了绳扣。最令他毛骨悚然的是在所有故事的最后,那个老工头都会说出同样的结尾:那些被成吉思汗拉到水边的"鱼人",一到黑夜里,就神不知鬼不觉地消失不见了。"没有人知道他们去了哪里,你说,是不是被那个人在黑夜里偷着吃进了肚子?"

在问成吉思汗的老祖宗是谁时，因为年龄太小，南海珠还不知道，在泺口生活着的任何一个成年人，差不多都听成吉思汗说过他的老祖宗是谁。"我的老祖宗是成吉思汗。"愿意开口讲话时，对路上那些认识或不认识他的行人，成吉思汗都会这么对他们说一遍。他还会告诉人家，在他那个叫成吉思汗的老祖宗统治天下的时期，地中海只配做他那位老祖宗的一个洗澡盆。"那时候，一个蒙古人能到埃及去做讼师，一个阿拉伯人，也能自由自在地到北京做一名税吏官。"他从怀里掏出块肮脏的"艾德莱斯绸布"手巾，擦着嘴角。"这种绸布的名字，叫艾德莱斯。"他说，"上面花纹的颜色，是用桑树皮和胡桃皮染出来的。大地上众多的花花草草，都能做它的颜料。"他低着头，指点着那块手巾上难以分辨的花色，从来不管有没有人听他说话。当然，他说这些话时，并没有一个人在意或是愿意知道，埃及是个什么鬼地方；地中海又是多大一个洗澡盆子，盆子外面，有没有哪些达官贵人给它包上层耀眼的白银子，或是用金子镶上了一道金箍。对于他说的阿拉伯人，更没有人愿意知道，他们是长着四只手六只眼睛十二个脚趾，还是长着绿指甲红头发黄眉毛黑牙齿。

"我的老祖宗是成吉思汗。"成吉思汗很认真地回答南海珠。

"那你，为什么和他叫一个名字。"南海珠非常好奇这一点。他盯着他包在脚上的破布子，想知道，他的脚为什么要等下到水里后，才能跟鸭子那样，将所有的趾头连在一起，腿上还会长满鸭毛。

"我们身上流着一样的血。"成吉思汗盯着他的毯子。

南海珠还是不明白，流着一样的血，为什么就要叫同一个名字。"它为什么是从波斯国来的？"他指指那块毯子，放弃了前面的问题。

"我们统治了那里。"

"是统治了波斯国吗?"

"还有很多地方。"

"埃及,也归波斯国管吗?"南海珠记住了成吉思汗前面说到的,一个蒙古人也能到埃及去做讼师。他很想知道埃及在哪里。而他想知道"埃及",是因为成吉思汗将它和蒙古连在了一起。他母亲说过,他那位常年不回家的父亲,就住在蒙古草原上一位王爷家里。

大概是由于不想再和这个小男孩说话,于是,成吉思汗便回答他,他也不知道它们在哪里,是像星星一样挂在天上,还是沙子般被包在一摊河水里。"我只记住了它的名字,知道它是一个国家。"

以后还有很多次,南海珠都想弄清楚有关埃及这个问题。但是,成吉思汗一次也没有认真地回答他。好像他在夜里去某个地方游荡时,一不小心,把"埃及"两个字从口袋里弄丢到了地上,又恰好被经过的一条狗或是一只迷路的老鼠吞进了它们饥饿的肠胃中,他再也没能把它找回来。

义和拳风起云涌地起来反对洋人,四处烧毁洋人建造的教堂,驱赶、杀死洋人宣教士那一年里,周约瑟两条健壮得跟骡子一样有力的长腿,还没有假装过瘸子。这个有着两条壮硕长腿的男人,带着满身醋醣和汗臭味,每天一有空闲,就会从醋园或是家里溜出去,装成一个瘸腿的人,四处探听义和拳民又在哪里杀死了洋人。一旦听到有洋人被义和拳杀死的传闻,第二天,醋园里那些用来装醋的瓶瓶罐罐中,就会丢失一个完好的玻璃瓶子——在太阳光直直地照射到河面上时,他就会趁着晌午歇工的间隙,跑到河滩上,将一个用蜡油密封好,里面纸卷上写着"苏利士"的玻璃瓶，用力地抛到几十尺外的河水中，跪倒在河边，向河神祈祷着，能让那个瓶子顺着河水漂进大海，最终漂到苏利士老家的海边，抑或某条河里，被他的兄弟姐妹或是某个亲戚捡到。这样，他们就会知道，苏利士还在离他们很远的中国活着，并没有被他们从传言中听到的义和拳民们杀死。

制作漂流瓶的方法，是苏利士教给周约瑟兄弟俩的。在他父亲周大河去世那年，苏利士曾经陪着他们母子，到河里去给他父亲的魂魄放过一盏荷花灯。就是在那次，放完灯回到家里，苏利士在给兄弟两人讲约拿被大鱼吞进腹中的故事后，讲到了大海里的漂流瓶。"那条大鱼也是一只漂流瓶。"苏利士说。当时，这位宣教士告诉两个孩子，一个人在大海里航行时迷失了方向，或是一个像他这样远离自己的国家，与家人隔着千山万水的人，在不能确定生死和未来，一时没办法回到亲人们中间，也没有人能够为他们传递信件时，他们就会把写有自己名字的纸条，装进一只瓶子里，密封好，把它投进大海中，或是一条能够通往海洋的河流，让那个瓶子把他们平安的消息带给家人。在讲完漂流瓶的第二天，苏利士还找来瓶子，亲手教会了两个孩子如何制作他给他们描述的那种漂流瓶。后来，在他带着他们，将他们共同制作完成，里面装有苏利士名字的漂流瓶放进黄河里时，苏利士笑着告诉两个孩子，过不了多久，也许六个月，也可能因为有些海水河水在奔波累了时，喜欢停在某个地方休息上一阵子，所以，或许需要比六个月更长的一些日子，比如一年或是三年；但是，总之，在未来的某一天里，他家人中的一个，他的一个兄弟或一个姐妹，也可能是他们的某个孩子或者亲戚，肯定会在大海边，捡到他们投进水里的那只瓶子。

因为损失的那些上好玻璃瓶子，又在外面装成瘸子骗人，周约瑟被南海珠扣罚了一个月工钱，外加一份丰厚的年货，以及年底的赏钱。当然，醋园里那些伙计们从来都没人知道，他们的主子在醋园里扣罚他的东西，在大宅子那边，太太厉米多一分不少地都给他补了回去。并且，那个无比细心善良的太太，在他买回那个娼妓做老婆后，她不光亲自把她请进了南家花园里做事，每到年底，她还会给她双份的赏钱和双份的年货。

除了洋人医院里的宣教士，给城里其他主顾们送货的日期和路线，周约瑟也都按着事先排好的顺序，四时不变。依着日期，一大早，他首先赶着马车拐进了商埠。经四路教堂西侧的日式料理店里要求他送醋的时间，"任何月份和日子都不能晚于上午九点"。在马车走到商埠公园前，有两群人已经在那里打了起来。并且，是从公园里面一直打到了大街上。因为参与打架的人多，看热闹的人也越聚越多，一条街被堵得水泄不通。周约瑟吆喝着两匹骡子，打算掉转马车返回去，从前面或者后面的路上绕过去。但是，很快，他便发现自己的判断又出了岔子——后面跟上来的人和车，早就让他寸步难行了。他的马车后面，一辆小汽车死命地鸣着喇叭，好像它的叫声能让车轮子或是车门，变出天使背后那种肉翅膀，或是招来孙猴子的筋斗云，带着它从拥堵的人群里飞起来，贴着树叶和云彩，从天上飞过去。不过，气急败坏地叫嚷一阵子后，它也只好偃旗息鼓，耐心地趴在路上，假装闭着眼睛睡着了。

在商埠里卸完货，周约瑟瞅眼日头，牵着两匹骡子急急地往城里奔，走得浑身冒汗，总算卡着时辰到了大明湖饭店。在那里卸完醋，日头已经到了中天，他便照着常例，拐到后宰门左家热汤锅的馆子前，在一棵老柳树下停了车，拴好骡子，给它们挂好料兜子，喂上料，然后到馆子里找张靠门口的桌子坐下，要碗驴杂汤、两个烧饼、二两明水福祥和的高粱烧。吃喝完了，又闷着头坐在板凳上抽袋烟。

两匹骡子也吃得差不多了，低着头，从路上铺的青石板缝里饮着水。周约瑟常年到这里歇脚，因由之一就是这条街的路面上经年淌着泉水。他们在这里歇下来，他只要给两匹骡子喂上料就行了。那两匹牲口，只要肯低下它们高贵的头，就能随处饮到清凉干净的泉水。夏日里雨水丰沛时，各个泉子里的水高涨起来，石板路面的缝隙间不仅流淌泉水，还会有成群的小草鱼，甩着尾巴，顺着一条条的水流游来游去。

周约瑟起身收拾好料兜子，拉起骡子马车，心里盘算着，要先到芙蓉街上贵心斋的铺子里，给二小姐南珍珠买几块稀罕点心，再动身往南门外的教会医院去。

那是个没长翅膀的天使。周约瑟在心里称赞着那位二小姐。苏利士在称赞某个让他喜爱的小孩子时，常常都是这样说。前几天，他到医院里送醋，她又给了他一块西洋人的"香皂"，让他"带回去给茉莉嫂子洗脸"。而这之前，一个热季里，她就给了他三盒"清凉油"。那可是教会医院从外国弄来的稀罕玩意，一种奇妙无比的神药，既能醒脑提神，除蚊虫叮咬，还能治疗头疼脑热。有一回，他急着赶路，被地上暑气蒸了，头痛恶心，手脚冰冷。进到医院里，被二小姐看到，她飞跑回病房，拿来一小盒东西，打开，用指尖蘸了些许，涂抹到他的太阳穴和鼻翼两侧，又扶着他到阴凉地里坐一阵。没有半袋烟工夫，他的头脑就清爽起来，清爽得差不多跟块薄冰一样透明了。

两匹骡子熟门熟路。穿过辘轳把子街，它们就自由自在地走在了文庙墙外的东花墙子街上。从那里穿过芙蓉街，顶头就是院前大街。然后,沿着院前大街往东,拐上天地坛街,打那里朝南去,出了南城门,往前几百步,走出朝山街,那两匹骡子自己也能望见教会医院的高楼,独自走到那里去。但是,他到铺子里买了点心出来,走到芙蓉街口,就被院前大街上满满一街筒子闹花样的人堵在了那里。

游行的人前呼后拥,一眼望不见首尾。他耐住心思等一会,又等一会。把怀里几十文钱掏给那个倒霉的孩子后,因为担心两头牲口受到惊吓,他拉着它们掉转车头,盘算着沿芙蓉街折回去,经过后宰门到县西巷,打那里穿过院前大街。马车掉转头,重新走回了文庙门前的影壁下。影壁对着的马市街上,一个妇人站在街当央,正面朝文庙的影壁在骂街。他从来没见过泺口哪个妇人,口舌骂得那么粗鄙,不堪入耳。万能的主!他一定是受了哪个魔鬼的诱使,居然扭过头去,朝那个妇人张望两眼,想看看这个骂街的妇人,到底长了副什么神仙尊容。他跟厌恶品行不端的酒鬼一样,厌恶所有骂街的女人。他的眼睛刚落到那个妇人身上,还没有来得及看清她的眉眼,便听见有人高喊两声:"借光!借光!"他扭转头,瞅着迎面驶来的那辆拉木头的大车,晃晃缰绳,拽住两匹骡子,吆喝着它们朝马市街口上靠了靠,让出文庙影壁下的路给那辆大车。该死的撒旦!就在那辆车错过去半个车身,那个赶车人称呼着他"老哥",笑着向他道谢时,那辆大车的一个轮子,恰好陷进路面损坏了半块青石的洼坑当中,车身剧烈地摇晃一下,一顿,一荡,两根木头便起伏跳跃着,从车顶上滚落下来,不偏不倚地落到他的马车上面,砸在了两个装满花醋的坛子上。

"戴维先生好!"南明珠从马车上下来,侧转身子,向谷友之旁边的美国男人道个万福。

"您好夫人。"

戴维从仆人手上接过灯笼，朝前走两步，以便更清楚地为南明珠照亮脚前的路。他像迷恋中国食物一样，迷恋这位中国妇人和他打招呼的方式。为此，他特地让太太马利亚跟南明珠学习过多次。不过，学到最后，他还是让她选择了放弃。原因是他觉得，马利亚那些僵硬的动作，实在是破坏了这种"东方礼仪"带给他的美妙感受。虽然在后来，南明珠给他们送来一个当地的小姑娘做仆人，而这个叫凤凰的小姑娘，也使用同样的礼仪向他问好。但是，凤凰的年龄毕竟有点小，她向人问好时道的那个"万福"，和马利亚学出的动作几乎一模一样，上面没有附着丁点儿"中国女人的味道"。

"请您慢走。"戴维走在南明珠前面，继续为她引着路。尽管月亮又大又圆，他的太太马利亚还是吩咐仆人，点上了灯笼。她和他，都喜欢中国式红灯笼柔和温暖的光芒。

马利亚也走出她招待客人那间屋子，在院子里等候着她的朋友了。她手里夸张地举着一枝点燃了五根短小蜡烛的银烛台，烛台枝子上缀着的水晶吊坠，随着烛光的摇动，在她手上光芒四射。她为自己没来得及到门口去迎接客人，反复地在说着"失礼了"。蜡烛闪烁不定的柔软火焰，与月光和水晶的光芒交织在一起，把她照耀得如同《圣经故事》插页当中绘着的某个天使。

"您可真像个天使。"

给马利亚道过万福，南明珠便挽住马利亚伸给她的胳膊，亲切地挽着女主人的手，跟随那些摇曳的烛光，进了屋子。

屋子里温暖如四月天。尽管天气远没有那么寒冷，马利亚还是早早地吩咐仆人在壁炉里生了火，来款待她的朋友。戴维将他们房屋内的地面铺上了一层薄石板，并且在石板下面留出了火道。这样，当他们点燃木块，或是一种产自南沂蒙县竹园煤矿的"香煤"，在壁炉里生起火时，热量就会跑进那条专门为它们设计的火道里，穿过石板下面的通道，将整个屋子的地面烘热。那些无烟无硫，甚至在燃烧中会散发出薰衣草般淡淡香味的煤炭，是邀请戴维来浈口修建铁路大桥的那位德国总工程师，作为一份特别的福利，在每年冬季里送给他的。"这是种非常罕见的'香煤'，它们被德国人开采后，全部用轮船运回了他们的国家。"有一次，在他们谈到大清国的矿产资源时，戴维指着壁炉里正在燃烧的"香煤"，这样告诉巡警局长谷友之。而在他和马利亚居住的这座房子里，由于拥有那些香煤，在中国北方漫长的一整个冬季里，他们的屋子内都会像春天一样温暖。为此，他们的朋友们来做客时，总是能在外面铺满大雪的寒冷天气里，赏到一种或是两种平时要在春天里才能盛开的鲜花。

马利亚将手中的烛台交给了身边的凤凰。她腾出手，走到南明珠落座的椅子后面，帮她整理着头发和羊绒披肩。这条盘羊绒披肩，是上年圣诞前的平安夜里，她送给南明珠的新年礼物。早在两年前，她就已经筹划着，想送给南明珠这样一条披肩了。因为盘羊濒临灭绝，用盘羊绒制作的披肩越来越稀少，并且，几乎所有用这种羊绒做出来的物品，都落到了欧洲各个王室和一些贵妇人手里。她差不多等了两年，才得到这条曾经由法国一位贵妇人珍藏过的稀有之物。在那个圣诞节里，南明珠送给她的，则是一顶美妙绝伦的"凤冠"。这种用黄金和白银敲打成龙凤造型，饰着象征富贵的牡丹花，并缀满晃动起来摇曳生姿的各种珠滴，专门戴在女人头上的漂亮装饰物，马利亚在很久以前就渴望能拥有一件了。初到上海时，她跟随父亲参加过当地一户人家的婚礼，在那个古色古香的婚礼上，她首次见到了中国的新娘子。那个娇羞的新娘子，头上就戴着一顶华丽的"凤冠"。后来，在她父亲读中国诗人白居易的《霓裳羽衣歌》时，她听到里面"虹裳霞帔步摇冠，钿璎累累佩珊珊"的句子，突然觉得，即便是维多利亚女王的王冠，在这顶属于中国女人的凤冠面前，也会变得黯然失色。有一次，她和南明珠结伴到商埠里观看电影，回来的马车上，她把这件事情当作发生在自己身上的一件笑谈，讲给了南明珠。南明珠告诉她，在南宋有一位被称作康王的皇帝被金兵追杀之前，这种凤冠，只有皇宫里的皇后妃子和公主，以及那些拥有相当品级的贵妇人们，才有资格佩戴它们。后来，那位康王在逃亡的路上，被一位在晒谷场里晾晒稻谷的姑娘藏在盛放谷子的箩筐里，捡了一命。从此之后，那位皇帝才允诺，任何一个普通的中国女人，都可以在成亲当天，像一位"娘娘"那样，将这种凤冠戴在她们头上。

餐桌上铺着洁白的亚麻桌布。凤凰从女主人手上接过银质烛台，把它放在了一幅马利亚亲手绘制的油画下方。然后，按着主人每次宴请客人吃西餐时的习惯，关闭电灯，点亮了屋子内所有的蜡烛。油画上那片金色麦田里的麦穗，被交相辉映的烛光照射着，饱满得好像要有麦粒脱落下来。"我想，上帝一定喜欢籽粒饱满的农作物。"南明珠第一次看见这幅画，并站在跟前，长时间地欣赏它时，那幅画的创作者走了过去，和她一起仰望着自己的作品，并带着种掩饰不住的喜悦对她的客人说。

"是不是可以开始了，夫人？"

凤凰走到马利亚身旁，细声细语地问道。

"是的，可以开始了，我亲爱的凤凰。"

马利亚声音柔和地回答过她的小仆人，在女主人的位置上坐下来，看着那个小姑娘手脚麻利地转过身去，迅速地将擦手的热毛巾端上来，先是递给两位客人，依次是她和她的丈夫。她非常喜欢南明珠送来的这个可爱的小姑娘。在上海时，她父亲一直不允许她和母亲使用仆人，宣称上帝派他们到大清帝国来的目的，完全是为了把东方人的灵魂从毁灭中拯救出来，而不是奴役他们的身体。但她跟随戴维来到泳口后，还是雇用了两个男仆，并且收下了南明珠送来的一个十一岁的年幼女孩，做她"贴身的女婢"。那两个男仆人，稍微年老的一位，负责给他们照料马匹，赶马车，种植蔬菜，拾掇庭院里的花圃；另一位中年男人，除给他们购买燃料、各种食材外，还负责做她丈夫热爱的中国饭菜。在他们那些从美国和欧洲来的朋友面前，戴维常常称那个厨子是"会变魔术的厨子"。对于丈夫的这一说法，马利亚很是赞同。不过，比起用干牡蛎粉等调味品做出的中国美食，她还是更喜欢这个名字叫凤凰的女孩子。不仅是喜欢，而是爱，像一个母亲爱自己孩子的那种爱。"如果有一天，我们必须离开这里，到英国或是美国去，我们会一直把她带在身边。"马利亚这样告诉南明珠。她不但每天教凤凰说英语，教她各种日常的卫生习惯，培养她欧洲人的各种生活方式，有了闲暇，她还会坐下来，手把手地教她学习已经在欧洲很多国家里流行的绒绣。现在，这个早就长到了十四岁，又聪明又伶俐的女孩子，已经异常熟练地掌握了绒绣所需要的各种技巧。而且，她还出乎马利亚意料，巧妙地把一种从她母亲那里继承来的、将蚕丝和人发混合在一起的"中国鲁绣"技艺，融进了那些欧洲绒绣里。现在，这个聪明的女孩子，正按照她的吩咐，将一幅《王后归来》的油画，变成一件完全不同于欧洲绒绣的绒绣作品。这幅油画，逼真地描绘了玛丽王后游历完欧洲，回到英国时的盛大场面。马利亚非常热爱这位王后。她一直都在憧憬着，有一天，由这个被她一手带大，并教会绒绣的中国女孩，用她独创的绒绣手法，绣出一幅《王后归来》的绣品，然后通过她的父亲，将它送给英国皇室，能够荣耀地挂到英国王室的某个房间里。

现在，坐在餐桌前的人，都在等待着这位伶俐可爱的姑娘，把他们晚餐的食物，摆到他们围坐的桌子上，摆在每个人面前Aynsley的盘子里。

在苹果馅饼和蔬菜沙拉摆上餐桌，与刀叉盘子排列在一起前，戴维建议大家先饮一杯马利亚亲手酿造的苹果酒。"我保证，就是上帝路过这里，嗅到了它的甜美味道也愿意坐下来喝上一杯。"在征得餐桌上所有人同意后，他愉快地站起来，取了酒，依次为大家斟上一杯。"想一想，我们首先要为一件什么事情干杯呢。"戴维举着酒杯，朝他太太看一眼，又把目光转向了他们的客人。

"为我们正在愉快度过的这个夜晚，也为两位先生和两位女士，在一个礼拜里辛勤的劳作。"马利亚望着南明珠说，"我这个提议怎么样？"

"这是个可敬的好主意，"南明珠望着桌子中央跳跃的烛光，微笑着，看着刚刚摆放在她面前的馅饼，"我还想再加上苹果馅饼。"

"我也愿意陪着我的太太，加上这些苹果馅饼。"谷友之大声笑着，"除了她想在我这里要的那些独立和自由，这些馅饼可是我太太最喜欢的东西了。"

"我忘记了，有没有和您说过关于一匹白马的寓言。那匹白马为了从它的草场上赶走对手，所以，它就选择了和人类结成同盟。结果呢，结果您当然知道，它最终成为人类的工具。"戴维把水晶杯子里蜂蜜水般透明的苹果酒喝掉后，望着谷友之说，"现在您说到了独立和自由，待会儿喝咖啡的时候，我愿意非常认真地和您谈论一下这两个词语。独立和自由，这可是整个人类一直都在思考的问题。"

"只要您愿意，我当然愿意洗耳恭听。"德律风这个有着魔鬼般能力的怪物件，要是不计那个魔鬼身上的罪，它应该算得上是这个世界上最好的一件东西。谷友之想着南怀珠从城里打来的那些电话，以及这些天不断从那个东西里传出来的城里面关于独立那件事情的种种消息。他举着手里喝空的酒杯，晃了晃。"不过，这些苹果酒要是能再辣上那么一点，再辣上两粒胡椒那么一点，也许会更让人迷醉。"他说。

给第十个醋缸盖好盖子时，周约瑟挨近了伍春水。他扔到河水里去的那些瓶子，以及在外面装成瘸子，四处打探有没有被杀的洋人这件事，就是被伍春水首先发觉密报给主子的。后来，也是他建议主子，扣掉了周约瑟的工钱和年底的赏钱，并把瘸子的称呼安在了他身上。不过，即使被扣掉工钱赏钱和那份年货、得了瘸子的名号，周约瑟也没有用陈芝麻教他的咒语，往瓦罐里放上剜掉一只眼睛、剁掉一条腿的蛤蟆和十只公蝎子，埋进土里，去诅咒伍春水和他祖宗，让他们的后代子孙瞎眼瘸腿。每天上工前，周约瑟仍然会安静地站在那里，让自己先念上十遍"以马内利"，求天上那位神保佑醋园里每个伙计都平安无事，酿出的醋是泺口最地道的酸味。天堂里的美酒会让人喝了舒心，不像地上的人，喝下去二两猫尿，也许就会醉成泡狗屎。他一直相信，上帝会把天堂里的美酒递到他熟识的洋人手里，那么迟早，那位老爷也会把美酒和更多美好的东西，同样赏赐给他和他的家人。并且，从那时候起，每次去见苏利士，他都不忘问上一遍，他能不能也编写出一本类似《良知心镜》的小册子，像印《圣经》或是《教义问答》那样，印刷出来，分散给他周围那些暂时还没认识到上帝的可怜人。那段日子，他认为自己身边熟悉的人里，最可怜的一个就是工头伍春水。这个一年四季都喜欢跑到黄河对面的鹊山上，坐在山上眺望黄河的人，谁也不知道他在黄河里都看见了什么仙景。

在周约瑟走到第十一个醋缸跟前，把第十一个尖顶苇笠拿在手上后，他还在心里犹豫着，要不要把刚才给主人说过的话，再给身边这个工头重复一遍。想了一会，他觉得那种大事，还是只告诉主子一个人就够了。就像有些话，他只能对着老神甫或是上帝一个人说。他拿定主意，抬起头，恰好看见伍春水两手扶在缸沿上，正伸长鸭脖子，隔着醋缸在对他说话。

"老轿夫，今下晚回来得这么迟，是跑到马市街给哪匹骡子配种去了？"伍春水讥诮地笑着，看着他。

"要是老天爷真公平，让骡子也能下骡驹子，这种事保证不劳烦您操心，骡子们会自己咬着尾巴，白日里产下一串，黑夜里再产下一串。"

"那就是巡抚衙门或是第五镇营房里，在学着早年那位按察使，把老城和商埠里的娼妓抓去，又在按猪肉价卖了？"伍春水眼睛盯着周约瑟，嘿嘿地笑了两声。

"老天爷也有打盹的时候。"周约瑟说，"天老爷的磨盘极慢，可磨得仔细。"

"那你有没有听说，前些日子，商埠里有家妓院，变出个卖彩票的新花样，谁中了头奖，就能从那些头牌娼妓里随便挑一个领回家,想怎么睡就怎么睡。哪怕是让她跟一头黑驴配种,她也得欢天喜地,躺在黑驴的腿裆里,伸着舌头去舔驴蛋。上关渡口有个走了狗屎运的老纤夫,就中头奖领回来一个。交配时,他让她像头母驴那样仰着脖子叫唤,她就嗯啊嗯啊地拖着长腔叫唤;让她跟母猪一样哼哼,她就母猪似的哼哼哼哼个不停。纤夫带着那个神女到了河边,命令她扒光衣裳,和他们一起拉纤,她就赤身裸体地牵起根绳子,晃荡着两个布袋奶子,夹在一群男人中间拉纤了。"

"看着吧,就算比遇见河神召集神仙们聚会还难,老天爷肯定也有个公平日子。"周约瑟把手里的苇笠扣到醋缸上,瞅眼嘿嘿笑着的伍春水,快速地站到了下一个醋缸前。他不愿继续跟这个工头说话,更不想离他这么近。要是在礼拜天里赐给众人宝血的那位上帝,这会儿恰好经过这里,而且肯停下来,准许每人向他祈祷一件事,并能立刻应允他那个愿望的话,他此刻就想站在离这个家伙比一百尺更远的地方,在那里干比盖醋缸重一百倍的活。

醋园里第一个看见周约瑟买回那个娼妓的人,就是伍春水。他也是第一个知道,周约瑟是按照肉市里猪肉的价钱,称着斤两,从按察使手里买到的那个娼妓。那年,全省数千名参加科举考试的年轻儒生,汇聚到济南府,住满了城里城外的大小客栈。更轰动全城百姓的是,此间,除了进考场那几天,差不多在任何一家客店和妓院里,都有这些年轻儒生们聚在一起,不分昼夜地寻欢作乐:喝酒划拳,招妓狎妓,左拥右抱,醉生梦死,乐此不疲。当时的按察使大人微服出巡,看到这些装满一肚子圣贤书的儒生们昼夜地淫乐,全无读书人本该持有的操行品德。这位万分恼火的按察使老爷,便把全部罪责都加在了城里的娼妓们身上。他下令把整个济南城里能找到的娼妓,不论明妓还是暗娼,全都

063

拘捕起来，关进牢狱；然后，他命人满大街贴出告示，昭告全城百姓，要把这些祸乱纲常、已被抓进牢狱里的娼妓，像卖猪肉一样，以市场上的猪肉价，按照斤两，卖给城外乡下的农民做老婆。周约瑟到城里送米醋，在便宜坊门前听到这个千古未闻的消息，一下子连气都喘不匀了。他手忙脚乱地卸完醋，水都没顾上喝一口，便急匆匆地赶着两匹拉车的骡子，一路上差点没把它们跑断了气，和它们一样汗流浃背地奔回了涿口。为了凑够钱买回个娼妓做老婆，他先是找到了伍春水，从他手里借到了二百文钱，之后又按着伍春水教给他的主意，找到老爷南海珠，预借到了两个月的工钱。然后，他一刻不停地回到城里，跑去官府里关押娼妓的牢狱外，买回了一个又瘦又小、身量不足七十斤的年幼娼妓。

伍春水借给周约瑟那笔钱的条件，就是要周约瑟保证，他会把买到手的娼妓，第一个带给伍春水看。

逃离开伍春水，站到距离他有十二个醋缸远的地方后，周约瑟急切地念了三遍"以马内利"，又念了十二遍"阿门"，全身才像一片在微风里摆动的树叶那样，轻松自在起来。他低头瞧眼自己的脚，醋缸投下的暗影覆在他的鞋面上，如同一张薄薄的蜘蛛网。这张蜘蛛网，让他快速地想了一遍他的亲娘，那只"世界上最毒的蜘蛛"，在他家老屋墙角上织出的那张巨网。"独立。"他想着在城里看到的混乱场面，听到的混乱口号，觉得自己头脑里也跟那张蜘蛛网一样，上面有着成千上万个漏洞，一丝针眼那样小的风，也能从那些漏洞里钻过去。他有些后悔，不该把这样一件望不着边际的事情，莽撞地告诉了主子。无论如何也该等到晚上，先到苏利士神甫那里，向他询问一下。至少，他得先去弄明白，"独立"到底是个什么鬼东西，是个安装了天使翅膀的撒旦，还是个故意收起翅膀，把自己装扮成了撒旦的天使。

第五章　魂　灵

回南家花园前,南海珠又在街上游逛了一阵子。在静安寺门前,他没有看见老成吉思汗。他不在,他那块毯子自然也不会独自留在那儿。除了跪在那块毯子上祷告,老成吉思汗还会蜷缩在它上面打瞌睡,或是身子匍匐在上面,一只耳朵贴在地面上,寻找马蹄子奔驰的声音。他好像一刻也没离开过它。"他可能正和那块毯子一起,在河面上行走着,搜寻那些企图潜伏在水下逃走的鱼人。"南海珠回想着小时候的那些可笑想法。他始终没有弄清楚,这个能踩着毯子在水面上漂浮的人,是什么时候出现在他视线里。每次得出的结论,好像都是从他有记忆那天,他就在大街小巷里、码头上,或者任何一个他要去的角落,看到那个人和他手里那块毯子了。差不多在他十岁时,他开始不再惧怕那个人。因为他已经观察清楚,那个人手里拿着毯子,并不像传言中那样是为了卷走他们这些小孩子。他形影不离地把它拎在手里,完全是为了随时把它铺到地上,供他跪在上面,做一些没完没了的祷告。

"每件物品都需要三种命名,每块土地下面,也都掩埋着许多死亡和腐朽的事情。"那年,他一边哭泣,一边记下了成吉思汗这句话。"请您救活它吧。"尽管已经十岁了,他仍然没有弄明白成吉思汗那句话的含义，不知道一种物品为什么要有三个名字，也不知道土地下面都掩埋着什么。当然，他也没想去弄明白。他满心里想的就是怎么让那只闭着眼睛死去的小鸡崽，从成吉思汗手里活过来。在他惶惶不安地把小鸡崽交给成吉思汗后，那个老头先是郑重地从怀里摸出本很少有人见过的羊皮纸书。那卷书的封面看上去极其破旧了，但上面描绘着的漂亮水纹，却仍然清晰明媚，灿烂夺目。"这是湿拓上去的。"老头指着那些水纹，告诉他，湿拓是世界上最古老神秘的一种拓画手艺。"可惜它早就失传了。"然后，成吉思汗翻开其中一页，捧在面前默诵起来。默诵完那页书，他闭上眼睛，低垂下头，开始了他的祷告。祷告结束后，成吉思汗又重复一遍那句他听不懂的话，手指在一只葫芦刨开的瓢子上，有节奏地敲击起来，像在敲着一面金黄色的小鼓。"嘣嘣嘣，嘣嘣嘣……"那面小鼓不断地响着。而那只闭着眼睛的小鸡崽，就躺在小鼓下面的那条波斯毯子上。

那只小鸡崽，最终也没有从那块神奇的毯子上站立起来，睁开它的小圆眼睛，发出"唧唧唧唧"的哼叫声。"它肯定是做了一个梦，梦到了一个它更喜欢去的地方。"老成吉思汗安慰他说。"结果，它没管住自己，就让自己的魂灵先跑到那里去了。"那天，是老成吉思汗最后面这句话，让他停止了哭泣。他不再去想那只让魂灵跑走的小鸡，而是一直在愣愣地冥思苦想着，自己要是有灵魂的话，他的魂灵会在哪里？到了第二天，他又开始去想，他有没有梦到过一个让他的魂灵想离开他，逃跑去的地方呢？

快六点钟的时候，南海珠走在了通往他们那座大宅子的街上。街口上，两盏照明的玻璃油灯，一盏也没有映出暖黄的火苗子，为他照亮眼前的世界。尤其是这会儿，尽管有颗崂山道士剪出的月亮挂在天上，他还是渴望着，有盏闪烁的灯火，太阳光那样,暖洋洋地照耀着如同一匹粗布般在他脚下铺展开的路面。

"懒惰的东西!"

南海珠骂着负责照管这两盏油灯的热乎,猜测那个孩子晚饭前跑出来点灯时,一定又忘了检查灯座里剩余的油量。"天上的月光再明亮,也有它照不到的死角。"他嘀咕着,踩着半明半暗的路面,继续训斥着那个没有跟在他身边的孩子。月光铺了大半边街道。这让他想起立春后开了河的水面。那个时节,河里的冰冻不管是不是有半尺厚,人都不能再让自己的脚立在上面了。他已经吩咐过那个孩子无数回:"就算是天上有月亮,就算十五夜里的月亮像日头那样当头照着,到了晚上吃饭前的钟点,也要去把街口那两盏灯点上。"但现在,那两盏原本该亮着的灯,没有一盏发出亮光。"要剁掉他一根手指头,他才会长记性!"在这之前,他几乎没有骂过这个男孩子,哪怕在他得知那是一个娼妓生下的"杂种"。

将热乎带到涑口的,是周约瑟用猪肉价买回来的那个娼妓。"还添了秤,带个饶头回来。"醋园里一帮伙计围住了伍春水,听他讲着周约瑟买回来的那个娼妓老婆。"你们猜周约瑟怎么说?他说,那个臭婊子是将小孩藏在她裙子底下带上车的。这个假瘸子当时还哼上了小曲,以为她是在那条又肥又大的脏裙子里,夹带了一大包什么私货、细软。"

周约瑟买回那个娼妓后,用松柏枝子加上黄蒿咸盐和艾叶,将她熏泡了七天七夜。第八天,他把她连同一个七岁的小男孩,带到距离主子家那座"南家花园"五十丈远的街口,远远地候在那里,等着给他的主子们请安。他没敢靠近那座大宅的门口,是害怕那个娼妓玷污了主子家门前的地面。

"老爷，俺们，俺们给您请安来了。"

南海珠外出回来，看见了站在街口上的周约瑟。他骑在马上瞅着周约瑟，并没有注意到那个孩子。街上围了一圈看热闹的男人和妇女孩子。他很容易就会把缩在一边的那个男孩，认作是哪个看热闹的妇人带来的。周约瑟等着主人从马上下来。他朝前走两步，趴在地上磕了头，爬起来，没有靠近了去接主人手里的赏钱，而是转过身，把一个瘦小的孩子领到了他跟前。那个娼妓还匍匐在地上，脸埋在两只衣袖上，被一群女人围在中间。

"求老爷您行行好，给他条活路吧。"周约瑟卡住那个孩子的后脖颈子，把他摁到了地上。"您就当可怜一只猫狗。"

南海珠朝周约瑟身后的人群里巡视一圈，不明白发生了什么事。

"怎么回事？"他问周约瑟。

"我一眼没看到，他就偷偷地爬上车，跟到泺口来了。"

"从城里跟来的？"

南海珠朝女人群里看去，瞥了眼那个仍然趴在地上的娼妓。

"老爷，真是偷偷跟来的。"周约瑟回答说。

"他家人呢？"

"说是父母都死了，家里没有一个人了。"周约瑟抬起头，看着南海珠，"千真万确，老爷。我揪住他耳朵，差点给他揪掉了。这一点，我能向老天起誓。"

南海珠瞅着那个孩子，盘算着这么小一个孩子，留下来能干点什么。

"几岁了？"

南海珠想了半天，仍然想不出能有什么因由留下这个孩子。

"七岁。早就问清楚了，老爷。"

"他爹娘是怎么没的?"

"问了,直摇头,就知道死了。这么小的年纪,怕是真弄不明白。"

"真是没人要了?"

"肯定不会给老爷您惹麻烦。一个小花子,遇上老爷您这般好心的人,发了慈悲,赏他口吃食,他才有命活。他这辈子感恩都来不及。"

"我是说,城里有广仁善局的孤儿院、育婴堂,浓口有那位洋人宣教士,他也喜欢收留这样的小孩子,你怎么没送到他们那里去?"

"不瞒老爷您说,从在车上看到他,把他弄下来,直到半夜里,我都在琢磨这个事。天上露出亮光时,我瞅着门外的天光,觉得他能偷偷地爬上车,从城里被拉到浓口,说不定就是和老爷您有份缘分。要是您肯留下他,那可不是他天大地大的造化。"

"哼,你这个周约瑟。"

南海珠笑着伸出马鞭子,挑起那个小孩子的下巴,看了看他的眉眼。虎头虎脑的一个孩子,还算顺眼,他想。落下马鞭后,他点点头,吩咐周约瑟先把他带回去,找个先生瞧瞧,身上有没有什么毛病。

"要是没毛病,那我,就把他送进大宅子里了。"

周约瑟欣喜地把那个孩子的头按到地上,鸡啄米一般,给南海珠磕了几个响头。人群里,那个娼妓也在不停地磕着头。

天完全黑下来时,伍春水催促着醋园里的人,已经干完了一天里该干的所有活计。之后,他又仔细询问过夜里是谁值夜,并把第二天的活分派好,才遣散大伙,让他们收工回家。

在后院门口，他赶上了低头行走的周约瑟。"洋鬼子的轿夫，"他嘿嘿干笑着，和醋园里多数伙计那样，叫着周约瑟。"从城里回来那会，你凑到东家跟前嘀咕半天，都嘀咕了些什么玩意？是不是从皇宫里逃出来的哪个老御医，又给你弄到了长生不老的偏方秘籍，急着要去献给老太爷？"

"我这会心里有事，不想和你磨牙。"周约瑟低头看着自己的布鞋。他买回的那个娼妓，尽管没能给他生出一个孩子，他却从来也没后悔过买她。"她一双手灵巧得，能把花朵绣出香味来。"在他因为喝醉酒打了她，跪到河滩上祈求上帝赦免他的恶行，或是到苏利士面前悔罪时，他都会由衷地这么赞美着她，以此来表明，他从来没有嫌弃过她的身子，自己也没有两条舌头，两个灵魂。

"不管你怀里揣了什么鬼，还是什么鬼缠住了你的狗舌头。你都得记住，还是那句老话，要是醋园子里头的事，你最好先来和我说。"

"您放心，这话我记得牢牢的，比长在那里等着听人话，也等着听驴叫的两只耳朵，还要牢靠。"

周约瑟坐到地上，脱下左脚那只鞋子，磕着里面的沙子。绣在鞋内脚弓处的那朵茉莉花，让他慢慢地安静了下来。茉莉是他那个做过娼妓的老婆的名字。在她第五回逃跑，被他从河滩上抓回来的夜里，她才告诉他，她的名字叫茉莉。"不是里头的脏名字，是小时候俺奶奶给取的。"她说。那天夜里，他没再捆绑她的两只手和两只脚，并同时把仅有的五十个铜板，都放在了她手边。但是，她却没有再逃跑。从那以后，她给他缝衣裳、做袜子做鞋，都会在某个别人瞧不见的地方，绣上朵洁白的茉莉花。

"那就好。"伍春水朝周约瑟背后吐口痰，掏出手巾擦着嘴角，吩咐周约瑟明日到老城里送货回来时，到商埠里转个弯。"还是到那家德国人开的面包坊门口，把三羊捎回来。"他把擦完嘴角的手巾，塞进了右边的口袋里。

"又到他歇工的日子了？"周约瑟问。

"歇工的日子没到，是让他告假回来相亲。"伍春水盯住周约瑟的布袜子，瞥着他袜筒子上翻到外面来的茉莉花。"谁像你活得这么滋润，吃完睡完，一抹嘴，什么杂碎事都不用想。"他在脑子里搜索着第一眼看见那个娼妓时的情景，心想婊子就是婊子，不管床上床下，最是会花样百出。他早就知道，那个婊子喜欢在周约瑟穿戴的所有衣物上，都绣上朵白色茉莉花。从听见第一个人这样说过后，他便再也不喝茉莉花茶了。

"捎信去约合好了？"周约瑟穿着鞋，仰脸看着伍春水。

"早就捎信去了。要是他过去得晚，你在那里候一候他。"

"什么人家的闺女，能跟了三羊，可是天大的福气。"周约瑟预备从地上起来，但最后，他还是选择了继续坐在那里。

"肯定是好人家。这个你不用操心，只管把人捎回来，到时候少不了你的酒喝。"

伍春水撇下周约瑟，头也不回地朝大门口走去，心里仍然在晃动着，他第一眼看见那个娼妓的脸。她浑身哆嗦着，两只手按在小腹上，站在他和周约瑟面前。假瘸子低声吆喝着，要她"抬起头来"。他记得，她抬起的那张蜡黄小脸，因为恐惧，两只眼睛一直在紧紧地闭着；那样子，像是她永远也不愿把它们睁开，去看见世上任何一个男人。

伍春水走出了醋园大门。

周约瑟默默地计算着，那两只可恶的臭脚，离开醋园该有一千步远了。这会儿，即便他站在这里大声地咳嗽，或是像苏利士跪在旷野里为那些被魔鬼附体的人驱赶鬼怪时发出的，连上帝和魔鬼都觉得耳朵鼓噪的呼号声，伍春水的耳朵也没法听到了，他才肯让自己从地上爬起来，拍打着身上的沙土离开了那儿。他原想不顾上帝的谴责，咒骂这个工头两句。但末了，他还是在心里默念三遍"阿门"，放弃了这个念头，觉得把他交托到上帝手里，也许更为妥帖。"在卖身子以前，她也是好人家生养的闺女。"周约瑟掏出手巾擦擦鼻涕，另一只手用力攥了攥腰里的烟荷包。只有在荷包上，她准许自己把一朵洁白的茉莉花，绣在了显眼的位置，绣在了外面每只眼睛都能瞅见她手艺的地方。

他们居住的草房子，距离醋园不足一百丈远。走出醋园，周约瑟弯腰抓把沙子，让它们从指缝里往下漏着。在他心里，一粒沙子一根草刺，都有魂灵，都是蒙了上帝的恩典，被神祝福过的小灵物。每天离开醋园朝家走，他都会这样抓起把沙子，在心里和它们说些一天里杂七杂八的事。手里沙子漏干净，他的两只脚，也正好站在了草房子的院门口。

周约瑟站在门外，拍打几下手，又拍拍身上的衣裳，念了三遍"哈利路亚"。

买回那个娼妓不久，他就从家里搬出来，离开了他的母亲和兄弟。他们都没有嫌弃他买回一个娼妓。尤其是他母亲，还夸赞他做了件功德无量的事。"救人一命，胜造七级浮屠。儿子，你从烟花巷里救出个受难的可怜人，等于造了十四级浮屠。"停了停，他母亲又说，"我真切地记得，神甫讲过的《福音书》里，有个要被众人扔石头砸死的娼妓，就是被耶稣庇护了下来。"对于他母亲说的那些话，周约瑟从来也不怀疑。他们母子三人的性命，都是被人救回来的。而且救他们的，还是个连人种都跟他们不一样的西洋人。他父亲没死前，每次给他们说到苏利士神甫，总不忘说一遍："你们得记住了，是那个漂洋过海来的宣教士，那位苏利士神甫，像变戏法那样，给你们两个看好了病。他救了你们的命，也等于救了咱们一家子的命。"

在埋葬了他父亲的那个晚上，仍然是那位苏利士，救下了他们母子三人的性命。

他径直进了院子。院子里非常安静，跟前面过去的一天，以及更前面过去的一天，都没有丝毫差别。门缝里漏出来的灯光，在门槛上折断一下，铺展到屋檐下方一块青石板上，又在那里折断一下，才延伸到了院子里。周约瑟站在那条光线上咳嗽一声，提醒着屋里的那个女人，可以往桌子上拾掇饭了。除了南家花园里那几位天仙般的年轻女主子，和那个洋女人马利亚，这个娼妓是他在泺口见到的所有女人中，最爱干净整洁的一个。在他没有回家，她没有听到他那声咳嗽之前，她永远不会把灶房里的饭菜摆到桌子上。吃过晚饭后，他准备先去看望一下母亲，然后再去找苏利士。不管有没有必要，他认为自己都该到苏利士那里去一趟。就算别的什么东西都不为，只为了在人群里摔烂点心筐子的那个孩子，他觉得自己也该去献上一台弥撒。

走过周约瑟曾经按住那个孩子，第一次给他磕头的位置，南海珠瞅见一个瘦高身影，迎着他飞快地跑了来。听到脚步声，他便知道，那是他刚才骂着，要剁掉他一根手指头的孩子，热乎。

"老爷！"热乎在远处喊他一声。

这个男孩的两只耳朵跟狗一样灵敏。周约瑟把他送进大宅子里没一个月，他就能在上百步之外，辨别出这座宅子里所有人走路的脚步声了。

"街口上的灯怎么回事,是不是又丢了魂子,才忘掉添油?"南海珠站在那里,等着热乎跑到他跟前。尽管心里在生气,他还是喜欢听这个孩子迈着两条马样健壮的腿飞快跑动的声音。

"没有忘,老爷。"

"没有忘,灯怎么没亮?"他在背后按捺住那只一直想扬起来的手掌。他想让这个孩子记住,一个人活着,既然呼吸不能偷懒,那么他做别的任何分内的事情,都不能偷一点懒。

"太太没让去。太太说月亮那么亮,今日就不用点了。"

"是太太不让去点的?"

"是。太太吩咐说,这些日子,家里也要少亮点灯火。"

"唔,太太没说,家里是不是缺少灯火钱了?"南海珠故意漫不经心地"唔"一声,琢磨着:家里面是不是也传进周约瑟带回醋园那个消息了。

"太太没说这个。"

"大小姐下晚回来过?"

南海珠还在想着谷友之的巡警局里面安装的那部"电话"。从那个鬼东西里面传出来的说话声,就好像说话那个人站在你面前,只不过是他从什么鬼道士那里学了隐身术,或是从哪里弄片隐身草的叶子,插在了头上。有了这个奇怪的鬼东西,路程和距离就莫名其妙地消失了。城里各个衙门里一有任何风吹草动,立马就会有人把他们要对谷友之说的话,沿着官道旁竖立的木杆上一根连一根的细铁丝,传递到添口,传递到巡警局,传递到那部德律风上,最后传进谷友之耳朵里。谷友之不把这个鬼东西叫德律风,也不叫什么电话,他喜欢叫它"顺风耳"。"说不上,有那么一天,它不光是顺风耳,还会加上千里眼,神仙似的,让里面和你说话的那个人,光凭着你一个念头,就能活生生地站到你跟前，脸对脸地和你说说笑笑。他那里喝酒吃肉，你就能在这里闻到酒香肉香。"德律风开通那天，谷友之把浈口有点脸面的人全部请进了巡警局，还让他们每个人对着话筒子，和里面的人说了一句话。然后，在去吃酒席的路上，他一边开怀地大笑，一边对客人们发表着前面的那些言论。

现在，南海珠相信，周约瑟从城里带回来的那个消息，早就通过那部看不见人影子的鬼电话，传到了谷友之的巡警局里。而这种翻天覆地的事情，谷友之绝对不会瞒着南明珠。

"大小姐回来接二小姐，说是到马利亚太太家里去做客。"

"二小姐跟着去了？"

"没有。二小姐不在家，老爷。"

"不在家，她去了哪里？"

"老爷您忘了，二小姐已经回城里了。"

南海珠想一会，才想起来，昨日里吃过午饭，是管家来家兴赶着他那辆崭新的马车，把他这个妹妹送回城里去的。由于南明珠喜欢带着她，三天两头地到那个叫马利亚的洋女人家里做客，南珍珠也渐渐沾染上了那个洋女人的做派，不仅在吃喝穿戴上跟她学，末了，经不住那个洋女人的诱惑和南明珠的鼓动，她竟背着家里人，偷偷从女子学堂里退了学，跑到一群美国和英国宣教士开办的学堂里，跟那些洋人学起了"西医"。今天城里闹出这么大的乱子，南海珠懊恼着，自己只顾着慌乱，竟忘了立刻打发人进城去，把她连夜接回来。眼下这个时辰，他猜测集会的人应该散了，暂时不会再有大碍。"求老天爷保佑他们多福吧！"他在心里对妹妹珍珠和兄弟南怀珠一家念叨着。仰头看眼天空，尽管有月亮，可天幕上依旧星斗密布，依旧按部就班、璀璨闪烁，丝毫看不出世间有什么天翻地覆的乱象正乱哄哄地在发生着。

第六章　鱼　眼

一年的绝大部分时间里，除了黄河决堤和河水被冻住的那些日子，每个早上，在太阳升起来半个时辰后，水鬼黄三冠就会带着他的鱼，从黄河里走到岸上。

在泺口，甚至整个济南府，很少有人不知道，这个捕鱼人，是黄河里的水鬼。

"水鬼。"见过和没见过他的人，都这么称呼着这个长年在黄河里捕鱼的人。"黄河里没有鱼不惧怕他。若不是水鬼，他就是黄河里的河神。"喊他水鬼的人，对他前世曾是水鬼的说法，都深信不疑。倘若有人质疑"水鬼"的身份，旁边人群里立马就会有个人站到他面前，问他下辈子想变成条草鱼，还是只河虾？那些坚信不疑的人拿出的证据是，不管黄河泥沙多厚，水流多急，水鬼都能一眼瞅见水里游动的鱼群，撒出网去，将它们转移进他的鱼篓里。并且，每一天里，他只捕一百条鱼，且不捕有孕的母鱼，也不捕鱼苗。而每天从水里拉上来的第一网，不拘多少条鱼，他都会对着它们抱抱拳，施上一礼，重新把它们放回水中。后面，他要捕一百条鱼，就会捕上来一百条，一条不会多，也半条不会少。

不过,眼下,只有水鬼自己明白,在来家祥告诉他,巡警局长谷友之从他手上买去的那只甲鱼,"会和人一样说话"后,他再去捕鱼,便再也没有准确地捕够过一百条,而是一天比一天少一条。鱼打得少了,他早上离开家到河边去的时辰,却是越来越早。眼下,他心怀的唯一念头,就是能够赶上个"神集"。

整个浟口的人都相信,每逢农历初一和十五夜里,黄河里的河神就会离开水下宫殿,走上河滩,与四下赶来的各路神仙汇集一处,围坐在一只乌龟背上谈经论道,说些天地间的神仙秘闻,也会说到纷纷人世的各种迷津。

"我说,咱得想到,神仙有神仙们计算日子的方法。河神肯定是按他们神仙的日月,绝不是人间设定的初一和十五,来召集他那些朋友。"水鬼耐着性子,对那头瞎掉一只眼的瘦驴说。那段日子,每到夜里,鸡叫头遍前,他和那头皮包骨头的瘦驴,就已经躲在靠近岸边的某个沙坑里了。跟相信河神会在沙滩上召集各路神仙一样,水鬼坚信,他那头老驴的眼睛一定能在夜里看见鬼神,并能在河神和他的客人们出现时,用它浑身抖颤的皮毛,及时地提醒他:神仙们来了。而在他最恐惧的那几日里,他几乎是彻夜地守在沙坑中,头上顶着渔网,再把鱼篓子扣在上面,靠着那头老驴的一条前腿,挨到天亮。

"我的好日子怕是不多了。"有一天,水鬼半开着玩笑,对开杂货铺子的来家祥说。在那不久前,他已经好几次梦到河里的大鱼小鱼们聚在一起,整天在密谋着怎么戳瞎他的双眼。"要不,看看谁的肚皮大,把他弄进它肚子里去。"还有些鱼在提议。他白日走在路上,也总是有成堆的灰颜色死鱼眼,在他眼前窜来窜去。他瞪大眼睛瞅着它们,它们也瞪大眼睛瞅着他,丝毫不肯退却。当然,他没给杂货铺子的主人说这些,更没有说他一直在河滩上偷偷等待那个"神集"。他不能让杂货商和浉口人知道，他现在是个怕死的人，天天在惧怕着梦里的那些鱼虾，和白日里那些死鱼眼睛。这些天，他一直在等着河神出现，是打算请河神出面转告那些鱼虾，为鱼为虾是它们的命数，既是命数，它们就不能数算他这个捕鱼的人。

由于恐惧在日夜增加，现在，每日早晨，水鬼睁开两眼，走出他睡觉那间没有窗口的屋子，或是爬出沙坑，看到头顶上的天光，除了想着怎么平安地活过这一天，他几乎再没有其他奢望。对他的老婆孩子也是一样。他所能替他们想到的，就是在他活着，没被水里的鱼弄瞎双眼或是吞进肚子这一日里，尽可能地打回来足够多的鱼，卖掉，让他们更长一点地活下去。他越来越相信，某种看似安静幸运的日子，不可能会在一个地方，或者某个家庭里某个人身上，停留类似一百年那样长的时光。那大多都是痴心妄想。而他一旦丧失了去河里打鱼的能力，他常年患痨病的老婆和两个只会吃饭的傻儿子，便没有哪一个，能够比他更久地存活下去。

周约瑟八岁那年，他父亲去世了。

在埋葬他父亲后的一个晚上，由于悲伤过度，他的母亲失去了理智。她弄来砒霜拌在小米饭里，准备和她的两个孩子一起吃下，去寻找她的丈夫。就在他母亲端起米饭，准备喂兄弟两个吃下去时，屋门被敲两下，神甫苏利士突然出现在他们家里。他距离上次见到他们，已经有一年时间了，但他们仍然能认出他。一年前，苏利士离开济南，去了伦敦教会驻北京的办事处。在他去北京前，周长河就已经带着老婆孩子搬到了浉口。周家祖辈都会造火药鞭炮。周长河得知官府在浉口设立了造枪造炮的机器局，要招募一批懂火药的人去做工,他便花笔钱,请了在巡抚衙门里当差的两个邻居,把他举荐了去。苏利士听说周长河要到机器局里造火药,劝他能不能再认真思考一下。"那可是天天要和魔鬼打交道的一份差事。"苏利士说。但是,这位神甫的劝阻没起到任何作用。单靠卖泉水,周长河已经养不活四张嘴了,尽管苏利士不止一次地把他口袋里的银子掏出来,悄悄地放在了这家人的饭桌上。

那天,苏利士是从北京回来的。他准备从济南转道南京,再从那里去上海乘坐轮船,回他的故乡英国。那里的两所学堂,牛津大学和曼彻斯特大学的出版社,分别为他出版了两本书:《亚洲植物》和《中国乡村纪事》。为此,牛津大学还授予了他荣誉文学博士学位。他曾经就读过的那所学校,格拉斯哥大学,则聘请他为这所大学的终身名誉教授。而且,三所大学还联合起来,共同邀请他,回去给那里的学生们,做一次关于中国文化和饮食的巡回演讲。那天傍晚,他渡过黄河后,因天色晚了,找不到马车到城里去,也没能找到愿意接纳他住宿的客店;当然,最主要的原因,是他想见到他的教友一家。所以,最终,他走进了周长河的家里,打算在他们家借宿一个晚上,并借机看看那两个孩子。院子没有大门,屋门半开着,听到他声音的女主人,把他迎进了屋子。他见男主人不在家,就一边逗着两个孩子,一边问他们的母亲:"周先生什么时候回来?""他再也回不来了。"女主人低垂着头说。"出什么事了?"苏利士惊讶地问,到那时候,他才注意到,两个孩子的衣服边上,都缝了服丧的白布条。

"俺爹掉进鱼眼里去了!"

"鱼眼,什么鱼眼?"苏利士一下子没明白什么意思。

"他从机器局里拿了炸药,想到河里给俺们逮鱼吃,自己沉到水下去了。"周约瑟回答说。苏利士这才弄明白，那位男主人，是陷进黄河的沙漩里了。黄河水看着流淌平稳，但浅水滩里到处藏着沙漩，年年都会有人因此丧生。他沉默了几秒钟，摇摇头，什么话也没说。然后，他站起来，走到门外，在夜空下跪倒在地上，开始为这座房子里已经死去的那位男主人，做了一个长长的祷告。祷告完，他走回屋内，打开随身携带的箱子，拿出些银钱，跟从前一样，把它们放到了这家主人简陋的饭桌角上。就是在往饭桌上放钱时，他发现了问题，似乎嗅到了一种从死神身上散发出来的味道。他看看女主人，又看眼孩子，端起桌子上的饭碗，在昏暗的油灯下，把那碗饭举到鼻子底下。"神甫先生，您不能吃！"女主人见他端起饭碗，慌乱地跑上前，一把打掉了苏利士手里的碗。"夫人，您没有权利，而且上天也绝不允许您做这样的事情。"苏利士吼了女主人一声，迅速把那个最小的男孩子拉到面前。他注意到，那个小男孩独自坐着，已经吃下了那只碗里一小部分的米饭。是他的到来，让那个孩子没有再继续吃下去。他保住了那个小孩子的肉体以及小半个灵魂，没有被魔鬼完全地抢走。

苏利士给他们兄弟俩治病的细节，周约瑟是在十四五岁时从母亲那里知道的。他母亲告诉他，那时候，他和兄弟小泉一起得了天花，只剩下一口气。他父亲周长河在去药铺抓药的路上，意外地听说有位外国来的宣教士能治这种病。他一路狂奔着回到家中，和妻子一人抱起个孩子，沿路打听着，找到了苏利士住的那家客店。

苏利士救回两个孩子的性命，却一文钱的费用没有收取。周长河找不到报答宣教士的法子，就让妻子做一桌菜，送到了客店里。苏利士坐在桌子边，品尝着这个中国男子送给他的佳肴，说那是他在中国度过的几年时光里，吃到的最美味的一顿晚餐。周长河不明白，苏利士为什么一直住在客店里。"要是租间房子住，再雇个人给您做饭，您天天都能吃到可口的饭菜。"周长河说。"但是，是这样，周先生。"苏利士告诉他面前这位憨厚的中国男人，整个济南城里，根本没人愿意把房子租给他们这些洋人。周长河没表现出意外，也没有问为什么，在接下来的时间里，他只是安静地坐着，等着宣教士吃完他送去的晚餐。第二天下午，他又来到了苏利士住的客店，告诉这位宣教士，他已经把家里两间房子打扫干净，恳请苏利士能赏他个面子，住进他们家里。

宣教士住进他们家后，周长河一直尊称苏利士为"神甫先生"。他的妻子和两个孩子，大泉、小泉，也跟着他这么称呼。"神甫先生。"后来改名周约瑟的大泉，第一次这么称呼苏利士那天，苏利士给了他一块格拉斯哥奶酪、一小盒黄油、一本他亲手绘制编写的植物学的画册。除此之外，苏利士还拿出一柄神奇的放大镜，带着这个小孩子跑到城墙上，把放大镜伸在他面前，教他怎么用这个稀奇古怪的东西，去观察各种树叶的齿轮和脉络。从放大镜里看到那些突然变大的树叶子时，周约瑟先是感到好奇，继而又没命地尖叫一声，跌坐在了城墙上。那是个炎热的夏日，各种植物都生长得无比茂盛，昆虫也长得额外健硕。在一片榆树叶子上，周约瑟看见了一条巨大的、色彩斑斓的毛虫，它身上扎挲开的毛刺，像他的手指一样粗大，脑袋则像只小鸡，张着大嘴，突然就贴到了他的鼻子尖上。这次惊吓加上夜里受了风寒，让周约瑟发了两天高烧，躺在床上昏迷不醒。最终，仍然是苏利士用他手里一种神奇的白色小药片，使这个孩子的两只脚健康结实地站到了地面上。

两次救命之恩，都是只有能让人起死回生的神仙才能做到的事情。苏利士的医术,让周长河完全信服了他宣扬的那位神仙。在周约瑟退烧的第二天,天一亮,周长河就敲开了苏利士的屋门。他站在门外,诚惶诚恐地望着苏利士,询问着,像他这样的人,苏利士愿不愿意接受他当教徒。"当然!当然!我的主啊!我当然愿意!"苏利士回答着,跪到了门前,张开两只毛茸茸的胳膊,仰望着天空,嘴里叽里咕噜地开始了他的祷告。

这个早晨的意外收获和喜悦,苏利士独自珍藏了二十多年。直到数万义和拳民涌入北京城,皇宫里发出宣战诏书,大清国四处悬赏驱杀洋人和宣教士、焚烧教堂、消灭一切带"洋"字东西的那段日子。大坝门前有家李记米饭把子肉饭铺,在义和拳兴起前,苏利士每回经过浉口,周约瑟都会陪着他,进去吃上两块他们都爱好的把子肉。那家饭铺子的掌柜李富贵,有天早晨抽完烟,将一盒洋火落在了桌面上。黄河北的义和拳在得到线报当天夜里,就渡过黄河,把李家十几口人杀个精光。离开前,他们还在那两间地面正流淌着鲜血的房子上,扔了几根火把。而在那之前的一天夜里,周约瑟同他母亲,刚把从北京逃回浉口的苏利士藏进了他们家的地窖子。到那时候,苏利士藏进那个地窖子里,他才把这个清晨经历过的那份喜悦,仔细地讲给了周约瑟。

"是你父亲拯救了我。"苏利士这样说道。周约瑟问他为什么要那样说。苏利士回答道:"那是因为,在我离开英国,到达中国后五年多的时间里,神的荣光一次也没照耀到我,还从来没有一个中国人,愿意在我的引领下皈依上帝,让自己的脚步走近通往天堂的那扇大门。"他坐在铺着一层金色麦秸的地面上,在黑暗中闭着眼睛。"那段时间,我正在怀疑,神是不是已经抛弃了我。为祈求上帝把他在中国拣选的羔羊带到我面前,让我成为他们皈依上帝的带路人,每天夜里,我都要祷告上几个小时,甚至一整夜都会跪在天空下面，感觉灵魂就要被魔鬼捆绑住，偷走了。而那之前，我熟悉的两位美国宣教士，像我一样，由于无法完成上帝交给他们的事业，一个精神崩溃，被送回了明尼苏达州的老家，整日坐在密西西比河的河畔，对着河水，给水中的石头和游鱼们讲经；另一个，则在那种无法自拔的折磨中，与世长辞了。"

坐在一层厚厚麦秸上的苏利士还告诉周约瑟，那天，太阳升起来后，周长河就照着他的吩咐，带领全家人，穿戴上他们最好的衣物，新貌新神，高高兴兴地下到护城河里，在清澈的泉水中，由苏利士为他们全家人做了洗礼。上岸后，周长河又向苏利士提出一个请求，能不能再劳驾他，给刚受洗的孩子重新取个名字。"您是贵人。在俺们这里，要是贵人给孩子取了名字，这个孩子就一辈子没病没灾。"周长河小心翼翼地恳求着，担心他在那一天里要求的东西是不是有点太多了，这样下去，神甫苏利士和他带领他们新结识的那位上帝，会不会不高兴。苏利士则回答他，在洗礼前，他原本已经给两个孩子取了教名，是担忧周长河不会同意，他才没敢提出来。于是，苏利士望着周长河扛在肩膀上的小儿子，微笑着说小的孩子叫周约翰。"那么，这个大的孩子，就叫周约瑟吧。"他以西方教会里教父的身份，把他肥大温暖的右手，按在了周约瑟的头顶上。

夏至那天，水鬼去大明湖边的汇波酒楼送鱼回来，进了天井，卸下鱼篓，拉着家中那头唯一的老驴走进牲口棚，还没系好缰绳，天就突然黑暗下来。他猜测是要来一场大暴雨了。果然，一阵狂风夹着冰雹席卷过后，接着就是铺天盖地的大雨。他刚牵进牲口棚里的这头黑驴，跟着他差不多有十年了。在他从交易场上把它牵回家前，它的牙口就在告诉经纪人，以及所有围住它观望的买主们,也许明天一早,也许后天傍黑,不用屠宰的人动刀子,"它自己就会把自己变成头死驴"。牲口市在集市的东北角,靠近大坝门的位置,日期随着浜口大集,五天一个交易期。而每个交易日里,都会有几百头等待买卖的牲畜,被它们各自的主人驱赶着,从四面八方赶了来,聚集在那块平日闲置空荡的场地上,等待着买主。水鬼在几百头牲口中间转了大约有十圈,那些从牲口身上散发出来汇集到一起的臊臭气,几乎把他这个一身鱼腥臭味的渔夫都要熏倒了。末了,在几百头牲口中间,他选择站在了这头老驴跟前,并且决定买下它时,正是由于它垂老的牙口,让他动了心。因为在整个牲口交易市场里,只有它,一头老得不能再老的瘦驴,能够让他按着自己的主意和心愿,"尽可能地少花掉口袋里一文钱",得到一个他迫切需要的帮手。

那段日子,他莫名地患上了一种怪病,先是长出一身鱼眼般的毒疮,毒疮痊愈后,浑身就失去了力气。左边那条腿,更是因为疼痛在不停地打战。这样,他不仅没有办法跟平时那样,凭着力气把两篓子鱼挑到城里去,就是用车子推,他也没有丝毫气力,让那个木车轮子自由自在地在路面上转动起来。他的两个傻儿子倒是有把子力量。但他担心,在他一眼望不到他们的时候,他们早已经把篓子里的鱼,一条一条,全部扔进道路两旁的草地和庄稼地里。从头发里的一只虱子,到身上的破衣裳烂鞋子,他们的手摸到什么东西,就会扔掉什么东西。为此,即便是在大雪没过小腿的极寒天气里,他们也会完全赤裸着身子。他那个患痨病的老婆,自然是更没法指望,因为随便一片什么树叶子或是一朵雪花落到她身上,几乎都能把她砸个趔趄。除了勉强做熟饭,她唯一能拼着命为他做的,就是把他从那些大鱼身上弄下来的鱼皮煮熟了,再一块块地拼接起来,为他做成一件鱼皮衣裤或是鞋子。"一条头上长了白毛的鱼。"他的两个傻儿子坐在他身边,伸手摸摸他身上的鱼皮衣裳，再摸摸他满头的白发，笑嘻嘻地对他们的母亲说。

由于彻夜都在盘算寻找帮手的事情，来回拿不定主意，他一连三宿没有合眼。白天在河里打鱼时，有两次，他都差点被几条小鱼扯着渔网，拉进水里。到了最后那一夜，天亮前，他一拳一拳地砸着那条疼痛难挨的腿，砸完了，终于迫使自己咬紧牙，下决心到集市上，"去弄头牲口回来"。

棚子外面哗哗流淌的暴雨，让人疑惑是不是天上那条银河溃了堤坝。水鬼听着棚子外响成一片的水声，猜想天上那个织女的纺车和牛郎牵到天上去的那头黄牛，会不会顺着天河的水漂下来，落进他家院子里。单是拥有织女那架能织出天锦的纺车，他这辈子就不愁吃喝了。他抬起手，在那头老驴背上来回摸几把。他是打败了四个买主，才把这头瘦驴牵回家的。这些年，他一直在心里感谢着这头驴的前主人，一个十分瘦小的老头："那也是个十分和善的人。"

在五个买主中间，那个老头，最终把这头瘦驴卖给了他。因为他能够给这头老驴一条生路。牙行里那个左手缺了两根手指的经纪人，他父亲是浌口牙行里四个行头中的一个。而在成为行头前，他曾经是浌口团练里一名骑兵小头目。"再过上两年，我就会承袭我们家老太爷的位子，成为浌口牙行里最年轻的一个行头。"这个左手天生少了两根手指的经纪人，只要是在喝酒的状态下，就会对其他三个喜欢奉承他的经纪人吹嘘一番。因此，那三个人就会在每一天里听他吹嘘上几遍。这个经纪人，已经习惯了在每天早上就开始喝酒；因为那些酒可以让他的鼻孔里，"少钻进去几两牲口的骚味"。而闻不到牲口身上的骚味，他就会在牲口市里散了集之后，老老实实地回到家里去。那三个经纪人，他们人人都知道，一旦离开了酒，他的鼻子和嘴巴里没了酒气，这个行头的儿子,就会在牲口市散了集后,一路嗅着鼻子里残留的那些牲口身上的骚味,想方设法地钻进某个娘们的裤裆里。所以,那些在大清早就摆到桌子上,让他喝得醉醺醺的酒,不过是他那个醋坛子老婆,挟制着不让他在外面找小娘们的手段。但是,他们当中却没有一个人,肯把这件事情的真相告诉他。那天在到牲口交易市场之前,这个经纪人例外地没有喝酒,原因是他患了黑热病的小女儿,要在那天上午到城隍庙和三皇庙里去拜佛求药。他的老婆担忧着,在他喝酒时,酒的味道会沾染到她和女儿的衣着上,然后被她们带到庙里面,冲撞了神仙,或是招引到小鬼。冲撞到神仙,烧炷高香或可求解;若招引到那些难缠的小鬼,难免就会引火烧身。

正是由于那点难得的清醒,在那一天里,那个经纪人才没有去计较牙税的收入。他告诉卖驴的老头,他的驴有五个买主:一个专门给东流水阿胶收驴皮的买办,一个从东阿来的驴贩子。这两个人买到手的所有驴,都是为了剥下它们的皮,交到东阿和东流水制造阿胶的人手里,最后熬制成阿胶;另外两个,一个是上关渡口宋记驴肉汤锅的掌柜;一个是后宰门驴肉汤锅的左掌柜,南家醋园的车夫周约瑟到城里送醋,每次都是到他家店里去喝驴肉汤。驴到了他们手上,照样是被剥皮吃肉。"只有他,这个打鱼的水鬼,买你的驴是为了当脚力,驮鱼。"头脑在那会儿十分清醒的经纪人,指着水鬼说。那个瘦小的老头,仰头对着天空掂量半天,最后还是给他的驴选了条生路。并且,作为给那头瘦驴一条生路的报答,老头还少收了水鬼五枚铜钱。现在,因为越来越老,这头老驴已经瞎掉了它右边那只眼睛。但这一点也没有妨碍它把他每天从河里打上来的那些鱼,稳稳当当地驮到城里的鱼市上去,卖出鱼市里最好的价钱。

尽管下过了冰雹,又在下着瓢泼大雨,牲口棚里还是热得能闷死牛和狗。水鬼心疼那头老驴,伸手从旁边抽把谷秸,在老驴身上来回抹擦着,给它往下抹着流淌的汗水。抹擦完那头驴的半边身子,他抬起头,想望一眼外面的雨,却瞅见一个人影冒着大雨,冲进了他家的院子。"嫂子,嫂子,河里刮起龙卷风,俺哥被一条大鱼吞进肚子里去了!"那个人边跑边没命地喊叫着。水鬼从声音里辨出,跑进来的是他的一个堂兄弟,在上关渡口拉纤的黄二皮。每天在河边拉完纤,黄二皮就两样爱好:一是到浠口的"福海"戏园子里,跟那位老光棍胡琴师,半夜半夜地练胡琴;剩下来那样爱好,则是去逛窑子。他和那些纤夫们,一直喜欢把逛窑子睡女人叫填补力气。"水罐子倒空了,才能装下去更多的水。"他说。从窑子里出来,不论冬夏,他都会喝得酩酊大醉,躺倒在河边一处沙滩上,扯着喉咙唱"二皮",直唱到醒了酒,然后爬起来,回到家里,回到他老婆和三个儿子身边。

水鬼手里攥着谷秸,浑身哆嗦着站到了牲口棚子底下,看着面前的雨水,想着他梦里梦到的情景。他从来没给外人说过自己做的那些梦,包括他老婆,他都没透露过一回,黄二皮怎么会知道这些事情?"你说谁被大鱼吞进肚子里去了?"他大着胆子,试探着朝黄二皮问了一声。但是,雨声和轰轰隆隆的雷电声,完全把他的声音割断淹没了,它们根本就没法传进黄二皮的耳朵里。黄二皮没有理他,而是像水里一条飞速游动的黄河刀鱼那样,在一声突然炸开的雷声里,摇头摆尾地钻进了只有他老婆和两个傻儿子守在一起的屋子内。紧接着,他就听见了老婆昏天黑地的哭喊声,和她痨病发作时,被一团乱泥糊住喉咙的挣扎声。水鬼偷偷地潜到门口,听见他的堂兄弟,还在那里颠三倒四地描述着他所见到的情景:"那些闪电和霹雳,来回地在水面上劈,俺哥的船就被一道霹雳掀翻在水里。随后刮来阵龙卷风,一条大鱼随着龙卷风飞过去,张开血盆大嘴,一口就把他和他的渔网渔船,吞进了肚子里。"水鬼屏住气息在门口站着，怀疑这个黄二皮，是不是一条变化成人形的鱼精，故意趁着这种坏天气，跑来吓唬他老婆，并以此来警告他。他想了想，迅速窜回驴棚里，抓起渔网，蹑手蹑脚地潜回来，像在船上撒网捕鱼时那样，稳稳地叉开两腿，堵住门口，用力甩开膀子，把手里的渔网朝屋子里撒去。他先是在网眼里看见了几条银光闪闪的小鱼。再一眨眼，它们就变回了他的老婆、儿子和堂兄弟。

"我现在相信，他就是个水鬼。"

从水鬼渔网下面挣脱出去后，他的堂兄弟，那个纤夫黄二皮，一路喊叫着跑到了街上。在来家祥的杂货铺子门口，他疯疯癫癫地给来家祥讲述了三遍大鱼吞吃水鬼的经历。从那天开始，这个黄二皮便再也没到河边上去拉纤。他嘴里不停地嘟囔着，一个人没白没黑地在大街上游走。见到人，他会突然地奔跑上去，站在那个人跟前，朝前探着脑袋，悄声地告诉被他拦住的那个人："那些雷电都像霹雳，一刀一刀，不停地从天上劈到水里。我亲眼看见，他被一条大鱼吞了下去。"没有人理会他那些话是什么意思。因为走在街上和河边的所有人，大人和孩子，都知道"黄二皮疯了"。他的儿子，一个不到七岁的小男孩，黄杏子，肩膀上扛根桃木棍子，每天都会寸步不离地跟在黄二皮身后。隔一会，黄杏子就会朝路边的行人说一句："俺娘说，俺爹是被邪物吓掉魂子，没有魂子了。"

有关织女的传说之一：

《述异记》：大河之东，有美女丽人，乃天帝之子，机杼女工，年年劳役，织成云雾绡缣之衣，辛苦殊无欢悦，容貌不暇整理，天帝怜其独处，嫁与河西牵牛郎为妻，自此即废织纴之功，贪欢不归。帝怒，责归河东，一年一度相会。

第七章 合　唱

　　礼拜一这天，太阳一如既往地温暖、明亮，照耀着大地，照耀着坐落在黄河岸边的泺口，也照耀着这里一个非常非常小的舞台。蒙智园里十几个孩子，身着盛装，站立在舞台中央，正在戴维先生那架手风琴的伴奏下，声调悠扬地表演着他们的合唱。尽管是一个星期的开始，戴维先生还是请了假，专程来给孩子们的演出伴奏。孩子们嘴里唱着歌，目光则紧紧地、一刻不离地盯住面前的观众席。那里，几位并排坐在一起的夫人，带着他们熟悉的微笑，正注视着他们。舞台小得像只苹果，不过，对于站在上面的孩子们，这会儿，它却是个大得没有边际的世界。他们背后，隔着三条街的大坝门外，那条黄色的大河，一直在缓慢地流淌着，像是在黑夜里梦游。从河面上吹过的风，带着雨后大地上弥漫起来的泥土香味，穿过泺口朝河堤敞开的大坝门，拥挤进来，附着在手风琴烘托起来的合唱声里，在来回拍打着舞台上那块紫红色绒布，仿佛拍打着天空中一块紫红色的云彩。

　　募捐合唱是南明珠和马利亚组织的，她们正筹备着在泺口成立一所女子学堂，让那些女孩子们在认字的同时，学习点缝纫技能。蒙智园已经成立三年。三年时间里，南明珠和马利亚带着孩子们,总共在泺口募捐过三次。前面两次募捐是为了赈灾:一次是救济黄河决堤后被水淹的灾民;一次是救济旱灾。后面一回,则是用在了泺口建立起的一所初级学堂上。

那所学堂是在三月份刚刚建成的。现在,学堂里的五间教室中,已经坐了三十个男孩子,九个女孩子。每个星期,被孩子们在家人面前称作"会拉手风琴的美国人"或是"高鼻子美国人"的戴维,马利亚的丈夫,都会拿出半天时间,带着孩子们进行短跑训练,做一些徒手操、哑铃操;或者是把他们分成各种小组练习接力、足球、跳高和跳远。每隔一个星期,还会教他们一次手风琴。而在某个他认为重要的日子里,他则会带着他们离开泺口,走到黄河上正在建造的那座铁路大桥的现场,去参观半天,给他们讲铁路和火车是怎么回事、什么是焊接、什么是蒸汽机、搅拌机是在怎么工作。如果这天他的心情"美好得可以唱歌",那么,他还会给他们讲上一堂他们根本听不明白,但却和他们面前那座铁路桥的设计建造密切相关的水文知识。

"你们中国人的中医,在给人看病时,会讲究望闻问切。我们根据河水冲积沙滩留下的水纹和两岸的植被,也可以推断出某个地区在过去的雨季里降水多少,接下来的年份里又会有多少雨水降落。我们还会通过这些研究,考察那条河流在过去和未来,对沿河两岸人们的生活都有哪些影响。"他把那些孩子带到水边,请他们察看河水在滩边留下的一些水纹印迹。他还告诉他们,从在他的家乡开始,无论走到哪里,在哪里遇见河流,他都会走到那条河边,用手掬起一捧河水,喝到嘴里面尝一尝。"有些河水是甜的,有些河水是咸的,也有些河水是苦的。"他环视着那些孩子们,让他们猜测和想象,他尝过的河水里,还会有些什么稀奇古怪的味道。在孩子们乱七八糟地回答过后,他说他还喝过一种带酸味的河水。而那些带有微微酸涩味道的河水,喝下去之后,会让人浑身懒洋洋地直想睡觉,像喝了两杯德国慕尼黑的黑啤酒。接着,他又会给他们讲上一通,除了慕尼黑的黑啤酒,世界上还有哪个地方的黑啤酒,口味也像慕尼黑黑啤酒一样地醇正地道,它们又是用什么特殊工艺酿造出来的。

参观完那些比树还高的桥墩,给他们拍摄过一些照片后,这个美国人还会带着孩子们,跑到离大桥更远的一处河滩上。然后,他们就在那里的一片小树林里,在树叶被风吹得哗哗响动的树底坐下,远远地望着黄河,由他给他们讲一些他在来中国的轮船上听到的世界各地的奇闻逸事。

在杂货铺子门前,来家祥看见水鬼叉着两条麻秆长腿,站在那里,正哼哼哈哈地和一个老铜匠说着话。老铜匠两腿并拢,膝盖处夹住一个打破口的红泥瓦罐,扭转着半截身子,低着头,不慌不忙地在铁砧子上敲打着铜子。他的左脚边,放了一个黑色水罐、一只盛放白灰膏的小铁桶。

来家祥仰头看看天色,佯装着咳嗽一声。平常这个时辰,水鬼应该还在河里撒网打鱼。但现在,两个鱼篓子里的鲜鱼,压得那头瘦驴正在来回地晃动脖子,让人觉得它是想从正经过他皮毛的风里,攫取到一份额外的力气。

"三哥,你这是准备去送鱼,还是河神今日里给你的鱼不凑数?"

泺口的每一个小孩子,在他们长到差不多七岁时,都会牢牢地记住:清早在街上看见水鬼时,一定要远远地绕开他。因为在他得罪了河神,捕不够一百条鱼的那个早晨,他就会到大街上撒网捕人,不拘大人孩子,捕进网中,变成鱼,被装进筐子里去凑鱼数。比他那张渔网更令小孩子们害怕的是大人们还告诉他们,水鬼怀里还有拿各种鱼骨头和蛤喇粉调进药山上几十种毒草汁配制出的剧毒药粉。他从街上走过去,只需悄悄地捻动手指,将药粉撒到风里,那些身上沾了药粉的人,就会变成一条条鱼,自己在风里游着,游进他的筐子里。而他那些药粉里若是掺进了人的头发灰,这些药粉撒到鱼身上,那些沾了药粉的鱼则会变成活人,大摇大摆地走在街上,却没人能认出他们是一条鱼。这些变成人的鱼,走过小孩子身边时,只需对着那个小孩子吹口气,他们就会跟在这些鱼人后面,走进河水里,变成和它们一模一样的鱼。当然,在把那些小孩子变成鱼之前,它们还会对着水边的烂木头或是石头吹口气,先把那些木头和石头,变成一个个在水边玩耍的孩子。

"把心放在肚子里,今日里不会把你变成条鱼。"水鬼说。"巡抚衙门里新来了一位大老爷,前脚刚到任,后脚就有成堆的亲戚朋友,摇着尾巴上了门,前去庆贺。那位大老爷今黑夜里要在家中摆宴设席,招待他们,光行厨就请了七八个。他的管家新来乍到,不熟悉地面上的行情,就让家里掌勺的厨子,带着新请的一个行厨跑了来,让我一早给弄两篓子鲜鱼去。"

"您要到新来的巡抚家里去?"来家祥朝前伸伸脖子,"要是这么说,到了金銮殿上,肯定能打探到点实情了。"

"打探什么实情?"水鬼说,"是谁犯下滔天案子,惊动到了您老人家,还要到巡抚家的金銮殿上哨探消息?"

"这恐怕得算是件天摇地动的大事,"来家祥压着嗓门说,"你整天朝城里那些大户人家里跑,送鱼送虾,耳朵眼里就没装进去一丝风吹草动?"

"又有人去刺杀皇帝了?"老锔匠问,"前些年跑去刺杀摄政王那个人,听说早就从大牢里赦了出来,这回又是他?说来说去,这种人跟咱们不一样,不是腰肋里多长两根骨头,就是天上哪颗星宿下凡,骨髓里有颗金沙石的种子。不过话说回来,现今的小皇帝还在尿裤裆,值不了他那一刀。"

"您老人家只顾坐在井里低头拉钻,给东家锔完尿罐子,又忙着去给西家锔茶碗了。"来家祥望眼通往大坝门的那条路,又瞅瞅锔匠面前的灰膏桶。锔匠伸着两根乌黑的指头,正在那里挖着白灰膏,准备往钉了一排锔子的罐口上抹。"看来,您还没听到从城里传来的那些说辞,朝廷要把咱们整个山东的人和物,全都抵押给德国人。人,任凭他们杀刮;物,任凭他们处置。以此图谋着,要从德国人手里借回几百万两银子。这两天,谘议局里一帮老爷们在前面牵头,满城里的商户学生士绅,连衙门里有些头脸吃官饭的主,都咬着尾巴上了街,喊着号子声讨朝廷,凭什么将咱们一省的人和物给卖了。眼下,他们不光反对朝廷卖咱们的人和物,还吵嚷着要全省脱离开朝廷的管制,与朝廷割袍断义,跟鄂省那个武昌城学着,搞出个什么'独立'政府。我琢磨着,要是星象安稳,最近几个月里,巡抚衙门里那些大老爷,怕是不会跟走马灯似的,隔两天就换上一盏。"

"推翻朝廷?这可是桩押上脑袋的大买卖。别的不敢说,我猜那帮满大街上游行喊号子的人,不是吃饱肚子没事干的学生跟闲汉,就是在花街柳巷里吃饱喝足逛够了,闲得骨头痒痒的大爷们剔着牙跑到街面上消化食来了。跟我老锔匠这样,天天忙活着对付嘴巴下头这个无底洞,他们还有工夫去凑热闹?"老锔匠的两根手指在锔好的那条裂纹上来回抹着灰膏。"时至今日,我也没弄明白谘议局是个什么衙门,一帮子五花八门的老爷聚成堆,在做什么生意,是在买卖生色,还是在贩卖骡马。"

"这回恐怕不光是金银骡马的事了。"来家祥转过脸，笑着对水鬼说，"我说三哥，到了城里，您别老是满街上趔摸着，看谁都像是从您网眼里跑出去的一条鱼。您倒是不妨跟衙门里的厨子们打探打探，他们天天在衙门里伺候巡抚大人，围着那些大老爷抹蜜转圈，说不上就能吐出点硬货，从牙齿缝和舌头尖上抖出几两银子。"

"你又在瞎操谁的心，打算贩卖云彩还是捣弄星斗？"水鬼朝大坝门那里扬扬下巴，然后伸出右手，按了按头上那顶瓜皮帽子，说德国人刚来泺口修铁路桥那会子，你纠集了几十家铺子的人去闹腾，一心想拦挡他们，不让他们破了泺口的风水，最后还拉着棺材闹到巡抚衙门，坐在那里不吃不喝，像模像样地熬了两天两宿，演戏绝食。结果呢，那座桥还不是没日没夜地在造着，全泺口的人都只能眼瞅着它一天天跨过河面，像个扒光衣裤的洋人，趴在了黄河光溜溜的身子上？"咱们这些人，你，我，自然还有老铜匠哥哥，要我说，有口饭吃，有口气喘就行了。真起了大乱子，枪炮火药地打起来，还是咱们这些虾头鱼脑先遭殃丧命。前两天在渡口上，从直隶地界上来的一个棉花贩子说，鄂省那个武昌城里开战时，新党和朝廷的官兵一起开火，转眼就把一座城池打成了十八层地狱，到处是硫黄大火，到处鬼哭狼嚎，死的人抬都抬不过来。"

"遭殃不遭殃是另外一码事。我是说，要是真能跟鄂省的武昌城那样……"来家祥弯下腰，撅着屁股，屈起两根手指，敲了敲铜匠放到地面上的罐子。"算了，你还是赶紧给那些大老爷们送鱼去。别等到了城里，你篓子里的鱼死了臭了，他们掐了你的钱，你回来又站到这里骂大街，我那些八辈子祖宗都被你从地下给挖出来，在我的铺子门前摆成一溜。"

"鱼眼漩涡下头可不是天庭，别让自己睁着大眼朝那些鱼眼里闯！掉进鱼眼的人，没有一个能从里头爬出来。像武昌城那样？你是巴望着，你的棺材铺子又要发个大财？别做黄粱梦了！地狱里的大火烧起来，你那个破棺材铺子还能不冒烟？"

"正月里打雷土谷堆，二月里打雷粪谷堆，三月里打雷麦谷堆。"来家祥笑着说，"祖宗们的话从来不会出岔子。上年正月里，关外的雷电霹雳，差点没把那里的地面劈成两半。到了秋后，瘟疫就遍地蔓延开了，人传人，一天里死去的人成百上千，人在街上看见人，比在青天白日里见到黑白无常还慌张。瘟病传染到咱们这里，死的人虽不像东北那么稠密，可一冬加上一春，也差点吓破咱们的胆头子。家家关门闭户，路绝人稀，你的鱼卖不掉，我的杂货铺子也没法开张。幸亏有那间棺材铺子，我这一家老小总算熬了下来。今年正月里，黄河上电闪雷鸣，咱们以为还是那场瘟疫，想要挨家挨户索走咱们这些贱命。没想到东北传来的瘟疫清了，没要了泺口人的命，倒是这硫黄大火，一路从鄂省烧了过来。"

水鬼扭过头去，对着他那头老驴吆喝一声："走了。"水鬼走后，来家祥又朝他离开的那条街，泺安路，望了一会儿。那是泺口最宽敞的一条大街，四辆马车并排在路上跑，还要绰绰有余，从北到南，直通泺口的南大门——普安门。从那里出去，一直往南，不足二十里路，就到了济南城。"鱼眼漩涡！要是……"来家祥瞅眼他在街对面的棺材铺，晃悠着身子进了杂货铺子，心里想着后面没跟水鬼说完的话。"要是城里那帮家伙中真有龙有虎，闹腾大了，最后分赃不均，让山东变成三个五个独立国，那泺口是不是也能趁机闹出个小朝廷，成立上一个泺口国？"尽管这件事他刚才已经在心里面想过好几遍，但真被两片肉嘴唇念叨出声,他还是被自己嘴里跑出来的声音吓了一跳。他朝四周围看看,两个伙计,一个在忙着为客人打洋油,一个在忙着整理货架子,谁也没注意到他走进了铺子。

来家祥挺挺后背,泰然自若地走到茶桌跟前,稳稳当当地坐进椅子里,瞅着眼前货架上的一排洋布,洋布下面几把子白洋线,继续胡乱想着:要是浉口也能变成个独立国,不再受紫禁城里那个吃奶尿裤子的娃娃皇帝管制,也不再受什么巡抚道台布政使按察使知府县衙、这些比老城里泉眼还多的衙门管制,他要是趁机混上个谷友之那样的角色,到那时候,他选择去做的第一件事,就是带领一众人,先去把德国人正在修建的那座铁路桥给拆毁了,或者干脆到机器局里去弄上几吨火药,痛痛快快地把它炸烂了。炸完后,再把修桥的那些洋人,他们的老婆孩子,以及帮着洋人干活的那帮男人,全都捆绑起四脚,扔进黄河里去喂鱼喂虾。不过,那个叫马利亚的洋女人,他倒是可以考虑把她留下来。他要先没日没夜地睡上她几天,睡疲了,再找铁匠打造上一副铁链子,跟拴狗那样,拴住她的脖子或是一只脚,让她老老实实地教他的孩子们念书。还有南家那位大小姐,要是南家花园就此败落了,一败涂地,那位巡警局长也被众人踩到了脚底下,他也要让她变得跟那个洋女人一样:他先睡上她一阵子,睡够了,同样用一根铁链子拴住她的脚,铁链子一头拴在房梁上,跟她那位巡警局长男人要求浉口人拴菜刀一样,与那个洋女人拴在一块,教他的几个孩子念书。至于浉口跑去帮工修桥的那些家伙,他们就算是跪下来求饶,人头磕成了狗脑袋,血花四溅,亲自把老婆和闺女送到他床上,把孩子全部献出来给他做奴仆,用舌头给他和他的儿子们舔脚趾、添屁眼,他也决不能饶过他们。等把那座铁路桥炸烂了,他就花上一百两金子银子,到南门老李家那间最大的赁铺里,租上旗牌、伞扇、轿子、罩子、铛铛鬼、晃荡人,弄上两个仪仗队,在浉口的大街小巷里庆贺上三天三夜。不过,他又想,要是浉口也能够独立成一个国家的话,那该选谁做皇帝才合适呢?南家第一和第二的肯定都不能选,巡警局长谷友之那个混蛋玩意,更不能选。不但不能选他,最好还要有把洋人手里的枪,一枪打得他挺挺的。其他几个有钱的盐商,哪怕他们手里再握上两条黄金白银铺就的小铁路,轨道边镶嵌上珍珠玛瑙,能在浉口盖上另一座北京城里的紫禁城,统统都不能选他们。他想了一圈又一圈,除了他自己,他没能想出半个他认为合适的人物。想到末了,倒是让他感觉自己的脑袋隐约变大一圈,好像被水鬼罩上了一个戳不破的大鱼泡,直想喊那个老铜匠跑过来,举起钻头,在上面钻出两个眼,给它透进一口冰凉又新鲜的水汽。

夜里独行,或是经过坟场,在左手心里画上"我是鬼",伸开手掌,口里念着"大家都是鬼。大家都是鬼",天不怕地不怕,就能平平安安地到家了。

"大家都是鬼。大家都是鬼。"来家祥想着水鬼说过的那个驱鬼的法术,用手掌使劲在脸上搓两把,嘿嘿笑着站了起来。这一会儿,他坚信自己就是原来那个真实的自己,不是他夜里忧心的,自己会在睡梦里,被水鬼偷着,把那个真正的自己变成了一条鱼;而躺在床上的那个自己,不过是水鬼拿了一条什么烂鱼,变成了他,在浉口充当着一个人数。

门外街道上,从大坝门进出的人和车辆川流不息。来家祥从口袋里摸出盒洋火,拿出根火柴棍,"刺啦"一声划出火苗,盯住跳跃的火焰看一会,"噗"地一口吹灭了它;又拿出一根,"刺啦"又划一下。"很好。"他瞅瞅燃着黄色火焰的火柴棍,又瞅瞅手里的洋火盒,对它们说,"咱们就慢慢地烧着,照着明,等着看好戏开场。"然后,他就坐在那里,手指来回捻动着一根火柴棍,又开始琢磨起他在夜里做的那个怪梦:他先是看见雷神和地神两个神仙坐在一起喝茶说话。一会儿,他的大老婆摇摆着身子走进屋内,竟是径直地坐进了那个地神怀里。雷神瞅瞅那两个男女,笑着走出门去,说他要值日打雷去了。地神让雷神打雷的时候,千万不要打出电光。雷神说没有电光,怎么给你们照亮被窝?接着,他的大老婆就和那个地神搂抱着滚在一起,行起男女那件肮脏之事。因为这个梦,他清早醒过来,狠狠地踹了那个不会生养却不知羞耻的大老婆两脚,恨不能即刻让水鬼把她变成条吃腐泥的鲶鱼。一头连崽子都不会下的骡子,倒敢在他的睡梦中,在他眼皮子底下,和一个什么狗屁地神,骨碌到一堆去了。

在戴维先生讲述的那些奇闻录里,孩子们最感兴趣的是一个小 negro(尼格罗,拉丁语),一个"黑人小奴隶"。这是那个高鼻子的美国人在讲到他的家乡美国,讲到美国"为解放黑奴"发生的"南北战争"时,讲到的一个故事。戴维告诉围住他的孩子们,那些黑人奴隶们悲惨的命运,就像一头牲口那样。他们不但会被鞭子抽打、脚腕脖子上拴着铁链子,因为逃跑被割掉耳朵或是挑断脚筋,还会被他们的主人像卖牲口那样贩卖,而且常常是一家人被分别卖到几个不同的地方:父亲被卖到了布尔兰河畔马纳萨斯的一家种植园里,母亲则会被卖进距离丈夫二百英里或是更远的另一家种植园,而他们的孩子则可能被留下来。这样的结局是,一直到死,他们也不能再和亲人们相见。其中一个与父母卖到不同地方的孩子,为了记住母亲的模样,他坚持每天都用手指,在属于他晚餐的一张玉米饼子上,画出他母亲的面庞和头发,然后才会把那张有着妈妈笑容的饼子,吃进肚子里。但是,在一年后的一天晚上,那个孩子手里拿着饼子,突然大声哭了起来,因为他惊恐地发现,他再也画不出母亲的那张笑脸了。甚至,他连她的头发是什么样子都记不清楚了。于是,从那天晚上开始,这个孩子就再也不会开口说话了。而且,人们发现,他的脑袋上还慢慢地长出了两只只有牛和羊才会生长的犄角。"那是一件悲惨得让天神看见了,都会背转过身去垂泪的事情。"戴维告诉围着他的孩子们。

开始,那些孩子们压根不知道,美国距离泺口有多少里路程,若是坐着马车从泺口出发,走哪条路,走上几天,才能够到达美国。当然,比到美国去的路程更让他们关心的是,在美国,是不是天天都能吃到那些柔软香甜得像梦一样的面包。他们个个都喜欢那些又香又甜的面包。但是,他们始终弄不明白什么是黑奴。原因是他们从来都不知道什么是"黑人",而且连黑人的影子都没瞧见过。他们只是在戏台上见过黑脸的包公,在大人们讲的鬼怪故事里,听说过地下阎罗殿里,有个专门背着绳索,满天下索人魂魄的鬼差黑无常,长着张和黑夜一样黑的脸。

不过,这些丝毫都没有影响到他们听戴维讲他的美国故事。"那些让人不忍目睹的场面,就是在最后的审判到来时,相信上帝自己也会掩住他的眼目。不过,也有些感人的场面,就算上帝本人日后回忆起来,也丝毫不会吝啬地再次发出他的赞美。"在讲完那个耸人听闻的故事后,戴维安慰着那些满眼惊慌的孩子们,让他们不必担心,因为那个长了牛角的孩子,他虽然没有一马车小麦那么好的运气,成为"彼得大帝的小黑人",但在南北战争后,他脑袋上的两只牛角,却被一位医术像上帝一样精湛的医生，动用上帝的两只手，亲手给取了下来。更令人激动的是，在他头上的牛角消失不久，他又幸福地找到了他的母亲。母子两个终于团聚了。"唯一的遗憾是，他父亲没能活到黑奴解放那一天。因为生病加上过度劳累，他死在了主人看不到边际的棉花地里。"美国人戴维的眼光越过他身边的孩子们，望着宽阔的河面，对他自己和面前的中国孩子说，他的祖国没有皇帝，他们的宪法上写着，他们是一个由总统制、联邦制和代议共和制相结合的国家。为了纪念美国独立战争胜利一百周年，在美国南北战争发生期间，法国曾经花了十年时间，为美国雕塑了一座自由女神像，从巴黎运到了纽约。他低一会头，然后抬起来，眼神热切地看着他面前的孩子，说正是那尊自由女神像，给美国南方的那些黑人奴隶，和那个头上长出牛角的小黑奴，带去了属于他们的自由和独立。所以，他希望有一天，他能够把站立在他面前的所有孩子们，都带到美国，带到纽约，带到那尊自由女神像的跟前，让他们亲眼看到，那尊差不多一百米高的自由女神，那位自由的圣母，是多么美丽和迷人。

"我要为我亲爱的歌唱。"台上的孩子们，在卖力地演唱着《葡萄园之歌》的最末一句，高亢的歌声，与戴维闭着眼睛演奏的手风琴声合在一起，犹如向天堂飞翔的鸽子，奋力展开着两只翅膀，直冲云霄。

杂货铺子的掌柜来家祥，就是在这个时候，走了过来。

他先是张望两眼那个正在演奏风琴的美国人。关于这个美国人的故事，有一小半，他都是从他两个儿子那里听到的。他们是那五间教室里坐着的三十个男孩子中间的两个。来家祥走到负责维持秩序的巡警来福身边，伸手在来福肩膀上拍一下，问他这回都有谁捐了钱。

来福是他二哥来家和的儿子。因为这个小子死活不肯在自家铺子里做事,他父亲来家和经营的窑货铺子只好花钱从外面雇个伙计。那是从海边一个叫登州的地方逃荒来的年轻人,只有二十岁。这个年轻人不仅写得一手好字,人还长得英俊结实,又有力气又会算术,能说会道,各个方面都令来家和十分中意,觉得雇到这样一个伙计,他就是每年再多付上一倍的工钱,也会稳赚不赔。只是,他却没有预想到,这个头脑和手脚一样灵活的伙计,在铺子里干了不足一年,就拐上他十七岁的女儿香艾,两个人在半夜里逃走了。在得知女儿和铺子里的伙计一起失踪那天,来家和愤怒地摔破了十个红陶罐子、两柱黑碗,追到码头上找遍了所有的船只,并问遍了在码头与河边见到的每个船工和纤夫。但他没有得到一条有价值的线索。接着,他又派人追到济南城里,几乎把每条街巷都翻了一遍。甚至包括每家妓院,都被他们找过了,却仍然没有发现那两个年轻人的踪影。一年后,来家有个到杭州贩茶叶的亲戚,在大运河码头上装货时,认出往船上搬运茶筐的一个船工,正是来家和铺子里逃走的那个伙计。他上前一把揪住了他,问他把香艾带去了哪里。那个人先是就势跪到地上,拼命地磕头求饶,不想竟趁来家这位亲戚松开他胳膊的一瞬间,再次逃跑了。从那以后,泺口就再也没有人知道他们的消息了。

"那一位,"来家祥伸着脑袋,指了指第一排座位上的南海珠,"南家那位第一的,他这回又带头捐了多少?"他一直怀疑,南海珠每回到现场来捐钱,都不过是个诱惑鸡下蛋的引蛋,摆在那里装个样子,勾引着别人家的母鸡都跑到他们家的窝里去下蛋。

"这个真不知道,他们来了,都是直接把钱投到那个木箱里。"来福放开抱在胸前的手,在衣领里摸着虱子。然后,他把摸虱子的手放下来,冲人群前面木箱的位置扬扬下巴。

来家祥也跟着朝那里望一眼。舞台正前面摆的那张黑漆方桌子上,和前几回一样,还是放着那个用白漆刷过的木箱子。挂着锁头、对着众人一面,顶端拿鲜红漆在上面画了个晃眼的"十"字,下面用同样颜色的红漆,写了"奉献箱"三个字。

坐在南明珠身边的马利亚,带头从座位上站起来,为舞台上那群合唱的孩子鼓起掌。来家祥在人群后面看着她金黄的头发,来回捏两下下巴。"白莲教义和拳跟朝廷合伙那两年,要不杀个洋婆子都能赏几十块大洋呢。你都看到了,这些洋鬼子的老婆,也是在吃人喝血。"他扭头对来福说。

"您是说马利亚夫人?"

来福手里捏着摸到的那只虱子。碍于来家祥一直瞪大眼睛瞅着他,他干脆将拇指和食指捏住那个小东西,悄悄地扔到了地上,眼睛斜过去,瞪着旁边的豆腐车子。那个天生只有一只眼的有官运,正在旁边敲着他卖豆腐的木头梆子。"赶快走开,这里没人买豆腐,也没人算命。梆!梆!梆!这是什么场合,你就在这里乱敲一气。"来福对着那个卖豆腐的人吆喝两声。按照伍金禄的说法,这个一只眼的死老头,早就栽进水井里淹死了,是他亲手把他从井口里扯上来的。可奇怪的是,他仍然和之前一样,每隔上两日,就会在街上遇到他一回,看见他手里"梆!梆!梆!"地敲着梆子,打他身旁走过。

"就是那个洋鬼子老婆。"他想着她的奶子,奶头是不是跟月季花骨朵一样红润,夜里在男人身子下面,是像野狼般扯着喉咙嗷嗷叫,还是像只小母猪,只会发出哼哧哼哧的声响。

"您也知道,台上那些孩子,差不多个个都是她带进蒙智园的。要不是她和俺们局长太太，他们中的哪一个，说不上早就变成堆黄土，头顶上长出一蓬乱草了。"

"我说的就是这些孩子。"来家祥说，"她在浞口办什么蒙智园，满大街地搜罗没人要的孩子，那些目光短浅的东西，还觉得她是位洋菩萨。你知道她会不会像那些老鸨子，是在养瘦马？咱等着瞧吧，总有砍倒秫秸显出狼那一日。"

"什么狼？您老人家睁开眼看清了，和她一块办学堂的是俺们局长大人的太太，南家大小姐。"来福看着朝他们这里张望的南明珠，笑着，远远地冲她哈下腰，又扭转脸接着说，"要是不愿捐钱，您就躲在这里，别往前凑了。要么就赶紧回您杂货铺子里去，该干吗干吗。您都瞧见了，这里不是在砍人头，也没人买您铺子里的棺材。不过，不管您揣了什么心思，我劝您老人家，刚才这种话，还是千万别由着嘴片子乱说了！"

"我乱说？"来家祥又在来福肩膀上拍一下，"你现在连狗屁是什么样的臭味，都还没分辨明白。先不说那位大小姐，就说那些洋狗洋狼，要是没猎物，没肉吃，这些西洋鬼子，还有前些年攻进北京城那些八国九国的联军，他们为什么连大海里的高风巨浪都不怕，冒着死，在水面上漂流几个月，漂洋过海地到咱们地界上来？"

"这些不是咱们该操心的事。我白天黑夜在浞口大街小巷里巡逻，管着浞口地面上没有贼人出没，不出杀人越货的案子；您老人家白日里管着伙计们，照看好您的两个铺子，天黑了回家铺排好俺两个婶子，别让她们为了谁跟您睡觉，打得黄河里的鱼都跳起来瞧咱们家热闹。能做好这些，咱爷们就算万事大吉了。"

"别指望狗嘴里能吐出根象牙！"来家祥朝人群里张望几眼，又对来福招招手，让他把脑袋贴过去。"你现在年轻，眼窝子浅，没有神婆子有莲花跟鬼神打交道那个道行，也没有她养在缸里那个小鬼的天眼，既看不透世间杂事，更不会明白这些洋人为什么会从中搅乱人心，巴不得搅得咱们天下大乱。天下乱了，他们才能趁机钻进你肚子里来。"他拍下来福的肚子，又扭脸朝身边人群里扫一眼。"你有没有听说，城里那个什么谘议局里，各路老爷们，纠集了成千上万的人，眼下正在城里闹乱子，也要学着南方那些省份，跟朝廷和金銮殿上那位小皇帝断绝关系，成立什么独立国。"

"您可千万别做黄粱梦，真去相信运署街上盐商陈老爷家，那个在黄河里产出一肚皮鱼苗子的小老婆，是什么鲤鱼精变的。"

全场的人都拥挤到前面，围在了马利亚和南明珠身边。来福朝鼓掌的人群里瞭两眼，拉着来家祥离开人群几步，提醒着他："横竖都有各个衙门和衙门里的人在挡着。就是在洑口，还有我们那位巡警局长老爷。这些都不是咱们爷们要去上心的事，也跟咱们没有半个铜板的瓜葛。"然后，他就撇下来家祥，撒腿朝人群前面跑去。他突然想起来，自己必须立刻赶到舞台前面去，等着帮局长太太搬那个盛着募集资金的箱子。前两次，他一直都是这么做的，每回都得到了局长谷友之的表彰。而且，局长太太，洑口最漂亮迷人的南家大小姐，对他这个表现也非常赏识。上一次，她不仅微笑着对他连连点头，还用她手里的洋人照相机，亲自给他和那个募捐箱照了张相片。那可是他头一次在镜子和水面以外的地方，清清楚楚地瞧见自己的模样。相片上那个自己，那个被伍金禄嫉恨得骂作"一直在咧着嘴傻笑的来福"，结结实实地印在一张硬纸片上，就是被伍金禄用指甲偷偷地在裤腿上刮过两下，他也仍然结结实实地站在那里。局长太太亲自把相片送给他时，她还告诉他，如果不是被雨水泡了，被毒日头晒了，或是不小心洒上其他跟水一样的东西，就是等到他胡子白了，他孙子的孙子也长大了，这张相片上的他，都会永远是现在这个样子，永远也不会变老。

早饭后出门那会，南海珠先是盯着天空看一会，在那些鸟鸣声里琢磨着，他的兄弟南怀珠几点钟能够回到泺口。这些年，每个星期，南怀珠都要拿出固定的一天，也就是星期日这天，骑着马，穿过两边田地纵横交错的乡间大路，从城里回到泺口镇的家里来看望父母和他们这些家人。其余的时间，他大都留在城里，过着一种他们这些家里人始终认为，他们谁也弄不清楚真实内容的生活。

对于南怀珠留在城里，过那种让家里人没法一眼看到真相的日子，南海珠和他父亲都极力反对过。尤其是他父亲，曾一度断言，他若是坚持过那种"一心想忘了家人"的日子，而且死不回头，迟早有一天，他会变成个"家里人人都厌恶的浪荡子"。"那还不是和你年轻时候一样。"他母亲坐在八仙桌另一侧，听见丈夫骂她的儿子，忍不住在旁边提醒他一句。这是她在自己经历过无数等待的一生里，头一次，也是唯一一次，在孩子们面前，责备她的丈夫。"这是一码事吗？"因为被意外地戳到了痛处，那个做丈夫的显得有些气急败坏。"要我说，就是一码事。"由于一家人都在场，他的母亲，厉月梅，回答得理直气壮。但最终，家里人还是答应了南怀珠的请求，让他住在了城里。因为那个时候，他们完全失去了掌控他的能力，没有办法再去阻止他。他已经结婚了。并且，他的妻子，一个从小在巡抚家里跟着姨母长大的"表小姐"，死活也不愿意离开她的亲戚们，住到几十里外的乡下来。"他情愿骑在马背上，每个星期颠簸上几十里路，在城里和泺口来回地奔波，那就让他吃点苦，尝尝自己选出的结果是什么滋味。"那天，为避免南怀珠在失去理智的状态下，说出一些比如家里人不同意他和妻子住在城里，他便"再也不回泺口"之类的话，南海珠有意这样对家人们说。从小，南海珠就是保护他兄弟的那个人。这样说的时候，南海珠对自己和他的兄弟南怀珠，都充满了信心，相信有一天，他这位兄弟在城里过够了鸡零狗碎的日子，或是骑在马上来回跑乏了，再或者他妻子的亲戚，那位巡抚大人调任去了别处，他就会带着老婆孩子主动回到泺口，重新和他们生活在一起，享受只有跟家里人天天住在一块才会有的那种乐趣。这一点，南海珠没对家里任何人说，但他相信，他们人人都明白：他的父亲，那个在蒙古和家人之间来回跑了十几年，在奔波中耗掉了一个男人最好的年华，错过了所有孩子的啼哭声和生长期的人，就是个活生生的例子。

中午的太阳光无比明亮，明亮得像是有一百个女人拿着新采摘的鲜皂角和猪毛刷子，给它清洗了二十五遍；而且，清洗完毕后，她们还不甘心，又将皂角树上那些圪针，从头到脚地镶进了那些光的后面。这样，它的明亮就不仅是明亮，那些明亮里还镶满了锥人眼目的尖刺。南海珠被这些刺尖扎着，想起南明珠坐在家人们中间，借着给众人讲外国的奇闻逸事，给他们讲的那个身上背着十字架，头上戴着荆棘冠，慷慨赴死的犹太男人。"那个人背着一个木头钉的十字架，一步一步地朝自己的死亡走着。他的母亲跟在后面，用衣裳，蘸着从她儿子身上流出来，滴落在泥土里的鲜血。"南明珠给众人讲到这里时，包括她母亲在内，所有在座的女人，都为她们不认识的那个外邦年轻男人的死亡唏嘘起来。"那要是我的儿子，我会拿舌头，把那些血一滴滴舔干净了。"他母亲一辈子都在诅咒那些信奉洋教，杀死了她父亲的太平军。即便是在听南明珠讲到一群洋人女宣教士,曾用洋人产的最好纸张,专门印了本《新旧约全书》,精心用纯银打造了那本书的封面,并用纯金造了字镶嵌在那些银子里,然后装在同样用纯银打造的精美盒子里,送给了皇宫里那位老太后做生日贺礼,太后不仅收下了那件礼物,还用上好的绸缎赏赐了那些为她祝寿的洋女人时,他母亲也没有因为皇宫里那位太后的举止,就不再憎恨洋教。她一生都在笃定地相信,那些太平军跟传教的洋人,都在暗地里掌握着一种炼银子的方法:把人的眼珠子挖出来,配上铅粉,便能炼出银子。为了炼出更多银子,那些太平军才借着打天下的名义,杀人如麻。另外,她还相信,洋人们造出的一种迷幻药,朝人群里一吹散,那些邪恶的药性,就能让男人女人们变得性情癫狂,没了廉耻。还有他们带来给人摄像的摄影家,分明就是躲在照相机后头,在偷偷地摄取人的魂魄。但是,在那一日里,南海珠坐在她旁边,却看见他的母亲,因为那个背着十字架赴死的外邦男人,满脸布满了悲伤。

拆一截子土墙,还会砸死个人呢。哪个朝代更替,不是用冒着腥气的层层热血,在前头铺路。现在,说不上,很快,她就要伸出舌头,去舔从她小儿子身上流到地面上的血了。南海珠这样想着,放缓脚步,反复琢磨着,拿出个什么样的法子,才能不让这样的事情在他母亲身上发生。"求老天多保佑,只当是我在多虑。"他想安慰一下自己,但实际上,他发现,这样的安慰只能让他心里更加忧虑起来。

南怀珠一点也不像他们家族里的人。这个胆小如鼠的人,在进入那座现代学堂——山东大学堂之前,他甚至觉得,他比他们的两个妹妹,都更需要一家人的呵护。原因是南怀珠长到十二岁时,连一只活蹦乱跳的蛤蟆都不敢抓在手里。而那时候,他们的妹妹，五岁的南明珠，已经敢把壁虎和蚯蚓放在手心里玩耍，拿他们父亲从草原上带回的一把蒙古刀，把它们切成段，或是把它们从头到脚竖着划开，在它们腹内，翻找着它们的心肝和肠子。有时候，她还会用丝线把蝴蝶跟壁虎串在一起，挂在她细长的脖子上，故意走到家里那些女仆们中间，一边向她们炫耀，一边吓唬她们。

在原地站一会儿，来家祥仍然犹豫着，要不要到人群前面去打个照面，再往那个他每回看见都觉得又厌恶又害怕的箱子内投进几块钱。若不是那位巡警老爷每次都亲自邀请他，而他每回又选择坐在第一排，那个闭着眼睛也能听清谁往箱子里投了多少钱的位置上，他敢对着河神和土地爷发誓，就是有人用麻绳勒住他的脖子，勒得他成串地放臭屁，也休想让他往那个箱子里投上一文钱。当然，他也完全可以不去理会它，装作那个东西根本不存在。不过，这首先需要他相信，他命里那些运气又好又多，多得像他裤腰里膀阔腰圆的虱子，让他三辈子都捉不完。不然，他就得承认，那些暂时留在他口袋里，没有跳进箱子去的钱，它们迟早都会弄着花样，在某一份他摸不着头脑叫不上名堂的杂税里，或者某项五花八门地跑出来的垃圾运输处理费中，再或者一份附加在什么税后头的"浶口治安管理附加费"里，仿效着那些变了节的女人，自己扭着腰身，瞅个空子，就溜出他的钱袋子，睡进另一个男人的口袋里。到那时候，任凭他怎么死命地攥紧手指，也别妄想从她们身上扯住一根线头。

在逐渐散去的人群后面转半圈，来家祥还是让自己的双脚走到了前面。来福正在搬动那个"恶魔"箱子，准备把它搬到停放在一边的马车上去。那些刚才还在唱歌的孩子，正围住了南家大小姐和那个洋婆子马利亚，在欢快地询问着她们，他们的演唱"能得到几颗糖果"？"你们唱得都很卖力，每个人至少可以得到五颗。"他听到南明珠对那些孩子说，"马利亚夫人一直在夸赞你们唱得好。"

"等一下来福，等一下！"来家祥大声喊住了他的侄子，迅疾地跑过去，朝他厌恶的那个箱子里，投进去五块银圆。

最后一块钱落进箱子里时，来家祥抬起头，朝巡警局长谷友之那里扫一眼。在走过来之前，他已经看了谷友之一会。现在，谷友之还和刚才那样，和南海珠站在一起，哈哈地笑着，跟那位身体肥胖的盐商衣向春谈论着什么。在泺口，衣向春是家里藏有财富最多的一个人，光是老婆就有七个。而他的七个老婆，给他生了十六个儿子。五年前，他的第九个儿子，通过那位苏利士老神甫，去了美国的康涅狄格州，在当地一所名字叫作"耶鲁大学"的学校里，学习神学和医学。南家二小姐南珍珠带着她的两个侄子，抵达格拉斯哥后的第二年秋天，那个小伙子将会在一次前往英国旅行的途中，在伦敦遇到她，并在不久后和她结了婚。然后，再过差不多三十年，他们的第一个孩子，将成为泺口历史上首位驾驶飞机的飞行员，以及迈阿密美国空军航校史上记录在册的一位华人学员。现在，这位盐商和他另外的十一个儿子，不仅掌管着上关渡口所有的船只与货场，还掌管着泺口码头到黄台码头新建的那条清泺小铁路一半的经营权。而在那条小铁路开通前，从泺口到黄台码头的任何一条陆路使用权，也同样都属于这个眼睛细小、一身肥膘的男人。

"来掌柜。"谷友之大着嗓门冲他喊一声，"怎么没瞅见你过来听孩子们合唱？"

"一早就准备好了要过来。"来家祥走到几个人身边，挨个对着他们抱拳施过礼后告诉谷友之，他是因为家里两个老婆突然打闹起来，耽误了工夫，"结果来到就晚了，只听见孩子们唱的最末了几句。"他从口袋里掏出火柴，麻利地划着一根，两手捧着，给手里夹着烟卷的谷友之点上火。

"她们都会感谢你！"谷友之笑着说。这是他太太南明珠在今天的募集现场，对所有往她们那个募捐箱里投钱的人说的一句话。有人投一百块银圆时她在这样说，有人投一文钱，她也同样这样对他们说。而且，她一直说得那么欢天喜地，好像前来资助她们的那些人，是把一个只有在马利亚说的天堂里才能看到的，被鲜花和喜乐充满的世界，放进了她们摆在那里的箱子里。南明珠每对人说一遍，谷友之听见了，就会在心里跟着她默念一遍。有时候，一天内发生的事情，可能比几十年甚至几百年里发生的事情都要大。他抽一口烟，想着城里那些革命党人和他们正在闹的那场"独立"，要是照他这几天在那部电话里听到的势头发展下去，他实在拿不准，他太太的下一次募捐，该是为了哪些人。

"大小姐菩萨心肠，一心想着为咱们涑口地界上的人做善事。"

来家祥称赞着南明珠。脑子里转着他坐在自己杂货铺子里时琢磨的那些事情。开始，他想称呼南明珠为园长夫人或是局长太太，但他斜睨一眼南海珠，马上就改了主意。他大哥来家兴在南家待了一辈子，已经为他们做了二十多年管家，仅凭这点，他觉得，在南海珠面前，还是称呼南明珠大小姐更为妥帖。何况，这几年，他耳朵里可没少听到，这位巡警局长为讨好老婆，勤勉得就像一个老色鬼，在某些个好看的小娘们身上的耕耘。每过上几天，他就要骑上马，风雨无阻地跑到十几里外的商埠，一家德国人经营的面包店里，亲自为南明珠买回一篮子面包。那个骑着马去商埠里买面包的身影,一直在他心里来回地晃荡着。在浠口,这件事几乎是妇孺皆知。甚至,大街上还有过这样的传言:巡警局长谷友之在浠口什么也不怕,连河神托那个捕鱼的水鬼给他送去只大甲鱼,甲鱼开口告诉他河神要发怒淹了浠口,他也没有怕。但是,他唯独怕自己的老婆南明珠不吃他买回家的那些德国甜面包。就在几天前,他又听到了另外一个更有意思的说法。当然,它们仍然与那些面包有关——巡警局长在买面包的路上,听到关于他和甲鱼那件好笑的事后,骑在马上笑了一路。走回家后,他差点没把一张四方大脸笑瘫了。他老婆瞧见他那副怪模样,问他是不是皇宫里用比送荔枝还快的那匹马传来消息,说皇帝要封他当太子了。"太子在我眼里不算什么。"谷友之揉着酸胀的两个腮帮子,对他太太说,"你知道河神吗,我的局长太太?现在,全浠口的人都在谣传,我连河神都不怕,但是唯独怕老婆。"怕我有什么好发笑的?他的太太南明珠说,事情本来不就是这样吗?"这是你不知道他们说的那句话具体是什么底细。他们说,我不怕河神发怒淹了浠口,连玉皇大帝王母娘娘从天河里往下倒水都不怕,却害怕你不吃我买回家的甜面包。"谷友之一个劲地在对他太太大笑着。"可他们哪里知道,我的局长太太,我怕的不是你不吃这些甜面包,而是你不给我这些沾满蜂蜜水的拥抱啊。"他说。

"那些孩子会感谢你们!我也要感谢你们!你们慷慨的捐助,让她们很快就会拥有两台英国制造的缝纫机。"

南明珠把孩子们交给了马利亚和戴维。她走到四个男人那里,立在了丈夫的右手边。

"是大小姐慈悲,菩萨心肠。"

来家祥恭维着南明珠，眼睛飞快地瞟眼她手上的红指甲。在浃口，不管男人女人，老人孩子，每个人见了这位大小姐，都会盯住她手上透亮的鲜红指甲来回瞅上两眼。她的红指甲可不是拿明矾跟指甲花泥涂抹上去的，而是那位她天天陪着逛街的西洋女人，从法国给她弄来的什么"指甲油"。来家祥还听说，皇宫里那位早些年已经死去的慈禧太后，常年在指甲上涂的，就是这种西洋女人专门拿来染指甲的油漆。

观看募捐演出的人群已经散尽。

来家祥看看四周，觉得自己再留在此处，指定是个多余的人。他不想惹这些富贵人厌恶，便又朝着跟前每个人抱抱拳，离开他们，转身朝他店铺的方向走去，而他心里则在一个劲地心疼着，铺子里需要卖掉多少包洋火，才能把他扔进水里却听不见丝毫响声的五块钱，重新赚回口袋里。令他稍感安慰的是他两个儿子，都已经进到她们之前建造的那所初级学堂——学堂里不光不收学生一个铜板的花费，一年四季，每天晌午，他们还给孩子们提供一顿免费的饭菜——这对他来说，多少都是个补偿，就像他那个不能生育的大老婆常说的："就算是捕回来几只小虾苗，也比拉个空网上岸让人睡得安心、踏实。"他那个大老婆虽然生不出孩子，但她讲出来的话，却比任何一个会生孩子的女人都要婉转动听。躺在她身边时，他常常要不由自主地去猜测，会不会正是因为她舌头上涂抹的蜜汁太多，使它太伶俐、过于能说会道，送子娘娘才有意躲开了她和她的怀抱，索性把原本属于她的孩子，都分给了另外那些看上去比她笨拙的女人。就像一些花木，开花时花朵越是勾引人眼目，最终越是不会结下半颗果子。尤其在他第二个老婆给他生下两个儿子后，他更加坚定了这种想法，觉得在送子娘娘眼里，一个笨拙点的女人，肯定更适合养育小孩子,做好他们的母亲。

因为这个大老婆"无论怎么使驴劲也生不出孩子",她的父母一直都在担心着来家祥早晚会嫌弃他们这个女儿,一纸休书把她赶回娘家。所以,在他娶了他们的大女儿三年零十个月后,他的岳父,那个眼下专为商埠里一家德国人开的"西餐厅"宰牛的老屠夫,借口给自己做五十岁寿诞,把前去给他祝寿的女婿灌个烂醉。然后,他们便按照事先谋划好的路数,指使他们的小女儿脱光衣裳,钻进了姐夫的被窝里。过了那夜之后,第二天早上,来家祥便名正言顺地有了两个老婆。比起他的大老婆,他确实更喜欢她的妹妹。不过,有一点,他从来也没有让她觉得他更喜欢她,尽管她接连给他生了四个儿子。"喜欢一个女人,但绝不能让她看出来,更不能让她因此自鸣得意。"这是他在河边认识的一个年老纤夫,在他和第一个老婆结婚前几天告诉他的。

这些年,他牢牢地记住了老纤夫那句话,并努力在两个老婆之间践行着它。那个老年纤夫说他曾经有过十个老婆,正是那十个被他宠上云层的老婆,让他原本殷实的家境一落千丈,使他最终沦为了纤夫。老纤夫的亲身经历,让他坚信,他告诉自己的这句话,比在他面前摆上十两黄金还要有分量。为讨好他,他的两个老婆,在大清早,就为争夺一块他托亲戚从杭州带回来的丝绸被面,在家里闹得不可开交。她们经常为这样的小事情大打出手,是由于她们一直在自作聪明地认为,她们其中的一个,如果谁把某样东西争到了手,作为战胜对手的一方,她们就能够让她们共同的丈夫,到胜利者的房间里多睡一夜。而事实上,她们向往的事情,一次也没有按照她们的愿望实现过。她们的丈夫,每天晚上都是根据他铺子里白天赚到了多少钱,来决定到她们当中哪一个的床上去睡觉。赚到钱的尾数是单数这天,他就选择到大老婆房间里去睡。赚到钱的尾数是双数时,他自然就去睡在小老婆的床上。既然老天让他娶了两个亲姐妹做老婆,那么,"这就应该是一个丈夫对待她们两个最公平的方法"。睡在她们身边时,他头脑里经常会这样想。当然,他的两个老婆,那两个同父同母的亲姐妹,她们做梦也没有猜到这一点。而且,她们也从来没有意识到,他,来家祥,她们姐妹两个共同的丈夫,在买给她们某样东西时,一次也没有把两份东西买得一模一样,不管是金簪子或银手镯那样贵重的首饰,还是平常的一块衣料、一顶帽子、一副扎裤脚的丝带子,它们的花色款式都会完全不同。她们同样不知道的还有,现在,她们的丈夫,除了爱好喝酒之外,他最喜欢做的一件事情,就是在暗地里看着自己的两个老婆,那对亲姐妹,为了夜里谁能和他睡在一起,而不断地在那里明争暗斗,像两只奋不顾身的斗鸡。

第八章 东 方

　　上午，在募捐现场，南海珠差不多拿出了一天里所有的耐心。听完那群孩子在舞台上表演的最后一个合唱，他又耐着性子，站在一阵一阵没被太阳烘暖的冷风里，陪着谷友之和浃口最大的那位盐商，东拉西扯了半天。后来，因为实在抵不过内心里的那些焦虑，他才拱手抱拳告辞众人，心急火燎地往家里赶，想知道他的兄弟南怀珠是不是已经回了家。

　　在他们那座大宅子通往浃安路的祥泰街上，他遇到了正低头疾行的来家兴。半个浃口的人都知道，这是个走路时从来不会抬起头的人。

　　来家兴是南家花园的管家。这位管家在他十六岁那年，就被他父亲，一个喜欢制作"各种奇怪木制品"的木匠，托门子送进了南家。他的那位木匠父亲，在制作比如木鞋木马木鸡木狗木老虎木猴子，甚至木老鼠木蜻蜓木蝴蝶和木鸟木花这类看上去毫不实用的东西时，他的手艺可以堪称绝妙。那些有幸目睹过他的木头制品的人，在嘲笑他的同时，也不得不在心里暗暗地感叹一番他的心灵手巧，认为他做出来的那些活灵活现的物品，就是放在玉皇大帝和王母娘娘掌管的天宫里，他们也不会挑出任何毛病。

除了能做上面那些动物昆虫，他还会制作一种用刀子在上面雕出许多奇怪图形的"木地球"。那是他按照一个途经涑口的洋人给他看过的一张地图做出来的。因为在他看见那张地图时，那位称呼自己叫李希霍芬的洋人还告诉他，人类居住的地球，根本不是像木块拼起来的图版，也不是在一张兽皮或者布子上绘制出来的那样"是一张铺平的木块或者布片"。实际上"它是圆的，就像一个圆形的大西瓜"，因为在涑口给他做了一天向导，那位洋人非常高兴，最后，他还兴致勃勃地在那张地图里包了件衣服，尽量将它弄成了一个圆形，以此让他面前这个中国男人相信"地球就是圆的"，而他绝对没有向他撒谎。但是，这个能把木蝴蝶木蜻蜓木地球，这些被人认为没有半点用途的东西做得惟妙惟肖的人，却没有办法齐整地做出一张桌子、一把椅子，或者一个木盆木桶。当然，他的家人们也就更别指望，他能做出什么橱子柜子梳妆台这些庞大实用的家具了。实际上，他做不出来这些东西，仅仅是因为他像厌恶做棺材一样，厌恶做出它们。由于不能靠手艺养活许多孩子，这位木匠，只好在他老婆的哀求下，把他们最大的儿子送进南家花园里做了名仆人。到南家的头几年里，来家兴一直跟着南海珠的爷爷，一位"猿臂善射，射无虚发"，与太平军和捻军交战后，就长年在家"养病"的二甲次武进士，专心致志地做着马倌。他是个"人人都夸赞的马倌"。不仅手脚麻利、勤快能干、肯花力气，而且聪明好学。在他二十岁多一点时，在伺候好老爷那三匹马之余，他又包揽下了陪伴年幼的小少爷南海珠玩耍的活儿。另外，他还给家里那位年老的管家打着各种下手，并拜他做了干爹。就是在陪伴南海珠玩耍，给老管家打下手那几年里，他靠着惊人的记忆，悄悄地学会了识字和珠算。这样，在他进入南家的第二十个年头，那位老管家不能再给主人管理南家花园时，他就替代老管家，成了南家花园里新的管家。

"兴叔，怀珠回来没有？"南海珠远远地向来家兴问道。

"大少爷您回来了。我又打发热乎到普安门看去了。二少爷昨日里没赶回来，今日里到这个时辰还不回来，这些年里也是头一遭。"来家兴朝路边退一步，等在那里。现在，尽管家里人都在叫南海珠"老爷"，但他还是按着先前的习惯，称呼他"大少爷"。

"还没回来？"

"是，老太太那里也着急了。没找到您，就差人把我叫了去，说大家伙昨日里是不是糊弄了她。因为她算来算去，昨日里都是星期日。又问二少爷是不是在城里遇上了缠手的事，一家子人都在瞒着她。"

"我知道了。"南海珠说，"您忙去吧。"

"用不用……打发人到城里去一趟？"

"先不用。"南海珠朝前走两步，又停下了步子，"先别忙着慌张。"

"城里头，说是眼下闹得厉害。"来家兴看着南海珠的脸色，迟疑着说。南海珠的一张脸看上去风平浪静。可这也让这位管家觉得，他也许并不像自己看见的那么平静。

"您只要管好咱们宅子里头的事就行了。"

南海珠朝家门口的方向看了看，又转回脸，要来家兴看见热乎后，让他赶紧回来。"给他说，不用在那里候着了。"他头也不回地说。

煮好咖啡后，马利亚坐下来，开始给她的丈夫戴维复述她从南家花园里听来的那个故事。她没有在戴维回到家的第一时间里讲给他,是她明白,那样,他们晚餐的时间,很可能会因此被拖后一个小时,或者两个小时,直到那些食物在漫长的等待中逐渐失去了热情与耐心,最后变得毫无滋味。因为她相信,她的丈夫听到"那个故事"时,下午在南家花园里击中她的那条闪电,会再次跑了来,同样将他击倒在地上。

午后,喝过下午茶,马利亚又和南明珠并肩走着,去了那座园子的后面。那个有着两架秋千的地方,是她在那个园子里最喜欢的去处。从第二次走进南家花园,只要天气允许,马利亚每次到那座宅子里做客,都会在用过下午茶后,请南明珠带着她,到那里的秋千架上坐一会儿。"那是个非常幽静的角落,耳朵里总是在响着婉转的鸟鸣,时光在那里有着一种让人感到忧伤的美好。"她这样对丈夫形容着它。她们常常都是安静地坐着,各自在一架秋千上,画着短短的弧线。有时候,她们也会拥挤着坐在一起,像这天的午后一样,听着鸟鸣,东拉西扯着,随意说着一些"好玩的事情"。

在两棵榆树投下的明亮阴影里,马利亚忽然想起了自己做的一个梦。她笑着告诉南明珠,在前一天夜里,就像那位柯尔律治梦见了《忽必烈汗》,她竟然梦到了南明珠幼年时的模样。"你是一个非常幼小的女孩子,一个人从南家花园里走出去,径直朝一条大河走去。在大河边上,那个年幼的小女孩停下来,望着河水,开始大声地哭喊。"马利亚说她听不明白那个小女孩在哭喊什么,但她的眼睛看见了,那些河水是红颜色,是鲜血的颜色。小女孩旁边,有一匹被人杀掉的马。那是一匹没有了头颅的马,但它却仍然站立在那里,胸腔里在发出一声一声的嘶鸣。"在那个奇怪的梦里,"马利亚说,"没有一个人知道,那个小女孩是谁。也没有人知道,那匹马的马头,到底去了哪里。只有我知道，那个小女孩的名字叫南明珠。"

"你要是愿意听，我倒是可以讲一讲，我母亲的幼年与一匹马的故事。"南明珠用脚点着地面，让那架秋千慢慢地荡起来。整个园子都跟着摇动起来。南明珠说马利亚梦见的那个小女孩，一定是她母亲，厉月梅。而那匹没有头的马，就是她那个被太平军砍掉头颅的外公，她母亲的父亲，她嫂子厉米多的爷爷。"您也许不相信，我嫂子夜里游荡的病根，就是从那里传下来的。"南明珠看着马利亚疑惑的目光，笑了笑，开始讲那个在马利亚认为她早已经在讲的故事。

那一天的太阳光无限好，满园子里到处流动着淡黄的蜜汁。所有树木的叶子都在蓝天下闪着光，包括它们的背面，仿佛也在熠熠生辉。整个世界都在闪着一种金色光芒。从黄河里刮过来的细风，带着一丝若有若无的海水味道，在树木的枝叶间来回盘桓。那是一艘一艘从几百里外的大海中驶来的货船上的货物沿途遗留下的记号。

在她们对面，两棵榆树主干的直径，差不多都在一点五米左右。马利亚一直在要求自己盯着它们，或者说是要求两只眼睛代替牙齿咬住它们，以保证她不会在那个几十年前的东方人的故事里，失声惊叫起来。

除了瑞典那位巴色会教士韩山明撰写的《洪秀全之异梦与广西乱事之始原》，以及他父亲搜集到的另外一些宣教士留下的各类日志、各种英文报纸，马利亚第一次亲耳听到，有人亲述一个家族与太平天国相关的事情。而这是她和丈夫戴维都非常感兴趣的，尤其是她那位远在上海，一直在研究中国太平天国史的父亲。她父亲曾经告诉她，无论是用圣经批评学的方法、心理史学及其他史学方法，他始终都难以真实地想象，一个自称上帝儿子的东方人,借助上帝的名义,在遥远的东方进行的一场罕见的"东方十字军北征"的终极意义。

"在这个东方世界里发生的事情,或许上帝在伊甸园里做梦时,也不会梦到!"那天夜里,马利亚将南家花园里这个故事转述给丈夫戴维时,他几乎完全放弃了自己的思想,只是用他手中握住的那支笔,将马利亚说出的句子,一个单词一个单词,既小心翼翼,又速度飞快地,把它们安放在了一页页光滑的纸面上。在某个偶尔的瞬间里,他则担心马利亚的讲述和自己那些不够整洁漂亮的字体,会不会破坏掉它本身的某些完整性和真实性。"真害怕我的手指和外面的黑夜,由于不小心和意外,把那些只属于东方的光给折断了。"写下最后一个标点符号后,戴维摩挲着那些仿佛在纸面上燃烧的字词,对马利亚说。

由马利亚复述,戴维记录下来的东方故事:

中国北方最大的这条河,黄河,在中原的河南省铜瓦厢决堤,冲出一条新河道,蜿蜒流过华北平原上的棉田和麦田,侵占大清河并入这条河道,流经泺口镇,进入直隶湾的前一年,从南京北上,支援太平军的五万援军,走到了山东境内。在经过山东时,太平军攻陷了大运河边上一座重要城市,临清城。

此后,尽管清军仅用十四天时间,就从太平军手里收复了这座城市,但厉家那位家眷,南家花园现在的老夫人厉月梅的母亲,还是在清军收复临清城的第三天,坚持带着她那个被太平军砍掉头颅的丈夫,离开了那座城市。当时是春天,桃花正在盛开。不过,在整座临清城里,包括那些只有几岁的小孩子,也没有谁有意走近一棵桃树,去观看哪一根枝条上开放的桃花。这是因为,这座城里所有人的眼睛,从老人到孩童,都在害怕和拒绝看见任何一种红颜色。

那时候，这座城市的父母官，厉月梅父亲的头颅，已经被太平军在城门上挂了十天，而他的身子早已经不知去向。为了让丈夫有个完整的身躯，他的妻子，一个怀着身孕的瘦小女人，止住心里淤泥般吞噬着她的悲伤，吩咐仆人们杀死一匹马，褪净马毛，将马皮取了下来。然后，这个失去丈夫的年轻女人，按照丈夫生前的体型，亲手用谷秸扎出丈夫的一具躯体，又亲手捻了麻线，拿马皮裹住丈夫的"身子""胳膊""腿和手脚"，将他的头颅和身体，用马皮和麻线拼接在一起，给他穿上衣服，让他的外形恢复到了活着时的模样。再然后，她拖着怀胎六个月的身子，迈着一双三寸金莲，一路扶着丈夫的棺木，日夜兼程，回到了丈夫在洺口的老家。

在黄河流经洺口前三十年，那个又漫长又短暂的时期里，洺口曾有三个最大的盐商。厉家则是三个盐商当中最大的一个。并且，在那三个盐商中，只有厉家的儿子，厉元丰，考取进士，并在后来做了临清知州。因为这样一个"有出息"的儿子，厉月梅的爷爷，那位个子高大的盐商，被很多人尊称为"那个洺口最有福气的人"。这位"最有福气"的盐商，一生娶了五个老婆，五个老婆总共为他生下七个女儿，只有大老婆蔡氏，生下了那个"令他们家祖坟冒青烟"的儿子。"好儿不用多，一个抵十个。"这位志得意满的盐商，每次和亲戚朋友们聚到一起，谈到他的儿子，都会这样自豪地对他们说，丝毫不去掩饰他内心里那种令人嫉妒的喜悦。他们那个家族实在不算小，已经分成了八个分支，但他的儿子，却是他们庞大家族里面，唯一考取进士，在朝廷里做官的人。"而且是个人人爱戴的直隶州官。"那位父亲，那个骄傲的盐商，总是得意扬扬地对他的亲戚们，一遍又一遍地这样重复。

到太平军攻陷临清城的前一个月,这位盐商的儿子,已经在那里做了三年知州。三年中,尽管太平起义军封锁了运输贡粮的大运河,令临清境内无数百姓没了生计,甚至还有无数人,为活命干起了落草为寇的勾当。但这位胸怀天下的知州,每次从临清写信回老家,字里行间给他的盐商父亲透露出的,仍然是这样的信息:虽然号称太平天国的起义军,令京杭大运河沿岸的经济一再衰落,且导致大量难民涌入了临清境内,可他仍然有信心引领临清的百姓们养蚕绩麻、勤于耕种和从事各种贸易,在他任职期间,至少能够恢复到它"有史以来最辉煌的那个时期"。不过,最终,洪水般泛滥起来的太平军,却没有给他和他治下的临清实现这个愿望与抱负的机会。不仅如此,即便在接下去长达五十多年的时间里,因为它依傍的那条大运河的衰落,这座城市再也没有能够拥有它曾经有过的那种"鼎盛的辉煌时期"。不但如此,在那之后的几十年间,一些有名望和富有的人家,几乎都从那里迁走了。

那年春天里,盐商在收到儿子写给他的又一封信时,他和他的儿子,父子两个都没有意识到,那将是一个儿子写给父亲的最后一封信。仅仅过去不到一个月,从南京北上的太平军,就用火炮攻陷了临清城。那时候桃花正开得繁盛。他儿子的尸骨,准确点说,是他儿子被太平军割下的头颅,就被运回到沵口,回到了他和他的祖先在此繁衍奋斗养育了五代人的地方。

而从太平军攻破城门,一个出去探风的仆人跌跌撞撞地跑回府内,一路哭喊着告诉太太和府里所有的人:"老爷被太平军杀死在城门口,头颅已经挂到了城门楼上。"厉月梅的母亲就紧紧地搂抱着她的女儿,一下子昏死了过去。她昏迷了一天一夜,醒过来后,就开始彻夜地在房间里游荡着,再也没有睡过觉。好像那场昏迷把她全部的睡眠都花尽了,她再也不用和家里其他人一样,闭着眼睛睡觉了。

由于担心儿媳肚子里的孩子,厉月梅的爷爷,那位死了儿子的盐商,在给儿子料理完后事的当天,顾不上悲伤流泪,连夜打发人到城里去请回一位老大夫,希望大夫能有法子诊出他儿媳的病症,让她能够停止游走,闭上眼睛安稳地睡一觉,"也让她肚子里的孩子,好好地在母腹里安睡片刻"。在接下去一个月的时间里,老盐商接连请了十六位大夫,其中有十一位,都在恭喜他的儿媳为厉家怀了个孙子。但他们当中,却没有一个人开出的药方,能让这个孕妇停止在夜里游走,安静地闭着眼睛睡上片刻。

盐商有五个老婆,他的最后一个小妾,是个神婆子的女儿。她在一旁袖手观察了几天,建议盐商最好打发人去把她的神婆母亲请到浠口来。"要我说,她一定是被什么鱼精附了体。"那个小妾对盐商说,"你想想,是不是只有鱼不分昼夜地甩着尾巴,在水里游来游去,从来也不会闭上眼睛睡觉?"盐商骂着他的小妾胡说八道,但第二天一早,他还是打发人赶上马车,到一个叫黄台的村子,把那个小妾的母亲接了来。

半夜里,小妾的母亲浑身熏过香,在厉家堂屋的中央摆下香案,手里举把桃木剑,围着香案来回转几圈,然后盘腿闭目坐在了香案前,叽里咕噜地说着一些谁也听不明白的话。"她老人家是在和神仙交通呢。"那个小妾坐在里面一间屋子里,一只手撩着门帘,炫耀着,悄声对服侍她的一个丫鬟说。一炷香燃尽,神婆子在摇曳的烛火里睁开了两只迷离的眼睛。"累死我了。"她瞪大眼睛对着面前的孕妇看一会。"要不是你肚子里怀着贵人,我的命怕是也回不来了。"她用桃木剑挑起桌面上的一张黄表纸,在蜡烛上烤了烤，烤出一条线条弯曲，谁也认不出是什么鱼的鱼形画面。

这天夜里，厉家上下所有的人，都知道家里少奶奶腹中怀了个"贵人"，将来会官至一品二品。同时，他们也在小声议论着，"少夫人果然是被游在水里的鱼精附了体。"至于是被什么鱼附的体，神婆子只说不是大清河里的物种，也不是小清河里的。再往下，她就闭了口，什么也不肯说了。直到盐商被叫进屋，神婆子放下盛着蜂蜜水的茶碗，闭着眼睛告诉盐商，眼下唯一能让那个孕妇闭上眼睛睡觉的，就只有一样东西。盐商问她是什么。"盐。"她说，"在她屋子里，地下床上，全铺上了白花花的咸盐，她就能在那些盐粒上安稳地睡觉了。""这个好办。"盐商说，"咱们家里最不短缺的东西，就是盐。"

厉月梅母亲住的那间屋子里，床上，地下，全都铺满了白花花的海盐，满屋子里鼓荡着海水中漂浮的那种咸腥味，仿佛他们把她的屋子移到海面上，变作了一条在大海里摇来晃去的帆船。船上所有的人，少奶奶和她的丫头婆子们，都成了在大海上游动着看不到陆地的鱼。有两个婆子还遵循着神婆子——也就是盐商那个小妾母亲的指派，在每次端给孕妇喝的水里，都放上了豆粒那么大一颗盐粒和一勺子蜂蜜。

"她的身子需要点盐，也需要点甜味。"离开盐商家之前，那个神婆子说。

铺在地面和床上的盐，尽管它们的气味，把整个屋子弄成了海底下一座被海水四面包围住的水晶宫，但它以及那些加了盐的蜂蜜水，丝毫也没有如神婆子说的那样，让那位孕妇在夜里安静下来。家里的下人们看见，即使是被包围在一团团令人窒息的海腥味里，他们的少奶奶，一刻也没有停止她的游荡。"看起来，少奶奶可真像个夜游神！"她的一个婢女，悄悄地对另一个婢女说。

"一直这样下去，肚子里那孩子可怎么办！"

在挨过了漫长的一个月后，厉月梅的爷爷，那个盐商，越来越感到恐惧的事情是，他会不会在某一天里，再失去他的孙子。他见过太多因丈夫离世，胎儿在腹内干瘪消失，母子皆亡的事例了。他的儿媳，尽管失去了丈夫，而且彻夜不眠，但她在每个早晨，还是会去给他和他的几个老婆请安。他们全都惊恐地看见，前去给他们请安的那个整夜都在游走的女人，她的肚子，似乎每天都在变小一点。盐商束手无策，就只有不停地催着他的几个老婆，让她们"快去想想办法"！

"庙也拜了！香也烧了！神婆子也请了！可就是没有一点办法能让她安稳地睡一觉，你让我有什么法子？"盐商的大老婆又哭起来。"埋进土里的是我肚子里生养出来的骨肉；那个肚皮里怀着的，是我的亲孙子。"她抹着眼泪说，"要是能够，我宁愿舍了自己这条老命，到阎王爷那里去换回我儿的命。要是有我那个儿在，我的孙子怎么能遭这样的罪。"

"遭罪的可不光是你孙子。"盐商最小的那个小妾，在一边嘟哝道，"你看看这座宅子里，从老爷到奴仆，哪一个不是在这里赔罪。"

"老天会撕烂你的嘴，最轻也让你嘴唇上长十二个黄疔。"大老婆停止她的哭声，红肿着两只眼，瞪着那个小妾，好像是"这个娼妓婊子"在背后指使太平军，杀死了她的儿子。

"我一点也没有说错。"那个小妾瞅眼盐商，"不看别人，单看看老爷吧，这一个月里都被折腾成什么模样了。那些亲戚们到家里来，哪个不说老爷看上去像是苍老了十岁。你不心疼老爷，还有人在这里看着心疼呢。"

"好了好了,你先回自己房里待着去吧。"盐商对着他的小妾挥挥手,驱赶着让她离开。

"本来就是嘛。"小妾坐在那里不动身子,"是那些挨千刀的太平军,祸害了咱们大少爷,又不是家里哪个人。难受归难受,可活着的这些人,总不能天天这么活着。"

"不愿这么活着你就走,去死!上吊跳河!没人拦你。"

在两个老婆没完没了的争吵声里,最后,是那个盐商站起来,离开屋子,逃了出去。离开她们后,他穿过一个角门,径直到了另一侧的院子里。那个院子,曾经住着让他无比骄傲的儿子。埋葬了那个令他骄傲的人后,现在,那里住着他儿子怀孕的媳妇和两个孙女。从儿子成亲,他这个做父亲的安排下人,将儿子的新房安置在这里,他的脚步就再也没踏进过这个地方。即使他儿子执意带着家眷离开了这里,他也没有进来过。在他最思念儿子的夜里,他也只是走到那个院子的门外,瞅着院墙和高过院墙的树木,在那里站上一会。但是,他从来没有想到过,他会失去这个儿子。

哀伤的盐商在那个院子里转了一圈。之后,他在一棵枝叶繁茂、挂满一树青果的柿子树下坐了下来。那里有一块正方形的石头。初夏正午的阳光穿过柿子树绿色的枝叶和果实,垂直地洒落下来,落在了这位失去儿子的父亲身上。他在那里安静地坐着,闭着眼睛想了一会儿子的容貌,然后开始检讨起自己的一生,有没有做过什么有悖天理的事情,从而导致老天在收走他引以为傲的儿子后,还不肯放过他没有出生的孙子。最后,他认定是自己娶了五房老婆这件事触怒了上天。因为,在他掌握的所有关于神仙的传说里,就算是坐在天宫里的那位玉皇大帝,也仅仅是娶了王母娘娘一个老婆——尽管世间无知的凡人,一再地讹传他心里在惦记着月宫里的嫦娥仙子,但那毕竟只是在心里惦记着。而他,一个庸常凡人,却奢侈地娶了五个女人。于是,他便在那棵柿子树下跪下来,向玉皇大帝和所有他能想到的神仙们祈求着,只要他的儿媳妇不再这样成夜地游荡,他的孙子能够平安地降生、长大,他甘愿放下自己在这个尘世间拥有过的一切,从此皈依佛门,到城南的历山上剃度出家。如果这样还离家太近,他愿意三步一个长头,朝南跪拜到普陀山,向西跪拜到五台山。

就在这天夜里。那个被太平军杀死丈夫的女人,早产了。她平安地生下了一个瘦弱的男婴。在这个婴儿出生的第三天,他的爷爷,那位盐商,默默地为家里每一位成员,他的五个老婆、变成寡妇的儿媳、两个年幼的孙女,包括出生三天的孙子,以及已经出嫁的女儿们,分配好了他手里所有的财产——十处宅院、一千亩田地、一家银楼、一家旅舍、四个码头、两个盐垣、十二个盐仓、三十二家盐铺、二十条盐船、大清河和小清河里的两条盐线。然后,在他的家人们惊愕着"他是不是疯癫了",还没弄明白"他到底在做什么"时,他已经按着三天前自己在儿子那座院子里许下的诺言,一个人悄悄地离开浒口,消失了。

从那一天起,他的家里人,连同整个家族里所有的亲戚朋友,浒口镇上所有认识他的男女老少,再也没有谁看见过他。当然,更没有人知道他去了哪里。哪怕在杀死他儿子的太平军完全被剿灭以后,他的家人们仍然没有谁知道他人在哪里,是不是还活在世上。"一个大活人,就那么活生生地钻进地缝里,像一把撒进水里的咸盐那样,化了?"在他踪迹全无地从浒口地面上消失十多年后,另外两个盐商在想起他时,他们仍然会这么打着趣,相互调侃上两句。

厉月梅是在她十九岁那年嫁进南家花园，做了表哥南梦溪的妻子的。尽管青梅竹马，可她的表哥南梦溪，却从来也没喜欢过这个表妹。他是她大姨母的儿子。她的母亲，那个丈夫被太平军砍掉头颅后，就彻夜地在屋子里游荡着，从此再也没在床上睡过一夜觉的"可怜人"，那时候还活着。"天下还有这么可怜的人吗？"她的另外一个姐姐和一个妹妹，在亲戚们面前都会这样形容她们失去了睡眠的亲姊妹。这个"可怜人"和她的儿女们，在厉家分得的那份家产，正是在她一帮娘家人的照管下，才最终没有散尽，也没有被外人侵吞掉。

第九章　北　极

这天下午，差不多黄昏时分，南家那位记者先生从城里回到了浉口。他不是一个人回来的，但也不是带着他的老婆和孩子们回来的。他没有带他们当中的任何一个，而是带回了两个他们家里人谁也不认识的陌生男人。

最先看见南怀珠的，是南家花园里最小的仆人，藏在周约瑟买来的那个娼妓的裙子里，被她带到浉口的热乎。他在普安门外，朝通往城里那条大路上张望着，一边期待着能遇到个熟人，打听打听城里究竟发生了什么大事。从前一天晚上，老爷打发他把大小姐和那位巡警局长请回家，到今日下晚，大小姐和那位巡警局长又被老太太叫回来，他们在老爷的书房里，一直都在谈论着城里发生的事情。"他们……真能闹出独立？"他听见老爷问那位巡警局长。"武昌城不是已经宣布独立，成立了中华民国湖北军政府？来这里前，我刚从电话里听到，南方又有几个地方发出通电，宣布了独立。"巡警局长谷友之回答说。热乎在门外伺候着，听见书房里三个人翻来覆去地说到城里，说到"独立"。开始，他一点也没留意，但到后来，不知为什么，他心里一激灵，就把这件事情和那位住在城里，连星期日都没回浉口来的记者老爷联想到了一块。

后来，那三个谈论"独立"的人去了老太太房里，热乎便趁机溜出来，再次跑到了普安门。他猫在一边，先是看见了周约瑟。他赶着往城里送醋的那辆马车，车上拉着醋园里工头伍春水的儿子伍逍遥，慢吞吞地走近了普安门。

伍逍遥原来的名字叫伍三羊。在读过庄子的什么《逍遥游》后，他就用墨汁将书皮上的伍三羊抹黑，重新在旁边写下了"伍逍遥"。他自己说，在商埠里，凡是认识他的人，包括他那个洋人掌柜，都在叫他"伍逍遥"。不过，热乎知道，泺口那些认识伍三羊的人，还是人人都叫他"伍三羊"。从上年开始，他跟他们记者老爷学着，给自己眼睛上架副铜框的眼镜。不过，他那副眼镜的镜片，却是从镶窗户那种玻璃上切下来的。热乎瞅着坐在马车上的伍三羊。他本事越来越大了，居然能让周约瑟赶着马车，高高兴兴地往泺口捎他。

伍三羊是热乎在泺口最好的朋友。伍三羊说："你以后也叫我伍逍遥。"热乎就改口，当面叫他伍逍遥。因为伍三羊和伍逍遥两个名字，热乎无比羡慕他。在伍三羊让他称呼他伍逍遥那天，到了半夜里，热乎还在为自己的名字，苦恼得没有睡着觉。除了知道自己是一个娼妓的儿子，他什么都不记得了。他不知道自己的爹是谁，有一个什么样的名字，更不记得他的模样。就连那个娼妓，他的母亲，他也不知道她叫什么名字。"我那缠死人的水草。""拿人魂子的浪娘们。""让人想断肠子的小鲜花哦。"那些睡她的男人，趴在她身体上，乱七八糟地叫着她。他相信，在那些男人用臭嘴叫出的众多名称里，没有一个是她真实的名字。他曾经偷偷试着，把他在泺口认识的所有人的姓，依次安在自己名字的前面：范热乎、周热乎、伍热乎、陈热乎。但是，最终，却没有一个人的姓和他的名字连在一起，让他觉得又舒服又喜悦。"南热乎。"他偷偷地把老爷的姓放在了自己的名字前面，并在心里默默地叫一遍，又叫一遍。每叫一遍，都会让他觉得别扭和沮丧，像偷了东西，心里慌得要命。"俺爹说你是没有姓的人，咱们两人干脆像刘关张那样，拜个把子，你就叫伍热乎吧。"让热乎叫他伍逍遥那天，伍三羊曾经提议，让热乎随他们家的姓。热乎琢磨半天，因为讨厌伍三羊的爹，也害怕老爷南海珠生气，他一口回绝了伍三羊。

进城前的两年，伍三羊瞒住父亲伍春水和家人们，跟随周约瑟信了西洋人的那位神。结果，没用几天，他就博得了老神甫苏利士的喜爱。"苏利士非常喜欢我。他不光教我说英国话，还教我怎么摆弄照相机和幻灯机。"伍三羊对热乎炫耀着。这是最让热乎羡慕的地方。因为这个，热乎甚至幻想着，自己就是伍三羊。当然，这些想象最终带给他的，只有嫉妒和伤心难过。在跟苏利士学了两年英国话后，春天里的一个星期日，伍三羊守在普安门外，等到了从城里回到浉口的南怀珠，求他帮忙介绍，进了商埠一家洋人开的商行。所以，现在，热乎脑子里关于咖啡牛排和电影那些新鲜玩意，差不多都是伍三羊从商埠里回浉口时带给他的礼物。伍三羊还曾带着他到老神甫苏利士那里看了一回"天文学幻灯片"。单是里面那些炫目的星空，就是他和伍三羊坐在黄河岸边的黑夜里，也是从来没有看到过的。后来，他又跟着伍三羊，去看了一回《美洲自然历史》，看了一回《英国自然历史》。尽管他不知道美洲和英国在哪里，但他知道，伍三羊和他，他们都渴望着让自己的两只脚，亲自走到那里，伸出手，触摸一下被人弄进幻灯片里的那些东西。为此，他也更加羡慕老爷的两个儿子，因为他们已经去了英国，能够天天在那里看到他只有在幻灯片里才能看见的东西。

热乎猜想着，伍三羊在商埠里，肯定能知道点和"独立"相关的事。他朝前跑两步，准备叫下伍三羊。不过，这个念头只在他心里一晃，他就随即停下脚步，把它按死了。他不愿让周约瑟那个老车夫看见自己。后来，他干脆躲到了旁边一辆正在装载棉花的马车后头。"在等到记者老爷前，肯定还有别的熟人从城里回来。"他躲在那辆棉花包越垛越高的马车后头，安慰着自己。

周约瑟和伍三羊过去后，热乎没有等到另外他认识的"可以任意打听点事"的熟人，但他却意外地看见了正在走近普安门的南怀珠。南怀珠骑在马上，正在大声说着什么。他的两边，各有一个骑在马上的人。三匹马和三个人缓缓地并行着，有说有笑，那些说笑声把一条宽敞的大路都挤满了。一个月过后，在热乎看到南怀珠被巡防营里一群兵丁抓住那个夜晚，热乎会一直注视着他，回想着他在这天里看到他的这个场面。热乎瞪大眼睛，再次确认一遍三个人中间的南怀珠，和他胯下那匹叫"北极星"的黑马。然后，他顾不上和他们打招呼，就手忙脚乱地掉回头，像匹受惊的骡子那样，一路狂奔着冲进了南家花园的大门。而在平时，像他这样跑进大门，老爷南海珠是绝对不会允许的。"宁可湿衣，不可乱步。"进南家花园第一天，南海珠就安排了人，专门教他在南家花园里怎么走路和说话。

这天，黄昏到来前，南家大小姐离开那座南家花园还不足一个时辰，她母亲便又派去人，把她和那位巡警局长叫回了大宅子。她再三地盘问着他们，南怀珠是不是在城里遇到了难处。当然，她盘问的结果是他们异口同声地告诉她：她的小儿子一切安好，城里什么事情也没发生。他没回来，完全属于意外，不是他记错日期,就是被一件他不得不亲自去办的事耽搁住了。"肯定是出了大事!这些年,就是暴雨暴雪,下冰雹子,你们谁见他这么做过一回?"老太太忧心忡忡,在大儿子脸上搜寻一遍,又把目光移向女儿,想在他们兄妹俩的脸上,找出点一个母亲所需要的破绽。但是,她什么也没找到。

"一是为报社里某件事忙乱着,记错了日子;二是这样:他往浈口来,路上恰好碰到个多年没见的熟人。那个熟人有件救命一样要紧的事,正巧需要他帮忙。见死不救的事,您儿子能做到?"南明珠拼命发挥着想象力,安慰着她的母亲。

被叫回南家花园前,南明珠正在她的卧房里,靠在那张宽大的有着苏格兰风格的床头上,打开了一本封面印着 The lady of the camellias 的书,渴望着看到一个法国娼妓,是怎么在盛产香水和时装的巴黎,用"整个生命"爱着一个男人的。她那张床,是根据马利亚的丈夫戴维亲手绘制的图样,然后由谷友之找来浈口最心灵手巧的两个木匠,花掉六个星期的时间制造出来的。因为用的是同一张图纸,同两个木匠,因此,南明珠和马利亚两个人的床,从木材到外形上完全一模一样。"它们与英格兰木床唯一的区别,就是要比它们宽大一倍。"马利亚告诉南明珠,比起她的这张中国大床,她在世界各地睡过的木床看上去都像是一张婴儿床。南明珠手里那本刚打开的《茶花女》,是前一天晚上,她到马利亚家里做客时,马利亚刚刚推荐给她的。"那是个让人读了指尖和灵魂都会同时颤抖的爱情悲剧。"在推荐给她这本书时,马利亚这样对她说。读这本书之前,马利亚已经给她推荐了很多本"欧洲小说",并建议她在闲下来时,不妨去研究一下英语文学。"那会很有意思。你会在里面发现,很多东西都与你们中国人在生活里见到的完全不同。那完全是两个不一样的世界。"

可能是因为喝过苹果酒后，又多喝一杯戴维带回家的、产自德国约翰山的冰酒，那天，一个晚上，马利亚都在微笑着，重复她说过的一些话。"真的是完全不同的两个世界啊。"仅仅是这句，她就反复地说过三遍。

"二老爷……二老爷和他的马，已经到普安门了。"

热乎上气不接下气地立在院子里，大声朝屋内喊着，用比他脚步更快的速度，将这个消息报告给了一整天都在焦躁不安的主人。

"你看清楚了？"南海珠从屋子里走出来，站在门前的台阶上问那个男孩子。

"看清了，老爷。一清二楚，连那匹马脑门上的白斑点都看清了。还有两位不认识的先生，跟二老爷一起。"

"你怎么知道他们是一起的？"

"他们骑在马上并排走着，一看就知道是一块的。"热乎说。

"你怎么没等一会，跟他们一块回来？"南明珠问。

"我怕老爷着急，先回来给老爷禀报一声。"热乎匆忙地转着身，"我这就跑回去，去给二老爷牵马。"

"好了，晴空万里，满天星光，今夜里人人都能安心睡觉了。"谷友之从屋子里走出来，挨近南明珠站着，仰脸看着天空。"这些年，我头一回见老太太这么上火，像是天崩地裂了。"

"还不是城里那些破烂事，被风刮进了院子里。"南海珠用眼神责备着他的妹妹。

"风头一转，砖块就落到我头上啦？"南明珠小声笑着说，"又不是我唆使那些人在闹独立。要算账，您得到谘议局里去，找那个商会的会长，找那些猪派猫派立宪派共和派的议长和议员们。"

"不管找谁,这些刮风下雨的事,以后别再弄到家里来。"

南海珠说着,转身进了屋子。

"有些事到了某个节骨眼上,就分不清哪是外头的事,哪是家里的事了。"

谷友之瞅着南海珠的背影,继续笑着。这个除了读书就喜欢酿醋的人,他哪里知晓,从昨天到今天,巡警局里属于他的那部电话的铃声,到底响了多少遍。而那些不断响起来的电话铃声里,至少有三次,是他那个叫南怀珠的记者兄弟,那位议员先生,从城里给他拨弄响的。

"你别瞎说好不好。"

"我说的是实情。"

"现在还没有看到实情。"

"武昌城里那面镶着十八颗星的大旗就是实情。它对着天下一摇,上面那些星早发光和晚发光,不过是早一天,晚一天。"

黄昏已经笼罩住他们站立的台阶和整座院子。一些细小的灰尘,在黄昏的光线里扑开翅膀,无声无息地飞动着。谷友之低头看眼鞋子。他锃亮的皮鞋,没有在这些黄昏里的光线中涂抹上半点尘埃。他一直是个非常整洁的人。他又对着南明珠笑了笑,回了屋子。

"十八颗星的大旗!十八颗星的大旗也没捂住你的嘴!"

谷友之走开后,南明珠在因黄昏到来而变得有些冷硬的光线里,又站了差不多十分钟。直到她抬头看见了满面笑容的南怀珠,以及他身边走着的两个男人,一路说笑着朝她走来。

"你好!明珠小姐。"在十几步外,南怀珠冲南明珠挥着手,对她大声喊道。他曾不止一次地告诉他的老婆,那位从小跟着巡抚太太长大的"表小姐",一个娇小柔弱的女人,在他们家里,无论从哪个方面讲,他都最喜欢这个叫明珠的妹妹。"名字没有起错,真正的名正言顺,她就是我们家里一颗最耀眼的明珠。"他对那个娇小的女人说。但他从来都不知道,正是由于他不断地在重复这句话,才最终让他的老婆因为嫉妒,而一直在心里讨厌着他的这个妹妹。

"你好!我们家著名的记者议员先生。"南明珠说,"你要是再晚回来一刻钟,我和大哥就会被咱们家的老太君拿刀子逼着,乘上马车,到城里去找你了。"

和南怀珠一起到洓口来的两个人,一个是省谘议局的副议长鹿邑德。南怀珠告诉家里人,为了表达革命和独立的决心,这位副议长已经决定,要把鹿邑德的名字,改成"卫共和"。另一个南明珠有些眼熟,是第五镇十九标里一个叫姚思明的帮带,人长得仪表堂堂。他提醒南明珠,谷友之在第五镇里担任管带时,他还是武备学堂里的一名学生。当年,南明珠跟随女子学堂的英国教师马利亚,陪同那位从英国来的军事专员到第五镇里探访时,恰好武备学堂里几个学生也在那里。在那群学生当中,就有这个叫姚思明的人。"上年,是你回到武备学堂,撺掇学生们剪掉辫子,到了阅兵的时候,学堂督办只好让他们把一条假辫子缝在了帽子上?"南明珠说。南怀珠上年从城里回家来,把这件事情讲给众人听时,包括两个在场的女仆人,周约瑟的老婆和另外一个叫荷花的姑娘,都因为听到了这样一件"从没听到过的大事",而把说话的声音放小了一半。

跟在三个男人后面往客厅里走时,南明珠仍然在想着她的大哥南海珠,他有没有真正弄明白,城里面正在发生的事情——她二哥南怀珠参与其中的那个"独立",对他们全家人,对洓口,甚至是济南府和整个省份的人来说,未来的结局会是什么。当然，对于"独立"这个口号，她自己也没有完全弄明白、看透它的尽头是什么。她记起马利亚给她读过的某个剧本里，一位父亲告诉他女儿的话："人们往往会用至诚的外表和虔敬的行动，来掩饰一颗魔鬼般的内心。"她担忧着，对于她那位大哥，那个"独立"里面包裹着的，会不会正是一颗"魔鬼般的内心"？

鄂省独立的消息传到浉口时，关于武昌革命军宣布"独立"和成立"中华民国湖北军政府"的事情，南明珠曾经在马利亚家里，专门请教过她和那位戴维先生。

"阳光之下，从来就没有新鲜事。"马利亚坐在门口的一缕阳光里，眯着眼睛，遥望一会儿天空，便扭过脸看着南明珠。"早在一百多年前，法兰西人就被这样一场洪水淹没过。但是，在那个时候，并没有一艘诺亚方舟像人们期望的那样，立时就出现在他们中间。"马利亚凝视着她面前的那缕光线，微微叹息一下，"在那期间，全部法兰西的人，每个阶层，从养尊处优的贵族，到双手侍弄泥土的农民，都卷进了那场洪水之中。那些革命者，最终是以自由、平等和人权为口号，把他们的国王——路易十六，一位擅长英语和拉丁语，热衷于历史地理知识的年轻男人，送上了断头台。最令那位国王想不到的是，砍掉他脑袋的断头台，正是他这位多才多艺的国王自己设计出来的。"

马利亚又停顿了下来。这次，她没有再看那些光线，而是低下头在瞅着自己的鞋尖。那是一双绣着鲜艳牡丹花和五彩凤凰的黑缎子布鞋，是那个叫凤凰的小姑娘，给她做的最漂亮的一双鞋子。

"在英国也是这样啊。"马利亚瞅着自己的鞋尖。尽管鞋面和上面的牡丹花都干干净净，没有一纤灰尘，但她还是伸出手指，依次在两只鞋面上弹了弹。"英国人那些没完没了的革命,一直延续到了'光荣革命',才算告一段落。"她抬起头,对着她丈夫微笑一下,说她认为世界上所有的革命,都是真正自由的敌人,是一把刀子的两面,不管是法国大革命砍掉那位国王脑袋后持续的混乱,还是在那之前,英国贵族们为了权力之争,在暗处谋划的那场所谓的光荣革命。"尽管那场光荣革命,最终通过《权力法案》,使君主手里的权力转移给了议会,奠定了国王统而不治的宪政基础。但我想,您应该明白了一些,我亲爱的明珠小姐。我们没有人能够完全凭着某种想象,去描绘一个还没有到来的世界。这就像爱情,并不是所有爱情的结局,都是浪漫和美好的。我给您讲过俄耳甫斯与欧律狄克的爱情故事,也给您说过,我不喜欢这类故事的大部分原因是在很多时候,我们这些在上帝和魔鬼眼里同样庸常的人,都像那个正在跨出地狱门口的俄耳甫斯。在我们试图去拯救某些东西时,您知道,事情就是这样,在他回过头去,渴望真切地看见欧律狄克的瞬间,一切都已经改变了。"

马利亚用一双蓝色的眼睛看着南明珠,说她这个比喻也许并不那么贴切。当然,在那些热切地想从革命中捞取点利益的人看来,革命肯定是件再好不过的事情,也许比一步跨到了天堂门口还要令他们亢奋。可对另外一些人,比如那些被上帝形容成芥子的大多数人,革命和暴乱,从来都不会像喝香槟和吃面包那样,是一件美好而愉快的事情。"不管谁坐上了宝座,掌了王权,他们,我是说上帝眼里的那些草芥,他们永远都只是尘埃和灰烬。"马利亚轻轻地摇着头说,"再近一点,就是四十年前,那个号召为无产者建立政权的巴黎公社也是一样,仅仅七十天就失败了,比你们紫禁城里维新变法的日子还要短命。一百多年前,是那些贵族杀死了国王。四十年前,则是这些贵族们杀死了起来革命的无产者。"

当然，戴维先生的看法，和他的太太恰好相反，他说那个巴黎公社会失败，完全是由于没见过钱的穷人太胆小了，没人敢去把法兰西银行里堆成阿尔卑斯山的法郎拿走。"穷人永远是穷人！"戴维感叹道。在南明珠和马利亚带着孩子们募捐的那天夜里，戴维得知，南明珠打算将孩子们募集到的部分资金，捐赠给城里的谘议局，让他们拿给第五镇的新军们做军饷时，他告诉马利亚，他敢打赌，这些中国人的独立一定不会成功。"因为他们和巴黎公社的那些无产者一样，既没有法郎，也缺乏拿走那些堆积如山的法郎的胆量。"戴维笑着说。

在那天稍晚一点，南明珠起身告辞前，戴维看着他太太这位朋友，说他一直相信，上帝在创造人类的同时，也预备好了硫黄大火。当那些违背上帝美意的人，完全不把上帝播撒在人类中间的公义放在眼里，并伺机想去肆意地践踏它们两脚时，上帝就会派一个天使来到人们中间，和一群普通人混在一起，在暗处点燃起硫黄大火，将地面上一切企图吞噬掉公义的荆棘和杂草铲除干净，再把他手中公义的种子重新播撒一遍。

第十章 议　员

　　南家花园里那间专门用来"谈论城里那些事"的屋子，在南怀珠去城里念书前，一直是他睡觉的卧房。直到他娶了巡抚家那位"表小姐"，住到城里后，这间屋子才被闲置起来。尽管在他成亲前两个月，南海珠就按母亲的吩咐，将他们爷爷在世时居住的一个院落重新收拾了作为他"成亲的新房"，让他搬到了那里；但是，从城里回到浤口的大多数夜晚里，他还是愿意回到这间屋子里待一会儿。因为在他的某个感觉里，他一直认为，即便他在这个世界上拥有一千间房子，并且每间都华丽得如同传说中的未央宫，却不会有任何一间，能比他睡在这间屋子里更加踏实和安稳。即便是在新婚的夜里，他也没能改变这种想法。

　　在那间屋子里，南怀珠和南海珠面对面地坐了下来。南怀珠神情愉悦地望着他的哥哥，南海珠则在默默地抽着烟斗。晚饭后，南怀珠带来的客人，谘议局里的那位副议长鹿邑德和第五镇里的新军帮带姚思明，被他安排到了另一间屋子里，由谷友之和南明珠陪着在那里玩牌。给家人们介绍他带到家里的两位客人时，南怀珠把他们来浤口的目的说成了"想来看看咱们家的醋园"。他告诉母亲，他的这两位朋友，打算跟人合伙，在商埠里开间"纯正的日本料理"店,他便把他们家酿造的各种醋,尤其是明珠发明的各种果醋花醋,统统推荐给了他们。南怀珠拍拍那位副议长的肩膀,笑着对他母亲说:"这位邑德兄不久前刚从日本回来,他在南沂蒙县老家的产业,至少能买下咱们家十个醋园。"

"我还是喜欢住在这间屋子里。"南怀珠环视着占满半边屋子的杂物,敲着那张榆木茶桌的桌面,说他做过的所有梦里,只要是在家中,就一定是在这间屋子里。

"你和我坐在这里,不单是为了说你的梦吧?"南海珠说。

"当然不是为了说梦。"南怀珠又敲两下桌子。从下午来到家里,他就像坐在德国人那家西餐厅里,喝了过多的黑咖啡。那些咖啡,让他头脑里充满激情的同时,又隐约带了些轻微的麻痛。当然,相对于澎湃的激情,那点疼痛显然微不足道,完全可以忽略不计。

"那就说说在他们面前没说出来的那些话吧。"南海珠看着他兄弟。他们都知道,他说的他们,是指他们兄弟两人之外的其他家里人。"你那两位朋友,我要是没猜错,他们绝不是为了来看醋园。"

从黄昏前,南怀珠带着两个陌生客人站到家人面前,南海珠就一直在暗中观察着他的兄弟。在老太太房里,包括在饭桌上,南怀珠一直在高谈阔论着,他们刚在商埠德国人的电影院里看过的一部叫《王后归来》的英国电影。他没完没了地谈论着那部电影,谈论着和他们满屋子人没有丝毫关系的一位王后,说得风生水起。但南海珠却看见一片黑色的云彩,已经笼罩在了他这位兄弟的头顶上。而且,他谈论电影的声音越大,笑声越多,那块黑色云彩离他的头顶就越近。它的脚尖,差不多已经踏在了他考究的、打着发蜡的头发丝上。

"我知道,什么事情都瞒不过你。"南怀珠笑着说,"这些天,谘议局里开会争取山东独立的事,你一定有耳闻。还有那个老约瑟,他天天进城送醋,城里的集会、游行,估计你也听到了。"他停顿下来,看着哥哥的反应,并朝前探下身子。"不过,你肯定想不到,就在今天,在谘议局召开的各界代表会议上,我们共和派拿出了拟定好的《山东独立大纲》。可惜的是,最后时刻,事情却砸在了从北京请来的那帮和平派手里。只差一小步,我们就能跟武昌城那样,宣布与满清政府断绝关系、成立中华民国山东军政府了。"

"那是危楼高百尺,手可摘星辰了?"

南怀珠仍在笑着,看着面前一心只想着酿醋做生意,认为朝廷立宪不立宪,百姓都要一天天过日子的人,回答说,不管他们是否落在了别人设的套子里,反正就只差了一步。不过,这完全不重要!除了武昌城,山西陕西诸地,也被街上的孩子们,连日里传唱成了童谣。"天上飞禽,水下鱼虾,无王无帝,民众有责。倒戈连八月,山西又陕西。"他笑着念完了小孩子们唱的童谣,说山西和陕西,现在俱已发出通电,宣告了他们的独立。他看着南海珠,告诉他,眼下从全盘局势辨析,各省独立已是大势所趋,箭在弦上。尽管保皇派立宪派和官僚派,还有从北京请来的狗屁和平派,在最后,联手把他们共和派拟定的《山东独立大纲》,改成了什么《劝告政府八条》,里面丝毫未提及他们要推翻清政府的主张,还可笑地将独立问题变成了"请愿"。他提高一点声音,以此表达着他们那一派别坚定的立场和态度。"这个世上叫不醒的不是假装睡着的人,而是装作醒着的那些人。不过,我们最终只给了朝廷和那位巡抚老爷三天时间。只有三天时间!且已警告他们,三天内若无答复,我们便对天下宣告独立。在这点上，我们共和派绝不会妥协！"

南怀珠笑着，在心里背起了被篡改后的《劝告政府八条》：

第一、政府不得借外债重军饷，杀戮我同胞。

第二、政府须即速宣布罢战书，无论南军要求何条，不得不允许。

第三、现余驻山东境内新军，不得调遣出境。

第四、现在山东应解协款及节省项下，暂停协解，概留为本省练兵赈济之用。

第五、宪法须注明中国为联邦国体。

第六、外官制及地方税，皆由本省自制定之，政府不得干涉。

第七、谘议局章程，即定为本省宪法，得自由改正之。

第八、本省有练兵保卫地方之自由。

以上八条，政府有一不许，本省将宣告独立。

去城里念书前，南怀珠非常腼腆。"好像他是大小姐。"家里的仆人们都会这样说。并且，他在任何地方都表现得异常安静。即便跟着一群孩子尾随在那个成吉思汗后面，从早上跟到星星和月亮出来，他也始终不声不响。仿佛他只是他们中间某个小孩的影子。或者，是成吉思汗睡梦里的一个小孩，只是在他醒来后，他却忘了把他留在那个梦里，或是暂时把他装进身上的某一处口袋里藏起来。谁也没见这个小男孩在街上疯跑过一次。

关于这个孩子，南家花园里的人一说到他，最先从他们记忆里跑出来的，肯定是他拿着鱼竿，坐在河边的某处树荫里，或者太阳底下,一动不动地盯着水面,等着水下某条饥饿的鱼蹦跳起来,咬住他伸在水面上方那根鱼竿上的钓钩。不过,那上面经常是什么鱼饵也没有。"看,那个钓鱼的孩子是不是睡着了?"他待在河边某个地方钓鱼时,经常会有经过的纤夫,或者在下关渡口过河的人,走近了仔细瞅他两眼,怀疑他坐在那里睡着了。他们都在担心,一个孩子真的在河边睡着了,会不会一不小心被一阵风刮进河里去,被水卷走。可是,即便那些人凑近了去瞅他,最终,在他们面前,他也仍然目不转睛地坐在那儿,好像他两只眼睛所能望见的世界上全部的东西,只有他的鱼竿和泥沙俱下的河水,最多还会加上那些大概只有水鬼才能瞅见的鱼群。

"我实在是不知道,你到底是个什么样的孩子。"那时候,只要南怀珠在夜里睡着了,他的母亲,那位进士夫人,就会悄悄地走到他床边,趴在床边上,盯住儿子那张和他父亲长得一模一样的脸庞,喃喃自语着,一遍又一遍地问她眼前那个已经睡熟的孩子。她一直怀疑,送子娘娘把这样一个孩子送到她面前,一点也不是为了安慰丈夫常年不在身边的她,而是为了让她的心更痛。她每天最不愿看见的是这个孩子,她最爱惜的又是这个孩子。

因为这个孩子,有一年,她甚至跟那些到寺庙里求梦的乡下女人学着,偷偷地去静安寺里求过两回梦。她混在她们中间,捐献完了,坐在那里等到半夜。午夜到来后,寺里的住持走出来,在大雄宝殿里为求梦的女人们上了香,然后又为她们念经。待一切佛事礼毕后,她便学着那些女人,在寺院的地面上,铺开从身上脱下来的上衣,蜷缩在那里,闭上眼睛,心里默默地祷告着天地万物诸神、西方如来、释迦牟尼、观世音菩萨、玉皇大帝、王母娘娘、山神、河神、土地爷,盼望着他们能看见她的心,给她一个她想要的梦。她无法知道,躺在她身边的那些女人想要做一个什么梦,但她清楚自己想要的梦。她想要的梦无比简单,简单得她几乎羞于启齿。"只要他回家来,每天都能和他的孩子们待在一起。"她通过自己铺在大地上的衣服,通过一条条泾渭分明的麻线,用流淌的泪水向那些神灵们哀告着,"别让那个和他长得一模一样的孩子,白天黑夜都像是活在梦里。"她咬住了自己的一根手指。"如果你们谁路过我们家门口时,拿走了他那些话语,就请你们来把我的拿走,把他的还给他。"她嘴里充满了咸腥味。咸的那一部分是泪水,而另一部分,她当然明白它们是什么。"脸上的笑也是一样,请把我剩余的那点全都拿走吧。只求你们,把从他那里拿走的那些,多少还给他一点。"她差不多把那根手指都咬进了嘴里,"哪怕像他父亲回来的日子那么少。但是,总之,要有那么一点啊,让他面容上露出一铜钱的亮光。"

第二次和第一次完全一样。她蜷缩在盛夏日头烤煳的地面上,像一条煎在锅里的鱼,或者厨房里那位董大嫂贴到热锅上的小米面饼子。大地为了自己凉快而散发出来的热气,一层层地包裹着她,蒸得她如同泡了水里。仅仅就是把她的身体和眼睛,泡在了有盐的一点水里。余下的,任凭她万般祈求,主管睡眠的那位神仙,也没有靠近她一步,更不要奢求哪个神仙走过来,弯下腰或者蹲下身子,拨开她凌乱湿透的头发,把她渴望的,或者别的她不想要的一个梦,塞进她等待被填满的头脑里。

由于绝望,那段日子里,她如同选择再也不去想念丈夫那样,选择了再也不相信天上地上还有任何神灵存在。"即便世上还有什么神灵,那也只能是别人的神灵。"她趴在熟睡的小儿子床边,看着他的脸,想着寺里那个哭得昏厥过去的鄂省女人。

蛊惑着她到寺里去求梦的,是家里上下都称呼"尚二嫂"的一个奶妈。那些年,为了这座大宅子里能多点人气,在两个孙子都不再需要奶妈的年龄,他们的爷爷,那位二甲次武进士,仍然把他们的奶妈留在了家里,一边照顾他们,一边陪伴他们的母亲。尚二嫂是个话语和奶水一样多的女人。在南怀珠出生前半个月,她的丈夫,一个常年在河边拉纤的纤夫,托人找到南家厨房里那位董大嫂的丈夫,把他"就是在睡梦里也无法忍耐"的老婆,送进了南家。"要是真有什么神仙的话,"在把她送进南家后,她的纤夫丈夫对他一个拜把子兄弟说,"我相信,就是哪位神仙和她住在一块,早晚也会被她那些比河水还多的话吓跑。"正是由于她奶水足,"足得像是有根看不见的管子,接进了流淌的河水里",南家花园里所有的人,才看在那些奶水的份上,忽略了她这种话多的毛病。包括那些仆人在内,在不需要和这个奶妈说话时,他们都在极力躲避着这个奶妈和她奶水一样多的话。只有南怀珠和他母亲,他们母子两个,从来也没有感觉到她话多。"我们喜欢她说话是不是?"南怀珠的母亲拉着她那个不愿意说话,更不愿意拿出一点笑意涂抹在脸上的儿子,看着他的奶妈站在一棵槐树下,叽叽嘎嘎地和那棵树说着什么。"只要她愿意,而且能够做到,"她对儿子说,"她可以在她睡着的时候,也一直在那里不停地说话,从天上说到地上,用她的话把天和地都填满。"

就是这个时刻都在不停说话的奶妈,在那个初夏的傍晚,星星还没有出来前,东拉西扯着,讲到了他们村子里那些顶着星宿到寺庙里求梦的女人。"真的太太。您只有亲自去了,才能知道,您在那里求到的梦有多灵验。"奶妈说,"您是咱们大户人家的太太,常年待在大宅子里,就像皇宫里那些皇后妃子娘娘一样,不知道宅子外面庄户人家遇到的妙事,到底有多么奇妙。"那天夜里,南怀珠的母亲又到了儿子睡觉的房间里,趴在床头上,看着熟睡的儿子，问他："世上真的会有那些奇妙的事吗？"她在那里瞅着儿子，一直到了半夜。离开前，她小声告诉他，她只是想看见他的将来，"是不是一辈子都这样孤零零的，比河里独自游着的一条鱼还要孤单"。

南海珠沉默下来。

他在思想着，街头巷尾的平头百姓中，有几个人知道，那个谘议局能替他们做什么事，能替他们行使什么权利。而他们又有什么权利，需要这些议员老爷们去帮着行使？因为从谘议局成立那天起，压根就没有几个人清楚，或是想去弄明白，谘议局是个什么玩意，议员是什么鬼，选举代议制又是个什么鬼东西。说到底，除了过日子，没有谁愿意去操心自己手掌心以外的事情。他怜悯地望着他的兄弟，一个被"议员"帽子罩住魂魄的人，尽可能地搜罗着能够说服他的理由。他还想弄明白，他们那些革命党里有没有人想过他们宣布独立后的状况。独立后，他们一心想建立的那个民国，是不是就比眼下的大清朝更顺应民意。他们手上的权力，真就能一星不差地归属天下万民，让人人都活得像个皇帝般滋润？他们醋园里的那些伙计，他们是不是都能回家开上自己的醋园，个个拥有一座南家花园这样的大宅子？他忧心的是，那些革命挟带来的祸患，刀枪棍棒，最终会跟传言中的武昌城那样，让他们家的醋厂被砸个稀巴烂，一座大宅子被炮火烧成废墟。

"不管你们都是什么派，谷子派还是蜀黍派，余下还有没有鸡派鸭派，麦子黄豆南瓜辣椒，二十个还是三十个，我只想说一句，不是所有旧事旧物，在所有人眼里都是坏透顶的玩意。人类千古吃盐吃粮，你能说盐粮是个必须扔掉的坏东西？"南海珠尽量和缓着语调,"你琢磨一下,那些改革改良、君主立宪、共和制,你们谘议局那些人里,也未必有几个人真正在乎这些东西。在很多人那里,有些玩意不过就是个借口跟手段。你们一心想要的那个'独立',也不会和你头脑里想的那样,一盆子汤分一分,各人舀到自己碗里一勺子,就万事大吉啦。"

南海珠低头看着手里的烟斗。情形也完全可能是这样:他们前脚推翻紫禁城里的小皇帝,后脚就变成了那对洋人夫妇讲过的法国革命,断头台上的刽子手,个个都忙得脚打后脑勺。"先是国王的脖子被砍断,后面是反对国王的人被推上去,再后面,是推他们的人再被推上去。"那个洋太太说。也或者是这样,他们前面刚把皇帝推倒,跟着就冒出了三个五个皇帝,天下变成了另一个南北朝、另一个五代十国、另一个群雄争霸时的三国。就算他们都侥幸地取得了独立,各个省里还是会有人当家作主。鄂省成立了什么民国军政府,也还是有个人在给他们当主子,给一省的人当主子。一省一个主子,就是十几个主子。若是十几个主子再相互打斗起来,戏码就更大了。可他的兄弟,他还不明白,好日子不是靠杀头就能过上的。

月亮也是一个月才圆一回,日头能照到它的脸,肯定也会照到它的脊梁。南海珠继续端详着他的兄弟,等着他给他一个回答。他心里知道,他面前这个陷进泥沙漩涡里的人,早就被泛上来的淤泥裹住身子、蒙蔽住了心智。他给不了他想要的回答。即使回答了,也会驴唇不对马嘴。"扬帆只见波荡漾,怎知黄河浊浪狂。"他脑子里转着这两句楚歌,觉得自己也陷进了那个鱼眼漩涡里,悲伤正淤泥般漫上心头。他望着他的兄弟,想着这个人生里从来还没经历过风浪的人,到底吃了什么迷魂药。

"我先反对您一句,您说那个人类千古吃盐吃粮的比方,它和独立半点也不沾边。历史证明不了今天，也证明不了明天。不管现在还是将来，都要由民心来决定。至于独立后的事情，我们还没取得成功，现在是在奋力地争取独立。所以，独立后一切事情，当然须等独立后再议。"南怀珠耐心地笑着，"我明白您要说的，不过是'一将功成万骨枯'；或者这么说，咱们现在还没有足够的本钱。就是马利亚太太带到咱们家里来的各种洋玩意，看上去又好玩又好看，可咱们却没有一样东西能制造出来，别说德国人造的一台钟表，就是一颗什么巧克力糖、奶油糖，咱们现在也弄不出来。"

南海珠看着他的兄弟。他想知道一点，他们独立也好，共和也罢，他自己能不能说明白，到底什么是真正的共和？还有他们组织着到街上游行的那些"共和学生团"与"国民大众团"的人，他们当中又有几个明确地知道国民是什么，独立是什么，联邦国体、宪政共和这些东西又是什么？平头百姓需要的，不是这些虚头巴脑的玩意。他们活一天就要吃喝拉撒，生老病死都要有白花花的银子在背后撑着。"别的都不说，鄂省独立的信息传来后，你也看到了，拿纸票子到钱庄里兑换银子的人，把钱庄都挤垮了。市面上银子的价格，狂风吹着般在疯涨。大小买卖，都须认真金白银交易。有家妓院还趁机发明出一种彩票——不论老少病残，凡是买中彩票一等奖的，都能把妓院里一个花魁领回家，白做三年老婆。不过，条件却是要拿白花花的银子去购买彩票。"南海珠说。

"银子该涨时就要涨。市面上那些哄闹，折腾两天都会过去。您得明白，有时候，一千只眼也不抵一双眼看得真切。我认为大多数人都不需要明白您那些问题。有些事情不需要人人明白，也不需要所有人都喜欢和赞同。好比将一粒麦种播撒进泥土里，那片泥土要做的,就是让那粒麦子发芽、抽穗、最终结出籽粒。"南怀珠告诉他的兄长,在我们生活的这个天下,很大一部分人都是被自己的偏见和愚蠢困住了手脚。他觉得南海珠之前说过的一句话非常正确,什么人就该去演什么角色。"朝廷里立宪之事已经谈论多少年了?"他问他的哥哥。不等听到回答,他接着说道,这件事看起来好像人人都需知道,人人都能明白,可要真正坐下来,详细地给他们讲什么是君主立宪、什么是民主共和、什么是日本国的君主制、什么是英国的君主立宪制、什么是美国的民主立宪制和共和联邦制,倒把人人都说糊涂了。"我相信,单是一个议会的上议院和下议院,就算你给他们说上三天两宿,也不会有多少人用心听,更不能指望有几个人想真切地弄明白。你单是想想,就是地里生长的麦子谷子,又有多少人用心地数过一个穗头上结有多少粒麦子、多少颗谷子?我现在的看法是,一窝蚂蚁,它们只需要听从蚁王的指令,各行其是就够了。"

"不管有几个人数过谷穗上的米粒,民都为邦本。商鞅的驭民五术里讲的什么?壹民、弱民、疲民、辱民、贫民。五者若不灵,杀之。"

"现在,大清国完全是只害头疼的蛤蟆蝌子。对这个浑身是病的病体,我们什么术都顾不上了。乱世里哪有体面葬礼。只要能宣布独立,别管红派绿派,黑派白派,正宗神仙术还是旁门左道,我以为都不妨拿来一用!不能独立,我们共和派人愿蹈东海而死。"

"不知道别人如何,我头脑里已经灌满糨糊了。我不怕你们把醋酿成酒,是害怕好醋酿酸了。"南海珠说,"话说回来,洋人有洋人过日子的方法,咱们有咱们过日子的尺度。一家门口一个天。洋人定制的宪法仙法,未必就能做咱们这杆秤的砣。单说变法，为什么大清朝的维新只维了不足百日，末了连那位皇帝的命都维没了？你或许忘了，你带到家里来的那位福田先生说过，他们日本国是习了二百年兰学，方开始明治维新。"

那次，家里人发现南怀珠失踪，是因为一整天里，家人们都没有看见他的踪影。他没有在家里念书，也没有坐到河边钓鱼。当然，更没有在餐桌前，同家人们吃任何一餐饭。到了那天下午，家里所有人都被老太爷遣散到了街上，连幼小的南明珠也趁着家中忙乱，没人留意到她，悄悄地溜出大门，加入了寻找哥哥的行列。几十口子人，分布在浈口的大街小巷里，叫喊着"南怀珠"或是"小少爷"，一直找到所有人家的房屋里都亮了灯，也没寻找到他的踪迹。那几天，恰好有个南方的马戏班子来到了浈口，他们手里牵着猴子骆驼，车上的笼子里装着狮子老虎，七八个年轻小闺女和小伙子，腰里束着红色绿色黑色黄色的腰围子，一个跟着一个，眼花缭乱地翻着跟头，锣鼓喧天地沿浈口城墙绕了一圈，又在横七竖八的大街上，挨条街串了一遍。最后，他们在大坝门附近一块偏僻的空地上，用黑布围起一块场地，在里面开始了马戏表演。那块空地是集市里牲口交易场的一部分，骡子和马，牛和驴，包括羊和猪，甚至还有骆驼跟猴子，都被人们从不同的地方带了来在这个交易场上交易。集市每五天逢一次。所以，在其余四天时间里，整个牲口交易场所的地面都在空闲着。除偶尔有几个调皮的孩子会来这里玩耍，剩下的大部分时间里，只有前来觅食的雀鸟，喝醉酒又迷了路的醉汉，无家可归的乞丐和流浪汉，以及那些喜欢刮来刮去的风最常光顾这里。南家花园的人发现南怀珠不见那天，那个马戏班子正好结束了他们在浈口的表演，从那块场地上撤下围了几天的黑布围栏，收拾好人马行头，在下关渡口乘船过河，到河北表演去了。

等外出寻找的人全部回来，大家聚集到灯光下时，他们猜疑，南怀珠一定是被马戏班子里那伙南方蛮子拐走了。因为醋园里的周约瑟告诉众人，在马戏班子来的当天，他到大坝门内的剃头匠子街上去剃头，看见小少爷正和马戏班子里的人站在一起，而那个陌生人，已经在少爷的鱼钩上挂了个他从来没见过的怪物。"围着他们的人说，小少爷扛着鱼竿正走路，马戏班子里那个人迎面走过去，张开口，朝半空里哈口气，手往那口气上一抓，就把一条会说话的鳄鱼挂在了小少爷的鱼钩上。"周约瑟说。"什么是鳄鱼？"南怀珠的奶奶瞅眼她的女主人，嘴里嘟哝着，"一条鱼会和人一样说话，那不是妖孽吗？"那会儿，南怀珠的母亲还没从丢失儿子的惊恐中清醒过来。听到奶奶说那条会说话的鳄鱼是妖孽，她才突然被惊醒般浑身颤抖起来。她想象不出来，那条会说话的鳄鱼都给她的儿子说了些什么，是指示给了他一个无法捉摸的前程，还是一个他没法把握的命运。因此，他就被它迷惑住了。由于恐惧，她一直都在来回地翻着自己的手掌，反复地望着那两只手。

"你有没有听到，那条鳄鱼都说了什么？"在众人散去后，南怀珠的母亲又打发人把周约瑟叫了回去。她当着那位奶奶的面，不顾一切地抓住了周约瑟的手。好像那条鳄鱼，就是面前这个叫周约瑟的青年变出来的。她完全忘记了，在那之前，她的一双手，从来没有接触过丈夫之外的任何一个成年男人。周约瑟手心的温度和汗水，立即让她脸上布满了红晕。她把自己的手指快速地缩了回去。

"好像，好像是叫出了小少爷的名字。"周约瑟全身颤抖着，两条健壮的长腿上像是爬满了蚂蟥，它们让那两条年轻的腿，不由自主地打起了哆嗦。那时候，距离周约瑟到城里去买回那个娼妓，还需要十几年时间。他还没有被母亲之外的另一个女人触摸过手和身体的任何部位。为了控制住身体，不让它抖动，他不得不在昏暗的灯光下，攥紧拳头，并将它们紧紧地靠在了裤子上。

"叫出了他的名字？"

"围在旁边的人是这么说的。"

"除了叫他的名字，它还说了些什么？"

"这就不知道了，太太。"周约瑟抬起胳膊，擦着额头上的汗水。虽然才是初夏，气温远没到让人流汗的程度，但他还是出了一身汗。

"马戏班子里的那个人呢，他说了什么？"

"没听见那个人说什么。我过去时，就看见他在对小少爷笑着。然后，他对着那条鳄鱼吸一口气，那条鳄鱼就从小少爷的鱼钩上消失了。像是跑进一条河里，游走了。"

"后来呢？"

"小少爷就扛着鱼竿，跟着那个人走了。"

"他们去了哪里？"

"就跟着他们，在街上走着。他们刚到浨口来，正牵着猴子骆驼，拉着老虎狮子，锣鼓喧天地闹腾着，满街满巷地在打场子。"

"这么说，从马戏班子一来，他们就混到一块了？"

外面正在下雨，是夏至后的第一场雨。雨声落在那些还不十分油亮的树叶上面，发出一阵阵激情澎湃的声响。南怀珠的母亲坐在椅子上，抚摸着儿子的一件衣裳。由于被一种巨大的恐惧和孤独紧紧地包围着，她小声地哭泣起来。

"他们会不会把他的脸和浑身的皮肉划破，再把狮子老虎猴子的皮剥下来,缝到他身上,把他变成一只会说人话会流眼泪的畜生啊?"

这位夫人完全失去了理智。她满脑子里都是不知什么时候塞进去的有关马戏班子残害小孩子的事情:那些行动灵活,能够识字数数的猴子,猴子皮里包裹着的,无不是马戏班子在街上偷走的孩子。"要是这样,我怎么对得住那个还在草原上的人,他五年没回来,没看见他的两个儿子了。可眼前,我却给他弄丢一个。"她用儿子那件衣物抹着泪水。"不行啊!我可怜的孩子,他们要是把老虎狮子猴子皮剥下来,缝到你被刀子划烂的身上,让它们长到一起,你得遭什么样的苦痛啊。"她一边说,好像亲眼看见了那些人,正把一张虎皮完整地剥下来,把她浑身是血的儿子,塞进那张血淋淋的虎皮里,把他的身躯和老虎的皮缝合在了一起。然后,她又看到,他们挥着鞭子,狠狠地抽打着包裹在虎皮里的那个孩子,叫他做着一只真正的老虎难以去做到的各种事情。

"不会这样。不会的,太太!"周约瑟一边擦着汗,一边焦急地说,"那套说辞都是吓唬小孩子的,您怎么能当真呢,太太。"

"可那条会说话的鳄鱼,到底是从哪里冒出来的?"

"那就是个障眼法,太太。"奶妈盯着女主人来回摩挲衣服的手说,"真是障眼法。要不,怎么能够神仙似的,手一挥,一条会说话的鳄鱼就出来了,手再一挥,它就不见了。"

"可那千真万确,我亲眼看到的。"周约瑟辩解道。尽管他自己也不敢相信,世上竟然真有苏利士说的那种神迹。可它就在他眼前真实地发生了。

"我说了,那就是玩把戏的人惯行的障眼法!"奶妈冲着局促不安的周约瑟大声说道,"你也是个大男人了,怎么还这么愚钝,一个劲地在这里吓唬太太！"然后，她转过身去，低声安慰着女主人，说她能被周约瑟的话吓住，是因为她从来没见过这种骗人的鬼把戏。但她见过。前几年，一个从什么印多国还是引度国来的男人，路过浽口，在河边上等渡船时，就使过这样的障眼法。她当时也在河边上等船，是站在跟前亲眼瞧见的。那个脸上长满胡子的外国人，先是从一个纤夫手里拿过条纤绳，把它变成了一条尺把长的小花蛇。一眨眼，他又把那条小花蛇变到了天上。围着他观看的人，先是看见那条由绳子变成的小蛇不断地在变大、变粗。变到最后，大家伙就只能瞅见那条大蛇的尾巴了。"它的头和身子，全都钻进了天上的云彩眼里。"奶妈望着房顶，两只眼睛似乎穿过房子上面的一切东西，看到了天上。"那条蛇重新变回纤绳后，跟从那人的一个小青年说，那人不光能把绳子变成蛇，还能把地狱里的鬼拘出来，站在人面前跟人说话。"

"就算是障眼法，一条鱼，怎么会叫出他的名字？"

"这还不简单吗，太太。那个会使障眼法的人在街上走着，跟人一打听，自然就知道了。在浽口，谁不认识咱们家两个少爷。"

"可他为什么就挑上了这个孩子？"

"兴许，他就是看着咱们家小少爷合眼缘，想逗着他玩一玩。"奶妈把一只手背到身后，在背后朝门外挥着，朝外驱赶着周约瑟。"就算是马戏班子里那些跑江湖的人，也不是个个都长了歹毒心肠。"她一边暗暗驱赶着周约瑟，一边安慰着她的女主人，说她见过一家马戏班子，班主把一天里辛苦卖艺赚来的钱，都给了一个讨饭的老太婆。那个老太婆住在一间破庙里，一半日子都靠吃树叶和观音土活着。

为了召回小少爷被鳄鱼勾走的魂子，这天黑夜里，奶妈连夜去外面叫来了神婆子,在南怀珠睡觉的屋子里摆下香案,摆满各色果品点心,摆下鸡鱼,请神婆子跳神招魂。屋子里蜡烛光摇来晃去,神婆子坐在昏暗的烛影里,敲着一面铁环小鼓,一面敲,一面拉长声调,荒腔走板,唱着谁也听不明白的祝祷词。她的弟子,一个穿着大红长袍、头上身上插满鸟毛的年轻女人,屈起一只脚,像只怪鸟,在地上来回跳着,脸上的表情先是平静如水,随着神婆子的鼓声越来越快、声调越来越高,那张"鸟脸"也跟着越来越怪异。"这是商羊鸟求神的大神跳。"奶妈附在女主人耳朵边嘀咕着,告诉她只要这只"商羊鸟"一倒在地上,"太太您就要高声地喊'祖宗们都来吃饭了'"。那位丢了儿子的夫人,浑身哆嗦着,盯住那只怪鸟,就在她觉得喘息渐渐地变成一条细丝线,而那条细线就要被扯断时,那只来回蹦跳的"怪鸟"翻动几下眼白,已经人事不省地躺倒在地上。"太太快喊!"奶妈低声耳语着,晃了晃太太的袖子。在女主人的喊声里,奶妈和两个仆人跑到点燃的蜡烛前,一口气吹灭了所有的蜡烛。屋子里一片漆黑。神婆子的鼓声疾速地响着。房顶上一片青瓦,先是被掀开条蚕丝般的缝隙,转瞬间,便如飓风袭来,上头所有的青瓦,包括四面的墙壁,都被卷进了风眼当中……等那只"商羊鸟"呼叫南怀珠名字的声音,踏着已经安静如溪水的鼓声,在黑暗中钻入那位母亲的耳朵时,奶妈已经按着神婆子之前的吩咐,起身上前,重新点亮了屋子内的蜡烛。那位母亲顺着燃亮的烛光朝供桌看去,桌子上摆放的一应供品,正如奶妈事先给她说过的那样,已经被"祖宗们吃得杯盘精光",到底有了吉兆。这位女主人暗暗地嘘出一口气,细问神婆子,她的儿子是否就此平安了。神婆子笑着请她放心,说她差遣的"商鞅鸟"到阎王老爷那里探看过了,小少爷天生富贵之命,加上祖荫庇佑,"眼下虽小有惊吓,但终是平安大吉"。

　　这天半夜过后，挨近天亮时，过河去追马戏班子的人还没回来，南怀珠却自己回到了家中。"我的儿啊，你到底是被那条会说话的鳄鱼吓傻了，找不到回家来的路了？还是被马戏班子里那些人绑走了，现在才逃回来？"南怀珠被下人一领进屋子，他母亲就扑上去，抱一团棉花那样，搂住了她的儿子。在她抚摸着儿子的脑袋，指尖滑过他柔顺的头发时，那个犹疑不定的念头，终于被她结结实实地植进了心里：就是天塌地陷，她也要跟着奶妈到寺庙里去睡一夜，为这个性情古怪，没得到过父爱，也没得到她疼爱的孩子，求回一个能预知他前程的梦。"哪怕这个梦，比那条会说话的鳄鱼还让人恐怖。"这个念头在她脑子里转着，一直到她守在儿子床边，在黎明的霞光照耀到房顶上之前，趴在他身边睡了过去。

第十一章　鹅　笼

南方和北方，各个省份都在群起独立。仅城里一个谘议局的人，便分成了黑派白派红派绿派；十几个省的人一旦怀揣暗藏的私心泛滥起来，会不会人人都想做皇帝？人人都想做皇帝，天下就会由一个烂摊子，变成数不清的烂摊子。整个国家都将烂成一堆泥、一盘散沙，那时候，鼓噪独立的这些人，他们又有谁肯站出来，且有本领铲起这团烂泥，兜住这盘散沙？"独立"这个让一群人癫狂的东西，独立来独立去，到末了，很难不从一个烂泥坑跳进另一个烂泥坑，弄得城头天天变换大王旗。南海珠提醒着他的兄弟，治国跟治病一样，不是念过一部《汤头歌》、半本《药性赋》，就能称圣手；也不是在八珍四物参苏饮、白虎柴胡建中汤里，腰疼加杜仲、头疼加白芷。洋务运动了三十几年，原本是想师夷以制夷，可到终了，仅仅一个变法，那位光绪皇帝就差点被赶下金銮殿。不管怎么说，那也是个被众人手捧着的皇帝！就算他不是很懂西洋人的什么物理学，他也能明白，他们说的"量变"和"质变"是什么意思。那位福田先生反复说过，日本人从习兰学到明治维新，前后经过了不少于二百年的光阴。人活在世上，什么东西都可欺，唯有光阴是个没人能欺的东西。

人间何事不鹅笼。南海珠想着那个鹅笼书生,瞅着他的兄弟,实在怀疑他们这些读书人,是不是一时头脑在发热。手里没有一兵一卒,仅凭着一己之梦,一派之力,只会夸夸其谈,就能拯救天下苍生?别说整个天上的星星,仅是浮在那条天河水里的星辰,也比地上的露水珠多。上年颁布那部由日本顾问帮忙修订的《大清新刑律》时,里面规定了一条"罪刑法定,法律面前人人平等,罪刑相当"。当时,他这位兄弟还在报上连续撰文著述,拍案叫好。结果却是刑律通过了,那位主持修订的沈家本,却在一片"离经叛道"的责骂声里,被迫辞去了修订法律大臣和资政院副总裁的职位。史上的事情从来都是这样,不管是政治更张,还是改朝换代,莫不是鹅笼书生。天下一旦乱了,便有一个个人跳出来,想着掌王权、做皇帝。天下倘若被他们这些革命人弄得四分五裂、狼烟四起,他们最终如何去收拾残局?是准备造出个比当下还混乱无序的新朝代,然后一群人围住桌子,坐庄掷骰子,轮流做皇帝吗?他觉得有一点,他的兄弟应该比他更清楚:眼前,不光是俄国德国英国日本那样的强悍之国在对大清国虎视眈眈,就是没有几个浨口人知道的什么荷兰比利时所罗门那些小鱼小虾,手里也握着砍刀斧子,瞪大眼睛搜寻着机会,巴望啃去大清国的一条胳膊半条腿。

"我相信你也听马利亚太太说过,在他们英国,就是穷人家四面透风的一间破屋子,风能进,雨能进,没有主人应许,国王却不能进。因为那是穷人自己的财产,他的财产只有他自己说了算。你再说说,八国联军攻进北京城,抢走了咱们多少宝贝?又为什么老百姓愿意给这些强盗们带路,还有官员们跑去送锦旗?"南怀珠逼视着他的哥哥。他告诉哥哥,独立后的后果如何,他们暂且不想去考虑。不管将来怎么乱,他们现在要做的就是跟朝廷脱离关系，宣布独立。正是由于当今中国之动荡，若再以经论经，只变其末不变其本，只要西方之用，不要西方之体，不推翻朝廷，以共和图存，恐再无他路。为此，今日当务之急，便是要先行独立。待大端定了，方可乱中再施政治。"这么说吧，整个大清王朝就如同一棵大树，您眼睛只看见了树干上那些虫子眼，可是树干内里呢？内里边，大树的命脉早已被众多害虫蛀断了。先别管以后栽植松树榆树还是椿树，我们不把这棵腐朽的烂木头砍伐掉，连根挖走，那个位置上如何再长出新的参天之木！"

"别的先不说，就说眼前。你们想没想过，城里一旦像武昌城那样宣布了独立，朝廷派出重兵，跟攻打鄂省那样前来镇压，你们准备怎么办，拿什么去应战？"南海珠看见晚饭前飘在南怀珠头顶上的那块黑云彩，又从门缝里拥挤着钻了进来。"你们在饭桌上刚说完，北京的'皇族内阁'已经解散，袁世凯受命组阁，正坐镇湖北镇压那里的革命党。你在这个人创办的大学堂里念过书，知道他既能请求朝廷废除科举，又能每月拿出自己的薪酬，奖掖新式学堂里的学生。这样一个人，可不是什么草包人物。还有一点，你们有没有考虑过？现在有了铁路，清兵乘上火车，转眼就能从北京天津抵达浉口。风云变幻的事，没有谁能把握。"

"这个你不必担心。我说过，我们绝不会妥协！现在各省起事，都有新军参与，我们同盟会的人早就渗透进了第五镇。多了我不敢保障，一声令下，五成的新军绝对会站出来援助我们。除此之外，北京上海、满洲登州，支持我们的力量远比你想象的要多上几倍。"南怀珠笑了起来。他哥哥身在浉口，虽然距离城里一步之遥，但到底也算天高地远，不清楚那些新军到底多久没领到军饷了，多少人的肚子里藏着一座火药库。现在，巡抚衙门里自抚院至四司五道的公费,早就均减了二成。开征的各种捐税、鼓励报效等诸事,他们也一清二楚。衙门里这些举措,无不是为了给第五镇里的新军筹措军饷、稳定军心,以免他们学鄂省的新军哗变。"当然,巡抚衙门里那些老爷们现在都明白,我们也正积极地为新军筹措军饷。这几日里,学界、商界,业已成立了共和学生团、共和商绅团。便是女界,也被鼓动起来,成立起了共和女界团。"

"你们连妇女也卷进来了?"这件事再次让南海珠吃了一惊。"古来革命都是断头的事。在饭桌上,我从那位鹿姓议长的口气里听出来一点,外界盛传朝廷要以山东做抵押,向德国人借款这件事,好像是你们杜撰出来,煽动民众起来要求独立的一个幌子?"

"你这样理解也可以。"南怀珠说上兵伐谋,只有下狠刀子,方可营造出气氛,掀起民众情绪,激发起各行各业、各团体反抗朝廷之思想。不过有一点,德国人占领着青岛,朝廷靠举外债度日,这些都是不容置疑的事实。至于妇女,谁说她们不能参与进来!男女平权。平权、自由皆是共和之灵魂。在西方,尤以文明为产生共和之母,而女子则是产生文明之母。"我实话说吧,明珠她们今日的募捐,其中一部分,我想,她也会拿出来捐给我们。"南怀珠得意地看眼他的兄长。"据我所知,城内女界在成立了共和女界团后,眼下正忙着筹备女子参政会。那些跟明珠珍珠一般进过洋学堂的女子,不是人人只喜欢传播海外艳闻,只会学着西妇们裸足穿高底鞋,穿从巴黎花都流行来的各类时装,用各种千奇百怪,只有魔鬼才能捣弄出来的东西糊在脸上,让她们的面容不长褶皱。她们当中也有些人,除了热衷于写些闺阁名媛小传,更愿为创造一个新的国家宣力。就是在花届,也有人在张罗着成立共和花魁团了。"

"城内妇人们怎么样文明自由,是她们的事。你说明珠学堂里那些孩子们,他们今日募集的善款,也要赠予你们?"

"你也不必惊慌。就是全给我们,也不过是杯水车薪,可有亦可无。"

"你们是去找了明珠,还是那个洋太太?谷友之是不是也裹进来了?"

南怀珠笑着说:"在回浠口的路上,我给那两位朋友说的可一点不假。除了咱们这座南家花园,你心里就只盛着醋园子和那些店铺。前些年城里成立商会时,他们三顾茅庐,都没能让您出山。"

"不靠着醋园子和那些店铺,咱们一家子老老少少,拿什么吃穿度日?"南海珠的目光盯住了他的兄弟,"这两天我一直在琢磨,咱们那位爷爷实在是有远识。他当初阻止着,坚决不肯让你到城里念书,看来完全正确。都是我仰慕那些洋先生们的学问,坚持帮你说服了他。从你进到山东公学,咱们家果然就乱套了,不但跟现在的革命新党挂上了钩,那些日本人、美国人、英国人、德国人,不管是英国领事馆的什么翟比南、设计火车站的赫尔曼、建造铁路大厂的道格米里兄弟,还是宣教士的女儿马利亚,都成了你和明珠的朋友,成了咱南家花园的贵客。那位菲舍尔,要不是家里人极力反对,你和明珠还要想方设法,把珍珠嫁给他。"

"你忘了,你看到他们带来的那些关于测绘、航海、植物学、矿物学、是非学、天文学、富国策这些书籍时,发出多少感慨了?我可记得,他们坐在咱们家客厅里,倡导他们的联邦国体及代议制政府时,你好像也在不住地赞同他们的观点。"

"你们在吆喝着,要创造出一个什么新世界。我倒觉得这个世界天天都是新的。每天升起来的日头和星星都不会一样。人不能因为那些虱子,就烧了自己的破棉袄。"南海珠继续望着他的兄弟,告诉他,谈论别人骑着的一匹马,和自己要不要买来那匹马骑上它赶路,肯定是两码事。"你不是喜欢看地图吗?"他说,"你看看咱们大清国的疆域,再看看他们那些茶壶盖大小的国土,一个泺口,大概就抵得上西洋人的一个县,或是一个什么州。"

"不说什么新世界和虱子破棉袄,"南怀珠说,"在疆域问题上,我同意你的说法。"

兄弟两个躲进那间堆满杂物的屋子里交谈时,南海珠的太太厉米多,一个温柔胆小的女人,过来给他们送了两趟东西。她先是送来了六安瓜片泡的茶水,不一会儿,又走回来,给他们放下了两碟子果脯。在平时,如果需要有人到这间屋子里来做这些事情,都是那个叫热乎的男孩子来做。但是今天,那个孩子没有进来。

"热乎呢?"

南海珠问道。他对她说话,完全是为了打消她的疑虑,让她明白,他们兄弟两个的交谈,没有任何她要担心的事情。

"有点事,我打发他出去了。"厉米多回答。吃过晚饭,她就让他去了周约瑟那里。她让他告诉周约瑟,明天无论他去不去教会医院里送醋,都要到那里去一趟,找到二小姐,问她回不回来。要是回来,家里就打发人去接她。如果不回来,这些天就待在学堂里不要出门。"一定叫她记住,千万别到街上乱走。"热乎走出几步远了,她又追上去叮咛两遍。

"我倒忘了,得让他去告诉周约瑟,明日进城,再去看看珍珠。"

"我叮嘱他了。"

南怀珠对着厉米多笑了笑:"你们放心,城里有我呢。"

"那你们两个,别只顾着说话,吃点果脯。"

厉米多离开了他们。

在门外,她走到一处月光照不到的地方,朝四处张望着。院子里比每个晚上都安静。她在那里凝神听一会。街上也是一样安静,一只狗的吠声都没有。她猜想落满月光的河面上,也是这样安静。因为那些安静,她耳朵里任何杂乱的声音也没捕捉到。

她收回放缓的气息,往老太太居住的院子走着,在半路上,遇到了迎面走来的南明珠。

"嫂子,"南明珠站在那里,等着她走近,"你到他们那边去了?"

"你二哥爱吃桃脯,我给他们送了过去。"厉米多停下了步子,"客人那里,还要不要什么点心?"

"几个人正在抽烟呢,我待会去问一下。"南明珠仔细瞅着厉米多。在奶白月色的映衬下,她的面容愈加苍白,没有生色。"我大哥那里,没骂我二哥吧?"南明珠笑着问道。

厉米多笑了笑:"没有。两个人还跟原先一样,坐在那里和和气气地说话。"

"还是我姐姐相夫有方。"南明珠揽住厉米多的肩膀,嬉笑着说,"放心吧,我的好姐姐,黄河会一直安静地在那里流淌。至少,这个冬天里不会再把河堤冲开了。"厉米多是他们舅舅家的女儿,所以,凡是遇上令她愉快的事,南明珠就会不停地叫着厉米多"姐姐",而不是嫂子。

"又上来疯劲了。"厉米多拍打一下南明珠的手背。南明珠身上的香水中，有一种淡淡的甜蜜味道，让她的身体变得像天上的月光那样轻盈透明。她猜想偷吃了仙药的嫦娥仙子，也许就是在这种味道里，让身体飞起来，最终飞到天上，飞进了月宫里。"这么甜的香味，半里路都闻到了。"厉米多说，"这回的味道不一样，里面有种很别致的甜味。那个洋太太没说，这又是从哪一个国里弄来的？"

"还是巴黎。是巴黎的香水师最新调制出来的。"南明珠笑着说，"你忘了，马利亚一直说巴黎是个香水王国，全世界有名的调制香水的大师，都住在那里。有那些香水大师，那里就有全世界最闻名的香水。马利亚说，巴黎一只装过最拙劣香水的小空瓶子，它保留住的迷人气息，也会远胜于一树最动人的繁花。她的宣言一直都是，一个女人若是没穿过欧洲那些镶满蕾丝花边的裙子，没用过法国香水大师调制出来，连天空中星星都想涂到耳根上的香水，她就等于没到这个世界上来过。"在南明珠身上，裙子、发卡、帽子、披肩、香水、红宝石戒指，以及乳罩和睡衣，几乎都是马利亚通过各种渠道，从英国法国意大利那些地方给她弄来的。仅仅是帽子和手套，马利亚每年都会将欧洲各地流行的最新款式搜罗来，送到南明珠的手上，尽管它们被弄到浈口来的时间，距离它们风靡欧洲的流行季节，往往已经过去了几个月，甚至一年。

"她说没说，那里的皇帝和皇后，是不是天天都在用香水洗澡？"厉米多以鼻子闻到那些香水会发痒打喷嚏为由，拒绝了南明珠和马利亚送给她的任何香水。她同样拒绝了南明珠送给她的"西方贵族女人们都在穿的乳罩和睡衣"。原因是她认为，在浈口，在南家花园里，再没有什么睡衣，能比一身用杭州或是周村丝绸做出的袖口裤腿上分别绣着淡雅兰花的衣裤，更适合她在夜里穿着入睡了。

"在外国,人家的皇帝和皇后,都叫国王和王后。"

"那就随着他们,叫国王和王后。他们的国王和王后,除了用香水洗澡,漱口时,是不是也要端一碗香水当漱口水?"

"这件事,我要去问马利亚。"南明珠笑着,望着厉米多脸上的月光。"咱们都听说了,北京的皇宫里,那些皇后太后和妃子们洗澡时,都和你一样,喜欢往洗澡水里放各种花瓣。要是像你这么说,她们若是法国的王后,英国的王后,我猜,她们每天清晨肯定要喝上一大碗香水,不是喝一碗人奶。"厉米多说。

"说到皇宫,你两个哥哥好像说,朝廷里的什么'皇族内阁',都已经解散了?"

"咱们在说外国的王后和香水呢,管他们说什么内阁外阁。"南明珠搂住了厉米多的肩膀。傍晚前,南海珠站在台阶上冲她发脾气,因由就是厉米多知道了城里发生的事情后,又在整夜地不睡觉,满屋子里来回游荡了。"明天,我准备把马利亚请来,让她详细地给你讲一讲,意大利人和法国人是怎么制造香水的。我猜测,他们肯定是和咱们酿醋一样,一缸一缸地酿出来,然后装进瓶瓶罐罐里,摆在街面上去卖。不同的就是咱们装醋的坛子瓶子,比他们装香水的瓶子要大。"

南怀珠把心里反复在琢磨的一件事压了下去。这个时候,他想,他要是把那些还没经过深思熟虑的想法说出来,他的哥哥,也许就会因为惊慌而跳进醋缸里面寻了短见。他还担心,这样的想法一旦流露出来,他的这位兄长,还会因为过度的恐惧和慌乱,狗急跳墙,联合他们的母亲,想尽办法把他囚禁在这座宅子里,不许他的两只脚再迈出南家花园半步。他今天带了两个人回来，明着的目的是陪同第五镇里的那个姚思明，到巡防营驻扎在浒口的兵营里，来找他在武备学堂里两个同学，争取他们站到"共和派"这边来。现在，立宪派、和平派，还有那些官僚派和逍遥派的人，在山东是否独立这个问题上，左右摇摆不定，冲突不断，几派人明争暗斗，大有你死我活之势。前两天，惯常使用暗杀手段的光复会，在背后下了黑手，接连砍伤了他们同盟会的两个人，这让他们不得不加紧采取行动，秘密动员新军中的同盟会会员，尽可能多地联系身边的亲信，让新军为他们共和派这边加上一个沉甸甸的秤砣。除此之外，他的另一个更主要的目的是他这两天里一直都在担忧的，他想象中的那种不测，会在突然间发生。他不能允许自己因为个人的任何错误、任何微小的过失与疏忽，导致他在一个崭新世界到来前的时刻，失去目睹和见证它的机会。

当然，除了他自己，他还在担忧着另一场意外，尽管他一直都在相信，那个意外绝不会出现。不过，在眼下这种几派胶着的状态下，在他们一派还没有把握取得完全胜利，山东还没宣布独立，那个新世界还没牢牢地攥在共和派手里前，他认为它总是一个存在。而到那时候，他自己生死事小，他忧心的是整个南家花园，都会因为他的牵连，成为水鬼网里的一网鱼。他还在暗中盘算着另外一件事，要不要告诉谷友之，那位巡警局长，先悄悄地备下人手，把位于浒口的机器局兵工厂掌控在手里。城里万一山穷水尽了，他们退守到浒口，在那时，多一桶火药，总会比少上那么一桶，让人心里更觉得踏实。

"说来说去，我们乱成什么样，那些外邦人都愿意看。除了围在边上瞧热闹，一夕瞅准时机，我相信，他们没有谁不愿意伸出手捞点好处。这个天底下，有些事情能尝试，也有些事万万不能开头。"南海珠警告着他的兄弟。"你还记得马戏班子里，往你鱼钩上挂鳄鱼的那个人吧？至少到眼下，我还是觉得，那些外国人倡导的什么代议制政府，什么联邦体，都是那条来无影去无踪的鳄鱼。咱们跟那些弹丸小国不一样，咱们是个一眼望不到边的庞然大国。春秋战国南北朝，五代十国，司马迁笔端录下的那些混乱时期，哪一节都是面镜子。王莽托古改制，假托符命以新圣人自居；商鞅变法十年，夜不闭户，路不拾遗。他们最终的结局咱们都清楚，一个脑袋被砍下来，舌头被百姓争相切食；一个被五马分尸。咱们是草芥小民，得多在心里盘问盘问自己，刀刃上的蜜是不是能吃饱肚子。"南海珠看着他的兄弟。天下乱了有什么好处？当年太平军起事，也举着天下大同的旗子，最后，天王造夜壶的黄金，照旧是从百姓手里虏获去的。一直在洣口游荡的那个老成吉思汗，在他愿意的时候，总是不停地告诉路人，他是成吉思汗的后代。先不论他的话真假，他说成吉思汗的最大错误，就是把天下分给了他的众多儿子们。十八个脑袋，怎么会只想一件事？南海珠继续盯着他的兄弟，"谷友之说过，修桥的戴维先生和马利亚太太也讲过，法兰西那个叫路易十六的皇帝，和砍下他脑袋的那些革命党。从海外传进来的，未必样样都是正经好东西。马利亚太太推荐给你嫂子用的那个万应的什么'忘忧药'，按她的说法，连他们的上帝和圣母，都使用它给自己医过病。它不但能治疗她不睡觉的毛病，还能治疗麻风瘟疫、头疼目眩、耳聋眼花、咳血浮肿和小孩哭叫，妇女病也能调治。最后你都知道了，那不过就是掺了蜂蜜、没药和乱七八糟花粉的鸦片。你也说了，谘议局里那帮人，为取得独立，已经分成众多派别。记得戴维先生讲过，那个路易十六皇帝被砍头后，他们国家里的众多革命人，最后也分成了很多派，站出了很多队。"

"这叫选择立场,革命的统一战线可以随时调整。武昌城兵变独立,已经风动四方。你还不清楚山东的情势,眼下早已形同骑虎,要么是像前些年自主开埠那样,主动独立,有一个自己说了算的天下;要么就等着外人来吞并,被动灭亡,继续被人鱼肉。所以,站在我们这一队的人,眼下都得拿出自己的立场,拼尽全力也要争取到独立,把山东牢牢地握在我们共和派手里。往白里说,就是我们必须自己当家作主,什么杂种的日子都没有那么好过。再说了,天下不乱,你有什么自由和机会,去表达你的主张与立场?就拿咱们家醋园做例子,你如果不是它的主子,有钱供养伙计,像伍春水那种瞎包东西,他们哪个会俯首帖耳,听你瞎当当。"

南怀珠拍着桌子笑了起来。他觉得南海珠那些想法,跟泺口一些人愚蠢地认为火车蒸汽会让靠近它的妇女痴癫发疯,简直没什么两样。这个家里没有人知道,当年,正是那条凭空出现在他的鱼钩上,又突然消失的鳄鱼,让他突然走出了内心里那个孤独的世界,明白自己手里的鱼钩,不仅可以在河水里钓到真实的鱼,还可以凭着幻想和某种魔力,在一个想象的世界里,钓来他愿意要和想要的东西。而那些想象中的东西,是他生活在其中的南家花园里所有的人,都不能够给他的。他用手敲着桌子,心里想着那个马戏班子和那个徒手变出鳄鱼的人。这些年,他一直都在牢牢地记着,那个人和那张嘴角有着一道长疤的脸。

当然,还有他那根能发出亮光的手指头。

鹅笼书生的故事:

《续齐谐记》:阳羡许彦,于绥安山行,遇一书生,年十七八,卧路侧,云脚痛,求寄鹅笼中。彦以为戏言。书生便入笼,笼亦不更广,书生亦不更小,宛然与双鹅并坐,鹅亦不惊。彦负笼而去,都不觉重。前行息树下,书生乃出笼,谓彦曰:"欲为君薄设。"彦曰:"善。"乃口中吐出一铜奁子,奁子中具诸肴馔。酒数行,谓彦曰:"向将一妇人自随。今欲暂邀之。"彦曰:"善。"又于口中吐一女子,年可十五六,衣服绮丽,容貌殊绝,共坐宴。俄而书生醉卧,此女谓彦曰:"虽与书生结妻,而实怀怨,向亦窃得一男子同行,书生既眠,暂唤之,君幸勿言。"彦曰:"善。"女子于口中吐出一男子,年可二十三四,亦颖悟可爱,乃与彦叙寒温。书生卧欲觉,女子口吐一锦行障,遮书生,书生乃留女子共卧。男子谓彦曰:"此女虽有心,情亦不甚,向复窃得一女人同行,今欲暂见之,愿君勿泄。"彦曰:"善。"男子又于口中吐一妇人,年可二十许,共酌,戏谈甚久。闻书生动声,男子曰:"二人眠已觉。"因取所吐女人,还纳口中。须臾,书生处女乃出,谓彦曰:"书生欲起。"乃吞向男子,独对彦坐。然后书生起,谓彦曰:"暂眠遂久,君独坐,当悒悒邪?日又晚,当与君别。"遂吞其女子,诸器皿悉纳口中,留大铜盘,可二尺广,与彦别曰:"无以藉君,与君相忆也。"彦大元中为兰台令史,以盘饷侍中张散;散看其铭题,云是永平三年作。

第十二章 马 戏

南家花园里的人,包括那些仆人们,都知道女主人患有"夜里游荡"的毛病,而且还知道,她这个毛病,是从她奶奶身上遗传下来的。因为知道侄女有这种毛病,厉米多的姑母,也就是南海珠的母亲,厉月梅,即便在厉米多的父亲亲口向她提起这门婚事后,她还是犹豫了许多日子,不肯让儿子娶回她的侄女。"你得知道她那个夜游的毛病,受不了一星点惊扰,一只蝉和蜜蜂在半夜里起飞,都能让她发病。"在发现儿子和侄女不仅偷偷地在花园里私会,还相互亲热地手牵着手时,厉月梅差人把南海珠叫到了面前,声色严厉地警告着她的儿子。"您说过,我姥娘一辈子就是这样。"南海珠理直气壮地对他母亲说。那时候,爱情正完全彻底地占据着他的心灵,让他什么都不在乎。"正因为她一辈子都这样,才让人忍受不了。"厉月梅告诉儿子,当年太平军攻到直隶境内时,他们一路疾进,孤军深入,粮草兵器都得不到补给。后被清兵围剿,便从天津撤到了阜城高唐一带,困在那里等候援兵。而那个时候,身为漕运咽喉的临清城里,虽然守兵上万,山雨欲来,但到底还算安然无恙。他们家里所有的人,也从来没有一个人发现过,她的母亲,有着那种让家人"难以忍受"

的毛病。但是，第二年三月末，南京的太平军援军北上，在到达临清时，一举将临清城攻破了。"你姥爷被太平军杀死在城门口，头被贼兵割下来，挂在了城门上。消息传到家里，你姥娘当即就昏死了过去。再醒来后，她就开始整夜地不睡觉，整夜地在屋子里游荡。"这位母亲还告诉她的儿子，后来，在清军收复临清城的第三天，他们一家人就扶着她父亲的灵柩，从临清回到了泺口。那一年，黄河还没有从河南决堤，丢弃淮河古道；那些浑浊的河水，也还没有改道济南，侵占大清河。但从那个时候开始，"就像黄河在第二年改道占了大清河，世间再没了大清河一样，我们家里再也没有过一夜的安宁"。南海珠仍然不明白，这种被惊吓出的毛病，怎么会传到厉米多身上。"那是因为，你姥爷被杀的时候，你姥娘正怀着你舅舅。"就在厉月梅这样对儿子说的过程里，她也和儿子产生了同样的疑问：她母亲的这个毛病，为什么没有传给儿子，却奇怪地传到了孙女身上？不过，最终，她还是没有拗过自己的儿子，为儿子"誓死不变的情爱"做出了让步。因为她担心，她一天不答应他们的婚事，厉米多就会一夜一夜不停地在房间里游荡。而那样的后果，无疑将会更加折磨她的儿子。

在母亲住的房屋门前，南明珠深吸一口气，停止了谈论那些香水。经过一天的繁忙喧闹，沉寂后的河面上刮来的细风，在院子的上空轻轻地摇晃着树叶。为了不和厉米多谈论城里正在发生的事情，以及任何能让厉米多心惊肉跳的话题，她差不多是把马利亚讲给她的那些与香水相关的东西，制作香水的各种植物，从植物中提取香料的方法，以及欧洲人最初因为什么发明香水，全部从肠子里搜罗了出来。之后，她又杜撰上一段马利亚根本没有谈论过的，西方有个贵族女人和丈夫，为了让他们的小孩子"像天使一样浑身散发出异香",决定用香水充当奶水喂养孩子的奇闻怪谈,逗着厉米多笑了一阵子。当然,她相信,就是马利亚在她们跟前,亲自听见了她编造的这个故事,她也会原谅她的这种做法。她曾经多次给马利亚谈起过厉米多患有的那种"整夜在房间里游荡"的毛病,马利亚也多次答应她,一旦遇上从欧洲来的"精通医术的医学博士",而不是黑暗时期里那种"鸟嘴"医生,她就一定会帮着咨询一下,他们有没有最新治疗这种"精神焦躁病"的方法和药物。因为她相信并且清楚,不管生活在欧洲土地上的白种人,还是生活在亚洲美洲的其他什么人种,他们这种焦躁的毛病,仅依靠在春天里给病人的手指和耳朵"放放血",是永远不能治愈的。

铺在地上的月色,和天空中往下流淌的月光一般皎洁。厉米多立在门前,又扭头看眼天上的月亮。月亮饱满得仿佛要溢出汁液。她转回脸,凝视着南明珠脸上温润的光。墙角处,偶尔还会有一只年老的蟋蟀,在睡梦里低吟着"拆拆洗洗,浆浆理理",追忆着属于它的那些快乐光阴。而银色的月光,则让南明珠脸上生出了一层奇异的光辉,圣洁又明媚。那些圣洁的光,让厉米多心里稍微安静了一些。

"那些香水的事,都说完了?"

"还多着呢。"

南明珠笑了笑,想着马利亚给她说过的那些意大利人和法国人,他们最初拼命地发明香水,完全是为了掩盖住他们因为常年不洗澡而带来的那种身体的臭味。"中世纪是整个欧洲最黑暗的时期。在法国,路易十四统治的时期,如果没有医生的吩咐,就是最爱干净的贵妇人,一年也只能洗两次澡。路易十四本人,在六十四年的时间里,只洗过一次澡。到了路易十五那里,他一生也只洗过三次澡,一次是诞生日,一次是大婚日,一次是入殓日。"马利亚说,那个时期所有的欧洲人,不管是普通人还是贵族,甚至包括修女和王后,都不能随意地洗澡。"因为身上的臭味,代表着某种圣洁啊。"马利亚笑着回答,"也会有人偷偷地洗澡,可那样做毕竟太危险了。一旦遭人告密,被教会知道,他们就会为此丢掉性命。就是清洁面部,更多的人也是每天用一块干燥的白布擦脸,绝对不会用水洗。他们听从医生的建议,认为用水清洗会有损视力,会引起牙疼和发烧,还会使人脸色苍白,造成皮肤对冷热天气的敏感。"马利亚摇了摇头,抬手摸一把自己的头发,然后盯着放到面前的手指,仿佛她的头发上,正散发着那种令人不敢想象的恶心人的臭味。"事实就是这样,"马利亚说,"连头发都不能清洗,仅仅能用蘸过水的毛巾去擦一擦。"

在马利亚讲述中世纪那些终年不洗澡不洗脸的欧洲人时,南明珠没有笑,也没有说任何话。"有时候,他们身上的那些臭味,也许并不完全是为了圣洁。"她想。从生下她的妹妹南珍珠,她母亲就再也没有洗过澡,仅仅会在每年清明节的那天,洗一次脸。这个在新婚里就被丈夫抛下的可怜女人,在最后一次生下孩子那次,因为拒绝和丈夫同房,再为他生育孩子,她在月子里顶着风雨,在院子里坐了半夜。后来,尽管家里人按着大夫的吩咐,用柳枝松枝艾蒿加荆棵防风熬开水,在热水盆上扣了油篓,让她披上棉被,三伏天里坐在油篓上蒸汗驱风,治好了她身上的风寒,但从此,她仍以害怕受风为由,再也没有用水清洗过身子。

南明珠跟在厉米多身后,走进了母亲的屋子。

厉月梅正从佛堂里出来,身后拖着一大团安静好闻的檀香味道。这位老太太从来不信有什么上帝。在这点上，她和她的儿子南海珠出奇地保持了一致。"就是有，那也是个杀人喝血、十恶不赦的恶鬼。"她对女儿南明珠说。然后，她还告诉她的孩子们，她一天也没有忘记过，她的父亲，就是被太平天国里那些罪该万死，声称是上帝儿子的太平军在临清城里杀死的。"他们连个全尸都没给他留下。"在南明珠第一次把马利亚带到家里，向家人们介绍她的父亲"是从苏格兰来的一位宣教士"后，厉月梅当即就收起了笑容。她沉着脸色，招呼都没和客人打，就起身进了佛堂。在那里，她对着佛龛，来来回回地念叨着，她的父亲曾经"连个全尸都没有留下"。在接下来的一整个下午和晚上，她再也没有从那间屋子里出来，没再见马利亚，也没有见女儿南明珠。直到第二天吃过早饭，把马利亚送走后，她派人把女儿叫到跟前，训斥着她："再也不许带那个外国恶鬼的闺女到家里来。"半年后，因为南明珠讲了一个头戴荆棘冠的故事，她才被默许再次把马利亚带进了南家花园。

"客人们留宿的客房，都收拾好了？"

厉月梅手里握着佛珠，问厉米多。那团跟在她身后的檀香弥散开来，整个屋子都被它塞满了。从两位客人被南怀珠引到她面前，厉月梅就觉察出来，他们根本不像她这个小儿子说的，"是两个想来家里看看醋园子的朋友"。那是两个身上没有丁点生意味的男人。她瞅眼丈夫。那位考取功名后，一天官职也没有过的老进士。他戴着洋女人马利亚送给他的玳瑁"老花镜"，手里捧着南明珠给他搜罗来的一本"藏着长生不老法的《偏方录》"，正在里头查找着长生不老的方子。"这个方子好，有熟地当归，还有白术黄花。"他一脸亮光，手指哆嗦着，在书页上来回戳着。"快把他弄到里头去。"老太太吩咐着丫鬟。每回看到丈夫在书本

175

上指指点点，嘴里嘟嘟哝哝地说着什么药方，她就会让人赶紧"把他弄走"。他这副神态，总是让她忍不住地去想，他躲在蒙古那位王爷家里，教别人家的孩子们念书时，是不是就是这副模样？而他自己所有的孩子，"他从来也没这样花过心思教过他们一天"。

"刚给他们送了茶点去，还没顾上收拾。"厉米多说，"让明珠陪着您说话，我这就去。"

"打发个下人去收拾就行了。嘱咐她们两句，夜里凉了，被窝里要多铺上层褥子。"

"谁也不用去收拾。我二哥说了，他们今夜里迟早要赶回城里去。"

"你是说，黑天半夜的，他们还要连夜回去？"

"您忘了，今日是十五，月亮光能看清树叶子的颜色跟筋脉。他们骑着马，两盏茶的工夫就回去了。"

"月亮光再明亮，也是包在黑夜里头！去给你二哥说，让他一会过来，我有话和他说。要他自己来，别跟长条尾巴似的，行动就带着客人。我越来越老，也越来越不喜见客人了。"

"好。我这就去给他传王母娘娘的圣旨，把旨意原封不动地念给他。"

南明珠对着厉米多笑一下。厉米多手里正捧着盏红枣片和酸枣芽泡在一起的安神茶。炒制的酸枣芽，是醋园里伍春水送到大宅子里来的。伍春水从他父亲手里学会了酿醋，也学会了炒枣芽茶的手艺。每年谷雨这天，他都要拿黄河里的沙子搓了手，沐浴更衣，然后乘着木筏子，渡到黄河北岸，攀上鹊山朝阳的一面，在日头没升起来之前，采摘下新冒出的酸枣芽叶，赶在正午时分炒成枣茶，当天就送到大宅子里，孝敬老太爷和老太太。所以，每年清明一过,伙计们看到伍春水不分昼夜地待在醋园里,不再回家和老婆睡在一张床上,就知道他是在预备采枣芽炒茶了。"你说咱们工头,是不是害怕女人阴气重,沾染过女人,会损耗了枣芽上凝结的阳气,降了功效?"每一年,在伍春水准备着采枣芽那些天里,陈芝麻都要在伙计们中间来回穿梭着,把醋园里的人挨个问上一遍。当然,陈芝麻和所有人都不知道的是,每年到鹊山上采枣芽这天,伍春水还会将落在山腰一棵松树下的新鲜喜鹊屎捡起来,混入黄蒿的汁液和露水,调制成一种"富贵油",用新鲜艾草球将这种"富贵油"涂遍全身上下。"从头发丝到脚趾,一个地方也不能漏下。"这是他们家传的一个秘密,他父亲给他说,曾经有个得道的老道士告诉他爷爷,从他爷爷开始,待他们家身涂这种"富贵油"的第三代人,两只脚不能再攀到鹊山上时,他们的后代就将成为全涑口最有权势的人。而伍春水正是那个涂抹富贵油的"第三代"人。

　　枣茶既驱邪气,助十二经,又能补中气,安神养心。伍春水把这些茶送到大宅子里,老太太谁也不给,厉米多早晚给她请安,陪着她说话,她也只是隔三岔五地吩咐丫鬟,"给大太太沏上盏枣茶"。前一天南明珠回家,贸然说了几句"城里这两日正在游行闹独立"的话,第二天早上,连下人们都察觉出了,他们的女主人厉米多,定是又在夜里"犯了夜游的毛病"。她脸上没了一丝往日那种宝色,气象晦暗,无精打采,到婆婆屋里请安时,一落座,就在那里低垂下头,来回地拿手指甲掐起了衣边。厉米多夜里游荡着不睡,南海珠自然就不能睡得安稳。老太太打发人把儿子叫到跟前,问他:"米多是不是又成夜地折腾了?"南海珠的回答,果然和她猜测的一样。由于心里恐慌,南海珠一离开,他母亲就让丫鬟备好了安神茶,并特意叮嘱她们:"不拘大太太什么时辰过来,都要让她喝上盏枣芽茶。"

那个马戏班子在洑口逗留了四天,离开后,就再也没回来过。而那四天里,南怀珠一直都在马戏班子周围转来转去,远远地盯着那个在他鱼钩上变出鳄鱼的男人,试图寻找到一个机会,让他把那个能变出鳄鱼的戏法教给他,或者,偷偷带着他离开洑口,让他加入他们的马戏班子。为达到这个目的,马戏班子在洑口表演四天,南怀珠就抱着鱼竿,在用黑布搭盖起来的场子里面,看了四天他们的表演。那几天里,他意外地发现,那个给他变出鳄鱼的人,不仅能徒手在半空里变出鳄鱼,还能让他的手指发出亮光,把白天变得如墨汁一样黑,并且能让围观的人,看见夜空中璀璨的群星。更加诱惑人的是,如果谁想要伸出手去摸摸哪颗星,这个人只要交上十块银圆,随变戏法那个人爬上悬在场子中央的一架绳梯,再跟着他念几遍咒语,然后把手递给他,他的手就会带着那只想摸星星的手,去摸到那颗星星。这种摸星星的表演每天只进行一次,全场只有五位观众能享受到这种独一无二的荣耀和幸运。名额有限,为了争到摸星星的权利,有几个男人甚至在那里厮打起来。还有人偷着跑去找到了马戏班子的班主,提出多拿十块银圆给马戏团,让他得到一个名额。但是,那个人的要求被班主一口就回绝了。后来有人站出来提议:"干脆用掷骰子的方式,来决定名次。"很多人举手表示同意,可更多的人表示不同意,说掷骰子难免会有人捣鬼出千,这样选出来的结果一定不会公平。再后来又有人提议,干脆根据"个人家产跟自身在洑口的身份地位和名望来决定"。这个提议仍然遭到了拒绝,因为场内有相当一部分观看表演的人,他们不是洑口当地居民,而是来自山西陕西安徽河南一带的盐商和粮商,还有博山的

178

玻璃商和宁波的丝绸商。场面越来越乱。有人在趁乱喊叫着，要把场子砸烂。最后，马戏班子的班主不得不出面，让人牵出一只看步态就无比饥饿的东北虎，在场子内转两圈，之后又由那个变戏法的人亲自主持，以十块银圆起价叫卖，每轮选出一个出价最高的人，才制止住了一场混乱。

那天，出钱去摸星星的五个男人，同时选择了摸织女星。

"我摸到的织女星真是软和啊，弹好的棉花团似的，应该是摸到了他娘的织女的奶子。"第一个上去摸星星的男人从梯子上跳下来后，手舞足蹈地哭着说。

"怎么会呢，老子摸到的东西不仅不软和，还冰凉冰凉的，简直是块被冻住的石头！"

"我摸到的织女星烫手得很，像摸着了一团火，烤得我手指尖都在钻心地痛着呢。"

几个摸过星星的男人，感受虽然不尽相同，却是一样地满脸兴奋，仿佛吞下了一粒让他们浑身都在产生剧烈热量的神药。为给身体散热，他们就在人群里游荡来游荡去，靠别人的体温吸走他们身上那些过多的热量。尤其说自己摸到织女奶子的那个男人，几乎是疯癫起来，满场子里乱窜着，高高地举着摸过星星那只手，让人伸出鼻子去闻，上面是不是有织女奶子的香味。

"仙女的奶子呢，香味是不是不一样？"他挨个人问着，一边响亮地抽动着自己的鼻子，直到因为呼吸急促而窒息着，躺倒在地上。

最后一天，也就是马戏班子要离开泐口那天，那个变戏法的人再次把天空变黑后，扬言"今天不再挑选人去天上摸星星"了。正在很多人顿足失望时，他将身后一个花骨朵般的女孩子托举起来，往天上一抛，那个女孩子就在几颗星星中间，变成了一个人头蛇身子的美艳女子。接着，那个香艳的蛇身女子张开口，从口里吐出个年轻貌美的男人，那个男人又张开口，从口里吐出个貌美如花的年轻女人。"大家看，这就是我们人类的始祖，创造了人类的女娲娘娘，为人类造出的第一对夫妻。"那个人用一根发出亮光的手指，指着那个人头蛇身子的妖艳美女，说如果谁愿意掏出一千块银圆，就可以和这个人头蛇身子的人类祖先，女娲娘娘，共同生活上一天一夜，"并且，还能够和她手拉着手，相互搂抱着，飞到缺了一个角的天边去，取出女娲娘娘含在嘴里的通灵宝玉，再去补一次天……"

南怀珠脑子里来回晃动着那根发出亮光的手指。马戏班子离开浂口那天，是在傍晚，他一直跟着他们走到了河边。"带我走吧。""求您带我走吧。"他默默地想着自己当年不断在心里重复的那句话。那时候，他最渴望的一件事情，就是那个人能突然改变主意，把他带走，而他最终能跟他学会变出一根发光的手指。但是，那个被马戏班子里的孩子们叫作"黄师傅"的人，既没有教他变戏法，也没有把他带走。他只是对他说，天下最好玩的变戏法，"是把一个世界，变成另一个世界"。他不明白他那些话是什么意思。他告诉他，他现在还不需要明白，"你只要心里记住这句话就够了"。那天，在乘船离开浂口前，那个黄师傅在河边温和地笑着，伸出他那只会让手指发光的手，抚摸了一下他的头发。

南怀珠和他的客人们，都被他母亲强行留在了南家花园。比起白天在谘议局里呼吸的那种怄着烟火和屁臭的空气，南怀珠想了想，觉得留下来住一宿也好。"起码，这里的夜空比城里头更辽阔，更利于我们坐下来冷静地思想。"他嘻嘻哈哈着对两位客人说。与刚吃过晚饭那会子相比,月亮在院子上空洒落下来的光辉,愈加明亮透彻。在月亮周围,几颗星星也镀了银光,浑身都在熠熠地生着光辉。

按照事先商定的计划,在南怀珠被母亲叫进屋子里说话那会,谷友之带着第五镇里姓姚的那位帮带,离开了南家花园。大约过了两个钟头,两个人骑着马,又一前一后回到了这座大宅子。两个人离开时,南海珠没有询问他们去哪里。他只是盼咐热乎到马棚里给他们牵出马,把两匹马牵到了大门口,而且嘱咐那个孩子,要"一直在大门外候着,直到他们回来"。两个人回来后,南海珠和他的兄弟,以及那个叫鹿邑德的副议长,已经在院子里待了一阵子。南海珠仍然没有询问他的兄弟,那两个人外出干什么去了。空气有点清冷,但是那种让人头脑感觉非常惬意和清醒的冷。从站到月亮底下,三个男人就围绕着天上那个蟾宫,高声谈论着与它有关的诗词和几个写诗人的逸闻趣事。

家里的女人和下人们,都被南海珠赶着,回到了各自的屋内。他只留下了热乎。厉米多是第一个被他赶走的人,接下去是南明珠。在南家花园里,南明珠的闺房,一直保持着她和谷友之结婚前的原状,并且跟原先一样,仍然由周约瑟的老婆,那个干净利索的瘦小女人,每日按时走进去,开窗透风、打扫收拾、整理床铺、晾晒被褥、熏香,一道程序也没减省过。

"怎么样,情况怎么样?有没有我们想象中顺利?"一进客厅,南怀珠就迫不及待地拉住了那位姚帮带的胳膊。"快说说,他们最后是个什么想法?"

几个人开始交谈时,南海珠坐在一边,一直保持着沉默。从谷友之把热乎支开,他就猜出,他们接下去要说的事情,肯定跟那个"独立",以及他们外出办那件事有关。他默默地坐在门旁,假装漫不经心地喝着茶。那四个人则脸对脸围坐着,像谈论诗词歌赋一般,在搅弄着风云。

南海珠的手指在膝盖上默默地写着"独立"。那个美国人戴维,曾经在这间屋子里,讲过他们国家那个《独立宣言》。"《独立宣言》是人类送给自己的另一个崭新生命。"那个美国人说。南海珠看着面前几个交谈的人,不知道他们想要的那个独立,会不会也送给他们另一个崭新的生命。不管史书上有没有记下一笔,他想,哪个朝代的更替不是兵戎相见、横尸遍野、鲜血淌成一条条河流?现在,一群肚子里装满诗书的人,却在凭着他们脑子里不着边际的胡思乱想,凭着"革命"那两个字,就想要推倒皇帝,重新划分天下。"我们走在黑暗里的日子太长了,现在,得有点光亮。"在那间堆满杂物的屋子里,他的兄弟对他说。直到此刻,他仍然没琢磨明白,他兄弟嘴里说的那些黑暗和光亮,是不是他自己脑子里钻出来的一种想法。他不懂革命是个什么雀鸟,能飞到什么地方去,但他知道另外一点:那就是人心莫测。那些能把"革命握在手里把玩的人",人人都会握有另一卷专门用来念给他人听的经书。

"尽管我们不愿承认,但从今日之结局看,我们共和派的人还是太软弱、太轻敌了。"

南怀珠说他早就料想到,从北京请来的那几位沽名钓誉的先生,完全等同于引狼入室。他到眼下也没弄清楚,到底是谁以谘议局的名义,提议并去请来了那些人。另外,有多少人附议过这件事?要是谁都可以拿谘议局的名头去做这样那样的事,那他明天是不是也能去商埠里叫回几个娼妓,到谘议局里去开盘?他们请来的那几位,无非是些彻头彻尾的和平派跟逍遥派,这种人怎么可能与共和派站成一队、拧成一股绳?而眼下这种紧要关头,最可怕的就是这些左右观望,貌似保持中立的狗杂种们,那些各种各样的中间派!弄来弄去,他们倒唱起主角,成了左右局势的台柱子。"我早就知道,我们需要的是真正的行动派,不是那些画饼充饥的王八蛋。这些中间派不但是我们最大的心病,最后,也极可能是置我们于死地的那根稻草。事实证明,我保持反对意见的态度一点没错。正是这根稻草,成功地勒住了我们的脖子。所以,这次回来,我大哥尽管是以怀疑和警醒的语气,对我们正在做的事情提出了他的某些质疑,我还是认为,这些质疑很有几分道理。他说我们手里没有真刀实枪,没有新军第五镇的全力支持,没有足够的后备资源,我们有什么资本去与我们的对手相抗衡?就凭着我们的唇枪舌剑?"他环视一圈他的朋友,"我们都知道,武昌起义军之所以一夜占领武昌城,取得独立,不是他们坐在桌子前幻想出来的,也不是几派人在那里辩论,最后争论出来的胜利。他们首先占领楚望台军械库,有了足够的人力枪炮,才最终达到了目的。"他激动地朝南海珠那里张望一下,表达着对他那位兄长的某种尊敬。但南海珠低着头,始终没有去看他这位兄弟。屋子外面的月色透过玻璃窗落进来,落在他旁边的案几上,像水一样流淌着,一层层荡着涟漪。他把手放在那些布满涟漪的水里,感觉它们竟像外面的空气一样,是清冷的。

那位一直在低头吸烟,来自南沂蒙县的副议长,抬起头看着众人说:"我也来说两句吧。目前,尽管暗流涌动,有各种意想不到的困难需要我们克服,我个人还是坚信,咱们取得独立只是个时间问题,而时间,从来不会放过任何一个给人类制造惊喜的时刻。比如在今天,就有一件令民众吃惊和意外的事情发生了,朝廷已于今日颁布文告,承认我们同盟会革命党的合法地位。这是什么?这就是太极。太极生两仪,两仪生四象,四象生八卦,八卦生万物。世上既然有万物，事情就有万千种变化和可能。"他显得非常乐观，声音里满怀着豪情，就像他曾经告诉人们，他是怎样激情满怀地娶回了一个日本女人做老婆时那样。他说着话时，心里的确也正在想着他那个樱花般漂亮的日本老婆和他们的儿子。他是跟着东京帝国大学里一位同学，到他位于大阪的家乡去观赏樱花时，在樱花树下见到的那个姑娘。他一下子就迷上了那些樱花，同时迷上了那位姑娘。她是他那位同学的妹妹，长得如同他初次看见的樱花一样妩媚、婀娜、动人。后来，在他们结婚后，她告诉他，正是由于她哥哥欣赏他的才华，才把他带回了他们的家乡，让他在樱花树下见到了她。从那开始，他就喜欢对他的"樱花"老婆说，他是掉进了一场"早有预谋的幸福爱情里"。

"不错，他们现在就是像老鹰那样，高飞着，在星宿间搭窝，我们也要把它们拉下来。明天还要在谘议局里继续开会，不管三天后朝廷如何答复，在明日的大会上，我们都要不遗余力地鼓吹、摇旗呐喊，把声势造大，火头烧得越旺越好。煽动起大家的情绪，坚决战胜那些摇来摆去的官僚派和平派狗尾巴派驴屌派，要求立即宣布山东独立。"南怀珠盯住谷友之看着。"泺口巡防营那边，就由你继续去联络和督促他们。要是他们觉得我们给出的条件不够高，不论他们提出什么要求，你都先允诺下来。不管用什么手段，总之，要千方百计地笼络到他们，让他们成为我们的左膀右臂。眼下的局势已处于万分紧急状态，现实不容许我们放弃任何可以为我们所用的力量。当然，如果老天保佑，事情能在明天出现重大转机，独立事宜得到圆满解决，他们是否参加，都等于是一颗死棋。"他环视着谷友之和他自己带来的那两位客人。"我此时倒真是希望，他们就是一颗死棋。"

"从整个形势分析,我认为,我们第五镇的官兵不仅不会是颗死棋,还可能是决定这盘棋死活的最关键的那颗棋子。我说了,我们今天去找的这两个人,都是我们统制的亲信。我肯定比你们更了解他们。如果不出意外,我相信,天亮前,他们就会赶到统制家那座小洋楼的楼下了。只要他们能说动统制,让他参与进来,事情就没有不成功的。"

"姚兄千万别误会。"南怀珠说,"现在,我最担心的是谘议局里那些和平派中间派逍遥派们,可以说,他们是彻头彻尾的野狗派和狐狸派,各吹各的号。他们举棋不定,有可能最终被我们的对手收买,这是我这些天一直忧心的事。今天的事实证明,他们很可能已经被收买了。银钱会转化为某种看不见的力量,职位也可以明码标价。当然,对于野狗和狐狸,一泡屎或是一块臭肉就足够了。所以,前面我强调过,我们只有得到第五镇官兵的全力支持,才有可能完成这次独立大业,把这颗胜利的甜果子,牢牢地抓在我们手里,含在我们口里。"

"谷局长是新军出身,我相信他最了解我们。你们大家不必有任何疑虑!这点我可以用身家性命担保。"姚帮带摆摆手,转过身子,将他的目光落在鹿邑德身上,因为鹿邑德正在那里要求着他,希望他能够一字不落地再给大家讲述一遍,他们到巡防营里见到那位张姓帮带的整个过程。

"尽管我对独立充满了信心,但尘归尘、土归土。这会儿,我还是想弄清楚,你们和巡防营里那两位先生谈话时,各自说出的每句话,包括你们说话期间,他们面部流露出来的表情。"鹿邑德要求道。

"你想干什么?"姚帮带让后背离开椅子,瞅眼旁边的谷友之,满脸不悦地说道,"我想,我和谷局长,我们还能分清楚真假话与好赖人。"

"我们不要企图徒手摘下漫天繁星。"鹿邑德笑着提醒众人，在很多时候，人们都习惯自作聪明，把蠓虫子过滤出来，却把骆驼吞咽下去。"尤其是在眼前这种攸关生死的十字路口上，各位在会场中也看到了，表面上各方都在做着最大限度的取舍和让步。但是，"他盯着大家，提高了声音，"任何一丝我们事先估算不到的风险，都可能葬送了你我，葬送了整个山东独立的命运。在这种紧要关头，我们没有半点讨价还价的余地。现在，我们每个人需要做的，除了热情和激情，就是谨慎再谨慎，决不能只听一个人嘴上在说什么。"

"您相信，会有人把他的想法写在脸上？今日在谘议局里，您可都看清楚了？"

"所以，从现在起，我们要尽可能地早点观察出那些将给我们带来危险的蛛丝马迹。要防备作恶的小人，也要防备那些犬类的伪君子。"

"防备犬类？您这是从东洋人那里学来的笑话吧？我在这里需阐明一点，我这两只浊眼，可不是那些洋人弄来的照相机，能把一个人脸上的东西全都拍照下来。什么鼻子、眼睛、头发、眉毛、瘊子、胎记，还有你要那些稀奇古怪的什么表情，一样不落。当然，更不可能把人拍成犬类鸟类。"

"但在很多时候，我们确实需要看到藏在一张脸后头的东西。要做到时刻保持警惕，不能稀里糊涂地赶着羊进了狼群。"

"因此，我们就得学会灵巧如蛇对吧？可惜姚某是个粗人，不比你们留过洋的文人墨客，肚子里尽是些弯弯绕的玩意儿！"

两位客人在那里争论起来。谷友之坐在他们旁边，脸上带着微笑，看着两个争论的人。

白色月光将玻璃窗子照得一片明亮。南怀珠起身走到窗子前，从窗子里望着天上那颗月亮。尽管他们站在院子里那会儿，一直在谈论着跟月亮有关的诗词，他却没有半点心思去望上一眼天空中的月轮。"多么好的月光。"他在心里对自己说，"在下一个月圆的夜里，它肯定会彻底不一样了。"

有关织女的传说之二：

《博物志》：旧说云天河与海通。近世有人居海渚者，年年八月有浮槎去来，不失期。人有奇志，立飞阁与槎上，多赍粮，乘槎而去。十余日中，犹观星月日辰，自后茫茫忽忽，亦不觉昼夜。去十余日，至一处，奄至一处，有城郭状，屋舍甚严，遥望宫中多织妇，见一丈夫牵牛渚次饮之。牵牛人乃惊问曰："何由至此？"此人具说来意，并问此是何处，答曰："君还至蜀郡访严君平则知之。"竟不上岸，因还如期。后至蜀，问君平，曰："某年月日有客星犯牵牛宿。"计年月，正是此人到天河时也。

第十三章　宵　禁

　　南海珠起身走出屋子。在门外，他瞅见了立在门口一侧的热乎。他手里提着那只杜瓦瓶，像是正在犹豫着他的两只脚该不该迈进客厅里。这只杜瓦瓶是两只保温瓶中的一只，一直放在南海珠的房间里。另一只，则在他母亲的屋子内。它们是洋女人马利亚带进南家花园的第十件"洋玩意"。
　　"烧开的热水装在这种杜瓦瓶里，一个星期都会是热的，一点也不会变凉。在夏天里，如果您把冰块放在里面，它们同样也不会溶化。"五年前，洋女人马利亚把两只保温瓶作为新年礼物带进南家花园时，曾经这样给他们做过介绍。南明珠则说，马利亚是专门写信给她在上海的父亲，让她父亲转托朋友，花了半年时间，才将它们从英国带到了上海。但马利亚没有告诉南明珠，更没有告诉南家花园以外的任何人，在带它们到中国来的过程里，这两只杜瓦瓶跟随着携带它们的人，都游历了哪些地方——它们乘着轮船，不但经过了两个大洋，大西洋和印度洋，中间还穿过了地中海和红海。它们从伦敦传教会出发，先是到了罗马，然后又到了巴勒斯坦和耶路撒冷，还到了埃及和孟买。因为携带它们的那个人，是罗马天主教驻上海主教的一位朋友，一路上，那个人带着他的主教朋友写给他的信，游历了七个国家，拜访了至少十二位他在宗教界里认识和不认识的圣人及朋友。他喜欢研究各种宗教派别，阅读各种稀奇古怪的有关基督教和天主教教义的书籍，甚至包括中世纪的作者和现代神秘主义者写的关于犹太教教义和伊斯兰教教义的一些书籍，并在这些书籍里，收集和接受了许多千奇百怪的教条。所以，在侍奉完上帝之余，他大部分精力都花在了研究各种奇怪宗教团体和形形色色的教义上面，几乎达到了痴迷的地步。不幸的是，在他结束那趟漫长旅行，抵达上海后不久，就在一场没有诊断出任何病因的疾病里，突然离开了这个世界。而那时候，这两只杜瓦瓶还正在由上海到溴口来的路上。

"老爷。"看见南海珠走出来，热乎小心地叫声老爷。

"你在这里多久了？"

南海珠背着双手，在热乎脸上扫一眼。那张忠诚而年轻的脸，被月亮的冷辉笼罩着，一脸的安静。他没有看到他认为会有的那种惊慌失措。"老爷，我刚过来，您就出来了。""那就好。"南海珠点下头。"进去放下水就出来，跟我到厨房里去。"他说。

热乎瞅着落在脚面上的月光，想了一下周约瑟。就是从这天晚上开始，他会一点点地改变着之前对周约瑟的所有成见。他一直都在厌恶这个车夫。厌恶看见他，更厌恶和他说话。尽管他是藏在周约瑟那辆沾满醋酸的马车上，周约瑟带到溴口，并最终把他送进南家花园，给他找到了一个活下来的"家"。不过，这些仍然不能抵消他对这个车夫，以及醋园里那帮伙计的痛恨。因为至今，只要不当着主子的面，他们见了他，还是会称呼他"小婊子养的""小婊子养的，过来""小婊子养的，说说，太太们是不是经常偷着给你吃好东西"。他们根本不知道，他有多么恨"那个婊子"。不管是在南家花园、在醋园，还是走在浞口的大街小巷里，甚至站在黄河岸边看着河水，他心里从来也没有忘记，他，一个被人叫作热乎的男人，是个"婊子"生养出来的杂种，尽管他不知道生他那个婊子到底被卖到了哪里。

那个"婊子"被官府抓走时，他一路尾随在他们后面，到了关押她的南关。然后，他就一直在那座院子外面守着，等着她被放出来。后来，他看见她跟着一个车夫，从那个院子里走了出来。她的头脸被一块旧布子包裹得严严实实。他看不见她的眉眼，但她穿在身上的那条石榴红裙子，他却认识。那是在马市街口给骡子、马钉掌的一个烂鼻子老头送给她的。他瞅着她被拉上了那个车夫的马车。再后来，趁着那个车夫低垂着脑袋，在人群里手忙脚乱地拉着骡子掉转车头的工夫，他飞快地爬到马车上，钻进那条红裙子里，在里头藏了下来。那时候，他脑袋里只存了一个念头——就是被人打死，他也不能离开她。直到马车停下，他被那个车夫从裙子里拎出来，他才弄清楚，他跟错了人。但他已经没有办法回去了。他一路藏在那个女人裙子里，根本不知道，他被那辆马车带到了一个什么地方。

两只脚走在客厅里时，热乎又快速想一遍周约瑟对他说的那几句话。他一直想弄明白那些话的意思。吃过晚饭，他按照太太厉米多的吩咐，一路小跑着到了周约瑟家里。然后，他喘息着，站在那个他从来没喜欢过的院子里，鹦鹉学舌般，将太太的话重复一遍。他从来都是站在院子里传话，一次也没有走进车夫住的那座房屋里面。他跟厌恶周约瑟一样，厌恶把他藏在裙子里，将他带到这儿来的"那个娼妇"。在大宅子里，他也在躲避着她。醋园里的伍春水，一直在叫车夫的老婆"那个娼妇"。他听了几次，也开始在心里这么叫她。"那个娼妇。""那个娼妇。"他在心里这么称呼着她，胆子和声音都在一天比一天变大。

在那个院子里，他转过身子，匆匆地准备朝外逃走时，周约瑟破例从屋子内追了出来。他走在周约瑟的前面。耳朵里听着周约瑟跟随他走出了大门。他不明白他要干什么。在门外那棵差不多有一抱粗的梧桐树下面，周约瑟叫住了他。"这些日子，尤其在大宅子里，要是有什么不该听见不该看见的事，你最好是听不见也看不见。你只记住，剪虫剩下的，蝗虫来吃；蝗虫剩下的，蛹子来吃；蛹子剩下的，蚂蚱会来吃。"周约瑟声音缓慢地说着，似乎他说快了热乎会听不懂他在说什么，或者，那些话就会像风一样刮跑了。事实上热乎的确没有听懂。他在那里愣了一会儿，就像不明白大家伙为什么叫这个人瘸子那样，不明白这个车夫在唠叨什么。等他抬头去看车夫时，车夫已经回到了他的院子中。即便在月光下，那个院子也显得非常干净。这让他每次来到这里，都会觉得，这么干净一座院子，一定不是这个车夫和那个肮脏娼妓该居住的地方。

吃过宵夜，谷友之告别城里来的几位客人，离开南家花园时，南海珠一直把他送出了大门。然后，他站在那里，看着热乎把马牵到这位巡警局长身边，又看着他接过热乎递过去的缰绳，骑到了马背上。

"已经半夜了，回去早点睡吧。"南海珠这样说着，脑子里却在琢磨，巡警局里那个能把人说话的声音传来传去的电话，南家花园里什么时候也能安装上一部。那样，南怀珠在城里，就可以直接把话传到他耳朵里了。

"您也是，您也早点睡吧。让大家都早点睡。"

谷友之端坐在马背上，两条腿夹了夹他那匹白马的肚子。白色月光给他和他那匹白马,都镀上了一圈闪着寒光的银霜。

谷友之骑着马离开后,南海珠没有立即转身回家。他站在一地泛着水色的月光里,望着谷友之和他那匹马,望着马身上晃动的白光,一直到那匹马的身影消失在路口两条街交叉处的月色里。在那里,月光仿佛一条大河那样,在静静地流淌着。那些流淌的河水尽管悄无声息,可南海珠仍然觉得,它正在卷走很多他用肉眼无法看见的东西。"那也许是些潜藏在水底的鱼虾,也许是一些从来也没人知道和认识的什么东西。"他在心里对自己说。而在谷友之消失的那个路口,南海珠看见,谷友之没有让他和他那匹马,朝他和南明珠居住的那座宅子的方向拐去。他们,那匹马和骑在马上的人,一起拐上了另一条路,去了另一个方向。那个方向通往谷友之办公的巡警局。当然,它也可以通往其他任何一个地方。

"老爷。"几分钟后,站在南海珠旁边的热乎,小声地提醒着他的主人。"老爷,已经看不见那匹马了。局长老爷和他那匹马,都看不见了。"

"回去吧。"南海珠转过身,耳朵里响着马蹄子踏碎的一地寒霜,吩咐热乎关上了街门。"很多东西就像这些月亮光,有些会被你关在门里,但也有一些会被你关在门外。"他对小跑着追到他身边的热乎说。

"我没明白什么意思,老爷。"热乎说,"但我知道,您说的话都对。"他声音里充满着只有年轻人才会有的某种力量,这种力量让南海珠不由得扭转脸朝他看一眼。"我是不是说错话了,老爷?"发现南海珠看他,热乎赶忙收了下步子。他发现自己因为这些耀眼的月亮光,一时大意,居然和老爷并着肩在走路,而不是像平常那样,跟在他身侧一步远的位置,不朝前多越半步,也不朝后落远半步。

"你今年多大了,"南海珠问,"十五还是十六?"他想着自己那两个远在格拉斯哥的儿子。这两年里,他一直都在懊悔着,不该听他兄弟南怀珠和妹妹南明珠的话,更不该受那个洋女人马利亚的蛊惑,让她父亲通过教会把他的两个儿子弄去了英国,学习什么"西洋科技"。

"我已经十七了,老爷。"热乎回答道。

"十七了?"南海珠扭头打量热乎一眼,又打量一眼。这个孩子居然已经十七岁了。他还没有发现热乎长大,热乎就长到十七了?"那你觉得,咱们南家花园好不好?"

"在泺口,再也没有比这里更好的地方了。"热乎疑惑地瞅着他的主人,不明白南海珠为什么会问他这种话。南家花园当然是个好地方,单是花园里那些铁树,城里面那个半弓园都没法和它比。前年南家花园里的铁树开花,整个济南府的人差不多都拥到了泺口。那些日子,泺口热闹得像一锅开水里浮动的茶叶片,家家户户都住进了亲戚,每天在街上排队的人,一眼看不见头尾。有人甚至扛着铺盖在排队。杂货铺子里的那个来家祥说,要是南家花园的人肯像卖盐引子那样,跟前去赏花的人收钱,哪怕一个人收两个铜板,收到的钱也能再造上半座南家花园。

因为不明白主人的意思,热乎把后面的话咽了下去。这些年,他白天黑夜里都在担心着自己会不会什么地方做错了,惹了老爷生气,然后被赶出南家花园,或是把他发配到醋园里去,天天跟死瘸子和那个伍春水在一起。他讨厌假瘸子和伍春水,也讨厌醋园里那些混杂着酸气和酒气的味道。他已经强迫自己戒掉了喝醋的毛病。现在,那些醋醋的味道,总是让他忍不住想到酒鬼,想到他们喝醉后呕吐出来的那些肮脏东西。在他记忆中那个家里,几乎每天,他都会看到一些摇摇晃晃的酒鬼走进去,把他们又酸又臭的呕吐物吐得满天满地:有时候是在院子里,有时候是在屋子内,有时候是在床上,而更多时候,他们都把它吐在了他母亲的衣服上、头发上,甚至是一丝不挂的身子上。

"要是有人想用一把火把它烧了,你会怎么办?"

"老爷,您说……一把火烧了什么?"

"烧了咱们南家花园。"

"我敢保证,没有一个人敢这么做,老爷。别说烧,谁要是敢举着火把靠近南家花园一步,我也会跟他拼命,把他扔进黄河里去喂老鳖。"月亮穿过了一块薄薄的云彩,照得地面比刚才还要亮。几竿竹子的影子,在地面上轻盈地摇动着。热乎犹豫了一下,还是紧跟了半步,让自己靠南海珠更近一点。好像他靠主人近一点,就能知道,谁会有这么大胆子,敢打这座南家花园的主意。

"你现在还不能理解,舌头是个柔软的东西,有一些话说起来很容易。"南海珠听着热乎由于紧张和激动而变粗的呼吸声,他忽然意识到,在这个孩子面前,自己或许得调整一下情绪。很显然,他的情绪已经影响到了这个孩子。这还不是个什么事情都能懂的孩子,尽管他一直在有意识地教他些东西,还让管家教会了他识字和珠算。但是,这个世界上一定会有很多东西,是他现在还不会知道的。就是等到有一天,到了多少年之后,有些事情他也仍然不会知道得十分清楚。

"我知道,老爷。"

"这会你又知道什么了?"南海珠笑着问。

"我知道,老爷说什么都对。"热乎有些奇怪,既然知道有人要来烧南家花园,老爷为什么还会笑。他快速地猜测着,在泺口，哪个人有胆子来烧南家花园。想一圈，又想一圈，他还是没想出来这个人会是谁。他认识的任何一个和南家花园有交往的人，他觉得他们都不会有这份胆量。哪怕有人答应借给他们十二个胆子，也没有人敢这么做。

谷友之独自一人骑着马离开了南家花园。他从来不在这座大宅子里过夜。哪怕南明珠留在那里，他也一定会像现在这样，坚持着离开，回到他自己的家里。走到朝他住宅拐弯的路口时，他犹豫一下，晃了晃那匹马的缰绳，还是让它走向了与他那座宅子相反的方向。那个方向通往巡警局。他想直接回他在巡警局的办公所。下午，在他离开巡警局之前，巡警来福和伍金禄带人去妓院里抓回了两个人。在其中一个人身上，他们居然搜出把压满子弹的短枪。来福兴冲冲地跑进他的局长办公所，满脸喜色地汇报着，并将他们从来没有见过的一把"半旧"的短枪，放在了"局长专用"那张桌子上。他摸起来看了看，居然是把美国人新造出来的"勃朗宁"。而他见识这种手枪的时间，还不足一年。他是去年圣诞节那天，在美国人戴维的会客室里见到这种枪的。"这是马利亚的父亲，送给我们的新年礼物。"戴维把一把形状像中国女人缠裹的三寸金莲，完全可以用"小巧玲珑"这个成语来形容的手枪，摆放到他面前，对他笑着，说他一定"有兴趣欣赏它"。"这是一把'勃朗宁'。它的名字来自它的设计者，一个叫约翰·摩西·勃朗宁的美国人。"戴维介绍着那把枪的设计者。"约翰"在希伯来语里的意思是"仁慈的上帝"；"摩西"，则是"水中的救赎——似基督者"。他听见谷兰德先生趴在他耳朵边说。戴维摇着头，看着他们面前的枪支，说他个人虽然不喜欢用枪这种玩意防身，觉得它们的出现一定是人类对上帝最大的污蔑，但是，这一点也不妨碍这把"勃朗宁"自身在这个世界上所拥有的名誉和地位——全世界最先进，也是个头最迷人的一种枪支。"实在是太迷人了，简直就是个美丽的东方女人。"戴维眼神迷醉地看着那把勃朗宁说，"不，就是个迷人的中国美女。"

离开巡警局前，谷友之将来福上交的那把"勃朗宁"拿在手里，翻来覆去地观察着、检查着它的撞针和扳机。包括所有对那把枪来说至关重要的地方，全都毫发无损，没有任何方面出现影响它使用的问题。唯一的问题，就是看上去"破旧了点"。他笑了笑。因为他一眼就能看得出来，它的那种"旧"，不过是持枪人花了点心思，像个坏良心的古董商人，蓄意把一件新物品弄成古董那样，悉心将它做旧了。"先把人关起来吧。看管好了，等我回来再说。"在去年圣诞节见识到那把"勃朗宁"之前，谷友之身上携带着的，是戴维先生帮他购买的一把"柯尔特"。"林肯先生给了美国黑人奴隶们自由，而柯尔特使这些奴隶们获得了平等。"给他带来"柯尔特"那天，戴维先生笑着对他和他的太太南明珠说。他想着那个洋人戴维给他炫耀这种"世界上最先进"枪支时的表情，将那把枪放进抽屉里，随手锁了起来。

这个月份，真正的寒风还没有从西北方向刮过来，蛮横地跨过黄河，恩威并施着收走树上生长的所有树叶。不过，就算气候适宜人们自由地在外面行走，这个时辰，街道上仍然鲜有行人。这是一个几乎人人都懂得安分守己的地方。大多数人都在自觉地遵循着"日出而作，日落而息"的古老法则。

"法律在这个地方，差不多就是形同虚设。"谷友之在和戴维谈论到沵口的治安情况时，他总是会以此为傲。"当然，这要除去其中那一小部分，甚至用不上'部分'这两个字，也就是那几粒老鼠屎，想在黑夜里行苟且之事的孬种。"事实的确也是这个样子。剔除了那些处心积虑，欲趁着夜色偷鸡摸狗的下三滥，剩下来的所有人家，差不多都会在半夜里安静地进入睡梦。至少是会安静地躺在床上，或是像一条凳子那样守在屋子里。"这都是你这位巡警局长的功劳。我想，你是一位再称职不过的地方治安官了。"有时候，戴维，那个美国人，会用他那种美国人开玩笑的方式，这样和谷友之开着玩笑。

每到这种时刻，谷友之都会笑一笑，对这个美国人的玩笑话不去表示赞同，也不会表示出任何相反的意见。除了宵禁，有时候他会觉得，这种安宁的状态，有很大一部分原因，也许是因为老天，或者戴维和马利亚这些洋人们嘴里说的那位上帝，让人们在睡觉时拥有了"梦"这个东西。不管这些人在白天的日子过得怎么样，是一日三餐揭不开锅，还是富有得拉尿都有人拿金盆子银盆子伺候，但在他们进入梦乡后，老天送给每个人做梦的权利至少是平等的——白天为吃喝忧愁的人，可能会在梦里拥有着，他平日没有任何机会得到过的某些快乐和喜悦；白日里一掷千金的人，偶尔也会在睡梦中惊魂不断，满世界跑遍了，却找不到半寸可以让他藏匿的安身处。"在这点上，老天应该是公平的。"在他想到这些关于梦的奇怪问题时，他还会这样想，"只是，那位老人家在计算一件事情的好与坏时，他使用的规则与方法，还有运算的时间与方式，人类从来都不能正确地去理解。"但这没有办法啊，他最后给自己总结，人就是人，不会是别的，不是神仙，也不是石头瓦片。

南海珠带着热乎，拐上了一条狭窄的小径。这条小径通往他父亲曾经用过的一间旧书房。娶了厉米多后，夜里不愿回他们两个人的房内睡觉时，他就会去那里待着，直到天亮。他从来没有喜欢过他那位曾经饱读诗书的进士父亲，可他却喜欢那间书房里的气息。小时候，只要瞧见母亲一个人躲在房间里悄悄流泪，他就会偷偷地溜进这间屋子里，用父亲书桌上的笔墨，画出一只只奇形怪状的乌龟骂他的父亲。后来，随着进入那间书房的次数越来越多，他发现自己居然在不知不觉中背叛了母亲，可耻地喜欢上了父亲的书房。他在里面，坐在父亲的书桌前，很少再去画乌龟咒骂父亲。更多时候，他都是鬼使神差地在那里想象着，他父亲坐在这间屋子里时，除了读书习文，剩下来都会干些什么？接下来的另一个问题是：家里有这么好的书房，那个人为什么还要跑到几千里外的草原上去，坐在别人给他提供的书房里。当然，在他想这些事情时，还没有人和他谈起过"自由"。而他头脑里，也从来没有思考和闪现过自由这两个字背后，究竟隐含着多少丰富的含义。

"这个世界上没有谁说什么都对。不管他是有钱人还是贫穷人，也不管他是不是老爷，手里有没有权势。"

南海珠回头看眼被月色包裹住的热乎，想着客厅里那几个还在讨论独立的人。

"那要是皇帝说的话呢？管家大爷教我背书时，有句'君要臣死，臣不得不死'。管家大爷说，君就是紫禁城里的皇帝，皇帝让一个大臣死，不管这个大臣有没有犯错，他都要听皇帝的话，去死。要是这个大臣不听皇帝的话，不去死，皇帝就会揣测这个人是要谋逆。一旦被定下谋逆罪，全家老少都会跟着被砍脑袋，株连九族。"

"他什么时候给你说的这些？"南海珠问。

"前一天早晨。他让我跟着去河边找老水鬼，看看他有没有打上来团鱼，说二老爷上个星期告诉他，这个星期来家要喝团鱼鸡汤。"

　　热乎告诉他的主人，他们去河滩上找水鬼时，河里一群拉纤的人正好在那里歇脚。火神庙街上一个认识管家的人叫住了他们，说二老爷在城里做议员，南军攻打汉口的事，他们肯定比外人知道得多，让他坐下来给大家伙讲讲。管家摆着手，说他耳朵里从来不听浠口外头的事。绕过那些人后，他们站在水边上，等着水鬼收网上岸。后来管家教他背了几句书，背完后，就说了前面那些话。

　　这个男孩子忽然慌张起来。他发现自己说着说着，居然把他知道的那点想在老爷面前隐藏住的东西，唾液那样裹在舌头上，差不多都吐露了出来。因为惊慌，不仅舌头和腿，他的全身都在一个劲地打着战，几乎不能朝前挪步了。要是有可能，他想，他会立马就咬掉嘴里那条毒害他的舌头。两边的树木遮挡了一些月光，路面上是植物投下的一块块水渍样的阴影。恐惧让这个孩子差不多忘记了，这条小路两边，那些低矮的植物，都曾经长着什么形状和颜色的叶片。而从春天它们冒出枝叶，一直到秋天，它们身上的叶子落光前，他都最熟悉它们。哪株树上爱生什么虫子，他甚至比专门照管花草的两个园丁还要清楚。

　　"这么说，城里发生的那些事，你都知道了？"

　　南海珠踩着一节树干铺在地面上的影子，停下步子。他没有再转身去看跟在身后的男孩，而是仰脸看着头顶上的树冠。那是棵十分高大的芙蓉树。两只喜鹊在其中一个树杈上，搭建了一个看上去又大又牢靠的巢穴。现在，尽管有明亮的月光覆盖着鸟巢，里面的喜鹊们还是安然地进入了梦乡。

　　"我就知道一点，老爷。就沙粒那么一点。"

　　"那你说说，是哪一点沙粒？"

　　"他们说城里很多人，各衙门里的老爷，铺子里做生意的掌柜和伙计，还有学堂里的先生带着学生，都上街游行去了。"

"游行？没说是为什么事游行？"

"说是城里面要独……独立。"热乎紧张地攥着两只手，想把扑通扑通狂跳的心脏握紧，因为它正拼命挣脱着，像一头野驴那样，想从他喉咙里窜出去，跑走，先跑到河边，然后再骑上一节木头，逃到河的对岸或者更远的下游去。黄河连接着大海，大海连接着世界各地。那位老宣教士苏利士说。

天刚黑时，他从周约瑟家里回来，走过来家祥的杂货铺子，恰好遇到来家祥站在那里，和两个到他铺子里买东西的人在谈论"城里独立的事"。"来来，过来，热乎。"来家祥伸出条胳膊，把他拦了下来。"知道城里在闹独立的事吧？"来家祥问他。见他摇头，来家祥骂了他一句"傻小子"，哈哈地笑两声，说你小子整天被拴在那座大宅子里，是不是被你们老爷教训成一头蠢驴了，城里发生那么热闹的大事，你都不知道。"你都知道什么？"他问来家祥。"我知道什么？我知道他们在闹'独立'。"来家祥傲慢地看他一眼，继续哈哈地笑着。"那你知道'独立'是干什么的？"他心里掩藏的那些对"独立"的好奇，一下子都跳到了嗓子眼里。"谁知道它是个什么东西，反正是个热闹事。你们家那位记者老爷在谘议局里当差，他什么时候回来了，你去找他打探打探，自然就明白了。"来家祥在月光里盯住他的眼睛，不怀好意地看他一会，又说，"不过，我得先给你说清楚，这个热闹，恐怕不是你这颗小麻雀脑袋能琢磨出来的热闹。要是弄不好，最后，怕是这里就会咔嚓响一声，明白意思吗？"来家祥举起刀片样的薄手掌，朝他脖子上比画一下。

"那你知道'独立'是什么？"

"不知道，老爷。"热乎低头瞅着自己的脚面，嘴里嗫嚅着，声音小得差不多连他自己都听不清楚。现在，有一只手从月光里伸出来，已经紧紧地卡住他的脖子。他想象不出来这些掉脑袋的事，假如一件件从他嘴里说出来，接下去，老爷会发多大的脾气？会不会再让管家捆住他的手脚，把他关进那间臭气熏天的牲口棚里，跟那些马和骡子关在一起。他已经好几年没被关进牲口棚了。在刚进南家花园那两年，因为拿剪子去剪那些马和骡子的生殖器，他曾经被关进去过三次。最严厉的一次，他被捆住手脚，关在里面五天五夜。"在我没发话前，谁也不许给他吃喝东西。"南海珠看着那匹被剪掉生殖器后躺在地上流着血抽搐的骡子，在牲口棚前面狠狠地踢他两脚，气急败坏地吩咐着管家。"水也不许给他一口。"在离开牲口棚前，南海珠又一次警告着管家和围着那匹骡子观看的两个男人。那次，他在牲口棚子里喝了两次马尿。一回是他饿晕了过去，一匹马恰好把它滚烫的热尿尿到了他脸上；另一回，是太太悄悄打发人进到牲口棚里，拿块馍馍给他吃。他躺在两堆马粪中间，看了一眼那块馍馍，转脸就把嘴伸进了旁边一洼马尿里，喝了口马尿。他想让他们知道，他宁愿喝马尿，也不去吃那块馍馍。但是到最后，他还是接受了那些食物。

"这些，也是管家告诉你的？"

"是我到普安门去等二老爷，在街上听来的。"

"还听了些什么？"

"没有了。"

"没有了？"南海珠说，"不管有没有，从现在起你都得记住，要把这些没用的东西埋进肚皮里面去。不但要埋进去，还要用德国人修桥的那些洋灰，封住两片嘴，不让埋下去那点东西跟杂草样，在咱们这座宅子里冒出来。"

"知道了，老爷。我记住了。"

"知道就好。"南海珠在月光里挥下手，打发着这个男孩先到那间老书房里去。"把案子收拾一下，先不用掌灯。我在院子里再转一圈。"

南家花园里所有人都明白，"那间老书房"是指什么地方。刚进南家花园第一年，热乎曾经偷偷地爬上了挨着老书房的一棵榆树，想到那座房屋的"雀眼"里摸几只麻雀玩。一个打那里路过的老妈子看见了，惊慌得在树下连连跺着脚，大声呵斥着，说他准是浑身的皮痒痒了，想找鞭子抽。"这是老太爷的书房，老太爷就是在这里面念着书，考取进士的。你吃了熊心豹子胆，胆敢跑到这里来摸雀子。"等他从树上滑下来，那个白发的婆子又指着老书房，告诉他要想在这座宅子里待下去，那他什么时候都不能踅摸着跑到这里来摸雀子。春夏秋冬刮风下雨阴天下雪白日黑夜，没有一个香头那样大点时辰，能到这里来。"要是掏了这里的雀窝，破了书房的风水，看有没有人把你耳朵拧掉一个、手脚砍去一只。"那个老妈子吓唬着他，伸开两条短胳膊，撵鸡一样，把这个孩子给轰跑了。

"是，老爷。"

热乎答应着，小心地挪开步子，踩着满地绵软的月光，慢慢从南海珠身后蹭了过去。他想让自己的脚加快点速度，像只被猫追赶的老鼠，最好是像只猫那样，飞速地从这里跑开，逃离开主人的视线。"快点变成一只猫吧。快点变成一只猫吧。快点变成一只猫呀。"他在心里来回念叨着，盼望着自己真能变成一只猫。但是，他又担心自己变成猫后，突然加快的步子，会让扭头看见他走路的老爷生气。他知道，老爷一定在盯着他。他暗暗地留意过很多回了，他走路的时候，老爷时常会在背后盯住他看，仿佛是在盯着一件琢磨不透的什么怪东西，就跟他盯住水鬼身上的鱼皮衣裳那样。他一直没弄明白，那个老水鬼穿在身上的鱼皮裤子和褂子，还有鱼皮鞋，都是从什么鱼身上剥下的。"畜生，自己滚进牲口棚里去!"一旦南海珠改变了主意,他猜测,南海珠说不上就会这样在他身后吼上一声。在他最后一次被关进牲口棚那回,因为愤怒,南海珠就是这样对他吼叫的。他甚至看见,因为眼睛里在朝外喷火,这位老爷的脸都被烟火烤黑了。除了那次,他从来没见南海珠发过那么大的脾气。那回,他认定这位老爷一定是个疯子,只是,在平常不发病的时候里,让他看起来很像个老爷。

穿过运署街时,谷友之勒住马缰,让马蹄子在铺满白色月光的十字路口停了下来。他坐在马背上,跟往常在别的路口上停下来时那样,先朝四处张望一会。现在,除了运署街中间两家客栈和奎文街角那家叫"百乐坊"的妓院,还在门外亮着红彤彤的灯笼,整条街都被月色包裹得严严实实,就像女人的一只玲珑的金莲,被素长的裹脚布裹着,密不透风。他竖着耳朵听了听。一声狗叫的声响都没有。只有风像个东倒西歪的醉汉,漫不经心地穿过一些正在枯干或者已经枯干的树叶子。方圆一公里范围内,他耳朵里没有传进巡警局里那些巡夜的马蹄声。夜里宵禁后,只有他手下那些巡警和他们的马,才能像风一样自由地在他们愿意巡视的一条条街上行走着,满嘴里说着令他们发出嘎嘎笑声的浑话,并且不会遇到任何拦阻。当然,在实施宵禁前,偶尔地,他们也会偷偷懒,在某个角落里找个小馆子逗留下来,躲在里头彻夜地喝酒猜拳,一直喝到东方发白,河边纤夫们喊出的号子声,一阵阵钻进他们的耳朵眼里。如果不是汛期,遇到这种情况,他一般都会佯闭着眼睛,由着他们糊弄过去。这样,至少在接下去的半个月,或者一个月,甚至更长一点的两个月里,他们每个人都会让自己恪尽职守,尽着一个巡警该尽的那份职责,"尽量不给他惹出什么麻烦事"。

在巡警局门口跳下马,谷友之叫开了关闭的大门。值夜的两个巡警，是来福和胖子伍金禄。伍金禄的叔是醋园的工头伍春水。他和来福两个人，都是南明珠引荐进巡警局的。伍金禄打着哈欠拉开门，睡眼惺忪地对着谷友之弓下身子，手忙脚乱地从他手里接过了马缰。来福则在月光里打开了手电筒，给谷友之照着脚前的路。"这些稀罕东西，要节省着用。"来福明白谷友之说的是他手上的手电筒。他们都知道，这些手电筒，是那个美国人戴维先生从美国给他们弄来的。"是是，局长大人。"来福关上了手电筒的开关。"您这么晚了还过来，是不是发生了什么大事？"来福打开门，把手电筒放到桌面上，划着火柴点亮油灯。谷友之走了进去。每天夜里过了十点钟，巡警局里的电灯就会因为电灯公司里停止给电，而不再发出太阳光那般明亮的光线，继续把房间里每个角落都照得通亮。"一只虱子也别想在地面上隐下来。"来福一直都记着，浟口刚有电灯时，他那个开窑货铺子的父亲，在黑夜里给全家人描述电灯的这句话。至今，他父亲还一直把电灯叫"小太阳"。"等咱们发财了，也会给咱们家里，每间屋里都装上个那样的小太阳。"他父亲满怀憧憬地对他们说。"连茅厕里也会装上一个。"他母亲听了这些话，则在那里突然忧虑起来，担心他们家连茅厕里也装上了电灯，这样的事情一旦传出去，会不会让外人觉得"咱们是不懂节俭的人家，影响到儿女们以后的婚事"？那时候，拐走来福姐姐香艾那个年轻又聪明的小伙计，还没有从他的老家登州来到浟口，来到他们家的窑货铺子里。

"你去翻翻咱们那本浟口治安志，看看最近几年，浟口这块风水宝地上，除了黄河决堤，河水吞没庄稼地和一些人家的房屋，引发过两场饥荒，上年从关外传来一场瘟疫，还发生过什么大事？"谷友之靠在了椅子里。

"是这样，"来福说，"从抓到那两个人，搜到那把枪，我右眼皮就一个劲地在跳，跳得人心慌。因为这个，局长老爷，噢，局长大人,我一直在琢磨,城里闹独立那些人,到底算不算是乱党,会不会有人跑到沭口来?听人说,那些人一直都在等着南方的乱党北上,来帮他们宣布独立。"

"你得了空闲,跑到城里看热闹去了?"

"这绝对没有。我们下晚回到巡警局,伍金禄跟我扯闲篇,说他叔家的兄弟伍三羊从商埠回来相亲,给家里人说,城里闹独立那些人,现在已经炸开了锅。一个谘议局里,人就分成了好几派,在那里搞窝里斗,吵声、骂声、咳嗽声、放屁声,马蜂样嗡嗡地绕着树头乱飞,都快乱成被火点着的马蜂窝了。"

"他没说,那些人都在怎么个斗法?"

"说是分成了官僚派、共和派,还有逍遥派、温和派,好像连烂泥树根派都有,七大姑八大姨,一人手里攥把绣娘的花线,弄得人眼花缭乱。最后,反正是拧成了好几股麻绳子,扯来扯去,都想按自己的主意行大事,谁也不肯让出一根脚指头。"

"什么乱七八糟的玩意。拣重要的咧咧,别咬着尾巴根子添油加醋。他还说什么?"

"他还问我,要是有人让我去参加这样的事,我会跟着哪一派?"

"你是怎么答的?"

"我说想推翻朝廷,这可是掉脑袋的大事。"来福来回摸两下脑门子,仿佛旁边果真站个刽子手,举着鬼头刀,在盯着他的脖子和脑袋,算计着什么。"我给他说,我从来没想过这种事。不愿去想,打死也不会去想。"

"他接下去说没说,现在,就是眼下,有人让你去想呢?"

"他就是这么说的。我说要是真有人让我这么想,除非是拿枪口对着我脑袋瓜子,要灭我九族。不然,就是想上三天三夜,把脑袋想成装满水的猪尿泡,我也不知道该怎么答复他。真要我说实话,局长大人,不分萝卜地瓜,我哪个派也不想去凑热闹,就想老老实实地在咱们沭口,在咱们巡警局里,跟着局长大人您好好地干,当好一个巡警。"

"非常好。"谷友之说,"不管是谁,只要踏踏实实地跟着我,我早晚不会亏待他。"然后,他朝外面羁押室的方向抬抬下巴。"没问问那两个人,他们是从哪里弄到的枪?"

"问了,咬死了说是路上捡的。我告诉他们,从现在起,到明天日头出来前,要是再有人捡到一把这样的家伙,拿来交到咱们巡警局里,我就相信他们说的那些鬼话。"

"都这么说?"

"带枪那个是这么说的。"

"另一个呢?"

"两个人穿了一条裤子。"

"还说了些什么?"谷友之看眼进屋送热水的伍金禄,问他是不是给马添好了料。"得给它弄上点精料,不能光弄两把干草糊弄它。"谷友之说。

"您放心,大人,我一会就去给它拌麸子和炒黑豆。"伍金禄在一旁倒着茶水。

谷友之朝来福扬扬下巴,示意他继续前面的话。

"肯定也是满嘴里胡说八道。说他们过河前,路过一个村子,在村里遇到一伙骑马的土匪,在打劫两个传教经过的洋人。两个洋人先是把身上的银子掏给了他们,其中一个趁着土匪没留神,悄悄地将这把枪扔进了旁边的草堆里。他们两个人远远地看见土匪,正好事先藏在了那堆草里。结果,他们就把枪捡在了手里。后来两人一商量,觉得以后万一遇上土匪劫道,可以拿出来防身,至少能吓唬吓唬人,那个人就把它揣进了怀里。"

"编得倒是有鼻子有眼。"谷友之觉得有些好笑,就笑了笑。

"那他们说没说,那些土匪和被他们打劫的两个洋人,最后是怎么收场的?"

"我就是像您这么问的。"来福朝谷友之跟前探探脑袋,尽管不明白谷友之为什么在笑,他还是跟着谷友之笑了起来,"结果,局长老爷您猜怎么着?"谷友之闭上眼睛,说他一得意就忘了马脚。"叫局长大人。"他更正着手下。来福扫眼伍金禄,又摸下脑门,说他还是觉得喊局长老爷比叫局长大人更顺口。看见谷友之的眼睛一直在盯着他,他立即改变了称呼,并直了直上身,"是,局长大人。"他停顿一下。瞅眼站在旁边偷笑的伍金禄,催着他赶紧回门房里司值去。"那个带枪的家伙说,"来福扭回头,盯着伍金禄的背影清下嗓子,"后来,那帮土匪把两个洋人和一个给他们赶车的车夫,都给带走了。他还说,据他估计,那两个洋人落到土匪手里,有好下场的机会肯定不是不多,而是没有,除非他们宣扬的那位上帝能从云彩眼里跳下来,像当初显现给什么梭罗一样。过了一会,他又说,可惜那是在河北边,大概不归属咱们洣口管辖,要是归咱们管,咱们立即就得撒出人去,把两个洋人给找回来。要是晚了,说不定就会引发另一起巨野民众杀洋人宣教士的案子。"

"他倒是能瞎操心。"谷友之说,"走,去看看,他们又在睡梦里遇到了什么人,捡到了一把什么枪。"事实上,谷友之是想尽早地弄清楚,那是两个什么人。一整个下午和晚上,他在南家花园里进进出出,都在琢磨着离开巡警局前被他放进抽屉里那把勃朗宁手枪。下午约莫两三点钟的光景,奎文街角那家"百乐坊"的老鸨子打发人来到巡警局,找到他的局长办公所,报告说他们鸨子这两天里一直在怀疑,他们百乐坊是被土匪盯上了。因为有两个人从前一日夜里就进了妓院,可令人生疑的是,他们进屋后一不喝酒抽烟,二不嫖娼狎妓,只胡乱叫两个不懂事的小雏妓，任由她们在外屋客厅里唱小曲。更离奇的是，那两个人躲在里边炕上，身上长袍都没往下脱，就在炕头上呼天呼地睡了一宿一天。后来，有个神女按着鸨子的吩咐，进去伺候茶水，故意把一杯热茶洒在了一个人胸口上，想探探他们怀里是揣了银两还是揣了火枪。结果，她纤纤的手指探过去，果真在那里摸到了硬家伙。"一摸就知道不是水烟袋。俺们院子里每个姐姐都见多识广，肯定不会出丝毫差错。"老鸨子派来的那个小伙计怕谷友之不相信，急得脸都快白了，拿手来回比画着神女摸到那东西的形状。

尽管暂时还拿不准巡警们带回来的是两个什么人，但谷友之相信，一个平头百姓或是单纯的商人，不会随便就将这种"火器"揣在怀里。下午来福过来送枪，说那两个人被他们押着往巡警局里走时，一路都在"满嘴里胡咧咧着"，一个说他妹妹被人拐跑了，他们进到妓院里，是想探看探看，他妹妹是不是被卖进了窑子里。另一个则说自己是从北京到博山买瓷器的商人，过了河，找家酒馆坐下来喝点酒，喝醉了，想到窑子里找个小娘们，让她们伺候着解解乏。"皇帝老子也没规定，到窑子里花钱睡个女人还犯法。"那个说自己是到博山买瓷器的男人，高声嚷嚷着。

"那是两个非常愚蠢的家伙。"来福学着谷友之平常和他们说话的方式说道。谷友之对他们不满意的时候，就会说他们是"一帮愚蠢的家伙"。从进巡警局第一天开始，来福就在有意地模仿着谷友之说话的语气和方式。

"那你说说，他们怎么个愚蠢法？"谷友之看着这个叫来福的巡警队员，一招一式地在模仿着他。这样的时刻让他感到非常愉悦，心满意足。而且，这种愉悦，差不多和他每周骑在马背上来回跑几十里地，去商埠里给他太太南明珠买回面包，是一种感觉。他给自己买回的那些面包取名叫"让人充满快乐的面包"。从在第五镇的营地里，他就悟出，一个男人是不是成功，不仅要看他弄到床上去的是个什么口味的女人,更重要的还要看他麾下有多少人一言一行都在暗暗地仿效他,并且在以他作为他们人生的终极标杆。

"在局长大人您治理的泺口境内生事,到了巡警局里头,不知道老老实实地说出每句该说的话,还在那里满河道里跑船,这还不是愚蠢?""泺口境内"也是谷友之常挂在嘴边的字眼。他这句话,来自那个美国人戴维常说的"美国境内"。在恭维谷友之的时候,戴维常常会说"就算在美国境内,也缺乏像您这样有责任感的地方治安官"。

在羁押室门外,来福从口袋里摸出钥匙,打开了那间屋子的门锁。这是一间没有窗子的屋子。即使在白天,关上屋门后,屋子里头也会和黑夜一样黑。这是谷友之仿照新军第五镇营房里,关押偷吸鸦片和赌博那些兵丁的"戒烟戒赌室"设计出来的。来福走进门,先拿手电在屋子里照一圈。被抓来的那两个人,两只手绑在一起,两条胳膊被绳子拉起来,吊在房梁上。谷友之曾经告诉巡警局的巡警们,被关进第五镇"戒烟戒赌室"里的兵丁,都是这种吊法。

"就是他们两个,局长大人。"来福站在羁押室门里边,来回晃动着手电筒,用那道电力不是很充足的光,围绕房梁上被吊着的人,画了两个不太圆的圆圈。然后,为了方便站在门口的谷友之看得更清楚一些,他将光束先对准其中一个人的面部照射一会,接着,又移到了另外一张脸上。"那把枪,就是从这个家伙身上搜出来的。"来福扭过脸,毕恭毕敬地看了看谷友之,将手电的光束,落在了第二个男人脸上。在手电筒忽明忽暗的光束里,谷友之首先看清了那个男人的右侧眉头上,有差不多像黄豆粒大的一颗黑痣。

第十四章 水 泥

　　太阳攀着河对岸的树木,从地面升到树梢之前,这一日假如天气晴好的话,周约瑟就已经从河里挑回了三十担水。当然,如果这天太阳没有照耀大地,也没有下那种让人怎么努力也无法睁开眼睛的大雨,到了太阳升起来这个时刻,他同样也会挑回三十担水。并且,他在挑这些水时,还不会因为那颗正在冉冉上升、满脸涂着通红颜色的太阳,多花上几分钟的工夫去端详它。他喜欢站在水边上,观看那颗红色的太阳慢吞吞地攀着树木往上升。在他盯住那张又红又润的圆脸凝望时,醋园里另外那些和他一起挑水的人,就会不断地嘲笑着,问他是不是瞅见了还没穿好衣裳的日头娘娘。

　　在涑口,大多数人都更愿意相信"日头是个女人,月亮是个男人"。原因是月亮和男子一样不怕人围看,而太阳由于怕羞,在不蒙红盖头时,总是不断地撒下一把把金针,刺着看她那些人的眼睛,不让人细瞧她的脸庞。"她戴了个什么颜色的肚兜兜?""是红色还是绿色,是不是镶着金边?""她的脚是大脚还是三寸金莲,你没闻闻,她的软鞋子和裹脚布上有没有臭味?""她脸上搽了什么香味的胭脂和官粉?""你说玉皇大帝要是向她讨要个烟荷包,她是不是也会在上面绣两朵茉莉花?"他们用各种言辞戏弄着他,甚至是羞辱他。

他毫不在意他们。因为他对着那颗日头遥望时的迷恋,差不多让他忘掉了身边一切事物,包括那群嘴里吐不出象牙的狗杂种。而那种沉迷,又让他脑海里存放下一个固执的念头,认为他在早上看见那颗满脸通红的日头,也和他从河里担了水吃力地爬上河堤那样,每天早上都在吃力地爬着一个什么坡。只是她爬那个坡,肉眼凡胎的人无法去瞧见。而正是那个艰难爬坡的辛劳,才让她,那个让他无论怎么喜爱也觉得不够的日头娘娘,在清早跟他相遇时,一张脸红得像个熟透的柿子,弄得他每回都暗暗地渴望着能伸出胳膊,飞过去,把她搂在怀里,搂抱上一会。即便是跟她抱在一起溶化成了水,他想,他也决不会做孬种,挪动不该再朝前挪的脚步。不管是左边那只脚,还是右边那只脚。

早在苏利士拿着那只放大镜,带他到城墙上去"观察植物的叶子",然后指着那颗刚刚从地平线上升起来的红太阳,告诉他"世界上几乎所有植物,都离不开这个发光发热物体的光照"时,他的头脑里就开始模模糊糊地产生关于太阳爬坡这个念头了。正是这个原因,到后来,无论苏利士用什么方法纠正他,让他记住"太阳和地球一样,也是一个星球""地球是个自转体,不过是绕着太阳公转的一颗行星"。在这个时候,已经完全没有了作用。因为"太阳爬坡"那个念头,就像距离浉口五百里地的莒州城外生长的那棵四千年的银杏树一样,在周约瑟心里顽强地生长着,根深蒂固,枝繁叶茂。"地球本身是这样一个自转的星体。"为了进一步说服周约瑟,有一次,苏利士拿出个鸡蛋,把它放在桌面上旋转起来。然后,他拿起另一个鸡蛋握在手里,绕那个旋转的鸡蛋转着,想以此说明地球和太阳在如何运转。周约瑟盯着那颗旋转的鸡蛋，一直等它安静下来。那颗鸡蛋完全停下后，他望着苏利士，说那颗转动起来的鸡蛋是宣教士用手转起来的，但"地球是谁推着它转起来的呢"？在苏利士瞠目结舌地瞅着他，还没想好怎么回答他时，他又问他："您用手转起来的这颗鸡蛋，是不是转一会儿之后，也会因为手累，得让它停下来？"苏利士点点头。"要是像您说的，地球也像您转动的鸡蛋一样，是转动的，它怎么会一直在转着，既不停下，也不让站在上面的人觉得头晕？"周约瑟说，"还有您拿在手里的那个'日头'，它在天上又是被谁拿在手里的呢？"苏利士低头思考了一会，最后不得不笑着承认，周约瑟问他的两个问题，他一个也没法完全给他解释清楚。"现在，我只能对你说，一切都是出自神万能的手，因为《创世记》里说，是神创造了这个奇妙的世界。"苏利士这个回答，在某种意义上，愈加坚固了周约瑟对于太阳每天早上都在爬坡的那个想象。并且，他还把自己的这个想法告诉了苏利士。"我相信，你这个想象，神听到了也会喜欢。因为神从来不喜欢懒惰的人。"在那天，过了一会，苏利士对周约瑟说。由于这个"神也会喜欢"的想象，周约瑟每次看见那颗遍体通红的日头，就会特别卖力气地干活。"一个没人看管，没人给发工钱的日头，还在那里拼命地爬坡呢。"他挑着一担水，在河滩上行走着，从来没觉得那条漫长的河堤，对他来说是一种障碍。

　　伙计们每天早上从河里挑上来的水，都倒进了醋园内两个用青砖砌起来的水池里。砌水池子的洋灰，是南明珠通过洋女人马利亚的丈夫，在修建黄河铁路大桥的德国人那里弄到的。"我可以拿上帝的名来起誓，用德国人造的这种水泥砌成水池，这个水池在一百年里也不会损坏，从里面流走一滴水。"那个美国人戴维站在一垛洋灰跟前，拍着一包洋灰说。周约瑟第一次知道，洋灰还有另一个称呼,叫"水泥"。戴维帮着周约瑟把十几包水泥装上马车,然后,又跟随着周约瑟和马车,一直把那车水泥送到醋园里,直到亲手教会两个泥瓦匠,用来砌石缝的水泥和沙子的比例是多少;砌完水池,水池内层防渗漏的泥浆中沙子的比例又是多少;最后,是涂抹水池内外层光滑面的那层细灰浆的搅拌浓度。把这些一一教完后,他又站在泥瓦匠身边,看着那两个泥瓦匠在他面前亲手操作一遍,确定他们按着他教授的方法,"每个步骤都做得非常到位",他才放心地离开醋园。

那时候,醋园里的伙计们跟这个美国人,早就格外地熟悉了。在他跟随周约瑟把水泥送进醋园前,他和他那个漂亮的太太马利亚,已经跟随大小姐南明珠,到醋园里来"视察了很多次"。

在他们第一趟走进醋园时,醋园里所有的人,包括工头伍春水,都停下了手里正在忙着的活计。伍春水的两只眼睛跟钉子一样,先是盯住了马利亚满头卷曲的黄头发,接下去是"白得让人晃眼"的那张脸,再然后,是让人觉得同样眼花缭乱的光滑脖颈。"你看那个洋女人的脸,白得刺眼,像不像拿开水褪光了毛的猪腌。"伍春水站在两排醋缸中间,小声嘀咕着对周约瑟说。"你们好!"马利亚跟在南明珠身后,满脸微笑,一边走路,一边朝众人摇晃两只细嫩的手,和醋园里的人打着招呼。当时,醋园里所有的人,包括伍春水,他们还没有谁知道,这个洋女人到醋园里来,是为了教大小姐南明珠酿造花醋和果醋。后来,也是她给南明珠提出来:"应该在醋园里砌两个大型的水池子,用来沉淀黄河里的水。"她告诉南明珠和醋园里的伙计,她已经从她丈夫那里了解过整条黄河,知道它的源头和途中经过的所有地域,知道黄河一路流淌下来的水,大多是雪山融化后的冰水。而用这种天然冰水酿出的醋,肯定和使用水井里提上来的地下水,味道完全不一样。她还告诉他们，一定要赶在早上，太阳升腾起来变热前，将那些水从河里运回来，因为那时候的水在黑暗里沉睡了一夜，早上苏醒过来时，每个水分子都充满了饱满的活力。尽管醋园里的每个人，都对洋女人马利亚的这种说法充满质疑，但他们还是因为大小姐南明珠，严格地按着她的说法去做了。

周约瑟不怎么喜欢那个美国男人戴维，但也不像讨厌洋人的伍春水和来家祥那样讨厌他。不过，他却一直喜欢听那个洋女人马利亚说话。"你好，先生。"不管是在醋园里，还是在街上，在他能遇到她的任何地方，她都会率先这么和他打一声招呼。当然，他也会对她说"您好，夫人"。"夫人"这个称呼，是他在突然想起了苏利士对他母亲的称呼后，才这么说的。在那之前，他由于一时不知道怎么称呼她合适，所以，在最初两次，他每次都只是短促又窘迫地回答一句"您好"。而在马利亚教会大小姐南明珠酿造出那些花醋和果醋后，他几乎就对她充满尊敬了。因为它们弥散着的那种醉人的气息，总是会让他莫名其妙地感到浑身轻松，像在深夜里仰望着星空，摊开四肢躺在松软的沙滩上那样，只想放开喉咙唱点什么。

    剪刀石头布，
    剪刀石头布，
    念着咒语唱三遍，
    河滩上的沙子就能纺成布……

即使他没有真的放开喉咙去唱什么，他也会听到，远处有歌唱的声音，张着细小的翅膀，贴着沙滩遥遥地飞来，轻盈地钻进他的耳朵以及身体的每个毛孔里，在里面做着温暖的窝，悉心地养育着它们的后代,一代,又一代。

半夜里,骑着马离开南家花园,走在回巡警局路上那会儿,这位巡警局长还没有想到,在接下来一整个夜晚里,直到天亮,他都会得不到半分钟睡眠。当然,巡警来福也没有想到这一点。他拿着明灭不定的手电筒,对准羁押室里那两个人的脸来回晃动时,他只是想让局长谷友之看看,那个怀里藏着短枪的人,不仅穿着,就是那张脸和说话的口音,都跟渌口四周的男人完全不一样。

"身上藏枪的,就是这个家伙。"来福将手电筒的光束,在那张眉头生着颗黑痣的脸上固定下来,神色得意地对谷友之说。"局长大人,我一下午都在琢磨,这是不是两个从南方跑来的革命党。这段日子,听说城里的茶楼妓院里,冒出了好些个南蛮子。有人说,那都是从南面省里流窜来的乱党分子。"

"南方来的乱党?"谷友之神色严厉地瞅眼来福,"你是不是觉得,咱们渌口的地面上,最近日子有些过于太平了!"

"您看我这张臭嘴!局长老爷您定能猜出来,我想说的绝不是这个意思。"来福朝谷友之弓下身子,同时抬起空着的那只手,对准自己的左脸,结结实实地抽了个响亮的耳光,作为对自己说错话的一种惩罚。"刚才我是被鬼拽着舌头了。我的意思是说,眼下城里面正乱糟糟地闹腾着,人心惶惶。谘议局里那帮议员老爷,他们一个劲地敲锣打鼓,比什么买卖吆喝得嗓门子都高,组织请愿团串街游行,满城里煽风点火,叫着喊着要和朝廷分家,跟鄂省的武昌城那样宣布独立。万一南方那些革命党跑到了渌口来……"

"不管你肚子里憋了什么屎,想放出个什么臭屁,这会子都先闭上狗嘴!"

由于朝前弓着腰,来福手里那支手电筒的光束,从那个被照射的人脸上,滑到了他的裤裆间。谷友之顺着那束光线,瞅着那个人的裤子。他认得出来,这是只有西方人的手艺才能裁剪制作出来的裤裆。

"是是,这就闭狗嘴,闭狗嘴。"来福满脸嬉笑着回答。不过,谷友之还是顺着来福手里那支手电筒的光晕,在他眼睛里,捕捉到了一丝一闪而过的惊恐。尽管那点恐惧随即就像经过门口的风,消失得没了踪影,但来福还是因为它们的出现,惊慌了一小会儿。这让谷友之感到了满意。

在马上到来的另一秒钟里,来福重新把那束手电筒的光,从那个人的裤裆,又移到了他的脸上,并在灯光最亮那会儿,直直地刺着那个人的眼睛。那束直射的光线,让那个人不得不闭上了眼睛。谷友之没有进行阻止。他知道那个人紧闭着躲避光线的眼睛,多少会抵消一点来福扇自己耳光的疼痛感,让他心里稍微舒服些。

"我们局长大人来了,快睁开你的狗眼!"来福抖动着手腕,借着手电筒的亮光,在那个人的两只眼睛上,来回画着扁圆圈。

时间也许是过去了一小会儿。也许是在某个节点上,来回踱着步子停滞了一个小时。总之,谷友之完全没有意识到,时间在"那一小段时光"里的变化,直到来福小心翼翼地叫着"局长大人",问他是不是有些疲乏了,他才重新察觉到,自己是和来福一起,站立在巡警局的羁押室里。"是有点乏了。"他抬起一只手,伸到脖子后面,来回揉搓几下。为了不让来福觉察到他的变化,他又掩饰着,像受了风寒,夸张地咳嗽两声。由于从来没有想到过,会在某天的半夜时分,在他的巡警局里面,出现这样一个人,所以,接下去,在他命令来福,把那个人从房梁上放下来,带进他的办公所,他要连夜讯问时,谷友之听见,他的声音已经沙哑起来。春天干燥的大风刮过河滩,卷在风里那些细密的沙子在半空中相互摩擦时,就是这种响声。而这种失态的状况,他仅仅只在第五镇的营坊里,看见南明珠跟随一群洋人出现的时候,发生过一次。

在库房门口,陈芝麻斜着膀子靠在门框上,一根手指头晃动着拴钥匙的那根粗麻绳,眼睛盯住了周约瑟倒入池子中的水。那串钥匙是醋园大门和各个库房门上的,平时都挂在伍春水的腰上。

"哎,洋鬼子轿夫,你今天水挑够没有?要是够了,就赶紧套上车,进城送醋去。"

周约瑟朝陈芝麻那里望一眼。在他旁边,站着开杂货铺子的来家祥。

"还有,"陈芝麻晃两下脑袋,"老伍让我给你说,你今天不能再在城里磨蹭着东街西街地瞧蚊子跟狗配种了。来回路上也要紧着步子。他今黑夜里的值守,得由你来替他。"

"你还是去抱住个醋缸,在日头地里合上眼,想想它像你睡过的哪个娘们吧。"周约瑟在腰裙子上蹭着手上的水。"什么时辰该干什么,我肚子里有数。"

"你有屁数!"陈芝麻说,"我可不管你有什么屁数。我就知道,咱们工头对我说过什么,我就得照他说的传一遍。该说的话,一个字也不能漏下。"

"你最好是省下点力气,等哪天找到个瞎眼娘们,她肯让你搂着花的时候,你再花。"

217

周约瑟收拾起挑水的担子，准备把它们放进旁边的屋子里。

"我正攒钱呢。"陈芝麻摇头晃脑地笑着，"你天天朝城里跑，替我留心着点，衙门里要是再有按猪肉价牛肉价卖的娼妓，我也去买回来一个，死死地搂在怀里，尝尝娼妓的鲜味到底像鸡，还是像鸭。"

"那样的好运气，估计你这辈子是等不到了。"周约瑟朝屋子里走着，把后背甩给了陈芝麻。"吃屎的狗东西！"在两只脚迈进屋子的同时，周约瑟低着头，咕哝着骂道，"这辈子，你怕是只有搂着老母猪睡的份了。"

"要是放下了东西，你就快点出来。"陈芝麻的声音跳过水池子，进了屋子。"你们得知道，工头已经交代过了，今天，醋园里所有事，不拘大小，都由我来安排。听好了，死瘸子，你现在得快点从屋里出来，快着点去套车。"

周约瑟站在屋内祈祷着，希望那两个讨厌的家伙能立刻离开那里。屋子的后窗，被一堆乱七八糟的东西从里面堵死了，因此，即便是最晴朗的天气，假如阳光没有从门口照射进去，屋子里面也会是一片灰暗。他一直瞅着脚下那块灰暗的地面。

"我说，那位洋鬼子轿夫，你耳朵里没塞驴毛吧？"

"没有人丢魂子，二工头。"周约瑟拍打几下胳膊，让两只脚离开那块灰暗的地面。"大伙都知道，今天你是二工头。"他侧过身，给一个进屋放家什的人让着道。

"知道就好。"陈芝麻还在手指上转动着钥匙，"我不说你也比我清楚，河里淹死的，都是那些会游水的能人。"

"是这样，二工头。这话一点不错。"

"那你过来。"陈芝麻用那只没拿钥匙的手，对着周约瑟招两下。

"我得套车去了。"

"你过来。现在我让你过来!"陈芝麻再次说道。

"好,我过来。"一个脑子和肚子里整天都在琢磨着,怎么跟女人睡觉的瞎包男人,周约瑟不愿和他多费口舌,"今天你是二工头。二工头让人赶狗,就没人敢去撵鸡。"

"知道这个就好。"陈芝麻停止了转动那串钥匙,让他的肩膀也离开了门框。他叉开两条腿,两条胳膊抱在胸前,站在了门口中间的位置。那是伍春水喜欢站立的地方。"你可以问问来掌柜,"他用力咳嗽一声,扭过脸吐口痰。"在醋园里是不是就该这样。别管大工头还是二工头,只要是工头,他在醋园里说话,就该像老爷在那座大宅子里说话一样。"

"醋园是醋园,大宅子是大宅子。"周约瑟说,"在这点上,不光你跟我,就是醋园里所有伙计,咱们都得弄清楚。"

"这个我比你明白。"陈芝麻晃悠着身子朝前走两步,然后在那里站住,等着周约瑟走到他面前。通红的太阳光从河滩的方向洒落过来,从头到脚给他裹了层鲜红的颜色,好像他身体里面的一些鲜血,由于某种原因,被挤压着涌了出来,一层层地涂到了他的皮肤上。包括他的头发,也被那些血染成了红色。

"咱们都得弄清楚。"周约瑟走到陈芝麻跟前,重复一遍他刚才说过的话。那些从库房里跑出来的花醋和果醋的味道,在清晨的微风里飘浮着,让他的心情变得舒展起来。

"好好,咱们都清楚行了吧?"陈芝麻说。

周约瑟对着库房门用力吸口气,说:"有什么要吩咐的,二工头您就赶紧吩咐,我还得去套车。"

"我想让你猜一下,天刚朦胧亮那会子,我在街上瞅到谁了。"

"我又不是老天爷，没黑没白地罩在你头上，哪里知道你是遇到了鹊山华山上下来的狐仙，还是黄河里蹦上来的鱼精？"整个泺口差不多人人都知道，就是条母狗打陈芝麻旁边经过，他也会琢磨一下，用什么手腕能把它的腿裆扒开。

"今天来掌柜在这里，我不计较你说什么。你就是说我睡了神婆子家里那个'阴阳鬼'二尾子，我也不跟你计较。"陈芝麻抱着膀子，一动不动地站在原地，先是扭过脸对着来家祥笑了笑，然后就专心致志地盯住了周约瑟。"我是要给你说，清晨一早，我遇到咱们那位住在城里的二东家了。对了，你们都爱称呼他记者老爷。他和两个显然不属于咱们泺口的生人一块，骑着马往普安门去，一看就知道是回城里。我有件事想跟你打听打听，咱们这位老爷，就是你们嘴里喊的记者老爷，他还在不在那个什么谘议局里当差？"

"没人知道你想说什么。"

"我就想知道，咱们这位老爷，眼下还在不在那个谘议局里当差。刚才来掌柜说，这两天，谘议局大楼前的街上，可是比历山上的山会还热闹。"

"你早晨看见他了，怎么不跑上去拦住他的马，亲口问问他。"

周约瑟朝来家祥身上扫一眼，猜测着这个杂货铺子的店主，一大清早跑到醋园里来做什么。平常，这位店主到醋园里来只有两件事，如果不是让他帮忙从城里或是商埠里捎货，那就是来这里白白地拿走一坛子醋。但今天，从周约瑟看见他到现在，他站在陈芝麻身边，始终没说一句话。既然不开口让他捎东西，"那就一准是来拿醋的"。周约瑟扭头吐口唾沫。这位一边卖着洋货，一边联合泺口地面上几家铺子的店主，跑到巡抚衙门外拿不吃不喝的糟烂法子抵制德国人在黄河上修铁路的家伙，周约瑟在街上看到他十次，十次都想远远地绕开他。尤其是周约瑟听说他曾经给义和拳长枪会的人报信，夜里带着长枪会一帮人，到处搜索苏利士的时候。"天灵灵，地灵灵，奉请祖师来显灵。一请唐僧猪八戒，二请沙僧孙悟空，三请二郎来显圣……"有几次，周约瑟看见这个长着两条舌头的人时，甚至把那些义和拳民念的咒语，都在心里念了起来，同时在想着，要是手里有个义和拳民使用的阴阳瓶，自己也会念着咒语，把那个操纵着两条舌头的魂魄收进去，好好关押上几天。假如不是看在他大哥，南家花园那位老管家的份上，周约瑟相信，他一辈子都不会让自己的眼睛，朝这个人瞅上一眼。而要是不小心看见了，他也愿意花费上半天精力，跑到河边，用那些夹裹着泥沙的河水清洗眼睛。

"哎，我说周约瑟，你觉得这么说有劲是不是？"陈芝麻黑着脸挑了下嘴角，"我是说，你整天朝城里跑，整天打谘议局门前的路上经过，这两天肯定瞅到了不少热闹。"

"您要就是为了这点事，那我得给您说，我这两天害眼病，除那两匹骡子和马车，走在路上什么也看不到。"

半夜里，巡警局长离开后，按着老爷的吩咐，热乎飞快地跑去打开了那间"老书房"。然后，他垂手侍立在门口，瞅着脚下的月亮光，一心一意地等着老爷过来。不管碰到什么事情，只要老爷吩咐了他，让他先到这里来等候，他就从来没让他和那些灯光等待的时间超过半个时辰。即便是最长的一次，也没有越过那个界限。

月亮光白得灼眼。那些树木，都将各自的影子在月光里缩短一些，似乎月光抖落的寒气，让它们的枝叶觉得寒冷，它们便索性蜷缩起身子，尽力保持着体内的热量。远处断断续续交错在一起的阴影,如被河水弄湿的沙滩,亮的地方,又如河面;河水无声地流淌着,水边,是纤夫们赤着脚用力踏入沙子,气息沉重的喘息声。偶尔,又会有一阵号子声,沿着一根纤绳滑入水中,在水面上荡漾开去,绕着途经它们开去的一条船,在船的两边打着无望加无奈的水漩,又白又亮。

热乎又朝那条小路上张望了一下,怀疑是不是在他跑过来后,真的有人在他身后尾随着,迅速在那条路面上铺了层透明的水或是冰。现在,投在他面前的那些树影,清晰得像是被谁拿支画笔,描在了一张上好的徽州宣纸上。他试着伸出脚尖,在那些树枝上来回擦几下。那些树影一点也没有被他抹掉。他又来回抹几次,它们还是清晰地铺展在那里,一丝一毫没有被擦去。"我来给你说吧爷们,我猜测着,独立就是人人都自由。自由就是天上飞的那些雀鸟,没有谁能不让它们在天上飞来飞去。大风不能,大雨也不能。即便是你家那位大老爷,他也不能天天像拴骡子拴马那样,死死地拴着你,一辈子给他们做家奴。这么说吧,只要你个人愿意,你可以到我铺子里来当伙计,也可以像那个伍三羊,到城里去,到洋人的杂货铺子里,给他们买卖洋人的玩意。"在他转身准备离开来家祥那会,来家祥嘿嘿地笑着扯住了他一条胳膊,这样告诉他。

在又一次往那条小路上看过后,热乎想着二老爷和他带回大宅子里来的两位客人,胆战心惊着,慢慢地收回了他刚伸出去的那只脚尖。院子里寂静得骇人。他侧侧耳朵,似乎听见了月亮光像河水那样哗哗流淌的声音。他猜不出来,尽管老爷是个无比和善的人,他要是把来家祥这些话和盘托出来,老爷会不会把他两只耳朵眼里,挨个砸进去一截桃木楔子。

老爷迟迟没到老书房里来。热乎惶恐不安地站在那里,继续盯着地上的树影，计算着自己等候的时间，是不是超过了一个时辰。也许有两个时辰了。他犹豫着走进屋子里，擅自点上灯，但马上又将那簇跳跃的火苗吹熄了。那团火苗扭动的模样，让他觉得它是在害牙疼。火车拐弯时，跑得太快了，被身体底下那些石块磨破肚皮，也会扭曲着身子疼成这样。不过，火车疼得厉害了，就会大喊大叫上一阵子。

熄灭灯火后，热乎重新回到了院子里。他蹚着铺满河水的那条小径，找到了仍然在树木间踱步的南海珠。"老爷。"他走到距离他不足十步远的位置，立住脚，小心地喊声"老爷"。南海珠没有理会他。热乎迟疑一会。他站在那里，不知道该怎么办，是不是应该再叫一声"老爷"。栖落在花园里的所有雀鸟，不论喜鹊还是麻雀，都已经睡熟了，在梦里安静地玩耍着，或是相互交谈着它们在梦境里的见闻。热乎猜测它们是钻进了不同颜色的梦里，而那些梦，就是它们裹着睡觉的棉被。他把喜鹊的梦想成了是天空的蓝颜色，一群喜鹊里，最多有一只喜欢大红大绿的颜色，或是粉红桃花那种颜色。而麻雀，他则把它们的梦全部想成了小麦和谷子的金黄色。

现在不是春季，也不是夏季，枣树、芙蓉树和藤萝的叶子，都在金黄之后，慢慢地落光了。石榴园和紫荆园里，也没有了最晚开出的那些花香。群芳园里面，大小姐用来酿醋的茉莉花、玫瑰花和珠兰花，也早已经寻不见一片鲜花瓣。整个花园里，安静得能听见月光簌簌响着，落在地面和植物枝条上又被弹起来的声响。还有四溅的寒意。这是一天十二个时辰里，最寂静的时刻。热乎又仰望一下澄明的夜空。他相信老爷的耳朵，一定听见了他的脚步声和说话声。

这样想着，热乎没敢再去打扰南海珠。他退后几步，远远地躲在一旁,躲到他能看见和听见老爷,但老爷的眼睛却看不见他,耳朵也无法听到他的地方。在那里,热乎紧张地瞪大眼睛,对着一院子相互交错的月光和树影,等待着老爷把他招呼过去,再次吩咐他"去老书房里点上灯"。房间里没有人就要熄灭灯火,这是南家花园里人人都知道和遵守的规矩。但是,他一直没有听到老爷招呼他重新点亮油灯的那声吩咐。后来,他抱住一棵树,觉得有一层类似剥开大蒜外皮后,在里面包裹住蒜瓣那种透明的薄膜,轻轻地覆盖住了他的心灵和头脑。他睡了过去,并且做起了梦。在睡梦中,他看见满院子树木和它们的影子,都被一种半明半暗的光影罩住了。那个光影,仿佛是一条鱼在水里吹出来的气泡。一个没法分清边际的气泡。所有的树木,都跟随着一个奇怪的声音,齐刷刷地,在那个气泡里来回摆动着枝条。他看着它们,心里突突地跳着。"这回作怪的可不是狐狸精,是只修炼了上千年的壁虎子。喏,就是死瘸子周约瑟谎称从皇宫里弄来的秘方,哄骗着老太爷每日吃进肚子的那种壁虎。它的尾巴被人打断后,几天就能长出条新尾巴;一泡尿水喷过来,就能喷瞎你和我的双眼。"醋园里的伍春水说。这个孩子寻找着伍春水,终于看清伍春水和那些杂树并排站在一起,一半身子变成了树,一半身子仍旧是人。他正在使劲向他招着手,让他过去加入他们。由于害怕,他强迫自己用力闭上了眼睛。可是,他眼睛闭得越紧,伍春水招呼他的声音和那些鬼怪的影子,就越是拼命地往他心里钻。

十二岁那年夏天,热乎莫名其妙地迷上了喝醋。在他第三次到醋园里去偷醋时,突然被伍春水抓住了手腕。伍春水没有惩罚他,也没有去报告老爷南海珠。他只是强行把他带进了一间堆放杂物的屋子内。然后，伍春水就坐在他对面，给他讲述着一个又一个让他心惊胆战，每根汗毛都想离开他跑掉的鬼怪故事。后来，他就一边讨厌和害怕着那些吓人的故事，一边像管不住自己去偷醋喝那样，无法再管住脑袋上那两只耳朵。他渴望着伍春水给它们送进去更多令他更加毛骨悚然的鬼怪。"那些胳肢窝里夹着狐臭的狐狸精，变出来的俊模样能把人迷死。不管她们是对着你笑一下，还是只放出一个臭屁，就会把一个像我这样精壮的男人，给迷晕了，一口吞咽下去。"伍春水紧紧地攥着他的小手，鼻息沉重地抽动着鼻子，在他周围四处搜寻着狐狸的臭屁，说这些迷人的狐狸精还不算可怕，最吓人的是那些伸过手去摸一把，手脚都冰凉的俊俏女人。"只要你摸着她的手指像根冰攒子，冰得你浑身打战，不用猜，她准是一条蛇精变化出来的。"伍春水一伸一缩地吐着又白又长的舌头，仿佛他嘴里果真盘着条蛇，蛇信子一下下地舔着他的耳朵。他说这种阴损人的东西，跟公鸡精是一路货色，都爱变成个风流倜傥的书生。它们可不像陈芝麻那种烂裤裆的家伙，看见条夹着尾巴的老母狗，都想扑过去摁在身子下头。这些野物，只爱上前迷惑纠缠那些模样俊俏的娇小姐。"就是咱们大宅子里，大小姐二小姐那样花容月貌的婵娟。"伍春水温热的鼻息和舌头离开了他的耳朵，慢慢地绕着自己的嘴唇滑一圈，眼神铁钉子一样直直地盯着他，说被蛇精和鸡精缠住的小姐，不拘早晚，都会被它们拿一些缠绵恩爱的手段，在黑夜里慢慢地吸干精血和骨髓。"最后，她们就只剩下张薄薄的人皮，面黄肌瘦，干成一朵皱皱巴巴的枯黄菊花。大太太养在院子里那些黄菊花，被霜雪打过后是个什么模样，你看见过吧？"伍春水仍然在盯着他，两个眼珠子变得像死鱼眼睛那样，在空中浑浊地飘着。

从听见蛇精的故事开始，每回见到两位小姐，他都要偷偷地观察一番，她们又白又嫩的粉脸蛋子，有没像伍春水说的那样，比头一天里变得干瘦和枯黄了一些，在慢慢地变成枯败的干菊花。尤其是大小姐被那位巡警局长娶走后，他一连担心了好几个月，害怕那位巡警局长是条蛇精或是一只公鸡精变化出来祸害大小姐的。那些日子，他越是仔细去瞧，越觉得那位巡警局长走路时的神态，跟一只雄心勃勃的老公鸡一模一样。

这两年，他越来越讨厌伍春水，不再相信他说的任何鬼话，但此刻，那个半是树木半是人形的伍春水，和包围在巨大水泡里疯狂摆动的树木，还是让他更愿意像眨动一下眼睛那样快速地从这些妖魔鬼怪面前逃走、消失。最好是脚下有个地洞，像城里西门外城顶街南头的长春街上那座长春观大殿后面的地洞，让他藏进去。一年前，他跟着老爷和在城里做记者的二老爷，进过那个地洞。在洞里，这位记者老爷告诉他们，他们正在走的地洞，蜿蜒几十里路，有十几个洞口。那次，他跟在两位老爷后面，走了半天，才从一个洞口钻出地面，站在了一户人家的院子里。"再往前走，就通到秦琼府了。"他们记者老爷在洞口说。他还知道，长春观是真人丘处机修过仙的地方。他母亲，一个常年在家里接待各种男人的女人，在被官府抓娼妓的人带走前，每年三月三，她都会带着他，到长春观里上一回香。"记住，邪不压正。不管在哪里，只要这位真人甩下拂尘，那些想靠近了害你的鬼怪，任是哪路妖魔，都会被那把拂尘轰开。"每次到了长春观里，那个妇人都会拉着他，在真人的塑像前跪下去。站立起来后，她就会这样给他说一遍。现在，她在他心里的身影越来越模糊，有时候只剩下她头发上一根簪子，或是鞋头上绣的一朵牡丹，但她说的很多话，却一直清晰地印在他心里。

伍春水和那些树木整齐的步伐，连同那个指挥着它们朝前冲的奇怪声音，就要走到他眼前了。他躲到了一棵椿树后面。椿树散发着精液般苦涩的味道。他第一次闻到这种气味是在醋园里，伍春水给他讲蛇精鸡精那回。伍春水先是用舌尖舔着他的耳朵，一会儿，又将一把鼻涕样的东西抹到了他身上。他惊恐地望着伍春水，大声地喊着"老爷"。但伍春水伸过来那只手，已经紧紧地抓住了他。他清晰地看见，伍春水翻醋缸时戴在手指上的那些铜指套，又尖又长，一根一根，都在闪着明晃晃的金光。那些树木全在挤眉弄眼地朝他嬉笑着，有几个甚至笑得嘴巴都歪到了腮边。他心里缩成一团，拼尽全身力气闭上了眼睛。

就在他合上眼皮的一刹那，一阵马的嘶鸣从天边传过来，钻进了他的耳朵眼里。他惊恐地睁开两眼，尖声叫着，喊了两声"老爷"。

"怎么啦？"

南海珠朝他发出声音的方向看过来，显然是被他的叫喊声惊着了。不过，他这里生长着各种杂树和茂密的灌木，并不是一片开阔地带。老爷的眼睛没有瞅到他。

"老爷，我听见牲口棚里的马在叫了。是二老爷那匹马带头叫的。"

热乎从那棵梧桐树后面跑了出来。那是棵又粗又壮的梧桐树，叶子还没有完全落光，稀疏零散的一些叶片，仍旧高高地挂在树梢上，浸泡在一层白烟似的薄雾里。他抽下鼻子，快速忘掉了那个吓人的梦。天色在不断地提醒着他，已经到了该去喂马的时候。他左右为难。因为在老爷身边，他从来不会让自己去做那些老爷还没允许他去做的事情。此刻，老爷没有要他回到前面院子里，他便不知道自己是该留下来陪伴老爷，还是该去喂马。老爷从来没有这样成夜地待在院子里，他也从来没有这样整夜地陪

227

着老爷待在院子里。这之前，只有伺候大太太的那两个丫头，翠屏和胭脂，告诉过他，太太犯了夜游的毛病时，她们都要陪着太太，整夜地在院子里游荡，"一直要游荡到东天门里的灯火放出光亮"。而在平常这个时辰，他早就端着一筐子拌好的草料，穿梭在拴着那些马和骡子的石槽边上了。"好好地吃吧，老伙计，大红的日头又要升起来，晒热咱们的皮毛了。"他忘记了自己是从哪里学来的这些话，但在每个早上，他的两只脚一旦迈进牲口棚里，他就会挨个摸一摸那些牲口的脖子，瞅着它们温顺的眼睛，对它们说上一遍。当然，要是愿意了，他也会对着它们中间的某匹马，或是一匹骡子，说上两遍，或者三遍。

"你到前面去看看，是不是二老爷和客人们要起身回城了。"

"是，老爷。"热乎急切地答应着，脚步像从猎枪底下逃脱的一只兔子，跑开了。

周约瑟瞄眼日头的高度。确实该去套车了。昨天晚上，太太专门打发热乎到他家里，吩咐他今天进城时，要去教会医院里找一趟二小姐。仅凭着太太吩咐这件事，他认为自己也得早点去套车。"千万别再遇上那些游行的人。"他心里嘀咕着。昨日进城，他已经闻出来，城里的火药味可比前一日浓多了。他那颗可怜的心在怦怦地敲着鼓，警告着他，那是一种他在这之前，也就是他活过的四十多年里，从没有嗅到过的一种恐慌味道。"即便是义和拳杀洋人那会儿，也不是这种味道。"他想着自己在那些夜晚里的奔跑和寻找。而眼下，这种他没有闻到过的味道，远远地卷着舌头，还没扑到他面前，就让他从骨子里在朝外打哆嗦了。

昨日里，在老城里给最后一家主顾——便宜坊——卸完醋，周约瑟奉着工头伍春水的请托，出城直奔商埠，到了那家德国人的面包房门前，去等候伍三羊。在一块闲地上停下马车，周约瑟蹲在两匹骡子旁边，一袋烟还没抽完，伍三羊就到了。回洑口的路上，伍三羊眉飞色舞地笑着，告诉他，他们住在城里的那位记者老爷，现在是谘议局里最积极的共和派分子，一直带着头，要求山东立即宣布独立。"谘议局里常到我们铺子买洋货的那位议员先生说，就在昨天，共和派、立宪派、和平派、温和派，还有行动派、冒险派，好几派人聚在谘议局里争论独立的事，争到最后，差点没动手打起来。有位绅士举起了椅子，本来想去打别人，谁知道他脚底下有口痰，鞋底子一滑，摔倒在地，结果是把自己的腿给砸折了。还有前一天，两伙人在商埠公园里演讲辩论，辩论到最后，双方动手打起来，眼下，已经来来回回地打过好几场了。"说完这些，三羊笑着问周约瑟，"约瑟叔，要是咱们那位记者先生跟他们共和派的人，回到洑口，问大伙是不是支持他们革命，脱离朝廷，宣布独立，跟着他们创造出一个有无穷无尽新事物的崭新天地，您说，您支持不支持？""臭小子，安分守己地回家相了亲，耐心地等着娶媳妇吧。有些巧食，可不像你在城里把名字改成伍逍遥那么容易，不是人人都能吃到嘴里，咽进肚子里。要是你这条小命被人一刀子给革走了，你还拿什么鸡巴玩意，让你爹那个老东西抱孙子？就是寺庙里的泥菩萨显灵，最多也就给他弄个泥胎小鬼。"他用手里的鞭子在三羊的圆脑袋上敲两下。

在敲打三羊的脑袋时，周约瑟觉得，有种恐惧正像趵突泉里那三股突突喷涌的水，沿着他的一根根肋骨冒了出来。前些天，便宜坊里有个伙计给他说过，鄂省的武昌城里，因为那个独立，早就变成了阎王老爷的阴曹地府。"一位客人说，满城里流淌的热血，能让长江水面高上三寸。"那个伙计习惯拨浪鼓似的摇着

229

头。周约瑟收回鞭子，把那根木杆紧紧地抱在了怀里。他猜测耶稣在被钉上十字架前，他母亲就是想这样搂抱住他的。但是，城里大街小巷中弥漫着的让他说不上来的气味，并没有因为他抱紧一根鞭子，就在他心里减轻一分一毫。它让他更加不安起来。他的鼻子里，也跟着钻进了一阵阵令他浑身战栗的血腥味。倒是那两匹骡子，在路上信马由缰地走着，看上去又自由，又自在。

临近黄昏时，那辆自由的马车才载着他和三羊，慢吞吞地靠近普安门。在那里，他瞅见了被老婆周茉莉藏在裙子底下，从城里带到沭口来的那个男孩，热乎。这些年，他一直都在疑惑和猜测着，这个小杂种，到底是他老婆从哪里弄来的。说不上为什么，他越来越喜欢这个孩子。他看得出，老爷南海珠也越来越喜欢这个小东西。"当初就该把他留下来。"在一些睡不着觉的夜晚里，他会一遍遍地这么想着，直到睡梦在黑暗里走回他的床边，重新把他头脑里那些杂乱的念头收进一条旧口袋中，把他塞进它那两间被各种睡梦挤满的破屋子。

那个孩子猫在普安门一侧，踮着脚尖，伸长脖子，朝通往城里的大路上张望着。瞅着他的神色，他就猜出，他站在那里等候谁了。每次，在主礼拜日这一天，那位记者老爷如果在城里有事，回家来得稍晚一点，老爷南海珠便会打发这个孩子，到这里来等他。但是，在昨天的礼拜日里，他老婆周茉莉回家告诉他，他们那位记者老爷竟然没有回到沭口来。这可是破天荒里头一遭。他盯着那个孩子，一口气在心里念了七遍"阿门"。不过，这些都没能够阻止他内心里的恐惧。它们变得越来越清晰，已经由一股子水，变成了一根结结实实的麻绳子；并且，正在由一双大手，像苏利士说的，"上帝准备管教一个败坏的人时"那样，允许着撒旦，把那些绳子"紧紧地捆在了他心上"。

第十五章　兄　弟

　　黎明时分，南海珠在那个男孩子"咚咚"响起的跑步声里，对着天色翻看一下手掌。他盯住手掌，考虑着天亮后，应该先干点什么。从半夜里送走巡警局长，他就一直在这些树木间徘徊，直到那缕羸弱的晨曦照到他身旁的山楂树上，他视线里隐约跳进一团山楂的枝叶，和一簇模糊的红色果实，他才意识到，他面前的月色里，早就掺进了一抹晨光。从牲口棚那里，传来了一阵马的嘶鸣。他听着马的嘶叫声，知道他的兄弟南怀珠，要带着他的朋友们离开洓口，回城里去了。夜里的寒气，在树木上凝成了一层白霜。他伸出手指，在山楂树的叶片上抹一下，把那些沁凉的霜雪抹到了手上。他已经拿定主意，决定不到大门口去送他们。就是在这个时候，在距离他十几步远的地方，他听见那个小男孩，热乎，像是刚从阎罗殿里逃出来的一般，神色恐慌地喊了他两声"老爷"。

　　南海珠没有去看那个孩子跑走的背影。

　　即便想了一夜，他仍然觉得，他兄弟握笔那双手，不应该去碰那些不该碰的东西。尤其是那个什么"革命"。他该去想想醋园里那些人都是如何在酿醋。酿一道醋，仅仅是投料、清洗、粉碎、烘干、蒸煮、拌料、发酵、扒缸就要花上几十天工夫；然后才能淋出，入缸晾晒，在这期间还须经过半年甚至一年的风吹日晒，让它醇化陈香，散发掉三成的水分；醇化过后，要再次拼缸晾晒，滤清，装坛装瓶子。仅仅酿一缸醋，尚且要花这么多工夫，何况是去推翻一个王朝。

从他们昨天夜晚的谈话里，他已经听出来，仅仅是那个谘议局里，就竖起了七个山头。再有两个，就是齐烟九点了。他心里嘲弄地笑着，想起南怀珠初学英文时，为记住那些字母，死乞白赖地缠着他的奶妈，给醋园里每个伙计缝件坎肩。然后，他把英文的二十六个字母，一个一个写在了坎肩背后。周约瑟背上是个"z"，陈芝麻背后是个"p"。等他记住那些字母，学了些英文，周约瑟因为背上的"z"，已经被他叫成了"贼尾巴""锡安山""动物园"，陈芝麻则被喊成了"猪屁精"和"骰子碗"。没人知道教他英文的那位宣教士，在教给他英文字时，还教了他一些什么玩意。由于几个伙计在跟着南怀珠分坎肩时，南怀珠故意把"d"的发音读成了"腚"，于是，这个字母落在伍春水身上，就成了"腚""四骑手""腚眼门"。最终，南怀珠选来选去，还是给那个工头选了"腚眼门"。开始，除了南怀珠，只有几个伙计鬼鬼祟祟地用"腚"指代着伍春水。但是，他们称呼他没几天，醋园里和洑口所有认识伍春水的人，差不多全都知道了。甚至包括大宅子里的女眷们，也知道他在南怀珠学的那些英国话里，获得了一个不雅但又能让人大笑一阵子的称号。那以后很长一段日子，大宅子里的女仆人们，凡是看见伍春水走进大宅子，她们就会对视一眼，然后拿手捂住嘴，躲在旁边笑上一阵子。南海珠琢磨着，城里那个狗屁谘议局里，会不会也像南怀珠初学英文时弄那些字母，林立起了二十六个山头，有的山头全是"贼尾巴"，有的山头全是"猪屁",而有的山头,干脆就是伍春水分到的那个"腚眼"。

"我们要的是独立。独立!您明白什么是独立吗?"在前一天晚上的谈话里,他那位记者议员兄弟,轻松地笑着,反复对他说着"独立"。仿佛"独立"是摆在他面前,他最喜欢吃的那碟子桃脯,他只需伸出手指,就会将它们稳稳地捏在手上,送到口中,吞咽进肚子里。那会儿,他们两个人的目光,都停留在面前的一只白瓷双龙耳瓶上。那是他们的母亲带到南家的嫁妆里,最让她珍爱的一件器皿。"这是宫里头的物件。"她曾经不止一次地,指着这只瓶子,告诉南家上上下下的人,以及所有到南家做过客的亲戚。因为对这个小儿子的愧疚,她坚持把它摆在了他的房间里。

几只麻雀在附近一棵槐树上喳喳地叫着。南海珠朝那株槐树望过去。槐树的叶子,每一片都被日光和霜雪染成了金黄。他凝视着那些金黄的叶子,安静地把南家花园里所有的人,包括每个仆人,都认真地想了一遍。想完大宅子里的人,他又将醋园里的伙计们,挨个想了一遍。周围的一切,包括那些交叉的小路和两旁的树木,都沉浸在一层似有还无的薄雾里。

他头脑里也在弥漫着一层薄雾。不过,他还是认为,他的兄弟应该和他一样,清楚一件事情:皇宫里那位年轻的皇帝,在死去前掀起的那场狂风骤雨的变法,最终的结局也不过是将"六君子"的头颅割下来,使他们的热血蜿蜒着混杂成一体,在菜市口的地面上,无声无息地湮没在了肮脏的泥土里。

"独立!"

他又将这两个字默念一遍。那些嚷成一团的麻雀,全都藏在一团团金黄色树叶子的后面。那是棵粗大的槐树。他看着那些黄叶子。在这个世界上,他不知道有一种什么方法,能像秋风扫落树叶那样,让他的兄弟幡然醒悟,看见一片真实的天地。那个年轻皇帝尚且如此,自己的兄弟又如何做得了圣人,做得了英雄。老天愿意一个平凡人做的,就是过好手上的日子。麻雀们还在叽叽喳喳地叫着。他们,他望着那些看不见的麻雀,想着谘议局里的那些议员先生们,他们到底有没有人,拿出一盏茶的工夫思虑过,他们这种发热病般的高热,会带来什么后果。南怀珠他们自己办的那张报纸上,便清楚地印着:"湖北新军攻占武昌城后,整座城池内随之狼烟四起,场面之不堪,难以记述。放眼所见,除去烧杀,尽是抢掠。百姓苦矣!"

一旦钻进暴风雨里,便没有谁能保证不淋湿自己身上的鞋帽衣裳。南海珠脑子里又闪过皇宫里死去的那个年轻皇帝。在浜口,他没发现任何一个人在意过那位年轻的皇帝是不是死了。不过,有一点他敢保证,即使有人说起过那位皇帝的死,他们也如说到屋外的天气,丝毫不会影响到他们吃饭喝茶,也不会妨碍他们睡觉、拉尿、嚼天骂地,挥着麻绳子纳的千层鞋底打老婆孩子。他自己也没和人谈论过那位皇帝的死。但是,现在,他丝毫也不怀疑,那位皇帝是死在了他亲手制造的一场暴风雨里。这个天下,有很多人都是自己杀死了自己。那些皇帝也不会例外。紫禁城里那个一心寻找治国之道的年轻皇帝是这样;美国人戴维讲的法兰西的那个皇帝也是这样。"完全是因为一场旱灾。在最后,那位路易十六,是用自己改造的断头台,砍下了他的脑袋。"美国人戴维坐在他和谷友之对面,对围着桌子喝茶的南明珠和马利亚说,那个有着一头亚麻色头发的皇帝,是个可以坐下来和上帝讨论手艺的锁匠。他非常迷恋制锁的技艺。在某种程度上,甚至超过了对他那位王后的迷恋。他能把锁制成鱼的形状,也能制成松鼠的样子。如果时间和精力允许，相信他可以将天下所有的动物，都制作成一把一把惟妙惟肖的锁具。有人还在传说，他制作的"松鼠"和"鱼"，只要扭动它们身上的钥匙，松鼠就会摇动自己的尾巴，鱼就会从嘴巴里喷吐出水泡。"那个路易十六死后，法国再也不是原来那个法国了。"戴维来回摇两下头，笑着说。

无论他们的目的是什么，他们都是自己看高了自己，自己杀死了自己。

那些马的嘶鸣声，让南海珠心里又动摇几次。但末了，他还是拿定主意，不去送他的兄弟和那两位他不太欢迎的客人。他想到那间老书房里坐一会。他盯住了面前的路，觉得他和他那位不惧暴风雨、不怕电闪雷鸣的兄弟，眼下可能都还需要点时间。只是，他不知道马利亚带进他们家的那位万能的上帝，还有成先生信奉的先知亚伯拉罕，他们愿意给他兄弟二人留出多少可以相安无事的日子。他看得出来，现在，他的兄弟，那位记者议员大人，就是急湍的河水里游着的一条小鱼，雷电越凶猛，落在水面上的雨点越大越急，他从水里蹿出来的次数就越多，离开水面蹦跳得也会越高。他再次看见了周约瑟当年给他母亲描述的，那个在南怀珠面前空手变出鳄鱼的人。他只能告诉自己，从家里人翻天覆地寻找着小少爷南怀珠，担心他"是不是被马戏班子的人拐走了"那天起，也许，他这个沉默寡言着不肯和人说话的兄弟，就已经把那条他们谁也没有看见过的鳄鱼，或者别的，跟那条没有踪迹的鳄鱼一样可怕的什么东西，揣进他心中的一个口袋里了。

在距离老书房几十尺的位置，南海珠听见有个声音趴在他耳朵上，告诉他，他正在经历并置身其中的这个早晨，对于他和南家花园，或许，仅仅是后面无数个难熬的清晨的一个开始。那些马的嘶鸣声消失了，但它们在尘土飞扬的路面上飞奔着，不断响起的马蹄声，却飘浮在一层清冽透明的空气里，无比清晰地印进了他的脑海里。他努力让自己保持着安静，并停下了步子。尽管他事先并没有打算在走进那间老书房前，允许自己疲惫的腿脚再次停顿下来。他站在那儿叹口气，然后，改变了先前的主意，决定不再去那间旧书房。

前面是个三根树杈形状的岔路口。在那里，他拐上了通往母亲居住的那座院子的小路。每天这个时辰，那位老太太会准时起床，静心净手，进到那间佛堂里去念经礼佛。在她礼佛的时间里，她的两个丫鬟，会始终守在佛堂门外，寸步不离，直到她从里面打开门，手里握着那串檀香木的念珠走出来。几十年里，服侍她的丫鬟换了一拨又一拨，但每一拨都是这样。"守在这里，别让风进去了。"她这样吩咐着她们中的每个人。"一定要仔细着，看住那些风。"她们，她使唤的每个丫鬟，几乎都在一丝不苟地遵守着她的诫命。但是，几十年里，却没有一个丫鬟知道，从她的丈夫，那位不愿意做官的进士离开她，去了蒙古草原那天起，她就开始怕风，尤其怕那些从北方刮来的风。她把她到静安寺里求梦的事情，告诉过少年时的南海珠。她告诉他，因为无法求到她想要的那个梦，她曾在寺庙里发誓，再也不相信天下有什么神灵了。只是，那天，她的两只脚还没有带着身体离开那座寺院，她就已经泪流满面地跪在地上，祈求着佛祖饶恕她的罪过了。

安得谖草，言树之背。南海珠盯住脚下的路看着。如果可能，他想，他愿意把自己这辈子和下一辈子里仅有的欢笑，全部拿出来，送给他的母亲。并且，从这个早晨开始，取代那两个每天都要在黎明前爬起来，守在佛堂外面的丫鬟。两个丫鬟可以多睡一会懒觉,他也可以在佛堂门口,捕捉到企图靠近佛堂门前的任何一丝风,不管它们是从什么地方,是从房屋的哪条缝隙中钻进去的。"还是安静下来吧。"有些风无视他的存在时,他会这么警告它们两次。一旦它们围着他转来转去,死活不肯安静下来,那么,他相信自己会毫不犹豫地诅咒着"这些不知道死活的东西",像他小时候那位奶妈告诉他母亲的:"找人去关帝庙和火神庙里弄些符咒,烧成灰,浸泡了渔网,把它们全部罩进去,再用生了锈下了咒语的铁钉子,死死地钉住网的四个角。"有那些铁钉和符子,那些风就会一辈子被困在网里,没有办法逃走,当然,更是连一片树叶也无法去卷动。

大约两年前,在距离洑源门不足二百丈的街边,新开了一家绸布店。那家店铺的掌柜,一位从南沂蒙县来的绸布商人,完全是为了他的第四个老婆,一个曾经在洋学堂里念过两年书的女人,从南沂蒙县来到了这里。他的这个老婆在洋学堂里念书时,偶尔从一位教书先生那里看到了一帧关于济南府的照片。那张照片上,矗立着一座十分气派的小洋楼,一个西装革履的男人,还有一辆她从来没有见识过的漂亮小汽车。那个西装革履的男人,是她的教书先生,曾经在他习惯称作"弹丸之地"的日本国学习过五年法学。"这是德国人造的小汽车。"那位教书先生指着照片上的汽车,告诉他的女学生。他没有吸引到她。因为她对他太熟悉了,熟悉到完全没有感到他和她的哥哥们有什么不同。那张照片上真正吸引她目光的,是那座尖顶的洋楼和那辆小汽车。等她从教书先生那里知道,照片里那座洋楼和小汽车,都属于一个德国银行家后,她就暗暗地开始了向往和憧憬:有一天,她也能离开从小生活的那几条破烂不堪的街巷,到照片里那个能看见洋楼和洋汽车的地方去过日子。她尤其想知道，那个拥有着洋楼和汽车的德国人及他的家人们，他的老婆和孩子，都是怎么生活的。然而，在接下去的一年里，她还没来得及仔细想周全，该怎么行动，怎么说服经营茶庄的父亲，以及从来没走出过他们居住的那条街的母亲，她才能离开家，走进梦想中的济南府时，她的家里却突然遭遇一场灾害：一场大火，将他们家全部的房屋和家产，包括茶叶和洗衣裳的几只木盆，都烧光了。那场大火烧掉了整条街上的房子以及店铺。她的父亲和两个哥哥、一个嫂子、一个两岁的侄子，全部在那场大火里丢掉了性命。

那位后来做了她丈夫的绸布庄掌柜，和他们家隔一条街住着。他早就认识这个天天从他家门前经过，到洋学堂里去念书的姑娘。每次站在店铺门口瞅见她，他都会熏熏欲醉地做上场白日梦，梦想着能把这个"浑身透着股异香"的天仙姑娘娶回家，做他最后一个老婆。这位绸布商的祖辈都是读书人，家里曾经出过两个进士。而后面那位进士，尽管没人知道他的真实名字，但几乎全天下的读书人都认识他。他因见多了人世间的冷暖无情，官场的虚伪肮脏，又受到同僚们的排挤诬陷，更感叹世事荒诞不经，便决意写几卷官场暗疾的书出来，骂一骂那些没有廉耻的贪官污吏，警醒一番世人。这位进士呕心沥血数载，最后竟写出部他自己也觉得"会令祖上和后人俱不齿"的《金瓶梅词话》。在把书稿拿给一位友人勘印后不久，他就懊悔起来，忧心他的后世子孙们知悉这部"淫书"为他所著，将无颜在世上堂堂正正地抬着头做人。于是，他便称病辞官，带着一家老小，悄悄地回到了他祖上在那里生活了上百年的兰陵镇。但仅仅在祖宅里住了半年，他又抛下那座老宅子，带着家人离开了，然后一路朝北，到了没人再认识他的南沂蒙县，在那里隐姓埋名地生活，并勒令他的子孙们,"世代俱不许读书做官"。这位绸布商却没有遵从他的祖训。他不仅粗通文墨,还偷偷地看了无数遍他祖宗留下的那部"为堂堂君子所不齿的淫书"。那是他那位祖宗,密封于夹壁墙内的十卷手稿。他在翻修宅第时,意外地将它们从墙壁里挖了出来。连同那些书稿一起挖出来的,还有他那位祖宗留下的为什么写这部书的一封书信。

这个经营绸布庄的男人最大的梦想,就是把天下最绚丽的绸缎,穿在天下最妖娆的那些女人身上。可惜的是,他前面娶的三个女人,她们带给他的想法全都一模一样:如果有人非要他去做一个什么样的交换,他愿意毫不犹豫地用这三个老婆去完成那场交易——不管那场需要交换的交易是什么。所以,在大火吞噬掉这个姑娘家那天,他从一个街坊口里得知,因为这场灾难,这个无能为力的姑娘和她母亲,连安葬她们那些家人的银子都没有着落时,他立即打定主意,亲自给她们送去了二百块银圆,并代为她在大火中丧生的亲人,张罗好了一应的后事。

一个月后,姑娘的母亲,即将成为他第四个岳母的老太太,登门找到了他。她恳请着他能够答应她,收留她的女儿,不论他"让她做第几房偏室"。三年孝满后,这个"浑身透着股异香"的姑娘,做了绸布商的第四个老婆。两人成亲后,仅仅过了一个月,他的第四个岳母便悬梁自尽,找她更多的家人去了。

绸布庄掌柜对这个读过洋学堂,又会写诗作画的年轻小妾的宠爱,几乎到了无以复加的地步。后来,在来到济南府后,这位绸布商人多次在牌桌上告诉他的牌友们,他是在娶了这个小妾的第三个月,知道她心里那个愿望的。当然,他没有告诉牌友们,为了满足她在他那些家人眼里"实在有些出格和轻佻"的愿望,在家人们知道这件事情的第二天,他便不顾前面三个老婆的反对和哭闹，对她们宣布，他已经打定主意，决意带着她，他的最后一个老婆，离开南沂蒙县，离开她们和所有的家人，到济南府去生活。两个月后，他就把三个哭哭啼啼的老婆和六个孩子，全部扔给管家和几个老仆人，带着他新娶的第四个老婆，来到了济南城。"就是为了让她过上她在睡梦里都渴望过的那种日子。"他自豪地对他的牌友们说。但是，他带着她来到这条街上，生活了还不到两年，命运就让他和他抛下全部家人也要带出来的这个女人，走进了一场接一场的吵闹里。在最后那场持续数日的争吵中，他意外地死在了他的绸布庄门口。那时候，他抛弃在南沂蒙县的三个老婆和六个孩子，以及家里的仆人伙计，甚至包括他所有的亲戚和街坊邻居们，都还在日复一日地等待着他。他们相信，在某一天里，他一定能够回心转意，像当初抛下他的其他家人们那样，抛下那个令他一时鬼迷心窍，吸走了他三魂六魄的"小妖精"，重新回到南沂蒙县，回到他原来的宅子里，回到他所有的家人中间；跟他没有娶回那个小妾之前的日子一样，一大家子人热热闹闹，前呼后拥，其乐融融地生活在一起。他们从来也没有想过，他和他们，在他们接下来的一生里，都将没有了那样的机会——在他离开家的那一刻，就是他们最后的诀别。

在生意场上，这位绸布庄掌柜是个特别有头脑的人。在经营绸布庄的同时，他还拿出几百块银圆，与人合伙开了家不算大的钱庄。倒在街头那天早上，他刚刚在高都司巷的福德会馆里上"关"回来，和银钱业的一众同行们，议定了当天存放款的息率。

绸布庄掌柜倒在自己铺子门口那天，周约瑟和他的马车，还有两头拉车的骡子，恰好像之前的每一天那样，经过那里。他们，他和马车，以及两匹骡子，一起亲眼见证了那个人是怎么从站立着，到直挺挺地躺倒在地上死去的。当时，周约瑟甚至没来

240

得及扯一把手里的缰绳，把马车和骡子拉住，他就把它们扔在路中央，任由它们信马由缰地朝前走着。他连滚带爬地跑到绸布庄门口，但还是晚了。他慌慌张张地伸出手，去掐那个人的人中，掐了半天才发现，那个人的鼻孔里，已没有一丝气息。

等待那个人开口，讲述他为什么回到浉口来那段时间里，那位巡警局长一直都保持着沉默。他的头脑因为缺乏睡眠在涨疼着。但他猜测，那种涨疼，也可能是由于另外一些原因。他不停地揉着太阳穴，努力在心中某一小块角落里，保持着清醒。"一定得保持清醒。"他一再地告诫自己，尽管外面的天空中，悬挂着一颗饱满得不能再饱满的月亮，看上去天亮后会是个很好的天气，好得可以到黄河滩上去放风筝；甚至，如果他现在愿意走到院子里，仰起头，就可以望见九霄云外，玉皇大帝坐在他那个宝座上的模样。可除了天上那位从没人听见他开口讲话的神，又有谁能做得了天空的主，能够让一天的十二个时辰，从始至终地保持着晴空万里，保持着风和日丽，并且好得没有一丝云彩飘过呢。

偶尔地，谷友之才会在椅子上扭动下身子，打量一眼坐在他对面的人。正在他面前度过的这个夜晚，始终在让他抑制着心跳，让他觉得恍惚和迟疑。"这是不是一个梦？"在那个人低声开始了与他交谈时，谷友之已经在心里问了自己十三遍。因为在这个夜晚之前，他差不多已经让自己完全忘记了，世界上还有这个人——他的兄长，冯一德。至少，他曾经几百上千次地让自己坚信，在他活着的日子里，见到这位兄长只能是梦境里的事情。

"先不要追问我这些年经历了什么，是怎么回来的。我只想告诉你，现在绝对是个千载难逢的机会。这一点，你绝对得相信我。"

谷友之瞅着冯一德的半边脸,揉着眼睛,担心他眼前看见的仍旧只是一个梦境。而他和他,冯一德,在这个夜晚里所有的交谈,仅仅都是这个梦中的一部分。

"Believe me!"冯一德来回摸着他眉头上那颗黑痣,又重复一遍。他盯着谷友之,眼睛里藏着的那根铁钉子的尖,又亮又尖锐。谷友之在心里为他这句话画一道杠,接着又画上一道,紧跟着又画一道。"Believe me!"这是在他认出了冯一德,告诉巡警来福他"需要单独讯问一下这个人",把冯一德带进他办公的屋子内,和他相认后一个钟头里,冯一德对他重复次数最多的一句话。

巡警来福就站在外面院子里,距离门口不到十米远的地方。谷友之的一只耳朵听冯一德讲着他的过往和现在,一只耳朵则在留意着门外面的动静。来福做巡警的时间,已经超过了两年零一个月。按照他太太南明珠的说法,一个人的品行是否端正,只要足足地观察上两年,就能够做出不是很离谱的判断。谷友之一直不赞同她这个观点。他觉得要真正看清楚一个人,仅仅用两年时间,差得实在是太远了。"至少会差上三年加半树桃花。"当然,他一次也没有把这种想法列举出来,以此来反驳他的太太。他是个男人。男人的直觉向来都在警告着他,女人和男人对于世界与事物的看法,不管多么细小,都不会在一条路上。不过,在有些时候,他也会承认,如果对一个人的要求不是那么完美或是苛刻的话,就目前他所看见的,来福算得上"是个很不错的手下"。因为在所有他能瞅得见的事情上,他始终都对他保持着忠心耿耿。但是,"遇见事多长个心眼,不会是件坏事",这是他差不多五岁那年,他亲生母亲抛下他之前,她留给他的最后几句话里的其中一句。"你要把这句话印在心上，一辈子记牢它。"她抱了抱他，然后，把他推到离她两步远的位置，盯住他的眼睛说。他至今还会在梦里看见，她眼睛里那些没有跑出来的泪光。它们一直调皮地在她眼睛里转着圆圈，像是有根很细的线，用拴风筝的手法，拴住了它们又细又滑的腿脚。在他长到超过十岁后，假如他再去想那双眼睛，想得没法睡着，也没有办法在梦里见到它们时，他就会在第二天，用自己发明的方法找到它们：他偷偷地把一块白色绸布弄湿，把它蒙在一个碗口上，然后，他手里拿根筷子，屏住呼吸，用那根筷子头，来回蘸着另一只碗里的水，一滴，一滴，一滴，将水滴在那块绸布的中心。在这件事情上，那位他从来没有看见过的上帝，倒是没有让他失望过一次。有时候是在他第三次屏住呼吸，有时候则是在他第四次屏住呼吸，最晚是在第五次，那颗在他母亲眼里转来转去，却始终没有跑出眼眶的泪珠，就会气喘吁吁地跑了来，在那块绸布的中间来回兜动着，凝视着他。这样的晚上，夜里睡觉前，他就会用指头在床上画下母亲的身体，然后紧紧地靠在那个"身体"上，被她温暖地抱着睡去。

"是千载难逢。对这句话，我连一粒沙子那么小的怀疑都没产生。"谷友之盯着他心里刚画完的那道杠，觉得自己画得有点弯曲了，以至于那道杠看上去像是被黄河里暗暗涌动的一个浪头不是很用力地冲击了一下。他从冯一德眉头那颗黑痣认出了他。而冯一德告诉他，他一开口说话，他就从他的声音里，认出了他的兄弟。

"我想，你还没完全弄懂我的意思，保罗。"他的兄长，冯一德，像在他心里来回踱步的谷兰德先生那样，耸了下肩，"你知道我指的不是这个。"

"这是在泺口的巡警局里。"谷友之用一根别人无法看见的手指,在他一直盯着的那道杠上来回描一下,希望能把那道杠被水浪冲弯的地方,描得更直一点,或者看起来更直一些。"现在,这里没有什么保罗,很多年前就已经没有了。"

谷兰德先生曾告诉他们:神的仆人保罗,做税吏官时的名字叫"扫罗"。"保罗"用一个字母 P 取代了 S,同时也把罗马那个高贵的扫罗,变成了渺小、卑微、谦卑的仆人保罗。

"好好,这里没有保罗,也没有上帝挑选出来的那个倒霉鬼,那个可怜的摩西。"

"我是说,从现在起,你得时刻记住,这里是泺口,是大清帝国管辖的泺口。不是美利坚合众国,不是你在那里站立过的任何一小块破烂地方,也不是你刚才说的那些你闯荡过的乱七八糟的国家中,任何一个破烂国家破烂皇帝和破烂国王管辖的地方。"

"一点没错,我在美国待的都是些破烂地方。我已经受够了那些破烂地方。就是因为美国和另外那些破烂地方,我才下定决心回来。让我意外的是,那位从没对我显示半分仁慈的 God,和他那位被钉在十字架上的儿子,在今天,把他们吝啬的恩典同时赐给我,让我在这里见到了你。重要的是,你还在这里担任了地方治安官,手里有巡警局,有审判公所,连途经泺口的每条河流都归你管。我甚至又开始相信那位上帝的存在了。不瞒你说,在大海的浪头上颠簸着时,我一直都在思考着,如果不通过教会里那些洋杂种,其他到底还有什么渠道,能让我尽快找到我的兄弟。你知道,我可不想通过那些婊子养的骗子去找你。"

谷友之的耳朵一直在留意着院子里的动静。尽管他知道绝对不会有那种可能发生,但他还是担心着,来福会不会悄悄地离开他站立的那块地方,走过来,把左边或是右边一只耳朵,贴到木门的哪块板子上,犹如一根烂木头,在雨后长出了一颗黑木耳。

在外面月光里,来福大声地咳嗽一声,这让谷友之意识到,把自己和一个被讯问口供的人关在一起这么久,这是他来浈口担任巡警局长到现在,从来没发生过的事情。"你不会想说,这得算是个神迹吧?"他努力尝试着,想让自己相信,在一定程度上,外面那些明晃晃的月亮光,月亮里那个嫦娥仙子,或是吴刚砍伐桂花树的声音,多少会让来福放弃掉内心里某些好奇的念头。

"我想,现在,有一点我完全可以肯定,对于美国的宪法跟法律,你仍然还停留在谷兰德先生告诉我们的那点皮毛上。我说,现在看,那真的只能算是一些皮毛。"

"这里是浈口。"

"我知道这里是浈口。就算是在浈口,你也得详细地知道,美国宪法和大清国宪法,有哪些相同和不一样的地方。你总还记得,就算逼迫也好,诱导也好,总之,是那位上帝指引摩西,让他带领埃及城里那些以色列人逃出了埃及。"

"现在,这里没有什么上帝。你和我手里,也没有上帝赐给摩西的那根神杖,能让红海里的水退到两边,变成两面墙,把海底变成陆地。我是浈口地面上小得不能再小,真正如一粒芥子的一名巡警局长,两只脚是站在黄河边上。你呢,你现在不是在美国纽约,不是在加利福尼亚州任何一块土地上,也不是在密西西比河的河这边,或是河那边。"

从莎士比亚夫人抛下他那天开始,他就不再相信什么上帝跟十字架了。他觉得那个十字架除了能做做晾晒衣物的架子,做个迷惑鸡鸭的栅栏,最多还能制作两柄在黑夜里吓唬小孩子的木剑。剩下来,就只能劈开做烧柴了。他不会愚蠢地把他背在背上,不管它有没有改变过重量,或是比他想象中要轻上一万倍。

那些洋人宣教士在感叹中国人的肮脏，嘲笑一个中国男人娶几个缠裹小脚的老婆时，他们大概忘了，他们在弥撒中吃下的饼，喝下的葡萄酒，正是他们那位"主的身体和宝血"。那才是真正的肮脏。

"说起来，我还是非常喜欢那条河。"冯一德仿佛是在自言自语。"当然，我是说 Mississippi River。那真正算得上是一条波澜壮阔的大河。比起那条什么亚马孙河，它半点也不逊色。"

"这里只有黄河。"

谷兰德先生曾经告诉他们，"祭司"一词从拉丁语里翻译过来，意思就是"筑桥者"。背地里，他一直叫那个正在黄河上修桥的戴维先生"大祭司"。谷兰德先生还给他们说，"没药"在《圣经》里代表的是"爱心"。但是，在他们依次选择抛下他时，他们却没有一个人，拿没药膏涂抹过他受伤的身心。

"我当然清楚，这里只有黄河，没有 Mississippi River，没有亚马孙河，也没有尼罗河或是叶尼塞河，更没有印度教徒喜欢去他们认为可以为他们涤罪攘祸的那条恒河里沐浴浸身。"冯一德正了正身子，让它感觉更舒服一些。他的两只眼睛一直在凝视着谷友之。"所以，我说，对于你和我，对于我们俩，你和我都应该明白，我说的这点到底意味着什么。你忘记了，这条黄河，它的终点是大海。它通向大海，便意味着通向世界上每个地方。当然，它也会通向红海，那个上帝让摩西两次把神杖伸进去的红海。十年前发生的那个厦门事件，我相信你肯定知道，这件事曾经占据了美国许多家报纸的头版。我就是从 *The Washington post* 连续发表的文章里了解到它的。那时候，厦门可是停满了全世界各国的军舰。除了日本的和泉号、高雄号，英国的爱西丝和万霍克也在那里。当然，还有美国的卡斯汀，德国的施瓦尔伯和老虎。另外，法国和俄国，他们也没有落后。我说这些是想告诉你，我们绝不会孤军作战。"

谷友之避开对面的目光，看着冯一德放在桌面上的两只手。在他们相认后不到半个钟点的时间里，冯一德就告诉过他，他曾经带着这两只手，到过世界上二十九个国家，而那些国家，还只是组成这个完整世界的一小部分。"那些地方加在一起，也许还达不到这十根手指中的一根。"冯一德说着，将两只手举到桌子上方，在那里来回翻动一下。"我们所知道的，和那些地方相比，仅仅是微不足道的那么一点。"他伸出根手指，摸着另一只手上的一枚戒指，问谷友之是不是还记得，谷兰德先生曾经给他们讲过的那位威尼斯人，那位马可·波罗先生。在得到谷友之肯定的回答后，他说他在航行的时候，曾经有幸去过几趟威尼斯。就是在那里，他听到了一个有趣的故事。"Ring。"他继续摸着手上那枚戒指，"那里的人至今还在传说，在马可·波罗描写中国那部游记风靡世界之前，威尼斯人一直认为，威尼斯是世界上最富有的一座城市。为此，他们的统治者，每年都会举行一次盛大的仪式，将一枚金戒指抛进大海，以此庆祝威尼斯与它的财富之源——大海的婚姻。"

"我不明白你在说什么。"谷友之说。

"你会明白的。"冯一德看着谷友之，说那位马可·波罗先生，曾不止一次地在他日记里声称，跟中国和印度国的财富与豪华程度比起来，即便是威尼斯那些最富有的富翁们，他们拥有的豪宅也只配当作狗窝。那时候，所有的中国人都不会想到，马可·波罗先生这句不无夸张的话，对欧洲人来说到底意味着什么。而在那之前，阿拉伯人给欧洲带去了印度的数学、医学和炼钢术；带去了中国的丝绸、纸张和印刷术。但是，他们唯独没有给欧洲人带去梦想和野心。"梦想和野心。"冯一德大声笑起来。"正是那位马可·波罗先生,是他对东方人财富和文明的陈述,给西方人制造出了一场财富之梦,让那些热衷于相互吞并掠夺的西方人,看到了另外一个天堂。当然,也让那位伟大的航海家,哥伦布先生,最终铸就了他那个伟大时刻。"冯一德说。尽管他们的谷兰德先生从来没这样说过,但他相信,他心里一定比他们更明白,对于西方人来说,一座修道院,是不是一片富饶土地的象征。

"我不明白你在说什么。我想重申和提醒你一遍,我从来都不相信,书上说的那些连篇累牍的鬼话。"

"我想,我需要给你介绍一下得克萨斯州。美利坚合众国内五十个成员中的第二十八个。它是唯一一个,以'得克萨斯共和国'的身份和地位,加入'合众国'的。当年在加入联盟的谈判中,它的文件里专门记录了这样一条:如果哪一天,咱得州农民不爽的时候,得克萨斯可以随时退出联盟,回归'得克萨斯共和国'。得州,美国国旗中的这颗南斗星,在悬挂他们的州旗时,可以与合众国的旗帜等高。这一点是写在他们联邦宪法里的。"

谷友之想着半夜里他离开前,还在南家花园忙碌的那几个人。除了他们,他知道,城里还有一大群他现在没法亲自拿眼睛瞅见,但同样会在某个房顶下翻江倒海的老爷们。当然,他还可以想象得到,除了那些各怀鬼胎的议员老爷,还会有披着各种长袍,令他无法猜度的一些人,躲在某个无人觉察的角落,饿狼般盯着他们想要获取的某个猎物。想到那些人,谷友之让自己的思想停顿下来。"没了朝廷,没了皇帝,他们,当然包括南怀珠在内,他们大到天边去的梦境都是什么?"他在停顿的空隙里问自己。然后,连他自己都觉得,他被自己突然冒出来的这个想法吓了一跳。"山河不在镜中观。"他握下手指,握住了自己这个想法,不希望它们再次将脑袋伸到拳头外边来。不过,他发现自己并没有能够握住它们。他们每个人,这里自然也得算上他自己,谷友之继续往下想着,他们是不是仅仅就在图谋着,捞一把比现在多几钱银子的富贵?尽管每个人胃口不同,有人爱啖肉,有人喜食鱼,有人嗜酸,有人贪甜。但是,他更愿意相信,在他见到的所有人里,包括巡抚衙门里那些朝廷任命的大小官员,以及谘议局里分成不同派系的议员先生,在他们中间,应该还没有哪个人的胃口,大到了想吞吃一个天下。那副好下水可不是人人都有。他们的嘴,不过是想吞下挂在眼前的一小块肥肉。

"再说一遍,这里是洑口。"

"好吧,这里是洑口。对那些狗屁不是的报纸,我完全不怀疑你的说法。就是在美国,那些报纸的用途也只够拿来擦屁股。"冯一德说。

第十六章 河 岸

经过漫长的一个早晨,南海珠暂时压下了去找谷友之的念头。他一个人走出了大坝门,觉得最好还是先到河边坐一会,看着那些静静流淌的河水,让自己发热涨疼的头脑暂时安静下来。南明珠不止一次地告诉过她的娘家人,不论溁口地面上有没有发生那种令全部溁口人都感到瞠目结舌的事情,每天早饭前的一个时辰里,都是谷友之忙碌着对巡警局里那帮巡警们训话的时候。

南海珠仰头看眼天上的日头,估摸着,这个时辰,在谷友之"最忙碌的时候",他即便是去了巡警局,谷友之也不会有耐心坐下来,心无旁骛地跟他谈论城里那些事。眼下所有的细枝末节都在警告着他,他不能再回避降到他面前的这个问题了。它像一把火,正迅速地烧向他的眉毛。他没法闭上眼睛,继续装作它不存在。现在,他迫切需要和谷友之专心致志地谈论一次,那个张牙舞爪、搅得他心神无法安宁的"独立"。谷友之在第五镇里做过帮带,这让南海珠相信,谷友之的某些见解,也许比南怀珠那些简单可笑的想法,更高远一些。无田甫田,唯莠骄骄。他向来没正眼瞧过谘议局里那帮议员们。当然,他也一直认为,他兄弟是个头脑太过单纯的人。而一个这样的男人,他最正确的选择,就是坐在书房里潜心读书，或是守在他们家的醋园子里，一心一意地想着如何酿好醋。只要他肯花出比现在正插手的那件事少上五分的精力，他也能酿出全天下口味最好的醋。

关于酿醋这一点，他毫不怀疑他兄弟天生的那份能力。"曹操酿酒的九酝春酒法，同样适于酿醋。""冬季里浸泡红米时，浸泡时间延长或是减少半个时辰，酿出的醋，就会是另外一种绝然不同的味道。""上锅蒸原料，所燃木柴不同，则醋味全然异样。此与陆羽《茶经》里烹茶一事颇为相通。"他在十五岁时，就已经按着四季不同的季候、温度湿度、所用水质，各种所需原料的差异、酿造程序与各种操作手法的细微变化，编写出了一本叫《南家酿醋秘籍》的小册子。在那本小册子写成后，他又异想天开，在伍春水的协助下，用陈年醋糟加入宏济堂的阿胶糕和冰糖蜂蜜，偷偷地熬制出了一种阿胶醋糕。制成阿胶醋糕后，他们又联手酿造出了花椒醋和姜醋。在南明珠动手酿造她那些果醋和花醋时，除了洋女人马利亚教给她的"西方酿造技术"，南怀珠那本差点被他丢弃的小册子，以及他制作阿胶醋糕、花椒醋和姜醋的工艺，都给她提供了一些意想不到的帮助。

在大坝门外的河岸上，南海珠看到了那个身材高大的美国人戴维和他的太太马利亚。这个美国人的脚上，一年四季都穿着皮靴子。稍微不同的是那些靴子的筒子有长有短。现在，戴维的头上戴了顶帽檐夸张的帽子。他和他的太太，共同骑在一匹马背上，正缓缓地朝前走着。可以说，他那顶宽边的看着有些软塌塌的帽子，没有一个浠口的男人会看上它。当然，他们看不上他的，还有他一年四季都穿在脚上的那些长筒短筒的皮靴子。一开始，他穿着那种长筒的皮靴子在浠口大街上行走时，总会有三三两两的人尾随在他后面，盯住他两只包裹到膝盖的靴子筒，等着看他怎么摔倒进地面的泥土里。他们都坚信,他一定会摔倒。那两只靴子的长筒,在严重地妨碍着他的膝关节——它们让他的腿变成了几乎不能打弯的两根木棍。而在他迈开步子,尤其是需要打弯或者蹲下时,尾随他的那些人便一致认为,他要想弯下那两根"直挺挺的木棍子",实在是太艰难了。他们猜测,他自己肯定也意识到了这个问题的严重性。因为在大多时候,他们在浠口街面上看到的这个美国人,都是骑在马背上前行的。他们一直都想知道,是不是所有的美国男人,都是他这个样子。"要是都这种穿戴,他们老家的庄稼人怎么种地啊?"而对于那位"马利亚太太",浠口的男人和女人们最津津乐道的,则是她那张雪白的洋面孔和金黄色头发。在穿戴上,他们早就没人好奇她那些花样百出的"洋老婆裙子"了。不管男人还是女人,也不管是河里的船夫纤夫,还是牲口市里在牲口间来回穿梭的猪经纪牛经纪,甚至包括那些满大街乱跑的小孩子,他们现在感兴趣的,倒是这个洋女人穿着浠口女人们常穿的那些衣裳,在街市上来回地摇摆。只有这种时候,他们才舍得停下脚步和手里正忙的活计,三五成群地聚成堆,伸头缩脑,鸡一嘴鸭一嘴,指指点点着,对这个瞅上去不伦不类的洋女人的穿戴,褒贬一番。

南海珠看着马利亚。今天,这个洋女人没穿她那些花边和褶皱繁复多变得令人眼花缭乱的西洋衣裙,但也没穿成地道的"浠口女人"。她上身穿件黑色毛呢短大衣,下身穿条黑色紧腿裤子,大腿被裤子裹得紧绷绷的骑在马背上,被那个美国男人揽在怀抱里。从马利亚身上收回眼睛,南海珠又盯住了那个美国男人脚上的靴子。随着马背的颠簸,他脚上那只被太阳光照射着的靴子皮面上,一团金黄的日光正水波那样滑来滑去。"有时候,连日头光也会这样没骨头,变得像个醉汉。"南海珠让自己的视线离开了那只靴子。挨近大坝门的车马和行人熙熙攘攘。南海珠不愿意跟这个美国人打招呼。他低着头正下帽子,立在路边,希望这个骑在马上的美国男人和他太太,在策马走到距离他二百步之前,不要抬起头来观望什么,更不要看见他在这里。最好是水里有个鱼仙跑上来,在他们前面扯上道水帘,挡住他们企图朝他这边投来的目光。有那么一瞬间,他甚至想趁着戴维还没抬头张望前,自己先掉转头,走回大坝门内的街里。至少在这个早晨,他不想跟任何熟悉的人说话。从家里出来后,为避开更多的熟人,他让自己多绕了三条大街、四条胡同,才来到了大坝门外。他想一个人躲到河边上,找个地方,看着流淌的河水透口气。

"南老爷,有些日子没在河边看到您了。"

南海珠先是闻到一股新鲜的鱼腥味,接着便看见了水鬼。水鬼穿着鱼皮缝制的衣裤,肩上披着渔网,手里牵着那头瘦驴,驴背上驮着两个柳条编的鱼篓子,里面混装着品种大小不一的鱼。最上面那层,有几条鱼还像在水里那样,不断地在摇头摆尾。不用猜,南海珠便知道,那两个篓子里面,会有一百条鱼。整个泺口的人都知道,水鬼一天里只许自己的网捕上来一百条鱼。多出来一条,他也会将它放回水里。"老天给每个人的东西,都有定数。"水鬼这样警告自己,也警告着他的堂弟黄二皮。黄二皮每回从窑子里出来,醉醺醺地跑到水鬼家门外,拿拳头砸着他家的土墙,要求水鬼第二天多打几条鱼给他时,每次得到的回答,都是前面这句话。水鬼这些言行,让相信他是水鬼的那些人,更咬准了"他前世今生都是个水鬼"。

"今天的鱼个头都不小。"

南海珠敷衍着水鬼。他瞅着那头瘦驴,担心它走不进大坝

253

门，那两篓子鱼就会压断了它的脊梁骨。那个美国人的眼睛仍然在注视着黄河。这些年，他一直习惯和这个洋人保持着某种距离，从来不愿像谷友之那样，滔滔不绝地和这个外国人谈话，即便客厅里只剩下他们两个人坐在那里，更多时候，他也会保持着沉默。这个美国人从来不介意他的态度。"一个不容易迷路的男人，都是这样。"戴维曾经不止一次地通过南明珠，对他表达着"作为一个男人对另一个男人的赏识与理解"。

"我挑上几条，一会给您送到府上去？"水鬼拍拍装鱼的篓子。"今天的鲤鱼个头不大不小，做糖醋鲤鱼是再合适不过了。"一年四季，水鬼都会按定好的那个日子，把不同的鱼送到南家花园门口。除非那天不是送鱼的日子，而南家花园里又有哪位主子想吃鱼，或是意外地有亲戚朋友登门，管家来家兴才会跑到河边上，找到水鬼，亲自挑几条鱼回去。但今天，可不是他送鱼的日子。

"今日先不用了，您还是赶紧到鱼市里去吧。"南海珠不再看那头瘦驴和它背上驮着的鱼，而是盯住了水鬼身上的鱼皮裤子和脚上的鱼皮鞋。它们都显示着水鬼家里有个女红上乘的女人。尤其是那双鱼皮鞋，从裁出的样式到缝制的针线，都不是一个性情粗糙的女人能制作出来的。鱼皮不同于普通布料，也和那些羊皮有着巨大差异。除去不喜欢吃鱼那一小部分人，剩下那些浽口人，差不多人人都吃过水鬼从黄河里打上来的鱼。但是，却很少有几个浽口人见过水鬼的老婆。那是个几乎没走出过家门的女人。跟相信水鬼的前世就是个"水鬼"那样，浽口很大一部分人都相信，水鬼的老婆是他从河里弄上来的一条鱼。他们的另一个佐证，是水鬼穿在身上的衣裳鞋子，都是用鱼皮做的。并且，天上下着雪，水鬼的两个傻儿子，也会赤裸着身子在大街上行走。

"那个鱼变的女人,在家里也是赤裸着身子。"住在他们家附近的一些女人说。那个女人的好手艺,没能阻止住那些鱼皮把水鬼弄得像条鱼一样,浑身上下都在扩散着冰凉的水汽。而且,每一粒水汽里,都包裹着足斤足两的鱼腥味。老管家来家兴前些天告诉他,这段日子,整个浽口的人都在暗地里流传着:谷友之从这个水鬼手里,买了一只会跟人一样说话的甲鱼。他还说,因为这只会说话的甲鱼,水鬼的堂兄弟黄二皮,那个常年在河边上拉纤,闲下来就去钻窑子的瘦小男人,已经被吓疯了。就是水鬼本人,也因为害怕捕上来这样一只甲鱼,眼下,进出都将一张渔网披在身上,以此来辟邪。但是,南明珠和谷友之,他们两个人,却从没给他提起过巡警局里有只什么会说人话的甲鱼。

水鬼披在后背上的渔网,两根沉甸甸的网坠子,在网角上来回荡着,像两个青葱的小姑娘,来回地荡着秋千。南海珠盯住它们看着。他的两个妹妹,南明珠和南珍珠,至今还喜欢在花园的秋千架子上荡秋千。他看见她们立在秋千架上,跟随秋千飞起来的衣摆和裙摆,正在把她们变成两只五彩斑斓的蝴蝶。他的太太厉米多则站在她们旁边,神色紧张地望着她们。那是个端庄又胆小的女人,从来不敢,也不会让自己坐着的秋千飞起来,哪怕飞到她头顶的那个高度。她最多是在那上面安静地坐一会。更多时候,她都是站在一边,像他眼睛刚才看见的那样,小心翼翼地守着他的两个妹妹。

"好。那就等明日,我朝下走走,碰碰运气,看能不能打上几条稀罕的鱼,送到府上孝敬老太太。前两日来管家说,老太太想吃黄河刀鱼。可这个节气了,就算我是个实心的水鬼,也不能去乱了季候。您告诉老太太,只要我水鬼不被鱼虾拖进水里去当了饭食,等明年麦子一黄梢,我就驾船往河口那边去,给老太太

255

捕回第一网刀鱼。有老太太在，我猜，我那点好运气就不会溜达进东海里，被海水吸干净，被东海老龙王全部拿走。"水鬼伸手拍拍那头瘦驴的屁股，那头驴听话地朝前迈开了步子。它那只闭着的瞎眼睛，一直都在紧紧地闭合着，好像它是跟这个世界上什么东西在打赌，而它的赌注，就是要永远闭着那只眼睛，无论什么神仙光景也不再睁开。

"我这里先替老太太谢您了。"

南海珠对着水鬼抱下拳。他琢磨着，是不是众人都在传说那只会说话的甲鱼，把这个水鬼给吓着了。在这之前，水鬼从来不和人谈论他打鱼的事情。而且，他和南家花园里上下所有的人一样清楚，除非是用黄河鲤鱼做出来那条"跃龙门"的鱼，其他任何鱼，哪怕是到天上银河里撒网捕回来，人吃了可以长生不老的神仙鱼，他们家老太太也不会品尝一口。"人得学会惜福，不能想着把什么都吞进肚子里。"谷友之和南明珠每次给她送去面包，她都会对着他们唠叨一遍这句话。"一个人知道惜福，就算是阎王爷派出来搜寻人头魂的大鬼小鬼，也会在黑夜里远远地避开他们。"南海珠又瞅两眼水鬼背上的渔网，琢磨着，如果真有管家给他说那只甲鱼，那么一只会说人话的甲鱼，"是不是应该长着两个脑袋，或者三个"？这个想法不禁让他笑一下。元朝末年，一个反对蒙古人入侵中原的起义者，陈友谅，就使用过这个拙劣手段。他弄了个一只眼的石人，在上面刻下"莫道石人一只眼，此物一出天下反"，暗地里派人埋在黄河滩上，又打发人将它沸沸扬扬地挖了出来。这种蒙人的事，只有写在《搜神记》那类书里，才会让人信以为真。不过，不管什么荒唐事，人自己捣鬼也好，拉着鬼神们结伙也罢，所有看似神出鬼没的事，总会有真相大白天下的一日。当然了，那一天，可能比你准备等候的那个日子早上十天八天，也可能晚上几个月、几年，或是几十年、几百年。

差不多九点钟，两匹骡子和那辆拉醋的马车，穿过西门进了城内。因为担心遇上游行的人群，出门时，周约瑟比平日里早了半个时辰。院前大街上车水马龙，和平日没有一点区别，只有绸布庄里那个小伙计，没和前几天那样，手里拿个纸糊的喇叭筒子，站在绸布庄门前，朝过往的行人来回喊着："盘资甩卖，盘资甩卖，走过路过您不要错过了，盘资大甩卖！"一个星期前，他的东家，那个从南沂蒙县来这里经营绸布庄，脸上总是带着笑意的中年男人，在他的绸布庄门口，一头栽到地上，死了。栽倒之前，他正站在铺子门口，和他那个年轻的小老婆争论着什么。

"老周，你今天可不是来早了那么一点。"

周约瑟顺着声音望过去，看见牛老七站在绸布庄旁边的银号门前，正伸出右手的拇指和食指，比画着他"来早的那一小节时光"，哈哈地笑着，让他赶紧把马车拉到路边，和他的骡子马车都歇歇脚。牛老七的父亲，是曾经推荐他父亲周长河到机器局里造火药那两个人中的一个。在他父亲带着一家人离开城里，到泺口机器局造火药前，牛老七家就住在他们隔壁。现在，牛老七的旅馆和茶园子，都开在那家章丘银号的旁边，紧挨着刚刚死了主人的绸布庄。

"我哪有你这个甩手掌柜清闲自在。"周约瑟用鞭子杆指指车上的醋，"这车货，还等着我挨家送下去，吃进十二生肖的肚子里。"

"我不是正在说，你今日来得早吗。"牛老七仰头望眼天上的太阳，跑到了周约瑟跟前，"我站在这里等你，是有件大事要和你说说。"

"你能有什么大事。是不是昨黑夜里做梦,也娶回了第四个小老婆?"周约瑟拉住两匹骡子,眼睛朝绸布庄门口扫一眼。

"不是人人都有那么大的福分。"牛老七也扭过脸,看眼上了门板的绸布庄。"人这一辈子,穿几寸布,吃几粒米,喝几口水,花几个钱,喘几口气,都是命里注定的事。要是没那个造化,就只能是这个结果。"他朝绸布庄关闭的店门努下嘴。

"这才几天,就清完底了?"

"我正要跟你说这件事。"牛老七朝周约瑟跟前探下脑袋,"你知道这位绸布庄掌柜,是为着什么丢掉的性命?"

"你可真是个闲人。为什么死的?我亲眼看着他一头栽到地上,腿都没蹬一下。"周约瑟说。他猜测,牛老七一定是在他的茶园里,听多了那些茶客缠绕的闲话。而且,他相信,那些闲话,肯定都跟丝瓜藤一样,和绸布商那个小老婆扯来绊去。半条街上的人都瞅见了,那个绸布商在倒下身子前,正在他的绸布庄门口,和他的小老婆在争吵。

"我是不是还没给你说,绸布庄里那个小伙计,被我弄到茶园子里来了。"

"他给你抖出前东家的底细了?"周约瑟说,"一个小伙计,要是一口两舌,拿着前东家的事出来说三道四,这也不是个可用之人。"他脑子里闪过了热乎。不知道这个小兔崽子能不能记住自己给他说的那番话。"记住我说的话,一定得记住。"他说。他想让那个孩子明白,一个人,不管男人还是女人,只要他还有黄豆粒么大点头脑,并且想平平安安地在这个世上活到终老,他们就得先去弄明白,在哪些时候里,哪些话该说或是不该说,哪些事能做或是不能做。

"先不说那个小伙计。"牛老七说,"有一回,报馆里几位先生到茶园子来吃茶,你说当中一位,是南家花园的二东家。还说你们那位二东家,在谘议局里是位什么议员?"

"你黑夜里做了什么梦,忽然想起这事来了?"周约瑟瞅眼牛老七,猜测着他要干什么。

"是这样,这两天我一直在琢磨,你们二东家在谘议局里,是不是跟商会里那位石会长熟识。我打听到,那个石会长,也在谘议局里当差。"

"怎么,你这个茶园子掌柜,屁股沟里肥得流油了?我们东家那么大个醋园子,家里铺子能排半条街,城里一帮人登门请他做什么商会会长,别说三请诸葛亮,他们差不离是五到涿口,人家都没答应。"

"我要入商会?你倒看看我这身家,屌毛不值两根!我是说,绸布庄里死掉的这个掌柜,要不是被他的妖冶老婆撺掇着入了商会,他哪里会跟条破口袋似的,驴放屁那么点风头,一条性命就扑在了街上。"

"这是那个小伙计吐露的吧?"周约瑟说,"听我说老七,你还是省下份心,好好开你的茶园子,卖你的茶。一个在铺子里守柜台的小伙计,能咧咧出什么清白话。他是不是还给你说,他老东家的老婆被商会里那位会长拐到了床上,他是因为脑袋上扣顶绿帽子,才活活累死的?"

周约瑟瞅见了那个头上顶着筐子卖点心的小男孩。他两手扶着点心筐子,正从不远处背着太阳的方向,朝他这里奔跑着。"看着脚底下,慢着点跑,小心再摔烂了你的点心筐子。"周约瑟大声对小男孩吆喝着。从那天给过他钱,这两日里,只要在街上瞅见周约瑟,这个小男孩就会跑到他跟前,和他打过招呼,然后取出块小点心，硬塞到他手里，说是他娘要他这么做的。小男孩告诉周约瑟，那天回到家，他就把自己在人群里摔了点心筐子，和周约瑟给他钱的事，都给他娘说了。他娘听完后，一个劲地说他是遇到好心的菩萨了。她要求他，以后不管什么时候在街上遇到这位恩人，也不管隔着多远的路，他都要跑上前去问个安，给他们家的恩人奉上块点心。他在给周约瑟递上一块点心后，周约瑟就从这个小男孩嘴巴里掏出了他的底细。小男孩家在博山，有过两亩山地，但那地下藏着德国人要的煤矿。德国人把他们家的地买走后，又把他爹雇了去，帮着他们运煤炭。"俺娘说，那段光景，是俺家日子开花的时候。"那天，那个小男孩一直仰头在看着周约瑟。"可俺爹去了煤矿三个月，就被拉煤的车把腰撞折了。为了给俺爹抓药治病，俺们家卖地那些钱，就一个子儿一个子儿地排着队，走到药铺子里去了。"小男孩舔着干裂的嘴唇说。

"你理会错了。"牛老七瞅眼那个奔跑的孩子，问周约瑟那个孩子是谁家的。前些日子，这个孩子在他茶园子门口转悠着卖点心，被他驱赶过几回。等周约瑟回答了他，他才又说，"鼠有鼠道，蛇有蛇道。那个会长拐走了谁，都和咱们老哥俩没有半个铜板的牵扯。你刚才不是说，前一日在街上，你也遇到那群游行闹独立的人了？商会里那个会长，在谘议局里是位副议长，街上人都在传说，就是这个人，亲自带了人上街集会游行，蛊惑着民众要求山东宣布独立。"牛老七朝四周看两眼，压了压声音，说绸布庄那个小伙计告诉他，他老掌柜的女人因为念过几年洋学堂，觉得自己极有见识，所以，被商会里那位会长一鼓动，她就从家里跑了出去，带着群妇女和女学生，天天在城里跑着，满天下给第五镇的官兵们募集军饷。那个绸布商怕她跟朝廷府衙作对，最终引火烧身，给一家人招来杀身之祸，就千方百计地拦阻着，不让她出门,还专门派了人看守着。为这桩事,两个人没日没夜地争吵打闹。吵来打去,绸布商心里宠爱那个女人,还是又把她放了出去。末了,就是绸布商自己一头栽倒在地上,一命呜呼了。

"这桩官司跟你跟我,都没有什么牵扯吧?"周约瑟笑着,看着那个跑到近前的孩子。

"我给你说过,咱们先前和东洋人在海上开战,那两艘从英国人手里买来的致远舰和什么舰,哪一艘都是上百万两银子。结果你也知道,东洋鬼子的一颗鱼雷炮弹,就把它们击沉进大东沟的海底里,给那些鱼鳖虾蟹做了安乐窝。那两艘舰上安装的格林连珠炮和那个凯乞斯,可是全天下最高级的火炮。它们用的那种马蒂尼子弹,也是全天下最高级的家伙。结果呢?结果是咱们几百名铁甲海军,全部做了溺水鬼,在海底下陪着龙王爷过起日子。接下去是义和拳,杀洋人,禁洋货。义和拳还没平息,那些八国联军九国联军的红毛子绿毛子怪物,又扛着枪炮开进了北京城,连太后和皇帝都吓得屁滚尿流,逃出了紫禁城。这两年虽说德国人占着咱们东海边,济南城里到底也算安稳地喘了两口气,没有满鼻孔里窜动火药味。你看看眼下这气象,是不是又要轮回到前头那种乱世道了?"牛老七笑着,展开胳膊,像鹅鸭准备起飞跳水前舒展身子那样,两个翅膀快速地起落着,在屁股上拍打几下。

周约瑟看着牛老七,琢磨着他跑马遛弯的用意是什么。

"你们那位二东家在谘议局里当差,肯定知道些底细。这两日里得辛苦你,帮我去哨探哨探,看看咱们济南城,会不会也像鄂省那个武昌城,被一群革命新党旧党闹腾着,有哪把火枪耐不住性子,走了火,枪炮火药地打起来。要是不出大乱子,开不了火,没人把这座城池弄成阴曹地府,我就趁那位绸布庄掌柜刚升仙，半条街上都觉得那间铺子污秽丧气的档口，把它盘下来。这种能赚一把便宜的好时气，要是一个人平日里不积德行善，运气不像蒙古人烧干牛屎那么旺的话，可是多少年里也碰不到一回半回。你瞅到章丘这家银号了吧？绸布商那间钱庄，已经被他弄到手了。"

周约瑟在挨着他那匹骡子背上摸一把。那是匹黑骡子，它浑身的黑毛一旦被日光照射着，就如同涂了层清油，蚂蚁走在上面腿脚都会打滑。周约瑟一边摸着那匹骡子闪着油光的皮毛，一边讥诮着说："你这个人又贪心又会算计，就不怕被那口豆腐渣噎了喉咙？"

"就算被噎死，嗓子眼里不是还赚了口豆腐渣。"牛老七笑着，在周约瑟胳膊上拍打两下，托付周约瑟一定给他上上心。"到时候，肯定少不了你那份好处。"他又指指跑到他们面前的那个小男孩，"就是他，你白捡的这个，这两日天天跑来孝顺你点心的约辈儿子，我也会让他跟你沾沾光，准许他隔三岔五地到我的茶园子里去卖块点心。"

"这个话说准了？"周约瑟对着那个小男孩挤下眉眼，笑了笑。

"说准了。"牛老七说，"他现在就能进去卖。"

"那我就帮你问问。"周约瑟在小男孩肩膀上轻轻地捏一把，让他按着牛老七说的，赶紧到茶园子里去卖点心。然后，他从口袋里摸出条绣着茉莉花朵的粗布手巾，把小男孩塞给他的那块点心仔细包起来，揣进怀里，拉着骡子离开了牛老七。

离开南家花园时，南明珠没让管家来家兴去套马车，也没乘坐厉米多的轿子。在最后，为了让厉米多安心，她才顺从她的意思,让那个叫热乎的男孩子一路跟随着,"把大小姐护送到家门口"。

"老爷呢,老爷早饭都吃了什么?"

南明珠问跟在身后的锦屏。锦屏跟在后面,是为了告诉太太,那位马利亚夫人一早就差人送来口信,让她今日早一些到蒙智园去。南明珠往卧室走着,打算进去换件外套。她需要重新和马利亚商量一下,是给那些女孩子们买两台缝纫机呢,还是暂时先买一台。尽管杯水车薪,谷友之还是花了心思在游说她,希望她把孩子们募集到的那笔钱款,尽可能地再多拿出一份,捐给第五镇的新军们做军饷。"多十块钱,就可能多让一个新军在第五镇里安心待下去。"谷友之说。她担心的是,马利亚不会赞同她这么做。"明珠小姐,这些钱是孩子们募集来的,它们是属于孩子们的。"她相信,马利亚一定会摇着头,这么来回答她。

"老爷留在巡警局里,一夜没有回来。"锦屏回答道。

"一夜没回来?"南明珠收住步子,扭头看着她的仆人,猜测着谷友之为什么会一夜留在巡警局里。在此之前,他可从来没在巡警局里留过宿,即便是她留在南家花园里不回家,他也从没这么做过。他一直在用这种方式,以及那些面包,表达着他对她的爱和忠诚。

"是,老爷一夜没回来。说是一宿都在那里审案子。"

"谁去的巡警局?"

"没人去。是一大早,老爷让那个叫来福的巡警到家里来了。他来告诉三德,老爷让他把咖啡磨好,拿到巡警局里去煮。除了去煮咖啡,老爷还特地吩咐,把他给您买回来的那些面包,也一块带了去。"

"那些面包也带去了?"

"来福说，老爷就是这么吩咐他的。"

"没有别的话了？"

"没有了。"锦屏小心地望着她的女主人。

"好了，我知道了。"

南明珠取件黑色羊毛大衣拿在手上，打发锦屏去告诉车夫，先备好马车等着她。然后，她站在客厅里一块被阳光照耀着的地方，琢磨着，谷友之为什么要把咖啡和面包带到巡警局里去。他自己很少吃那些面包。他只是热衷于骑着马，跑到商埠那个德国人霍夫曼的面包房里，把它们从面包房里带到泺口来。她心里跳出了他每次从商埠买面包回来，骑着马在路上飞驰的身影。差不多每次，他都会让胯下那匹白马跑得汗流浃背。"又不是十万火急的军情，你就不能在路上跑慢一点。"这些年，只要他手里提着那只装面包的篮子，骑着马冲进院子，差不多每次，她都要这么说一遍。"那位尊贵的太太不是说，有些面包只有刚从炉子里取出来，趁着外焦里嫩，才能吃出属于面包那种香味吗。"他俯在马背上，伸手朝她递着盛面包的篮子，每次都是这样回答她，一回也没有改变过。

马车驶出大门后，南明珠吩咐车夫，在去蒙智园前，"先到巡警局里去一趟"。"是，太太。"车夫答应着，同时摇了摇手里的马缰，让那匹步态稳健的马加快了一点步伐。无论在家里还是在外面，南明珠一直称呼这位车夫"马帮主"。他是谷友之在第五镇里的马夫。他们结婚后，谷有之就安排他做了她的马车夫。他已经给她赶了六年马车，但她从来也没看见或是听见过一次，这个人将他手里的鞭子，真正落到那两头轮换着拉车的牲口身上。除此之外，每次套好马车，在南明珠上车前，他都会拉住驾车那匹马，摸着它的身子，嘀嘀咕咕地对它说上一阵子，嘱咐它走路步子要稳,遇到天塌下来的大事也不能大惊小怪乱窜乱跳,惊吓着太太。"太太金贵,咱们伺候得妥当了,回头我多给你们喂大麦、喂豌豆。要是不小心在路上吓到太太,仔细我报告了局长老爷,把你们牵到热汤锅里去。"每次喂马,他都对那两匹马恩威并施,像是在调教他带的两个小兄弟。南明珠无意间听见他对它们说的这番话,先是在旁边笑一阵子,然后,她走过去拍拍那两匹马,说她没想到,它们已经是有"有帮主"的马帮了。

在拐往巡警局的第一个岔路口上,南明珠拉开马车前面的窗子,朝外探探头,催促车夫把车赶得再快一点。那个可以来回打开的玻璃窗子,是她亲自设计出来的。后来,马利亚让她的丈夫戴维,在他们那辆马车上,也安装了这样一个窗子。并且,马利亚还分别给她和南明珠的马车窗子取了两个有趣的名字:"自由之窗"和"世界之窗"。作为这个窗子的发明者,马利亚说南明珠有权优先为她的窗子做出选择。南明珠想了想,便将"自由之窗"的名字,给了自己这辆马车的窗子。由于这两个被戴维和谷友之称作"别具一格"的名字,马利亚还和南明珠一起,把她们在济南城里熟悉的宣教士,以及德国和英国领事馆里的几位朋友,悉数请到了泺口,在戴维经常带着孩子们游玩,给他们讲述美国故事的那片河滩上,举办了一场非常有趣的"自由派对"。

"已经够快了,太太。再快,两个车辄辘就飞走了。"车夫说,"再说,老爷要是看见马车跑这么快,他一生气,怕是就把我赶回第五镇去了。您可不知道,前些天老爷打发我到第五镇里送信,听营房里几个兄弟说,他们已经两个月没发军饷了。大伙都在嚷嚷着,再这样下去,等不到解散的命令下来,他们就得靠去城里哄抢店铺养活家人了。眼下,营房里掌管军火物资的人,都在明目张胆地出卖军火物资。那些喜欢打牌喝花酒,在营房里又没处捞钱的兄弟,有人熬不住,已经瞄上城内一些大户和商埠里的铺子,嘀咕着要去下手了。"

"你说他们两个月没发军饷,这事我知道。后面那半截,怕是他们编出来的,逼迫衙门里的人想法子给他们发饷。"南明珠说。

"绝对不是瞎话。"车夫说,"第五镇里原先跟过老爷的人,都让我捎话给老爷,问咱们浐口巡警局里需不需要枪支军需,或是人手。说老爷如果需要军需,他们立马就把它们弄过来;若是需要人,更没二话,他们个个都愿到浐口来,跟着老爷效力。"

"这些话,你回来都说给老爷了?"

"一大群人,都指望着老爷能为他们操心,找一条让全家老小活下去的路子。我敢说,眼下,他们正盼观音菩萨显灵那样,在盼着老爷的信呢。"

"老爷怎么说?"

"老爷一直坐在那里喝茶,什么也没说。过了没一会,您就带着马利亚夫人,从学堂里回家来了。"

"后来没再提起这事?"

"您是说老爷?"

"不光是老爷,还有你。"

"过了两天,老爷把我招呼过去,让我给那些贴心的弟兄,一人送去二十块洋钱,说是让他们先拿去救救火。"

"别的呢,没带什么话?"

"没有。老爷什么话也没说。那些人都跟过老爷,知道老爷是念旧情的人,早晚会给他们找个新活路。"

"那些人,就那么相信他?"

"这一点,我倒是敢在太太您面前做个保证。老爷就是不打发我送钱给他们,只要有一声吩咐,让他们提着脑袋瓜子来见老爷,他们保准没一个会打软腿成软蛋,装龟孙子。"

"你倒是成了他们肚子里的蛔虫。"

南明珠望着街上来往的行人和两边的店铺、树木。几棵白果树的叶子金灿灿地挂满树枝,既像落满了一树扇动着金翅膀的蝴蝶,又像是财神爷喝醉了酒,把传说中长满金叶子的摇钱树栽到了这里。要是家里真有棵摇钱树,谷友之就不会打那些孩子们的主意了。南明珠想着戏台上和扎彩店里摆着的一棵棵金光耀眼的摇钱树,在心里笑一下。能够拥有那些摇钱树的,不是天上的神仙,就是那些离开了人世间的人。到了蒙智园,她该怎么开口,马利亚才能同意拿出孩子们募集到的一份钱,转赠给第五镇的新军做军饷呢。南明珠又想一遍。"一半不行,拿出三分之一,或者五分之一也行啊。"在募捐现场,谷友之嘿嘿地笑着对她说,"我现在最想拥有的,就是拿三条鱼、五个饼,让五千人吃饱肚子的那个本领。"

第十七章　年　画

　　顺着大明湖南岸的街道，一路蜿蜒向西——周约瑟每次到按察司街上的聚贤楼送完醋，都会从这条路上绕回到泺源门——司家码头是大明湖上最繁华的一处看点。在距离那个码头十几丈远的地方，一处民宅边上，是那位巡警局长老爷和巡抚衙门里两位官员合伙开的一间茶楼，明湖居。游完湖，从码头上下来的游人经过这里，有七成的人都会坐进去歇歇脚，吃盏茶，听上一回大鼓书。而那些忙碌得没法让两只脚停下步子的行人，在这条路上一边行走，眼睛瞧过湖面和司家码头上的热闹，耳朵里也能听进去两句茶楼里传出来的大鼓书。周约瑟走在这条路上，每次都会虔诚地念上十遍"阿门"，感谢那位他从来没有看见，甚至都没梦到过的上帝，能让那些跟他一样，没空在白日里坐下来喝闲茶的人，在一天的十二个时辰中，也有份麦粒那么大的福分，过上这样一小节惬意的好光阴。"就是眨巴两下眼那么长，或是比柳树叶还窄去一半，那也得算数。"他对自己说。

　　两匹骡子拖着马车，轻松地朝前行驶着。艳阳高照，路边柳树青碧的叶子里，间或夹杂着的几片黄叶，让那些柳树比夏日里更多出几分招惹人的妖娆。"这是另一种惹人心疼的女人，真是要风有风，要韵有韵。"周约瑟伸出鞭子，在几条摇摆的柳丝间拨弄两下，想着南家花园里那位身量略显瘦削的大太太。不过，刚把拨弄柳丝的鞭子缩回来，他就朝着自己的脸拍一巴掌，觉得自己这么做实在是亵渎了那位太太。那是个不论和谁说话，都会带着一脸笑意的女人。就是她，丁点也没有嫌弃他买回家的那个娼妓。在他买回那个娼妓的第三十天，按着浨口嫁娶的风俗，算是刚过了"对月"，她就打发人到醋园里，把他叫进了南家花园，问他愿不愿意让他老婆"到大宅子里来帮把手"。"愿意，愿意，太太。"他手忙脚乱地搓着两只手，在心里来回搜寻半天，也没找到一句合适的话来感激她。于是，他就在心里念了句赞美上帝和圣母的话，然后趴到地上，替那个娼妓，给她在大宅子里的女主人，那位善良的太太，磕下两个头。

北面司家码头那里，来往的船只行人熙熙攘攘。通往码头的路上，一个看上去有些瘦弱的年轻女人，胳膊上跨个蓝布包袱，步态轻盈地朝着他和马车行驶的路上走来，神态和他第一眼瞅见的周茉莉，很有几分相像。打算把周茉莉买到手时，她最让他心里怜惜的，就是那一身的柔弱和惊魂不定，浑身上下，都跟在春风里刚绽开芽孢的柳条子一样。但那张又瘦又黄的小脸，和一双细长的眼睛里面，却干净得没沾染上半分人世间的风尘。他当初在苏利士那里看见过的一帧圣母玛利亚的画像，画像上圣母那双眼睛里，就全是那种天使般的洁净。他相信大宅子里那位太太，愿意让烟花巷里买来的一个风尘女子走进南家花园，看上她的，肯定也是这一点。那次，他带着熏过身子的周茉莉，被老爷应许，到大宅子里去拜见女主子们时，他暗暗地留意到，那位太太打量她的眼神，和他在一群神女里望见她时，几乎没有差别，除了怜惜，里面没有丝毫的厌嫌之意。"主啊，您一定要让好心人，一辈子都活在有盐有糖有光的日子里。"他跪在周茉莉身边,为那位太太眼睛里的怜悯,在心里替她祷告着。

马车驶上鹊华桥的拱桥顶,周约瑟拉着缰绳,远远地瞭望一眼黄河边上的华山和鹊山。在南家花园那间叫"有序堂"的小客厅里,他曾经看见过这两座山。那位记者老爷告诉他,那幅画的名字叫《鹊华秋色图》,是在济南府做过官老爷的一个江南人画的。"那时候,黄河还没改道,还没有流到咱们洑口,挤占掉大清河。那两座山还像兄弟一样,肩并肩地站着,没变成王母娘娘用金簪子划在银河两边的牛郎织女,没被那条浊浪滚滚的黄河水阻隔在河的两岸。"那时节,这位后来的记者老爷正在山东大学堂里念书,已经不再是那个坐在河边钓鱼时,看着水面一言不发的男孩子。

谘议局门前的路上,散散落落着聚集的人群,把高楼前的空地和道路差不多都要占满了。一些半大的男孩子,甚至爬到了路边的柳树上,吊着两条腿,骑在树杈上瞧着热闹。

周约瑟吆喝着两匹骡子,神色慌张地下了桥。在桥头上,他拉紧手里的缰绳,死死地扳住车挡,向迎面走来的一个卖水人问道:"伙计,我刚才在桥上,望见谘议局那里围着一大堆人,出了什么事?"

"谁知道什么事!说是谘议局里一帮人,这两天聚在大楼里开会,要闹什么山东独立,跟朝廷断绝关系。一些爱跟风添屁的闲人闻到味,就一拨拨地聚拢了过去。刚才那边有两个瞧热闹的人,说他们是在等着领什么好处。"卖水的男人在路边停顿下脚步,转过头去,匆匆地朝身后瞥一眼。

马车已经完全停了下来。周约瑟挽着缰绳,看着前方。他赶着马车,整天在湖边这条路上行走,却极少让两只眼睛朝谘议局的大楼上望一眼,也从来没打听过,谘议局是个什么衙门。尽管他知道,大宅子里那位住在城里的记者老爷,除了"当记者",还在这个叫谘议局的衙门里担份差事。至于那是份什么差事,他一直觉得,那不是他这个醋园里的伙计该去操心的事。他要操心的是怎么晾好那些醋醅,怎么喂好这两匹骡子,不让它们闹出毛病。当然,也不能让那辆马车出什么毛病。然后,他和两匹骡子,以及马车,各自尽着自己的本分,日复一日地上午进城,下晚赶回涑口,风雨无阻着把城里各家饭店和铺子里那些主顾们订购的醋,按时按点送到他们手上。不管皇帝老子还是咱们这些伙计,当尽那份本分,就得尽心尽意地去做好。他不但对自己这么说,对那两匹骡子和那辆马车,他都会这么给它们说。他相信它们,不管是骡子还是马车,都能听懂他的话。

"您听准了,真是谘议局里的人,在带头闹独立?"周约瑟问。

"谁知道那是个什么烂局子。这几天里,天天看见有人在忙进忙出,走马灯似的,比平日里热闹了几分。城外一些新军也跑进城里来了,骑着马,挎着枪,满大街地横冲直撞,连屁股底下马蹄子跑动的声响里,都是杀气。"

"那堆人可不少。您刚才说他们都在等着领好处,有什么好处?"周约瑟伸长脖子,又朝人群聚集的地方瞅两眼。

"谁知道什么好处。我方才经过,被一个小青年拦下来,问我愿不愿意放下水车子,跟着他们去游行。说里面已经传出话,凡是跟随他们到街上集会游行的人,每人都会凭着他们发的一张字条,回来后,到谘议局门口去领半块银钱。我卷了他两句瞎包玩意,他才松开车把,让我走了。这些熊玩意,哪个不是爱好吃茶看戏、无事凑趣的闲散东西。不信你到近前茶馆戏园子里瞧瞧，这会儿，保准个个茶馆戏园子里头都空了。"卖水的男人迈开步子走两步，又扭头提醒着周约瑟，走到那些人跟前时，"最好是扬扬手里的鞭子，让马车快走几步。"瞧热闹想好处，也得分清是什么热闹和好处。碰上要命的事，热闹没瞧上，好处没到手，鬼头刀倒是从天上掉下来，落到脖子上。那个男人边走边说。

"您说得极是。"

周约瑟握着鞭子，隔着两个匆匆路过的行人，冲着卖水的男人抱抱拳。

那人离开后。周约瑟站在路边琢磨一会儿，最终拿定主意，要"像那些闲人们一样"，到谘议局跟前去"凑一回热闹"，探探风声。

他仰头瞅眼日头。昨日晚上，太太尽管专门打发热乎去告诉他，让他今日进城后"要早点去见二小姐"。不过，现在，他觉得二小姐那里，或许可以晚去上那么一小会儿。

这个时辰，二小姐还在病房里忙碌着，不喜欢人这么早去叨扰她。"老约瑟，下回来找我，你能不能估摸着我忙完了，再让人进去叫我。"他去见二小姐南珍珠，十次有八次，她都会这么说。要不就是："老约瑟，里面正做着一台手术呢。你知道什么是手术对吧？怎么又来添乱？"不过，就算二小姐每回都这样抱怨他，他心里还是很喜欢。因为二小姐嘴上虽然在抱怨他，但她那两只清澈的眼睛里，却丁点也没有这样的意思。"她那是在炫耀自己会了西洋人的医术，有本领呢。"他看着她满脸笑容，每次都会这样想。二小姐和大小姐不一样。大小姐也体贴下人跟醋园里的伙计，偶尔还和大家说几句玩笑，但她却是天上那个耀眼的日头娘娘，能让人觉得暖和，却没人敢睁大眼睛仔细去瞧她。

二小姐南珍珠则像是晴朗的十五夜里,饱满鲜亮的月盘中那个嫦娥仙子,面上让人看不出冷暖,却能让人真切地端详着脸庞,一直看到她心底。"天上那些天使,都是这样的脸庞。"看着二小姐从病房门口走出来,或是看她搀扶着病人在院子里走路,他都会想到从苏利士那里看见的天使画像。"就是缺少了两只肉翅膀,没在洪家楼和将军庙教堂的墙壁和穹顶上飞着。"

一路走来,除了谘议局门前聚着的这帮人,他还没在另外经过的街上,看到游行的人。这让一直包围着他的那些恐惧气味,稍微变薄变轻一层。这或许多少能证明一点,事情还没有他想的那么糟糕可怕。在前一天晚上,苏利士告诉他,推翻一个王朝这种事,绝不是一帮人坐在高楼里面,脑袋抵着脑袋,跟斗架的长须昆虫那样,来回地碰撞几回触角,就能成功的。同样,也不是一群人绕着大街喧闹上几天,便能闹出他们想要的那个结局。"任何一个国家,一个民族,不管是欧洲还是你们,任何时候更朝换代,极少不是血流成河,尸骨遍野。你得知道,哪块土地下面都埋着战死者的白骨。即便是那个摩西,奉了万能上帝的旨意,被上帝护佑着,带领以色列人逃出埃及城,仍然在路上行走征战了四十年,才走到流奶流蜜的迦南美地。"苏利士说。他坐在那里琢磨一会,点点头,觉得苏利士说得极有道理。单是南方一个武昌城宣布独立后,消息传到济南府,那些拿纸票子到大清银行里兑换银圆的人,就把银行的两间房子给挤破了。因为人实在太多,一个怀着六个月身孕的妇女从门前经过,凑过去看眼热闹,结果,她先是被人群挤倒在地上,又被一只一只大男人的脚踩到了鞋子底下。喧闹声完全淹没了那个妇人的惨叫。等拥挤吵嚷成一团的人群散开后,人们只在满地的尘埃里,看见了一堆黏糊糊的烂肉。但是,谁也没有朝那堆分辨不出是死狗还是死猫的烂东西上多瞅两眼。全部路人眼睛盯住的，都是市面上跟着水涨船高的银子价——仅仅过去半日工夫，银子价就比平日里翻了十倍。那还单是一个武昌城闹起了独立。若是整个天下，所有省份，各个都跟武昌城那样闹起来，银价一定会涨到天宫里，涨到那位玉皇大帝老爷的家门口。

在银子价发着疯朝天上蹿那几日里，他到一些老主顾们那里去送醋，原先用纸币订购醋的人家，因为赚了便宜，家家都在眉开眼笑。那些付了银子订购醋的掌柜们，就大不一样了，眼瞅着他们心里那只小算盘，就要噼里啪啦地打到脸面上来。他从城里回到泺口，匆匆地跑到大宅子里，把这些情形报告给主人。南海珠站在门前的台阶上，面色沉静地看着他，问他是不是已经想出了对策。"我没想出好主意来，老爷。"他回答说。"你能看到这一点，就很好了。"南海珠朝他背后的某个地方看一会，吩咐他"明天告诉那些用银子付了货款的主顾们，从明日开始，一直到年底，每个月，咱们都会另赠他们两坛子果醋或是花醋。给他们说，花醋果醋，由着他们自己选。"南海珠在面前的空气里挥下手，驱赶着飞到他眼前的一只虫子。接下来两天，他按着主人的吩咐，对着账房里开出的单子，挨个店铺跑一趟，将这个好消息，传递进了那些花出银子的主顾们耳朵里，他们这才重新换张笑脸，把手里的算盘子收起来，揣进了各自的袖筒子。

南海珠抬起头时，那个美国人手里拉着他那匹红马，已经让它踱着小步，跑到了他面前。现在，他正慢条斯理地从马背上往下抱着他的太太马利亚。南明珠曾经告诉过南海珠和家里人，一年四季，每个早上，"戴维先生都会骑着马，带着他的太太，到黄河的岸堤上遛马吹风"。

"上午好,南先生!我可以保证,刚才那位渔夫捕上岸的鱼,在你们泺口人眼里,一直都是最棒的鱼。"戴维对着他抬了抬头上的帽子。

"泺口人都认为,他是这条河里的水鬼。"南海珠微笑着,向马利亚问了好,扭过脸,在人群里看着水鬼和他手里牵的驴。那头瘦驴的秃尾巴,仍然死气沉沉地垂在驴腚上,好像它的魂魄,早就脱离开那头驴勉强还算活着的躯体,跟着死神到别处游山玩水去了。

"这个我当然知道。"戴维笑着说,"我还知道,凡是在济南城里稍微有点名气的饭馆,不论是马利亚喜欢的,能在江家池边上观赏着泉水用餐的德胜楼和锦盛楼,还是芙蓉街上最著名那家王府鲁菜馆,所有'跃龙门'的鲤鱼,都是这个人从黄河里捕上来的。在那些馆子里,我发现你们中国人吃这些鱼时,完全不是为了享受鱼肉的美味。所有的顾客,都更喜欢这些鱼身上的金翅金鳞和'鱼跃龙门'那个形象。"

"不过是图个喜庆。你们在泺口这些年,过大年的时候,明珠都会给府上送些年画过去。您要是留心了,就一定记得,这些年画里肯定会有一幅画面是个怀里抱着金鲤鱼的胖娃娃。那幅画的含义,就是期望一家人的日子连年有余、人财两旺。"

"一种象征?"

"象征?"

"就是你们中国人写文章时,惯用的赋、比、兴。"

"您也可以这么理解。"

"南先生,您知道我为什么喜欢中国吗?您的这个有关鱼的解释,就是非常重要的一个原因。还有南怀珠先生说过的,你们中国文人的山水画。他说中国的文人喜欢画山水,是因为他们都想把自己现实中的躯体跟灵魂，融入到山水画那些看似虚无缥缈的意境当中去。他还说，我们走在你们南家那座大花园里，就如同走在了某位文人的一轴山水画里。他的这个说法，实在是太让人着迷了。那个德国人李希霍芬，我以前好像给您说到过他，他仅仅是发现了你们国家的地大物博，看到了你们辽阔的疆域和物产。但我更喜欢的，却是您刚才谈到的那些年画上的鱼；还有南怀珠先生说到的那些文人们的山水画。一个人的愿望，就是把真实的自己藏进一幅虚无的画里面，这实在是太有意思了。"

戴维看了眼马利亚。他的太太马利亚，曾经在南明珠送给他们的杨家埠年画里，拿出两幅，邮寄给了她的堂兄查尔斯，伦敦国王学院一位热衷于人类学研究的教授。而那两幅画里，其中一幅，就是一个怀抱里搂条红色鲤鱼的胖娃娃。马利亚一直都希望她这位堂兄，能够来到中国，到她和戴维生活的地方来看一看，把这里当作他人类学研究的一个区域。"至少，这里不会比你在欧洲大陆的收获少。"她告诉他，她一直在感谢上帝把她带到了这里，让她观察到一种文明的结束，或者说另一种文明的开始，正在像一朵盛开前的花朵那样，在这里徐徐地打开，缓缓地进行着季节的交替。"这座古老的东方城堡里，会有你完全意想不到的东西，在等待着你的到来。"她极力诱惑着那位堂兄，想使他就范。不幸的是，马利亚这位堂兄，在接到她这封信连同那两幅中国年画前，早已放弃了他研究多年的人类学，正在试图研究发明一种能够净化空气的机器，卖到伦敦，以及那些因为浓雾包围而使天空和空气变得越来越糟糕的城市去。"一旦制造出这种机器，我就会成为二十世纪有着最伟大贡献的发明家。这远比作为一位人类学家进行那些虚假探索，更让人着迷。"查尔斯不断地这样告诉他的家人和亲戚们，并以此来鼓励自己。而在马利亚写给他的信和两幅中国年画到达前,这项发明让他失败的次数,至少超过了三百二十七次。尤其是在第三百次失败后,他的家人和亲戚们,所有的人,都对他和他这项发明,不再抱任何幻想了。

"就当他在到法国南部一个乡村里旅游时,在那里迷了路;或是干脆被一个他认为风情万种的波兰女人纠缠住了。所以,这些都需要他暂时在外面停留几个月,或者一年,或者两年。他必须自己找到回家来的路。"他的一个亲戚这样安慰着他的妻子。因为自从沉迷进他的发明里,他便再也没和家人们一起到教堂里去做过一次礼拜。那时候,他们,他的家人和亲戚们,没有一个人清楚,他为什么突然迷上了那个该死的发明。更没有人愿意关心一位居住在巴黎,死于肺病的男爵夫人,跟他的发明有什么关系。他们唯一的希望,就是上帝能够怜悯这个可怜的、背弃了上帝、被撒旦蒙蔽住心灵的人,能够早一点清醒,重新寻找回他以前走的那条路。那样,他们就不用担心,他们会和他一起,被"那个该死的,也许只是握在魔鬼手里的什么发明"折磨得疯掉。

南海珠看见,戴维越过马利亚的肩头,朝河堤下的河道看了一眼,然后又对着他微笑一下。

"我想,"戴维说,"现在,我完全有理由相信,那些年画上的鱼,正是制作年画的画匠们,照着黄河里这些鲤鱼绘制上去的。"

在查尔斯准备成为一个伟大的发明家之前,他不仅喜欢在欧洲所有他能到达的地方,拍摄照片,记录故事,同时还喜欢收集世界各地的画作,不管这些画是作者的手绘作品、印刷品,还是被织在羊毛毯子上。当然条件之一,是他只收集他感兴趣的那些东西。作为对他堂妹送给他两幅奇妙中国年画的回报,查尔斯把他之前收集到的半块羊毛织毯,送给了他的叔叔,马利亚的父亲。他在信里告诉马利亚的父亲,他送给他的这份礼物——那半块织毯,"据说是公元二到三世纪的文物"。那是一块有着强烈埃及风格的织毯。两个大十字架,将织毯上的画面分成了两个区域,两边四个人,分别坐在一条船上。织毯最上头绣着的狮子脸,应该代表着'犹大的狮子'。上面两个人物的头上都有光环,头发用紫色和金黄线结合在一起织出来,产生出一种奇妙的红色效果。不同的是,右侧的人物要比左边那个小一半。查尔斯在信上说,那个把毯子卖给他的法国人怀疑,画面上这个小孩子,应该是耶稣和他的伙伴,抹大拉的马利亚所生的孩子。因为在一本来自九世纪的书里曾经记载说,耶稣在十字架上被钉死后,抹大拉的马利亚,就带着她的孩子逃出了耶路撒冷,然后乘船横渡海洋,逃到了普罗旺斯的一个山洞里,并在那里生活了几十年。时至今日,那个山洞里的岩壁上,还绘着这位携子逃出耶路撒冷的妇女的画像,以及她乘坐过的船只。在岩壁的一幅画像上,那艘船只的颜色是蓝色的。"而蓝色,正代表着天空和神圣。"查尔斯在给他叔叔那封信的最后一页写道。只是,他没有在信里说清楚,他有没有亲自到那个山洞里去看过。马利亚在上海的父亲收到查尔斯这件礼物后,欣喜若狂,接连七个晚上没有睡觉。尽管他不同意查尔斯在信里表达的"那个小孩子就是耶稣的孩子"以及"最终,耶稣或许真正是死于一个女人和他们的孩子"。他认为这样写完全是亵渎了基督耶稣。不过,在把查尔斯的信烧掉后,他觉得这件织毯"千真万确应当算是一件宝贵的圣物"。它的宝贵之处在于,至少它证明了,耶稣在这个世界上是真实存在过的,并不仅仅是存在于《圣经》所记录的那些文字当中。这更加坚定了他的信心。至于织毯上那个小孩子,他认为完全可以这样解释:"他是人类当中的一员,全部的人类都是上帝创造出来的孩子，他当然就是上帝的孩子。"因为《圣经》里的记载非常详细，人类是上帝在造人那一天，按着他自己的样式，亲手造出来的。

"它们是哪里的鱼不重要。"河底下飘来了一阵纤夫们的号子声。十几个纤夫拉着艘装满货物的大船，喊着号子，正吃力地朝上关码头行进。南海珠不想过多地和这个美国人说话，但立刻转身走开，显然又不太合适。尽管他不是那么喜欢这个洋人，可他的太太马利亚，到底教过明珠和珍珠姐妹俩英文，是她们的英文教师跟朋友，是南家花园里的常客。另外，这个洋人来到浠口后，从来也没做过一件令他或是他的家里人不尊敬他的事情。

"我猜测那些揭年画的人，也不会有人去关心这个。"他望着那些弯腰拉纤的纤夫，他们的上身全部赤裸着，脑袋低垂到腿裆下面，差不多要触到河滩上的沙子了。"他们心里头，无非就是想在一家人团聚的节令里，图个喜庆和彩头。"

"您这么说，让我想到了我们过圣诞节时的圣诞树和火鸡。"戴维摸了摸他那匹马。他已经从那些纤夫们身上收回目光，在看着自己的身影。这是一个不错的世界，阳光正极其灿烂地照射着他，让他的身体在地面上投下了一个过于高大的身影。那个高大的身影有一小部分，落在了他太太马利亚身上，然后和她的身影重合在了一起。这让他想起了他们在床上的一些情景。他非常喜欢这些明媚的太阳光。这是一些没有受到丝毫污染的阳光。马利亚曾经不止一次地在写给她堂兄查尔斯的信里开着玩笑，要他放弃他的发明，立即启程到中国来，把这里的空气和阳光贩卖到英国去。因为这里的每寸阳光，都闪着神在创造世界的第一天时给予人类的那种光明。她对他唯一的保证，是这里的空气中绝对没有一丝杂质，完全是神在创造世界的第二天，给予人类的那些。

马利亚一再这样地诱导着她的堂兄。"想到圣诞树,我就会想起美国,想起我的那些家人们。"戴维微笑着,问南海珠有没有兴趣,听他谈谈他的家人,以及他们在美国的生活。

他从来没有告诉过任何人,他母亲的祖母一家,一直是生活在美国南部的一个黑人家庭。当然,他祖母出生的时候,她的父母都已经是自由的黑人了。而且,那时候,所有不认识他们的人,都会从外貌上,认为他们是白种人。那是由于他们整个家族人的肤色,用他母亲的话说,如果不仔细辨认,单从肤色上,已经完全看不出他们是黑人。他抱歉地看眼马利亚。这是因为他突然意识到,他好像从来还没有将这件事情告诉过她。不过,他相信,她应该不会在意这些。倒是他自己,潜意识里一直在拒绝着马利亚提出的生孩子的请求,让她背着羞辱"做了一棵不结果子的树"。原因就在于,他总是莫名其妙地梦见,他和她,他们生出了一个令他们家族所有人都感到恐慌和不解的、黑皮肤的孩子。大约十年前,他生活在波士顿的那位表妹,就意外生出了这样一个皮肤黝黑的小姑娘。那时候,他那位表妹和她的丈夫,都在坚持认为,他们一定是受到了魔鬼撒旦的诅咒和攻击。"不然的话,一对白人夫妻,怎么会生出一个黑孩子呢?"他的表妹始终拒绝给那个黑皮肤的小女孩哺乳,并且拒绝和她睡在同一个房间,说那个黑女孩会在黑夜里,把她要呼吸的那部分空气全部吸走,从而导致她窒息死亡。

戴维对着他远在波士顿的那位表妹眨眨眼睛,对南海珠说,他可以肯定一点,在此之前,南海珠也许没有从任何人那里听说过什么黑人。而在他长大的美国,在南北战争前,大多数黑人,都是作为白种人的奴隶存在着。他们会被白人主子称作"黑鬼",会随时被主子卖掉,跟交易一头牲口没有任何区别。因为在买卖那些黑奴时,他们同样要被人掰开嘴巴,察看他们的牙齿是否结实。为了防止一些"不听话"的奴隶逃跑,主子们同样要在这些"会说话的牲口"身上,锁上铁链子,甚至挑断他们的脚筋。

"我可以这么告诉您,南先生,完全是为了那些黑奴的自由。"戴维说,"完全是为了他们的自由,为了让他们在美国宪法上拥有跟白人同等的一切生存权利,五十年前,美国大地上才发生了那场改变了很多黑人和白人命运的战争。我们叫它南北战争。说实话,我讨厌一切战争,除非它像我们的南北战争,是为了彻底改变黑人作为奴隶的命运。"戴维对着天空和他远在美国的家人们,尤其是住在波士顿的那位表妹,暗暗地攥了攥拳头。"在上帝面前,你和我,当然还有那些牲口一样被奴役过的黑人,我们人人都是平等的,人人都应该拥有自由。"

"戴维。"马利亚对着南海珠微笑一下,走到她丈夫身边,挽住了他的胳膊。她奇怪着自己的丈夫,为什么突然会说出这些莫名其妙的事情。"戴维。"她重复一遍丈夫的名字,提醒着他,在空气这么清澈的季节和阳光里,他好像应该谈论点别的让他们感到更加轻松愉快的事情。"来谈谈这些干净透明的阳光怎么样?它们真像天使的面庞。这可是我那些居住在伦敦的亲戚们最渴望拥有的一样东西。"马利亚仰着头,目光凝视着丈夫的眼睛,同时将一根手指摁在了他的嘴唇上。

第十八章　咖　啡

洛杉矶最有影响力的那家报纸《洛杉矶时报》，曾经刊登过一件非常滑稽的事：有位为美国一家报纸效劳，出生在约旦佩特拉的土耳其人——据说他的曾祖父曾经是个在威尼斯经商的土耳其商人，后来去了约旦佩特拉——他喜欢像因纽特人一样，用磨蹭鼻子的方式，问候他的亲人跟朋友，也非常喜欢喝泛着泡沫的骆驼奶。有一天，他带着新婚的妻子，从美国的波士顿出发，穿越大西洋，先是到了他曾祖父生活过的土耳其，然后又从那里出发，经过什么叙利亚、约旦、伊拉克，那些人们常在《圣经》书后面画的地图上看到过的地方，去看了那座被上帝用硫黄大火烧过的巴比伦城。再然后，他们准备走进阿拉伯沙漠当中，去探寻古代的一条香料之路。但在他们进入沙漠的第二天，这个土耳其人却神秘地失踪了。据他那位新婚的妻子讲，他是在那天夜里，被一群从沙漠里钻出来的人强行带走的。再然后，他就在她面前，像一把落入沙漠的沙尘那样，彻底消失了。

"你瞧瞧，这样天马行空的编造，就算是那位耶稣的某个门徒站在众人面前讲出来，肯定也会让人心生疑窦。可在那张报纸上，他们说得居然比在幼发拉底河畔，尼布甲尼撒二世为他从波斯国娶来那位王妃造出的那座空中花园，还要真实上三分。或者说，甚至比那位显现的基督还要真实。"

冯一德又笑了起来。

"在我面前，请不要再说你们的上帝。在我这里，他们早就不存在了。"

"我知道，你心里一定还在记恨着，谷兰德先生离开后，莎士比亚夫人没有带走你。"

"不要再和我说过去。我没有任何过去。"

"但我想，你应该感到庆幸才对。庆幸自己被留下来，没有被她带走，没有落进魔鬼的某个圈套里。"冯一德瞥眼谷友之，奇怪地哼笑一声。"你知道我为什么要离开美国，宁愿吃苦受罪，也要全世界跑着去做一名船员吗？我现在可以告诉你，我可不是想发财，也不是梦想着去做哥伦布，发现该死的狗屁新大陆。我完全是为了从那个老女人身上逃开。"冯一德盯住谷友之，抽动着右边的嘴角。"这么说吧。我相信，你肯定在最糟糕的噩梦里也不会梦见到，那个老女人，就是咱们无比尊敬的莎士比亚夫人，在谷兰德先生死后，她每天夜里都会像抱住谷兰德先生那样，在被窝里死死地抱着我，要求我跟谷兰德先生一样，骑到她身上……"

"我不明白你在说什么，也不想听见。"谷友之觉得被什么东西勒紧了一下脖子，心里突然缩成了一团。他看见有一百支箭，涂着满箭头的鹤顶红，同时落在了上面，把那颗骤然停止跳动的心脏，扎成了一只巨型的刺猬。他盯着那只越变越大的刺猬，慢慢地倾下身子，将两只手紧紧地扣在了膝盖上。

"我敢说你想听见！五年前，旧金山先是发生了一场大地震，接着又流行起黑死病。谷兰德先生给咱们讲过，在欧洲流行过的黑死病有多可怕。那个被魔鬼附体的老女人，那时候恰好在旧金山旅行，住在她一位多年不见的亲戚家里。她非常幸运地从地震中逃了出来。不过，却最终没有逃出黑死病的魔掌。我相信那一定是谷兰德先生的意愿。他已经纵容和包容她太久了。"

"我再说一遍，我听不懂你在说什么，也不想听见。"

"好，那就让我们从魔鬼的布袋里逃出来，两只脚重新站到结实的地面上。我刚才是不是说了，回涿口前，我已经在南方待过一阵子？我已经足足在那里待了半年。银子！除了枪支弹药，他们每个人最需要的就是白花花的银子。所以，对于南方那些搅弄风云的人，我想，我对他们的了解，可能比你对他们的想象，也比他们对自己的想象，要多上三倍。当然，也可能是五倍、十倍，或者十五倍。"

"很多事情，不是用算术和一只算盘子，就能拨弄出来的。"谷友之的手指仍然在紧紧地抓着他的膝盖，感受着浑身骨头的颤动。

"这个我明白。有一点我想给你说清楚，除了咱们小时候反复在读的那本《圣经》，这么多年里，我可是一直还在研究欧洲历史、亚洲历史。那是很多个国家的历史，有一颗星星大的，也有一粒芥子小的。但你得知道，每个国家的历史里，都会有着那么几段惊心动魄的故事。"

"我再声明一遍，这里是涿口，是大清国的地盘。"

谷友之想着几十年前，那个在厦门被美国领事馆总领事带领三名陪审员，判处一年监禁和罚金的美国人爱德华。这位美国人，将他在厦门征募的苦力，先是用船运到澳门，然后又从澳门转运到一个叫哈瓦那的鬼地方。他是被以贩卖人口等三项特别罪名指控犯罪的，他却辩称自己无罪。谷兰德先生说，这位爱德华先生没有聘请律师，但他为自己辩护称，他带走的那些人不是苦力,他决不像他被指控的那样,是在非法募集人口,企图把他们贩运到北美洲去做奴隶。因为古巴岛一直是西班牙的殖民地,不是属于美国的领土,而他作为一个正直并且无比热爱美国的美国公民,即使是在睡梦里,他也从来没打算为美国之外的任何一个国家效力,"哪怕为他们奉献一块面包那么大的力量"。他只是在征得法国某代理副领事的特许后,在帮助他们将那些"希望到另外一个世界去看看不同风光的游客",带到他们愿意去的地方。他仅仅就是为了赚到几块少得可怜的雇佣金,因为他居住在美国的老婆和三个孩子,也像那些希望到外面去看看另一个新世界的游客一样,在盼望着到东方来,看看他们没有亲眼看到过的这个神秘世界。这之前,他们只是从他写回去的信,或是寄回去的几张明信片上,对这个位于东方的世界有过那么可怜的一点了解。那位倒霉鬼爱德华先生说。他的诡辩没有起到任何作用。领事法庭在最后裁决时驳回了他的无罪辩护,当庭判处他一年监禁,罚款一千美金,并且负担全部诉讼费用。"那就是美国的法律。"那次,谷兰德先生微笑着对他们说。

　　谷友之看一眼冯一德,原本打算在"大清国的地盘"上提高点音量,或者加重点语气。不过,在最后,他还是放下了这个念头。他差不多二十年没有看见这个人了。"已经二十年了。"他在心里说着,开始在记忆里翻找谷兰德和莎士比亚夫人的画像。那是他们——莎士比亚夫人带着冯一德返回美国前,他在心里记下的那个他们。或许是由于埋藏的时间太久,他一下子没有找到莎士比亚夫人的脸,只把她的声音找了出来。"一定要记住,天国就在我们每个人自己手上。"莎士比亚夫人蹲在他面前,抚摸着他的小脑袋说。那种时刻,谷兰德先生总是喜欢站在莎士比亚夫人背后,微笑着,看着他们。他微微侧下脑袋,打算仔细回味一下那个声音。但它已经跑得没了踪影,就像它从来没在他耳朵里出现过。他的心更加揪疼起来。

"这些我都知道。另外有句话,我想你也许知道,也许不知道。"

谷友之没有说话。他再次转动一下脑袋,继续寻找着莎士比亚夫人说话的声音。

"楚虽三户,亡秦必楚。"冯一德笑起来。"以我对那些胡编乱造的历史的了解,这就是历史的必然。现在,我想应该是上帝要我回来帮助你的。自然,你也可以理解成是某种赎罪。尽管那不是我的错,但毕竟是你一个人被留下来,被所有的亲人抛弃了。所以,你和我,我们接下去要做的两件事情,一件是互相信任;另外一件,就是从现在起,你要绝对站稳浃口这块地盘,把你和我全部的智慧拿出来,去布置一盘好棋。"

"你准备怎么布置?"谷友之嘲弄道。他当然理解冯一德说的是什么。他快速地在心里核算着,巡警局,再加上第五镇里可能投靠过来的新军,最多会有多少兵力和武器,能掌握在他手里。算完后,他不动声色地看一眼冯一德,开始去回想莎士比亚夫人带着这个家伙离开他那个早晨。"你快去拿好行李,我们一起离开这里。"那天,一整个早晨,他都在暗暗地等待着这句话,等待着莎士比亚夫人的这句话走进他的耳朵。

"你只要相信我就行了。"冯一德点头微笑着,说他只要相信他,至少就会有一块巴掌大的天空,完全装进他的口袋里。"我敢用这颗也算是见过几座王宫的脑袋做保证,我们将要拥有的,绝对不会只有眼前这一小块弹丸之地。"冯一德用一根食指,敲了敲面前的桌子。"我想你肯定还记得那幅世界地图。想想,就算那份地图展开后像这张桌子一般大,大清国也不过是拳头这么大一块地盘。"他停顿下来,等着谷友之对桌面那么大一张世界地图的理解。在他们小时候,谷兰德先生曾经有许多次,把他们带到一张世界地图跟前,并许诺,有一天,他将会带着他们,走遍上面所有那些标注着名字的地方。只是,那张用羊皮绘制的地图,远没有他们面前的桌子这么大,最多不会超过它的三分之一。

为了摆脱莎士比亚夫人带给他的痛苦,谷友之努力迫使自己重新计算一遍他手里的兵力和武器。这次,他在犹豫着,要不要把晚饭后他和姚帮带前去巡防营见到的那两个人手里的兵力,暂时先计算进来。也许他们的游说是失败的,但也说不上会成功。由于在这件事上左右拿不定主意,所以,他对冯一德说的那些话,仅仅是"呃"了一声,其他再没有做出任何表示。

冯一德又笑一下。他收回刚才敲桌子的那根手指,并将它弯曲起来,抵在了下巴上。"至于我们现在落脚的这个泺口,"他的拇指在喉结上滑动着。或许正是因为这个动作,让他说话的速度放慢了一些。"别说在世界地图上,就算在大清国的地图上,你知道,它连一只虱子那么小点的位置也不会有。"

在黎明到来前,冯一德停止了他的演说,问谷友之能不能给他弄到杯咖啡,他已经很多天没喝到咖啡了,那玩意已经折磨得他想揪头发了。"弄是能弄到,但得等到天亮。"谷友之回答说。就是在这个时候,他忽然想起来,他在心里算来算去,居然把泺口地面上最重要的一个地方,机器局兵工厂,给忘到脑袋后面了。他相信,包括南怀珠在内的所有"革命者",至少,到目前为止,他们都还没有去惦记这个地方。

在得到谷友之肯定的答复后,冯一德便将身体趴到了桌子上。他打着哈欠,说他现在需要先睡上一小会儿,用一个安静点的睡梦,给他全身补充点体力。

外面树上的晨鸟刚发出第一阵鸣啭，谷友之就打开了紧闭的房门。他在鸟叫声里探出半个身子，使劲吸一口清凉的空气，然后，把一直在院子里伺候的巡警来福喊到跟前，吩咐他马上到他家里去一趟。

"你骑上马。"他对来福说，"告诉三德，让他用最快的速度把咖啡磨好。"

"我是不是给他说，您马上就到家？"来福说。

"告诉他磨好了，带着壶到这里来煮。记住了，是磨戴维先生送的那种，三德知道它们在什么地方。"

"到这里煮？您是说到巡警局里来煮？"来福顺着谷友之脚下的灯光，大着胆子朝屋内瞥一眼。"局长大人您一夜都没回家，要是太太问起的话，我怎么给太太回？"

"这么早，你不会遇到太太。"谷友之想了一下南家花园，和昨天夜里留在那座宅子里的客人。他朝远处一棵高大的树上望去。那是棵还没有完全落光叶子的榆树，树冠上，一群欢快的麻雀，正在乍亮的天光里叽叽喳喳地跳跃着，迎接着崭新一天里冒着香味的晨光。除了那些鸟鸣声，世界一片安静。"这是崭新的一天。""这是崭新一天的开始。"谷友之在心里这么对自己说着，手扶在门上，准备退回屋子内。"催着他快一点！"他停一下，冲着来福转过去的后背喊道。来福的后背上，背着杆崭新的来复枪。那是他前两天刚从第五镇里弄回来的一批新枪。那杆崭新的来复枪的枪口，在来福的背上，直直地对着正在泛出蓝光的天空。"这是崭新的一天。"谷友之盯住那个枪口看着。从他这里瞧过去，那杆枪好像是刚刚对着天空发射出了两颗子弹。因为那两颗子弹，枪口上正在冒着一缕蓝色的烟。那是一种让人感到既愉快又恐慌的蓝色。谷友之又用力吸一口清凉的空气。"记住了，你再告诉三德,磨好咖啡,再到太太的小厨房里去,把我买给太太的那些面包带了来。给他说,全都带过来,黄油,还有果酱。"他在空气里闻到了一丝面包的甜味。

"您放心吧,局长大人,我都记住了。"来福答应着,撩开步子,朝巡警们拴马那个马厩跑去。谷友之的马匹单独拴在另外一个马厩里。他太太南明珠乘坐着马车到巡警局里来,并且需要停留上半天那么长的时间时,她那两匹负责为她驾驭马车的红马中的一匹,也会被牵过去,和谷友之的白马拴在一起,在那个马厩里一块吃料。但这样的情形,一年里也不会发生几次,因为南明珠每回到巡警局里来,很少能待够两个钟头。

那些麻雀仍然在晨光里叽叽喳喳地交谈着,热烈而兴奋。在关上房门前,谷友之又朝来福那里看一眼。他看见来福在奔跑中身体向上跳跃两下。他背上那杆来复枪,也跟着他跳跃了两下。由于跳跃,谷友之看见那杆枪的枪口,与天空接近了大约半尺的高度。他放弃了让他取下背上那杆枪的想法。来福是整个巡警局里最热衷于模仿他的一个巡警。他很喜欢这一点。不过,他从没让这个巡警觉察到什么。夜里,因为"忙于讯问羁押室里那个藏枪的家伙",他一夜没有睡觉。巡警来福守在局长办公所门外的院子里,尽职尽责地,尽着他认为一个巡警队员该尽的那份义务,同样一夜没有睡觉。谷友之看得出,尽管一夜没有睡觉,这个巡警身上还是有着一身的力气。而这些力气,他猜测着,其中一半是来自对他这位巡警局长的忠诚,另一半,则是来自对他的崇拜。在他"单独讯问那两个家伙中的一个时",他每趟出来小便,都会看见来福背着枪,直挺挺地站在距离他门口十米远的地方。那是他给他们指定的,巡警们在局长办公所门外值守时,应该站立的位置。

关上房门,谷友之又在门里面静静地站了一会儿,直到听见院子里传来了马的嘶鸣声,还有马蹄踏在坚硬而干净的地面上走动的声响。他知道那些马的嘶鸣声,也和那些鸟叫声一样,是在告诉他,已经到来的这一天,天气将会非常的晴朗。上天有着一张阴晴不定令人难以捉摸的脸,但同时,它也是慷慨的。至少是,那颗太阳在这一天里,仍然会按时地升到天空中去,把它预备给大地上万物的那些金光,毫无保留地洒落下来。

"老约瑟,你两个眼睛都看得不会打弯了,是在找我呢,还是在找你们那位上帝?我可以明确点告诉你,尽管谘议局的大楼高,比起地面,离天空也近了好几尺,但比起你说的那座巴别塔,它显然还不够高,肯定还不能通到天上去,让你见到你们那位万能的神,听他亲口对你说:'This is my body which is given for you, do this in remembrance of me.'"

周约瑟牵着骡子,刚在谘议局前面一棵柳树下面停好马车,那位被南家花园里所有下人都称作"记者老爷"的南怀珠,就站到了他旁边,像《封神演义》里那个神出鬼没的土行孙,从他脚下哪块泥地里钻了上来。南怀珠一边说笑着,一边伸出一只手,一下下地在抚弄着那匹黑骡子的鬃毛。在南家花园里,只有这位极少到醋园里去的二东家,喜欢和周约瑟开玩笑。而且,只要在街上遇到周约瑟和他驾驭的马车,他一定会伸出手,挨个摸一摸那两匹骡子的鬃毛,看上去,那两匹骡子,就像是周约瑟领到街上的两个孩子。

"二老爷,您前头的话我是听明白了。"周约瑟说,"可您后头嘟哝的那些洋人字码,我就不知道您在说什么了。"

"那些洋字码是在说,你活到一百岁后,就能牵着这两匹骡子，拉着这辆马车，带着你想带的所有东西，坐到天堂里去喝酒了。"

"我可是做梦也没想活到一百岁。老话说，人活百岁变只茧。您是有学问的人，您来想想，一只茧怎么能到天上去。再说，它就是扑棱着翅膀上了天，又能在天上做什么。"

"抽出丝，织成丝绸，给你们那位上帝老爷裁衣裳，做鞋袜，缝烟荷包、钱袋子。不管做什么吧，我猜他都喜欢。"

周约瑟瞅眼经过他们的一个人说："尽管您是东家，可我还得说，您要这么说就错了。"

"哪里错了？"南怀珠笑着问。

"头一件就是，上帝从来不拿钱袋子，因为他用不着这些玩意。"

"这么说，你什么时候已经去拜访过你们那位上帝老爷了？"

"我可没有这么大的福分。"周约瑟说，"要是有这种福分，我腋窝里就会长出对翅膀了。"

"那你怎么知道，你们那位上帝老爷，从来不拿钱袋子？"

"您那么大学问，我猜您肯定知道，福音书里那十二个门徒。您想想，一个人有那么多随从，哪里还需要他自己受累，亲自揣着那么沉的钱袋子。"

"要是这么说的话，你们那位老爷，可真是不需要自己带什么钱袋子。"

"喜欢揣钱袋子的那个人叫犹大。三十块钱，他就卖了主人。"

"这个犹大我倒是知道。说到底，还是有人喜欢钱袋子。"

"咱们先不说那个稀罕钱袋子的恶人。单说到钱袋子，方才一个卖水的伙计说，这些人聚在这里，都是在等着谘议局里哪位老爷出来，给大家分发好处。我听了信，也想过来瞅一眼，到底是什么好处，看我能不能领上一份。"周约瑟不愿让他们这位东家知道，他到城里来除了送醋，还在关心着其他一些跟他这个送醋伙计不该有牵扯的事。

"你以为，这是你们到洋人那里去吃圣餐，不管什么人走进去，只要他愿意在那位上帝面前跪下来，说他相信一个人死后还能复活，上帝就会把他身上的肉和血，分给他一份？"南怀珠笑了起来。"不过，有些事我现在给你说了，你虽然不一定立刻就能懂，但你们很快就会看到，有份天下最大的好处，的确是万万人都会有份。有我一份，也会有你一份，老幼妇孺，人人都有一份。"

"您是说，醋园里那些人，也会人人都有一份？"周约瑟瞅眼身边的人群。人群正在朝谘议局里走出来的一个人拥过去，七嘴八舌地在相互询问着，是不是要到街上去游行了。"游行回来，一个人能发多少钱？"有个瘦高个子的男人，扯住一个人的袖子，高声询问着。

"这么打个比方吧，不仅是咱们醋园里的人和这些人，"南怀珠指了指从他们身边经过的人群，"就是全洑口，全济南府，全山东，全天下，到时候人人都会有一份。"

"要是这么说，就是人人都能有一小块地方，像麦子站在麦子地里那样，站在天堂里了？"苏利士讲过，富有的人想进入天堂，就好比骑着头骆驼穿过针眼那么难。但现在，一个在洑口地面上差不多是最富有的年轻老爷，却在这里信誓旦旦地告诉他，他马上就会让他看到，不管是步行的、挑担的，还是坐着马车火车骑着骆驼的，他们人人都能跟着他，穿过那个针眼，走进到处铺满金子银子宝石玉石这些好东西，却没有谁愿意花费力气去摸起一块，装进自己口袋里的天堂。"到那时候，是不是就剩下那个可怜的魔鬼撒旦,他只能一个人抱头哭着,跑回他的地狱里去了?"周约瑟盯着那匹黑骡子脖子下面来回晃动的铜铃,嘿嘿地笑起来。铜铃的声音清脆悦耳,跳到旁边几片金黄色的柳树叶子上,在上面弹来弹去地闪耀着,像一道道金色的日光,在翻转嬉戏。而那些金色,又让他一下子想到了庄稼地里熟透的麦穗子。

"什么天堂魔鬼的鬼东西?你可真像醋园里那帮家伙说的,是在黑夜里睡着觉后,被那个老洋人举把刀子,把你脑壳里的脑筋给切掉,换上了一根榆木。"南怀珠笑着,在挨着他那匹骡子的头上,轻轻地拍打两下。然后,他盯住拍打过骡子的那只手掌说,"我一时还和你说不明白。这样吧老约瑟,我一会就要进去开会了,你若是已经送完醋,就别在这里瞧什么热闹了,还是赶紧回洑口,回醋园里去,该干吗干吗去。"

在他们对面十几步远的地方,一个扮作孟婆的男人,推车上置着只铁皮炉子,上面放口黑铁锅,正一手握着勺子在锅内搅动,一边冲人群大声吆喝着:"孟婆汤,孟婆汤,状元及第,洞房花烛,万事如意,花好月圆,鲜香可口的孟婆汤。"

周约瑟说:"要说好世道,这真是上好的世道,您看看,连孟婆都来卖孟婆汤了。"

"一碗孟婆汤,能解千古忧啊。"南海珠笑着说,"阎王爷也体贴上人世间了。"

周约瑟晃一下缰绳,告诉大宅子里这位从来不相信"上帝和天堂"的年轻老爷,他就是送完了醋,也还不能立马赶回洑口去。"我还得到二小姐那里去一趟。大太太差我过去问一声,看她能不能再回家去住几天。"他说。

"她不是刚回去了吗?"南怀珠望着周约瑟闪烁的眼神。这个老车夫今天把马车停到谘议局门前来,断定不像他自己说的,是

293

因为看见这里聚集一堆人，就凑过来瞧个热闹，看看"能不能领上份什么好处"。他可是知道，在他们家那个醋园里，甚至，再加上大宅子里那些仆人，另外所有店铺的伙计，在他们中间，这个人是唯一一个不会贪图半毫便宜的人。"就是一把醋醋，一个谷壳，他也不会私自将它们带出醋园那扇大门。"南海珠每次和他谈起醋园和各个铺子里的杂事，谈到那些伙计们时，到最后，他总是忘不了，要这样评论一番醋园里的这位车夫。实际上，他也一直觉得，这个车夫，值得他们兄弟两个花费点口舌去谈论他。

"是刚回去过。"周约瑟回答，"可大太太又专门吩咐了，让我再去问一下。"

在湖面吹来的风里，一片赏心悦目的金色柳树叶子，飘摇着离开了枝条，先是落在那匹黑骡子的鬃毛上停留一下，然后，又像一道细细描画过的眉毛，贴在了他们面前的地面上。二小姐南珍珠的眉毛，就是这样两条耐看的柳叶眉。每次，在那位天使般的小姐走到他跟前，摘下捂住鼻子和嘴巴的"口罩"时，他都爱端详着她那两只大眼睛，和躲在刘海下面半遮半掩的眉毛，对它们笑着。他觉得，她一辈子都可以让他那么对它们笑着，就像这会儿，他在心里面想起它们时，也会对着它们笑起来。

"那是上帝赐给这个世界的好心情。"只要见过二小姐，周约瑟就会暗自说一遍很早以前从苏利士那里学来的这句话。在苏利士被他父亲周大河邀请住进他们家后，苏利士就时常会站在他们家的院子里，两只眼睛注视着他和他的兄弟，对着他们的父母说这句话。天气晴朗的时候，太阳一升起来，他们家的院子里，就会铺上一块"羊毛大地毯"，颜色跟苏利士铺在他卧房地面上的那块羊毛地毯几乎一模一样。苏利士常常独自坐在那块羊毛地毯上读经文，或是把他们兄弟俩招呼过去，让他们坐在他身边，教他们背诵一些"大卫的诗"，或是"所罗门的箴言"。到了秋日的连阴雨天里，天上的日头从早到晚不露一下，院子里好几天看不见那块"羊毛大地毯"，而苏利士又"忘记了"招呼他们进去时，他就会趁父母不备，拉着弟弟的手，偷偷钻进苏利士的房间，躲在他卧房门口，盯着坐在那块真正的羊毛地毯上，在那里"晒着太阳"的苏利士。他父亲每回发现了，都会蹑手蹑脚地走进屋子，一只手一个，提着他们的细胳膊，从那块太阳的边缘，把他们拎出屋子。假如正在专心读经的苏利士恰好扭头看见了这个场景，在阻拦下他父亲后，苏利士还会一直微笑着，注视着他们重新走进他的房间，走近属于他一个人的"那块太阳"。然后，"被太阳晒着"的那个年幼的周约瑟，就会再次听见，苏利士在对他父亲说出"那是上帝赐给这个世界的好心情"。

在关闭那扇"自由之窗"时，南明珠看见了顺着街边游走的黄二皮。距离黄二皮身后十几步远，尾随着他的，是他的儿子黄杏子。那是个看上去又瘦又小的孩子。每次看到他，南明珠都觉得他像只小跳蚤。马利亚非常喜爱这个男孩子，她一直都希望能把他弄到蒙智园里去，而且，最好能够由她和丈夫戴维领养他。"等他长大后，我们可以把他送到英国或是美国的大学里去，给他最好的教育。"马利亚几次到小男孩家里，对他母亲说。那个家庭里有五个男孩子，黄杏子是中间的一个。"俺不跟你们到学堂里去，俺不去上学。"这个小男孩的眼睛瞅着他父亲站在一棵香椿树下仰望天空的背影，对单膝跪在他面前的马利亚说，"俺爹的魂子吓掉了，俺得跟着他，一直跟到他找回他的魂子。"在马利亚面前，这个男孩子说话时一点也不胆怯和害羞。而这点，

295

正是马利亚最喜爱他的一个地方。

"停一下车。"南明珠拍打着车窗,让车夫把车停下来。她看见那个叫黄杏子的小男孩,一边哭,一边用袖子在脸上抹着泪水。

马车在小男孩前面停了下来。南明珠跳下车,站在那里,等着那个正在哭泣的小男孩走到身边。"黄杏子,大早晨的,日头还没晒热地面呢,你怎么就哭了?"她摸着小男孩没扛桃木棍子的那个肩膀。

小男孩放慢哭声,立在原地,仰头看着南明珠。一只沾满鼻涕的棉袄袖子,在脸上来回抹着,将鼻涕和泪水抹擦得五花六道。抹完了,他才轻轻地叫声"大小姐"。在黄二皮疯掉的这几个月里,南明珠每个月都要陪着马利亚去他家,给他们送去些衣服或是食物。黄二皮的老婆,一个常年帮人洗衣服的瘦小女人,每次都会让这个小男孩称呼南明珠"大小姐"。对马利亚,她则让自己和她的儿子,一起称呼她"洋太太"。

"他们都在咒俺爹,说俺爹就是找到死,也找不到他的魂子。"小男孩眼睛里又涌满了泪水。那是些露水珠一样晶莹剔透的水滴。南明珠看着它们,有点想伸出舌尖,轻轻地,把它们一颗颗舔到自己舌尖上。她猜测着,它们会不会有着那种毛茸茸的,幼小的杏子的味道。在蒙智园里,她的舌尖几乎舔过每个孩子脸上的泪水。挂在孩子小脸上的泪珠,总会让她联想到田野里各种无人照管的树叶、果实,以及花草上在清晨凝结的那些干净的露水珠。

"这是哪个瞎包人,编出这种瞎话,在吓唬黄杏子?"南明珠掏出条白底绣花的丝绸手巾,弯下腰,擦着小男孩脸上流淌的眼泪。

296

"是杂货铺子里的来掌柜,还有他铺子里的两个伙计。俺每回从他家铺子门前走,他们都会把俺拦下来,问俺爹什么时候能找到魂子。这回,俺从河滩上回来,刚到他们铺子门前,来掌柜又让他的伙计拦住了俺,问俺想不想知道,俺爹的魂子丢在哪里了。来掌柜说,他知道俺爹的魂子被谁拿去了。他还说,俺爹要是不赶快上门讨要,就是找到死,睡进棺材板里,埋进土里长出草芽,也别想找回他的魂子。"

"他没说,你爹的魂子是被谁拿走了?"南明珠心里骂着来家祥狗东西。一个心地善良的泺口人该有的那点善念,他似乎一寸也没生长出来。

"他说,俺爹的魂子,是被一只老鳖给拘走了。"

"什么老鳖?"南明珠拉住小男孩的手,跟在黄二皮身后走着。

"他说巡警局里头,有只会和人一样说话的老鳖。白日里,它像一只手掌那么小,乖乖地趴在水缸里。到了半夜,它就变得比一间屋子还要大。就是它,使出妖法,把俺爹的魂子拿去,做了它的魂子,它才变得跟人一样,会开口说人话。"

"这是来掌柜说的?"

南明珠对小男孩笑着,猜测着来家祥为什么要编出这套说辞。"这个杂货商肚子里,装的全是唯恐泺口不乱的熊杂碎。"谷友之不止一次地这么说过。那时候,由于抗议德国人在黄河上建造铁路大桥,这个杂货铺子掌柜,鼓动泺口十几家铺子的店主,带着他们的伙计,在泺口闹过一阵子,又拉着棺材,跑到了城里的巡抚衙门前,先是静坐,后是绝食。开始,谷友之还比较有耐心,他甚至揣了点瞧热闹的坏心眼,想看看这帮人能兴起多高的风浪。他带着两个手下,每天骑着马,悠闲地在路上走着,一趟

297

一趟，在浈口和城里之间来往着，和颜悦色地劝说那些店主们：“最好还是回到浈口去，回到各人家里、铺子里，各人过好各人的日子，做好各人的买卖。"但是，一个星期后，他就慢慢地失去了耐心，甚至听见来家祥三个字，都让他觉得头脑涨疼。这个杂货商就是块滚刀肉，半点也没有他想象中那么好对付。到末了，谷友之不得不使出恐吓手段，扬言来家祥再带人闹下去，他就以通义和团余孽的通匪罪，把他抓起来，关进巡警局的地牢里。即便这样，这个杂货铺掌柜，也没表现出丁点含糊的样子。最终，谷友之还是听取南海珠的建议，用各个击破和株连家族的方式，把跟随来家祥的那些店主们，一个一个，从巡抚衙门前那块空地上瓦解开，分别弄回了浈口。那件事才没有再继续酝酿发作下去，生出另外的枝节。

"他还说，俺要是有胆量，就带着俺爹到巡警局里，找到局长老爷和那只老鳖，把俺爹的魂子要回来。要不，俺爹就是到死，黄河改了河道，俺们也找不回他的魂子。"

"来掌柜这是在吓唬你呢。"南明珠摇了摇小男孩的手，让他相信，巡警局里头，绝对没有会和人一样说话的老鳖。"你是愿意相信我，还是相信来掌柜？"南明珠温和地凝视着小男孩的眼睛。

"俺娘说，俺什么时候都要离来掌柜远一点。"

南明珠笑着说："我每天都到巡警局里去，里面要是有只老鳖，会和人一样说话，我怎么能不知道？"

"来掌柜说，那只老鳖是俺大爷从黄河里打上来的。一打上来，就被巡警局长买走了。现在，俺大爷因为害怕那只老鳖，都不敢到河里去打鱼了。"

"你每天在街上走，肯定看见了，你大爷那匹瘦驴天天都驮着鱼篓子，在往城里送鱼。"

"来掌柜说，他那些鱼，现在都是从别人手里贩来的。"

"你不信，咱们可以到巡警局里去看看。"

"那……俺得带上俺爹。"小男孩朝前面的路上看去。他父亲伸展开两条胳膊，上下舞动着，像只展开翅膀的大鹅，站在一个肩上挑着水罐子的男人面前。"您看，他又在那里拦人了。"小男孩伸手指向他的父亲。"他一拦住人，就会给人家说，俺大爷在黄河里打鱼时，被鱼群拖进水晶宫里去了。"

"这个我知道。"

"可俺大爷还在家里，没被鱼拖进去。"

"这个我也知道。"

"还有一件事，您肯定不知道！"小男孩说，"俺大娘和两个傻子哥哥，他们每天黑夜里都要不停地喝水，喝水，一黑夜能喝下两罐子水。"

"要是这件事，我得承认，我不知道。"南明珠说，"他们为什么要喝那么多水？"

"您得保证，不让别人知道。"小男孩说，"俺娘说，水鬼大爷要是知道俺们说他坏话，他就会把俺们全家人弄进黄河里，变成一条条鱼，再网上来，被人吃进肚子里。"

"我保证，不给别人说。"

"咱们拉钩。"小男孩犹豫一会儿，最终下了决心，"拉完钩，您还要指着老天发誓，要是给别人说了，俺水鬼大爷就把您变成条鱼，让别人把您吃进肚子里。"

"好，我发誓。"南明珠朝男孩子伸出小拇指，"我要是给人说了，就让水鬼把我变成条鱼。变成……黄河里最丑的一条鱼，所有的鱼都不跟那条丑鱼说话。"

"还得被人吃了。"

"好,还得被人吃了。"

两个人尽管拉过了钩,小男孩还是神情紧张着,又朝四周张望一阵。然后,他拉住南明珠,让她俯下身子,将嘴巴往她耳朵边凑近了,压着声音说:"俺娘说,他们都是鱼变的。鱼一霎也离不开水。所以,他们白天黑夜里都要不停地喝水,喝水,喝水。"

"你娘怎么知道他们是鱼变的?"南明珠抿住嘴唇,阻止着那些笑跑出来。

"您忘记俺大爷是水鬼了。俺娘说,黄河里除了河神,就属水鬼最厉害。水鬼想让哪条鱼变成他老婆,那条鱼就得乖乖地上岸来,变成他老婆;他想让哪条鱼变成他儿子,那条鱼就得听他的话,老老实实地变成他儿子。"

"水鬼这么厉害,水里的那些鱼怎么还敢往水里拖他?"南明珠抿住嘴角的笑,装出一脸认真的样子。

"您还没明白啊!"小男孩着急起来,"那是俺爹被吓丢魂子,胡言乱语,才说那些鱼把俺大爷拖进了水里。俺娘说,除了河神,黄河里可没有哪条不要命的鱼虾,能有胆子和俺大爷做对头。它们得罪了他,他就把它们全家老少一网拖上岸,小鱼仔被拿到鱼市里,卖给爱吃鱼的人,任凭人家煎了炖了,大口小口地吞进肚子。那些鱼爹鱼娘鱼爷爷鱼奶奶,他就自己留着,亲手剥下它们的皮,做成鱼皮衣裳穿在身上,去吓唬水里那些不听话的鱼。俺娘还说,俺大爷送给街坊四邻的大鱼,都被他剥下了鱼皮,没有一条是带皮的。俺大娘和两个哥哥,因为都是鱼变的,他们从来都不吃鱼虾。俺大爷哄骗人说,他们都是傻子,他是怕他们被鱼刺卡住喉咙,才不让他们吃鱼。"

南明珠看眼天空。天空中的一切都在告诉她,这天是个晴朗的好天气。"我现在全听明白了。"她在小男孩头上抚摸着,站直身体，笑着对他说，"走，咱们到巡警局里去看看，到底有没有那只会和人一样说话的老鳖。"她转身吩咐着跟在后面的车夫，让他和马车先到巡警局里去。然后，她拉着那个孩子的手，追赶上他父亲。小男孩拉住了他父亲一只手。那是只鸡爪子一样的手。她不是很喜欢这个干瘦疯癫的纤夫，当然也谈不上厌恶。在这个男人没有疯癫，没有黑白昼夜地满大街疯跑时，她甚至从来都不知道，在她的马车每天经过的街道上，还有这样一个纤夫，在早出晚归地奔波着。她相信，即便是她做巡警局长的丈夫谷友之，也不会留意到这个纤夫，尽管他一直都喜欢骑在马上，在傍晚时沿着河岸来回地遛弯，并且每月都要从这些纤夫身上，收取固定的一份"河道使用税"。"就算他喝上口酒，爱去那种……烂地方歇脚，总还是能攒下两个钱，让俺娘们喝口粥。"她第一次陪着马利亚，走进这个疯癫男人的家里，他的老婆，一个瘦小得像只麻雀的女人，就反复地对她和马利亚说着这些话。她是真心地喜欢这个男孩子。马利亚也是真心地喜爱他。这一点她完全可以保证，假如有谁需要她来做个什么保证的话。

她带着父子两个拐上了一个街口。在那个街口上，她停下来，买了两串染得花花绿绿的糯米团子，递到了小男孩手里。任何一个涿口的小孩子，都喜欢这种用大米花做成的甜嘴。从这个街口再往前，最多三百五十米，就是巡警局的大门。买米团子的时候，南明珠站在街口上，朝巡警局大门的方向眺望了一小会。巡警局大门前面空荡荡的。毫无疑问，在他们走到这个挤满小商小贩的街口前，她那辆华丽的马车，已经驶进了巡警局敞开的大门里。

第十九章　占　卜

"南先生您好！请问，我能不能给您和这位赶马车的老哥，在这里拍个照？"

一位看上去年轻漂亮的小姐，走到了南怀珠和周约瑟跟前，脸上的笑蜂蜜般流淌着。

"请问这位……小姐，我们之前在哪里见过面吗？"

南怀珠看着站在他们面前的那位小姐。她身着一件西式黑色羊毛大衣，头上戴顶黑色帽子，帽子的模样像是一个拍扁的德国圆面包。他妹妹南明珠头上也有过这么一顶帽子，是那位叫马利亚的洋女人托人从英国给她弄来的。他的太太，那位一直不受家人欢迎的"表小姐"，跟着他一起回洙口时，在南明珠的头上看到了它。于是，在返回城里的路上，因为这顶帽子，她差不多对它嘲笑了一路。"像泡摊在路边晒干的水牛屎，实在是难看死了。"她说。过一会，她又说，"就算打个好听点的比方，也不过是个发霉的烂柿饼子。"由于懒得理会她，他让眼睛眺望着路两边的田野，自始至终没说一句话。后来，一直到载着他们的那辆马车进了城，她的眼睛四处忙碌起来，才终于让她主动闭上嘴，结束了对那顶帽子的嘲笑。

"您不认识我,可我认识您啊——大名鼎鼎的记者议员,南先生。"那位小姐继续笑着,从手包里摸出张小纸片递到南怀珠面前,说自己是两周前刚成立的那家《女子周报》的主笔,咸金枝。"诺,就是商会里那位石会长,你们谘议局的副议长,他介绍我过来访问您的。"她侧过身,朝谘议局那边摇摆两下手。那里,一位个子中等,肚子微微有点凸起的男人,也在朝他们这里笑着,来回晃动着一只肥胖的小手。

周约瑟从"那位石会长"和他肥胖的手上收回眼睛,看见南怀珠已经从女人递给他那张小纸片上抬起头,正朝"那位石会长"看着,并在向他点着头致意。

"您刚才说,想给我和这位赶马车的大哥,在这里拍张照?"南怀珠转过脸,笑着对那位自称主笔的咸小姐说,他很愿意为她这样一位有卓越能力的女主笔效劳。"不过,"他看了眼周约瑟,又摸摸挨着他那匹骡子,"您还需要问一问,这位赶车的大哥和他这两匹骡子,他们肯不肯让你拍。"

"只要您愿意,我猜,这位大哥和这两匹骡子,肯定都不会拒绝。尤其是这两匹骡子。"咸金枝信心十足地说。她一定会在这个庞大无边的世界上,成为一个了不起的女人。从她丈夫带着她离开南沂蒙县,来到济南,开始了她心里向往的那种崭新生活的第一天起,她就坚定了这样一份信心。她朝前走几步,学着南怀珠的动作,在南怀珠抚摸过的那匹骡子身上,摸了摸。"我想把这辆马车和两匹骡子,还有聚在这里等待上街游行的人群,连同谘议局的大楼,一起作为背景,全部拍摄进相片里。相片的标题我都已经想好了,就叫'民主共和的独立道路',或者'我们的革命者'。如果两个都不行,还可以改成'通往独立之路'和'我们的梦想之光'。"

周约瑟朝后退一步,拉了拉手里的缰绳。若是照这个女人说的，不光他们家里这位记者老爷和他，包括马车和两匹骡子，都会被她弄进照相机和谘议局的大楼里去，还有那件"独立"的事扯在一起。这样的相片一旦白纸黑字地刻印到报纸上，被老爷南海珠看到，周约瑟想，他被赶出醋园的日子，大概就到了。那时候，就是上帝踏着云彩从天上降落下来，亲自到南家花园里给他说情，恐怕也救不了他。而他被赶出醋园的结局，就是在整个浉口，他都不会再找到像一颗砂粒那么大点的地方，让他的两只脚安稳地站立在上面。没有谁比他自己更清楚：因为那个被太太收留的娼妓，即便是死，他也不会离开浉口，离开南家花园。他看眼那个胖墩墩的"石会长"。从石会长身上收回眼睛，他又暗暗瞅了瞅跟前的女人，怀疑牛老七说的那个绸布商的小老婆，和面前这个一脸笑容的妖冶女人，会不会是同一个人。绸布商倒在地上死去那天，他隐约看见过她，却没能仔细地记住。如果真是那个女人，他觉得，他最好是即刻离开这里，离开这个不知道用什么手段将丈夫害死在当街上的女人，才可以向自己证明，上帝已经在他头脑里，安放进了最上等的一个主意。"我得赶紧到二小姐那里去，不然天就晚了。"他对着南怀珠躬下腰，惶恐不安地拉紧了两匹骡子的缰绳。

"你这么着急拉着骡子走，是不是怕这两头牲口拉下屎来，臭着这位尊贵的小姐。"南怀珠笑着对周约瑟说。

周约瑟又瞅眼那个女人。这次，他认定了她就是那个绸布商的小老婆。这让他更加心慌起来。天下竟然还有这种女人！要不是他和那两匹骡子都需要看路，他真想立即闭上自己的眼睛。他咳嗽一声。不管什么男人，他在心里对自己说，都该和这个女人离得越远越好，最好是从日头出来的那边，躲到日头落下的那一边。此时，她正放大了嗓门，尖声招呼着两个年轻男人，让他们赶紧到她这里来，帮着她一起拍相片。周约瑟看着跑过来的两个青年，心里一个劲地替他们惋惜着。"跟这种女人混成一堆，指不定哪天，就会和那个突然倒在地上的绸布商一样，横死在街面上。"他对两匹骡子嘀咕道。那匹黑骡子对着他来回晃晃脑袋，脖子下的铜铃铛随即发出一阵清脆悦耳的响声。作为对那匹骡子听懂了他这句话的奖赏，周约瑟伸手摸下它的脖子，又摸摸那只发出欢快声音的铜铃铛。刚才拥堵在路上的人群，正蜂拥在谘议局门前，里三层外三层地围住了那位"石会长"。女人就该有女人的样子。不管是大宅子里那位太太，还是他买回家那个娼妓，他相信她们都能明白，即便是在一眼水井那样深的睡梦里，她们也知道自己是女人，并且知道，一个贤淑女人应该是什么样子。周约瑟吆喝着两匹骡子，驾起车，避开那个女人有失风化的叫喊声，以及母鸡打鸣那样张开着的两条胳膊，毫不迟疑地，离开了他和两匹骡子刚刚站立过的地方。

距离济南府大约二百五十公里的南沂蒙县，有个钱庄掌柜。他在南沂蒙县南部的锦官城，开了家不算大的钱庄。不过，开钱庄赚到的钱，已经足够他供两个儿子读书，并且，其中一个儿子，已经考取了秀才。这个钱庄掌柜姓袁，除了开钱庄赚钱，他另外攒下的所有心愿，就是那个考取了秀才的儿子，能够在进入某场秋闱的考棚后，中个举人回来，然后一路平步青云，做个县令知府，让袁家几辈子都在种地、做小本生意的祖宗们，即便是在天上地下，也能扬扬老脸，受些不一般的尊敬。为此，每年春秋两季，这位钱庄掌柜都要到附近山上的花之寺里小住两日，沐浴焚香、礼拜佛祖、供奉各路神仙。但是，接连两场秋闱，花去六年工夫，他那个秀才儿子都没能如他心愿，高中举人。到了又一年春上，尽管有些灰心，袁掌柜还是打点起身，去了花之寺。一日，他在大殿里烧过香、磕过头，走到院中，看见偏殿旁一块空地上,有两个童子正在玩耍。他们一上一下蹲动着身体,伸手够着头顶上方逸出的一根松树枝子,口里边则在哼唱着曲子。

历山灰山铁牛山,
三山不显出高官。
东西南门北水门,
四门不对出王位。

他们唱过一遍,又继续唱道:

历山灰山铁牛山,
三山不显出高官。
东西南门北水门,
四门不对出王位。

开始,钱庄掌柜并没有留意两个小孩子在哼唱什么。但是,听他们唱到第三遍时,他停下了步子,站在两个童子一旁,笑着问他们唱的什么曲儿,跟谁学的。

"我们也不知道。是从历山来讲经的圆通师父,给我们讲天下名山录时讲到的,慧明就拿来胡乱编了唱。"说话的小童子指着他的伙伴,嬉笑着。"就是他,他就是慧明。""你叫慧德。你怎么不说你叫慧德。"叫慧明的童子不满地说。袁掌柜原本想再问问两个童子,是不是知道他们唱的三山在哪里。但等他扭头看见大殿门,就明白自己什么也不该问了。"这是大殿里那位佛祖显灵,在给我明示啊。"他想。因为那个童子已经明白地告诉了他,圆通师父是从历山来的。历山在哪里,在济南府啊。他年轻时候跟父亲去过一趟济南府,在游历了趵突泉、黑虎泉、大明湖后,他隐约记得,他们还到南门内看过舜井。"大舜耕于历山时,常年都在吃这眼井里的水。"一位老夫子指着那眼水井,告诉他父亲。然后,那个老人还热心地指着城门的方向,说历山就在城外头,外地人来此看过舜井,都愿再出城去看看大舜昔日耕田的历山。"这些地方,都是济南府的风水宝地!"那个老夫子说。"要是有空,就去走一遭吧,说不上您哪位的衣襟上,就能沾染点福气。"当时,由于他父亲夜里感染了风寒,身子不适,父子两个就没有出城去看那座历山。至于四门不对的北水门,他完全能够确定,大明湖里那个北水门,就是济南府的北城门。这么一路推算下来,袁掌柜琢磨着,两个童子唱的出高官和王位的地方,一定就是济南府了。他满心欢喜,弹衣正冠,掉头又进了大殿,重新跪下给佛祖磕了头,往功德箱里捐进十两银子,心里诚惶诚恐着步出了大殿门。偏殿门前的空地上,已经不见了那两个唱曲儿的童子,却有两只喜鹊"喳喳"地叫着,绕着两个童子刚才跳动撩拨的松枝,在来回穿飞。钱庄掌柜盯住那两只喜鹊,脚底下仿佛生了根须,半天没有挪动步子。

　　在看着两只喜鹊的同时,这位钱庄掌柜迅速做下了一个决定:举家搬迁到济南府去。而且,一做下这个决定,他就让自己的两条腿奔跑了起来。"王位"是他这种草木之人做梦都不敢去想的东西,他不去想,也就不用替它担心。他开始忧虑的是,自己和家人晚去一日济南府,那里的"高官",也许就会被另外的人家抢先拿走一个。他钱庄里的银子都有数目。他相信天下所有的东西都应该有数目。男人有数,女人有数,孩子亦有数。他眼睛望见的一座一座山头有数,一条一条河流有数,地上的庄稼草木有数,藏在山上埋在泥沙下的石头也会有数。即便是天上那些繁星,哪怕它们故意多得让人以为凡人的眼目数不过来,他猜测,它们自己也会有个数目放在那里。这些东西都有数,世上的官袍官帽官靴岂不是更加有数？而有数的东西都是这样，被人拿走一个，自然就会少上一个，更何况被人抢先拿走的那个"高官"，说不定就是盛放高官的筐子里最后剩下的一个。他越想越害怕、担忧，最后竟兀自恐惧起来，以至于浑身的每个毛孔，都在吱吱响着冒出了汗水，身体也变得鸡毛那样轻飘起来。最后，他完全是凭借着心里那个愿望自己生出的几根手指，使出它们全部的气力，拍打着他的两条腿，催着它们："快走！快跑！"

尽管从花之寺到锦官城只有几里地的山路，这位钱庄掌柜还是巴不得脚下能有朵孙猴子的筋斗云，半个跟头，就翻到家中。再不济，也该有一头毛驴和他一起，各自长出一百条腿脚，然后，他们就用两百条腿跑得飞沙走石，让风头卷动一片树叶似的，把他卷到家人们面前。当然，上天要是愿意再怜悯他一回，在那场大风把他带到家后，它最好还能有点多余的力气，再把他和他的家人们，直接从锦官城卷到济南府。那样，他的子孙中，说不上就是他那个秀才儿子，在下一场科考中，便能一举高中，先是做上举人老爷，接下去便是进士、状元郎。在他的秀才儿子高中状元郎那天，他盘算着，他宁愿花掉眼下一个钱庄的钱，回到花之寺里，去为大殿上那尊佛祖重塑金身。

从花之寺回到家，仅仅过去一天，这位钱庄掌柜就把生意全部交代给账房，然后在第二天半夜里，让老婆包了饺子，祭典过天地诸神灶神财神宅神祖宗和四面八方各路仙人，带着一家老小，火急火燎地离开了锦官城。由于他没将自己在花之寺看见两只喜鹊变化成童子的奇妙异事告诉家中任何一个人，所以，包括他最钟爱的那个秀才儿子在内，他们没有一个人知道他为什么突然做出这样的决定，要带着全家人，离开他们世代居住的锦官城。"你说说，你到底要做什么，到底是遇上什么跨不过去的坎了？要不是被歹人惦记上了一家老小的性命，咱们能不能不离开这里？"在将收拾好的家当全部搬上车之前，他的老婆一直哭着，来回地在屋里转圈子。她伸手摸摸墙壁，摸摸炕头，又去摸摸门框，摸摸留下来的桌子椅子。摸完灶台，她又趴到灶神爷的画像前，拼命地在那里磕头。拜完灶神爷，她还在哭着，走到她丈夫跟前，一遍遍地询问他："还有没有一厘一毫的缝隙，能改了主意。"钱庄掌柜始终一声没吭，看着他老婆哭天抹地，跟个没头苍蝇那样在屋子里转个没完。忍耐到最后，他不得不抬起右手，照着那张边哭边絮叨的嘴巴，用力地抽了一巴掌。他想用这个办法让她住嘴。播进地里的粮食种子，还需要埋在泥土里捂上几宿，结结实实地扎下根，再抽芽冒叶地拱出地面呢。而她那些没完没了的哭声，让他心里充满了恐慌。他害怕和担忧着，由于这个娘们的啼哭和喋喋不休，会惊动和惹恼了那位点化他的神灵。而那个原本老老实实待在某个地方等待他们的"高官"，也会因此被聒噪热了耳朵眼，聒噪乱了头脑，在他们赶到济南府之前，因着心情烦乱，远远地避开他们一家人，将穿着官靴的双脚迈进了别人家里。

嘈杂的人群还在顺着通往谘议局的道路，往谘议局前面这块空地上云集。

周约瑟和两匹骡子走远后，南怀珠把一只手放到身边的柳树上，两根手指在粗糙的树皮上敲击起来。那是刚才被他抚摸过的一匹骡子，迈开步子离开时的节奏。然后，他一边敲击，一边建议那两位跑过来的青年助手，应该马上回到副议长石先生那里，抢拍几张他被群情激昂的人群围在中心的照片。"这种拥有风暴力量的场景，可不是每个时刻都会重演。"他对那位咸主笔说，这比她刚才想拍那两匹骡子和那个赶着马车过来围观的马车夫，更具有十二分的震撼力。他笑了起来。觉得这个女人如果稍微有一点头脑,就不该这么愚蠢地想象着要把他们这些正奋力争取独立的革命者,跟什么骡子框在一起。

"差不多到时间了。请问咸小姐,您是否要一同到里面去,瞧瞧热闹?"南怀珠朝谘议局门口望一眼,盘算着她要是不那么愚蠢,等谘议局里的事情结束后,他倒是很愿意邀请上石会长和几位议员,携带上这位主笔小姐,一起到商埠里去喝杯葡萄酒,吃顿西餐。那里有一位总是说自己还不算太老的德国人保罗,他亲手做出来的那些黑椒牛排,会让任何一位故作矜持的小姐,大方地伸出她们散发着茉莉花香味的手指,让那位保罗把他肥厚的嘴唇,印在她们又白又嫩的手背上。

"当然。我要进去采访到你们谘议局里的每位议员。"咸金枝笑着回答,然后吩咐她的两个助手,先到谘议局门前去等她。她躲开南怀珠的目光,又朝周约瑟离开的那条路上瞅一眼。她已经认出了他。在她的绸布商丈夫倒在地上死去的那个上午,扔下马车疾步跑到那个死人身边去察看的马车夫,就是这个老男人。

"采访到每一位议员?"南怀珠说。

"没错。我要采访到每一位议员先生。"

"这恐怕很难做到。"

"是吗?"咸金枝说,"我可不这么认为,尊敬的先生。在这种火药味十足,革命态势仅需要擦着一根洋人火柴就能噼噼啪啪燃起大火的时刻,我觉得坐在里面的任何一个人,都非常愿意发出他们的声音。而且,这些人里,也会包括您。"

"那是您现在还不了解里面的真实情形,不知道这几个白日后面的黑夜里,都发生了什么。一旦您真正了解过,知道谁是谁,生旦净末丑,各是什么角色,您就不会这么说了。"南怀珠笑了笑,想着谘议局里分成几派的议员先生们在大楼里相互打斗的场面。他们争吵着,先是屁股离开椅子,站在那里用力地拍打着桌子，骂爹骂娘，最后，甚至抡起椅子来，狠狠地朝对方身上砸去。有个胖子还把一壶热水，浇到了身边一个人头上。他们吵成一团，都在算计着如何先从"独立"身上多捞份好处，多咬下一块肉。能捞一块大洋时，就没人愿意去捞半块。

"我想，对于谘议局里的那些议员先生们，我肯定比您心里此刻正在猜测的知道得还要多那么一点。至少会多两颗豆子或是三粒芝麻。"

咸金枝扯过一根柳条子，在又白又细的手指上来回缠绕着。这段日子，在谘议局这座大楼内部发生的任何一件事情，包括不同派别的议员们在进行激烈争辩时，哪位议员因为情绪过度高亢，没管住自己的屁股眼，突然从裤裆里钻出一串响屁，引发整个会场爆出一阵笑骂声这种事，那位石会长都纤毫毕现地向她描述过了。至于昨天，他们准备对外宣布独立的决定在最后一刻被取消，继而被一群什么和平派保守派代之向北京提出"劝告政府八条"的过程，她同样知道得清清楚楚。甚至，谘议局里她熟悉的那几位先生们，他们最初是怎么计划着炮制出的那个谎言，石会长也一字不落地告诉过她。"在你面前，只要你有兴趣听，不管是哪个方面，凡是我知道的，我肯定半个字也不会隐瞒你。"每次会面，石会长一旦脱下他专门喷洒了科隆古龙水的外套，在包着杭州锦缎的软椅子上坐下，就会开门见山地将这句话对她重复一遍。不到半年时间里，他已经送给了她五瓶味道完全不同的香水。"闻闻，这是日头晒在半开的栀子花上的香味。""再闭上眼睛闻一闻这个，是不是夏日里正响午的毒日头，晒在大明湖里那些莲心莲蕊和蒲草尖上，蒸腾出来的味道？""还有这个，半夜里露水珠滚动在牡丹和芍药花蕊里，浸泡到天光出来后，跟清早的晨风混合在一起，就是这个香味。"他仔细地教着她辨别那些香水的味道，以及它们跟她使用那些扑粉和胭脂不一样的妙处。

"女人得学会把自己栽培成不同时令和品种的花木,每天开出的那朵花,都要香味殊异;即便不能让围着她观赏的那个人生出飘飘欲仙之感,至少,也要让他想入非非着,体味到什么是意乱情迷嘛。"

在送给她那瓶茉莉花味道的香水时,石会长告诉她,茉莉花的香味是他最钟爱的一种味道。五年前,他作为济南府新成立的商会会长,还兼任了商埠审判公所的第一任所长。在担任审判公所所长的第六个月,他跟随德国领事组织的一个德国法典考察团到了德国。但在柏林,让他着迷的不是那位德国领事一直鼓吹的他们所拥有的世界上最先进的人类文明法典,而是一条叫库弗斯坦达姆的街道上,空气中弥漫着的那些让他恨不得浑身都长满鼻孔的醉人芳香。从那开始,用他那位德国领事朋友的话说,他到德国去找到了一位"最芳香的情人"。半年前,她第二次去拜见他时,他就是用拇指大一瓶"不经意间"失手打翻的香水,把她这个渴望新奇事物跟新鲜世界的女人,轻而易举地捏在了手心里。到第三次时,他就把一份浸透着香水的柔情蜜意,给了她这个倾国倾城、"遗世而独立"的女人。在初次去拜访他之前,她仅仅知道,他的身份是赫赫有名的商会会长,是商埠里第一大商户,却不清楚他还在老家明水开了两个煤矿,并且从德国人手里,购买了两台专门用来挖煤的机器。另外,他还管辖着商埠里所有的煤场和铁路公司里一半的煤炭运输线。除了这些,还有两家银行和十几家店铺经营着丝绸、粮食、玻璃和上百种西洋货。她的绸布商丈夫死后,为了报答这位身份显赫的谘议局副议长对她的赏识与宠幸,她将那位绸布商死后遗留下的一大半财产拿出来,奉献给了他新成立的"新军军饷募集委员会"。在她决定拿出那笔钱时,尽管他一再慷慨地拒绝,她还是坚定地让他将它们拿了去,"做新军第五镇里那些官兵们的军饷"。而作为回报,他则开始谋划着,以商会的名义,联合济南第一女子师范学堂和两家银行,为她成立一家专门属于女人的《女子周报》。"我的小肉鹁鸽,对你来说,这是一件再合适不过的礼物了。"他搂着她的腰,在绸缎上衣外头捏着她的乳头说。

她又瞟了眼面前这位大名鼎鼎的记者议员先生。至少到目前,他还不知道,她为他们那些革命新党,为他们争取独立,在背后做的任何一件事情。她有点得意地朝石会长那里扫一眼。现在,她可以毫不夸张地说,南怀珠对她半点也不了解,但她对他,却一点也不陌生。在谘议局这座大楼里进出的议长和副议长,包括那些议员先生们,有一多半,她差不多已经通过那位石会长,对他们的生活和家庭背景,做到了了如指掌,这其中当然也包括他。只是,她不愿意将自己手里掌握的这些东西,告诉这位看上去风流倜傥,但又不知道在什么地方,似乎总让她觉得有些好笑的记者议员先生。"你得知道,有一半议员,不,应该是一大半,压根就没彻底弄明白,并且也不在乎,什么是共和,什么是革命。说白一点,他们不过就是一只只跟屁虫,跟在一个肥大的屁股后头,闻着屁味,闹哄哄地起个哄。"她想着石会长肥大有力的屁股,抿住嘴角微笑着,脑子里盘旋着他说过的话。

离开锦官城的第二十天,天色将要接近昏黄时,钱庄掌柜带着他的十个家人、两辆马车,终于走在了济南府的一条街上。这比他计划中要到达的那个日期,差不多晚了五天。"都是那个晦气娘们。"想起在路上耽搁的五天行程,钱庄掌柜心里又气恼起来。他瞪起眼睛,狠狠地朝后面那辆马车瞅两眼。他的老婆和两个女儿,都乘坐在那辆带有车棚的马车上。车棚门上挂着帘子,他没有看见她们,但他看见了他的秀才儿子。他走在母亲和两个妹妹乘坐的那辆车的一侧,手里牵着骡子,两只眼睛像把扫帚似的,在街面上来回扫着。"往后,这些街道有的是日子让你看。"他在心里对他的儿子说着,又瞅眼和儿子并肩走着的马车。那个在半夜里被他打过一巴掌的妇人,他的老婆,在他们离开家后,还没有走出十里地,就莫名其妙地病了。她来回地跑肚子,呕吐不止,到天亮时,已经奄奄一息,竟半个字也不能说出口了。"让你没出息!让你多嘴多舌!"钱庄掌柜着急地看着老婆焦黄的脸和嘴角上的淤青,气急败坏地甩着鞭子,抽打着拉车的那匹骡子。最后,他还是带着一家老小,改道进了南沂蒙县。

钱庄掌柜有个表姐在南沂蒙县县城,住在洋人宣教士开办的一座博物堂旁边。有一年,他们全家人被表姐的丈夫邀请,还到那座博物堂里去观赏过一回西洋景。那里摆出的几百种稀奇古怪的东西,曾经让他和他的孩子们,全都看得目瞪口呆。大得像条木船那么长的"鲸鱼骨骸",跟活猴子一模一样的金丝猴"标本",能自己运转的"银河、太阳、月亮和地球","被缩小了无数倍的埃及金字塔、雅典卫城、希腊圣殿"。说实话,对于金字塔和希腊圣殿,它们一点也没有让他觉得稀罕。他惊奇的是,那些能够自己在天上转动的银河、太阳和月亮。当然,还得加上那个同样在转动的"地球"。"天上那条银河会移动地方;日头从东面升起来,转到西面落下;月亮也和日头那样出来和落下;这些都能让我信服。但要说咱们脚下踩着的地面是个大圆球,这个大球也和日头那样转来转去,你打死我也不会信。"他对他的表姐夫说,"它要是真在转动,那咱们怎么没有头朝下的时候?树木没有头朝下,房屋也没有头朝下?还有那些河水,在他们说的那个地球转到反面的时候,那些河水怎么没从河道里倒扣出来。"

他表姐的丈夫是个盲人,但有只眼睛能略微看见一丝天光,是南沂蒙县养济院里负责教授占卜和弦乐的一个副头。开办博物堂那个英国宣教士,由于好奇他出众的占卜技艺,常常在给养济院的盲人们捐钱送物时,跟着他学习一会儿中国占卜。在宣教士跟着他学习占卜的第十个月,那位盲人不仅自己成了英国浸礼会的一名基督教徒,还把他的儿子送到了宣教士们在南沂蒙县开办的医学堂里,跟着洋人学习西洋医术。后来,为了炫耀那个儿子,他表姐在给儿子娶媳妇时,差不多邀请遍了所有的亲戚朋友前去他们家中喝酒。亲戚们齐聚在一处,众人喝得高兴,钱庄掌柜也多喝了两杯。结果,他不但把嘴里那条舌头喝大三倍,还动手和一个亲戚打起了架。等他再次睁开眼睛,清醒过来时,已经是第二天上午,他表姐的儿子,那个跟着洋人学医术的新郎官,正守在他身边。见他清醒过来,新郎官告诉他,因为喝多了酒,他和另外一个同样喝醉酒的亲戚扭打起来,那个亲戚抓起凳子,一下子砸到了他鼻子上。"您的鼻梁骨被打折了。但您不用担心,我已经给您医好了。剩下来,您只需要在这里静养两天。"那个新郎官笑着对他说。就是在那次,在那家洋人的男子医院里,他亲眼看见,那里的洋人医生救活了一个上吐下泻、神志不清,看上去已经死了的人。

正像钱庄掌柜期望的那样,他"患了霍乱"的老婆,果真也被那些洋人医生救活了。他摸了摸口袋里那个盛着"樟脑油"的小瓶子,里面还有三分之一的樟脑油。这是他那个表姐的儿子送给他的。"这可是神药,能起死回生,是世上治疗霍乱最神奇的一味药。"当年的新郎官,现在已经是五个孩子的父亲,其中三个男孩、两个女孩。他在递给他那个装着"神药"的小药瓶子时,非常认真地看着他说。曾经的新郎官还一再地嘱咐他这位舅舅,在给病人用药时,除了掺加上一些糖水,最好还要让病人念叨上几遍"感谢上帝"。"一定不要忘了,最少要念叨三遍。"那五个孩子的父亲说。

凭着模糊的记忆,钱庄掌柜带着家人,首先寻到了南门内的舜井。然后,他在舜井东面的宽厚所街上,找到家不起眼的客栈,要了两间客房,暂时将一家人安顿在里面。匆匆收拾停当,他又带着全家人去游了文庙和王府池子,在岸边找家老济南菜馆坐下,点了糖醋鲤鱼、滑里脊丝、爆炒腰花、奶汤蒲菜、老济南爆三样,祈求着一家人新天新地三阳开泰,钱庄生意顺遂,家里日子节节开花,儿子鱼跃龙门,一家人花红柳绿。

第二天早晨,外面的天光刚刺破天幕,一宿没有合眼的钱庄掌柜,就独自出了门。不过,他这次出门,既不是急着去置办宅第安置家人,也不是大街小巷地寻找合适的铺面,开设钱庄。他先是去了舜庙,走到舜井边,默默地在那里坐了一会儿。从舜庙里出来,他沿着舜井街到了天地坛街,又顺着天地坛街拐到了院前街。绕了一个圈后,他重新回到了舜井街上,坐进一家糁铺子,喝碗鸡肉糁,吃两根油炸果子,东一句西一句地跟糁铺子掌柜说着闲话,打听明白了去历山的路。从糁铺子里出来,他直接去了南城门,走出朝山街,一路打听着,曲里拐弯,找到了糁铺子掌柜指给他的"历山"。看完历山回到城里,他又一路询问着,找到了两个童子唱到的灰山和铁牛山。在痒门里,他绕着那头铁牛仅仅露出地面的脊背转几圈,又围着府学文庙走两遭。然后,这位钱庄掌柜就暗暗地将自己将来在济南府的新家地址,选在了紧挨着府学文庙的泮壁街上。

咸金枝手上缠着柳条子,嘴角上一直挂着笑。而且,是那种和太阳光一样颜色的笑。天上的阳光非常好,明亮地照射着立在她手指上的一片黄色柳叶。那片细小的叶子，产生出一种神奇透明的效果，它让南怀珠觉得，它正在慢慢地变成一根金色的鱼钩。紧接着，在他心中某一点芥子粒那么大的地方，他瞅见了那个能徒手变出鳄鱼，让手指发出亮光的男人。"这个世界上最好玩的变戏法，是把一个世界，变成另一个世界。"那个男人笑着，用他那只能让手指发出亮光的手，来回地抚摸两下他的头顶。眼下，他愉快地想，他正在做的这件事情，算不算是在把一个世界变成另一个世界呢？

"今天，您尽管不准备以议员身份跟我谈点什么，也不愿意让我给您拍摄相片。但我相信，有一天，您一定会以一名记者议员先生的身份，成为我们《女子周报》的贵宾。"

"但愿您这个愿望，能够早日实现。"南怀珠说，"不过，这可能需要一个前提，就是您得真正弄明白，这个世界上最好玩的变戏法是什么。"

"变戏法？"咸金枝略显诧异地看眼南怀珠，接着朗声笑了起来。她松开了缠绕在手指上的那根柳条子。不过，一松开柳条子，她立即就用那只一直被缠绕的手掩住嘴，并且停止了自己的笑声。因为她的笑声，已经让在不远处围住石会长的众多人，把他们的目光转过来，投向了她和南怀珠。而在这个短暂的过程里，她发现，尽管她大声笑了起来，可真相却是，她根本没有弄清楚，这位在她面前装作煞有介事的记者议员先生，到底在胡说什么。"南先生，您是在说马戏班子里，那些看上去无比奇妙，实际上却是漏洞百出的障眼法吗？"

咸金枝放下了掩住嘴的那只手，在心里咒骂着自己。她一直都在诅咒自己这个掩嘴的动作，认为这是她从南沂蒙县带出来的，最令她羞耻的一个记号——那个死去的绸布商在她身上留下来的印迹。那个绸布商所有的老婆，在笑的时候，都要用手掩住她们的嘴。这也是那个绸布商在娶了她之后，对她提出的唯一要求。"你读书识字，肯定比她们都明白。"在娶她进门后的第一个月里，绸布商坐在她的房间里，用手在空中比画一下，指着另外三个老婆居住的地方，温和地笑着对她说。"不管是貂蝉西施那四大美人、《西厢记》里让多少男爷们挠心挠肝的莺莺小姐，还是《石头记》里的十二金钗，她们笑起来，都会用握着丝帕的纤纤玉手，掩住她们的樱桃小口。"对她，那位绸布商几乎做到了百依百顺，最后，他甚至不惜扔下前面三个老婆和六个孩子，扔下所有的家人、房屋、店铺、田地，带着她，来到了她睡梦中都在渴望的地方。但唯独在这一点上，他拿出了最威严无情的一面，差不多是做到了毫不通融。为此，他还坚定地让他前面三个老婆，每日轮流着教习她，整整练习了三个月，直到他带着她离开了她们，离开了南沂蒙县。绸布商死后，她曾一度告诫自己，以后笑的时候，再也不需要有这个动作了。但事实是，她一次也没有改变。在她每回笑起来之前，那个绸布商都会疾步走过来，抓住她的一只手，无声无息地就把它放到了她的嘴边上。

"我的意思是说，等一会，等您走进谘议局大楼，坐在那里，听过一些议员先生们发表的'精彩演讲'，您可能就会慢慢地发现，在您面前，也许有一场您从来没见过的，最好看的变戏法，在等着您。"南怀珠轻轻地咳嗽两声，又冲着咸金枝笑了笑，努力把那根发光的手指和那个能让手指发光的男人，关进了一扇比芥子粒还要小百倍的门里面。然后，他再次想着，也许应该快一点结束他们这场毫无意义的谈话。

"我想，我肯定会是一个称职的好观众。"咸金枝停顿一下，"说不上，我还会把关于革命新党和发生在谘议局里所有议员先生们身上的趣事，写成一个个精妙故事，一期一期地登载在我们的《女子周报》上，让全省境内的女子们都看到，因为有我们女界参与，比起武昌城和其他省份的独立，我们不但不失色于他们，还要更加轰轰烈烈十倍，甚至百倍千倍。我们甚至还可以到师范学堂里去，找些有才情的女学生，把眼下正在发生的事情编写成西洋式的那种小说，登在我们的报纸上，以飨女性读者。"

咸金枝用眼角扫着谘议局门前的场地。那里，因为她之前的笑声，转过脸来朝她和南怀珠观看的人群，已经把他们的视线绕回去，重新把焦点落在了石会长身上。"独立是什么？就是所有的人，不仅我们男人，还有妇孺老幼，人人都能得到他们应该得到的那个自主。西方人称呼它自由、民主。我认为称呼它什么，用什么名头都不重要，眼下要紧的是怎么做到人手一份：你只要肯走出那间黑屋子，站到日头底下，这颗明晃晃的大太阳就会当头照着你。"咸金枝回想着她的绸布商丈夫死后，石会长坐在她面前，再次对她说这番话时的情景。现在，她相信，假如石会长正在给围着他的那些人，重复他曾经反复给她讲过的这些话，而那些正在围成一圈，紧紧包围着他的人，他们中间，也许还不会有几个人，能弄懂他这句话后面的真正意义。她挺了挺黑色羊毛大衣里面不算单薄的身子。"所以，尊敬的记者议员先生，"她说，"您是不是应该和我一样，觉得我在你们谘议局里，能够成为一名称职的好观众？我突然又冒出个想法，在你们谘议局这些议员先生跟街头百姓之间，我和我们刚刚问世的报纸，好像，既需要扮演好一个中间人的角色，又不能仅仅是一个中间人的角色。"

"我有点越听越糊涂了。"南怀珠耐着性子干笑两声，"不知道咸小姐您是什么意思？不过，尽管不是很明白，我却可以肯定，这也许正是您能够办好《女子周报》的先决条件。说句行内话，对于大多数热衷于办报的人士来说，只要他擅于丹青，敢于重塑历史，精于世故，知道人与老虎狮子毒蛇这些凶残的动物有时候会相互转换，知道它们跟牛马骡子这些软弱顺从的动物间的区别，一份报纸就算成功了。"

"虽然我不太明白您在说什么，但是，南先生，您是谘议局里的议员这一点，没有错吧？"咸金枝说。

"我是议员。这一点，我想应该毫无疑义。不过，另外一点，我想，我可不是一只在温水里游动的青蛙。"南怀珠对他面前的这个女人充满疑惑，她脑袋里到底都揣了些什么古怪东西。他换个站姿，准备扔掉自己对这个女人存在的所有疑问，只求得自己给予她的回答，会让她因为某种满足感或者某种厌恶感，不再继续和他纠缠下去。

"只要您是那些议员中的一个，就 OK 了。至于那位王阳明说的什么美大圣神的人，我相信世上可没有几个。"咸金枝又看向那位石会长。这会儿，他正从那圈人自动裂开的一道口子里，大摇大摆地冲出人群，朝着谘议局大楼走去。

"石会长已经往大楼里去了。"南怀珠说，"我也要进去了。"

"您请便。"咸金枝把手放到额头上，漫不经心地整理起了刘海。"一会儿，我们又会在谘议局大楼里见面了。我想，现在，我们每个人要做的事情是保持全心全意。"她说。

"您说得很对，全心全意，绝对是做任何事情都需要的先遣条件。"南怀珠心里骂着这位女主笔"色癫女人"，命令自己昂起头，两只脚迈开了比平日稍微阔大的步子，尽量让自己的仪态器宇轩昂着，朝谘议局的大楼走去。

第二十章 布 告

阳光下,在遐园罗泉楼二楼的长廊上,南怀珠花了差不多半个钟点的工夫,眺望着周边的景色。他先是让目光落到了湖中一片莲叶残败的藕田里。那里,一些种藕的水户子们,正在藕田里忙着采藕。男人女人,还有成群的小孩子,都在那里劳动着。在靠他最近的藕田里,他看见一个男人正把一根三四节长的白藕,放到船上。船的另一边,一个男人手里握节嫩藕,正在往嘴里吃着。离船几步远的地方,是两个抱在一起打架的男孩子,他们已经双双摔进藕畦子边上的蒲草丛里。他们旁边,有个看样子还不会走路的小孩子,坐在藕畦子埂上的苇花堆里,挓挲着双手,仰着头,在"哇哇"地大哭。一个麻秆样干瘦的妇人,走到两个打架的男孩子身边,对着他们没头没脑地各踹两脚。离开那些采藕的人,南怀珠的目光又一寸寸地挪移着,越过一格子连着一格子的藕田湖水和芦苇,搭乘一只在残败藕叶间穿行的扁舟,让眼睛跳到了铁公祠。在那里逗留一会儿,他便让它们攀着水边的一棵棵柳树,跳荡到了北极阁。在环廊的另一头,他让目光从北极阁上滑下来,换乘一艘载着几名游客的画舫,穿过另一片格子状的藕田和湖水,登上了历下亭。

"海右此亭古，济南名士多。"

南怀珠吟着杜工部的诗句，心里嘲笑着白楼内的议会大厅里，那些各执一词、争吵成一团的"名士们"。"她可以尽情地大饱眼福了。"他想着那位咸主笔。这几日，她一直坐在议会厅靠近门口的那个角落里，全神贯注地在"欣赏着"谘议局里那些议员先生们的各路表演，见证了来自全省各界的代表们，在一片解散谘议局的嘈杂声里，组成了"全省各界联合会"。接下来，她也许马上还会见证，联合会再变成个什么狗屁会。"整个谘议局里，为什么一位女议员都没有呢？"他猜测，她那个每天都戴着不同款式帽子的小脑袋里，会不会跳出这样一个比王府池子旁边老王府里那道荷香鱼还诱惑人的念头。她今天戴了顶通常只有男人们才喜欢的黑色礼帽。老王府里做的荷香鱼，都是在黄河里捕鱼的那个水鬼给他们送去的新鲜鲤鱼。在泺口，几乎人人都相信，那个水鬼会给黄河里的鱼虾们下咒语。她一定跟着那位石先生，去老王府里品尝过那道最有名的"荷香鱼"了。

这样想着时，南怀珠发现，他的目光已经离开历下亭，像展开翅膀的水鸟般，飞落在了日光照拂的百花汀上。明朝时，百花汀的水中央，就是那些在夏日里开满白色红色藕花的湖水正中，曾经建有一座三层高的白雪楼。传说白雪楼主人只有在他喜欢某位客人时，才会派出一叶扁舟，穿过重重藕花和藕叶，将客人接到那座高楼上去。而他最宠爱的一名小妾，除了能歌善舞，还会做一种看不见大葱的葱味肉包子招待他们的客人。令人惋惜的是，百花汀里当年那座白雪楼，和那位长袖善舞的小妾，早就已经不见了踪影。

在日光和细风里，整个百花汀水波激滟。南怀珠甚至让自己看见了百花汀和流淌的曲水河里，那些隐在柳荫和氤氲水汽中，摇曳生姿的细长水藻。

沿着百花汀西岸,掠过泮壁街上一排人家高耸的屋脊,就是府学文庙。南怀珠命令那只鸟儿再次展开翅膀,飞动起来,让它像扑出去捕捉猎物的苍鹰一般,俯冲着,飞过泮壁街上那些住户的屋顶,掠过柳叶宽的东花墙子街,飞落到了文庙上空。尽管它的那两只翅膀卖力地扑扇着,在文庙所有的建筑上面盘旋一圈,但这次,它的脑子和眼睛里,却是什么也没有看见,没有记住。

南怀珠摇晃下脑袋,企图赶走里面那些他自己也无法说清的什么鬼东西。

除了柳树,在谘议局那座鸟笼般的大楼和文庙间的空地上,还生长着一棵棵榆树和梧桐树。现在,它们的叶子变得稀稀拉拉,再有不多时日就该掉光了。他盯住一棵梧桐树差不多落光叶子的枝条,发现它们简直和他此刻的胸口一样空荡。为了把那一部分该死的空当填满,他强迫着自己的眼睛,再次对府学文庙检阅一遍。南门、中规中矩亭、亭两边的更衣所和牺牲所、棂星门、大小泮池、屏门、戟门、大成殿、东西廊庑、明伦堂和尊经阁,他的目光往日熟悉的一切物体,都安静而知足地待在原地:一层一层院落,从南到北,虽不是构造在一条笔直的线上,却是弯曲就势,别具风趣。尤其是那些他喜欢的雕花石坊,金色琉璃瓦,五彩斗拱,一只只吻兽,没有一件不是像先前那样,在夕阳里展现得"美轮美奂",让人很轻易地就会深陷其中。不过,这次,他的感觉告诉他,他仍然没有能够做到"整个人深陷其中"。而这一切,都是因为他刚刚看见那份报纸上发布的那则告示。那是一位父亲,登报与他儿子断绝父子关系的声明。

这会儿,那个在告示中被断绝了父子关系的儿子,就站在他身边,神情苦恼地抽着烟。而他前些天被人砍过两刀的胳膊,刀口还没有完全愈合。南怀珠扭头看他时,他脚下的地面上,已经躺了好几个洋烟头。南怀珠从他手里接过报纸后,给他递上了一包"密西西比河"。那是他妹妹南明珠带给他的,据说是一位回美国开什么基督教大会的宣教士专程从美国带了来,送给那位在黄河上建造铁路大桥的美国人——戴维先生的。两个月前,戴维先生将其中一些,送给了南明珠的丈夫谷友之,那位驻守浥口的巡警局长。巡警局长则又转一次手,把它们给了他。

那天,也就是南怀珠和他的朋友离开南家花园,返回城里的第二天,南海珠独自在"那间老书房里"坐了一夜。末了,他还是拿定主意,"到城里去一趟",看看城里的情势到了什么步数。最近这些年,他很少离开浥口到城里去。城里溢满街面的乌烟瘴气,角落里冒出来的他没有闻到过的各种气味,让他到了那里就会不停地咳嗽。为此,除了年节里他不得不进城拜会一些重要的亲友和生意上的主顾,剩下来,就只有这些人家有了红事或是白事,他必须亲自出面时,他才会到城里走一趟。而不管他一年到城里几次,他都没有去过南怀珠安置在城里的那个家。原因是这些年里,南怀珠一直都在遵守着他最初对家人们做出的那个承诺:"每个星期里都会回到浥口来,和大家聚在一起。"

吩咐过热乎,让他"去喂好马,套上车"后,南海珠走进了父母住的那座院子。他已经有两天没和太太厉米多一块来给父母请早安了。南家花园里所有的仆人都知道,每天早上和晚上,老爷跟太太都会"在一个准点里"走进后面那座院子,"给老太爷和老太太请早安或是请晚安",好像从来还没有一件什么事情,能让他们的那个"准点",提前上半个时辰,或拖延上半个时辰。

南海珠走进屋子时,他母亲厉月梅刚从佛堂里礼佛出来。他的父亲,那位曾经一再抛下家人,跑到草原上去的老进士,也和每天清晨一样,坐在属于他的那把椅子上,在等待着吃他一天的食物当中最早要吃进去的十粒黑豆。那是五年前,大坝门内那位姓贾的剃头匠子,送给他的一个长寿秘方。那个剃头匠一边在垂挂的磨刀布上噌噌地磨着剃刀,一边告诉他:每年清明节这日里,将黑豆用小火煮熟了,挂在屋檐背阴的地方,风干上一春一夏一秋。待霜降这天,采来经过霜雪的桑叶,在正午时刻放到笼屉里蒸透。然后,用蒸好的桑叶包裹住黑豆,缠绕上生丝,一层层地码进坛子,倒入用雪水和红米酿出的陈年老醋,封口,将坛子埋于金银花树下的泥土深处。第二年立春当日,日出前挖出坛子,将黑豆用铜锅铜铲和桑木细火,慢慢地煨酥。此后每日清晨空腹服食十粒,细嚼慢咽,以枣花蜜水送服,即可耳聪目明、乌发生肌、延年益寿。

这个剃头匠子也是溵口有名的酒鬼,一个月里总会有那么两次,由于喝多了酒,手上拿不稳剃刀,而将某位客人的头皮或是下巴,刮出几条血淋淋的刀口。但在不喝多酒时,他又的确是个手艺超众的剃头匠,就连那个美国人戴维,也喜欢到他的剃头铺子里,请他给他打理头发和胡子。当然,除了剃头的手艺,这个老剃头匠另外一个拿手的绝活,是正骨接骨。传说他能够把一条鱼折断的鱼刺,对接得像没有折断过一样。

那位洋太太马利亚,曾经不止一次地站在这位"贾先生"的剃头铺子前,告诉路人,她的丈夫戴维先生,是在见识了贾先生的正骨手艺后,才到他铺子里打理头发的。有天早晨,戴维先生在河堤上骑马,不小心从马背上摔了下来,一下子就把肩膀摔坏了。幸运的是,贾先生那天到下关渡口送亲戚,恰好经过那里。他见戴维先生扶着肩膀,非常痛苦地坐在地上,就走了过去说,他们要是相信他,他可以看看戴维先生的伤情,说不上他就能帮他治疗一下。开始,戴维先生还有些犹豫。但那份无法忍耐的疼痛,最终还是让他点了点头。让戴维先生无限惊奇的是,贾先生软软地用手指摸了摸他受伤的位置,然后,他一只手按住戴维先生的膀子,另一只手托住他的胳膊肘,向上一抬一推,戴维摔坏的肩膀就被弄好了。"简直像上帝在借着他那双手,在显现一个神迹。"马利亚太太说。那段日子,几乎每周,她都会走到贾先生的剃头铺子门口,站在那里,对一些认识和不认识的人,谈论起这位神奇的贾先生。不仅如此,这位洋太太还告诉南明珠,她在写给她父母亲的信里,以及写给她那些远在苏格兰、英格兰、伦敦的亲戚们,包括戴维仍然在美国众多地区生活的家人和朋友们的信里,他们都把这件事情写了进去。她说,她的一位住在苏格兰的亲戚,对此尤其感兴趣,因为他的一条腿,就是在骑马时摔伤了。但不幸的是,他那条被摔坏的腿,实在没有戴维先生的肩膀运气好,"所以,他那两条曾经无比健康整齐的腿,就只好听凭其中一条比另外那条缩短了一英寸。由此,大地在它们面前,便再也不能同样平坦"。

尽管剃头匠子正骨的手法令那对洋人夫妇感到吃惊,并且他在说出那个秘方时,也没有喝多酒,头脑看上去比冬天里最冷的一个早晨还要清醒,但对于这个长寿偏方,南海珠还是保留了三分质疑。他完全是为了不让那位老进士的情绪影响到他母亲在那一天里的愉悦心情,才盼咐管家来家兴,打发花匠去买回了几株金银花,栽到花园里,又安排伍春水在每年冬天里下大雪时,亲自去河滩上弄回些干净的雪,融化了,酿出几坛子雪醋,陈在那里。最后,他又和厉米多合计半天,才让她做主,把这件事交给了周约瑟的老婆,就是他花猪肉价买回来的那个娼妓,一个把茉莉花绣得能招引来蜜蜂和蝴蝶的女人，由她按着制作步骤，"将豆子做好了，送到老太爷屋里去"。

南海珠看着他的父亲，那位老进士，嚼食完黑豆，喝完茶盅里最后一点蜂蜜水，起身离开属于他的那把椅子，走出了屋子。越来越严重的痴呆病，让他在一天的大部分时间里，都无法分辨清楚坐在他面前的人是谁。不过，他却从来没有说出过他不认识他们。"这个是谁？"南明珠经常会指着他们兄妹中的一个，笑着问他。"你还不知道？"老进士通常都是这样来回答女儿。南海珠盯着他父亲走到门外的背影。尽管眼下的气候还不需要穿着棉袍子、戴貂皮帽子，他却已经固执地把它们穿戴在了身上。不过，到了晌午时分，他又会因为这些衣物带给他的那些燥热，而将它们取下来，随手扔到某处地上。

从父亲身上收回目光，南海珠看着他的母亲，告诉她，他要到城里去一趟。"有些日子没到春和祥茶庄里走走了，顺便去包些六安瓜片。"他说。

厉月梅坐在她那把高背楠木椅子上，抬起头看着儿子，说她要是还没老糊涂的话，六安瓜片该是雨前的茶。

"原是春上才有。但他们总会备下些，防着老主顾们有急需。"南海珠躲开母亲的目光，让眼睛落在了她手里那串佛珠上。那是她的母亲，那位丈夫被太平军杀死后，便整夜游荡着，再也没到床上睡过一夜觉的"可怜女人"，在死之前亲自绕到她手腕上的。她曾不止一次地在黑夜里搂住了年幼的他，告诉她的儿子，她母亲的整条性命，都在那串珠子上。他猜测，也许正是因为这一点，在他父亲一次次地抛下她，一个人远远地跑到草原上，让她彻夜痛苦忧愁着，发誓什么神灵都不再相信的那些日子里，她也没有把它从手腕上取下来。

谘议局大楼那座圆形鸟笼里汇集的上百名议员中，在这几天里，同南怀珠一样逃出议会大厅，热衷于跑到遐园里，站在罗泉楼上眺望大明湖和文庙的人，只有这个名字叫袁世楷的议员。"他和那位巡抚大人袁老爷，两个名字念出来的声调一模一样。"在巡抚袁世凯任职山东的两年零五个月里，袁世楷的父亲，那个从南沂蒙县搬到济南府的钱庄掌柜，逢人就会这么说上一遍，好像他将这件事情重复的次数多了，那两个名字读音都相同的人，他的儿子袁世楷和巡抚袁世凯，便会在某个阴雨的早晨或是下着浓雾的夜里，神奇地变作一个人。那段时间，这位钱庄掌柜对巡抚袁世凯做出的每件变革举措，都在竭尽全力地宣扬和支持，而且在巡抚袁世凯将济南最负盛名的一家书院——泺源书院，改造成官立山东大学堂后，他立即让他的秀才儿子放下了考取举人的梦想，考进了这所大学堂的正斋，习学政学。而这个与巡抚名字读音相同的人，在那两年里，也与他父亲一样，因为这两个发音完全相同的名字，暗自骄傲过无数次，甚至在很多个夜晚里，都因那种骄傲的缠绕，而无法得到真实的睡眠。在山东大学堂毕业前夕，这位来自南沂蒙县的袁世楷，在他的同乡鹿邑德家里，结识了济南师范学堂里的一名教习——福田先生。福田是个日本人，但在济南府里生活着的、所有稍微有点身份的人，他差不多全都认识。就是在福田的举荐下，在山东大学堂毕业后的第二天，袁世楷就进了一所名字叫"山左公学"的私立学堂，在那里做了名治法学教习。不过，在那个时候，袁世楷并没有弄清楚，创办这所学堂的那个高密人，是个同盟会会员。他也从来没有想到，在他进入那所学堂后，仅仅一年时间，他就在不知不觉中，完全陷进了一种之前从没有接触到的新思潮——那是他的朋友，同在那里做教习的南怀珠,在一个名字叫"望云霓"的读书会里,传播给他的"共和思想"。半年前,这个读书会被他们改成了"同胞文学社",仅仅是第五镇里的新军,就有上千人加入进来。

"眼下,我是真不知道该怎么办了!"这个前些天夜里被人从背后砍过两刀,又刚刚被父亲登报声明断绝父子关系的人,面色焦虑地踱到了南怀珠身边,眼睛远眺着他居住的泮壁街上的房屋。他告诉南怀珠,今日一早,他父亲已经拟好了另外一则,要他与老婆孩子断绝亲情关系的启示。"那位老人家声称,他想要的,是一个能够光宗耀祖的儿子。他不想跟着我被砍掉脑袋,也不愿让我的老婆孩子跟着掉脑袋。到正午,日头直直地照进我们家那座天井前,如果我还没辞掉谘议局里这个狗屁差事,没有回到他们中间,还在谘议局大楼里跟'一群乱世逆贼'们混在一起,瞎嚷嚷着跟朝廷作对,闹独立,我老婆孩子与我断绝关系那份声明,就会发布到今日晚间的《简报》上。"袁世楷指了指南怀珠手里的报纸。"不知道您会不会相信,他老人家居然说,我应该被那两刀子砍死在街头上。"他看了眼被砍两刀那只胳膊,冲南怀珠笑一下。

那份教会出资支持,由私人操办的《简报》,每日晚上十二点钟出版,报馆地址就在百花汀南岸的后宰门街上。对于出资办报那个英国教会和办报的经理人,南怀珠跟他们全都熟悉。报馆里的人自然不必说,他们既是同行又多是熟识的朋友。而居住在济南的所有宣教士、洋人,无论男女,几乎没有一个不是他妹妹南明珠认识的人。在南明珠酿造出那些花醋和果醋后,她不止一次地告诉他,这个人群中的每个人,差不多人人都喜欢上了她酿造出的那些醋。"他们全都被我们南家的各种香醋迷倒了。"她像个孩子那样得意地笑着，说她的英文教师马利亚和丈夫戴维，正在帮她筹划着，准备将他们南家酿造出的花醋和果醋，送到美国政府即将筹备的一个展览会上去。美国人挖了一条名字叫巴拿马的运河，很快就要开通了。那位戴维先生告诉南明珠，为了庆祝这条穿越巴拿马地峡、连接太平洋和大西洋的运河开通，美国政府打算举办一个盛大的太平洋万国博览会，邀请世界上所有的国家去参加，展出他们最好的物产。开展时，他们的总统先生，"微笑的比尔"威廉·霍华德·塔夫脱，以及美国历史上曾经最年轻的总统，"泰迪"罗斯福先生，都会前去参观。而负责组织这个博览会的人里边，恰好有一位是戴维父亲生前的好朋友。南怀珠想着妹妹南明珠的笑脸，听见自己的心脏在胸膛里"怦怦"地狂跳几下。"千万别抹掉了她脸上那些笑容。"在听见心脏怦怦跳动的同时，他听见另外一个声音，从他身体的某一小块地方里，钻了出来。

　　袁忠孝启　因子袁世楷不肖，致余与室人反目，故将财产鼎分脱离关系，呈准县署警务公所存案。此布。

"现在，我想，您和我个人，我们能做和需要做的，除了忍耐，就是静观其变。"南怀珠又看一遍报纸上那两行告白声明，甩着手，在那张折叠起来的报纸上拍打两下。"你这条胳膊，可不能白白地挨了两刀子。"

"静观其变？"袁世楷满脸疑惑地看着南怀珠，指了指那座白色鸟笼。"我现在和您说的，可不是里面的议员老爷们正在争论的那件事。我说的是我的家事，是您手里报上的那桩事。您大概想不到，除了登报，我们家的墙上、门上，还有钱庄的大门两旁，都被我那位尊敬的父亲大人，贴上了'余家人誓死不支持尔等！'的大红纸条。他在用它们表明他的态度，表示他誓死反对我参与到独立这件事中。他认为不管独立还是革命，都是在造朝廷的反，最终都要被杀头，连累全家人。"

"此心光明，亦复何言！"南怀珠笑了笑，端详着他这位朋友。"一则声明跟两则声明，您觉得它们本质上有何区别？比如这些天，先是在咱们信心百倍地认为，独立已经是板上钉钉之时，即将对外宣布山东独立之际，宣布独立的决定却在最后一刻被取消，代之以向北京提出《劝告政府八条》。等待答复的三天里，先是光复会出来搅浑水，跟同盟会明争暗斗，梦想着取得独立后，都督一职由他们的人担任。他们一伸出肉棍子，马上引起了各个派别间的狗撕猫咬。这边还没熄火，那边又有人跳出来，提议解散谘议局，成立各界联合会。接着又站出来一派，要将联合会的名字换成保安会。如此这般纠缠来纠缠去，独立不能独立，叫什么名字亦是一样。即便走马灯般换来换去，设若换汤不换药，不过就是换个名字而已，温和派还是温和派，保守派还是保守派，立宪派还是立宪派。再这样耗下去，我怀疑你挨这两刀，只会是各派间相互争夺权力的一个开始。"

"只要最终能够取得独立，我认为叫什么名字都一样。只是有一点，您注意到没有，原来光复会加入咱们同盟会那些人，那些原本的激进派，现在都把须子缩回腔内，变成了不折不扣的温和派，成了他们那派的主要领导人。而今日之情景，正是各个派别中的温和派在反复变着花样，千方百计地撮弄着，要把谘议局变成个温水中的什么保安会。"

"我现在焦虑的也是这个。"南怀珠说。此刻，就在他们不远处的那座谘议局大楼里，在其中一个议会大厅里，那些东一派西一派的议员先生们，和从各界汇聚来的代表，已经被大火小火轮番煮着，熬成了一锅糖稀。他们拥挤在里面，你踩我一脚，我踩你一脚；你搅和来，我搅和去；是你的利益多了，还是我的弊处大；一帮人还没打算退下场，另一帮人又前呼后拥着登上了前台；他们轮番上阵，吵闹打斗不息。原本是聚到这里"共商独立大事"，结果，"独立"这个母体早就被众人你一脚我一脚，踢到了九霄云外的天宫里，滚到了王母娘娘的茅坑中。而他的大哥南海珠，那个一心经营醋园店铺的人，他担心的正是他现在要面对的，因混乱无序和各路人马分别揣着自己的账本而最终导致的失败。从这点上说，他这位大哥，和那位登报与儿子断绝父子关系的钱庄老掌柜，害怕的倒是一回事——他们忧虑的都是他们无法把握和预料的那个结局。一旦翻了船，家里上上下下所有的人，也许都会跟着他们赔上性命。"所以呢，"南怀珠摇晃了一下手里的报纸，笑着说，"这没有什么不好。万一，我是说万一，我们不能马上宣布独立，或者说最后完全彻底失败了，被拉上刑场砍头时，至少还能有个人，前来给我们收尸。"

"我倒是丝毫没有泄气的意思。这几日，外埠不断有宣布独立的消息传来，我等甚受鼓舞。所以，山东独立，我认为只是时间问题。"袁世楷说，"我这是被家里那位老太爷折腾得头昏脑涨，被他们逼得实在没有办法了。刚才还没给你说完，他老人家不仅登报与我断绝父子关系，在大门外贴字幅跟我较力，而且……你想不到，他居然还亲自去买回了一摞白布，说是等我们这些闹独立的人被朝廷砍掉脑袋后，他要用它们给全家人做丧服。"

"我自然清楚你的真实想法。刚才，我也不过是说两句丧气话，感叹一番。这几日，谘议局里事态变幻之快，竟有些快如风云。"南怀珠把那份报纸塞回议员袁世楷手里，戏谑着告诉他，他最好是回家找个盛放珠宝的盒子，把里面的珠宝取出来扔了，把这份报纸放进去，认真仔细地封存起来。"无论咱们最终能否取得独立，我想，仅凭着上面老爷子那则启示，和它上面记录的天气状况，一百年后，它也会成为后辈人眼里比珠宝还值钱的一份宝物。"他对他那位老朋友笑着，转身离开了这座装满古物展品的大楼。

南海珠朝前探探身子，鼻子里闻到了一阵桂花的香甜味道。

厉米多还没有来。而他父母这座屋子里，只有香炉里燃着的那种用芸香艾叶香茅侧柏和安息香制成的蒲庆兰香，不会有桂花的气息。那一定是他房里那株四季桂花的香味，沾在了他某处衣裳的褶皱里。他本来是想用熏花的方法，给他太太厉米多安神，但渐渐地，他发现，她却喜欢上用那些鲜花，茉莉、栀子和桂花，像春和祥茶社里窨制茉莉花茶那般，为她和家人们熏开了衣裳。就是家中那些年轻仆妇们的衣裳，她也要她们用这些花朵去熏，弄得两三个懒惰的仆妇，在背后咕哝了她足足有十天。他曾经试图去阻止她，告诫她不能让家里的仆妇们做她们会有怨言的事。但最后，他还是控制住自己，由着她去了。没有谁比他更清楚，她是如何害怕瞅见血，害怕闻到那些与血有关的不洁味道。就连她自己身上的经血，她都在极度地厌恶。

"日子长了，是该去走走看看。"南海珠听见他母亲厉月梅说话的声音，缓慢地像是穿过了她正在捻动的两颗佛珠。她停顿一下，问他在城里忙完手头上的事，还有没有空闲，去他兄弟或是妹妹那里瞧瞧。南海珠已经从厉米多口里听到，他兄弟离开家这几天，他母亲昼里夜里都在心神不宁，昨日早晨给菩萨上香，还没点燃,香就没来由地折了一炷。为此,她昨日在佛堂里,一天都没有出来。她停下捻动佛珠,抬起手摸下右眼,说左眼跳财右眼跳灾,从昨日半夜里开始,她这个眼皮就在不停歇地跳脚。"我跪在菩萨面前,求问了一夜,也没有问出来老天又在打什么主意。"

南海珠倒杯热水,捧到母亲面前,说她这两日里思虑的事情多,夜里睡不踏实,眼睛疲乏了,眼皮才会跳。

"托菩萨的福,求佛祖保佑吧。"

厉月梅接过茶盅,心里想着她那位到死都在日夜游荡的母亲。在安静下来时,她给她的姊妹们唠叨最多的一件事,就是她的眼皮没完没了的那次跳动。她神态恍然地望着她们,说太平军攻陷临清城前,她的眼皮就一个劲地在跳了。没日没夜地跳。醒着跳睡着也跳。好像它一停下跳动,它保护的那只眼珠子,就会被一只从什么地方飞来的雀子给叼走。"它足足地跳了半个月,足足地跳了半个月啊。"她一遍遍地舞弄着手,给她面前的人数着她眼皮跳动的日子。舞弄完手指,她就开始揪自己右边的眼睑,一直揪得它血肉模糊,它曾经保护着的那只眼珠,再也不能瞅见这个世界上任何一样东西,包括她怀抱里那个早产的婴儿。"结果……结果,老爷就被那些天杀的贼兵给杀了。"那个"可怜的女人"压抑着低声的啜泣,血和泪水混在一起,跟红色雨点一般,滴落在她胸前那个瘦弱的婴儿身上。厉月梅闭着眼睛舒口气,把她母亲揪撕眼皮的骇人动作,用力地按回她当年那个无比幼小的心中,按回它几十年间一直待着的那个深不见底的坑里。

南海珠站在他母亲一侧,看着她把茶盅放回到桌子上,问她有没有要他在城里置办的东西,"要是有,我正好置办回来"。

"穿的用的,城里头那些人家有的,你说咱们家里什么缺乏?

要是办完了手头上的事,还有空闲,你就多走几步路,去看看珍珠。"

"您放心,我已经打发人去看她了。"

"又是那个周约瑟?"

"是。他天天要进城,又时常到那里送醋。"

厉月梅端详着儿子,催促他赶紧去吃早饭。南海珠要到春和祥去,不过是个借口。她早就看到了他的意图。他是要到城里去,亲眼探看一下,城里面那些南党北党的革命党,到底把乱子闹到了什么天地。尽管整座宅子里上上下下的人,她的子女和宅子里的男女仆人们,他们每个人,在外人面前提到她时,都会说:"老太太从白到黑地守在她的宅院里,除了在佛堂里烧香,就是坐在那里念经。"但是,不管他们在外人面前怎么描画她,她自己却一清二楚,她半点也不是他们舌头上传的那样。她的儿女们不知道,那些仆人当然更不会知道,即便是半夜里,她在佛堂里烧着香睡过去了,她的眼睛和耳朵,也没有忘记在屋檐外面的某处暗影里,找个地方挂在那里,张开着。几十年里,从她父亲在临清城里被太平军杀死,她母亲开始了夜复一夜的游荡那日起,她就再也没有能够关闭上它们。后来,在捻军作乱和闹义和团那些年,几乎每一夜,她孤独瘦小的身躯,都是这样惶恐不安着,在佛堂里面挨到天亮。每次过后,她都会发现,她手上的指甲,又在不知不觉中,被她啃掉了一个,她却丝毫没有感觉到它们的疼痛。在南怀珠回洑口来的那天晚上,她的两个儿子,大女儿明珠,还有那位做巡警局长的女婿,他们在她面前,你一言我一语地说笑着,与之前所有家人们团聚的日子,几乎没有半分区别。他们在那里有说有笑。她这位母亲能做到的,就是尽量不让他们觉察到,对城里面闹哄哄着发生的那些乱象,她心里也和他们一样地清楚。

谘议局楼内挤满了过时的议员老爷和新当任的各界代表。在靠近议会大厅门前的走廊里,立着两个学生模样的人。南怀珠走近他们时,两个人正在旁若无人地交谈着。"要是现在投票,我当然赞成立即、马上通电全国,宣布山东独立,一刻也不拖延。这就是我最后的判决。"一个身材瘦高的年轻人说。他的声音,让南怀珠想到了商埠里的那个伍逍遥。那是块好泥坯子,跟他爹伍春水完全不同。当然,那还需要他花时间用心地去雕琢和打磨。最近半年里,他一直都在比照着,用他心里刻出的那个模具,在打造着这个孩子。

南怀珠在一根立柱前停下了步子。这些天,城里所有现代学堂里的学生,都停了课;先生,学生,一起汇聚到了谘议局大楼前。这座鸟笼周围的空地上,便四处拥满了这样的人群,嬉戏打闹,摇旗呐喊。有了蜂群般的学生,各种叫卖声也跟着围拢过来,在人群里来回穿插,此起彼伏,热闹得像洑口大集的牲口交易场。

"老兄,你最好还是先别激动。"那个人的同伴说,"我承认,我现在没有理由和借口,来反对你这种想法。不过,我想,我们暂时先不要这么慷慨。要等一等,起码要看清各个派别的人手里握的都是什么牌。你也亲眼看到了,里面至少有两伙人,已经动手打起来了。有个人嘴里吐出来的血,不是还吐到了你新做的这件长袍上?"

"我从来不管别人手里的牌。"声音像伍逍遥的瘦高个子说。

"所以,进了赌场,老兄你就十赌九输啊。"那个人的同伴说着,抬手指了指议会大厅的门口,说他反复告诫过大家,谘议局里面,尽管很大一部分议员都是有钱有势,读过几本书的大老爷,有人还喝过洋墨汁,可这也保不准他们不会鱼龙混杂。"都是你太轻信那几位议员先生的话和市面上一些骗人的传言,才在那天游行完后,想着拿那三天时限,跟众人下三十块银圆的赌注。你一心只想着赚便宜了。不过看眼下的情势,你花十块银圆,弄个学界代表混进来,也算是值了。今日在这个议会大厅里,你看得一清二楚了吧?一群什么狗屁议员嘛。你以为这些议员老爷们开会决议疏浚一条小清河,决议设立个储蓄银行,决议收回政府的什么关税自主权,凭着这些,他们就能呼风唤雨、主宰天地,在眼下这种翻天覆地的关口上,让你凭空得到三十块银圆的好处?"那个人的同伴口若悬河,说他们那位督学先生,从来就没瞧上过谘议局里这帮议员老爷。你知道他是怎么评判这些议员先生的吗?他说这些议员大人们,十有八九都是些装腔作势的死猫烂狗、臭鱼烂虾。你瞧瞧,他们三个一帮,五个一派,大山头连着小山头,围在那里唇枪舌剑,相互嘲弄争论,争的无非都是各自一派的好处。你看见他们有几个人,是在那里不顾身家性命,提着脑袋,誓死与朝廷决裂,定要立马通电全国,宣布独立的?"所以嘛,老兄,眼下你怎么急于判决,都是你一个人在给自己念地藏经,唱破天也不能作数。你现在没有诸葛亮草船借箭的法力,也没有他撒豆成兵的神力。这么兜来转去,回去从腰包里摸出三十块烫手的银圆,请众人到园子里吃点心看戏掷骰子睡花魁的,指定是你这位没开眼光的活菩萨。"这个同伴哈哈地笑起来。笑完了,接着说,"等哪日得了闲空,我劝老兄还是到各座庙里去走走,烧烧香,拜拜各路神仙吧。不拘火神庙、城隍庙、土地庙、龙王庙、关帝庙;也不拘南海观音西天如来洋教里的耶稣圣母还是泰山奶奶王母娘娘红脸关公二郎神;天上地下,诸路神灵，挨门的香火都要送到，或多或少，最好是做到一个门子亦无有遗漏，你老兄或许哪天还能走个狗屎运，脸上开开光。"

南怀珠轻轻地咳嗽一声。两个学生望着他，停止了他们的谈话。南怀珠为那个即将掏银子请人吃喝嫖赌的学生，心疼着他那几十块银钱，装作目不斜视地朝前走去，希望在他走近他们之前，他们的交谈，最好还是继续停上那么一会儿。

推开议会大厅的门，南怀珠听见了比他离开前那会儿更加杂乱十倍的吵嚷声。那些凭着胡思乱想的胡说八道和骂声，让他在走进门口后，又立即收住脚步。他没有走回原来那把椅子，而是面带着微笑，朝角落里那位咸主笔走去。她今天戴了顶宽边的深红色帽子。两条黑丝长带子，在那顶帽子的一侧，系出了一只漂亮的黑色蝴蝶；带子多余的部分，顺着帽子的宽边垂下来，像是那只黑蝴蝶在结束飞行前，因为匆忙，没来得及隐藏下的一小节飞行路线。他盯着那只黑色蝴蝶，很想过去和她调笑几句，驱赶一下那些让他感到害怕的念头——他的脑子里，第一次产生了某种迷茫。尽管那只是个闪电般一晃而过的念头，仅仅是一个念头，他还是对这个念头，以及自己前面那种软弱消极的情绪，感到羞耻和诧异。他差不多已经被那阵突然袭来的恐慌包围了起来。如果他不小心，任凭它们在身上蔓延起来，它是不是迟早都会长成个祸根？而这种恐慌一旦肆意蔓延着，遍布整个谘议局的议会大厅时，那些本来应该属于他们共和派，本来可以牢牢把握在他们手里的"独立"，也许就像他塞回袁世楷手里那份报纸时的举止，仅仅是一个简单的小动作，就让他们变得两手空空。他好像已经看见，那些不断分裂的派别，正在将他们那个梦想，变成一只布满裂纹的黑瓦盆子。

第二十一章　织　女

　　那个在洋人医院里习学"西洋医术"的南家二小姐南珍珠，在五天前回了一趟南家花园。自打去了城里，只要回到南家花园，这个在姐姐南明珠眼里已经被她母亲和家人"宠得让人发恨"的姑娘，便会在吃过晚饭后的半个晚上，坐进她母亲的佛堂里，喋喋不休地给她母亲讲述城里面发生的那些稀奇事。这是她每趟从城里回到家中，必定要"送给母亲大人的礼物"。而这被她自己和家里其他人形容成"给母亲解闷的礼物"，其中一多半，都是病人们相互间讲的市井笑谈。"前段日子，芙蓉街上新开了一间照相馆，两层楼，装扮得花里胡哨，要多勾人就有多勾人。历城有个男人进城来卖茉莉花，卖完了花，他从春和祥出来，溜达到照相馆跟前，抬头看见挂在门口的那些大相片，就站住了脚，在相片前观看。店里有个伙计走出来，见他站在那里满脸好奇，就走上前，连怂恿带哄骗，把他领进馆子里，给他照了张相。过几天，他按着约定的日子来取相片时，手里拿着那张相片，左瞅右看，都觉得相纸上的那个他脸面模糊，似乎还有着另外一张生人的脸在上面来回晃动。那人便猜疑，自己在照相的时候，要么是被鬼魂附了体；要么就像他老婆说的，被那个收魂镜锁住了魂子,上面来回晃动的人影,不过是他自己的一个魂魄,被关在那张不像纸的纸片里,在拼命挣脱着,想从那片纸里逃出来。因为他照完相回到家那天,把他在城里照相的事一说,他老婆当即就吓白了脸色,说她听一个亲戚说过,城里给人照相那个玩意,就是洋人弄出来收人魂子的收魂镜。'照的时候,你是不是看见眼前冒了股白烟?'他老婆问。然后她看着丈夫,告诉他,那股白烟一冒出来,人不光会被那个收魂镜锁住魂子,还会被它吸走好几两精血。开始,那个卖花的男人不信。不过,等他拿到相片,看着上面那张模糊不清的脸,越看越怕,心里骇得要死。后来,他举着那张相片挥舞一阵子,把它扔到地上,转身就朝街上跑,连盛花的筐子都撂了。结果,在跑回家的路上,他一边跑,一边啊啊地大声喊叫,大声叫着自己的名字,还没到家门口呢,人就已经疯了。"

讲完这类笑话,接下去,就是医院里那些宣教士们讲给病人听的,洋人们的善行福报。故事通常会是这样:"一个富翁,在和他的儿子发生争执后,他的儿子便离开家出走了。儿子出走后,这个富翁因为思念儿子,于是天天在画儿子的画像,将画像挂满了屋子。但是,十几年过去了,直到他病死,他的儿子也没有回来。他的一个仆人,非常爱他的主人,见主人天天在思念儿子,也和主人一样难过。富翁死之前,告诉他的管家,在他死后,家里所有的仆人离开时,都可在他家中任选一件物品带走。所有的人都选了贵重物品。只有那个爱主人的仆人,因为爱主人,知道主人到死一直在思念儿子,所以,他就挑选了富翁为儿子画的那些画像。他觉得看见了主人为儿子画的画像,就等于看到了死去的主人。在所有人都挑选完物品后,管家拿出了富翁的遗嘱。那个富翁在遗嘱上说,选他儿子画像的那个人,将会得到他全部剩余的遗产。"

在南家花园里，只有二小姐南珍珠，能够口无遮拦地在母亲面前讲洋人的那些笑谈。这是因为她一直会和母亲争辩着，说她天天念阿弥陀佛，却不知道"阿弥陀"和洋人们说的 Amitabha 是一个词。"阿弥陀"不过是洋人们嘴里那个上帝的名字在波斯国的叫法。这是医院里那个一脸络腮胡子的美国老宣教士马洛牧师告诉她的。

不过，这次，南珍珠回到家里，给她母亲厉月梅讲述的，既不是惹人发笑的市侩玩笑，也不是洋人企图让人信仰他们的上帝时，耍着花样抖弄出的劝世良方。"您天天在这个佛堂里坐着，根本不知道城里面都发生了哪些古怪事。您什么也不知道。"南珍珠关上佛堂的门，还没在母亲跟前的蒲团上坐稳，就忙着告诉她的母亲，"眼下，城里已经完全不是原来那个城里了。"

她们挨在一起坐着。

"又出了什么古怪事？"她母亲说，"是不是王母娘娘又从天上落下个济南城，罩在了四周城墙上头，把济南城变成了上下两层。住在城里面的人，抬头看见头顶上有了个一模一样的大明湖，有了一模一样的街巷，一模一样的院落，还有个一模一样的自己和家人，就个个吓得变成蛤蟆，成群结队地跳进了大明湖里？"

南珍珠被母亲逗得大笑起来。"等一会儿，外面要是下上场大雨，您是不是还会把女娲娘娘和没有头的刑天搬出来，说那个刑天又去砍断了支撑天宫的柱子，天上的雨水都要漏到黄河里来。再等一会，女娲娘娘就该飞到天上去补天了。"油灯柔软的火苗，在这个姑娘明亮的眼睛里一跳一跳地闪着。

"那就是你上回讲的那个老婆子，这回上街买油炸果子，看见护城河里的水落下去，金山寺露出了水面，她就手忙脚乱地跑过去，一心想着到河中间的金山寺去烧炷香，谁知道心里忙乱，就把两根油炸果子当香烛点了。结果，金山寺里的神仙们心生了怒气，跺两下脚，地下就冒出股子泉水，要把城里给淹了？"

"这回可真不是那些看病的人胡诌出来，让人笑得肚子疼的郎闲芝麻盐。"珍珠朝她母亲身上靠了靠。因为心里揣了城里那些让她觉得无比新鲜的事，也因为刚才饭桌上的鸡汤和油煎小河虾，这两种她最喜欢的食物，这会儿，她一张饱满的小脸油光闪闪，两只大眼睛也在跳跃的灯火里闪着亮光。

从她们坐下来，厉月梅就在暗自端详着她的小女儿，心里想着城里和浠口有哪户人家，配得上娶走她这个心肝女儿。前些天，明珠回家来时，又提到了妹妹的婚事，说是第五镇里有位姓姚的帮带，武备学堂出身，年轻英俊，也有才干，在他二哥家里见过珍珠后，一眼就相中了她……她耐心地听大女儿说着，心里想的却是在浠口这点巴掌大的地方，家中有个巡警局长女婿，整天骑着马在大门口进进出出，就已经足够显眼了。明珠出嫁后，每次带着谷友之回到南家花园，她都要给大儿子南海珠嘀咕一遍，若不是明珠要死要活地闹腾，她无论如何也不会答应，让一个巡警局长的两只脚，踏进南家大门。

由于整天在医院里同病人打交道，南珍珠已经学会了耐心等待。那天，她在等待了给病人打一次针那么长的时间后，才问她的母亲，她是不是压根还没听说过鄂省独立的事。

"鄂省独立？"厉月梅对着女儿笑了笑，说鄂省她是听说过，可"独立"是个什么幺蛾子她还没有见识过。

"电报，您总知道电报吧？"因为母亲没能完全理解她的话，这让南珍珠像是遇到了那些说不清事理的糊涂病人，她只好换一种办法,比如用"更加疼痛"给病人解释她要他们"做好卫生"这件小事的重要性。

厉月梅摸摸女儿的头发。她自然明白电报。那个洋女人马利亚,一年里总会有那么两次,跑到家里来叫上明珠,让她陪着她到城里去,给她住在上海的宣教士父母拍电报。

"眼下,鄂省那里电报不叫电报,改成叫独立了?"

望着女儿漂亮的眉眼,厉月梅想不出一户什么人家的男儿,才配得上她这个温顺的女儿。而对于鄂省那个偏远的地方,她活了一辈子,也只是在偷偷地到静安寺里求梦那回,结识了一个从鄂省来的瘦小女人。

那个女人的丈夫,在他们老家鄂省是个耍猴人。由于连年饥荒,他到山里捉了几只猴子,带着一群猴子和一家人,从鄂省里走出来,满天下里游走着耍猴卖艺。那一年,他们快快乐乐地到了浉口。女人的丈夫发现这里靠着黄河,人口稠密,来往客商多,"是个难得的大码头"。在这样的码头,只要他们和那群猴子肯卖力气,谁也不偷懒,他们一家人就会在这里慢慢地变得富足起来。那个女人的丈夫手里牵着只猴子,信心十足地对他们全家人说。于是,他就让他们全家人,包括那几只猴子,一起举手,以举手多寡计数,决定他们一家子人是否要在这里安顿上两年。他们家所有的人和猴子,都举起了手,表示他们愿意留在这里。而且,他的一个儿子还和所有的猴子,都举起了双手。但是,他们却没有预料到,仅仅在这里住了不到半年,灾祸就如那些意欲图财害命的歹人,踩着他们的脚后跟,暗暗地盯上了他们。那天,他们在下关渡口摆下场子,跟往日里一样,由一只老猴子敲打铜锣绕场子转着,开场子招引看客。在绕到第三圈时,那只老猴子身体往前一扑,怀里抱着铜锣,丁零当啷地扑倒在地上,当场就死掉了。接着是第二只猴子，第三只猴子。然后是所有的猴子。所有猴子都死光后，再下去，便是他们的七个孩子。在他们抱在怀里的第七个孩子，一个不足十个月的小女孩，和第三个刚刚十岁的男孩子一起死去的夜里，女人的丈夫也像猴子以及他们的孩子那样，悄无声息地离开了。全家人和一群猴子，最后只剩下那个女人孤苦地活了下来。为了安葬丈夫和孩子，那个女人说她把自己卖给了渡口上一位老年船夫。她的丈夫和孩子离世后，她一次也没有梦到过他们。她那天到寺里去，就是为了能在梦里见到丈夫和孩子们，恳请他们饶恕她不再贞洁的罪恶。"我也想跳进黄河，清白地跟着他们，和他们一道回到老家去。可我不能，不能做个不仁不义的妇人，糊弄一个拿钱安葬了他们的好人。他拿出的每个铜板，都是身上的血和汗换来的。每个铜板上，都沾着跟铜板一样厚的血汗。请我的男人和孩子们给我两年工夫，就给我两年，让我留下来报报恩吧。"因为没梦到丈夫和孩子，在清晨的晨光里，那个女人趴在一位老和尚脚下，大声哭诉着，直到哀恸让她在昏死中安静下来。

后来，正是这个在哀伤里昏厥过去的鄂省女人，让她内心里的冰块一点点地消融着，原谅了那个抛下她和整个家庭，一次次跑去草原的男人。

照着主人的吩咐，热乎赶着马车，尽量避开了人多热闹的地方。马车到了普安门。在那里，他们和那辆马车，都甩开了黄河从身后包围过来那层氤氲水汽，沿着浉口通往城里的宽阔大道，一路往南，往济南城里去。南海珠没选择骑马。现在，他不想无遮无拦地骑着马，走在路上，与可能遇到的那些熟人们打招呼。"南老爷好啊。您瞅瞅这天气，这会儿有点薄雾，可一会就是个让人欢喜的好天气。""南先生,有些日子没在这条路上,看到您和这匹结实的马啦。"他没有一点心思,与人闲扯这些没油盐的片儿汤。

"路边上站那个,是不是伍三羊?"在距离普安门大约二百步远的地方,南海珠看见了站在路边的伍三羊。"是他,老爷。是伍三羊。"热乎肯定地回答。

南海珠犹豫一下,然后吩咐热乎:"到他跟前停下车。"

马车很快到了伍三羊跟前。

热乎吆喝着那匹马,手里拉紧缰绳,让那匹马和马车停了下来。

"热乎,你这是要进城吗?"伍三羊看见热乎和那辆马车,朝路中间走两步,在马车停下来前,高声和热乎打着招呼。

"老爷在车上。是老爷进城。"热乎提醒着伍三羊。在他没弄明白,老爷为什么让他停车前,他担心伍三羊冒冒失失着,不知道老爷坐在车里,会说出一些不该说的话,尤其是城里正闹独立那些事。要是那样,可就糟烂透了。从二老爷带着朋友回到浉口,这两日里,老爷脸上一直阴沉着,要是能像风拧一块云彩,他相信,那张脸上大概能拧出一场烂街雨。"也是老爷先瞅到了你站在这里。"他扭回头去看看车厢。南海珠已经将车门推开。早晨的太阳光,正在那条敞开的缝隙里前呼后拥着,照射着老爷探出车门的一截身子和脑袋。

"南先生,早上好。"

伍三羊朝后退一步,给南海珠请个安。尽管他爷爷和父亲,两辈人都是南家醋园里的工头,而且在他小时候,跟着他们去南家花园,或是去醋园,他都会按着他们教他的规矩,称呼南海珠"老爷"。但到商埠里做了伙计后,他就再也没叫他老爷。"先

345

生。"这两年,他见到所有被人称作老爷的人,都是这么称呼。

"你待在这里,是要回城里去?"南海珠问。他不喜欢说商埠,而是一直将那里统称为城里。在不说它是城里时,他就把它叫成西外城。

"是。是要回商埠。"伍三羊恭恭敬敬地回答。他瞅见南海珠的夹袍子外面套件野狸子皮坎肩,手里拿着顶黑色礼帽。

"既然是回城里,就到车上来吧。"南海珠说。

"谢谢您先生。"伍三羊打量着马车,考虑着坐上去是不是合适。要是那位记者先生,他想,他会毫不犹豫地一下就跳到他的马车上。他站在那里笑着,来回搓着手,"我怕弄脏了您的马车。"

"你是一筐子臭鱼烂虾?"南海珠笑着说,"要不是臭鱼烂虾,就赶紧上来。"

伍三羊对着热乎笑了笑。热乎也对着他咧咧嘴。然后,他两条腿一跃跳上马车,坐在了热乎身边。热乎摇晃下缰绳,吆喝着那匹马迈开了步子。

南海珠关上车门,推开了车门上的窗子。他这辆车上的窗子,原本是要那位木匠,仿照南明珠那辆车窗的样式去安装的。但管家来家兴找来的这位木匠,是个既聪明又心灵手巧的人。他绕着南明珠那辆马车转一圈,在窗子前端详一会,第二天,就构想出了一种全新的,比南明珠那个车窗更便于打开和关闭的窗子。而且,他还建议车辆的主人,最好是将车厢的四面,都装上这么一个窗子。"如果是那样,您坐在车里,就可以看到四面八方您想瞭望的任何方向。想吹吹风了,只要您愿意,哪个方向的风,都能让它们吹进来,和您坐在一起。"那位木匠说。

开始,南海珠拒绝在车上安装玻璃窗子。听了这位木匠的设想后，他几乎是犹豫都没犹豫，就接受了他的提议。于是，那位木匠，来家兴父亲活着前收下的唯一徒弟，用他从师傅手上继承来的那部分精湛手艺的十二分之一，为南海珠的车辆装上了一扇"绝对独一无二的窗子"。他先是将一块玻璃的四周，用雕花的木条镶起来，并将右侧那根木条做得稍宽一些，在上面安了一个漂亮铜拉环。然后，他又在车厢的木板上，利用夹层，弄出一个方槽。在这些方槽四周，他分别给它们镶嵌上了他用锉刀弄出的各种花纹的铜条。在底槽和镶木条的玻璃接触那面，他则给它们装上了能够自由滑动的几颗珠子。这样，坐在车里面的人，只要愿意，他就可以拉住玻璃木条上的铜拉环，随时把他想要打开的那扇窗子打开，或是关上。除了窗子，在最后，那位木匠还把四面车厢，都弄成了能够随意打开的车门。

"现在，还在那家洋人铺子里做事？"南海珠透过窗子，在两个小伙子和那匹马之间，看着前面的路。马车前面，道路笔直地在朝前伸展着。路两边的田野里，绿丝绒般的麦苗，则一直铺到了他两只眼睛看不见的地方。因为没有了高棵庄稼遮掩，树也差不多落光了叶子，这样，天空的边际似乎比夏日里远了一百里路。

"您是说我吗，先生？"伍三羊扭回头说。

"这辆车上，除了你，还有谁在洋人铺子里做事？"南海珠盯着伍三羊半边脸。这个孩子小时候到醋园里去，有一回，他不停地在问着他父亲，醋园为什么不是他们家的。不许胡说！他父亲伍春水吼道，醋园是老爷家的。为什么不是咱们家的？俺娘说，是你和俺爷爷在掌管这个醋园子。那个小孩子仰着头，追问着他的父亲。伍春水瞅眼站在不远处的他，醋园真正的主人，抬起脚，对着那个小孩子的屁股踹了下去。记住！伍春水对那个被踹倒在地上的孩子说,就是将来你有福气,老爷能赏你个饭碗,让你到醋园里来酿醋,这里的一粒沙子、一滴水,连刮进院子里来的风,也都是老爷家的。

"还在那里,先生。"伍三羊回答,"在我们那些洋人铺子里,就眼下这个世面,谁想着换东家,就是自己和自己的肚子闹别扭,过不去。"

"这么说,眼下,洋人的商行又占到上好风水了?"

"要我说,都是洋人的主意多,会做生意。您肯定知道,从武昌城宣布了独立,跟朝廷断绝关系,消息传到咱们这里,满大街的铺子,十家有十一家,眼里都只认真金白银。买根铁钉买刀烧纸,店主也要千方百计地收银子,没有银子,就给那根钉子那刀烧纸,兑换出当日的银子价。可在我们商行里,那个英国人挂出的招牌是:凡到商行里购买物品的客户,只需要在商行里存上一笔定额预购金,他就可以按货物当日的时价付货款,不管日后物价是不是高到云彩眼里,也不用折算日后物品的银价。另外,要是客户从我们商行里贷一笔额定的款,并用它来购买商行里的货物,他便会跟预存货款客户享受一样的待遇,购买任何物品亦不用折算当日的银价。并且,凡是这段日子前来购买两份以上火险水险运输险的客户,他们购买东西,包括美孚油和靛蓝在内,商行都会照原来的价钱给他们结账。那些大宗购买美孚油和靛蓝的客商,商行里还会免费给他们附送上一份运输险。客人在上面这些交易外,额外再给自己购买一份水险或是火险,商行里还愿意私下帮助他们,购买三支以下的枪支用来防身。另外,他还亲自手绘了各种面额的礼券,让进店的顾客抽奖,然后,客人拿着这些抽到的礼券,随便在店里买任何东西,都可以当现钱使用。"

南珍珠觉得，母亲将独立和电报混为一谈是件好笑的事，她回到城里后，头一件要做的事情，就是到二哥家里去，把他们母亲这番话，说给二哥一家人听听，让他们都跟着她笑疼一回肚子。不过，她马上又想到，这种话万万不能说给那位表小姐听。她担心，她听见了之后会因为大声发笑，把她肚子里怀着的那个小孩子给笑出来。那位表小姐告诉她，那个小孩子，已经在她肚子里长到四个多月了。眼下，她正在悄悄地攒着钱，给那个小孩子准备出生后的第一件礼物。尽管她现在还没想好买什么，但对她来说，那肯定是一件她能买得起的最好的礼物。

"这几日里，您是不是给菩萨烧香烧多了，菩萨就让您说开了笑话。"南珍珠笑着，搂住了母亲的一只胳膊。"不是鄂省的电报改了名字叫'独立'，是鄂省里有人想自己做皇帝，带着新军攻占了武昌城，给全国各地发出电报，宣布他们和那座武昌城，已经跟朝廷断绝关系，割袍断义，各人是各人，自己是自己了。"

"你安心地待在医院里，安心学你的手艺就行了。"厉月梅提醒着她的小女儿，千万别跟她的疯子姐姐学着，听见墙外市面上有什么风吹草动，就是两只蚊子打架，两只蠓虫子搭台唱戏，她也要忙着跑出家门，上前去凑热闹，敲锣打鼓地帮着聚人气。尤其是这几年，没黑没白地跟那个洋女人混在一块，吃穿用度，眼看都成半个洋女人了。厉月梅叹口气。说等有一天，那个洋女人的丈夫在黄河上修完铁桥，他们或是去了上海，跟马利亚的爹娘一起过日子，或是回了他们的西洋国。到那时候，她要看看自己这个女儿怎么办，是跟着他们跑到上海去，还是随着他们漂洋过海，去到他们的西洋国里，就跟那个马利亚在浞口这样，在那里，做个西洋国里的外国人，让人像看只猴子样在那里瞧新鲜。"说到这里，还有你大哥，他也真是糊涂，竟中了他们的蛊惑，把两个孩子都弄去了西洋国。从他们离开这座宅子，日里夜里，只要想到那两个孩子孤苦无依地住在西洋国里，我心里就长满了杂草。"

南珍珠纠正着她母亲，说她明天一定要陪着她，到她大哥的书房里去看看地图。她告诉母亲，英国德国和法国那些国家，被一条一条细线勾勒在布子上，或是画在牛皮纸上，被连成巴掌那么大一块时，人家都叫它欧洲，不叫西洋国。而且，她的两个孙子，她也看到他们写回来的那些书信了，他们在英国，就像在南家花园里一样自在；日头光一样暖，月亮一样圆，锅星勺星织女星牛郎星、牛轭头，织布梭，天河里该有的星，那里一颗也没少，都在头顶上照着他们。就是那里的雾气，也跟黄河上一样又浓又白，升腾起来便看不见河面。然后，她就撒着娇，要求她的母亲，能不能先听她说完城里那些事。

"好，好，听我闺女先说城里那些稀罕事。"厉月梅继续端详着她的女儿。

"这回我要说的，可是扎您耳朵的事了。"南珍珠说，"那天，我二哥和谘议局里的一个人，半夜里跑去医院包扎伤口，那个人跟马神甫说闲话，说鄂省武昌城里打枪闹独立的事，通过他们的电报传出来，传到济南后，咱们这里市面上的银子价，一天里就翻好几倍。那些到银行里兑银子的人，把银行的门都挤掉了，还砸伤了两个路过的行人，踩死了一个怀孕的妇女。病房里新住进的病人也在说，这些日子，就是到窑货铺子里去买个夜壶，去包子铺里买俩包子，到针线铺子里买根针，店主们也会跟人争竞着，死活比照着市面上的银子要价，说除了真金白银，眼下什么钱也不能算钱了。"

"先别说金子银子，"厉月梅拦住了女儿，"你方才说，你二哥到医院里去包伤口,他怎么就弄出伤口了?"

"不是我二哥包伤口,是谘议局里的一个人,他的朋友。他们半夜从茶社里出来,在街上走着路,那个人就被人从背后砍了两刀。幸好是砍伤一只胳膊。"

"你二哥和那个人走在一块?"

"我二哥说,他们在茶社里商量完事情,吃了宵夜,刚从那里走出来,人就被砍了。"

"你二哥没有伤到?"

"没有,他真没有事!我要是给您说谎话,您就把我扔进醋缸里去。这回您总该信了吧?"南珍珠怕吃醋,她对人发誓,向来是把这句话拿来当作最毒的一个毒誓。看到母亲打消了疑虑,她才又把南怀珠说的一些话,重复给母亲:鄂省独立后没几天,便有许多地方,也跟着鄂省的武昌城一样,拍发电报告诉全国各地的人,他们亦跟朝廷断绝关系,独立了!

厉月梅伸出手,在女儿头发上摸两下,说除了谘议局那个人被刀砍伤这件事,余下那些,她早就知道一二了。"有你二哥和你那个疯子姐姐,你想想,什么风刮不进咱们南家花园里,卷起三寸厚的尘土。"

"他们告诉您的,和我接下来要给您说的,肯定不会一模一样。"南珍珠说,"我二哥和谘议局里的那帮人,眼下天天在城里东跑西颠,忙着给第五镇里的新军们筹措军饷,这事他们也给您说了?"

"你二哥在给新军筹措军饷?"厉月梅攥住了正在捻动的佛珠。

"看您,这个就不知道了。"南珍珠有些得意起来,说她前两天到二哥家里去,那位表小姐告诉她,因为筹措军饷这件事,他们已经吵过不止五次架了。"他像只老鼠,早就把家底子掏空,就差卖老婆孩子了。"那位表小姐对她说。由于没能拿走她的那些陪嫁,南怀珠很生气,好几天都没回家吃饭睡觉了。

由于"那位表小姐"不愿来浉口住,南家花园里的人都不是很喜欢她。年节下里,即便她跟随丈夫回到浉口小住几日,大宅子里所有的人,包括那些仆人们,都只是顾着南怀珠的脸面,与她客客气气地说话,但从来没有谁把她当作大宅子里的一位女主人。南家花园里的人越不接纳"那位表小姐",厉月梅就越心疼儿子。在他儿时,他从来没有得到过一个儿子应该从母亲手里得到的,那份全须全尾的爱。也许正是因为这样,她怀疑,他长大后,才会娶了个"不会讨人喜欢"的太太。

厉月梅攥着佛珠的手已经抖起来。她拼命地压制着自己,但她母亲用马皮和谷秸给她那个被太平军杀死的父亲缝制身体那个场景,还是撕裂开她的心,血淋淋地跳了出来。

"您还不知道实情。我二嫂说,眼下,巡抚衙门和各个大小衙门里,都在设法筹措银子,就差把满衙门的茶钱都扣掉了。"南珍珠告诉她的母亲,据那位表小姐说,第五镇的新军们已经好几个月没发军饷了。南方的省份起事后,衙门里的人怕新军领不到军饷,也学着南边那些兵丁,跑进城里来造反抢劫闹独立,所以才上上下下都着了慌。"谘议局里给新军筹备军饷,也是为了让那些新军听他们指派。我二嫂说,谘议局和巡抚衙门,现在是各人忙着敲各人的梆子,唱各人的戏。一人一个心眼。"南珍珠看着她的母亲。"我猜,我二哥他们怕您担心,万万不会把这些事情说给您。还有咱们家的醋园和那些铺子,我敢担保,生意肯定都受到了鄂省独立的牵累。我问过周约瑟,他说,我大哥让他给许多老主顾们,都送去了花醋和果醋。您想想,咱们家的花醋和果醋,向来都只是供给那些洋人。"

"好了,醋园和铺子里都有你大哥张罗,官府的事有各个衙门,你只管在那里安稳地学你的手艺,把花绣在该绣的地方。"厉月梅让自己镇静一会,起身走到佛龛前,把手里的佛珠放到案子上,重新燃上了一炷香。然后,她走回来,给她的小女儿说,她有点累了。"你也该早点回去睡觉了。"她对女儿说着,扳住她瘦小柔弱的肩膀,推着她朝门口走去。在扶住女儿肩膀的一瞬间,她闭了下眼睛。她又看见,她母亲跪在那里缝制着的那张马皮上的鲜血,正像雨点那样飞过来。眼下,她实在不敢想象,她这个女儿瘦弱的小肩膀,在将来不能预测的那一天里,她能抗住点什么。

南珍珠刚一离开,走出去,厉月梅就关上房门,在佛龛前跪了下来。

"儿子呀,"她跪在那里祷告说,"儿子,求你安安稳稳地过生活,求菩萨把你那颗被人蛊惑的心,原原本本地收回来吧。"不过,她耳朵里,则一直在来回地响着女儿说出的,南怀珠为新军筹措军饷的那些话。这个家里又要刮起那种连屋顶都会掀翻的大风了?她觉得有个东西,像铁匠攥住大锤的那两只手,紧紧地攥住了她的心;又像那个铁匠,将一块烧得发白的铁,塞进了她的心房中间。

女娲补天的传说:
《淮南子·览冥训》:往古之时,四极废,九州裂;天不兼覆,地不周载;火爁炎而不灭,水浩洋而不息,猛兽食颛民,鸷鸟攫老弱。于是女娲炼五色石以补苍天,断鳌足以立四极,杀黑龙以济冀州,积芦灰以止淫水。苍天补,四极正,淫水涸,冀州平;狡虫死,颛民生。

第二十二章　天　桥

透过车窗，南海珠一直在盯着伍三羊。他想起来，最近几个月，南怀珠每趟回家，在他们坐下来东拉西扯地说闲话时，差不多每一次，他都会有意无意地提到这个小青年。"那个叫伍三羊的孩子，就是醋园里伍春水的儿子，你还记得他吧……""伍三羊那个小子，他居然对我说，有朝一日，他兴许能把自己的铺子，开到英国最繁华的一条街上去，让他的洋人掌柜回英国去给他当伙计。"他发现，每次说到这个伍三羊，南怀珠脸上的表情，都会比他们在那之前的谈话，至少愉悦上两倍。

"你在洋行里做几年事了？"

"已经两年了。再过一个星期，就满两年零一个月。"伍三羊瞅眼热乎，热乎专心地赶着马车，好像完全没有听见他正在和他的老爷说话。

"你今年多大了？"

"已经十九了。"

"呃，十九了？"南海珠笑了笑，"已经是个大男人了。前两日，你爹告两天假，回家给你张罗相亲的事。一个十九岁的大男人，是该相亲了。"

"都是俺爹跟家里那些七大姑八大姨,他们着急。要我说,大丈夫就要先干成一番事业。"

伍三羊回答着南海珠的话,又看眼热乎。他曾经和热乎说过,周约瑟告诉过他,一个大男人如果有本事,就该娶南家花园里二小姐那样的美人,而不是任何一个别的姑娘。不管那个姑娘是不是长得比二小姐更标致。但是,那个周约瑟接下去又说,"二小姐就像是上帝身边的一个天使。"那些日子,他白天黑夜里都想弄明白的一件事,就是一个天使能不能和人成亲。后来,他根据苏利士讲的《圣经》故事,以及他自己在《福音书》那些书页里的寻找,都没能找到一个天使和人成亲的例子。天使就是天使。天使根本不会和任何人成亲。一个天使根本不可能和一个平凡男人睡觉,再生上一窝孩子。即便是天上那个织女,她偷偷地下凡到人间,私下里和那个牛郎成亲,末了,还是被王母娘娘派出的天兵抓回了天庭。那个牛郎追到天上,仍然是被王母娘娘用金簪子划出的天河拦在了河的另一边。

"不管是麦子还是别的什么庄稼,该拔节的时候拔节,该开花结穗子,自然就得开花结穗子。"南海珠说。

"可我觉得,我还是应该像二先生说的,再等两年,先看看天下有多大。至少能够站在天桥上,看明白火车跑得有多快。"伍三羊抿下嘴唇。"先生您没去过我们商行,我们商行经理室的山墙上,挂了张比饭桌还大的彩色世界地图。在那张地图上,咱们整个大清国,也不过像片桑树叶子那么大。但那上面,那片深蓝颜色的海水,莫多克先生说那片海水叫大西洋,仅是那个大西洋上,就能铺开多少张这样的桑树叶子。莫多克先生还说,除了上帝,没人知道那个大西洋会有多深,里面藏了多少种稀奇古怪的鱼。我猜,那个整天在黄河里打鱼的水鬼,他要是到了大西洋里，一天捕获的鱼，兴许比他一辈子在黄河里捕到的都多。莫多克先生，噢，就是开商行的那个英国人，他说那张地图上标出的国家，不过是人们现在所知道的这个地球上很多地方中的一部分。还有很多个地方和很多国家，都因为画这张地图的人不知道它们的存在，没有把它们画在上面。他还说，他有一位喜欢探险的哲学家朋友，从英国乘上一艘汽船，准备到一些文明人类的脚步还没完全踏上去，比如像非洲那样的地方，去做考察，看看自己有没有哥伦布那样的好运气。结果，您猜怎么着，他们那艘船在海面上遭遇了大风浪，漂流到了一个海岛上。他在那个荒岛上生活了十几年，后来还被那个岛上的国王看中，将他们最漂亮的一个公主嫁给了他。可是他一直忘不了英国，忘不了生活在苏格兰一个农场里的家人，以及众多的朋友。于是，他一边和那个公主生孩子，一边找机会逃跑。最后，他的两只脚重新走到英国地面上时，距离他当初离开英国的日子，已经过去了差不多十五年。他回到英国后的第一件事情，就是买来一张世界地图，每天趴在那张地图上，寻找他娶了人家公主的那个小岛。结果，他在上面找了两年，放大镜都被他摔坏了十三个，还是没有找到那个将公主嫁给他，然后有他八个孩子在那里出生的岛国。所以，莫多克先生总是喜欢给我们说：你们闭上眼睛想想看，这个世界到底有多大吧。"

在伍三羊讲到岛上那个公主时，热乎快速地转过脸，瞥了眼伍三羊。他觉得这种事情一定是伍三羊那个洋人东家，或者他认识的什么人，做过的一个乱七八糟的梦。就像他在自己那些五花八门的梦里见过的，他的母亲，居然是蒙古草原上一座白色宫殿里，一位仪态万方的王妃。那座宫殿像白色的棉花一样洁白，而他那位做了王妃的母亲,早就不是娼妓了,身边光是年轻漂亮的婢女,就有一百多个,一杯滚烫的热水被她们传递到王妃手中时,水温恰好是王妃最满意的那个温度。这种梦常常会真实得让人误以为,那才是他真实活着的一个世界,而他醒来后的这个人世间,只不过是他做过的许多梦里,最瞎包、最糟糕透顶的一个梦。

如果那不是一个人的梦,那么,就一定是伍三羊的洋人东家,跟那个在黄河上修铁路桥的美国人戴维一样,天生有一种编造奇闻异谈的嗜好。那位经常到南家花园里做客的"戴维先生",每次见到他,或是南家花园里其他一些喜欢和他说话的人,他总会讲出两件稀奇古怪,据他说是发生在他们美国的真实事情。比如在他们美国南部,他说有一些黑人小孩子,每天都要想方设法地抓住一只蝴蝶,吃进他们的肚子里。因为那些吃蝴蝶的小孩子坚持认为,人吃了蝴蝶后,在他遇到某种危险时,他后背上就会突然生出两只看不见的蝴蝶翅膀,带着他,飞离他两只脚站立的那块土地,离开那些可能会让他失去生命或者自由的人。又比如在美国西部,靠近大海的地方,那里的土地一望无际,生活在那片土地上的很多女人都相信,在早上太阳出来前,只要她对着大海说出十个心愿,并且在最后一个愿望说出时,恰好有只海鸥飞过她的头顶,那么,她在那一天里许下的十个愿望,至少就会实现一个。哪怕那十个愿望里,包括她的情人会因为爱她而戒掉酒,并终生不会抛下她和美国;或是海水在某个时刻,会因为她对某个家人的爱而失去盐分这样奇妙和不可思议的事情。"上帝保佑美国大地,当然也保佑生活在那里的每一个美国人,每一个男人,每一个女人,以及他们的每一个小孩子。"那个美国人每次都会这样说上一遍。他说那些许愿的女人丝毫都不怀疑,飞过她们头顶的那只海鸥,是从上帝右手边飞起来,飞到她们头顶上空的。

所以,对伍三羊的洋人东家讲的那个荒岛和公主的故事,热乎一点也不愿相信。他断定,它和那个美国人讲的那些没边没沿的事情,完全是一回事。不过,伍三羊那个东家说的,世界上还有很多地方,并没有被那个画地图的人画到地图上这句话,热乎倒相信它是千真万确的。天底下总会有些地方,有些事情,不是人人都会知道。他最厌恶的车夫周约瑟,在他家院子里挖那个专门给老太爷养壁虎的地窖子,就没有几个人知道。至少,除了那个假瘸子和他老婆,老爷跟他,他从来没有听说,南家花园里的仆人和醋园的伙计当中,还有谁下到过那个地窖子里面,看见过那些断了尾巴后还能重新长出一条崭新尾巴的壁虎。

"看来,你这两年在洋人商行里,长了不少见识。"南海珠看着伍三羊侧过的脸,笑了笑。几乎是从这个男孩子会走路和说话开始,每一年里,他至少都能看到他两次。开始是他爷爷,一个涑口酿醋手艺最好的人,每年年底,都会带着这个孩子,到南家花园里"给东家们拜早年"。再到后来,带着他进南家花园的,是醋园里的新工头伍春水。伍春水除了在年底带着他进一趟南家花园,另外,他还会在一年四个季节里,分不同的日子,把他带进醋园里,手把手地教导这个孩子,如何在各个不同的季节,酿出只有南家醋园里才会有的那种好醋。"上好的醋跟上等的酒一样,仅是它们漫溢出来的香气,就会令人沉醉。"伍春水酿醋的手艺,与他父亲亲手酿造的醋一模一样。所以,他一直希望,他的儿子伍三羊长大后,同样能酿出"即使天宫里那位玉皇大帝和王母娘娘尝过后也会时刻惦记着"的那种好醋。然而,这个叫伍三羊的孩子,最终却跑到洋人铺子里,做了个满嘴跑洋话的伙计。"成了一个洋马和土驴弄出来的杂种玩意。"在亲戚们面前,伍春水总是有意这样骂着他的儿子。

"二先生每回看见我,都要嘱咐几句,要我用心地跟那位洋人东家学本领。他说每个洋人身上都有些洋玩意,值得我们花上几年工夫去学习。"

南海珠明白,伍三羊说的二先生,就是他的兄弟南怀珠。在南家花园和醋园里,差不多人人都知道,是"二老爷帮忙",伍春水的儿子才进了洋人铺子里去当差。

"你时常能见到他?"

南海珠望着前面路上的行人,漫不经心地问。在他们马车前方,大约一百步远的地方,两个行人一边走路,一边在那里相互打斗着。

"也不是时常见。二先生到商埠里办事情,看电影或是看戏喝茶,路过我们商行,有空了就会进去瞧一眼。时候大了也能坐上片刻,跟我们那位洋人东家说会话。"伍三羊有点眉飞色舞起来。"他们坐在那里说话时,我们这些伙计,都会争着抢着挤在经理室门外,听二先生讲话。他们都说,二先生是他们见到的最博学多识的一位议员先生,是万事通。我们那个洋人东家,不论说到他们西方人的什么事,二先生几乎都能知道。"伍三羊停顿一下,快速地瞅眼身边赶马车的热乎。热乎目不斜视地看着前方,他的两只眼睛,好像正被一条看不见的线牵着,钉在了那里的某个点上,而紧跟在后面那个嘴巴,正在一点点地慢慢变大。伍三羊又看见了那个在苏利士提供给他们的幻灯片里,和他一起观看西洋片时的热乎——两只眼睛盯着画片上英国和非洲那些又陌生又奇妙的人和事物,大张着嘴巴,像是要把西洋片里装着的

359

东西，全部吞进他肚子里。"就连我们洋人东家都说，二先生是他在咱们这里见到的议员中，最可敬的一位议员先生。"伍三羊想着热乎眼睛后面的那个大嘴巴，笑了起来。

"你们那位洋东家说话，倒是会夸大其词。"尽管不知道伍三羊咧开的嘴巴在笑什么，南海珠还是被这个小伙子的笑感染着，跟着他笑了笑。

"肯定不是夸大其词。我们这些伙计都知道，我们洋人东家喜欢怎么说话。"伍三羊笑着告诉南海珠，他在那个洋人商行里已经待了两年时间。"两年工夫足够长了吧？"他说，凭着他在这足够长的两年时间里的观测，他们那位洋人东家，只有在跟二先生说话时，才会无拘无束，如同在他的家人们中间那样随意，满脸上都是自由自在的笑。这样说的时候，伍三羊又瞥眼热乎。他觉得，他和热乎平时在一起的时候，就是他那个洋人东家和二先生在一起时的样子。

他们的马车，追赶上了刚才那两个相互打斗的行人。这会儿，那两个男人已经并排着走到了一起，其中一个男人，还扭过头去，对另一个男人说着什么，而且，一边说，一边还在大声笑着。南海珠瞅着那两个男人的背影。"无论怎么说，西洋人也是人，也是一个鼻子两只眼。"正在说话的男人在另一个男人肩膀上打了一拳，但那个男人并没有表现出马上还击的意思。他看看他们，心里想着，改朝换代可不是像这两个嬉戏着打闹的男人。

"先生您和二先生说的话简直一模一样。"伍三羊和路边一个扭头看着他们的熟人打了声招呼，邀请着那个人到他的铺子里去玩。"二先生也常这样给我说。他还说，现在世界不一样了，我们这些年纪轻轻的人，应该试着去做一种新式青年，要相信西洋人会的那些东西，我们都能学会；西洋人有的很多东西，我们早晚也会有。"

"新式青年?"现在,南海珠从那两个行人身上收回了目光,两只眼睛凝视着伍三羊的一只耳朵,问他什么样子才算是新式青年。

"我也说不清楚。"伍三羊说,"二先生就是这样说的。但我想,新式青年大概就像火车。"

南海珠把目光转到赶马车的热乎身上。"你呢,热乎?"他瞅着热乎宽厚的后背,"你来说说,什么样子才能算是新式青年。"

"这个我真不知道,老爷。"热乎扭过身子,回头看眼那个敞开的小窗子。他惊恐地发现,老爷框在小窗子中的那颗脑袋,仿佛是被装在了一个深不见底的小四方盒子里。"我从来没听二老爷说过这些话。"他飞快地转回身体和脑袋,让眼睛重新盯住了那匹马正在行走的路面。不过,他听见自己的心已经慌乱地扑通起来,好像那匹马的四个蹄子,根本没有踏在结实的路面上,而是全部踩在了他心上。为了让自己的呼吸更顺畅一点,他不得不悄悄地挺了挺身子。大路两旁全是铺展到天边去的麦子地。他一直喜欢麦子成熟收割时,在日光跟热风中四处乱窜的那些只有熟透的麦子才会散发的香味。大小姐曾经在收麦子的时节里,纠正过他两次,说他那些"四处乱窜的香味",如果用"弥漫"来形容,会显得更加优雅和好听一些。为了让他明白什么是"弥漫",后面那次,大小姐南明珠还拽着他的胳膊,走进了醋园雾气腾腾的蒸料房里,指着涌满房间的热气,告诉他"这些散不出去的热气就是弥漫"。但是,绿得滴油的麦苗子,是那匹拉车的马最喜欢的吃食。他望着地里的麦苗子,胡乱想着那匹马,它会不会因为那些麦苗子,从大路上疯跑出去,做出点什么挨鞭子的事。它要是能做点什么,他想,他一定会对它感激不尽。当然,不管那匹马想做什么,他想,它最终都不能伤了老爷,不能损坏了马车。他只是期盼着,那匹跑进麦子地里去吃麦苗子的马,能让老爷忘了和伍三羊正在说的那些话,去说点别的。

"你这个新式青年,在洋人铺子里瞅见的人和事都多,你来说说,现在的城里和现在这个世界,都是个什么样子了?"

"城里那些乱七八糟的事,我多少还能说出点皮毛。"伍三羊笑着说,"现在的世界是什么样子?这种大事情,还是只有二先生那样的人,才能说得明白。二先生说我连幅世界地图都还没有看明白。就是看明白几分,现在也还弄不清楚真正的世界到底有多大。"

老爷南海珠和伍三羊,仍然在一句接一句地往下说着。热乎相信,伍三羊肯定是由于相完亲,看见人家那位姑娘后,头脑一直还在不停地发热。因为头脑发热,他已经完全忘掉了,坐在他们身后车厢里,与他说话的那个人是谁。热乎提心吊胆地听着,直到那位娶了大小姐南明珠后,几乎每个星期都要进城买面包的巡警局长,骑着他那匹白马,从后面追赶上了他们的马车。

第二十三章　面　包

　　约莫十点钟，南海珠乘坐那辆马车，和骑在马背上的谷友之，并排经过了天桥。西边的火车站上停靠了五列火车。东边的铁轨上没有蛇那样朝前游动的火车，但有几个人沿铁路线移动着，走走停停，仿佛是在搜索着火车遗失在地面上的细小物品。

　　从天桥上下来，他们很快就到了经二纬二路的交叉口。伍三羊那位洋人东家的商行，就在这个路口朝西不足一百五十丈的地方。而谷友之每个星期都要光顾那家德国面包房，同样是在东西方向的经二路上。

　　他们在路口停了下来。

　　路对面，德华银行那座洋楼门前的空地上，一个身着西式大衣和长裙子的洋女人，正面含微笑站在那里，两只眼睛望着路上来往的行人。谷友之从马背上转过头，瞅着那个洋女人垂到脚踝的蕾丝花边长裙。那条黑色裙子的外面，套了件颜色像红葡萄酒的大衣。在距离那个洋女人两步远的位置，他看到了同样穿戴的南明珠。那条裙子和那件大衣，它们穿在南明珠身上，至少比在那个洋女人身上耀眼了七分。他又看眼那个洋女人。这一次，他看到了那个洋女人头顶镶着黑色蕾丝花边的漂亮风帽，但没有看

363

到他的太太南明珠。每一年的春天和秋天，马利亚都会将几件英国或是法国裁缝亲手缝制的衣服裙子，当然还有帽子和手套，送到南明珠手上。它们和她送给南明珠的其他东西一样，都是搭乘着某一艘轮船，漂洋过海，先抵达上海，然后再从那里辗转来到泺口，挂到南明珠的衣橱里。他一直都在奇怪，在遇见南明珠之前，他的记忆从来都没有跑出来告诉他，曾经有一座叫南家花园的大宅子在泺口存在过。

洋女人背后的德华银行，曾经是马利亚和戴维先生来到济南后的临时住处。在南明珠跟着她的英文教师马利亚，陪同那位英国来的军事专员黑格，到第五镇的营房里去探访时，马利亚和她的丈夫，就是住在这幢房子里。那时候，跟马利亚夫妇一起住在这里的，是一位将戴维和马利亚从上海邀请来的德国工程师。这位工程师的家里，有着三个非常可爱的小孩子。只是，其中一个，那个生着和天空一样湛蓝眼睛的三岁小姑娘，始终在拒绝说她的母语。原因是工程师请到家里带她的那位女仆人，是个当地人，而且只会说济南本地的土话。那个孩子稍微长大一些后，大约到了六岁或是七岁，虽然被迫学会了用她的母语说话，但她发出的声调里，始终夹杂着济南土话的味道。并且，在此后漫长的一生里，那个小姑娘到了九十五岁，直到离开这个世界那天，她也没有能够改变自己的发音。

谷友之扭回头看眼天桥。然后，他骑在马背上，朝那家德国人的面包房走去。那匹马走得很慢。好像它完全知道，这会儿，它的主人，根本不需要它走路的步伐过急过快。

前行了大约一百米后，谷友之拉着他那匹马的缰绳，让它立在了路边一棵挺拔的槐树下面。他抖着绳子，告诉那匹马，让它扭转一下身子。他在马背上看着南海珠刚才停下马车的那个路口。这会儿,路口只有一堆金黄的日光铺在那里,火焰般燃烧跳跃着,伸卷着舌头。除了那堆明晃晃的金色火焰,其他的,他什么也没有看见。

"您好,谷先生。"

在那家德国面包房门前的路上,谷友之还端坐在马背上,被他的德国东家叫做"凯里"的小伙计,就已经走出面包房门口,跑上前,从他手里拉过了马缰。

"面包烤好了?"每次看见这个叫凯里的小伙计,这句话都会自己从谷友之嘴里蹦出来。

"烤好了,先生。那些新烘焙出来的面包和蛋糕,它们的香味、甜味,早就挤在门口,和我一样探出脑袋,等着您来了。"那个小伙计朝面包房前的街道上看一眼,然后告诉谷友之,他的东家刚刚出门去了。不过,在出门前,他已经留下话来。"谷先生无论什么时间到,都要请他先到贵宾室里喝杯咖啡,停留一会。"他说,他有要紧事和谷先生说。"我们东家去了德国领事馆,已经一个钟点了,估计马上就会回来。"小伙计凯里一丝不苟地系着那匹马的缰绳,像在一块蛋糕的盒子外面,系着漂亮好看的绸缎蝴蝶结。南明珠常常就会因为某个盛着面包的小盒子外面那个漂亮扎眼的花结,欢喜得心花怒放。有时候,她还会因为这个迷人的花结,给他一个比面包还甜的亲吻,或者一个结结实实的拥抱。

把马缰交给小伙计凯里后,谷友之才发现,他并没有带盛面包的那只篮子。直到这会儿,他才想起来,他今天到城里来,并不是为了跑到这里来买面包。而那个德国人,应该也不会有什么正经事情和他说。他每个星期来,这个长脸长鼻子的德国男人,都要兴致勃勃地看着他,翻来覆去地从他这里验证着,黄河上那

365

座铁路大桥"一定又铺设好了两条钢梁"。似乎他不是前来买面包,而是专程骑着马,从浽口赶过来,给这个德国人汇报那座大桥的建造情况的,哪怕在那之前的一天,这个留着大胡子的长鼻子,刚刚带着他的老婆孩子,亲自到黄河边上去验证了一趟。"那座桥上,可是有我一块面包那么大点的股份。"每一次,他都会笑着,一脸认真地对谷友之重复上这么一句。好像这样,这位掌管着浽口地面上所有安全事宜的巡警局长,就有义务和责任,不厌其烦地向他作出关于那座桥的各类汇报。当然,在他不再谈论那座桥的时候,谷友之还是非常愿意和他说上一会话。

他的那匹马,已经结结实实地拴在了旁边的拴马石上。那块光滑湿润的石头上,雕刻着一朵并蒂盛开的荷花。谷友之盯住那朵并蒂莲看着。每次来,他都吩咐小伙计凯里,把他的马拴在这块雕刻成一朵并蒂莲花的拴马石上。既然那匹马已经被拴在那里,他犹豫着,不如干脆在这里暂歇一会,被包围在面包香甜的气息里,安安静静地,把这几天的思绪重新梳理一遍,然后再去找南怀珠。

经过翻来覆去的思考,他已经决定,还是不把冯一德来到浽口的事情告诉南怀珠。想到这个突然冒出来,弄得他心烦意乱的该死的"摩西",他又在心里骂他一句。若不是这个该死的家伙,他此刻绝对不会没头没脑地跑到商埠,跑到这个面包房里来。现在,他脑子里可是没有一丝一毫想买面包的念头。谷友之摘下头上的黑色礼帽。他曲起右手的中指,轻轻在上面弹两下,又把它戴了回去。在街的另一边,从面包房对面那间金银铺子开始,朝西数过六家铺面,就是大广寒电影院。在这家电影院后院的西墙上,开有一个月亮门,除去冬天,一年三季,那堵开着月亮门的青砖墙上,都挂满爬山虎浓密幽绿的心瓣形叶子。有这些叶子映衬，那个月亮门便如一轮饱满圆润的真实圆月，美轮美奂地镶嵌在一片碧空之中。南怀珠和谘议局里的一些老爷们，看完电影，从那轮月亮的这面穿到另一面，就到了他们最常光顾的全聚德烤鸭店。眼下，尽管已经有冰霜覆盖在万物之上，但他知道，比照往年的气候，那些爬山虎的叶子，有一大半，还会在那道墙上鲜绿着，看上去充满了活力。

谷友之摸出那只镀了一层纯金的怀表，看了看上面的刻针。包裹在表壳里的分针和时针，都在有条不紊地朝前挪移着，丝毫也没有因为他心里藏着的那些焦虑，变快那么一点点。他把银行门前那个女人身上的裙子和大衣，重新套在了南明珠身上。那条裙子和那件大衣，在南明珠身上闪着一种奇异的光。尤其是那件葡萄酒颜色的大衣，他发现，它仿佛变成了一件披着霞光的五彩羽衣。而在羽衣的两腋，已经伸展出一对优美的翅膀，好像它们随时都会带着南明珠，离开她脚下那一小块又干燥又洁净的地面，离开他，飞到莎士比亚夫人曾经一遍遍给他们描述过的、那个"甜美得妙不可言的天堂"去。

在遇到南明珠之前的很多年里，他都坚持不再相信莎士比亚夫人反复描述过的那个天堂的存在。他握紧着那只镀了纯金的怀表。这是一只表盘里镶嵌了万年历的钟表。谷兰德先生告诉过他，这只表里面装着的差不多一千个部件，可以让它准确地走时到一百年之后。而除了正面表盘里的万年历，双追针计时，以及带有分钟和小时的计数器，在它背面银制的后置表盘里，还有指示恒星时的秒、分及小时，日出和日落时还能显示出纽约北部天空的星辰和时差。甚至，这块表上显示的纽约天空的星辰，与真正的纽约天空的星辰，每天都是对应的。在和南明珠成亲那天，他犹豫了几次，最终，还是没有把这只表的故事告诉她。她一直都在惊叹和赞美着它。尤其是上面那片"蔚蓝的天空和满天的星辰",她说制造这只表的那位钟表匠,一定是在动手制造它之前,在睡梦里,得到过某个离奇梦境的启示。虽然她跟随马利亚信奉着马利亚信仰的那位上帝,但她还是固执地认为,除了那位上帝之外,这个世界上一定还有个专门司梦的神仙,像那些司花司雨的仙子一样,在司掌着人间所有男女老少的梦境。如同他没有告诉南明珠,这只怀表曾经属于谷兰德先生一样,他也没有告诉过她和任何一个人,他曾经是被宣教士谷兰德先生和莎士比亚夫人收养过的一个孩子,曾经在浉口生活过差不多五年。这些人当中,既包括他的太太南明珠以及她的家里人,也包括马利亚夫人和她那位美国丈夫戴维。为此,他从没在任何人面前流露出,他能听懂并且能讲一口流利的英语和法语,甚至还懂得一些德语和拉丁语。谷兰德先生在教他法语的时候,曾经夸奖他是个语言天才,因为他仅仅跟着他学了六个月法语,就能够把一些《旧约》里的诗篇,从法文翻译成英文,再由英文翻译成汉字。这些年,他努力做的所有事情,就是把过去那个被人一次次抛弃的谷友之,埋在一个完全没有人知道的地方。当然,他一次也没有设想过,当年那个和他一起被莎士比亚夫人收养,后来被她带到美国去的冯一德,有一天,会莫名其妙地重新在他面前冒出来,而且还是被他手下的两个巡警抓到了他的巡警局里。在他少有的一些梦到莎士比亚夫人的梦里,至少有三次,他梦见了她和冯一德乘坐那艘轮船,在去往美国的途中,因为大海里突然席卷起来的风暴,沉进了无边无际的大海里。在那些梦里,大海和黑夜完全融合在了一起,那两个或许是因为恐惧而拥抱在一起的人,也完全融合在了黑暗里。每次,他都只能听见,莎士比亚夫人浸在黑色海水里,一声又一声地呼唤他名字的声音。他看不见她。直到他在那些声音里,被她浸着冰冷海水的声音叫醒,他依然看不到她。他满脸都是泪水,每回醒来时都是那样。

他小心翼翼地把那只表放回了刚才取它出来的布袋里。冯一德曾经非常渴望得到这只表。因为他希望在一天的任何时辰里,不论白天还是黑夜,都能拥有表盘上那片"纽约的天空和星辰"。他认为一直怀揣着那片天空,是他能够做到的对谷兰德先生最好的怀念。但是,得到这只表的代价,是必须留下来,留在添口,不能跟随莎士比亚夫人到她和谷兰德先生的美国去,看见表盘里那片真正的纽约天空上的星辰。莎士比亚夫人非常痛苦地望着他们,说她和她在美国的那些家人们,此时的能力,只允许她带走他们其中一个。"我想,上帝和谷兰德先生,一定是疏忽了什么;所以,在他带着谷兰德先生进入天堂时,却忘记了给谷兰德先生和我在美国的家人,预备下足够养活你们两个人的产业。"她告诉他们,早在谷兰德先生离开他们前,上帝就已经像试炼那位约伯一样,带走了除谷兰德先生的母亲外,他其余所有的家人。但她并没有仔细地告诉他们,她会不会成为她一直都非常钦佩的那位路得。她只是静静地坐在曾经属于谷兰德先生的那把椅子上,望着他每天都要捧读的那本《圣经》,眼睛里一直在流着泪水。"至少是现在,我真的没有那种能力,能够把你们全部带走。"她双手捂住脸说。

那是个夏日的早上。不断从河面上吹来的风,在它们经过那座院子的上空时,几乎把一院子的空气都给抽光了。因此,一整个清晨,谷友之差不多都在拼命抢夺着那点仅剩的空气,一边喘息,一边默默祷告着,盼望莎士比亚夫人能够在他的祈祷里,突然改变主意,把他和冯一德一起带走,不再执意留下他。他和冯一德都愿意陪着她，穿越她一直都在觉得恐惧的大海，回到她和谷兰德先生的美国。莎士比亚夫人跟随她的宣教士丈夫谷兰德，离开美国国土后的十二年里，除了在轮船上度过的那三个月，以及上岸后在上海逗留的半年，其余的所有时间，按她的说法，"都在晒着济南的太阳光"。而在那十二年里，莎士比亚夫人的丈夫，一位认为"只要天气允许，就应该把基督教的书籍摆放在大门外一张桌子上，供行人阅读"的宣教士，曾经两度返回美国——一次是到南卡罗来纳州新成立的美国长老会学院，交流他在中国内地的传教心得；一次是回去度假，看望他和莎士比亚夫人共同在纽约生活的家人们。但是两次，莎士比亚夫人都没有随同丈夫回美国去，原因是她死也不愿意再枕着大海里的波涛睡觉。"那几个月的海上航行，让她在上岸后的半年时间里，看见洗手盆里荡漾起来的水纹都要晕倒。"谷兰德先生经常会这样描述，他和莎士比亚夫人到中国来的路上，发生在莎士比亚夫人身上这件有趣的事情。但在莎士比亚夫人给她的两个孩子，冯一德和谷友之，讲述她到中国来的经历时，她却有意忽略了这一点。她不止一次地告诉他们的是，从她乘坐的那艘邮轮上下来后，他们抵达的第一个中国城市，上海，让她觉得，她应该和丈夫长久地在那里生活下去。因为在下船后，她眼睛里看见的景象，曾经一度令她怀疑："是不是船长在海上航行时，经常偷偷地睡觉，上帝便因此趁他睡着时间最长的那次，给他重新绘了张航海图，让他把邮轮开到了另外一片流着奶与密的迦南美地。"但是，最终，上帝允许她长久居住的地方，却是中国北部这座济南城外一个叫泺口的小镇。"我猜，他把我带到这里来，完全就是为了让我们生活在一起啊。"每一回，她都会瞧着她的两个孩子，悄悄地指一指正在忙碌的谷兰德先生，笑着说，她说的那个他，"可不是他"。然后,他们三个人会再次地相视着笑一阵。因为他们彼此心里都已经明白,她说的那个"他",是在指谁。

谷友之祷告一遍,又祷告一遍。在他祷告到差不多第一百遍时,莎士比亚夫人仍然没有改变主意。屋子里空空的,中间放着那两只装着行李的箱子。"上帝一定是在忙着和哪个天使下棋。或者就是在跟谷兰德先生下棋。也或者是,他们正一起,并排坐在椅子上,晒着天堂里透明的日头,然后就在椅子里睡着了。"谷兰德先生常常是这样,手里拿着一卷书,坐在院子里的日头底下,一会儿就被日头晒出了呼噜声。天堂离日头一定更近。谷友之觉得真是那样的话,日头肯定就更容易让人打盹。"求您了!"他走到曾经属于谷兰德先生的那只箱子跟前,轻轻地在箱子上拍打着,想用这种方法,叫醒在天堂里睡着的谷兰德先生。谷兰德先生想把他们从睡梦中叫醒时,最常使用的就是这个办法。不同的是,他一边轻轻地拍打着床板,还会对着他们的耳朵,哼起某支欢快的圣歌。

他们住的小院子里,一年四季都会有花。春天是两树桃花在沸沸扬扬地开着。夏日里则会飘着一院子的茉莉花香。莎士比亚夫人非常喜爱茉莉花。她不但跟附近一位妇人学会了亲自制作茉莉花茶,还跟她学会了采下没有完全开放的茉莉花骨朵,加上鸡蛋、面粉和盐,用它煎成一种叫"咸食"的面饼。那是一种味道与其他鲜花蛋饼完全不同的美食。莎士比亚夫人还给用茉莉花煎出来的那种"咸食"取了个富有诗意的名字。"天使的歌声?嗯,这的确是个非常富有诗意的名字。"她的丈夫谷兰德先生对她赞美道。

谷友之让自己的脊背贴着墙壁,一点点地蹭出屋子,是在那个早上更晚一点的时候。他不知道已经几点钟了,也不知道马车是不是立刻就到,因为他们每天用来"确认时间"、底座的玻璃罩里面有着一个微形伊甸园和两个小天使的钟表,已经被莎士比亚夫人卖掉了。买走它的,是教会莎士比亚夫人做"茉莉花咸食"的那位妇人带来的一个满脸麻子的肥胖男人。在给莎士比亚夫人介绍时,那位妇人说麻子男人是她的远房亲戚,"他开着全济南府里最阔的一家玻璃店,卖博山的琉璃,也卖你们西洋人造的各种镜子。不瞒您说夫人,看见他铺子里那些明晃晃的镜子,我就害怕得要死,觉得它们像冰冻块子吸日头光一样,在吸走我身上那点不多的热乎气。您可不知道,我这两只手和脚,从年头到年尾,就是热死牛的三伏天里,也跟冰冻块子一样冷得扎人手。"那个妇人说。但她没有告诉莎士比亚夫人,除了有一家叫"玻璃大世界"的玻璃店,那个麻子还在城内南门里经营着一家规模不小的妓院。而他来买这座钟表,就是为了把它摆放在他那家妓院的大厅里。

谷友之先是站到了一株桃树旁边。桃树上的桃子刚一成熟,就被谷兰德先生采摘下来,拿到厨房里,请莎士比亚夫人给他们做成了美味的桃子馅饼。现在,桃树上只有一些茂密的叶子,偶尔在细风里摇动两下。谷友之伸手扯住一根桃树枝条,同时闭上了两只正在流泪的眼睛。"土地神爷爷,求您让莎士比亚夫人把我也一块带走吧。或是,让我们全都留下来,谁也不离开这个家。"那个早上,谷友之手里握住一片桃树叶子,突然想起了土地庙里的土地神。他忘记了是谁曾经告诉他,凡是有人居住的地方,哪怕是只有一个小孩子住着的村庄里,也会有位土地神爷爷守在那里,替他掌管着那块地皮上所有的大小事物。由于把"基督"换成了"土地爷",谷友之惊恐地睁开双眼,闭上了嘴巴,心脏剧烈地跳动着,扭过头去看着屋门口。莎士比亚夫人没有出现在那里,冯一德也没有出现在那里。害热病死去的谷兰德先生,也没有出现在那里。"他被上帝叫到身边服侍去了。"三个月前,谷兰德先生被热病带走那天,莎士比亚夫人从那间"隔离热病的屋子里"走出来,告诉一直等候在门外的谷友之和冯一德,以后,他们无论是对上帝说话,还是对谷兰德先生说话,都将是一回事儿。"因为从现在开始,无论是吃饭还是睡觉,谷兰德先生都时刻和上帝在一块儿了。"莎士比亚夫人说着,走到桃树跟前,摘下了上面最后一个还没熟透的桃子。那是她留下来,准备为谷兰德先生"做今年最后一次桃子馅饼的"。

在桃树下面,他更加急切地念着祈祷文,盼望着耶稣基督和谷兰德先生能够听见他的祈祷,让那株桃树在突然之间,再盛开一树灼目的桃花。为了那些盛开的桃花,他愿意跟耶稣那样,把自己的身体挂到十字架上。他在那棵桃树下,折下一枝桃花,站在树下想一想,又折下一枝。他把首先折下的那枝,递到了莎士比亚夫人手里,然后举着另外那枝,飞快地跑进他睡觉的那间屋子内,把它献到了耶稣的画像前。他觉得这样,那位三位一体的父神,肯定就会把他的想法拿过去,然后装作很不经心地走到莎士比亚夫人身边,把它放进她心里,让她转变心意,愿意把他带到上海去,然后从那里搭乘一艘他从来没有见过的"巨大轮船",将他同冯一德一起,带到她与谷兰德先生常常给他们谈论的那个美国。"会有一天,一定会有一天,你们的两只脚,是站在美国坚实的土地上。那时候,你们就能知道,真正的美国是什么样子了。"谷兰德先生站在桃树后面一小块阴影里,被几片桃树叶子遮挡住了脸上的表情。不过,莎士比亚夫人手里拿着那枝桃花,神情一下子愉悦起来。

"快去收拾行李啊,我亲爱的保罗,我已经改变主意,决定要带着你和摩西,我们四个人,一起回到美国去。我们要一起生活在美国辽阔的天空下面,每天夜晚,只要仰起头,就能看到纽约布满星辰的天空。"

但是，那天，莎士比亚夫人还没有顾上对他说这句话，前来接她和冯一德出发的那辆马车，就已经停到大门外的街上，叮叮当当地摇响了叫门的铃铛。那只铃铛，是谷兰德先生亲手安装的。客人只要在门外拉一拉绳子，那只铃铛清脆悦耳的声音，就会小鸟般扇动起翅膀，满院子里飞起来。

在面包房的茶室里，谷友之喝完第二杯咖啡，第五次摸出那只怀表时，他在表盘上那一小片，他从来没有真正见到过的纽约星空中，看见了谷兰德先生的笑脸。"您好，先生。"他望着谷兰德先生，同时，差不多是被自己的声音吓了一跳。

"您好，谷先生。"

谷友之惊慌地抬起头。谷兰德先生消失了。在他面前站着的，是面包房的东家，那个叫霍夫曼的德国人。"在德国人那里，霍夫曼的意思就是长工。不过，我太太喜欢说我是上帝的长工。"谷友之第五次来买面包时，这位霍夫曼先生，就风趣地和他开起了玩笑，好像他是他多年的一位老朋友。他还告诉他，实际上，他不能算是个地道的德国人。虽然他母亲是纯粹的日耳曼人，可他父亲，却是个纯正的犹太人。"不过，我的太太，她绝对算个清白的德意志人，连十六分之一的波兰或是普鲁士血统都没有，这点一直是她深感骄傲的地方。当然，如果别人误解她有着那么一点奥地利血统，她倒是会非常愿意。因为她不可思议地崇拜着那位其貌不扬的海顿先生。在写给亲戚和朋友们的信里，她会不断地强调和重复着，她最心驰神往的生活，就是坐在莱茵河畔，从早到晚地听着海顿先生的清唱剧——《创世记》。"在第七次，他带着太太南明珠一起来买面包时，这位霍夫曼则像讲别人的故事那样，把他太太写信给亲戚们的另外一些事情，讲给了南明珠。"她说，上帝总是凭借着他巨大的能力，随心所欲地和人类开着各种各样的玩笑,比如他就一意孤行地安排她遇到了她的丈夫,在她与他共同生活了十年后,她仍然爱他爱得失去理智。于是,她就跟着他离开德国,漂洋过海到了另外一个不管她怎么努力也无法爱上的世界。"在提着面包回涞口的路上,南明珠一路都在重复着霍夫曼讲他太太的那些有趣情节。

"谷先生,您还好吗?"霍夫曼用两只缺乏神采的大眼睛望着谷友之,微笑着,又重复一遍他的问候。他曾经告诉过谷友之,他这双大而无神的犹太眼睛,曾经是他太太最迷恋他的地方之一。当然,在后来,它也成了她最常拿来嘲笑他的那部分。在他到中国来的轮船上,他的太太因为海上旅途实在太过枯燥,而那种枯燥,完全超出了她心理和身体的双重承受能力,几乎让她忧郁起来。于是,在那艘从法国出发的"奥克萨斯号"邮轮上,她与他发生了两个人自打相识后唯一的一次争吵。就是在那次后来被他们形容为"完全是出于某种爱"的争吵中,他说,她的舌头像被魔鬼操纵着一样,不但说他们的意绪第语发音像耗子在叫,还脱口说出了"上帝对犹太人的唯一惩罚,就是给了他们两只毫无神采的眼睛"。在马利亚组织的家庭读书联合会上,霍夫曼对众人说起这个"有关爱的笑话"时,他几乎是大声地笑着,说他尽管与他们犹太人那位弥赛亚解了约,但是,若是他真的能亲眼见到那位慈爱的弥赛亚先生,他还是准备至少送给他十个最好的奶油面包,用来感谢他——因为他的故意,或者说是善意的恶作剧,他让他在人群里一眼就会被辨认出来。而正是由于这种易于辨认,才使他的太太,一位长着太阳光那样金色头发的美丽女郎,在世界上沙粒一样多的男子中,一眼将他挑了出来。然后,他就不顾全部家人的反对,甚至和家人决裂,放弃了家族所有财产的继承权,并且背弃了他从母腹里就在信仰的犹太教。要知道,在他们那个以经营瓷器起家,差不多一百年前就涉及股票、金融和水道航运,在莱茵河沿岸拥有大量肥沃土地的家族里,随便收藏的一幅画,就会价值上万美元。而他从家里带出来的唯一财产,就是面包房茶室里这幅《椅子上的圣母》。他加入了她信奉的天主教。她则一心一意地做起了他的"霍夫曼太太"。再然后,他的这位"宝贝心肝迷人的小甜心",又一路跟随着他,到了中国,到了济南府,两只脚甚至走到了泺口镇那样"一个小到不能再小的果核大的地方",尽管她一再地告诉他,她一点也不喜欢这颗小果核,而且永远也不准备喜欢它。

"您好,霍夫曼先生。"谷友之把那只有着纽约天空与星辰的怀表装进衣兜,一边从喝咖啡那张桌子前站起来,同霍夫曼先生握了握手。

"从您看那只表的神情,我完全看得出来,您已经等了足够长的时间,而且马上就要失去耐心了。我可是知道,不管是在遥远的德国,还是在我面前,一位巡警局长先生的耐心,绝对是有限的。"霍夫曼又笑了笑,问谷友之要不要再来一杯咖啡。"我有一件非常非常重要的事情,要和您这位巡警局长朋友说。"他在谷友之对面的沙发上坐了下来。

谷友之摆摆手,说他差不多已经被那些咖啡灌醉了。"有时候,它们真是比你们的一杯黑啤酒还要肥美和刚硬。"在与冯一德重逢后的几天时间里,他这是第二次,因为这些咖啡,有了一种喝醉酒的感觉。它们,那些咖啡,他觉得,它们差不多让他的心跳加快了三倍速度,而他的头脑,却奇怪地,处在一片近乎透明的空白之中。

"这很正常。"霍夫曼说,"尤其是晚上,那些咖啡因常常会让我难以分辨,我的头顶上面到底是中国的天空,还是德国的天空。"

"您刚才好像说,有一件非常重要的事情?"

"一件非常重要，而且非常意外的事。我相信，您听完后就会知道，您今天花费在这里的时间，绝对值得您花出去。"他回头招呼来那个叫凯里的小伙计，低声责备着他，为什么没给谷先生的咖啡里加上点牛奶，也没有预备奶酪和松饼。然后，他吩咐伙计立即去烘焙房里拿一些过来。"松饼和奶酪，都要刚出烤炉那些。"他又对着那个小伙计嘱咐一遍，转身倒两杯杰克·丹尼威士忌，将右手中的一杯递给了谷友之。谷友之非常喜欢这种诞生于美国田纳西州的威士忌。戴维第一次把这种酒递到他手里时，曾经告诉他，田纳西州在美国的南部，又被称为义勇军之州或是猪和玉米饼之州。那个用自己名字为酒厂命名的杰克·丹尼，在他不到十五岁时，就独自拥有了这个夹在密西西比河与阿巴拉契山脉的酒厂。而谷友之喜欢它，完全是因为谷兰德先生在给他讲述美国的时候，曾经讲到过田纳西州。

谷友之看着霍夫曼背后墙壁上的油画，等待着他把那件"非常重要"的事情讲出来。那幅画的画面上，是坐在椅子上的一位妇人和她怀抱中的儿子。体态丰满优美的妇人，身穿红色上衣，安静端庄地坐在那里。他的眼睛看着那位妇人，妇人动人的目光，使他又想到了莎士比亚夫人。莎士比亚夫人的那双眼睛，几乎与油画上这位圣母的眼睛一模一样，又温柔又秀美。谷兰德先生在赞美莎士比亚夫人时，总是喜欢说她像"拉斐尔的圣母"。莎士比亚夫人则会回答说，她最喜欢的是"西斯廷圣母"，尤其是她甜美的双唇，即使是在画面里，也仿佛是在不停地给人们降福。不过，在那时候，他从来没有关心过任何与圣母有关的东西。在每天读完圣经后，他唯一想知道的事情，就是能够在那张铺着白色桌布的饭桌上，吃到几块烤饼。是霍夫曼先生会客室里这幅坐在椅子里的圣母像，让他弄懂了"拉斐尔"是谁，记住了这位画家是死在基督耶稣的受难日里。并且，他还知道了谷兰德先生说的《拉斐尔的圣母》，莎士比亚夫人说的《西斯廷圣母》，以及他之前没有听说过的《草地上的圣母》，都是出自这位名字叫拉斐尔的意大利画家之手，而这位画家突发高热死亡那天，4月6日，同时也是他的生日。"在那一天，梵蒂冈宫中出现了一条巨大裂缝。"霍夫曼告诉他。关于拉斐尔的一切，都是这位霍夫先生曼讲给他的。"在拉斐尔画下的所有圣母中，我最喜欢那幅《草地上的圣母》。画面上那些美妙的光，会让你感到整个世界都在透亮的光里。而地面上盛开的鲜红罂粟花和诱人的草莓，又在警醒我们，要时刻远离身边罪恶的贪欲。"谷友之继续盯着椅子上的那位妇人，像抓风筝线那样，紧紧地抓着突然从脑子里跑出来的一个念头：他的太太南明珠，正像这位坐在椅子上的妇人一样，怀里面抱着他们的儿子，坐在他的面前。他惊讶地发现，他心里再次强烈地冒出了自己应该有个孩子的念头。"你可以叫我谷兰德先生，也可以叫我 Father。"就像谷兰德先生当年对他说的那样，他也可以这样来要求他的儿子，他在心里默默地对自己念叨着。

小伙计凯里悄悄地地退了出去。

谷友之坐直身子，眼睛望着霍夫曼。这是个个子不算很高大的男人，一年四季都戴着礼帽，穿雪白的衬衣，而且喜欢戴蝴蝶结。另外，这位霍夫曼先生还喜欢搜集邮票和明信片，喜欢旅行，喜欢朗诵诗歌。正是在一次朗诵诗歌的时候，他说，他赢得了后来成为他太太的那位美貌女子的青睐和爱情。当然，除了这些，霍夫曼最迷恋的则是星象学以及绘画。他面包店里挂的这幅《椅子里的圣母》，就是他照着从家里带出来的那幅油画临摹的。那幅原画，被他挂在了他和太太的卧房里。

"您知道，谷先生，您知道我只是一个商人。我最大的梦想，就是在你们大清国的每一座城市里，都有一间属于我的面包房。"

霍夫曼的喉咙用力地吞咽一下。

"这个我当然知道。"谷友之笑着回答。

"所以，我要表达的意思是，我个人一点也不愿意参与到任何国家的任何纷争中去。我讨厌人类所有的争战和杀戮。"

"我好像没太弄明白您的意思，霍夫曼先生。"谷友之收起了微笑，但依然在注视着那位霍夫曼。

"我相信您很快就会明白。"霍夫曼说，"您知道吗，就在刚刚过去的这个夜里，天亮前，你们第五镇的新军里的一位帮带，一个卖力煽动独立的革命党，他的十几口家人，全部被人杀死了。其中，还包括两个不到五岁的小孩子。"

"您这是从哪里得到的消息？"谷友之看着霍夫曼，他脸上的表情告诉对方，他完全不相信会有这样的事情发生。"就算是革命党，大清政府业已宣布，同盟会是合法组织了。"

"您知道，我刚刚是从我们领事那里回来。而且……"霍夫曼笑了笑，说他相信，谷友之和他一样，既清楚一位领事在这里的职责，也清楚他绝对不会拿这种事情开玩笑。除了保护他们这些德国侨民在此地的生命财产安全等事宜，用他们那位领事先生的话说，他还肩负着一系列在他看来莫名其妙的使命。"比如参与你们商埠内土地使用项目的决策，某些税收的制定。当然，商埠内审判公所审理的一些重大案件和巡警事物的一些重要决策，他也不会缺席。"他看着谷友之停顿几秒，"您是巡警局长，在有些方面，我相信，您肯定比我这个做面包的人，清楚更多的事情。"

"有些事情也许不能这么理解。"谷友之说，"我习惯看事物背后那一面。"他心里在快速地判断着，霍夫曼说的这件事情，能在新军阵营里掀起多大的风浪。万事万物都要精心布局、恰到好处。他设想着这件事情一旦在街面上传开，传到那些一根洋火棒就能把血烧热的人的耳朵里,又会卷起几尺高的浪头。他们真是拿出狠招了。他在心里笑了笑,看着前几天夜里和他一起骑着马,在浉口大街上并肩前行的姚帮带。早在几日前,就已经有人在商埠里,"伺机"砍伤了谘议局里一位倒霉的议员先生。"这个世界就是这样,无论做什么事,总得有人比另外一些人,多付出点贵重的东西。"他想着衣兜里那只镀了一层纯金的怀表,想着上面那一小片他从来没有真正见到过的纽约的星空。人类繁衍本身如同植物和它们的果实,最终都是为了吞噬掉另外的物种;而世间的存在,也许,仅仅就是那位上帝为了折射天堂的完美。

"您是说,我们每个人,理解问题都会有自己的片面性?"

"您明白这也是事实。"谷友之笑了起来。

"好吧。"霍夫曼说,"在这点上,我同意您的观点。但您得明白,我从领事那里带回来的这个消息,绝对真实。而且,我相信,对于你们国家里正在发生的一些变故,以及你们那座谘议局大楼里面正在发生的事情,您也一定非常清楚。我想告诉您的是,就在昨天,您太太的哥哥,那位记者议员先生,他请我陪着他和他们的一位会长,去了我们领事那里。"

"您是说南怀珠先生,他去了你们领事那里?"

"是的。他们非常希望,能从我们领事先生那里,得到一些必要的帮助。"

"什么必要的帮助?"

"具体情况我就不清楚了。您又忘记了,谷先生,我只是个做面包的商人。"霍夫曼盯着小伙计凯里把装有三明治和牛角面包、奶酪和松饼的两个银质盘子,摆放到他们面前。他放下酒杯,摊开两只手。"而且,我相信,您完全可以想象得出来,在商谈某种重大事情的时候,他们一定是会走进另外一个房间。"

第二十四章　溺　水

　　日光由惨白重新变回金黄。搅进三分火焰的暖红，穿过谘议局大楼透明的窗玻璃，把它一天里最成熟的光影，覆盖到一排面色各异的议员们身上时，南怀珠顺着那道亮丽的光影，看见玻璃上染的一层亮黄色，记起来，谘议局的名字早就被取消了。现在，它最新的名称是"保安会"。他在椅子上舒展下身体，伸着懒腰，眼睛盯住门口几位荷枪实弹的新军。他们持枪把守在那里，一脸杀气，俨然一尊尊门神。保安会的大门，已经被关闭了半天。从大门被这些新军们关上那刻起，屋子里所有的人，就没有谁的双脚，能够自由地迈出这个会场了。当然，在门外把守的新军，同样持着枪械，同样一脸杀气，同样不会把外面任何一个人，或者一条狗、一只苍蝇、一只蚂蚁，放进这座虎狼对峙、风雨满楼的"人间地狱"里。

　　"人间地狱"几个字，是《女子周报》那位主笔咸小姐，用铅笔写在一张纸上，递给他的。字的下方，她还涂抹出了几个面目模糊的人头像，绕着它们，画了一圈盛开的牵牛花和一只蝴蝶。挨近蝴蝶那朵花旁边，是只猫头狗身子的"猫"。南怀珠盯着模糊的人头像看了一会，又盯住那只作势要扑向蝴蝶的猫，想着这个装猫变狗的小婊子可真会消遣,不但把那些鸡派鸭派狗派猫派与他们共和派人奋力争取独立的混乱场景说成了"人间地狱",还弄出只不伦不类的猫,让它在那里游戏独立这只蝴蝶。

从把纸片递给他,这位主笔小姐就歪着颗尖核桃脑袋,压抑住满脸得意的神色,一直在瞧着他。南怀珠不想立即回应这个女人。他继续低头瞅着手里的纸,猜测着,这个搔首弄姿的女人耍出来这套玩意,是打算从他这里勾摸出点什么东西。有一个瞬间,那些面目模糊不清的人头像,让他极度不安起来。"倒像是在预示着某种凶相。"他想,"有些时候,妇人们往往就是一身晦气的不祥物。"他挪动一下坐麻的屁股,觉得这一天里最糟糕透顶的事,或许就是和这个女人挨在了一起。

争论打斗半天,这会儿,所有派别的老伙计们,都因为疲惫和那些枪口,安静了下来。会场里死寂一片,如同被人暗暗裹进了一块密不透风的厚铁皮里。南怀珠告诫着自己:"不能发烧!不能发烧!"今日,除了他们等待降生的那个"独立",余下的,即便天塌下来,他也不能跑出去观望。所以,在这个时刻,他不准备让自己的脚从这里移开半步,更不能发起高烧,听从一个也许藏了满肚子邪恶玩意的女人撩拨。

那个女人还在歪着脑袋,像寻找食物的麻雀,在紧盯着他。南怀珠拖延一会,最终还是抖下手里的纸,扭过头冲她笑一下。他在合计着,若是按周约瑟当年买下他那个娼妓老婆时的猪肉价折算,这个女人能值几个钱。不过,他觉得,要是让周约瑟重新再来挑选一回,单独把这个女人摆到周约瑟面前,他肯定跟看见一堆臭狗屎那样,掉头就走。想着在谘议局大楼前面,周约瑟拉起两匹骡子,把这个女人甩在一边的场景,南怀珠又笑了一下。

"看看整个会场,再看看张开了血盆大口的枪支,这会儿可还不是笑的时候。但是,您已经笑过两回了,南先生。"

那个女人,又把一张纸递到了南怀珠手里。

南怀珠看着纸上的字,曲起一个食指,在上面轻轻地弹两下。不过,手指刚一离开纸面,他就后悔起来。尽管他手指弹击纸张的声音,轻微得如蜻蜓落在了水面上,但他还是担心,它们是不是惊扰了那层令人不能喘息的死寂。他们共和派的人,在煎熬中等待的那个东西——"独立",他希望,它正是在那层死一般的寂静下面,如同蜕掉蝉蜕的知了那样,在奋力地鼓动着它的两只翅膀。"老天爷保佑!老天爷保佑!"从第一名新军抬起枪口那刻起,他就开始在心里一遍遍地念叨着,等待着那个奇迹发生。

"这真是个令人痛恨和恐慌的小婊子!"南怀珠在心里骂着那位咸主笔。分明是她自己,又是写字又是递纸张,来回地勾引他,可这会儿,她倒乘机找到借口,来捕捉他脸上的风云,计算他笑了几回。

"咱们现在打个赌怎么样?如果今天能够宣布独立,就由南先生您来请一场电影。如果继续维持这几天的老局面,今日晚间,就由我来请您去吃西餐。"

第三张写着字的纸递到他手里后,南怀珠盯着上面的字,迫使自己冷静下来。两天前,那位石会长在和他喝酒时,已经把这个女人的底细完全告诉了他。他看着纸上的字,琢磨着她之前递到报社,声明跟她的绸布商丈夫离婚的那些字,是不是也这样面目端庄。为拦阻她捐献资产给商会,支持山东独立,她的丈夫一度把她锁在了家中。等这个女人从家里跑出来,她做的第一件事情,便是找到报社,在报纸上发表一则与她绸布商丈夫离婚的声明。发表声明的第二日上午,她的丈夫,那位为实现她的梦想,抛下前面三个老婆跟所有孩子,抛下全部家人的绸布商,就死在了他那间绸布庄门口的街上。

南怀珠弯腰拿起放在地上的布包。他找出铅笔和做记录的纸张,开始给这个女人回话。这个小婊子固然令他觉得有些厌烦,但在眼下,他至少还不想有什么地方招惹到她。他瞄了眼在他前方正襟危坐的石会长。谘议局先后改成了联合会、保安会,他也由原来的谘议局副议长,变成了副会长,与原来商会会长的头衔合成一体,成为更加名副其实的"石会长"。

那天,周约瑟满脸惊慌地跑到谘议局楼下,托人进来找到他,告诉他院前大街上开茶园子的那个牛老七,半夜里溺水死在了大明湖里。"街上这些开铺子的,没几个人知道牛老七的水性比一条鱼的水性还好。"周约瑟哆嗦着下巴,说话的腔调都变了。他看着周约瑟,心里冒出来的第一个念头,是这个水性比鱼还好的人,完全是死在了他的贪心上。周约瑟给他说过,在这个女人的丈夫死后,还没过头七,牛老七就把绸布商铺子里的一个小伙计,挖进了他的茶园子。然后,在他自以为弄清楚那位绸布商的底细后,便开始四处托门子,找路子,盘算着把绸布商的那间铺子弄到手。为那间铺子,他还四处张扬着这个女人和她绸布商丈夫的那点破烂家事。而在周约瑟找到他,想替牛老七打探石会长,并请他帮忙弄到那间铺子时,他听完原委,笑了笑,让周约瑟回去告诉牛老七,"开好他那间茶园子就很好了"。说完这句话那会,他看了看周约瑟,想让他再提醒一下牛老七,"最好别再打那间铺子的主意了"。不过,他最终没把这句话说出来。那是因为他非常清楚,一个人假如全须全尾地迷在了某件他一心要做成的事情里,绝对没人能阻止他那个想法。他的哥哥南海珠,在与他讨论关于"独立"的问题时,就是这种状况。事情果然就是他想象的那个结局。牛老七丝毫没有听他的劝告。四天前,周约瑟顶着大风前来找到他,把牛老七的死讯告诉他的一刻,他瞅着那些被大风卷到污水坑里的落叶,在心里冷笑两声,直截了当地对周约瑟说:"这个结果,早就明显地摆在那里了。"当然,尽管他非常直接地回答了周约瑟,他还是知道,这位只会低头干活的车夫不会真正弄明白,牛老七跑来颠去地忙活半天,为什么这个女人的铺子还是握在她手里,安安稳稳地闭着大门在睡觉;而牛老七,一个水性比鱼还好的人,却稀里糊涂地溺水死在了大明湖里。

"尊敬的主笔小姐,您可真是笔落惊风雨。但您看清楚了,新军和他们手上那些枪,现在是属于革命党,是在效忠着'独立'两个字。"南怀珠在纸上飞快地写着,"至于我的口袋里,可不光预备好了请您看一场电影的银子。"

写完后,南怀珠握着笔犹豫一会,轻轻地把那张纸撕下来,递给了主笔小姐。

"您就那么有信心,一点也不担心,事情完全不是您想象的那样?您要知道,那些新军的头脑一热一冷,手里的枪口一掉,对准的也许就是共和派的脑袋。"主笔小姐在南怀珠递过去那张纸上写道。而再把那张纸重新递回南怀珠手里时,她还偏着脑袋,媚着眉眼笑了起来。

"看起来,咸小姐您好像完全丧失了信心,不情愿站在我们共和派这边了?"

"要是这么说,您就有失公平了,先生。您是把我为革命党做的所有大事小情,一件一件,全部给忘光了?我要告诉您的是,我这里的账目,每一笔,可都记得清清楚楚,一个铜钱的账目也不会错。"

"可从我这里来看您，此刻，您的信心似乎并不是那么充足。您和鄙人这些天里看见的那位主笔小姐，可是多少有了点儿差别。"

南怀珠写着字，暗自骂着自己，怎么会和这个女人在笔端上眉来眼去，没完没了。不过，等他再次抬起头，扫视一遍会场，他立即又在心里感谢了一下这个女人。整个会场里，除了他们两个人在悄悄用笔说着话，打着嘴官司，左右还算是个"活人"，余下的，好像没有一个人还在活着，还在呼吸。"完全是坐了一屋子死人。"后面紧接着冒出来这个"坐着一屋子鬼魂"的想法，让南怀珠不由得打个寒噤。他抽口冷气。身边这个叫咸金枝的女人，能在此前把整个会场描画成"人间地狱"，也算没屈了他冠给她的那个"神婆子"的名分。他想着浉口人嘴里那个神婆子有莲花，又环视一圈会场，果真有几分神婆子有莲花说给人们的，她那个"阿弥陀佛接引站"的骇人气味。在结束环视前，南怀珠忽然意识到，他身边的这个女人，差不多就是他在这个阴气森森的会场里，一个在帮助他喘息的"救星"了。

"现在，连您自己都没有察觉到，您眼睛里，就只有那些枪炮了，先生。"她碰了碰南怀珠的胳膊，眼睛跟随着他的目光在会场里巡视一遍，把她写好字的纸张，递给了他。

"我是今天才真正见识到，枪炮果真是个举世无双的好东西。"

南怀珠笔下这么写着，心里又焦虑又害怕。他的心几乎是在狂跳着，担忧着会场里这些新军们手里的枪，到底会不会像那个手指发光的男人说过的，能像变戏法那样，在这一天的日头落下去之前，"把一个世界，变成另一个世界"。

"这是由于，在今天，您觉得枪炮对于能否宣布独立这件事，比您想象的那些作用还要巨大。不，是非常巨大，难以想象的巨大。所以嘛，它们才在您眼里，变成了一件举世无双的好东西。"

"您完全可以这么认为。"南怀珠把那张写满字的纸揣进衣袋里，在一张新的纸上写道，"今日，只要能够在这个会场上宣布独立，我甘愿把自己这颗脑袋抵上枪口，去为大清朝的灭亡撞响丧钟。"

"这样看来，在您请过电影后，我就可以顺理成章地达成另一个目的了。"

"另一个目的？我尊敬的小姐，您忘了，在刚才这场赌局里，您可是只押了一把赌资。"为了压制那些不断从心里钻出来的恐惧，南怀珠飞快地在纸上写着字。但是，他发现，他写字的速度越快，那些莫名其妙的恐惧，就往外钻得越快。他甚至听见了它们火车轮子一样拼命奔跑的声音。

"好像，是南先生您贵人多忘事吧？"

"我什么时候欠下您这位尊贵小姐的债了？"

南怀珠把手里的纸递给那位咸主笔，然后看着她读完，将那张写满字的纸折叠起来，塞进她的手提袋里。

"您应该还记得，我给您说过，有一天，您一定会以一名伟大记者议员的身份，成为我们《女子周报》的贵宾。"那位咸主笔又递给他一张新的纸。

"现在是您在健忘了，尊敬的小姐。您一定是忘了，谘议局已经不存在了，寿终正寝了。现在只有保安会，我们眼下是坐在保安会的会场里。"他在她的字下面，提醒着她。

"眼下是树木凋落，季节更替的日子。在我们老家里，树木落叶不叫落叶，被说成'树叶零了'。树叶零了，再过一个季节，就是万物葱茏的春天。现在，谘议局零了，它的新叶子是变换了称呼成了保安会，可您清楚啊先生，它完全是换汤没有换药。您欠下的那笔债，在我这里可是一分也不能减免。"她笑着，斜睨南怀珠一眼，用没有握笔那只手，掩住了猩红的嘴巴。

"您可真是支粘牙的缠糖。"南怀珠笔下这么写着，心里跟着骂了句"难缠的小婊子"。一边想着，这会儿，如果他们是坐在没有灯光的电影院里，或是在任何一个光线昏暗，男人们可以伸手握住女人奶子的地方，他一定要握着她两只水蜜桃般的奶子，把它们揉烂，捏得它们汁水横流，疼得这个小婊子尖声大叫着，跪在他脚前，哀哀着向他告饶。

"这么说，您是答应了?"

南怀珠瞅着那位主笔咸小姐，一个这会儿让他觉得"又缠手又有几分快活的小婊子"，在她刚写下的那几个隽秀小字后面，又勾画上了两朵惟妙惟肖的牵牛花。他必须承认，她写出的那一手小字，又漂亮又迷人，仿佛散发着一种茉莉花的味道，比她本人更会勾引男人。他盯着她画完那两朵牵牛花。会场中间，传来一声鞭炮似的炸响。南怀珠慌乱地挺起身子。距离他几步远的位置，一个成立保安会时，从泺安造纸厂里花钱挤进来的矮胖子，因为靠在椅子里睡着了觉，整个人从椅子上摔了下来。南怀珠朝他看过去时，他正像一条老狗那般从地面上爬起来，用几根又粗又短的胖手指拍打着衣服，打算重新坐回他那把椅子上。

第二十五章 昔 日

午后的太阳光照射在院子里,让地面和墙壁都像烤过了火。南明珠站在房檐下,指尖摩挲着一个孩子头发上的温暖日光,给围住她的孩子们讲着他们要为圣诞节排练的《圣餐仪式》。前几天,这群孩子刚度过了令他们疯癫的诸神瞻礼节。这会儿,那个被她摩挲着头发的小孩子,孔雀,还一直在低声地哼唱着马利亚在诸神瞻礼节前教给他们的那首 This is halloween

Boys and girls of every age

Wouldn't you like to see something strange

Come with us and you will see

This our town of halloween

This is Halloween this is halloween

Pumpkins scream in the dsad of night

……

"孔雀,现在先不要唱这首歌了好不好?"南明珠把手指移到小姑娘的耳朵前,在她的小脸上来回摸两下。

"到圣诞节的时候,我们是不是还要唱这首歌?"孔雀仰起脸看着南明珠。金黄的太阳光顺着她额前的头发,滑落到了她干净的脸蛋上,在那张有着小巧鼻子和细长眼睛的脸上,覆上了一层明亮的光。

"那是诸神瞻礼节上才会唱的歌。"南明珠弯下腰,在孔雀的额头上亲一下,看着她黑宝石一样的眼睛,告诉她,"到了圣诞节,大家都要唱圣诞节的颂歌。"

"就是到了圣诞节,俺还是愿意唱诸神瞻礼节的歌。"孔雀继续仰着脸,望着南明珠。

"圣诞节里,还有更多好听的歌呢。"南明珠笑着说。

"马利亚太太说,诸神瞻礼节是为了赞美田野里的庄稼,被人收回了家。俺爹领俺来那天,嘱咐俺在这里等着他,哪里也不能乱跑。他说等把俺家地里庄稼收回去,打下的粮食堆满了两个粮囤,他就来领俺。俺现在就想唱诸神瞻礼节的歌,一直唱,一直赞美地里的庄稼,唱到俺家粮囤都堆满了,俺爹就会来这里,领俺回家。"

南明珠注视着那个孩子汪满水的眼睛,蹲下来,揽住了她单薄的身子。"好吧,那就按孔雀想的,我们大家每天都要唱两遍诸神瞻礼节的歌,赞美田地里的庄稼被收割回家。在圣诞节的时候,我们也要唱。"她又伸出胳膊,把面前几个孩子都搂了过去,看着他们说,"来,现在,我们就和孔雀一起唱 This is halloween,好不好?"

南明珠揽着孔雀,一只手轻轻打着节拍,小声附和着孩子们,眼睛望向院墙顶端一丛正在枯萎的野谷子。在那丛野草旁边,是两株卵形叶子的蜜罐子草,它们肥厚丰润的叶片,仍然像是生长在炽热的夏日里,浓绿,妖娆,生机蓬勃。"看上去,上帝有时候是多么地不公平。"南明珠望向大声歌唱的孔雀。现在,小女孩眼睛里堆满了糖果般的微笑。她看着小孔雀,默默地祈祷着,请求着天上那位父亲,让这个沉浸在歌声里的孩子,因为这些歌声,能够更长久一点地忘掉丢弃她的那个父亲,忘掉她那个等待。

"园长夫人,您打错节拍了。"孔雀停下了她的歌唱,将嘴巴附在南明珠耳朵上,小声地提醒着他们的园长夫人。

"哦,抱歉!谢谢你孔雀!"南明珠冲着这个叫孔雀的孩子笑了笑,重新跟定节拍,继续跟孩子们一起唱着。

太阳光铺满了院子。

南明珠陪着孩子们唱完第三首歌时,她的眼睛跳过一个孩子肩头,朝大门口看去。在那里,太阳光和院墙合谋着,将墙外落光叶子那棵高大椿树的树干折断,又将它庞大的树冠,描绘在了院子中央一块干净的地面上。

正是在那块铺陈着树木枝丫的地面上,南明珠望见了走进院子的谷友之。在他身旁,是那匹浑身没有一根杂色毛的白马。

"你怎么牵着马就进来了?"南明珠安顿好孩子们,让他们继续在那儿唱歌。她快步走到了院子中央。在那里,谷友之和他那匹马,已经停下他们的步子。

"我已经完全把它给忘了。"谷友之抖着马缰,掩着一脸快意,望着南明珠说,"尊敬的园长夫人,请您包涵,我完完全全,把这个家伙给忘在脑后了。"他转身摸一把那匹马的鬃毛。那匹马昂起头,用力地甩了甩它的马鬃,然后,它伸过嘴巴,在南明珠胳膊上轻轻地蹭两下。

"欢迎你进来。"南明珠抬手抚摸着那匹马的脸颊,笑着对它说,"非常欢迎你进来。"

"对,你放心,局长太太今天肯定会欢迎你!你就是在这里拉上一堆马粪蛋子,她也不会骂你。等会儿,我是说等一会儿,说不上，她还会抱住你的脖子，在你这张大马脸上啃两口。"谷友之大声笑着，又伸手捋捋那匹马的鬃毛。

他时常换着不同的称呼，称他的太太南明珠"园长夫人"，或是"局长太太"。"局长太太，"在上午天气晴朗，尤其是在他心情愉悦得与那些好天气一样时，他会这么说，"今天天气这么好，日头像新烤出来的面包；这么香甜的好天气，咱们进城看场戏怎么样？"而在下午或是逢上一些阴雨天气，他称呼她"园长夫人"时，则常常是这样："园长夫人，"他说，"您能不能再大方一点，多在我身边安静地坐一会儿。您可能没留意到，您已经把您全身心的热情跟精力，笑声和爱心，全都给那些外人，给那些孩子们了。"

"看样子，你这是弄到想要的那些军饷了？"南明珠笑道，"感谢老天爷！马利亚再也不用忧心孩子们募捐来的那笔钱被你惦记着，想方设法喊着它们的名字，钓鱼那样甩来鱼钩，准备把它们一个个给钓走。不瞒你说，咱们家那位车夫被我逼迫着，已经把你指派他干的那些事，都交代出来了。"

"你说军饷那点事呀？"谷友之朗声笑着，"对，你这会儿什么事情都还不知道，局长太太。现在，那件事已经变成狗屁，完全不用我们再为它操心了。"

"那是第五镇里新军都解散了，还是他们练了仙术，跟凌霄宝殿上玉皇大帝和那些天使神仙一样，满家子老小吃风喝露就能活命，扯块云彩就能做衣裳，不指望军饷糊口度日了。"南明珠望着她丈夫，开着玩笑。

"要说仙术，也可以算是得了仙术。"

"怪不得你一进来，就看见你背上张着两个长翅膀。"

南明珠想着夜里做的那个梦：他们家里聚集了一屋子客人。

她在一个炭火炉子前忙碌着，烤着一条条鱼和一些半尺长的绿豆角。因为实在太忙，有些豆角都要烤煳了。她转过身去，打算招呼谷友之帮她一把。在她转过头去寻找他时，她看见，他独自蹲在屋子一角，两只手抱着自己的脑袋，正在将它从脖子上搬下来。她还没来得及发出惊叫，他的脖子上，就已经长出另外一颗跟原先那颗一模一样的头。然后，他蹲在那里，一个人摆弄起搬下来的那颗脑袋。他先是掰开它的嘴巴，伸着两根手指，在那个头颅的口腔里一点点摸索着，像是在寻找着什么重要东西。让她看不明白的是，那个头颅的口腔里，居然没有舌头。她只在里面看见一排白色牙齿。谷友之抬起头，看见她在看他，他停止了手里的动作，继续蹲在那里，像教会医院里那些洋人医生一样自然地笑着，告诉她："里头很干净，很干燥，丁点也没看出它要长什么毛病。"

"只有两个翅膀吗？你再细瞅两眼，再细瞅瞅，应该是六个翅膀才对！"谷友之侧过身体，把半个后背转给南明珠。"要不就是这匹马在路上走得忒快，另外的翅膀，都被大风刮掉了。"他又摸摸那匹马的马鬃，在披散的鬃毛上捋两把，说它刚才完全可以走得再慢一点，因为他只在它身上抽了一鞭子，就抽了那么一鞭子。"牲口就是牲口啊。"谷友之笑着，"它不知道，我抽在它身上那鞭子，不是要它快点赶路，仅仅就是因为，我想在它身上抽一鞭子。"

"别在这里卖关子了。"南明珠回头看眼孩子们。他们在那里挤成一团，相互嬉笑着，朝他们张望着，已经停止了歌唱。"有什么好事快点说吧！我还要带孩子们去排练《昔日如此美好》。这是马利亚老家的一首歌，我们准备在圣诞节里给她表演。"

"今天这是个什么日子，我的局长太太！你还排练什么《昔日如此美好》! 不是 Auld lang syne, 不是昔日如此美好, 是今日如此美好, 我的太太!"谷友之脱口而出, 说完了, 才发现自己一时忘情, 居然把谷兰德先生教他们唱这首歌时曾经说过的低地苏格兰语名字顺嘴说了出来。他看着南明珠, 笑了笑, 说整天跟那两个洋人混在一起, 他也跟着他们, 学会说几句他们的鸟语了。"我现在就要骑着马赶到城里去。你呢, 我的局长太太, 你这会儿要做的事情, 就是把这些孩子们交给别人, 赶紧回家, 到你们那座大宅子里, 到南家花园去, 告诉咱们那位愁容满面的大哥, 告诉他城里已经宣布独立了! 从今天开始, 咱们整个济南府, 全泺口, 全山东, 都跟皇宫里那位尿裤子的小皇帝, 完全彻底断绝了关系! 你让他把那颗胡乱猜忌的心, 稳稳地放回肚子里, 和他喜欢的那些诗词文章混在一起, 像放在书架上的书本, 让里面的每页纸、每个字, 都气定神闲地在上面站着、坐着, 别再像被窗缝里钻进去的坏风撩拨着那样, 四处张望, 心神不定。然后, 你再让他吩咐厨子, 像过年那样, 置上几桌上好的酒菜, 把南家花园里上上下下的人, 包括醋园和各个铺子里的那些伙计, 悉数叫了来, 今天晚上敞开了喝酒吃肉。只是别忘了告诉他们, 一定要等到我们回来了再开席。我们回来后, 要真正地大喝一场, 来庆贺我们的胜利! 庆贺今日之美好!"

"宣布独立了?"南明珠看看谷友之, 又回头看眼孩子们, 压低了声音。"你是说, 我二哥他们弄的那个独立, 真的成了?"

"成了。当然成了! 武昌城里挑起那面镶了十八颗星的大旗上, 又有一颗, 在今日里发出了光芒! 就在今天, 不足半个钟点前, 城里那些争来斗去的老爷们, 终于把尿尿到了一个夜壶里, 分好肉, 也分好骨头, 连皮毛下水都分均匀了。然后, 你猜怎么着? 当然是宣布独立!"谷友之大声说, "刚才, 就是你二哥从谘议局里打来电话,给我说的这个消息。这会儿来不及跟你细说了,我要马上赶到城里去。对了,你告诉马利亚,让她和她的戴维先生,都到大宅子里来等着。晚上,等我们回来,咱们要在那里喝上一夜酒!也许要喝上三天三夜!"

"不会有假吧?"南明珠端详着谷友之。"真是我二哥亲自打来电话,对你说的这件事?"

"电话那个鬼东西的好处,就是能让人像鬼神般站在你跟前,趴在你耳朵上,钻进你耳朵眼里,咬着你心尖,和你东拉西扯。"谷友之拉起马,转身朝大门口走去。"要不是急着进城,想亲眼看看独立是个什么鬼模样,我真该先把这事记到'渌口治安志'上去,让它知道,它肚子里揣进了一件什么大事。"

"要真是这样,我这就回家。"

"赶紧回家吧!我拿全渌口人的人头担保,这事一丝一毫也没有假。"谷友之头也不回地说。

南明珠站在那里,看着谷友之和他那匹马,一前一后穿过大门口那块光影:先是谷友之和马头消失不见了,接着是那匹马的身子,最后是它来回甩动了两下的漂亮尾巴。她猜测,它肯定也清楚,自己的尾巴有多么漂亮。她每次看见它甩动尾巴,都会这么想一次。她继续站在那里。因为意外和过度惊喜,她有些茫然无措起来。她又站在那里,瞅了一会门口那块重新变得平整的亮光。孩子们欢叫着朝她跑了过来。她听着孩子们的欢叫声和他们跑动的脚步,转过身,准备朝孩子们走去。但是,一直到孩子们跑到了她跟前,她才发觉,她的两条腿早已蹲到地上,蹲到了那棵高大椿树投下的那片比刚才拉得更长的阴影里。

日头还悬在距离醋园最高那棵榆树一丈远的地方,照耀着醋园,周约瑟就已经赶着马车,回到了醋园里。他拐进醋园后院,没顾得上给两匹疲乏的骡子卸套,就小跑着到了老太爷熬药那间屋子门前。冷风顺着黄河的水面,顺着一眼望不到尽头的沙滩,从四面八方的缝隙里钻出来,绕过远近的那些房屋、树木、杂草、石头和各种杂物,汇聚到了醋园的院子里。

几天前,南海珠进城那天,谘议局的名字刚从联合会改成了保安会。到了第二日下晚,这位老爷打发热乎回了大宅子,然后,他就独自一人,在这间熬药的屋子里坐着,一直坐到日头将要落下去,周约瑟赶着两匹骡子和那辆马车,跟平日里一样,从城里回到醋园。周约瑟卸下马车,将两匹骡子牵进牲口棚,给它们刷了毛,喂上料,把需要放进杂物间里的物品一一安放进去。等他收拾好一切,走出来,像往日里那样,准备在院子里转悠一圈,看看还有哪些需要归置的东西没被归置到它们黑夜里该待的那个地方。醋园里那些伙计跟他们的手指头一样,有些人,哪怕是在谈论着街上一条不属于他的野狗,他也会因为过分投入或是想入非非,而在收工前,把应该属于他完成的那份活计,弄得丢三落四,或是完全丢在脑后头。

周约瑟就是在四处张望着,寻找那些被遗忘在某个角落里,又需要归置起来的东西时,看到了老爷南海珠。他背着手,站在老太爷熬药那间屋子门口,朝他看着。周约瑟远远地看见了主人,又望一眼蔓延到他脚尖前的那片昏黄天色,心里忽然明白过来,这位老爷,为什么到这个时辰了,还待在醋园里,没回那座大宅子去。他头一天里刚进了城。这是昨日里水鬼告诉他的。水鬼说到这位老爷时,他带着水鬼去牛老七家送鱼,两个人正在大风里趔趄着,还没走到牛老七家那条胡同,还不知道,牛老七那个水性比鱼还好的人,已经在前一日夜里,在大明湖里溺水亡故了。牛老七的儿子这两天要娶亲了，让他捎信给水鬼买鱼。新媳妇还没娶进门呢，牛老七却先死了。周约瑟为遭了厄运的牛老七叹口气，从脚尖上那片昏黄里抬起头，慢腾腾地朝南海珠站立的屋门口走着。用不着再去花费心思猜测，他就明白，昨日里，这位老爷是为什么事情进了城。"他可不是为去城里走亲串友，更不是去街面上闲逛瞧热闹。"他对自己嘀咕着。

　　醋园里的伙计们，差不多人人都知道，如果没有火烧眉毛的急迫事，南家醋园里的这位主人从来不会到城里去。"我说，咱们那位东家，真是闻不得城里街面上那些闹哄哄的热乎味？""就像外人进了咱们醋园子，也不是谁都能受得了这满鼻子满耳朵的酸醋味。""你怎么能拿醋园子去和城里头比？醋园子里可没有半点臊猫狗臭的胭脂粉味。""听人说，大宅子里那位太太，从来都不用脂粉。我猜咱们这位老爷，一准是厌恶街头上站的那些大腿根也搽上了香粉的浪娘们儿。""仔细你那根没有毛的舌头吧！说不上哪天半夜里一觉醒来，你觉得嘴里空得慌，跑到尿罐子前低头一照，咦，嘴里那条舌头呢？原来是被天宫里哪个仙女拿着冰刀神剑割走了。"醋园里的伙计们，尽管个个都熟知醋园里的规矩，知道他们不管是在醋园内，还是到了醋园外面，都不能随便谈论主人家的人和事。但在有些被陈芝麻称作"管不住舌头的坏时辰里"，他们还是会围坐在一块，避开工头伍春水和他这个车夫，偷偷地议论上两句大宅子里的人。

　　琢磨明白主人在醋园里等待什么后，周约瑟一边朝他走着，一边心想这位老爷进城时，单是在谘议局那座大楼前，看见成堆聚集的人群，他就会因为那些人，在回到浈口后，三宿两宿里都睡不着觉。

"老爷！"

周约瑟在门外站下来。他等了等，声调尽量平静地喊声"老爷"。两只耳朵却在焦虑地等候着，老爷南海珠准许他进到屋里去。

"今日里是不是回来得早？"

周约瑟等一会儿，直到南海珠在屋子里向他问话，他才让自己的两只脚迈进屋里。

"是回来得早，老爷。这两匹牲口在路上走得汗流浃背，我也没让它们停歇下来。"

在走进屋子前，周约瑟又低头瞅眼脚下。太阳光在他站立的地面上，铺了块看不到尽头的暖黄地毯。这让他忽然想到了苏利士，想到了苏利士房间里那块真正的地毯。几十年里，他差不多已经忘记了父亲周大河那张脸，却从来也没忘记过苏利士那块地毯曾经带给他的那份日光一般的光亮和温暖。"世界上的万物，包括黑夜，也有自己的亮光。"他想起来，这是苏利士给他说过的一句话。

周约瑟让自己的两只脚，尽可能地站在距离南海珠最远的那个位置上。哪怕是远上一寸，他身上那些夹杂着醋味和汗味的酸臭味道，也能离南海珠远上那么一点。他不想让这位老爷觉得，因为主人在某些时日里的某种需要，他就完全忘记了一个伙计该持有的那点本分。

南海珠手里正燃着根火柴，准备点烟。他对着那团红色火苗看了一会儿，又一口将它吹灭，把冒着烟的火柴棍扔到了脚下。

周约瑟闻着从那根火柴棍上跑散出来的硫黄味。南海珠脚下，已经横七竖八扔了好几根火柴棍。他盯着它们。他可以看见每根火柴燃烧时的那团火焰，闻到它们沿着火苗跑出来的那股呛鼻子的硫黄味。苏利士在礼拜日的布道会上，经常会说到一座名字叫巴比伦的城池。他说末日的审判到来，堕落的巴比伦城倾倒那一天，毁灭她的就是一场硫黄大火。他还说，因为她被大火烧尽了，地上客商的货物再没有人购买：金、银、珍珠、细麻布、紫色料、绸子、朱红色料、各样香木、各样象牙的器皿，各样极宝贵的木头和铜、铁、汉白玉的器皿，肉桂、豆蔻、香料、香膏、乳香、酒、油、细面、麦子、牛、羊、车、马和奴仆，人口。周约瑟在心里念叨着苏利士数算过的那些货物，琢磨着能够烧掉一座巴比伦城的硫黄大火该有多大，烟火得冒几百丈高。尽管他从来也没打算弄清楚巴比伦在什么地方，有没有济南府繁华，但他这会儿还是有点懊悔，在苏利士每次讲到那座被大火吞噬掉的巴比伦城时，他为什么没有询问上一句，那座巴比伦城和济南府比起来，哪座城池看上去更大一点。要是济南城里烧起那样的大火，里面又堆满了苏利士来回数算的那些好东西，他觉得，不管怎么样，拥进城里去抢那些好东西的人，肯定比朝城外面奔跑的人要多上几十倍。

南海珠把手里的烟放回了桌子上。周约瑟脸上的神情和声音都在告诉他，城里面那件事情，也许有了不同于前一日的变化。尽管他一时不能完全臆断出来，他能不能真正弄明白那个变化，那个变化的结果又是什么。

"城里面又闹起来了？"

"没闹起来，可也让人心里不踏实。"

周约瑟迟疑着，谨慎地瞅着南海珠。他像喝多了酒那样心跳着。

"怎么个不踏实？"

"城里说是宣布独立了，老爷。"周约瑟尽量泰然地说道。

"你是说,城里也像武昌城那样,独立了?"

"说是宣布独立了。"周约瑟又重复一遍,"我赶着马车往西走,到了鹊华桥上,看见谘议局门前人山人海,一条街面都被淹没了。下了桥,先是听街边上有人议论说,那个谘议局的名字更了又更,前几日改成了联合会,接着又改成了什么……保什么会?"

"保安会。"

南海珠盯住周约瑟看着,琢磨着他这个"宣布独立"的消息有几分可信。从他那天到城里去回来后这些天,城里面的各种谣言就越过城墙和护城河,蝗虫般飞到了泺口。街市边、胡同口,到处是三三两两的人聚在那里,相互打探着城里又传来了什么新消息。开杂货铺子的来家祥,甚至在他铺子门前摆上桌椅,备下茶水,吆喝着一众人,搞起了什么"时事辩伪会",谈论那些不断从城里传来的消息,哪件事真实可靠,哪件是从护城河里漂上来的一筐子谣言。甚至连每日里在河边上装卸货物的苦力、脚力,还有那些纤夫,也把他们身上一小半力气保留了下来,在天黑前赶到杂货铺子门口,将攒下的那点力气,花在了从各类过往行人口里听到的传言上。醋园子里也是一样,没有比街面上平静多少。他走到酿造坊门口,还没进去,就已经知道,他们南家的醋园子里,又要酿出一道新醋了。工头伍春水蹲在一群人中间,像讲三国那般,给围住他的一圈人,说着他儿子伍三羊从商埠回家来时带回泺口的那些趣闻。"连第五镇的新军都要出手了,你们想想,那会是个什么情势吧!三羊说,鄂省里独立,就是因为有那些新军在掺和。奶奶的头和脚,看来,这天下是非变不可了。要是天下各省份都自己立了朝廷,一下子有了十几座紫禁城,十几个皇帝,你们说,天下是不是比眼下更热闹?那些热闹戏码，肯定比眼下翻出几十番去。"南海珠在门口站下来，又从门口退到门旁，那群聚集在一起的人，竟然没有一只眼睛看到，他们的主人，就站立在他们面前。"最好是咱们泺口也能搞个独立出来。"那个陈芝麻坐在一条口袋上，脱下了一只鞋，手指在抠着脚丫子。"要是泺口也独立了，建上座紫禁城，说不上，咱们也能混上半个王爷做做。最疵毛瞎包，也能在皇宫里谋个打更的差事吧。不管好赖，总是在皇宫里头。在皇宫里混日子，你们想想，那是什么滋味！肯定是天天吃香的喝辣的。每日里就算看不到那些娘娘们的天尊，可眼里时时看到几个小宫女，夜里睡觉淌口涎水，肯定也能甘甜上三分。起码不跟现在这样，半夜里醒来，满鼻子里不是醋糟的臭气，便是满嘴里冒着老母猪腚的臊臭味。"

"那个人说的就是保安会。他说，今日晌午前，第五镇里一队新军，就从西营房开进了城里。谘议局大楼的门口，四周遭，里里外外，都被这些端枪的新军把守住了，不许一个人进出，连只苍蝇都飞不出来，飞不进去。有人在传话，说那些新军的意思再明显不过：今日里就算是开火，把济南府变成阎王老爷当家的阴曹地府，他们也要宣布独立。"

"开火了？"

南海珠的声调里带了丝没压住的惊慌。这几天，尽管他一直都在偷偷地替他那位没有头脑的兄弟做着许多准备，但他仍然不愿看见，坐在谘议局或是保安会大楼里高谈阔论的那群老爷们，会像武昌城独立时那样，拉着一帮新军，情急之下开火打起来。枪一响，他知道，现下安稳的日子就彻头彻尾地没有了。枪口上那撮火苗，眨眼间，就会把万事万物烧成灰烬。一黄河的水倾泻过来，怕是也救不了这场灭顶的硫黄大火。他甚至看见了南家花园在大火里燃烧时的样子。一院子房屋,变成了一艘艘耀眼的火船;一院子的大小树木,都烧成了通亮的火把。院子上方的日月星辰,也被那些冲天的浓烟和火焰,烧得躲藏进云层后面,一心想着跳进天庭那条哗哗流淌的银河里,藏起脑袋。

"没开火。要是开火,整个城里早就人仰马翻地炸开锅了。"周约瑟看着南海珠,想用自己沉稳的声音,证明他没有说谎。"有人从人堆里走出来,说那些人闹闹哄哄地聚在那里,像是在戏台下等着大戏开锣。我在桥头上停一会儿,看见人跟大坝决口子似的,在大街上流淌着。他们手里打着白旗,胳膊上缠了白章。从人群里走出来的那个人说,清晨一大早,好几个绸布店里的白布,就被人抢购光了。那些店铺子的东家,个个在跺着脚懊悔,埋怨伙计们事先没有多存下几匹白布,白白地丢了一箩筐银子。"

"都缠了白章?"

"说是独立了,要去大游行,庆贺'独立'。还有人说已经成立了什么军政府,衙门里那位巡抚老爷,眼下换个名头,不再称呼巡抚大人,改称大都督了。"

鄂省独立后,取的名字是"中华民国湖北军政府"。南海珠越过周约瑟左边那个肩膀,看着屋子外。院子里的光线,正在周约瑟背后的门框里不易觉察地变暗了一些,仿佛是从不远处的河面上漫溢上来一层看不见的薄雾,又冷又黏稠地敷在了那些亮光上面。他看着那层变暗的光,想起他太太厉米多的首饰盒里,那些常年不戴的金银首饰上附着的,就是这种似有还无的晦暗之气。

"沿街有些铺子,还噼里啪啦地放起了鞭炮,像是早就预备好了。一些人家在大门口和屋顶上挂起了白布,还有些店铺挂上了红色青色黄色白色黑色的五色布条子,像是在拜痘疹娘娘。那个架势,就差从扎彩铺子里请出天花娘娘、天后娘娘、子孙娘娘、眼光娘娘、耳光娘娘那十位娘娘,再扎上她们乘坐的驾辇和全幅的旗锣伞扇金瓜斧钺了。"

"这么容易就独立了?"

南海珠盯住周约瑟,像是要从这个老实的车夫身上,看透一笔还没有算清楚的糊涂账。尽管他知道,站在他面前的这个车夫,从来也不会在他这位主人跟前说半句谎言,或是开半句玩笑。

"街上的人都在这么议论。"周约瑟吞咽一口唾沫,把一路上存在头脑里的那些乱七八糟的想法,都吞了下去。除了担心日子会乱起来,一路上,他都在替醋园子里的这位主人盘算着,城里"独立"后,银子价会不会跟鄂省独立的消息刚传过来那阵子一样,漫天哄涨到云彩眼里。要是市面上银子价再涨上去一节,即便是一节小手指那么点,他合计着,醋园里不知道又要多赔出去多少坛子好醋,淌走多少银子。那些酿醋的水,差不多有一半,都是他一担子一担子,从流淌的黄河里挑回来,倒进那个蓄水池里面的。

"你看到的那些缠白章的人,都跑到街上庆贺'独立'去了?"南海珠想象着他没有看见的,城里头"庆贺独立"那个游行场面,心里被什么东西紧紧抓住那小块地方,似乎变松一点,如一块淋了春雨后的土坷垃。

"我看到那会,他们还在谘议局门前聚着,闹哄哄地在喊着号子。"周约瑟停了停,觉得自己也许还需要多说点别的。"听说都是些学堂里的学生,天一亮就聚到了那里,一直在谘议局门前候着,忙着给那些端枪的新军送吃送喝。老爷您没看到那个场面,人群浪头样在街面上来回卷着,喊出的号子声,连路边树上停落的鸟雀都吓得掉落一地翎毛。还有那些摇着尾巴,在人群外头跑来窜去撒欢的野狗,全都吓得夹起了尾巴,一边咧开嘴叉子冲那些人叫唤,一边撒着身子往远处退……"

"不说那些狗,也不说那些让人摸不着头脑的事了。"南海珠瞅着门口说,"你跑一天路,乏了,早点回家歇歇脚吧。"

"那咱们园子里,是不是跟城里店铺一样,明日也要在屋顶和大门口,挂上那么几色痘神娘娘的旗子?"

"先稳稳神,看看动静再说。"南海珠从椅子上站起身,朝门外走着,"你收拾收拾,没什么要紧的事,就早点回家歇着吧。"

走上大街,南明珠就收起了那些她认为过于外露的喜悦,努力让自己看起来跟平日里一样端庄。"您好,大小姐!""园长夫人,您好!""局长太太您好啊!"总之,她在街上遇到那些人,他们无论用其中哪种称呼和她说话,那一个"她",都需要与她此刻走在路上的仪态相般配。

在距离蒙智园不是很远的一家杂货铺子前,南明珠停下来,进去买些糖果,重新返回蒙智园,给每个孩子分了一份。"谢谢园长夫人!"尽管所有的孩子都不清楚他们是因为什么得到的糖果,但每个小孩子脸上,都有着她想看到的那份"天使一样的快乐"。

西斜的太阳光一路都在照耀着她。地面也被照得一片暖黄。南明珠一边朝南家花园那座大宅子的方向走着,一边观察着街上南来北往的行人。有一会儿,她凭着"感觉"——这种说法是马利亚教给她的。马利亚非常认真地告诉她,上帝在造女人时,也许是出于怜悯,也许是出于某种他自己也无法说清的因由,总之,他也可能仅仅就是一时心血来潮,便在每个女人心里,安装了一种男人们至死也不会拥有的特殊东西:感觉——凭着马利亚告诉她的那种"感觉",南明珠有些自得地想,她在路上见到的每个人,男人和女人,当然,她没有包括那些老人和孩子;她觉得,不论那些男人和女人,他们是在低头赶路,还是遇上了街坊熟人,几个人围在那里说着家长里短,唯独只有她那个"感觉",一次次地从远处跑了来,在她心里绕着圈子,盘旋着,不停地提醒着她:她在街上遇见的所有人,没有任何一个人是像她这样,在热切地关心着城里面是不是已经宣布了"独立"。

"那是因为,"她想,"他们谁也不会想到,城里面就要对着整个天下宣布独立了。宣布独立后,那么,从这一天开始,她,他们,所有生活在浃口的人,以及整整一个省的男女老少,就再也不是原来那个自己了。"

除了她的丈夫,巡警局长谷友之,南明珠相信,在浃口,她现在是另一个"唯一"知道城里已经对着天下"宣布独立"的人。谷友之骑着马离开浃口后,毫无疑问,她已经成了浃口"唯一的那个"知道这个秘密的人。南明珠紧紧地握着手提袋,心里怦怦地跳着。有一会儿,她非常想从手提袋里拿出颗糖果,剥开,放进嘴里,用这些甜蜜的糖果,去体现她心里那些甜美的滋味。但是,仅仅迟疑一下,她就放弃了这个念头。她突然想到,除了谷友之告诉她的那件事,也许,她的嘴巴里,这会儿实在不适合有任何东西塞到里面,去占据那个有限的小小空间。即使要去赞美那位漂洋过海而来的万能上帝,或是必须要去对他说一声"阿门",她觉得,此刻最完美的方式,也应该是在心里面安静而沉默地来完成这些动作。

"太太您好!"

"您好太太!"

在奎文街角的十字路口上,巡警局里两个巡警,来福和伍金禄,向正在低头走路的南明珠打着招呼。

"你们两位好啊!"

南明珠停下步子,收起脸上过多那部分笑容,只留下微笑,朝两个巡警看去。

两个巡警从街道的对面并肩小跑着,躲过一辆拉盐的马车,穿过了街道。

"太太您好!"那个叫来福的巡警直挺挺地挺下身子,问候着南明珠,一边举起右手,向她行个英国兵的举手礼。因为慌张,他举起那只手,差点就将头上戴的帽子戳落到地上。

南明珠看着他,等着他手忙脚乱地整理好帽子。

来福举到帽子边上的举手礼,是谷友之从那位到第五镇营房视察的英国将军身上学来的。在那位英国将军离开的当日夜里,他就起草了一份报告,并在第二天呈报给了第五镇里的那位协统,请求协统大人衡量,是不是可以在第五镇的新军兵营里推广使用这种西式举手礼。他的这个奇怪想法,没有获得协统大人的批准,因此,这种举手礼也就没能在新军的兵营里推行。直到他离开第五镇,就任浓口巡警局长后,他才最终找到机会,让巡警局里的巡警们,开始使用这种举手礼。与南明珠定婚的前两天,他又给巡警们做了项新规定:除他这位巡警局长,在他未来的太太南明珠和南家花园里所有主人面前,不分男女老幼,他们同样也要使用这种举手礼。再后来,他则把他们的范围,扩大到了戴维先生和马利亚太太。

"太太,您现在要到巡警局去吗?"来福正好帽子,笑着问南明珠。不过,没等南明珠回答,他又马上接着说:"我们局长大人这会儿不在巡警局里。我们出来巡逻前,他刚让我把马牵给他,说他要到城里去一趟。"

天空中云淡风轻,阳光像被水洗过那样明亮。南明珠握紧着手提袋,神情欢快地瞅着来福和伍金禄。在她看来,这两个巡警脸上,都堆满了太阳光那样明亮的笑。而这两张透着亮光的脸,让她进一步放弃了刚才想吃颗糖果的那个念头。"一个人当然可以不用舌头,仅仅在心里,就能跟上帝说东说西。但他却不能用这种和神说话的方式,同人说话。即便是那位中国诗人写下了'心有灵犀一点通',我相信,那也仅仅是他自己的一个愿望。"有一次,他们坐在马利亚的院子里喝下午茶,也许是由于午餐时多喝了半杯香槟酒,也许由于在喝了两杯红茶后,多吃了一块甜点,总之,马利亚第一次在她面前,说到了她和她的丈夫戴维,由于谈到关于中国鄂省独立这个问题时的分歧,发生的争吵。"因为那些争吵,大约有一个星期,我们只用纸片交流。"戴维正在一旁给他们削苹果。他自己喜欢吃带皮的苹果,认为苹果皮会比果肉更富于营养,因为"阳光是直接照射在苹果皮上的"。吃桃子和葡萄也是一样,他同样喜欢把它们的皮一起吃掉。戴维拿着削好的苹果走到马利亚身边,给他的妻子解释说,对于他们的那次争执,他早已经在心里面向她道过歉了。南明珠记得,当时,马利亚就是用这几句话,巧妙地回答了她的丈夫。

"这么好的天气,是适合你们出来巡逻啊。"南明珠打开手提袋,从里面取出几颗糖果,分别递到了来福和伍金禄手里。她看着伍金禄,笑着说,"拿着这些糖果,我才想起来,好像有些日子,没看见你带着孩子到解先生那里去了?"

"是这样,太太。"伍金禄说,"我们这段日子里出来巡逻,跟以前不一样了。我们局长大人不允许任何人,再为任何私事,去找他告假。"

"除了把每家每户的菜刀拴上了铁链子,我倒没看出来,你们现在巡逻有什么不一样了。是不是手里那根棍子,换成了孙猴子的金箍棒?"

南明珠打量着两个人的装束,把目光落到他们手中那根短木棍上,假装仔细地瞧着。那根短木棍,是谷友之照着戴维先生的提议,由他亲自画图设计出来的"警棍"。然后,谷友之带着他绘制的图纸,叫上南家花园里那位老管家,找到来家兴的老父亲,那个能在一颗圆形木头上面雕刻出世界上所有国家版图的老木匠。尽管缺少半根小手指,那位老木匠还是用了不到半天工夫,就把谷友之想要的那根警棍,递到了他手里。而且,他还在那根木棍的一端,雕刻上了一道道漂亮的水纹和浪花。"你听听,是不是能听到黄河里的水声。"老木匠的两只眼睛几乎快瞎掉了,但把木棍递给谷友之时,他的声音却洪亮得令谷友之吃惊。"肯定能听到水声啊。"谷友之开着玩笑,把一只耳朵贴到了那些水纹上。让他吃惊的是,在那根木头雕刻的水纹里,他贴在上面的耳朵,果真听见了只有黄河水才能发出的那种暗流涌动的沉闷水声。

第一次拿到手里的那根木棍,谷友之再也没允许别人摸过。他把它锁进了从戴维先生手里购买的一只意大利牛皮箱子里,一年只准许自己拿出来展示两次。"他在这截木头里,藏进了一整条黄河。"每次半夜里,谷友之拿出那根木棍,把它放在耳朵边上"听黄河水涌动的声音"时,他都会一本正经地对坐在旁边看着他发笑的南明珠这样说上一遍。重新收藏起那根警棍后,大多数时候,谷友之都要盯着他的太太,继续问她一遍,"黄河在什么时候最好看?""当然是太阳光照在水面上的时候,先生。"她心情愉快的时候,就会这么回答他。这是马利亚曾经回答她的一句话,她非常地喜欢。她没有告诉谷友之,这句话是来自马利亚太太。她同样也没有告诉马利亚,在她第一次用这句话回答谷友之时,他那个装满了各种奇怪想法的脑袋里,当即就冒出一个古怪念头:用他们相互问答的这句话,当作两个人欢爱的信号。

"黄河在什么时候最好看,我的太太?"在他想和她做床上那件事时,他就这么问她。"当然是太阳光照在水面上的时候,先生。"如果她正好也想和他做这件事,她就会这么回答他。如果她正沉浸在马利亚推荐给她读的某本英国小说中,沉浸在一种她从未体验过的感情和风景里,而他又因为自己的请求得不到回应,开始没完没了地搅扰她时,她就会带着某种气恼的情绪告诉他,黄河只有在准备将浗口整个地吞没,浪高十丈的时候,才最好看。如果是后面这种回答,那么,这位最怕黄河决堤的巡警局长,就只好老老实实地去睡觉了。

周约瑟朝门边退一步,给老爷南海珠让着路。这几日下晚,他每次走进这间屋子,站在靠近门口这个位置上,都会担心着他的身体,会不会挡住照射进这间屋子里的日光。但是,除了他站立的这一小块地方,他又觉得,在这间屋子里,再没有比这个位置更适合他两只脚站立的地方了。

"老爷,还有件事。"

"刚一独立,就有主顾生事了?"

南海珠收住步子,扭过脸,盯着落在周约瑟脸上的一抹日光。那抹光像一道闪亮的刀疤,斜挂在周约瑟瘦削的脸上。

"不是这个,老爷。"周约瑟抬手挠下额头,那道"刀疤"的一小节,就挪移到了他的手背和手指上。"是回来的路上,在天桥北头看到谷老爷了。他骑在马上朝城里飞奔，就差那匹马长出对翅膀了。"

"你是说，谷友之到城里去了？"南海珠想起了巡警局里的那部"电话"。肯定是城里头宣布独立的消息，通过那根从城里扯到浠口的铁丝，传到了谷友之耳朵里。在这之前，有很多次，南怀珠在城里有话要传回来，都是通过那根铁丝和那部电话，让谷友之把他要说的话，传到了家里。

"是，谷老爷。他和那匹白马，跑得跟风头似的，像是一阵风在穿过日光。"

周约瑟挪动一下脚。他眼前又闪过了那匹在日光中飞奔的马。到现在他都觉得，它快得让他眼晕。不过，他想，他们就是跑得再快，一眨眼便没了影，全浠口的人，只要见过那匹马和它那位主人，他就能保证，没有谁会认不出他们。即便是月黑头，是那种锅底般漆黑的夜晚，那匹白马也有本领，让人在黑夜里看清它。

"他到城里去，是再寻常不过的事了。"南海珠突然特别想跟这个车夫多说上几句话，在醋园里多待上一会儿。"除了公务，每个星期里，他至少还会去城里一趟，买些面包之类的洋玩意。咱们家那位大小姐，你不是不知道，哪天都要像洋人一样，吃面包，喝咖啡，好像她不是吃着咱们浠口这些食物长大的，没吃过油条馍馍，没吃过面条包子，没喝过小米豆汁。"

"您是没看见那匹马，跑得有多快。我估摸着，要不是为了逃命，没有哪匹马，哪头牲口，腿脚能跑得像它那么快，眼看着蹄子上就要长出翅膀，飞起来。"周约瑟跟在南海珠后面，小声嘟哝着，"看来真是万物有灵，城里一闹独立，连一匹马都变了神形，成了天马，像踏着云彩那样，跑起来快得没了命。"

"兴许是巡警局里有什么要务,要他快马加鞭地跑去城里办。咱们不在衙门里当差,不懂衙门里的事务。战场上开起战,从来都是军令如山。"南海珠抬头望眼天空。由于天气在逐渐变冷,天空显得又远又高。城里既然已经宣布独立,他想,谷友之一定是跑到城里,找南怀珠和那些共和派革命党的人,庆贺他们的"独立"去了。

"城里独立了,不再听朝廷的话,咱们浉口是不是也得跟着变了?"

"恐怕是要跟着变了。"南海珠又端详一会儿天空。现在,天还是安静地支撑在那里,日头也还是稳稳地挂在天上。他估摸着就是到了晚上,满天的星星也还是会一如往日,豆粒似的在天上眨巴着眼睛,不动声色地瞅着人世间。至于昨天夜里那弯月牙,他想,它在今天的黑夜里,也仍然会是一弯月牙,不会因为天下又多一个宣布独立的省份,就在一夜间,变成一轮光辉四溢的满月。

"天下变了,那谷老爷的巡警局,不是也要跟着变?"

周约瑟琢磨着,那位巡警局长一定还不知道城里面宣布独立的事。要是知道了这件事,说不上他就不会那么慌张着朝城里跑了。周约瑟有些替那位巡警局长担心起来,他跑去了城里,巡警局里那帮巡警们,会不会也跟谘议局里那些人学着,闹起独立,把一个巡警局给搅翻了天。他替那位巡警局长操心,是因为他担心大小姐南明珠。大小姐尽管没有二小姐南珍珠那么讨人喜欢,可他还是愿意看到大宅子里的小姐和太太们,个个都过得平稳。

"不管天下怎么变,浉口地面上的事,总得有人张罗着掌管。汛期来了,河堤决了口子,还得有人招揽,去御洪救灾,赈济百姓。"南海珠站下来,朝醋园的四周看了看。在大门口那里,被他吩咐着送老太爷回家的伍春水,已经从大宅子里回来了。这会儿,他正立在大门一侧,跟那个叫陈芝麻的伙计在说着什么。"你刚才不是还说,是巡抚衙门里那位巡抚老爷,转身又做上了大都督。"南海珠看着脚下的地面。现在,那位巡抚老爷摇身变成了大都督,那么,这个一群革命党人要死要活闹出来的"独立",到底该算个什么"独立"呢?他仿佛看见了他的兄弟南怀珠,在远处朝他咧嘴笑着。他想看清楚他一点,但是,等他试图睁大眼睛时,他却消失不见了。他的心凶猛地抖颤一下。他又想到了那条鳄鱼。好像它正从鱼钩上跳起来,钻进他的胸膛里,凶狠地咬了他一口。

"老爷您说得在理。"周约瑟在南海珠身边站下来,"天下怎么变,谁做皇帝老子,凡是喉咙里有一口气的人,个个都得穿衣吃饭。咱们醋园里,还是天天得酿咱们南记的醋。打城里回来,这一路上,我都在没停下地琢磨,要是银子价再跟鄂省闹独立时一样,涨起来没个边沿,咱们又得往外舍醋了。"

"兵来将挡,水来土掩吧。咱们这些年年住在黄河边上的人,都见识过河神发怒。要是灭顶的大水来了,你,我,全渌口的人,谁也没有能扛住天那只膀子,去挡住天河里涌来的水头。"

南海珠瞅着正在走近他们的伍春水。他正在同那个陈芝麻一前一后,从醋园的大门口,向他们这里走来。

"东家。"伍春水走到南海珠面前,脸上带着笑说,"我在街口上遇到了大小姐。她说您要是在醋园里,就让您紧着点回去,说是家里有事。"

"她没说什么事?"

南海珠扫眼伍春水身旁的陈芝麻。昨日下晚,他一到醋园,伍春水就跑过来告诉他,这个下流杂碎玩意,把集市上一个没人能说出来由，谁也不知道从哪里游逛来的疯女人，弄回家里睡了几宿。后来他朝外赶她，她嗷嗷哭喊着不肯走，他就泼了她一身屎尿，还抡起根槐木棍子，打折了她一只胳膊。"要不是眼瞅着到年下了，到处需用人手，咱们真该踢他两脚，立马把他轰出去，老爷。"伍春水说。"我已经打发他找了剃头铺子里的贾先生，给那个疯女人拿捏胳膊去了。""你看着办吧。"他对伍春水说，看出这个工头已经收了好处。"告诉他，这样的事不许再有下一回了。""肯定不会再有下一回了，东家。"伍春水替陈芝麻下着保证，退出了老太爷熬药那间屋子。

"大小姐没说什么事。可她欢天喜地的，看上去该是有喜事。"

"她能有什么喜事。"南海珠大致能猜出，南明珠是在为着什么事欢喜。谷友之进城前，一定是跑到蒙智园里，把他在电话里获悉的那个"独立"告诉了她。他朝陈芝麻扬扬下巴，"那件事，都办妥当了？"

"您放心，东家，都妥当了。"伍春水扭头瞅着陈芝麻。"杂碎玩意儿，还不赶紧谢过东家，谢东家饶了你这一遭。"他抬起腿，照着陈芝麻胯部踹一脚。

陈芝麻捂着那条大胯，对南海珠鞠着躬。南海珠看也没看他，厌恶地挥两下手，先是让陈芝麻走开，然后又让身边那两个人也离开了他。

"独立。"

"独立。"

南海珠对着醋园子观望一会儿。他忽然想起来，大约一个星期前，同样是周约瑟赶着马车，满脸惶恐地把这两个字从城里带到了醋园里，带给了他。现在，仅仅几天工夫，那个"独立"便在他眼前，变成了木板上一根实实在在的钉子。而那根钉子尖，就在他的脚底板下面。他又仰起头，望了眼正在灰暗起来的天色。那些越积越厚的灰色，让他的心在骤然间狂跳起来。这世上的事，不分是非黑白，一旦到了它该来的那个时刻，竟然如同决堤的天河水。他耐着性子等待一会，试图等它平息下来。但它仍然在那里突突地跳着，没有任何将要减弱的迹象。他拿不出办法止息它，就只能在那些令他心烦意乱的心跳声里，反复地望着他面前的这个醋园子，望着他们家那座——被浈口人称作"南家花园"的大宅子。那位戴维先生和他太太马利亚讲过多次的法兰西大革命，又从极远的地方向他奔跑了来。"法兰西那场大革命，先是革命者砍下了他们皇帝的脑袋，然后是那些革命者的脑袋，又被后面的人砍了下来。"他一动不动地站在那里，听着它附在他耳朵边上，低声地在提醒着他：它们的安稳日子，兴许就要到头了。

"老周，老周，你回来一趟！"

暗淡了一块的日光，在周约瑟后背上涂抹了一层半透明的金红色，又在他那顶有些脏污的毡帽子上涂抹一块。一阵让他感到害怕的耳鸣过去后，南海珠转过身，盯着周约瑟的帽子和后背上来回晃动的那块光影，叫住了那个慢吞吞地朝醋园后院走着，准备去给那两匹骡子和马车卸套的车夫。

来福告诉南明珠，他们不是换了金箍棒，是怕城里面……或是外面来的乱党分子，流窜到浈口来作乱。"您说咱们浈口，是多么风平浪静的一个好地方，只要把守黄河那位河神老爷不发脾气，不像喝醉酒的醉汉，伸拳展腿，把河堤弄出几道口子，不让大水把咱们鱼虾似的吞进肚子里，咱们一年四季都能四平八稳地睡大觉。可最近这个月不行了，打从鄂省闹独立的消息传来，城里面也跟着乱哄哄地闹起来。城里一乱，咱们泺口可不就跟着摇晃？我们局长大人说了，眼下，咱们泺口，不论水路还是陆路，都是兵家必争的重镇。水路上，沿着黄河和小清河，大海里那些鱼一样窜来窜去，乱七八糟的船只，不管是洋人的火船还是上面混着什么乱党的船只，都能像运盐运鱼的船那样，大摇大摆地开到咱们泺口来。陆地上呢，现在有了火车那种洋玩意儿，南来北往的路，就像被什么人偷着藏起一节子，两串车轮子咣当一响，车头就撞到了咱们黄河两岸。"

南明珠松了松紧握着的手提袋，盯住来福肥大的耳朵。"这些话都是你们局长说的？"

"不用局长大人说，俺们心里都明白。比如前些天，城里面闹游行那会，俺们俩就在'百乐坊'里逮了两个怀里揣枪的家伙。您要不信，伍金禄也在这里，您问问他。"来福转过脸看着伍金禄，"你快给太太说说，那天，咱们是不是逮了两个藏枪的生人。"

"是，是，太太，这件事他一句谎话也没说。我们是逮了两个怀里揣枪的人。后来，我们局长大人讯问他们一夜，一直审问到天亮，眼下还关在巡警局里。"

"这是什么时候的事？"

"就是局长大人吩咐我，把您的面包拿到巡警局的前一天。"

"三德去煮咖啡那天？"

"对对，就是那天的前一天，我记得一清二楚。第二天，您还带着那个疯子和他儿子，到巡警局里找过会说话的甲鱼。"来福说，"这些日子，我们局长大人特地吩咐，不论被关押的那两个人想吃什么，只要不是龙肝凤胆，咱们都要想法子给他们弄到。"

"那两个人,都要了些什么稀罕东西?"

"也没有特别的东西,无非是些咱们泺口地界上惯常有的。糖醋鲤鱼、九转大肠、爆炒腰花、软炸虾仁、滑里脊丝、老济南合菜。不过——"来福迟疑着,瞟眼伍金禄,"也有让我们大家伙觉得离奇的。他们当中年长那个,居然知道酥锅,开口就先要了这个菜,好像他是在泺口长大的。"

伍金禄看眼来福,又看看南明珠。"我觉得离奇的,可不是这个。"他说。

"你觉得离奇的是什么?"

南明珠打开手提袋,拿出两颗糖果,塞给了一个从他们身边经过的小孩子。"快说,谢谢大小姐!"那个孩子的母亲扯着她孩子的胳膊。小孩子看看手里的糖果,又仰头看着她的母亲,什么也没说。"谢谢大小姐!"那个孩子的母亲羞红着脸说,"您别见怪,大小姐,小门小户的孩子,就这么不懂规矩。""小孩子都是这样,怕生人。"南明珠在那个小孩子的发辫上抚摸两下,朝她笑了笑。那个小孩子也跟着她笑了笑。然后,小孩子挣脱开她母亲的手,一跳一跳地跑开了。跑几步,她停下来,回过头对着南明珠又笑一下。

伍金禄看着南明珠,一直等到她从那个小孩子身上收回目光。他的小孩子也这么大了,但却是个半聋半哑的半边孩子,从来没说出过一句完整的话。他带着那个只能发出半边声音的孩子,每过五天,就到蒙智园对面的医世堂里,请被人称作"赛华佗"的解老先生针灸一回。那位家里六代都以针灸为生的老先生告诉他,他的爷爷,就曾把一个孩子藏起来那半东西,用针尖慢慢地挑了出来。"他们有时候会把它藏得很深,需要这根针尖去找上好几年，才能找到。"那位老先生信心十足地说。他已经风雨无阻地带着那个孩子，去针灸了三年。而他们每回在蒙智园门口，遇到南明珠和那个洋人太太马利亚，她们都会给他孩子手里塞上两颗糖果，或是几块点心。一年里又总有那么两次，南明珠还会往那个孩子口袋里，放进去两块或是三块银圆。伍金禄舔舔干裂的嘴唇，笑了笑。"太太您说，他每天都要吃面包，还要喝那种苦药汤子味的什么咖……"

"咖啡。"来福提醒他。

"对对，是咖啡。您说，一个被关在牢狱里的人，天天还要那些洋人吃喝的玩意，这算不算是件奇怪事？"

来福扫眼南明珠，笑着说："是有这回事，太太。单看他要面包和咖啡那个口气、派头，不看脸面，您倒会觉得，他就是在黄河上修桥的那些洋人。"

"人一直关着，是审出什么事了？"

"这个……我们就不知道了。"来福吞吐起来，"那天，是我们局长大人自个在屋子里问的话，审到了天亮。我们都在外面守着。"

"那个人要面包和咖啡，你们局长知道吗？"

南明珠想着那两个被谷友之关押起来的人，会是什么来路。是外地跑了来，想跟南怀珠他们联盟的同盟会员？还是他们对手派出的探子，想到浽口来打听点什么？不过，她猜测着，不管他们是谁的同伙，他们好像都不该跑到浽口来。要宣布独立的地方可不是浽口。并且，闹独立那些人，不管这派那派，辣椒派还是白菜萝卜派，这会子全都聚集在城里。当然，更重要的一点，她想，要是谷友之跑到蒙智园里给她说的那件事确定无疑，现在城里已经宣布了独立，不管那两个人属于哪一派，等谷友之从城里回来，他就会把他们给放了。

"我们当时就给局长大人报告了。"

"你们局长怎么说？"南明珠想象着，谷友之骑在马上往城里飞奔的样子，想着那匹马，由于在拼命奔跑，它肯定把尾巴跑成了一根直木棍。

"他听完哈哈大笑一阵子，骂了句狗杂种。然后，就指派下一个人，让他每天跑到商埠里去买面包、咖啡。"

"还指派了专人，去给他们买面包和咖啡？"

"我们局长大概是想仔细瞅瞅，这两个家伙到底是什么来头，怀里揣了什么戏码。"伍金禄讨好着说，"要是没有一个大子的用处，我们局长大人是谁，他哪能由着两个下三滥，在巡警局里胡折腾。"

"我也认为，我们局长准是这么个主意。"来福说，"这些年，巡警局的牢房里，没少关过那些二流子王八蛋，什么三教九流的人物都见识过，可就没抓到过这样一个家伙，人被关在牢房里，还摆着十足的老爷架势。"

"那就让他们待在里面，享受两天神仙日子吧。"南明珠说，"不管他们是哪路神仙，准备演什么大戏，等你们局长从城里回来，肯定就会水落石出了。"

十字路口往西连接的街上，开杂货铺子的来家祥迈着闲适的步子，正像一只老鹅那样，朝他们站立的路口走来。南明珠不喜欢这个杂货商，不愿和他多打交道，这会儿更不想让他败坏了心情。她和两个巡警打着招呼，转身离开了他们。

在两只脚迈进南家花园前，南明珠命令它们加快了速度。她轻盈地迈着步子，像是乘坐在一辆由春风和太阳驾驭的马车上。走进院子，她看到整座大宅子里，她脚下的地面，地面上随意散落的一些树叶子，迎面扑来的房屋，以及枝杈伸向天空的树木，全都铺着裹着一层温暖耀眼的金色日光。

  Boys and girls of every age

  Wouldn't you like to see something strange

  Come with us and you will see

  This our town of halloween

  This is Halloween this is halloween

  Pumpkins scream in the dsad of night

  ……

  南明珠低声哼唱着这几句歌词，一遍又一遍地重复着，直到南家花园里那个最年轻的仆人，差不多快长成一个大男人的热乎，迎着她走上前，立在旁边喊声"大小姐"，她才愉快地看着那个男孩子，停止了她的歌唱。

419

第二十六章　王　室

这天夜里,众人的酒还没喝过三巡,南明珠就按捺不住了。她往马利亚身边挨了挨,挽住她的胳膊,低声恳请着她的朋友,请她给酒席上的人说一说,在她这位欧洲人眼里,她亲眼见证的这次"独立",是不是要比一百多年前的法国革命,或是英国的那个光荣革命,要成功上几倍。"至少,这些革命的人,没有跑到北京,跑进紫禁城里,去砍掉那位小皇帝和那些大臣们的脑袋。在人民大众当中,也没有像您说的法国革命那样,乱哄哄地闹起来,从皇帝到乡下的农民,都在相互滥杀,刽子手们忙着砍脑袋差点累断了手腕,乡下农民埋死人时,找不到一块干净的土地。也不像英国的光荣革命,从上到下制造出了一串一串的阴谋,人人都借着革命的名义,在干自己那些肮脏的勾当。"南明珠的目光在马利亚脸上来回扫着,期待着她能够给城里刚刚宣布的独立,献上一份赞美。

但是,最终,马利亚还是让她失望了。不管南明珠怎么努力,马利亚始终也没有满足她的愿望。不仅如此,马利亚还用一种显得过于郑重的口吻告诉她,无论是他们远在天堂里的那位神,还是一个正直欧洲人自觉遵守的律法,所有这些需要她恪守的信条，现在都在提醒着她，并且丝毫也不允许她参与到她所游历的这个国家里任何一件与政权变更有关的事情中。马利亚安静地坐在那里，看着南明珠，脸上带着戴维先生一直赞美她的那种"天使般迷人"的微笑说，她自己，当然也包括她的丈夫戴维——她停下来，转过脸望了眼紧挨着她坐在旁边的丈夫，和他碰了下手里的杯子——他们两个人，一个负责建造铁路大桥的工程师，一个负责教导小孩子识字的女教师，他们谁也没有哪怕芥子粒那么一点点权利，改变上帝和法律附加在他们身上的那点东西。"上帝把每个人安放在不同世界里，给每个人赋予不同的面孔，又给他们赋予不同的权利。我们站立的这块土地属于你们的国家，这个国家里发生的所有事情，都是它的人民自己的事情。"马利亚手里端着半杯兑了水的苹果醋，她把那杯苹果醋来回摇动两下。"就像这杯苹果醋，"她说，"它是苹果酿造出来的。梨子、葡萄，或者其他别的任何水果，它们都跟这杯果醋本身不发生关系。如果说有关系，那也只能说，它们至多都是水果。"她再次看了看一直在注视着她的丈夫戴维，又补充道，"再或者，也许可以这样说，我们现在走进剧院里去看一场戏，因为我们不是编写剧本的人，不是剧本导演，也不是在舞台上演出的演员；我们这些走进剧院的人，唯一的任务，就是安静地坐在包厢里，做个称职的观众，看着舞台上的剧情一步步自己发展下去。这场戏精彩还是糟糕，我们这些观众，都没有任何能力和权力，去改变属于它的命运。"

"您已经亲眼见证这出大戏落下了幕布。现在，您能不能给出一个评判，粗略地说两句，您观看的这场戏，是真正的精彩还是糟糕透顶？"南怀珠已经喝多了，他晃着酒杯，差不多是踉跄着步子，走到了戴维和马利亚身边。他和他的妹妹南明珠一样，为他们共和派没有动用任何武装而取得的这场独立,还在抑制不住地激动着。在他看来,那是一份再公平不过的交易了。想想,整个过程里没有动过一刀一枪,尽管保安会的会场内外,都站着一圈一圈荷枪实弹的新军。"没有一颗子弹射出枪膛。那么惊险的场面,最终却没有一颗子弹跑出枪膛,跑到外面来瞧过热闹。"

"非常抱歉!南先生。如果您一定要我说点什么,我想,我大概只能给您讲个故事,为你们的胜利助个兴。讲什么故事呢?"她又看眼她的丈夫,"讲讲那个带领以色列人逃出埃及地的摩西吧。"马利亚微笑着,又摇晃一下手里的杯子。"明珠小姐知道这位摩西。"马利亚看着南明珠说,"神呼召了摩西。在埃及地经过血灾、蛙灾、虱灾、蝇灾、雹灾、蝗灾、畜疫、疮灾和黑暗之灾后,又经过了逾越节和除酵节。摩西照着他那位神的吩咐,经过千难万险,带领以色列人逃出埃及地,过了红海。但是,他自己并不晓得,他带着众人逃出埃及地,那仅仅只是一个序幕……"

"序幕?夫人,您认为我们现在的独立,也只是一个序幕?"南怀珠笑着打断了马利亚。他曾经听过这个摩西的故事。不过现在,他半点都不相信这个世界上有什么上帝与摩西的存在。他只愿意相信,那不过是洋人们玩的一套攻心术。对于这类把戏,不管是在几天前就已消亡的谘议局里,还是它后来变成的保安会中,他已经在那些魔鬼般狡诈的人身上,见识得足够多了。

"我没有那样说,南先生。我仅仅是在讲那位摩西。摩西带领以色列人逃出埃及地后,他们又在旷野里经历了四十年的漂流和征战,才走到上帝应许给他们的迦南美地,那块有着山岗和谷地,流蜜流奶之地。"

"随便您怎么说吧,夫人。无论您怎么说,咱们这里都没有什么摩西。您说的那位摩西,我想,他只会,也只能,在你们那些经书里活着,在那些经书里带着一群奴隶逃出埃及,穿过什么红海。对了,他手里那根能够分开海水的神杖,也只能在经书里分开那些海水,让海水像墙壁一样,站立在他们两旁。我还想告诉您,这样在水中显现陆地的古事,还有几条鱼吃饱五千人的奇妙之事,在我们的古书里多得像沙子。您只要看过我们的《搜神记》,或是那本唐人的《酉阳杂俎》,就会明白,这种神迹比比皆是。不管是在月亮上修补那个七宝合成的圆球的人,用一把羽毛扇子把江水分开露出陆地的人,从萤火星上下来和小孩子一起玩耍的人,还是能看见老婆的梦,像抓猪那样把北斗七星装进口袋里,让自己变成羊变成鱼,变化无穷的人,在我们老祖宗那里,一件也不缺乏。"

南怀珠冲戴维先生晃了晃手里的水晶杯子,从始至终地在微笑着。

南家花园里使用的这些水晶杯子,是马利亚托人从英国运了来,当作一份新年礼物送到南家花园的。它们是南家花园里收到的众多西洋礼物中的一份,是马利亚送给南怀珠和他太太,那位"表小姐"的新年贺礼。当然,那位"表小姐"对这份来自西洋的礼物,没有表现出一丝一毫的兴趣。她傲慢地对着它们扫一眼,微微点下头,甚至都没有对马利亚说一声"谢谢"。而在她离开涞口,离开南家花园,返回她在城里那个家时,为表示她的见多识广,以及她对这位洋人太太的轻慢,她做出一个决定,就是坚决不允许南怀珠把这些"破玻璃杯子"带回他们城里的家中。那次,连同水晶杯子一起,马利亚带进南家花园的,还有一套精美的银质餐具——十只银盘子、十把银刀子、十把银叉子和十把银勺子。马利亚说她最喜欢的,就是在每只银盘的边沿,刀叉和勺子的柄上,都雕着一朵精美的玫瑰花。马利亚把这套雕有玫瑰花的银质餐具，送给了南海珠和他的太太厉米多。

那位"表小姐"最终遗弃在南家花园的水晶杯子，每个杯口上，也都有着一朵小小的玫瑰。那是在杯口外沿镶嵌着的一圈金子上凸显起来盛开着的一朵金色玫瑰。南怀珠手里现在握着的杯子，正是被他太太遗弃在南家花园中，那些水晶杯子里的一只。他把目光从马利亚那里收回来，看眼手上的杯子，拇指在杯口那朵玫瑰花上来回抚摸两下，暗自笑着，想着那个叫咸金枝的女人。这个让人生厌又有点可怜的小婊子，在宣布独立前，她居然变戏法一般，不知道从哪里变出了两朵半开半放的月季花。而且，她还硬是将它们，说成了是两朵玫瑰。完全是她那个变戏法的手法，让他接受了她的"玫瑰花"。并且，他还欣然接受了她的说辞，也把它们叫成了玫瑰。她将其中一朵玫瑰，别在了她黑色宽沿软帽的那圈飘带上；另一朵，则被她"顺手"插在了他的西装口袋里。她把它插在了他的西装口袋里，却不是插在那位石会长的口袋里，或是他的黑色礼帽上。他简直没弄明白，这个惹人厌烦的小婊子，她为什么要那么做。当然了，他也完全可以一把扯下它，随手把它抛到地面上、尘土里，扔到众人脚底下，让无数的鞋底把它踩烂。可是最终，他没有那么做。他选择了戴着那朵"玫瑰"，一直戴着它。从宣布独立那一刻，一直戴到半夜。在赶回浓口来的路上，他仍然戴着它。在马背上飞驰时，他就任由着它，一瓣一瓣地，迎着深夜里迷人的微风，像被摊薄的一滴一滴血那样，飘落在了那条比之前任何时候都宽阔的大路上。有那么两次，他似乎在马蹄子溅起来的微风里，嗅到了一阵马蹄踏过鲜花时飘浮起来的幽香。那一会儿，在颠簸的马背上，他甚至又想了一会儿那个小婊子，想她是不是把那位石会长送给她的法国的什么香水，悄悄地洒在了那朵月季花的花心里。因为，她在给他口袋里插那朵花时,还那么可笑地给那两朵月季花取了个香水玫瑰的名字。

南怀珠想着在他口袋上盛开的那朵月季花,也就是那朵冒名的"玫瑰",抬起眼睛,对着马利亚笑了笑。"马利亚太太,在您教明珠酿造那些玫瑰花醋的时候,您是不是说过,玫瑰是你们的国花?我记得您好像还说过,在拉丁语里,玫瑰的名字是什么 Rosa rugosa Thunb。但是,夫人,我猜明珠一定没有告诉过您,醋园里的伙计们当然更不会告诉您,在我们这里,在浈口,那些玫瑰花,还会被人叫作徘徊花或是刺客。徘徊花。刺客。您说,这两个名字,是不是也别有一份丰富的含义。"

"二哥,你是不是喝多了,怎么扯到玫瑰上去了?玫瑰花早就开过去了,咱们醋园子里现在酿的,都是秋日里祛火毒的菊花醋。"南明珠笑着站起来,走到她哥哥跟前。她先是看了眼马利亚,然后又仰起头,看着她的哥哥南怀珠,不明白他为什么突然就扯上了玫瑰。

"怎么就不能说玫瑰了?现在最该说到的就是玫瑰。咱们这里的玫瑰开败了,你得相信,世界上总还有个地方,有些玫瑰在盛开着,成片成片地盛开着,一望无际,一个玫瑰园连着一个玫瑰园,一直开到了天上那座天宫里。当然,也可能是王母娘娘的御花园里。"南怀珠把手放在南明珠的肩膀上拍两下,让她回到自己的位子上。他脑子里仍然在盘旋着那朵已经凋落的玫瑰。这中间,他曾经试图把它从心中和头脑里抹去,但他试了三次,三次都没有成功。于是,在他抬手拍打南明珠的肩膀时,他就把心里面试图抹去那朵玫瑰的念头一起拍掉了。"我是想告诉马利亚太太,独立就是一朵玫瑰。玫瑰能够叫玫瑰,能够叫 Rose,还能够叫 Rosa rugosa Thunb;那位做面包的霍夫曼先生还说,它在德语里叫 Die Rose,在西班牙语里叫 Rosas。它能叫那些各种各样的洋名字,它就能叫徘徊花,还能叫刺客。在你愿意的情况下,你愿意把它叫成什么,就可以把它叫成什么。"

南怀珠心里暗自嘲笑着"刺客"两个字。正是谷友之和他们石会长共同策划了那两起关于"刺客"的事件,让他们那位袁世楷先生的胳膊上挨了两刀,让第五镇里那位姚帮带失去了十几口子家人。更重要的是,在最后的紧要关头,它们迫使第五镇里那些新军们,举起了他们手里的枪。大丈夫成事,从来不拘泥于小节。正像是那些玫瑰,一身的尖刺,但还是被那位主笔小姐,将它们漂亮的头颅拿了来,插在了靠近他心脏的口袋里。而他,同样任由着她,将那朵妖艳的鲜花,插在了那里。革命。对,革命就是那朵玫瑰。或是说,那些玫瑰也是革命的一部分,是城里取得独立的一部分。独立的玫瑰。当然,就算是那座谘议局大楼,不,它现在已经改称保安会,自然就是保安会大楼了。不管叫什么吧,哪怕是叫猪窝狗窝狼窝,它和它里面的桌子椅子,甚至墙壁角落里一张蜘蛛网、蜘蛛网上吊着的那只母蜘蛛,那只母蜘蛛曾经捕获到的一只苍蝇的半个躯体的空壳,它们也都是革命和独立的一部分。还有,在庆贺独立的街头上,尾随着人群奔跑或是狂吠的一只狗,被人群的呼喊和狗叫声惊飞的一只鸟,飞走前扑棱着翅膀抖落的一片半青半黄的树叶子,那只仓皇飞走的鸟在半空里拉下的一泡鸟屎,它们也是革命的一部分,共和的一部分,独立的一部分。总之,在那个动人心魄的时刻里,在那个让人想写下几行诗的时刻里,它们全部都是他们共和与独立的组成部分,是革命和独立呼吸到的空气里的氧气,是南家醋园里酿出的最酸甜可口的玫瑰醋。南怀珠胡乱想着,扫眼坐在那里的谷友之,此刻,他正面色沉静地端着酒杯,看着他面前某个别人不知道的地方。

马利亚安静地坐在那里，一直在含笑不语。她从小所受的教育和她的家庭教养，都不允许她让某种尴尬的场面在这种时候出现。

戴维先生端着他的酒杯，起身走到了巡警局长谷友之身旁。他坐到了南怀珠的座位上，和谷友之聊起了他们右手边的霍夫曼，那位在商埠里开面包房的德国人。这会儿，那位面包商已经喝得有了七分醉意。他一只手搭在他太太的胳膊上，正在请求着她给他新研制出的一款星星形状的面包取名字。

"Sie können es 'die Krone des Königs' oder 'die Sternenkönigin' nach seiner Form nennen, genau wie Sie diese 'Welle des Rheins' 'Kuchen' nennen. Obwohl nur wenige Menschen hier ihre Bedeutung verstehen, und sie wissen auch nicht, wo der Rhein ist, was seine Geschichte ist, wie viele Nebenflüsse er hat, welche Regionen und Städte er durchfließt, welche Pflanzen auf seinen beiden Seiten wachsen, und welche Unterschiede es zwischen dem Klima im Ober-und Unterlauf gibt. Aber es wirkt sich nicht auf die Freude und Romantik aus, die die Rheinwelle zu uns bringt."（"您可以按着它的形状，叫它国王之冠，或者叫它星河女王，就像您给那款'莱茵河之波'蛋糕的命名。尽管这里没几个人懂它的意思，也不知道莱茵河是在哪里，有什么历史，有多少支流，流经了哪些地域和城市，河两岸生长着哪些植物，上游和下游的气候有什么不同。但是，这一点也没有影响到莱茵河之波给我们带来的那些愉悦和浪漫。"）

那位太太在霍夫曼先生脸颊上亲吻了一下，同样用德语低声咕哝着"OK，OK，Schatz"。她不停地叫着他亲爱的,请求着她的丈夫安静下来。

在城里宣布独立的夜里,霍夫曼带着他的太太来到了南家花园,这让谷友之一点也没有想到。谷友之从霍夫曼太太那里收回了目光。他猜想着,这位太太既是在担心她的丈夫因此失了体面,一定也在担心着,因为他的醉酒,她在这个陌生地方仅存的那点可怜的安全感,也会在他的醉意里全部丧失。霍夫曼先生对他说过,他曾经以非常严肃的口吻告诉他的太太,他们旅居的这个国家里,不但有他们无法想象的丰富物产,仅仅是土地面积,她已经看到过的,就完全超出了他们所能有的那些想象。为此,他坚信,在这个国家里,假如住在他们皇宫里的皇帝死了,即便过去了几年时间,在一些偏远的小村子里,依然有人可能听不到这个消息。原因就是这个国家的面积太大了,几乎大到了无边无际。而在这样一个庞大的国家里,什么不可思议的事情都有可能发生。他说,他的太太非常相信他这些话,尤其是最后那句。"您知道我的太太怎么说吗?"那次,霍夫曼先生坐在戴维家的院子里,笑着对他说,他的太太愿意相信他说的每句话,完全是因为她对他这个犹太丈夫的无限信任。她明白,他虽然为了爱她,不顾一切地和他的犹太家族断绝了来往,但他毕竟是一个犹太人,是在犹太家庭里长到了他们相识并相爱。而从八岁开始,就有七个拉比在不断地给他"注经"。正是他在她眼里的博学,让他那位太太最终爱上了他。

在马利亚身边,南怀珠还在说着关于玫瑰的那些鬼话。

"您看我二哥,城里宣布独立,倒像是让他突然弄丢了魂魄,不知道世间到底是何年何月了。我可从没见他喝成这样。就是当年和那位尊贵的表小姐成亲,他也没这么如醉如痴,忘了天与地,对影成三人啊。"

南明珠对着马利亚笑了笑。她站起来,挽住了南怀珠的胳膊,强行把他推到了南海珠坐过的那个位子上,一边催促着,让他再给大家细细地讲述一遍,城里在宣布独立前发生的那些有趣的细枝末节,尤其是新军抱着枪进入会场后,弄出的那些惊心动魄的场面。什么细节都行,她提醒着满脸醉意的南怀珠,哪怕就是有个议员开会前吃多黄豆猪蹄汤,在谘议局大楼里不停地放屁,把整个谘议局里弄得臭气熏天呢,只要是跟独立有关的情景,他都可以随意地说给大家。

"就是瞎编,只要不是四处里洒风漏气,像甲午海战那样,明明是大清朝的军舰被倭寇打沉了,你们那些报界同仁们,却在日头底下睁着大眼说瞎话,鼓吹大清国的海军凡战必胜,把矮脚倭寇打得屁滚尿流,就算你通过。你们宣布独立是千真万确的事实,不是造出来的假消息、假胜利。今日里你尽着心思地编造,你刮东风,我们就顺着东风跑,你刮西风,我们就跟着西风跑。"南明珠鼓动着她的哥哥,期望以此阻止住南怀珠,不让他在马利亚面前,继续说那些该死的玫瑰。

黄河里刮来的夜风,吹过泺口上方的天空,把水面上凝结的一层带霜的冷汽吹进南家花园里,然后攀着树木和雕着梅花喜鹊富贵牡丹的窗棂,落了下来。

戴维盯着桌子上来回摇动的烛光看了一会儿,低声告诉谷友之,他现在差不多完全了解那位德国人霍夫曼了。他敢对着上帝发誓,他说,这位德国犹太人,愿意在济南城里宣布独立的夜里,爽快地跟着他们一起来到泺口,他相信,他的第一百零一个目的,都是因为他想在第二天一早,在天色允许人们的眼睛清晰地打量这个世界时,他能够第一时间跑到那座黄河大桥上,看到那座大桥上面的轨道,距离他上一周前来观看时,又多钉下了几个螺丝。"你们这么快宣布独立,一定是让这个德国人觉得太意外了。我敢保证,他现在最担心的,就是他投到这座大桥上的那几枚金马克。假如你们的独立引发了战火,他那些金马克,也许就要白白地扔进黄河水里了。"戴维看眼霍夫曼先生,又扭头看了看南怀珠。南怀珠还在那里颠来倒去地说着他的玫瑰。戴维笑了笑。他看着谷友之,说他从来没见南怀珠先生喝过这么多酒,当然也没见他像今天这样,在朋友们面前"表现得这么有趣"。

"您铺铁路的那些道轨,可都是从矿石里炼出来的钢铁。"谷友之低声说着。Sainte nuit! Nox sancta! Stille Nacht! Heilige Nacht! 真是个神圣的夜晚啊。他觉得那个德国犹太人,完全可以把他新研制的面包,叫成"神圣的夜晚"或是"上帝之夜"。他又晃下手里的水晶杯,"还有这些耀眼的水晶,您和我都清楚,它们也是从地下某个宝藏里开采出来的。"

"干了这杯吧,谷先生,您实在太有意思了。"

戴维举着杯子,和谷友之碰了碰。一整个晚上,他都在心里面计划着,一会儿,回到他的书房后,他到底是先记录下这个非同寻常的中国家庭的不眠之夜呢,还是先给他的朋友写信。刚才,他一边在那里喝酒,已经用汉语、英语和西班牙语,分别构想过一遍,到底使用哪种语言,才能更准确地表达他在这个夜晚里看见的场景,以及他对东方人这场独立革命的真实看法。或者,他想,也许应该选用他在英文之外最熟悉的西班牙语,首先给居住在马德里的弗洛雷斯写去一封不少于十三页纸的长信,把他在这段日子里听到和亲自见证到的东方人的这场"独立革命",再次完整地,重新叙述给那位热衷于搜集世界各地有关暴动和革命,喜欢"歌颂正义战争"的弗洛雷斯。他相信,这位一直自称"阿斯图里亚斯王子"的西班牙人,在收到他的这封信后,一定会对他此刻所在的这个国家,对这里正在发生的,也许将彻底改变这个国家命运的革命,真正充满无法估量的好奇。"我想,我很快就会抵达中国,抵达您所在的那座奇妙的城市。"说不定,这个每年至少要在信里被他邀请两次的人,完全会因为他寄去的这封长信,令人意外地来到中国,和他重逢。在斯坦福大学的最后两年,正是由于他给弗洛雷斯讲述在美国那场解放黑奴的战争结束后,他的祖父帮两位失散多年的黑人奴隶重新找回他们至爱的故事,感动了弗洛雷斯。"战争是那位大人烧毁一切人间桎梏和不平等的圣火!"弗洛雷斯说。从那开始,有两年时间,他和弗洛雷斯几乎形影不离。他想着弗洛雷斯修长优美的手指。那是一双能够在琴键上弹出世界上最美妙乐声的手。他相信,只有上帝身边的天使,才会生有那样令人着迷的手指。每一次,他和弗洛雷斯面对面坐在一起时,他的眼睛都会狂热地吻着那双完美的手,心中狂跳着,渴望上前捧住它们,把它们放到他炙热的嘴唇上——尽管他心里毫不怀疑,他那样做的后果:那些优美的手指握成的拳头,只要伸到他面前,就能够带着他两颗坚固的门齿离开他的肉体。

在谷友之又一次举起手里的水晶杯子,和戴维手里的杯子碰到一起,两只杯子发出清脆悦耳的声音时,戴维最终决定,他要首先用英文,写一篇关于他居住的这座城市独立始末的文章——《东方革命影像记》,交给《圣路易斯星报》和他做兼职记者的《华盛顿邮报》,然后再给西班牙王室的那位"阿斯图里亚斯王子"写信。他已经想好了,不管是写给两家报纸的文章,还是写给那位王室成员的信,他都要以南家这位正在不断重复着"攻瑰"的记者先生为核心,来撰写他目睹的这场东方人的革命,一个王室与它的奴仆们的关系的终结。"玫瑰。玫瑰。"戴维在心里重复了两遍,猜测着这位年轻的革命者,在他们取得胜利的这个夜晚,为什么会一直在絮叨着象征爱情和浪漫的玫瑰。

南怀珠被妹妹强迫着重新坐下来。那会儿,南海珠离开酒桌已经有一阵子了。他看见他的兄弟站在那里,嘴里不停地唠叨着"玫瑰,玫瑰",他就知道,他醉了。而他喝下去的那些酒,还不足他平时酒量的一小半。"这都是被梦欺的。"他又看了看他的兄弟,认定一个人若是被梦欺了,大抵都是这等情形。在这点上,他的兄弟和他们那位进士父亲,是走在了同一条路上。早年,那位老进士不顾一切地逃出浉口,跑到草原上去,也是缘于心窝子里生出了梦。稍稍不同的是,他从来不知道,那位进士在他的梦里想要的新光景是什么。而他兄弟的这个梦,则是用它无限的新光景,把他整个人的三魂六魄,都密封在了它那些令人眼花缭乱的幻影里。他又看见了那条鳄鱼。他盯着那条同样是幻影的鳄鱼,想着他的兄弟和他们的父亲,默不作声地站起身,离开了那一桌子喧闹的人。满屋子的人都在热热闹闹地喧腾着,可他总觉得,他和他们,是被封在了一坛子放置了几百年的陈年老醋里。

在南海珠身后,热乎一直不远不近地跟随着他。走出客厅门口时,他没有朝热乎身上看一眼。他已经决定了,他要亲自到下人们坐席的地方,当面叮嘱家里的厨子,让他们中的一个,去给南怀珠和那位霍夫曼先生做两碗大白菜醒酒汤。另外,他还要去给请来帮忙的两位行厨敬上两杯酒。当然,最重要的一点,他要去到那边的酒席上看两眼,大宅子里的仆人及醋园和铺子里的伙计中间,有没有人因为贪恋那点辣水,又把自己横倒在桌子底下。每回年节里，这些下人伙计们到大宅子里坐席，总会有两个管不住自己头脑的家伙醉死在地上，驴一样在地面上来回地打滚，或是撕扯开喉咙，吼些女人们不能入耳的浑腔滥调。末了，都要周约瑟套上骡子马车，往屠夫家里运送猪羊般把他们弄回各自的家中。但在今天，他不希望他们中的任何一个闹出那种洋相。"这是个跟平日里不一样的黑夜，当然也是桌不一样的席面。"

热乎像匹马那么温顺地跟在他后面。这个孩子的脚步声，让南海珠心里稍稍地安慰了一点儿，尽管那些安慰看起来只有一颗麦粒那么大。"等会儿你留下来吃饭。"南海珠说，"要是有人喝多了，就帮着周约瑟，把他们赶紧弄出去。"

"是，老爷。"

热乎回答着，脚下快步地朝前紧跟两步，又犹豫着慢了下去。

"步子走得兵荒马乱的，肚子里又藏了什么话？"

"没有，老爷。"

"你的嘴不会说谎话，脚步也没学会。"

南海珠走到旁边一根雕花的铁质灯柱前，停下步子，想将上面那盏马灯的灯芯，拧大一点。这种不怕风雨的马灯，南家花园里共有十二盏，全部是那位已经和南怀珠一样喝醉的霍夫曼先生从德国弄来的。来送这些马灯时，那位先生还和南怀珠一道，在宅院里转了半天，为这些马灯选好了安放它们的位置，并在他根据德国灯柱画出的几份图样中，挑选出一款水波状的造型，作为与那些马灯相匹配的灯柱。不过，除了在年节上，他会吩咐管家，把它们全部从库房里取出来，挂到院子里这些特意为它们竖立的灯柱上，平常日子里，他只允许其中的两盏，可以在外面使

433

用。这个晚上,南海珠并没有吩咐过那位管家。是他的妹妹南明珠,让人把这些马灯挂了起来。

"是下晚时候,大小姐差我去马利亚夫人家里送帖子;回来路上,遇到了伍三羊。"

"伍三羊,他也回来了?"

南海珠站在那盏马灯下,转动着调节灯芯的铁丝旋钮。灯芯上蹿起来的一簇黑烟,把马灯薄冰般透明的玻璃罩子熏黑了半边。他把熏黑的那边换到了路的里侧。

"他在街上走着,说是刚从谷老爷的巡警局里出来。"

南海珠盯着忽闪的火苗看了一会儿,重新把灯芯调了回去。

"他也是回洆口,庆祝城里宣布的那个独立来了?"

"他没说这个。他是到巡警局里找伍金禄去了。"

"伍金禄?他背地里也去掺和独立的事了?"

"我不知道这些。"热乎盯着马灯上下蹿动的火苗。"他和我说了件巡警局里头的事。"

"巡警局里有什么可说道的事?是不是满大街上谣传的,巡警局里有只会和人一样说话的甲鱼?"

"不是这个,老爷。他说谷老爷的巡警局里,关押了两个人。"

"巡警局里关押人,还不是常有的事。"

南海珠迈开步子,踩着自己铺在地上的那条黑影,朝前走着。尽管在开始,他也和母亲一样,不赞同南明珠嫁给一个新军出身的武夫。可最终,他还是帮着妹妹,成全了她的婚事。在观察过一阵子后,他发现那位刚到洆口巡警局上任的局长,并不像他之前想象的是个粗鲁的人。他承认,在有些地方,他不是像站在太阳地里那样,能把一个人身上的穿戴,看得一清二楚;更多时候,他是站在月亮地里,并不能完全看清楚这位巡警局长。但在那会儿,他至少觉得,这位巡警局长的相貌和言谈举止,还算配得上他那个性格不是很温顺的妹妹。

"他说,伍金禄告诉他,这回,巡警局里关押了两个不一样的人。"

"怎么个不一样法?是像孙猴子那样会七十二变,还是长了哪吒的三头六臂?"南海珠继续想着他第一次见到谷友之时的情形。他身子笔挺地跨在一匹红色马背上,跟那位戴维先生并着马头,不慌不忙地朝南家花园走着。那会儿,他恰好走出了南家花园的大门,站在门外等候着他们。在他旁边,这个叫热乎的孩子忽然捂着嘴惊叫起来。惊叫完了,小男孩用手指着前方,让他看那两匹马的上方。在那位巡警局长的头顶上,大约五尺高的地方,他看见一团黄色云彩般的马蜂,正紧跟着那两匹马迈动的步幅,往前涌动着。尽管那团马蜂在他眨动两下眼睛的工夫里就已经飞离那两匹马的上空,绕过一棵燕子树的树冠,去了另外的方向,他甚至完全可以把它们与那两匹马的交错,看成是件偶然的事,正如某阵风刮来,在那棵树上吹落几片叶子。但他心里头还是隐隐地觉得诧异,猜不出被一团马蜂簇拥着走来的这个男人,会给他妹妹未来的日月,带来蜂蜜还是蜂刺。

"他说那两个人就像是洋人,喜欢吃洋人的东西。谷老爷还安排了人,天天跑到商埠去,专门给他们买洋人吃的面包跟西餐。"

南海珠稍稍停了下步子。他的直觉在告诉他,这两个人,也许跟城里刚宣布的那个独立少不了瓜葛。他们要么是从北京天津下来的,要么是从南方什么地方上来的。但不管打哪里来,从他们喜欢洋人口味这点看,至少应该是和洋人打过交道的。他在琢磨着，谷友之为什么要关押他们。

"他看见了？"

"他没说这个。"看见主人停下步子，热乎也慌忙站住了脚。

"多少日子了？"南海珠朝前走着，猜测着南明珠是不是知道这件事。"老爷。"两个女仆从他们对面匆匆地走了过来，在距离南海珠几步远的地方，一起喊着"老爷"，对着她们的主人躬下腰，侧身站立到路边，等着南海珠走过去。

"这个他也没说，老爷。"

"他们是怎么把人弄进去的？"

"是伍金禄和另一个巡警，在……"热乎停顿下来。因为车夫周约瑟家里那个娼妓和他母亲，他不愿说出"窑子"那两个肮脏的字。"他们是在……那种地方，抓到他们的。"他含含糊糊地说，猜测老爷是不是明白他说的"那种地方"是什么意思。他假装咳嗽着，想让后面要说的那些话等一会儿，先在嗓子眼里站着稳稳神色，看看老爷什么反应。咳嗽过后，他发现老爷果然没有问他"那种地方"是指哪里。他从背后看着南海珠，又清下嗓子。南海珠在前面低头走着。热乎紧跟两步，在身上蹭着手里的汗，担心老爷会等得不耐烦了。"伍三羊说，那两个人当时躲在屋子里，一直关着门睡大觉。老鸨子察觉出他们不像一般客人，就吩咐人进去，假装着伺候他们。结果，进去的人就在他们怀里，摸到了水烟袋那样的硬家伙。老鸨子害怕他们在渌口闹出乱子，牵累她吃上官司，她就打发一个伙计，推着车子装作出来买木炭，跑到巡警局里密报了局长老爷。"

"听着倒是有鼻子有眼。"

南海珠不想让他身后这个男孩子觉得他对这件事情有什么兴趣。他转了话头，问他是不是也相信街上谣传的，巡警局里有只会和人一样说话的甲鱼。

他们头顶上是朗朗的星空。南海珠仰头望了一眼。这个世上有多少小偷和骗子,一心只想着把那些本来不属于他们的东西揣进自己的口袋,或是藏进他们挖好的地窖子里,贪婪得就像他现在行走其中的无边黑夜,张着巨蟒似的大口,梦想着把世上万物,都吞进它无底洞般的肚子里。现在,他只想知道,他头顶上的这块天空,在城里宣布独立后的这个夜晚,和宣布独立前那个夜里,有哪一点不同。他没有看出它们有任何的区别。甚至连气温跟河面上刮过来的风,也和前一天夜里没有毫厘的差异。不同的是,今夜的风里,似乎夹杂了一丝几乎不能辨析出来的海盐味道。他想,一定是有艘从大海里驶来的盐船,此刻,正好经过了刮来的这阵风穿过河道时的那截水面。

"我不知道,老爷。"热乎也朝天空中看去,他看见满天的星斗都和老爷的后背一样,在放着一层寒冷的光。仿佛,老爷和那些星星们身上,都穿上了拿霜雪做成的衣裳。他在那些寒冷的光里哆嗦一下。"除了人,肯定没有什么东西能跟人一样,说出人的话语。猫和狗不会,公牛母牛和母驴不会,水里的鱼和虾也不会,不管它们是鲤鱼草鱼还是甲鱼。"他想起戴维和那些洋人,他们相互说洋人的话时,他因为听不懂他们在说什么,常常就会觉得,他们根本不像是人在说话。

第二十七章　糖　果

　　周末这天，南明珠和她的丈夫，那位巡警局长，在下午三点钟，就乘坐她那辆有着"自由之窗"的马车，赶到了马利亚家里。城里宣布独立一个星期了。南明珠执意要到马利亚家里去，是想和马利亚夫妇一起，四个人，为这个崭新的"独立周"，再做一次小小的庆祝。

　　在刚刚过去的因独立而变得崭新，里里外外都"冒着新鲜麦子香味"的一周里，南明珠，南家这位大小姐，差不多是在每日里都让自己沉浸在某种盛大节日的狂欢中。她一刻也没有让自己安静下来。城里宣布独立的第二天，她先是给自己家里的下人们统统放了三天假。接着，她又跑到学堂里，告诉蒙智园和初级学堂里所有的孩子，他们可以整整一个星期，都不用坐到课堂里来了。"回家告诉你们的爹娘，我们现在已经独立了！学堂里正是为庆祝独立，才给你们放的假。"她一边对初级学堂里的孩子们说，一边给他们分着大把的糖果。那些孩子虽然弄不明白什么是"独立"，这个"独立"和他们又有什么关系，但听到他们拿在手里的糖果和一个星期的假期，都是来自这个独立，他们便高声喊着："独立！独立！我们天天都要独立！"在课堂里嬉戏打闹起来。有两个孩子,由于那些糖果带给他们的兴奋,他们甚至爬到课桌上,踩着一张张桌子跳跃奔跑起来。南明珠站在旁边,一直微笑着,瞅着那些孩子们在欢笑打闹,甚至是胡闹。她没有阻拦他们,也不像往日那样责备他们。她所做的一件事情,只是一个劲儿地嘱咐他们,回家后,一定要把她说给他们的话,原样说给他们的爹娘。

醋园和巡警局那边,这位大小姐同样建议谷友之和她的哥哥南海珠,给巡警局和醋园里的伙计们都放上三天假。"这样的日子不值得给他们放上几天假,还有什么日子值得?"她说。当然,她的哥哥和她的丈夫,他们两个大男人,谁都没有听从她的建议。"你只管给那些小孩子放几天假就好了。"她的哥哥南海珠说,"就是天天过年,人人也要张口吃饭。"而那位从独立开始,就一直没黑没白地在城里和泺口间来回穿梭的巡警局长,则拍着她的手背笑了笑,说她每天只负责吃他买回家的那些香甜面包就行了。"好好吃那些甜面包吧,我的局长太太,只有面包上的那些蜂蜜,才是真正的蜂蜜。"他对她说,不管城里有没有宣布独立,她喜爱那些又香又甜的烤面包,才是实实在在拿在手里的东西。还有他手下的那些巡警,对他们来说,城里的独立,与他们没有一个铜子的关系。就算一天有一个独立,他们只要不是喝风就能活命的神仙,他们就要先干好各自分内的活,然后领上份俸禄捧回家。"我的太太,包括你和我在内,我们这些蝼蚁之人,活命的本分是要优先保障到我们每个人,每个人的爹娘老子,家人孩子,老老少少一家人,都能按时吃上活命的一口饭,平安地活着。"那位巡警局长笑着说,"先有了这些,然后才是咱们大家想要的那个独立。或是这样说,咱们要那个独立,就是为了一家人更好地活着。"

南明珠没有和那两个大男人计较。他们都是粗粗拉拉的男人，她对自己说。并且第一次，她在心里嬉笑着，把她的丈夫称作一介武夫；将她的兄长，称作一个只为南家花园活命的迂腐读书人。

当然，南明珠没有因为家里那两个男人不接受她的倡议，就让自己心里减少一分香甜的气氛。尤其是她丈夫，她心里非常清楚，他为城里那个独立都做过什么。不过，在她陶醉于这种说不上来的香甜味道之外，她唯一觉得有些小小遗憾的，仍然是马利亚和她的丈夫戴维，他们两个人，从城里宣布了独立，一次也没有当众或是单独，就此与她谈论过。仿佛这是一件在他们两个人的日子里完全没有发生过的事情。而在城里宣布独立的那天晚上，她按照谷友之吩咐她的，在南家花园里张罗起十桌酒席时，马利亚和戴维夫妇，是她发出邀请的第一对客人。为了表示隆重，她还学着马利亚之前的方式，找出块绣花的白丝帕，专门在上面写了份请柬，亲自打发那个叫热乎的男孩子，把它送到了马利亚家里。

但是，就算在那个他们举家庆祝独立的夜里，无论是马利亚还是戴维先生，他们围坐在南家花园的酒席上，坐在众人旁边，坐在一群不停地说着独立的人们中间，始终也不肯开口去谈论一下城里刚刚宣布的那个独立。他们面前这个世界上发生的事情，似乎和他们没有丝毫关系，仿佛他们正在经历的人和事，只不过是他们睡梦里的一个梦境。仅仅就是一个梦境。

尤其是马利亚，她先是一直在笑着说"周日里，连那位上帝都在休息呢"。后来，在南怀珠的再三恳请下，她也只是给众人讲述了一遍摩西的故事。"在上帝那里，人类的每场征战，都不过是我们在看一场蚂蚁间的战争。他会视而不见，或者根本就是漠不关心。"马利亚在讲述那个摩西时,南明珠看着她白皙的脸庞和金色的头发,在心里暗暗地疑惑着,马利亚是不是一时恍惚,完全忘记了,她和她的戴维先生,他们是在中国的济南府,是在泺口的一座大宅子里,而不是在那个什么埃及地。

那个夜晚里,席间还坐了两位南怀珠之前带来过的朋友,一起参与这次独立的胜利者。他们一会把城里独立的过程讲述得风起云涌,险象环生,一会又把独立以及共和的前景,描画得让听到它们的人直想搂抱着它们睡过去,并且愿意再也不要醒过来。但是,任凭酒桌上那些搅动风云的人,在杯箸间高谈阔论着,把他们的大好愿望说到了云彩眼里,好像跟玉皇大帝谈妥了一笔人世间最值得称颂的买卖;这对洋人夫妇,他们坐在一群人中间,只是安静地坐在那里,安静地端着一杯酒水,安静地吃着他们面前的食物,听着一众人在那里高声地喧哗。在讲述完摩西,又品评一会子西洋大戏院包厢里的茶点后,接下去,马利亚就很少再说话了。后来,等那些客人们喝得眼里有了三条狗尾巴,聚在桌子边划着拳,嘴里骂着只有南明珠和谷友之夫妇,以及她两个哥哥才能听明白的脏话时,他们依然没有发表任何看法。最后,即便是南怀珠因着杯子里那些酒的力量,完全忘记了他一直颠三倒四地谈论着的那些令人奇怪的玫瑰,又一次走到马利亚身边,再次请她谈谈,她个人对于他们共和派宣布独立的看法时,她仍然微笑着,把话题转到了泺口那个剃头匠子正骨的手艺上。"如果是在中世纪的欧洲,我相信,一个理发师拥有这样奇妙的手艺,也许会被当作一名巫师,在某场猎巫运动里,被疯狂的人们送上绞刑架或是火刑堆。"说完那个剃头匠子老贾曾经给戴维正骨的经过后,马利亚看着她的丈夫说。在那天晚上,正是在说完那个剃头匠子绝妙的手艺后,马利亚和戴维两个人,站起身告辞了众人，乘坐他们那辆有着"世界之窗"名称的马车，离开了南家花园。

与两位主人用过晚餐后，在马利亚家那间温暖的客厅里，四个人重新坐到旁边的茶点桌前，品尝着一种味道浅淡的酸味酒。南明珠不是很喜欢这种酒的味道。她不停地端起和放下那杯酒，一边给戴维先生讲着她前一天夜里做的那个"似梦非梦的梦"。酸味酒是马利亚用一种英国产的果味金酒，兑上南家醋园的鸭梨醋、盐、石榴汁、她自己酿制的苹果酒调制出来的。马利亚给它取了个她认为非常有意味的名字，"甜蜜生活"。说出这个名字时，她环视着她的丈夫和两位朋友，说这是她冥思苦想一个下午才想出来的。南明珠端着那杯"甜蜜生活"，低头在杯子口上嗅着金酒的淡淡清香，笑了笑，在她那个不像梦的梦境里，情形实在太像他们眼前这个场景了。只是有一点，她在那里吃完饭后，没有再坐下去喝别的东西。

"您是王妃。那位鬼太太见我站起来，跟他们告辞，她突然这样对我说。"

南明珠细细地回忆着，对马利亚夫妇笑了笑，又转脸看眼她的丈夫，对着他笑了一下。她已经给谷友之讲过这个梦了，尽管她不认为那是一个梦。在她给他讲到那位鬼太太说她是王妃时，他还嘿嘿着笑了几声，说他现在是不是要马上赶到静安寺门前，找到那位成吉思汗先生，请他帮忙推算一下，在他祖宗成吉思汗那个时期，从一个巡警局长到一位王爷，中间还差着几步。要是比他说过的那个地中海还远，他能不能拿他日夜都没有离开过身边的那块破烂毯子，变个什么戏法出来，帮他节省几步路子，最好是一脚迈出去，就跨到那个已经为他准备好的王爷宝座上。

"局长太太,你好像忘了告诉戴维先生,开始,你是坐在一顶纸糊的紫色轿子里,被两个小鬼抬到那里去的。后来,你好像还说,不知道为什么,那两个小鬼突然扔下轿子,把你丢在一个十字路口上,他们自己跑走了。因为害怕,你坐在那顶纸轿子里闭着眼,不停地在胸前画着十字,祈求着你们那位上帝的保护。然后,一个女人从房子里走到街上泼水,认出了你,说你是她的恩人。接着,你就像我们在商埠里看的电影那样,看到了你从来没有过记忆的一些情景:在一家洋人开的医院里,你正在它的花园里坐着,欣赏园子里的花木,忽然听见一阵嘈杂的声响,转头看时,原来是一群人忙着在救治一个姑娘。你急忙跑过去,帮着他们往抢救室里送。但是,最后,很是不幸,这个年轻的姑娘还是死去了。她一个人躺在医院里,没有人埋葬她,因为在她喝药自杀时,她的家人早就没有一个活在世上了。你觉得她可怜,便和你母亲一起,把她安葬在了一棵叫不上名字的大树下面。现在,正是她,在邀请着你,她的恩人,到她家里去做客。"叙述完南明珠讲给他的梦境后,谷友之一边笑着,跟坐在他对面的戴维先生开起了玩笑,说他要是把他太太这个梦单独编写出来,再花费点心思润色一下,弄成个小册子,拿到他们美国印刷出来,他敢保证,他肯定能发上一笔不小的财,也许比他修那座铁路大桥赚到手的工钱还要多上几倍。"最好再让我太太亲手剪上几幅剪纸,把她在梦里看见的那些鬼神,一一剪出来,印到那本小册子上……"

"局长大人,你能不能不打岔子,这些我已经给戴维先生说过了。"南明珠先是耐住性子,任凭谷友之重复着她的讲述,直到发觉谷友之在说个没完没了,她才不满地看着丈夫,放下了手里的杯子。"你是不是就想说明,你完全没听我说话,你是心里想着别的事,走神了,耳朵里根本就没听到,我是怎么在给戴维先生讲前面那些情境?"

南明珠讲述着她的梦,心里一直在盘算着:讲完之后,她要再次恳请马利亚和戴维先生,跟她认真地谈论一次城里的"独立"。她需要与他们有一次真正的分享。这些天,想听到他们"对于城里宣布独立的看法"这个念头,几乎是在昼夜地折磨着她。但是,她的这两位朋友,却像是故意捉弄她一样,始终都在婉转地拒绝和回避着它。他们和她谈论天气,谈论在街上看见的某个牵着驴子走路的醉酒男人,某个抱着孩子跪在路边乞讨的年轻女人,谈论正在跨越黄河那座铁路大桥的建成日期,谈论轨道散铺法里控制桩的测设和布枕,谈论人工拨轨,甚至是轨道上一颗螺栓和螺母具体的安装细则。可是,他们就是不去谈论城里的那个独立。他们越是不去谈论它,她心里就越是像疯长的杂草那样,想弄清楚他们内心里对它的想法。

戴维先生边喝酒,边低头记录着南明珠讲述的梦境。马利亚太太一双浅蓝色的眼睛,则在温柔地盯着南明珠。南明珠又对她笑了一下。尽管马利亚一直坚信天堂和地狱的存在,但从她的眼神里,南明珠还是看出了她对自己正在讲述的这个梦境的好奇与惊讶,远远地超过了城里宣布独立带给她的那些震动。

"是的。这个已经讲过了。"

戴维从他的记录本上抬起眼睛,对着谷友之点点头,意思是请谷友之不要打断南明珠的讲述。在南明珠开始述说她的梦之前,他就已经请他的太太马利亚,把那个叫凤凰的小姑娘打发了出去,并让她吩咐她,在他们招呼她之前,她一定不能自己走进客厅里来。"即便是站在走廊里也不可以。任何人都不可以靠近。"他非常严肃地对马利亚说。因为在他看来,任何一个梦,在它被书写印刷出来之前,都需要尽可能地保持住它的新鲜度和神秘感。而保持一样东西新鲜和神秘的最好方式,就是放在一个密不透风的地方,知道它的人越少越好。

"那位鬼太太,她就是这么说的。"南明珠认真地重复了一遍。

"吃完饭,离开饭桌,我又参观了一下他们的房屋,问他们是否有需要修缮的地方。他们笑着,说我给他们建造的屋子非常好,非常结实。他们的房屋的确很好。我好像有了另外一个身躯,能够从天空中俯视那座房屋,也就是那座坟墓。我看见他们的坟墓上,土层非常非常厚,堆积得特别大。后来看看天色不早,我就向他们告辞。那位鬼丈夫请我稍等一下,说有一件最要紧的事,他还没有做。我不知道他们要做什么,就面含微笑,站在那里等待着。他走开一会儿,端来一盆清水,请我先净手。然后,他转身抱来一个深红色的方形盒子,打开,从里面铺着黄色锦缎的盒子中间,取出方白色玉玺。我有些迷惑不解,来回看着他们夫妇两个。那位鬼太太笑着告诉我,他们是要给我手心里盖个印章。那位鬼丈夫请我伸出右手,又让他的太太站在我一侧,伸出她的双手,仔细地捧住了我的手。之后,他就一手托着他太太的手,一手握着那方印玺,小心翼翼地在我的手心里按了下去。按完印玺,他捧着它,笑着告诉我,有了这方王妃的印玺盖在我手掌心,以后在任何地方,任何关口上,我都会畅通无阻。不管是谁,他们看见了您,都会知道您是王妃,他说。我看眼自己的手心,上面的确有个金色的印记。我又看了看水盆,说我以后洗了手,印玺的印子不就洗掉了?不会的!他们十分肯定地告诉我,这个王妃的印玺只要印在了我手上,就永远不会褪掉。我半信半疑着,把手重新放入水盆里,洗了洗。那个金色印痕在我手心里不仅没褪色,还越发显得鲜明了,在手上闪着耀眼的金光。告辞他们出来,没走很远,前面到了一座好像是煤炭堆积的小山上。不是好像,我可以肯定,那就是由煤炭堆积成的一座小山,很小,孤零零地立在那里,像我们前些天去登的那座凤凰山。上面站立着几个身穿铁灰色铠甲的兵丁,在那里把守着。其中一个被称呼为将军的人,背对着我站在那里。他的一个属下远远地看见我,慌忙跑过去,给他报告说'王妃来了'。那是个身材威武的将军。他转过身,一看到我,就急忙躬下腰身,伸出他的右手,谨慎地朝我做了个'请'的手势,说他专门在这里等候着我,已经等候多时了。我点点头,谢过他,走过了那个关口。接着,就听见那位将军在我身后命令他的属下:'王妃已经过来了,你们赶紧闭上关口大门,今日里不准再放任何一个人过去。'"

按着戴维的要求,南明珠尽可能详尽地复述着她那个梦里的情景,甚至把那位将军右手抚在腰间,握着一柄青铜古剑的手势反复地描述了三遍。因为在戴维看来,对于看故事的美国人来说,这样的细节会显得尤为宝贵和有意义。他甚至还想让南明珠更加详细地描述一番,那位将军握着宝剑的手和手指的形状。他想知道,中国故事里一位地狱中将军的手,是像推巨石的西西弗的手一样孔武有力,或是像中世纪那些骑士的手一样线条优美、惹人关注。当然,他最想知道的,是它像不像阿斯图里亚斯王子的那双手,令人渴望着,一生一世地把柔软的双唇紧紧贴在它们上面。

戴维先生在介绍自己时,总是会坚称自己是位"人类学家"。对于戴维送给自己的这个人类学家头衔,马利亚一直在用微笑不语的方式,暗示着她的丈夫,在她和他们那些亲戚们中间,有她那位曾经做过人类学家的堂兄查尔斯,她觉得就已经足够他们受的了。不过,对于马利亚表现出的这个意图,戴维先生一直都在视而不见。

"一位真正的人类学家。"戴维在介绍完自己是一位人类学家后,往往还会这样补充上一句。他告诉他的太太马利亚,他所以坚称自己是位人类学家,原因是他在调查记录涞口人生活习惯和生存状况的过程里,忽然对一个男人偶尔讲述的梦产生了浓厚的兴趣。于是,他当即便决定,暂时放弃他花费差不多两年时间搜集整理的那本《东方万物》的书写,重新找到一百个涞口人,最好是五十个男人和五十个女人,请他们把各自做过的最奇妙的一个梦叙述给他。然后,他要把他们千奇百怪的梦筛选一遍,辑录成册,编成一本《东方奇幻梦境录》,拿到美国去印刷出版。"那一定会比记录他们现实的生活场景更吸引那些没来过这里的美国人。"他对他的太太马利亚说,他相信,在他这样做之前,还没有一个人类学家,在调查某个地区人群的日常生活时,记录过他们的梦境。而没有调查过那些被访问者的梦境,就不能算是一个真正意义上的人类学家。

因为突然冒出来的这个想法,戴维曾经兴奋得两个夜晚没有睡觉。由于兴奋,在那两个夜晚里,他一次次地去拥抱他的太太,每一次都弄得她差点要窒息了,他才会放开两只大手,然后对着她说上一大堆抱歉的话。"请原谅我,我的心肝儿,我的番石榴,我甜蜜的无花果,我实在是太兴奋了!""我的小妈妈,你来听听吧,听听我的血液,它们是不是已经在血管里沸腾起来了!我真是担心,再过一小会儿,只需要两只蝴蝶交尾或是两只蜥蜴亲吻那么一小会儿,它们就会涨破我这些粗壮的血管,流淌到你开着百合花的床单上了。瞧,又一朵最具生命力的百合花。

若是再等上百合花在山谷里颤动那么一下的瞬间,我真是担忧,它们是不是会在我们家里,流成我正在修建的那条铁路桥下面的黄河。"颠三倒四地说完这些,他又像喝多了酒那样,告诉他那位已经被折腾得疲惫不堪的太太,在他刚刚能够读《圣经》的时候,他母亲就曾经到处炫耀着,说她的小儿子,简直就是上帝从他身边给她派来的一个天使。因为她从来还没有看见过,一个小孩子,会像她的小儿子那么热爱读福音书,甚至超过了他对那些焦糖布丁的热爱。"那时候,她差点就把她的小儿子看成是那位小耶稣的化身了。而且我相信,在她内心里,她早就自己对自己嚷嚷着,把自己当成那个小耶稣的母亲了。'哦,伟大的圣母啊。'她陶醉着,完全忘记了自己的身份。当然,那完全是由于她不知道,她的儿子喜欢阅读那部书的缘由之一,仅仅是他迷恋上了那里面记录的各种梦,而不是那位万王之王头上的冠冕。"那两个夜晚里,戴维捧着马利亚的脸,不停地在她额头和头发上亲吻着,说她一定和他母亲一样,从来也没有想象到,那些梦,福音书里那些千奇百怪的梦,当然也可以说是那些千奇百怪的预言,曾经多么地让他着迷。

武昌城里宣布独立的消息传到济南,拿纸票到银行内兑换银子的人"跟着了魔一样",把各家银行钱庄大门挤垮掉那天,在天黑前,谷友之就接到了巡抚大人亲自传达的一道密令:配合城里面的宵禁,连夜把泺口的铁匠们召集起来。巡警们从各个方向,把泺口和周围村子里十三家铁匠铺的人,悉数带到巡警局的院子中时,谷友之早就等候在那里了。他站在他们面前,下令给那些铁匠们,请他们立即着手,在为他们临时搭建起来的场院里燃起灯火,支下炉灶,按照衙门里的要求,连夜动手打造铁链子。"从打下第一锤开始,接下去,只许更换人手,轮流歇息。在完工前,任何一座炉子,中间都不许停下锻造。若一人犯禁,前后炉子连坐,当家师傅收监一年。"谷友之望着铁匠们背后的夜空,稍稍停顿一会,缓和下语气。"这是巡抚衙门里下达的命令,事出紧急,谷某在这里也是听喝办差,为此,就劳请各位兄弟爷们体谅一番,辛苦上几日了。"他冲着众人抱抱拳。

这天半夜里,除了被铁锤声吓得满街乱窜乱叫的野猫、野狗和老鼠,泊在黄河里的船,包括那些舱里没有货物的船只,每条船都吃下去了一寸深的水。另外,差不多有一半浃口人,都被那些叮叮当当敲打铁器的锤子从睡梦里敲醒了过来。并且,这些被锤子声击打醒的人,在醒来的一刹那,全都惊恐地认为,自己那颗脑袋,已经被成千上万把锤子击打成了一团烂泥。而在睁开眼睛前,所有醒来的人都做了件一模一样的事,那就是惊慌地伸出手去,在黑暗里摸了摸他们的脸和脑袋。直到他们的手指摸到了自己那颗还算滚圆的真实脑袋,摸到它们依然通过脖子连接着自己的身体,他们才松下一口气,相信自己只不过是做了个噩梦。他们的头颅,并没有在睡梦中被那些来回敲打的锤子敲扁敲烂。

在被铁锤声弄醒的人群里,有三个梦游的人。他们当中,一位是奎文街角"百乐坊"隔壁人家的大脚女人;一个是在来家和的窑货铺子里当伙计的矬子;另一个,是神婆子有莲花的哥哥,有官运,天生瞎了一只眼的老光棍。

那个大脚女人被铁锤声震醒后,看见自己赤身裸体,正在邻居家门外的石磨上,抱着根木棍在推磨。她的邻居是个露阴癖男人,每次看见女人,他都会把他腿裆里驴具般的玩意儿,掏出来给她们看。大脚女人被惊醒过来,首先看见了邻居家的那个男人。他也和她一样赤身裸体着,站在磨道边上,左手里托着腿裆

449

里那一嘟噜东西,右手里举着根点燃的苘秆。她抬头看见他时,他正努着嘴吹亮了苘秆上的火点,抬起头在对她笑着。大脚女人惊叫一声,先是扔下磨棍,用两只手护住乳房,接着就瘫倒在地上。再下去,因为惊慌,她完全忘记了要跑回自己家的院子,而是让脚下的一线路牵引着,一路跑到了她白天常去挑水的那眼水井边。

在水井的井口边,神婆子有莲花的哥哥有官运,刚趴在井口上方,对着一只在水里来回游动的青蛙,和它低声细语地谈论着他在落进井里的星星上面看到的奇异天象:"四象不稳,四兽跃动,四维有异,四方神乱。外冷内热,虚危室壁震雷惊……"

除了磨豆腐,有官运还在浂口的大街小巷里游荡着,一边卖豆腐,一边给人打卦算命,摸骨看相,看风水,寻墓穴。他的妹妹有莲花,那个神婆子,遇上他们家任何一个亲戚和街坊,都要告诉他们,她哥哥在上一个轮回里,是阎王爷跟前的牛头马面鬼,因为背着阎王爷识了几个字,偷看了阎王爷的生死卷宗,先是被阎王爷罚他自己拿手指戳瞎一只眼,尔后又把他逐出锦衣玉食的阴曹地府,命令他瞎着一只眼睛,转世投胎到浂口有家的豆腐铺子,罚他终生在磨道里转着圈子推石磨,一只眼睛看世界,一辈子里只能喝豆浆水,吃豆腐渣。谁知道,这个已经自己戳瞎一只眼的鬼头,仍然不思悔改,在转世投胎前,他先自偷了张人皮披在身上,后又哄着两个熟识的小鬼头,把地府里强行要转世鬼魂喝的"福禄寿禧酒",也就是孟婆用一滴生泪、二钱老泪、三分苦泪、四碗悔泪、五寸相思泪、六盅病中泪、七尺别离泪,加上一味她自己的伤心泪为药引子煎出来,意在让转世鬼魂喝了后,忘记前世所有爱恨情仇的"迷魂汤",倒进了偷来的那张人皮的嘴里。阎王老爷找到那张被他遗弃的人皮时,这个无法无天的鬼头，正在投胎降生到人世间那条狭窄的命道里，朝外挣脱着伸出两只脚。阎王爷盛怒之下，抓过桌上的生死簿，铁笔一挥，把他转世后餐餐吃饱豆渣那点福禄也一笔抹掉了。天王老子王母娘娘呀，阎王爷他老人家欲扔下神笔时，仍然觉得不能解气，他便又抬起笔，给这个无赖鬼头寿限后面添加了十年，并且在他两腿间，将男人腿间的物件和女人腿间的物件，全给他安置上了。这个苦命人，他一生下就是个世间人人能拿来取笑的阴阳人，不男不女的二尾子。"那位仁慈的阎王爷，他就这么花费着心思，罚了我哥有官运一世孤老到死。"

　　大脚女人跑到井边时，有官运刚被铁锤的声音敲醒。他望着井里那只青蛙和满井的星星，疑惑着自己到井里来打水，怎么会没带水罐子。在他准备起身去找水罐子时，抬头看见一个浑身赤条条的女人，站在了他眼前。他生来从没见过光着身子的女人。他看着那个女人，两只膀子一缩，两手跟着一抖，双腿打了几下酥颤，人就一头栽进了井里。那个跑到井边的大脚女人，先是看见有一条光从井里上来，铺到了井边，井边上一团黑影，抓着那道光，扑通一声，就滑进了井里，接着，那道光又抻了抻，铺到了她脚下。她就踩着那道飘着奇异香味儿的白光，把两只大脚迈了上去。

　　来家和窑货铺子里的小牲子，是个二十五岁的小伙子。在铁匠们的铁锤声没敲响之前，他一直趴在窑货铺子后面的猪圈里，在干草堆中，搂着刚产过猪仔的一只母猪，含着母猪的一个奶子，拼命地在吸吮着奶水。自从女儿香艾被那个来自登州的伙计拐跑后，因为家里还有两个小女儿，来家和再也不敢冒险雇佣那些有身有架的年轻伙计。经过千挑万选，他给自己的窑货铺子里，选中了一个小牲子。

三个梦游的人里面，最先被铁匠们挥舞的铁锤摇晃醒的，是这个小矬子。他醒过来的一瞬间，先是惊骇地吐出了嘴里的猪奶子，然后从干草堆里一跃而起，踩着两只小猪崽逃出猪圈，疯了一般在大街上狂跑起来。他听见风在他的耳朵眼里呼呼响着，就像那头母猪在噗噗地放屁。他没有听见过猪放屁，可他相信，那些风就是猪放屁的声音。他一边跑，一边还在那些猪屁里，听见了那只猪在叫他的名字。那只猪哭着问他为什么要逃走，说他是它的丈夫呀。从他这个矬子第一次叼住它的奶头子，他就是它的丈夫啦。那些小猪崽子，全都是他们的孩子。小矬子一边跑，一边憎恶地抠着自己的嘴，抠得鲜血淋漓，一心想把从那头母猪身上吸到的东西，全部呕吐出来。结果，他什么也没有吐出来。在跑到街边一盘石磨跟前时，他在石磨的磨眼里，看见了一个燃着的红火点。开始，他以为自己跑上了千佛山，跑进了兴国禅寺里。直到他停下步子，不再抠嘴，才看清磨眼里插的是一根点燃的荷芯，而不是一炷香火。在石磨下面的磨道里，他看见了两个赤身裸体搂抱在一起的人。他走到他们跟前，在他们粘在一起的屁股上用力踢两脚。然后，他看到一个瘦小的白色身影，从地上爬起来，就像他刚才那样，疯狂没命地奔跑起来。他跟在那个瘦小的身影后面，追着那个影子跑到了一眼水井边。在那里，他看见那个瘦小的白色影子，像从天上劈下来的一道电光，唰的一声淹没在了黑漆漆的井口里。

窑货铺里的小矬子瘫在水井边，从半夜一直趴到了天亮。清晨，一个早起到水井里挑水的男人，先是发现水井里栽着两个人，一扭头，他又看见了瘫倒在旁边的小矬子。打水的男人没命地跑到巡警局里，把两个巡警喊过去时，那个小矬子依然趴在他半夜里瘫倒的位置上，没有让他的两只脚站立在地面上。并且，从这天开始,他的两条小短腿,便再也没能够站立着,在地面上行走一步。

半个月后,那些把黄河里来往船只震得船身摇晃的铁锤声,才慢慢停歇下来。也就在那个时候,那些几乎被日夜不停的铁锤声敲出胆汁的浓口人,和那些日夜不能停顿的铁匠们,才弄清楚,他们打造出来的那些堆成小山的铁链子,是为了挨家挨户,将浓口所有人家的刀具,不拘铡草料的大铡刀,还是切菜的菜刀,杀猪宰羊的弯刀,一律要用那些铁链子,固定在各家各户的房梁上,只有切菜铡草和宰猪羊时,方能使用,且不许将那些刀具移出屋门一步。

"左邻右舍,家家户户,父与子,兄与弟,皆要相互督察,相互举报。举报落实者,奖赏银圆十块。"在巡警局贴出的告示上,谷友之吩咐手下人,一定要把这些话用大字写上。"钱没有腿脚没有眼目,可它哪里都能走到,什么都能看到。"他对站在身边的伍金禄说。

现在,尽管城里已经宣布了独立,谷友之还是没有下令,让那些拴在铁链子上的各样刀具,在他这里获取到独立与自由。"最好是再等一等。"他告诉自己,"对于整个浓口和那些把刀具拴在铁链子上的好人家,都不会有什么坏处。"

因为各家各户的刀具,包括斧头剪刀,都被铁链子拴了起来,在过去差不多一个月里,浓口地面上,几乎没有发生大的人身伤害事件。只有牙行里的两个酒鬼,在喝得烂醉后,用抬秤称猪崽子的两根枣木杠子相互殴打起来,一个被打掉两颗门牙,一个被打折半条胳膊。不过,第二天早晨,那两个醉汉在巡警局里清醒过来后,都矢口否认他们曾经在喝醉酒后干过架。

掉了两颗门牙、天生缺少两根手指的那个家伙,因承袭他父亲的位子,曾经是浽口牙行里最年轻的一个行头。这个行头说他是黑夜里喝完酒,在回家的路上,遇到了鬼打墙。他知道鬼除了怕火亮,还怕人间的鸡叫,而且,他怀里不但有洋火,他学鸡叫的本领,也足以让整个浽口的公鸡"都跟着他一起鸣叫起来"。可他不想用这两个"仅仅属于活人"的下作手段,去欺负两个"在花力气打墙的鬼"。原因是他觉得,活人用这种人的手段去对付鬼,也会有失公平。另外,他也因为第一次遇见鬼,心里好奇,想和两个小鬼玩一玩,和他们过过招,看看是他能够凭借活人的力量斗得过鬼,还是鬼凭着鬼的能力,可以斗得过他这个一身生气的活人。在和两个给他打墙的小鬼斗了半天后,他突然觉得自己肚子里憋了泡尿,于是,他就解开裤带,从裤裆里掏出那嘟噜玩意,冲着一个小鬼撒了泡热尿。他不知道小鬼怕热尿。结果,那个小鬼被热尿烫得满地上打滚,哭爹喊娘地对着他求饶。他哈哈地笑着,心想小鬼既然怕人的热尿,就应该怕人的口水,毕竟唾沫星子还能活活地淹死一个活人呢。他就来回搅动着舌头,撮了一大口唾沫,吐到了另外那个小鬼身上。令他意外的是,这个法子没有灵验。他把口水吐到那个小鬼身上,那个小鬼不但没有被他制服,而且,还从他们砌的墙上拿起块尖嘴石头,毫不费力地打掉了他两颗门牙。

那个断了胳膊的家伙呢,吹嘘得更加玄幻,说他是在喝了两杯热酒后,忽然觉得身上大燥,有个跟他同桌喝酒的兄弟,见他汗流浃背,便鼓动着,让他到黄河里去洗个澡。他那会儿还不知道,他那位拜把子兄弟勾搭了他的老婆,他的本意,是想要他趁着醉酒,一脚踏进水下的鱼眼漩涡里,做个鱼食。但他非常幸运,并没有走进那些鱼眼沙漩里。在黄河里,他是和一条白胡子鱼爷爷搏了个鱼死网破。他下到水里,还没洗上一袋烟的工夫,就有条白胡须的鲤鱼游到了他身边,说他洗澡时搅动起来的水纹,弄乱了它们布下的迷魂阵。本来,它们已经要打败团鱼国,整个国家的鱼子鱼孙,在那些母鱼的号令下,都已手拿鲜花,头戴花环,夹道立在城门内外,准备迎接凯旋的英雄们了。可结果呢,在最紧要的生死关头,它们的迷魂阵,却被他这个跳进河水里洗澡的醉汉给搅破了。迷魂阵一破,鲤鱼国没了制胜的法宝,它们鲤鱼国的兵将立时阵脚大乱,霎时就被团鱼国给击溃了。现在,它的王位没有了,王宫没有了,疆土没有了,国家没有了,子民没有了,它的鱼子鱼孙,全都被团鱼国的兵丁俘获去,眼下统统成了团鱼国的奴隶。它的王后,三万个妃子和一眼望不到尽头的女儿们,更是一个没少,全部被团鱼国的国王和有功将士瓜分了去,年轻的做了它们的妃子侍妾,年老的做了它们最末等的奴仆,给它们吸脓舔痔,清理粪便。现在,整个鲤鱼国,就剩下他这个老不死的孤独国王,孑身一人逃了出来,在乱草乱泥里东躲西藏,生不如死。后来,它逼着自己冷静下来,发现它最大的仇敌不是团鱼国,而是这个在黄河里洗澡的醉鬼。是他在河水里一个劲地瞎搅和,洗脸洗腚洗屌洗蛋,洗完胡子又洗屌毛,洗个没完没了,最后搅乱了它们布下的迷魂阵,才使困在迷魂阵里的团鱼国兵将反败为胜,反戈一击,消灭了它的鲤鱼国。它思来想去,最终决定前来寻找他这个真正的仇家,拼上自己的老命,也要一报亡国之恨。那条老鲤鱼说着,突然掉头向远处游了去,然后它掉转头,纵身一跃,飞离水面,带着一阵雷电之声,冲着他扑了来。他在惊慌之中,抬起手臂欲去拦阻,结果就被那条扑上来的大鱼撞断了胳膊。再看那条白了胡须的老鲤鱼,已经撞碎头颅,浮尸在水面上。

第二十八章 杂 种

谷友之骑在马背上，想着牙行里那两个胡说八道的醉鬼，独自笑了半天。在来家祥的杂货铺子门外，他挽着缰绳，勒住了那匹白马的四个蹄子。城里宣布独立已经一个多星期了，这个杂货商才挑出了两根布条子。他打量着铺子两旁张挂的一红一黄两挂布幅，琢磨着这个杂货商又在出什么幺蛾子。城里宣布独立前，这位杂货商竟然学着城里一些读书会，在他铺子前摆张桌子，免费供着茶水和瓜子，弄出个什么"时事辩伪会"，让那些南来北往、进出浉口的人，在那张茶桌前坐下来，喝着上好的茉莉花茶，对城里的"独立之时事"轮番进行辩论。仅仅三两天的工夫，就连河里那些扛活的苦力，拿到工钱就想钻进窑子里"去找小娘们出火"的船夫纤夫，都被他这个辩伪会招引过去，变成了一个个"恪守本分的男人"，围在那张桌子四周不断地拍手叫好。那几天里，每天直到半夜宵禁了，他的铺子前还会围着一层层的人，不肯散去。最后，他不得不打发那个来福，跑过来告诉这位杂货商，他要是不想自己的铺子像城里有些店铺那样，在半夜里被人抢光，而且，他还不想睡进自己铺子里造出的某口棺材中，他最好是把那张茶桌子搬回屋内。从那开始，那个杂货商的茶桌子,才没有再摆到街上。

这个爱惹是生非的老杂毛!

谷友之端坐在马上,嘴里喊着"来掌柜",问他门外吊着两根布条子,是挂出酒幌子,准备改弦更张开酒铺子,还是好心地给铺子里哪个伙计请了痘神娘娘。"要是给伙计请了痘神娘娘,等到年尾上,我可是要花些大力气,在洑口一年一度的治安表彰会上,着力表彰一番你这位商界好东家。"

"局长大人,您抬举了!不是鄙人要开酒铺子,也不是铺子里的伙计出了痘花,是我自个给自个请了痘神娘娘。"

来家祥抬头看眼谷友之。他手里攥着把被铁链子拴住的剪刀,正在门口的光亮里剪着指甲。从铁匠们被召集进巡警局里打造完那些铁链子,所有铁匠铺子里再打造出任何东西,不管大刀小刀、镰刀剪刀,铁匠和前去打造东西的人,须一并到巡警局里备了案底,铁匠才能接下活,动火锻造。各家铁器行和杂货铺子里售卖的刀具,巡警局里也悉数做了登记,一一用铁链子拴了起来。要买刀具的人,也须先到巡警局里开出张身家证明,才能拿着这位巡警局长亲笔签字的购买证明,到各家铺子里买货。

"噢?那是我近日得了燥热症,眼神脑子都烧混沌了。这几日里走来走去,打你这儿经过好几趟,硬是没瞧出来来掌柜您得了痘花。"

"许是芫荽豆子汤喝得晚了,没发好痘苗,没在脸面上表出来;也或许是天宫里那位玉皇大帝老爷新纳了月宫里的嫦娥,昼夜里只顾着花下施恩布泽,心爽神悦,眉开眼笑,天地万物都跟着新娘子承恩,天也新,地也新,日月星辰都换了新颜。那位新老爷一时怜悯起我这个老东西年岁大了,屋里又只有两个丑到不能再丑的瞎包老婆,不忍心再给我一脸麻子,腌臜了众人,就硬是生生地把它们捂在了裤裆里，外人眼目见不到的地方。"

"要是这么说，你只给痘神娘娘烧香挂旗可就不够了。"谷友之哈哈地笑着，"除了痘神娘娘，凌霄宝殿里的玉皇大帝王母娘娘、月宫里的嫦娥仙子玉兔吴刚、太上老君托塔天王、泰山奶奶观音大士、雷公闪婆、四海龙王过海的八仙、桃园三结义的红脸关公爷，就是洋教堂里三位一体的圣父圣子圣灵、圣母娘娘六翅天使十二门徒，你也得一一拜到，才能保住余生里平安，大吉大利。"

"您说的这些都对。我夜里翻来覆去睡不着觉，也在这么琢磨。人活着就是虚情假意。除了洋教里什么圣父圣母天使门徒，咱们跟他们言语不通，我没法子拜到，您说的这些神仙圣人我都拜过了。就是阎王老爷黑白无常，河神灯神火神灶神、穷神瘟神山神路神、车神药神谷神夜游神、福禄寿禧财五路神仙，土地老官送子娘娘，如来佛祖释迦牟尼琉璃光佛弥勒佛，文殊菩萨普贤菩萨，观世音菩萨大势至菩萨，日光菩萨月光菩萨地藏菩萨，四大金刚十八罗汉，三皇五帝金木水火土二十八星宿，连茅厕神紫姑跟孔圣人他老人家，我都在心里烧香礼拜到了。"

站在马屁股旁边的伍金禄朝前凑两步，站在马头一侧，手里摸着那匹白马的脖子，仰头看着谷友之，嘿嘿笑着说："局长大人，您和来掌柜这么一念叨，天上地下，水里陆上，所有这些神仙们，好像都到戏台子上来回走了一遭，亮了个相。要是过路的人打咱们这儿经过，一耳朵乍听过去，还以为您这是号令着一众神仙，在云里雾里瞅不见的一个仙境戏台子上，指引着他们跟来掌柜斗法呢。"

"斗法？斗法这个说法好。"谷友之瞅眼来家祥，又哈哈着笑两声，侧过脸去对伍金禄说，"要论斗法，你们几只耳朵都听见了,我还真是斗不过来掌柜这位地主。"

"局长大人您可真会说笑话。我要是没猜错的话,您是想说强龙不压地头蛇吧?您是强龙一点也不假,没人敢说出半个不字。可话说回来,您要是说浃口镇不是您的地盘,还有谁敢说这个地盘是他的?"

"来掌柜到底是来掌柜。"谷友之扭动身子寻找着来福。"来福呢,来福干什么去了?"他询问伍金禄。

"刚才来掌柜接过您的话,说到河神灯神穷神瘟神时,他就捂着肚子跑走了,说他晌午吃了几块凉白薯,喝了碗南瓜汤,这会儿闹上肚子了。"

"吃凉白薯吃得拉稀去了?"谷友之笑着说,"我想让他用心跟来掌柜学学做人做事的法门,他倒比条鲶鱼还要滑溜。这样吧,待会儿他回来了,你给他说,接下来,他怕是得多拉几泡稀屎了。他这半年的茶水点心补贴,我刚才已经替他找好去处,准备拿给来掌柜,让他在铺子门口多挂几条这种布幅,好好庆贺一下城里的独立。在咱们浃口,只要来掌柜挑起旗子,这些大街小巷里,就没有哪个铺子不紧着张挂了。"

"局长大人,您要是觉得这两根布条子挂在街上,有碍咱们浃口镇容的观瞻,我立马就让伙计们弄下来,赏给他们,让他们拿回家去做两条棉裤里子。"

"你要是这么说,来掌柜,我可就弄不明白您几个意思了。"谷友之伸出马鞭,挑了挑那块在微风里斜垂着的黄色布条子。"城里宣布独立后,锅底下那火头,可是呼呼啦啦地烧得旺着呢。当年八国联军跑来洗劫北京城那会儿,听说各国司令官都特许他们手下的军队,可以公开抢劫三日。那完全是一套强盗的做事手法。可你放眼看看咱们浃口,从城里宣布独立开始,是个什么情况?秩序井然有条,市贾不二,繁华如常。不光黄河水流淌得稳当,就是大街小巷里昼夜游荡的那些野狗野猫,也在四处安安稳稳地走动。你看它们在众目睽睽之下交媾吊秧子,是不是比原来坐在轿子里出访的那些官老爷们还要泰然?在这个节骨眼上,谁要是胆敢站出来,反对你挂这些庆贺独立的旌旗,那就是在反对独立、反对共和,要跟新成立的中华民国山东军政府做对头。"

"在咱们泺口地界上,恐怕就只有局长大人您,能拿着独立和自己说这种笑话。"来家祥又朝前走几步,站到距离那匹白马和它主人两三步远的位置上,仰头看着谷友之说:"您就是把机器局里那些枪炮火药都弄了来,堆到我身上,把我埋起来,再亲自点上火线,我也不敢对您有半点不恭敬。"

"你这话可是言重了。"谷友之哼哼地冷笑着,"现在城里已经宣布独立,我这个老旧巡警局长,屁股还能在巡警局里安坐几天,这事只有头顶上那位老天爷才一清二楚。我怕是没有你那么运气好,能碰上玉皇大帝纳妾那种天大的喜事。我害怕的是,他万一在睡梦里做了什么噩梦,梦见了他不愿意正眼瞅见的人和事,惊醒过来拿着我出恶气,我在泺口的安稳日子,就要在另一张纸上写着了。写在一张他擦完屁股的纸背面,也是说不准的事。"

"天塌下来,也不会有这么不长眼的事落到您身上。"来家祥说,"您自己肯定都不知道,在咱们泺口,在我们这些小老百姓眼里,局长大人您,一直就是那位老天爷在地面上来回晃动的影子。"

"说来说去,还是来掌柜最会说锅底上那点笑话。"谷友之哈哈地笑起来,"这些年咱们跟西洋人打交道多了,都知道他们喜欢把七天称作一个星期。星期这个说法很有点意思。从这点上说,西洋人和咱们老祖宗,头上那顶帽壳子差不了多少。咱们的祖宗们,也一直在用天上那七颗星宿,在计算日月,无非不像西洋人那么琐碎,要不停地伸着手指头去数那七颗星。眼下,从城里宣布独立到今日,已经过去西洋人说的一个星期了,也就是说从那把勺子的把上,数算到勺子头,已经数算完了整整一遍。这一勺子的路程里,虽然装满了咱们人人都想要的那个独立和自由,可也装进了不少流言蜚语。这每一日里,那些满天乱飞的蝗虫,可都没少在我耳朵眼里撞来撞去。"

"我和局长您不一样。我这两只耳朵,除了天上刮风下雨,向来什么动静都不往里塞。要说流言,流言是什么,就是大坝外头黄河里哗哗流着的水,只要它不撒开欢作恶,不乱冲乱撞着跑出大坝,让那些鱼子鱼孙把咱们浌口人当了饱腹的鱼食,就只管让它顺着河道流淌好了。"

谷友之晃着手里的马缰说:"要是整个浌口镇,人人都像来掌柜,安分守己地过自己的日子,该开铺子的开铺子,该赶脚的赶脚,该保媒拉纤的保媒拉纤,猫娶老鼠、钟馗嫁妹,各满心愿,我这个芝麻粒大的巡警局长,就能天天安心地窝在屋里,喝一壶热茶,嚼两块贵心斋的点心,享享清福了。"

谷友之在大街上和来家祥东拉西扯、谈神说鬼这个上午,南明珠带领蒙智园的孩子们,跟随着马利亚的提琴声,一直在为下个月的圣诞节,反复排练着《平安夜》。

　　平安夜,圣善夜
　　万暗中,光华射
　　照着圣母也照着圣婴

461

多少慈祥也多少天真

静享天赐安眠……

学唱这首歌之前,马利亚给每个孩子分了一颗糖果,告诉孩子们,他们要唱的这首《平安夜》,是奥地利一位名字叫 Joseph Mohrd 的神甫,在差不多一百年前写出来的。"这位乡村教堂里的神甫,一生都生活得非常清贫。他天天吃黑面包,喝咖啡时从不舍得加糖或是牛奶。他所有的财富,都奉献给了当地的学校和养老院。在他病逝时,他的衣兜里,连一枚最小面值的银币都没有。"马利亚低声说着,看着她面前的孩子们。

但那些孩子们,并不关心 Joseph Mohrd 神甫是谁,也没有哪个孩子愿意关心他病逝时,衣兜里有没有金币或是银币。孩子们只是围住了马利亚,纷纷询问着她,在一百年前的圣诞节里,小孩子们都能够分到几颗糖果,或是几块糕点。有一个孩子还想知道,奥地利的冬天里会不会下大雪,雪地里有没有麻雀。若是有被大雪冻死的麻雀,那里的小孩子是不是也会把它们放到火堆上烤了吃掉。那个叫孔雀的女孩子正在发烧。她被南明珠搂在怀里,差不多要睡过去了。但是,在听见其他孩子说到糖果时,她又挣扎着,从南明珠的怀抱里挣脱出去,奔到了马利亚跟前。这个女孩子好奇地探问着马利亚,在她刚才说的那个地方,奥地利,那里的人如果不想天天吃面包了,是不是每天都能够吃到饺子和汤圆。

"孩子们,我们不能只关心吃到嘴巴里的食物,只关心甜掉牙齿的糖果和糕点。"马利亚笑着,把走到她面前的孔雀揽在臂弯里,弯下腰,用嘴唇在她的额头上贴了贴。试过她的体温后,她又伸出食指,在女孩的鼻子上刮两下。"我们过圣诞节,是为了纪念降生在马槽里的耶稣。请大家记住了，糖果，只是圣诞节里一份小小的礼物。"

"城里独立那天，园长夫人也给我们分了糖果。"孔雀仰起脸，望着马利亚，问她"独立"是不是和圣诞节一样，也是因为有人降生在了马槽里。

马利亚和南明珠对望一眼，笑着告诉这个因为发烧，脸色看上去红扑扑的小姑娘，她现在太小了，还不能真正懂得"独立"是什么。接着，她伸出小拇指和孔雀勾下手指，向她保证说："我的小孔雀，等你长大一点，长到可以理解什么是独立的时候，我再来告诉你，什么是真正的'独立'。"

"好的，太太。我想，我明天就会长大了。"因为在发高热，小姑娘发出的声音像根蜘蛛丝，又细又黏又弱。

马利亚又对着南明珠笑了笑。然后，她牵着孔雀的手，把她交回南明珠手里，转身拿起她的小提琴，吩咐孩子们都回到各自的位置上，听着她的琴声，开始跟随园长夫人手上的节拍，继续学唱新歌。

"孩子们，我们一起努力，在吃午饭前，学会唱这一节好不好？"

南明珠把孔雀安顿在一把带扶手的椅子上，给她围上一床薄薄的小被子，帮着她坐好。南明珠站在那把椅子旁边，又对着其他孩子拍拍手，要他们都安静下来。

外面的天空又高又远，蓝得像天宫里看守蟠桃园的一个仙女的梦，又干净，又带着点用日头新烤出的面包才有的香甜。南明珠两手给孩子们打着节拍，眼睛不时地从孩子们头顶上跳跃过去，从一扇玻璃窗子上，看着洁净明亮的天空，仿佛天上果真有个开满桃花结满寿桃的蟠桃园。在想到太阳烤出那些面包的美好

463

味道时，她还想起了马利亚亲手做的那些苹果馅饼。"如果是日头火烤出来的馅饼，味道会不会更香更甜？"她天马行空地胡思乱想着。因为这个奇怪的念头，尽管手里在打着节拍，她还是微微地侧过脸去，面含微笑，满怀歉意地看眼正在专心拉琴的马利亚。马利亚做的那些馅饼，已经是她最喜欢的馅饼了。

从马利亚那里扭回头时，南明珠又将目光投向了院子门口。在那里，她看见了推着豆腐筐子，正在走进大门的神婆子有莲花。

神婆子的哥哥有官运在水井里淹死后，神婆子就接下了他的豆腐坊，代替有官运做起了豆腐。"他不是死了，他是熬完一遭劫难，又被阎王老爷叫回身边，做他的鬼头，享他的大富大贵去了。"那天，谷友之在勘验完水井里淹死的两个人，回到家里，把这个神婆子站在水井边上说的话，当作笑话转述给南明珠时，大声笑着说："那个神婆子，可真是个神婆子。"说完，他又继续哈哈地笑两声，说他在那会儿的想法，实在是想把这个神婆子也投进井里去，差她到阎王殿里走一趟，和那位阎王老爷商量商量，能不能先不让那个鬼头回去。因为他实在是不知道，离开了他，泺口还有谁的两只手，能做出他那样美味鲜嫩的老豆腐，让整个泺口人念念不忘。当然，南明珠不知道的是，她的丈夫并没有告诉她，这个独眼人做出的老豆腐，曾经是谷兰德先生最喜爱的"中国食物"。谷兰德先生在世时，每个早上，他都要等候在门口，站在谷兰德先生摆放圣经书那张桌子的一头，风雨无阻，等候着这个独眼人走过来，把一块热气腾腾的嫩白豆腐，放到他手中那只被莎士比亚夫人称作"丹麦之花"的盘子里。

那匹白马抖动几下鬃毛，又甩了两下尾巴。在它的尾巴来回甩动的空隙里,推着车子的一个老锡匠,和一个抱着孩子的妇人,先后走了过去。来家祥从他这里看过去,那条来回甩动的马尾巴,先是抽打了老锡匠一下,又抽打了那位妇人和孩子一下。若是对面街上,他的棺材铺子门前有位主顾或是伙计,那个人恰好也站在那里,朝对面看着他和巡警局长的这匹马,他想,在那个人眼里,也一定和他看见的场景一样:这匹马甩动起来的尾巴,来回两下都抽打在了他的身上。因为被那条马尾巴来回"抽打两遍",他心里骂着巡警局长"驴日的玩意",从口袋里掏出一盒烟,假装走过去请谷友之抽烟,离开了那个可能再次被马尾巴来回抽打的位置。

"这些天,朝廷被城里那个独立赶出了济南府,咱们洑口,自然也跟着不归朝廷管了。"来家祥举着胳膊,给谷友之点着烟说,"我挂这两块布条子,也是想看看,半天空里来回乱窜的那些风,没有朝廷那块天罩着它们了,它们是不是也跟人脱光身子那样,浑身变得轻松自在,跟鸡腚上落下的一根绒毛那样轻了。"

"没想到,来掌柜还有观看天象的本领。"谷友之挺直腰身,漫不经心地抽口烟,眼睛瞅着烟头上闪亮的红火点。"人这一辈子太短了。三国里那位曹操怎么作诗来着,'对酒当歌,人生几何!譬如朝露,去日苦多'。来掌柜,今日里你得帮我掐算掐算,这一辈子里,我还有没有什么富贵可享。"他脑子里又响起莎士比亚夫人说话的声音。"一定要记着,天国就在我们每个人自己手上。"她说。"杂种!"他在心里想着冯一德说的那件肮脏事,恶狠狠地骂了他一句。

"局长大人,您肯定生来就是大富大贵的命。"

伍金禄摸着那匹白马的鬃毛,满面含笑地望着谷友之,想借这句恭维话,在局长大人面前讨个欢心。凭着他的观察,这些日子,也就是从局长太太带着满街上给他爹找魂子那个孩子,跑到巡警局里面,寻找"会和人一样说话"的甲鱼那天起,直到眼下,他总觉得,他们这位巡警局长,似乎跟之前那位局长大人有点不一样了,尽管他不能准确地说上来,他究竟是在什么地方有了变化。开始,他猜测是不是因为他新剃了头,因为头型使他看上去有点怪异。后来他又发现,完全不是那回事。他又猜想是他身上某件衣裳在作怪。可他掐着指头回想半天,觉得跟那些衣裳也没有关系。这位局长大人每天到巡警局里来办公,都会穿着那身样式完全没有变化,只属于巡警局长一个人的制服,几乎没换过其他衣裳。城里宣布独立后,他和他们身上的巡警服,也都还是老样子,并没有因着城里的巡抚大人变成了中华民国山东军政府的大都督,他们就得了好处,身上多出两件新式巡警服,腰里多塞进了十个八个铜钱。恰恰相反,倒是城里那个独立,让他们本来一天两圈三圈的巡逻,变成了现在的五圈六圈,跟个被鞭子抽打的陀螺那样,一天到晚地转个不停,把脚上本来还能多穿半个月的鞋底都磨破了,凭空多出一双鞋的开销。后来,他差不多又花三个黑夜的时间,才有点弄明白,是一个人藏在眼睛后面,也就是藏在别人瞧不见的后脑勺里的某样东西,让他们这位局长大人跟过去不一样了。尽管他依然弄不清楚,他们这位局长大人的眼睛后面,或是后脑勺里,都藏了点什么,但他自己的眼睛和身体,都在老老实实地警告着他,眼下,他在说话和行事时,最好还是想方设法,尽量多讨好着点这位局长大人。

谷友之用力地抖动一下马缰,用缰绳弹了下伍金禄的手背,嘴里骂着他"愚蠢的家伙",让他跟来福学着,赶紧去啃两块凉白薯,找个地方跑肚子拉稀去。

"是,局长大人,在下马上就去。"伍金禄哈下腰,笑嘻嘻地跑到了那匹马的屁股后面。然后,他站在那里,先是抬手扇自己一个耳光,以此惩罚自己没有管住嘴里那条舌头,接下去,他又对着来家祥挤巴了两下眼睛。

"我觉得伍金禄说得分毫也不差。"来家祥瞅着伍金禄笑了笑,又往街对面,他的棺材铺子那边看两眼。前段日子,因为这位巡警局长召集铁匠,昼夜不停地打造铁链子,那些天,他的棺材铺子里,倒是意外地多卖出了好几口棺材。这一个月里,他差不多天天都在等待着,城里面也能像鄂省的武昌城一样,因为那个独立,人头狗脑地打个稀巴烂。要是那样,他的棺材铺子就可以狠狠地赚上一大笔了。现在,他的这个棺材铺子,已经是浉口城里最大的一家铺子。城里一些大户人家死了人,用的全是他铺子里的楠木棺材。而当年砍掉他爹一根手指头的那个老家伙,他的两个孙子,眼下都是他铺子里的伙计。来家祥继续笑着,目光从马屁股转到那匹马的背上,看着谷友之说:"比比我们这些蝼蚁臭虫般的下三滥,局长大人您一手掌管着整个浉口,可不生来就是大富大贵的命。"

"大富大贵的,只有金銮殿里坐着的那个皇帝。"谷友之弹了弹手里的烟灰,哈哈笑着说。他很愿意和来家祥赌一把,眼下还在紫禁城里坐着的那位大富大贵的小皇帝,他要是运气足够好的话,将来会纳多少位妃子,是三千佳丽,还是三千零几百个。他想起了冯一德那个杂种说的"五千个妃子"。

"现如今,城里宣布了独立,那位吃奶尿裤裆的可怜小皇帝,已经被人赶出济南府,也赶出咱们浉口了。眼下,我猜他坐在紫禁城里的情形,一准像是在半夜里遇见了鬼打墙。就是有蛤喇牛那么大点地方,给他留有一个大清国,他也要天天吃斋念佛了。"

来家祥仰起头看眼天空,想看看黄河上面的水汽什么时候能凝成云层。真是笑话,城里宣布独立后,偌大个泺口镇,竟然没有半个男人跳出来宣布泺口独立。"一包尿货。看看城里,独立就跟划根洋火棒那么简单!"他暗自骂道,想着自己悄悄划着那些洋火。"你也是个瞎包玩意!"他又在心里嘿嘿笑着,骂自己一句。天空蓝得像块厚丝绒,让他心颤。他记起自己曾在一片旷野里看见过的,他觉得可能是天下最好看的一只蝴蝶翅膀上,就有这种蓝得令人失魂落魄的颜色。那只蝴蝶,就因为它翅膀上的颜色,让他跟着它,赶出了几十丈远。追那只蝴蝶的时候,他心下一直在念想着,戏台上梁山伯和祝英台化成的两只蝴蝶,难怪会迷住了天下无数男人女人的心窍。在那一会儿,他甚至觉得,即便是把他心里想弄上床睡一觉的所有风流娘们儿,包括南家大小姐和那个洋婆子,统统拢到一张床上去,任由着他又搂又摸又操,也没有这只蝴蝶给他的吸引头大。

"你这个蛤喇牛说得好啊。"谷友之又吹了吹烟头上那个火点。

"照这个势头下去,一个省份一个省份地闹起来,挨个宣布过独立,那个小皇帝一升二斗三勺子的富贵,怕是也撑不住三天两宿。被人赶出金銮殿,当了叫花子也是说不准的事。"城里宣布独立这些天,什么提学使、提法使、按察使,甚至连济南知府,都已经辞官回家,搂着老婆孩子睡热炕头去了。醋园里那个工头伍春水说,他儿子伍三羊回家时告诉他,城里面的各巡警区官,早在独立那天就作了鸟兽散。有些衙门里的官吏,还趁机将衙门里公事用的银子私自提取出来,塞进个人腰包里,偷偷地逃走了。城里一夕数惊,市面大起恐慌,不知道有多少大户人家,在大白日里就遭了哄抢。可他们泺口这位巡警局长,他倒是沉得住气息,还能安安稳稳地待在这里,跟着他闲磨牙。来家祥从来没摸透过这位巡警局长的心思，不知道他手里打的什么牌。他继续让自己哈哈地笑着，说要是这么做一番比较的话，他这位巡警局长大人就会觉得，他现在可是比那位小皇帝富贵多了。最起码，泺口这块地盘子跟这节子黄河水，都还结结实实地攥在他手心里。

神婆子有莲花的木车子，停放在了院子中央。她站在数日前谷友之牵着马站立的位置，"梆梆"地敲两下手里的木梆子。

"园长夫人，园长夫人，您听，是那个神婆子来了，她在敲木梆子呢。"坐在椅子上的孔雀惊慌地喊着南明珠，两只脚已经站立到地上。

"安静地坐好，孔雀。"

"神婆子来了！神婆子会把小孩子的魂子偷走，吞进她的肚子里。"孔雀奔到南明珠身边，慌乱地抱住了她。

"不许瞎说！"南明珠做个停止的动作，让孩子们停止了歌唱。马利亚也停下了琴声。南明珠想着那个四处给父亲找魂子的黄杏子，弯下腰，笑着问孔雀："是谁告诉你，神婆子会偷小孩子的魂子？"

"俺奶奶。"

"你奶奶是在吓唬你呢。"南明珠摸着孔雀的耳朵说。

"她不是吓唬俺。俺大弟的魂子就被神婆子偷走了。他蹬着腿，嘴里吐着白沫，一会就断了气。"孔雀紧紧地抱着南明珠，浑身都在哆嗦着。

"有上帝保佑着，没人能偷走我们孔雀的魂子。"

南明珠把孔雀抱在怀里，摩挲着她的额头。泺口的每一条大街小巷里，都有着类似的传说，在不停脚地走街串户，或是晃晃

469

这家的门挂子，或是钻进那家的窗棂，吓唬着那些淘气的孩子。这一点她完全知道。她和妹妹的奶妈，一个胖胖的妇人，在她们夜里淘气不肯睡觉时，就会躲过她们的母亲，拿这种说辞来吓唬她们。地狱里常会有淘气的小鬼，趁着阎王爷在睡觉，偷张人皮披在身上，跑到人间来投胎转世。阎王爷知道了，自然要来拿人啊。那个偷了人皮来世上投胎的小鬼，因为惧怕被阎王爷捉回去拷打，受剥皮抽筋之罪，便会生起病，昏睡不醒。他们的家人请来神婆子，看出他是个偷生的人后，便花钱差神婆子前去找阎王爷请愿，恳请阎王爷发下慈悲，允许那个偷生的人，再在世间多待两日，辞别辞别一家人。到了约定返还阎王殿这天，半夜里，那家人便会去扎彩铺子里取了预备下的纸人，再由神婆子将提前选好的那个小孩子的魂魄偷了来，装进纸人身体里，烧了还给阎王爷。阎王爷只认皮囊，不认魂子，那个偷生的人，便可继续在人间活下去。被偷了魂子的小孩，则会像只得了瘟病的小鸡，天亮前，蹬两下腿，扑腾两下翅膀，就死去了。奶妈坐在昏暗的灯光里，一边讲，一边还会把两只眼睛的上眼皮揪起来，露出两只圆鼓鼓的眼珠子，在昏暗的灯光里呆呆地盯着她们，直到她们躲进被窝里，再也不敢发出一丝声响。

铺子旁边的那棵榆树上，被风和霜雪镀上金铠甲的几片榆叶子，由一阵风托着，像个醉生梦死的舞妓，甩着水袖，缓慢地从树冠上飘落下来，绕过那匹白马猛烈摇晃着的马头，落到了地面上。

谷友之盯住一片盘旋着降落的金黄树叶子，准备把戴维先生讲的那个法兰西皇帝的事情，说给这位杂货铺子的主人听听。但他想了想，又把这个念头收回了大脑。他觉得一个开杂货铺子的家伙,也许不需要知道外国一个皇帝的事情。戴维先生说,那个皇帝是在自己设计出来的断头台上,被人砍下脑袋的。那是个很不走运的皇帝啊。戴维笑着给他说,在欧洲,有许多那样不走运的皇帝。比如一个名字叫路德维希的天鹅堡主人,二十多岁时,就谜一样地死在了湖水里;还有一个叫尼禄的罗马皇帝,差不多就是被自己的疑心病给害死的。但不管他们是死于某种精神郁闷,死于谋杀,还是死于某种过度的不自信与猜疑,他们都是非常不走运的人。他弹着烟头上的灰,为戴维讲的那些个既幸运又倒霉的欧洲皇帝哀叹一声,开始想象着,那个处于动荡时期的法兰西,和刚刚宣布了独立的济南府;法兰西那场杀死皇帝的大革命,和他现在置身其中的这个独立,有什么一样和不同的地方。假如一样,假如他是法兰西某个小镇上的巡警局长,在那个时候,他都会做些什么无法想象的事情呢?会不会像那位出卖主人的犹大,三十块钱,就出卖了自己腐烂的灵魂。他被这个念头牵引着,走到了他从来没有到达过的一个法兰西小镇,在那个他想象中街道同样铺着青石块路面的小镇上,他骑着马,在空无一人的街头走了一圈,又走了一圈,看着一家一家紧闭的大门和窗户。直到来家祥的咳嗽声,让他陡然间回过神来,他才瞅着烟头上的火点笑了笑,把自己的心神从法兰西的那个小镇上撤回来,笑着说:"这天上风云的事,怕是连鬼神也难说清。"

来家祥望着谷友之,抱抱拳,眨巴两下眼睛。"不是我旧话重提,"他说,"就是到了今日,不管局长大人您怎么想,我还是相信那位独眼风水先生的话。就算他是义和拳的什么余党,可他说黄河上修那条铁路桥早晚会给泺口破了风水这话,我还是深信不疑。"

"有些事情,你和我这样的人物信与不信,都不重要。重要的是，就算那座大桥真会破了泺口的风水，它也已经生米煮成熟饭，两条腿叉在黄河的泥沙中，鸡巴插进了水眼里。脊梁骨上呢，明年就能'咔嚓咔嚓'地跑火车了。"谷友之扭过身子，朝大坝门那里扫一眼。进出大坝门的人马，正将那里拥挤得水泄不通。从黄河水面上吹过来的风里，夹杂着一串纤夫们"嗨啊嗨……啊"喊号子的声音，断断续续，犹如绳子上系了一个个死疙瘩。他猛地吞吸一口烟，把烟头扔到青石地面上，看着在风里来回打滚的烟头说，"要说其他事，现在城里宣布独立，成立了中华民国山东军政府这事，你在睡梦里梦到过？"

"您刚才说了，这天上风云的事，就算鬼神也难说清。"来家祥猛然记起街面上谣传的，巡警局里那只会说话的甲鱼，他飞快地打量一眼谷友之，嘿嘿地笑着说，"说起鬼神之功，有一年，我倒是听那位疯疯癫癫的老成吉思汗讲过，他说黄河里有种神龟，幻化无穷，化小时如妇人的指甲，能在调羹里游动，变大时又如一座房屋，能阻住河水，在河面上架起屋脊。要是这么看，天地间的世道怎么变换，怕是只有这些怪异的东西，才会提早预知一二，弄出点凡人辨识不出的兆头来。你看今年麦黄天里，没下多大的雨，黄河水突然就起了屋脊，多少条大船小船，差点被扣了个底朝天！那个老水鬼说，若不是被一群鱼托着船，把他弄到了水边，连他这个老水鬼都要送了性命。现在琢磨琢磨，倒好像就是个天翻地覆的兆头了。"

"要是哪天里，那个老水鬼能从黄河里捕上来这么只神龟，能开口说说人话，给咱们测算测算，往后的年月是个什么光景，咱们泺口的日子就热汤热水地有热闹看了。他就是挂出价码，要花十块银圆问神龟一句话，我相信排队问卜的人，也会把泺口绕上三十圈五十圈，围得水泄不通，比七月十五到兴国禅寺和静安寺里上香绕佛的人，还要多上几十倍。"谷友之居高临下地瞅着来家祥。他知道这个家伙肚子里有几尺花花肠子，腿裆里那根驴鸡巴玩意有多大。城里头人心怎么鼎沸，市面怎么乱腾，那都是城门里头的事。在浗口地面上，只要他还能站在这块地盘上撒尿，浗口就得跟冰雪封住的黄河水那样，老老实实地在冰面下流淌。这么想着，他干笑几声，从衣袋里摸出半盒洋烟，一边继续笑着，一边抬手扔向了来家祥。"密西西比河，美国人卷的。美国虽然是咱们没法去猜想的一个地方，但尝两口这个东西，还是能知道他们造出来的玩意，对咱们来说顺不顺口。"他厌恶地想着冯一德嘴里说出"密西西比河"这几个字时的神态，晃晃手里的缰绳，心里又骂两句"狗杂种"。然后，他朝来家祥挥下手，对着几个部下吆喝一声"走了"，拉着缰绳掉转马头，两腿在那匹马的肚子上碰了碰，又在它屁股上抽一鞭子。那匹白马就在青石路上一溜小跑着，离开了来家祥和他的杂货铺子。

第二十九章 莲 花

在渌口,人们口里谈论的神婆子,就是有莲花。凡是知道她的人,都还会知道,这位神婆子有个长年累月坐在一口缸里,当"莲花"养着的"疯子女儿"。因为极少有人亲眼见过她生长在水缸里的女儿,也鲜有人能够忆起有莲花怀过孕的大肚子。为此,整个渌口的人都在怀疑,神婆子的这个"女儿",是不是她豢养的一个只有身子没有腿的小鬼。与她邻墙而居的两户人家,日里夜里都会听到一个尖细古怪的声音,拖着长长的腔调,在不断喊叫。

"我是条毛虫啊,我已经长出了十只脚,我要走了啊。"

"我是只牛头鸭嘴的熊啊,我身上没有一根毛,让我回到山里去长长毛吧!"

"我是那只瞎眼的企鹅哦,谁把我放进了炉膛里,快要热死我了啊。"

"我是天下最好看那只水母呐,谁把我的花边裙子偷走了……"

那位自诩是渌口最见多识广的老船帮,一个名字被人叫作混江龙的鳔夫,也从来没有听说过,那个"小鬼"喊叫出的古怪东西，都是些什么玩意。每隔十天，这位老鳏夫就会到有莲花家西面的邻居家里，去私会他相好的女人。"又是企鹅，又是水母，都是些什么杂七杂八的鬼东西。"他每次从那个女人身上下来，都会用一只手摸着她两条空面口袋般的奶子，对着那个女人说一遍，"这个小鬼念叨的鬼玩意，怕是只有天庭上那位王母娘娘家里，和她那个独眼舅舅的阴曹地府里，才会有。"

神婆子有莲花则告诉她的邻居和亲戚们，她从没听出来，她那个跟一朵莲花样养在缸里的女儿，说出的哪句话奇怪。"佛观一钵水，八万四千虫。"即便有人咒骂她，说她是因着装神弄鬼，行了伤天害理之事，老天爷才给了她一个不能示人的小鬼闺女，她也从来不生气。她只是对那些假装同情和可怜她的街坊邻居，以及亲戚们说："我可不把她当小鬼和疯子看。"

除了有个疯子小鬼女儿，神婆子家里还有个让浟口所有小孩子又惊又怕的"阿弥陀佛接引站"。凡是前去请她看病的人，都要先听她讲说一遍她的这个接引站。"所有那些死后入不了仙界人道，又不愿下到地狱里去的人和物，不管是游魂还是坠入了魔道，就是一棵草一株花，一块石头一只蚂蚁，只要它还有善根，我就会千方百计地寻到它们，把它们从各种魔道中引进我的'阿弥陀佛接引站'。一是管束着它们，不许它们再在人间作祟行恶；二是引领它们潜心修炼，来日等待时机，进入仙界或是人道。"给人说完这些，她还会告诉那些请她看病的人，在外人眼里，她女儿疯疯癫癫，像个小鬼，可是她知道，她女儿不仅不疯癫，不是小鬼，还是上天派来给她助力的一个大帮手，因为她女儿不仅会说仙界、佛界、魔界的话语，就是各种猪狗牛猴芝麻高粱大豆稗子这些动物植物，甚至石头瓦片的语言，她也一样听得懂，一样会说。"虾有虾语，蟹有蟹话，哪怕它们像那个洋婆子，是天外来的物种，操着外邦洋人的鸟语，她要是愿意开口，也照样能跟它们对答如流。"

南明珠自己也不喜欢见到神婆子有莲花。她抱着孔雀转个身，将后背给了外面的院子。这位神婆子身上，始终有着某种令她感到不安的东西。她第一次看见这位神婆子，是在她二哥南怀珠跟着马戏班子里一条"会说话的鳄鱼"走丢那天。那个半夜里，她躲在二哥的床底下，盯着那位坐在昏暗烛影里的神婆子，敲着面铁环小鼓，一面敲，一面拉长声调，嘴里发出一种让人毛骨悚然的怪声。她的弟子，头上身上插满了鸟毛，屈着一只脚，像只怪鸟那样，在屋子里来回跳着。神婆子的鼓声越来越快，嘴里的声音越来越高，那个"鸟脸"的人也跟着跳得越来越怪异。"这是商羊鸟求神的大神跳。"那个晚上，她记住了这个神婆子吓死人的鼓声，记住了她嘴里让人寒毛直竖的怪声音，同时还记住了，那个浑身插满鸟毛，画着鸟脸，在屋子里走来走去跳动的女人，是"商羊鸟"。

"这么好的夜晚，咱们能不能不说她。"那次，在谷友之给她说"那个神婆子，真是个神婆子"的晚上，她闭着眼睛，躺在谷友之身边，这样回答了那位巡警局长，以此提醒着她的丈夫，不要再说外面那些乱七八糟的事情了。后来，谷友之看了看她，神情犹疑着，说那个有官运做出的老豆腐，实在是令沵口人念念不忘，最美味鲜嫩的老豆腐后，便没有再说下去。他俯下身子，在她的额头上亲吻一下。他们很久没有过床笫之欢了。接下去，那天晚上更晚一点的时候，他们做了爱。谷友之搂抱着她，第一次说，在他们家里，真的需要有个他们自己的小孩子了。

蒙智园里的孩子们，个个喜欢吃独眼老头有官运做的豆腐。

每年,南明珠都会分两次,提前支付他半年的豆腐钱,买下他的豆腐。这样,每隔一天,那个独眼老人就会赶在午饭前,把半包热豆腐送进蒙智园里。独眼老人死在水井里后,有莲花拿着他的账本子,在浈口的街巷里来回跑两天,跟她哥哥事先收下钱的每个主顾说着:"人死了,账更得比豆腐清白。"她没有见到有官运留下来的钱,所以,她同样没有办法把钱退还给南明珠。"我能做的,就是把他欠下的那些豆腐,按日子给大小姐您送过来。"到蒙智园里来找到南明珠那天,神婆子细声细气地说着话,声音干净得像个小姑娘。那是第一次,南明珠和这个神婆子面对面地站着说话。

"大小姐,大小姐在屋子里没有?要是在,劳烦您出来一趟。"

南明珠把身体还在打着哆嗦的孔雀交到了马利亚手中。

"老太太,我在呢。"南明珠快步走到院子里。"孩子们在闹腾,我安顿了一下孩子。"她解释说。浈口街面上的人,老老少少,人人都尊称有莲花为老太太。现在,她的确也是个满头白发的老太太了。

有莲花手里拿着她独眼哥哥留下的那只枣木梆子,眼睛盯着南明珠在她面前停住步子,她才缓缓地开口,说她今日里叨扰大小姐了。

"老太太您不用客气,有什么事情,您尽管吩咐。"

院子里异常安静,几只麻雀在不远处的日光里跳着,寻觅着食物。一棵垂柳投到地面上的影子,仍然枝叶婆娑的柳条子,在麻雀身上扫来荡去。那几只麻雀,便犹如关在了一只柳条编织的大鸟笼里。

"是想给您说,到后日,得再拖欠您一回豆腐账。"

"没有事。您给灶房里说一下,他们会预备旁的菜。"

"阿弥陀佛。"有莲花弯下腰,打算去推车子。不过,她马上又站直身体,眼睛落在了南明珠脸上。"刚才朝这里来的路上,我看到您府上那位巡警老爷了。他骑那匹白马,通身上下,一根杂毛都没有。您看看街面上那个肮脏,到处是臭水臭气,一匹白马在这般的尘世里跑来跑去,哪里就能那么干净。"

"您说他那匹马啊?"南明珠笑着说,"是通身没有一根杂毛。正是这点,他才没命地稀罕它。"南明珠让目光越过有莲花,看了看大门口,不明白神婆子为什么忽然说到了那匹马。谷友之每天都会骑着他那匹"天下最纯洁"的白马,在街上走,高兴了,他就直接称呼它是天下最纯洁的白马先生。"比你们那位上帝身边的天使,还要纯洁上一尺。"有一次他喝多了酒,这么对马利亚和戴维先生说。

"人无完人。一件东西也得让人找出点褒贬,看起来才更像件好营生。"

"您老是说,那匹白马要有几根杂毛才好?"南明珠笑着,想起有一年,她在贴春联时,也给那匹马身上糊个"福"字。有了那幅红底黑字,那匹马的神态立时就是另一种滋味了。

"我不光是说那匹马。"有莲花眼睛里闪出两簇光,盘住了南明珠。"我这些日子来送豆腐,来回在瞧着大小姐。今日里是想给大小姐说,是时候,该给您那盏灯添些油了。"

"您是不是说,南家花园路口上那两盏灯?它们专门有人伺候着。"

"不是它们,是您自己那盏灯。"

"我自己的灯?"

"巨胜尚延年,还丹可入口。金性不败朽,故为万物宝。"

"我怎么……没明白您的意思，老太太？"

南明珠看着那个神婆子。她一时拿不准，这个神婆子是在表达什么意思。可她到底是个神婆子哪。她明白这一点。"她说佛观一钵水，八万四千虫。"有官运死在水井里那天夜晚，谷友之和她亲热完，躺在她身边，用手掌抹了抹她胸口上的汗，忽然哈哈地笑着说，他倒是有点相信，神婆子一直在念叨的这句话。

"金为水母，母隐子胎。"

"老太太，我愈发糊涂了。"

"您是大小姐，不知道您是不是也喜好吃螃蟹。"

"吃螃蟹？"南明珠浅笑着，不明白这个神婆子到底要说什么。

"是吃螃蟹，大小姐。南家花园是沵口的大户人家。咱们沵口最富有的那位盐商，就是整条小火车道都归他们家的衣老爷，想必您也熟识。早些年，他们家一位小姐做场子'还人'。还回去了，他们请我到家里坐酒席。席上，我看见过他们家一群太太小姐们吃螃蟹，剪刀、钳子、夹子、钩针，一大堆家什摆满桌子。她们气定神闲地坐在那里，就为吃只螃蟹。瞧着她们劳神费力地忙活半天，我眼里就瞅见了一堆螃蟹壳子和爪子。今日里，我想给大小姐您说一句，什么事都怕等一等。等一等，就知道螃蟹没有多少肉可让人忙活。赶巧在节口上，人才有福气，抿上一舌头膏黄。"

南明珠回过头去，往屋子门口看着。那里，一个孩子在仰头望着天空，独自唱着"东拜拜，西拜拜，出来日头我晒晒"。几个胆量大的男孩子，则拥挤在门口，伸头缩脑地叫着："神婆子。神婆子。"她没有看见马利亚。但她知道，马利亚一定是在某扇窗子后面，在悄悄地注视着她和这位神婆子。马利亚一直想研究这位神婆子拥有的"东方神秘力量"。她曾经请南明珠带着，前去拜访了神婆子三次，三次都被关在了院门外面。有一次，有莲花甚至从门内扔出一把裹了烧纸的秃头笤帚，驱赶马利亚和她身上的鬼怪。"大小姐，您别再带这个洋婆子来了。"有莲花在门内央告着，说她每次在街上看见这个洋婆子，就会听见自己浑身的骨头在咯吱咯吱地响。她给他们烧纸钱，甚至烧了纸马纸人，他们也没有离开她。"那是洋人的鬼神，在和我这个神婆子作战争地盘呢。"她说，她实在害怕这个洋婆子走进她家后，跟在她身上那些身强力壮的洋人鬼神，会弄得她身上的骨头跟烂木头块子那样，一节节地断掉。有莲花越是拒绝，马利亚就越是想靠近她，想弄明白这位"东方神婆子"是用什么神秘力量跟手段，在与那些"鬼神"们沟通交流。因为相信上帝存在，马利亚始终也在相信魔鬼撒旦的存在。并且，她相信真的有人能够同魔鬼在一起，跟它交谈，或是打各种交道——关于这一点，她在阅读经书时，总能在一些字里行间或是文字背后，寻找到与此相关的记载。

看见南明珠回头瞧他们，那几个孩子快速地低垂下脑袋，乱糟糟地拥挤成一团，退回了屋子。她们教给那些孩子的规矩之一，就是不能在背后嘀咕别人。"任何人都不行。"她和马利亚反复地在告诫他们。

"我愚拙，一时还不明白老太太您的话。"南明珠说，"我会按着您说的，等等看看。等明白过来是哪盏灯该添油了，我就给那盏灯里添满油。"

"大小姐您是善心人。"有莲花弯腰推起了木车子，"不过，天上有天规天条，人界、鬼界、魔界、妖界，也各有条规。正是这番道理，草木才有草木的命，人畜也各自有命。"

"老太太，谢谢您抬举我。"

南明珠站在有莲花身后，看着她踽踽地向后面套院走去。蒙智园里做饭的厨房，跟孩子们日常生活的屋子连在一起，都在后边那座阔大而安静的院子里。

那座院子里，长着十几棵高大粗壮的垂柳树，还种着一大圃子开花时花头金黄的菊花。

回巡警局的路上，谷友之两只眼睛盯住白马在风里颤动的马鬃，脑子里反复在揣摩着城里面的情势。城里是宣布独立了，可这些日子，他在浽口和城里来回地奔跑，眼睛看到的并不都是风平浪静、艳阳高照。尽管城里没有跟武昌城那样，被响起来的炮火变成地狱，但他还是在那些刮过大街小巷的风里，闻到了丝丝的血腥味，火药味。"大海里的海水开了锅，海面上仙气缭绕的时候，可不说明那里有仙境啊。"谷兰德先生说，"那都是极寒天气带给人类的奇观。"

"也许那真的是个序幕。"

城里宣布独立那个夜里，他的太太和那位记者先生，兄妹两个，没完没了地邀请着马利亚，请她以一个欧洲人的身份，发表她对城里这个独立的看法。那位马利亚夫人，她最后给他们讲的，居然是摩西，是那个摩西带领以色列人逃出埃及地的故事。对于《创世记》里的摩西和那些逃出埃及地的以色列人，他当然明白，他们逃出埃及地，那仅仅就是一个序幕。

为了躲开城里那些事情的缠绕，不去判断那个独立的最后命运，谷友之不断强迫着自己，去想冯一德讲的那些故事。"狗杂种！"他骂着冯一德。这些天，只要脑子里有丁点空闲，哪怕是黄豆粒那么大一点，他也会迫使着自己琢磨上一会那个杂种讲的世界上那些稀奇古怪的事情。

地牢真是个不错的地方,他想,至少是个比地面上能朝外冒出更多奇怪思路的地方。这段日子,每到半夜前后,他只要下到地牢里给冯一德送去食物和咖啡,冯一德就会坐在那里,一面啃着面包香肠,喝着咖啡,一面给他讲那些不着边际的海外奇闻。

关于莫卧儿王朝的故事,是冯一德进到地牢的第三天夜里开始讲给他的。

这会儿,谷友之一直在告诉自己,他所以愿意花工夫,去听几百年前那个王朝里的破烂事儿,完全是因为静安寺门口坐着的那个一直自称是成吉思汗的老流浪汉。他不知道冯一德是从哪里听来的那些荒唐旧事。如果老流浪汉真是成吉思汗的后人,冯一德说的那些人物也确有其人其事,他琢磨着,这倒也算是件有意思的事情。他已经不是个喜欢听故事的小孩子了,甚至,早就厌倦了那些胡编乱造天马行空的谎言。说实话,他只相信,在这个世界上,没有几个人和几件事,会比深秋里挂在树枝上的那些柿子更加坚实牢靠。再说,他一生里听故事那点好奇心,早就被谷兰德先生讲的各种圣经故事消磨光了。

不过,在眼下,他认为也许应该另当别论,可以把听故事看成是另外一回事。他隐约觉得,现在,他似乎需要那么点新鲜事,来填充一下他这几日里突然空荡和恐惧起来的内心,尤其是冯一德"环游天下"时听来的那些千奇百怪的海外见闻。比如在几百年前,苏黎世州议会发行的公告里说明,领地的所有人、领主,有权和领地之内农民家即将出嫁的新娘共度上一夜。新郎也有义务和责任,提供新娘给领主享用。如果新郎不愿意这么做,他就要付给领主五马克的赔偿费。而在英格兰,一块土地的领主,有权去给他那块土地上农夫的新娘子开苞驱邪。但是,却经常有些领主大人,由于看某个农夫不顺眼,故意不肯在他的新婚之夜,给他的丑老婆开苞,结果让这位倒霉的农夫全家人都愁得寻死觅活。最后,那位农夫不得不给领主送去一只能"装下新娘臀部"的大锅,锅里装下"和臀部一样重"的奶酪作为"结婚税",他的领主才会去帮他驱邪。还有那些威尼斯人,那些贪婪的威尼斯商人,他们居然想出和大海联姻这种滑稽事情,还把宝石和钻石戒指扔进大海里,以此庆祝他们和他们的财富之源——大海的婚姻。类似这样的故事,都让谷友之觉得又好笑又熨帖。可惜的是,在浨口,还从来没有人提出过交什么"结婚税",而在黄河里,除了那些把孩童送给河神享用的传说,他也没有亲自听见或是看见,谁肯把屎尿之外任何值钱的东西,心甘情愿地丢进河水里,与河神他老人家缔结一个什么人神共知的誓约。

"你得相信,阿克巴是一位令人着迷的人物。"

那天半夜里,冯一德坐在角落上,在解释完"阿克巴"和蒙古人成吉思汗的关系后,又把前面那句话重复一遍,好像那是根风筝线,他不把它抓在手里,它拴住的那只风筝就会飞到玉皇大帝的凌霄宝殿上去,进了太上老君的炼丹炉。谷友之坐在靠近门口的地方,听着冯一德的说话声,从另一个遥远的世界里飘到他面前,然后,又像条毛虫蠕动着身子,爬进了他的耳朵眼里,头脑里。

谷友之一直在盯着那支燃烧的蜡烛。如果可能,他倒是愿意让南海珠来给这位周游过世界的客人讲一遍鹅笼书生的故事。他相信他即使是环游了世界,见识过十八种颜色的风和一百种颜色的空气,喝过比南家醋园的花醋果醋还香甜的雨水,他也一定没听到过比"鹅笼书生"更有趣的鬼怪故事。

在冯一德讲述那个莫卧儿王朝的所有时间里,谷友之始终一声没吭。他一直在想着那个坐在鹅笼里的书生。那个书生从口里吐出一个女人。那个女人又从口里吐出一个男人。那个男人又从口里吐出一个女人……

冯一德在地面上那间牢房里待了两天，他就把他弄进了地牢。现在，他仍然需要把他装在肚子里。因为他还没有准备好，让浨口地面上任何一个人，包括他的太太南明珠知道，他和这个喜欢信口雌黄的家伙，曾经做过"兄弟"。

现在，他一点也不否认，这些日子里，有时候是像眼下这样舒适地骑在马背上，有时候是闭着眼睛，躺在他那位浑身像百合花一样香喷喷的太太身边，总之，有很多次，他都想把那个狗杂种的两只眼睛挖掉。

"这里可比地面上的日子要舒心多了。"他在成功地说服冯一德，让他心甘情愿地走进地牢后，这样告诉他。"上面的门，除了你那位上帝，只有我一个人能够打开。"他说。

"你最好是按着约定，别让我在这个老鼠洞里多待一分钟。"冯一德大声笑着，然后，他向他要去了笔和纸，说是要给浨口绘制一幅崭新的地图。并且，他还要在新地图上，给浨口的每条路，都换上个崭新的名字。"除了南北轴和东西轴上这两条路，分别叫中国路和浨口路外，其余的，我要全部用世界各国的城市名，重新来命名它们：华盛顿路、柏林路、巴黎路、伦敦路、纽约路、墨西哥路、安哥拉路、佛罗伦萨路、罗马路、维也纳路、马德里路、利斯本路……就是这只老鼠洞，我也争取把它画进去，给它取个布拉格或是奥地利之类的名字。再不行，就取个波兰华沙或是彼得堡。"冯一德吹了吹烟头上的火点笑着说，浨口的地界，比他跟着莎士比亚夫人离开的那个时候，可不只是大了一倍。

"我说过了,你最好不要再说到莎士比亚夫人。"那天,离开地牢时,谷友之再次提醒着冯一德,说他更愿意听到的,是他在海上航行时搜罗来的另外那些世界里发生的新鲜事,哪怕就是他看见过的一片海水或是湖水,全部都是人血一样的颜色。

关于莫卧儿王朝,是冯一德在地牢里讲述的第一段故事:

"阿克巴实在是位令人着迷的人物啊。"冯一德让他的后背懒洋洋地靠在墙壁上,"与他生在同一个时期的人,是英国的伊丽莎白一世,法国的亨利四世,还有咱们大明王朝的万历皇帝。不过,世界的奇妙就在于,这个世界实在是千变万化,那位让人琢磨不透的上帝老爷,他从来都不会让人弄懂他真实的意图。我猜,除了当朝的人,很少有人能够想到,这位令人着迷的人物,他的父亲,却是个非常柔弱和令人同情的男人。他先是被人赶下宝座和王位,赶出了他的国家;十几年后,他刚刚夺回权力,却又因为吸食鸦片,全身中毒,从他私人天文台和藏书楼的石头台阶上摔了下来,并因此而丢掉了性命。"

"你听听,那位老皇帝的命运,听上去是不是多少有点令人同情?"冯一德带着嘲弄的神情和声调说,有些事实的真相,原本就是如此可笑。

"咱们再说那位阿克巴吧。他在二十岁的时候,娶了位拉结普特公主。这里要先说明一下,阿克巴的父亲,就是那位在台阶上自己摔死自己的老皇帝,他的名字叫胡马雍。胡马雍的父亲是巴伯尔,一位被人称作'老虎'的领袖。令人称奇的是,他还是个天才的波斯语诗人。这只老虎,这位伟大的诗人,带领着一支强悍的骑兵,在德里西北的旁遮普巴尼帕德战役中,击溃了人数占绝对优势的洛迪军队和他们的战象,打垮了拉杰普特军队。就是这样不可思议,一位天才的波斯语诗人,建立起了一个伟大的莫卧儿王朝。"冯一德停顿下来,用一只手抚摸着他的肚子,似乎是在肚子里打捞着威尼斯人扔进大海里的一只戒指。"你得先弄明白,莫卧儿在波斯语里,就是'蒙古'的意思。"他打了个嗝。"当然,莫卧儿时代的伟大,不是从这位天才诗人开始的。他只能算是一个奠基人。那个伟大的时代,是从令人着迷的阿克巴开始的。因为这位阿克巴,胜过了他同时代里所有的那些人。"

那支蜡烛,在距离冯一德两尺远的地方,摇曳一下,又摇曳一下。

"当然,也许是因为血脉里继承了他那位祖父的诗人气质,这个伟大的人物极为神经质。为此,他自己也常常会陷入忧郁、沮丧和苦恼之中。他是个马球手,一个金属制造工,同时,也是位伟大的画家和音乐家。人们都想不到,他还发明了一种可以在夜间玩的发光马球,发明出了装有新机件,能射出多发子弹的枪支。总之,他是个拥有众多智慧的人。"冯一德又打一个嗝,"除了这些,他还喜欢花上好几个白天和夜晚,独自一个人,在寻觅某种对他来说也许根本就无用的真理,祷告和默想。为了他要寻找的那些自由和真理,他还让人建了一座阔大的礼拜堂,邀请世界上各类哲学家和神学家,到里面进行讨论和辩证。那些被邀请的人,起初只是来自伊斯兰教各思潮的学派,后来则是他所能召集到的所有宗教门派,包括独自修行的圣人,禁欲主义者,神秘主义者,印度教萨图,穆斯林苏非派,耶稣会教士,还有伊朗拜火教的教徒。我自己的理解是:他可以被人认为不是一个纯净主义者,但种种迹象都在表明,他也从不会像咱们的上帝那样,在假装正经。"

冯一德又停了下来,两只眼睛盯住谷友之看着。但是,谷友之一直盯着那支蜡烛。

"这位伟大的人物,这可真是位伟大的人物啊。"冯一德重复说,"这位伟大的人物,从来不掩饰他爱好美食和美酒的缺陷。他喜欢交通员每天从多雪的喜马拉雅山区,给他送去冰冻的果汁露。想想吧兄弟,是冰冻果汁露,是每天从多雪的喜马拉雅山区运输去的。他还非常欣赏舞蹈的女郎,喜欢音乐,喜欢戏剧和文学艺术。但这些,都丝毫不影响他成为一个庄严的帝王。他当然也有苦恼。那时候,他最大的苦恼之一,是他结婚六年后,仍然没有子嗣。后来,他放下尊严,去求助一位苏非派圣人,才生下了第一个儿子。世界就是这样充满谬论。你猜怎么着,兄弟,到了他的晚年,这位阿克巴大帝,却正是因为这个长子的叛乱,而变得心情黯然。最终,我想你已经猜到了,他正是被自己这个叛逆的儿子下毒毒死了。他的这个儿子,贾汗季,被人称为'世界猎犬'。世界猎犬,这也是个不错的称号啊。"冯一德呵呵地笑了两声。

"这条世界猎犬,后来娶了个波斯皇后。那个皇后的名字,叫努尔·贾汗。"

第三十章 零 落

戴维先生家里那位"会变魔术的厨子",引领着周约瑟,走进戴维和马利亚居住的院子那会,戴维先生正坐在靠近壁炉的一张半圆桌子前,给他的朋友,远在马德里的弗洛雷斯王子写着信。

Su Alteza Real:(尊敬的王子殿下:)

Le voy a decir en esta carta algo muy inquietante: Fue cancelada ayer la "independencia" que apenas obtuvo esta ciudad hace dos semanas.

Por supuesto, esto no es sorprendente a los ojos de Dios, pues la luz del cielo sigue siendo la misma. Lo que resulta especialmente inquietante es que los vicios de los revolucionarios occidentales, como la codicia y la intriga, son igualmente propios de los revolucionarios chinos.

En la última carta,(Alabado sea el Creador Eterno, esta carta sigue en camino, y sus manos, que hasta Satanás envidiaría si las viera, no podrían ni siquiera darle un poco de calor y cuidado como a un arándano.)le presenté a un revolucionario oriental. Ahora casi puedo comprobar que este señor periodista al que llamábamos "Señor Rosa", ya está desaparecido. Se está llevando a cabo en la ciudad intensas búsquedas y detenciones de los revolucionarios que participaron en la independencia. Los lugares donde solían reunirse o divertirse, como los teatros, los cines, las casas de té, los restaurantes y los prostíbulos, fueron todos registrados. En cada uno de estos sitios se encuentran espías colocados por las autoridades que han restablecido el antiguo orden. Donde no se puede enviar suficientes espías, compran un gran número de comerciantes y empleados. Se les promete tres monedas de plata por denunciar a una persona sospechosa y diez por ayudar a atrapar a un revolucionario.

Puede que no lo creas, pero esos altos funcionarios incluso pagan a prostitutas para que espíen para ellos. Pegaron un aviso tentador a la puerta del prostíbulo, diciendo que, si ellas logran descubrir a los revolucionarios que se esconden aquí, denunciarlos a las autoridades o ayudarlas a atraparles, el gobierno pagará al prostíbulo para librarlas. No tienen que pagar ni un céntimo, además, recibirán una pensión extra por establecerse. Para las que tienen ganas de casarse, el gobierno intervendrá para asegurarles un marido.

Ayer, cuando se anunció la cancelación de la independencia, se produjo un espantoso atentado de bomba en un túnel subterráneo del parque Wulongtan. Supongo que nuestro "Señor Rosa", uno de los revolucionarios más puros y fanáticos que luchan por la independencia, podría haber perdido la vida en la explosión. Mi amigo más querido, como usted sabe, cuando estos fantasiosos senadores se sentaban en el edificio municipal, discutiendo de la mañana a la noche, casi ingenuamente, sobre cómo obtendría la "independencia" de la ciudad , y por supuesto cuando ellos, después de haberla declarado, se disfrutaban ciegamente de la bulliciosa alegría, mi corazón siempre estaba con la familia de mi amigo, el "Señor Rosa". Amigo mío, en este momento difícil, permíteme besar su mano y pedir que me dé un poco más de fuerza. Porque, por desgracia, todo lo que antes temía se está convirtiendo en una realidad a la que ninguno de nosotros quiere enfrentarnos ......

"现在这封信里，我想，我要告诉您的，将是件令人非常不安的事情：这座城市刚刚获得的那份'独立'，仅仅过去了不到两个星期，就在昨天，被宣布取消了。

当然，在上帝那里，这并不能算作什么意外的事情，因为日光还是原来那些日光。尤其令人不解的是，贪婪与要阴谋诡计，那些西方革命者们身上的恶习，在中国的革命者身上一样也没有缺少。上一封信里，（噢，赞美那位永恒的造物主。此刻，那封信应该还在路上，您那双连撒旦看见了都会嫉妒的手，还不能给予它一颗蔓越莓那么点儿的温暖呵护）我给您介绍过的一位东方革命者，被我们称作'玫瑰先生'的那位记者先生，在今天，大概已经能够确定，他暂时失踪了。这座城市里，正在对参与过独立的革命党人，大肆进行搜捕。戏院、电影院、茶社、饭馆，还有妓院，这些革命者们之前常去聚会，或者说寻欢作乐的地方，都被已经恢复旧有秩序的官府搜查过，并一一安插进了他们的探子。人手不够的地方，他们想方设法地收买了大量的店员、伙计。承诺那些店员跟伙计们,他们报告一个身份可疑者,即可从官府里领取三块银圆;协助抓住一个革命党,则可获取十块银圆的酬劳。

您也许不相信,包括妓院,那些衙门里的官员们也没有放过。他们在妓院门口贴出告示,诱惑着里面的妓女们,告诉她们,凡是发现革命党人藏身妓院,举报并已落实的妓女,不用交一分赎金,她们就会由官府出面获得自由之身,而且还会得到一笔意外的'从良安家费'。愿意嫁人的,也由官府出面保媒婚配。

而在昨天,这座城市宣布取消独立的同时,在城里一处叫五龙潭公园的地下密道里,还发生了一场令人震惊的爆炸案。我猜想,我们那位'玫瑰先生',极可能在这场爆炸中,丢掉了性命。因为他是他们那群奋力争取独立的革命党成员中,一个最纯粹的狂热分子。您知道,我最尊敬和亲密的朋友,在这些喜欢幻想的议员先生们,围坐在他们咨议局的大楼里,从早到晚,为他们这座城市如何取得'独立',近似天真地争论不休时,自然也包括他们对外宣布这座城市'独立'后,盲目尽情地享受着'独立'带给他们盛大狂欢的那些时刻,我心中一直都在为我的朋友一家,也就是这位'玫瑰先生'和他的家人们,在暗暗地忧心着。我的朋友,此刻,请允许我亲吻一下您的手,让它给我增添一分力量。因为,非常不幸的是,我此前所担忧的一切,正在变成我们都不愿面对的现实……"

马利亚走到丈夫面前,盯住了他握笔的手。"戴维。"她叫了他一声。他没有抬头,也没有停下手里的笔。她稍稍停顿一下。等时间过去大约够她在心里念五遍以马内利那么长一段后,她才又再次开口。"戴维。"她说,"现在,可能有比你写信更重要的一件事情，需要你来做。"

"请您再耐心地等一等，这位太太，我正在写一封比您想象中更为重要的信。"戴维仍然没有抬头看马利亚。他心里还在晃动着弗洛雷斯王子那双修长优美的手，而那双让他心醉神迷的手，在刚才，就要抚摸到他的眼角了。他的额头和鼻尖，甚至全身，都因为那双手带来的微微电流，暂时脱离了他的肉体。"您已经打断我了。"他有些恼火。

"南家花园里差遣人来了。"马利亚说，"醋园里那位马车夫，现在就站在院子里。"

"他带来了什么新消息？"

"我还不清楚。他刚刚才站在那里。"

"快招呼他过来！"戴维放下了手里的笔。因为起身急促，他差点将身后那把椅子弄翻。幸好马利亚伸过手，及时地扶住了它。然后，戴维一边朝门口走，一边低声嘀咕着，抱怨马利亚没有直截了当地告诉他，是南家花园里派人来了。

"他刚刚走进院子。这会儿，也许，还没有让他的呼吸平静下来。"马利亚解释说。

"对他们来说，这个时候，没有人还能够平静地呼吸。"戴维对着马利亚摇摇头，说她还不能完全知道，对于她的朋友一家，现在到底意味着什么。

"我明白。"马利亚说，"戴维，相信我，我什么都明白。"

"那位王被钉上十字架时，还在一个劲地呼喊着他的神不要遗弃他。"戴维停下步子，看着马利亚说，"请你相信我，我甜蜜的无花果，我的直觉可不怎么好。它在告诉我，你，当然还有那位巡警局长夫人，我们都还没有完全弄明白，那件事情，远远不像你给我们调制一杯'甜蜜生活'那么简单。法国那场大革命，同样是贵族、穷人和军队都参与了攻打巴士底狱,然后推翻了王权贵族。但是,最后,那些贵族和贵族的仆人们,甚至是仅仅对他们表示过同情的人,都被砍掉了脑袋。"

"我熟悉欧洲那些历史,也知道那都是怎么一回事。这些我都知道。戴维,我都清楚。"马利亚说,"所以,在他们取得独立时,我们都没有和他们谈论它。"

"是的。是的。这些您都知道,我的太太。您还知道,在十九世纪八十年代,观察家亚历山大·阿姆斯特朗,就将这座中国城市中的人口分为了七类:在任官员;退休或是候补官员;富有的士绅;大夫郎中教书先生;僧侣和商人构成的中产阶级;还有工匠、仆役、士兵和劳工;另外还有乞丐。前三类自然都是社会精英。但是,我想您更应该知道,不管在任何国家,在权力争斗和战乱来临后,国王跟王子,官员和富人,也都会在一夜间变成乞丐和小偷,或是阶下囚。"

走到门口时,戴维意识到他说的可能太多了,就让嘴巴停了下来。然后,他站在门外的台阶上,看着站在院子里的两个中国男人,急切地招呼着周约瑟,让他走到他们跟前去。

"戴维先生您好!夫人您好!"周约瑟在距离这对洋人夫妇差不多五步远的地方,收住了步子。

马利亚微笑着点点头,问客人要不要进屋喝杯茶,或是来杯咖啡。"我刚刚亲手煮好的咖啡。"她说。

"谢谢您的好意,夫人。"周约瑟又对着马利亚施个礼,告诉她,他这会儿什么也喝不下去。

"是那位记者先生,有新消息了吗?"

戴维耐心地等待着他的太太行使完女主人的权力。

"我们二老爷那里,还没有新消息,先生。"周约瑟朝戴维那边转了转身子,"只有我们二太太,让二小姐带着他们的两个孩子,回溸口来了。老太太得悉了城里搜捕人的事,又听说二老爷好几天没了踪影,一下病倒了。我们老爷奔波着,到城里找门子打探消息去了。大太太游荡的毛病也犯了。整座大宅子,里里外外,眼下就靠大小姐一个人撑着。她没法子离开,就差我来问您和夫人,能不能劳顿你们两位,到南家花园里去一趟。"

"你是说,你们住在城里那位太太,把孩子送到溸口来了?"

"是。她让两个孩子,跟着二小姐回来了。"

"她有没有带回来你们记者先生其他的消息?"

"这个我就没法告诉您了,先生。二太太到医院里找到二小姐,说二老爷一直没回家。她让二小姐打电话问家里,他有没有回溸口。得知二老爷没回来,她就慌了。她对二小姐说,从城里宣布独立,二老爷就极少在家中过夜,最近几天更是没了踪影。这几天,新军先是把大炮架到了街上,接着是衙门里突然宣布'取消独立',官府里开始四处抓人。她猜不出,他是提早得到消息逃去了南方,还是已经遭了黑手。害怕两个孩子再有意外,她就让二小姐带上他们,回到溸口来了。"

"唔,我明白了。"戴维转脸望向站在他身边的太太,对着她郑重地点点头。

"万能的上帝啊。"马利亚用她的母语小声嘀咕着,念着"阿门",恳求着上帝,请他在这里施恩,别把血腥带到他们面前来。

傍晚的薄雾正在四周围升腾,栖息在院子内的杂物,以及院里院外的树木上面。那些还没有凋光叶子的枝杈上,零零落落的叶子,正在一点点地浸入稀薄的牛乳里。马利亚看眼那些树木,走开一点,从耳房里叫出那个叫凤凰的女孩子,低声吩咐着她,去给戴维先生和她,"找两件保暖的衣服出来"。"好的,太太,我马上就来。"那个女孩子同样声音低低地答应着，脚步轻盈地走进了两位主人背后的屋子内。

"请回去告诉你们大小姐，我们随后就来。"

戴维站在那里，凝视着周约瑟跟随那个厨子走出大门。然后，他转身喊着马车夫"老李"，让他"赶快去马厩里牵马，套车"。

"我想，您可能要自己去牵马了。"马利亚在一边提醒着她的丈夫，"您好像忘了，我们的车夫下午回家去了。"

"上帝，他怎么能在这个时候离开呢。"牲口棚在两个男仆人住的院子里。戴维朝马棚的方向望着，语气里有些恼火起来。

"请您冷静点，先生。我给您说过了，他家里有人生病，他要回家，请神婆子去跳大神，给他的孩子治病。"

"真是不可思议！"戴维朝有马厩的那个院子走着，用力摇了几下头。

"噢，我还得去嘱咐凤凰，让她跑一趟，去告诉老李，今天夜里，我们怕是不能到他家里，去看神婆子跳大神了。"

马车夫老李离开前，马利亚叫住了他。她走过去，跟他商量着，能不能允许她和她的丈夫两个人，趁着黑夜到他们家里去，听听神婆子在跟鬼神交通时，都在念一些什么样的符咒。马车夫迟疑着，面带难色地站在那儿。"我们会在天黑透了，再悄悄地过去，不会让任何人看见。"马利亚面带微笑，向车夫解释道，并用了这位马车夫常说的"天黑透了"几个字。马车夫又站在那里沉吟一会，然后，他才勉强答应了这位女主人。

马利亚跟在戴维身后走着，完全忘记了戴维是要到另一个院子，到马厩里去牵马。

"这位夫人，我是要到马槽上去牵马。"戴维停下步子，转回

495

身，伸出一只手抚摸着马利亚金色的头发。在灰暗下来的天色里，马利亚的头发已经不再那么明亮耀眼。他的手在马利亚耳边停留下来，捏住她的耳垂，注视着她的眼睛说，"如果您父亲知道，他女儿在做这种事情，不管是两件中的哪一件，我的甜心面包圈儿，我相信，他一定都会认为，我们是被魔鬼蒙蔽住了眼睛和心灵。然后，他会马上取来一罐子圣水，从我们的头顶浇下来，吩咐我们原地站着，直到他看见圣灵的光环，重新罩在我们头上。"

"他也许会那么做。"马利亚把戴维的手指移过来，放在嘴唇上亲吻一下。"但是现在，我的人类学家先生，我们还是要去做上帝在喜悦或悲愁时都会应允我们做的事情。"

周约瑟抱着鞭子，对送他出门那位厨子拱拱手。四周围聚拢起来的暮气，正在想方设法吞没着靠近他那匹骡子的尾巴。

"快着点步子走吧，伙计。"周约瑟晃晃缰绳，对那两匹骡子嘀咕道。迎面，老成吉思汗佝偻着身子，正在朝他走来。尾随在那个佝偻身子后头的一群孩子，则在高声低声地喊着："自由。自由。""成先生，您这是又到哪里去云游？"他晃晃缰绳，让两匹骡子朝路边靠了靠，眼睛瞅着老成吉思汗左手里拎那条黑乎乎的毯子。几十年了，这条毯子一直都不肯烂掉。"到真主要我去的地方。"老成吉思汗回答着他，从他身边走了过去。"到真主要我去的地方。"他身后那群孩子重复着他的话，哄笑着挤成一团，像一群嗡嗡响着的土蜂，挤在了一个臭气熏天的什么花头上。

"天黑了，都赶紧回家去吧！"周约瑟冲着那团土蜂吆喝一声，认出两个高一点的孩子，是来家祥的两个儿子。这两个孩子都在大小姐南明珠的学堂里上学，他估摸着，他们大呼小叫的那个"自由",都是这些天从大小姐那里学来的。"银蛋",他叫着个子最高的那个孩子,"别在街上乱叫唤了,领着他们回家吧。"

"俺才没乱喊呢。俺们园长夫人说,城里独立了,泺口也跟着独立了。独立就是人人都自由。男人自由,女人自由;大人自由,我们小孩子也自由。"

"你还没有一只剥了皮的狸猫大呢,知道什么是自由。"周约瑟牵了牵缰绳,告诉那两匹骡子,它们该抬起蹄子赶路了。

"自由就是自由。俺们园长夫人还说,河里的船和鱼一样自由,背纤的人也和水一样自由。"银蛋俯下身子,绕到马车另一边,伸出手里的木棍,朝外面那匹骡子的腿裆里戳一棍子,脚下踩着干燥的杂树叶子,又跑回了那群孩子中间。"他那辆马车可真臭啊!我们还是追成吉思汗去,他能让那条毯子飞到河当央的水面上,再飞回来。我那天看见过,毯子飞回来的时候,上面拖着一圈鱼,就像是那些鱼叼着毯子在天上游。"银蛋朝前奔跑几步,又停下步子,回过身,把他手里的棍子扔到了马车上。

"东拜拜,西拜拜,出来日头我晒晒。东拜拜,西拜拜,出来日头我晒晒……"

在那群哄笑着前进的孩子中间,有个孩子大声地唱起了歌。

"晒晒,晒晒,晒掉你们的鸡巴蛋!"

空气中飘着干树叶子的味道。

苏利士的屋子里,到处是这种树叶子的味道。昨日夜里,他到他那里去,把伍三羊被抓走的情形说给他后,这位老神甫默默地听完,一句话没说,起身就到院子里跪了下去。他明白,他是为三羊祷告去了。当年,在听到他父亲被兵器厂里的火药炸死后,他也是这么一声不响地走到院子里,在黑夜里跪了下来。周约瑟又抽两下鼻子。早晨,直到天亮前,他离开那里,这位喜爱伍三羊的老宣教士，仍然没有从他跪倒的地方站立起来。

周约瑟仰头瞅眼天空，想着南家花园里在半夜摆下的那场"庆贺独立"的酒席。"白摆了。"他对着天空说。众人们说说笑笑着吃进肚子里的那些好酒好菜，还没打出个饱嗝，放个臭屁出来，那个开花的"独立"就枯败了，比一个人掉进鱼眼里没落得还快。他伸出手，摸着一匹骡子的皮毛，让它帮着掐算掐算，他们那位记者老爷眼下是生是死。要是没被那些火药埋在五龙潭地下的密道里，他对两匹骡子说，他是躲起来了呢，还是已经被官府里的人抓进了牢狱。现在，南家花园里完全成了一锅滚开的沸水。他们那位东家，南海珠，实实在在是慌了心神。他还从来没有见过，这位东家慌乱成这个模样，手脚都软了。早上朝城里去的时候，他看见他迈了三次腿，才将身体塞进了那辆马车里。

"你们都看见了，眼下乱成一锅黏粥的，不光是城里，也不光是南家花园。"周约瑟继续对那两匹骡子唠叨着，"咱们醋园里，那个瞎东西伍春水家里，也是大火烧掉房顶，大水泡塌四壁，掉进了鱼眼里。你们都知道了，他那个老爹，昨日半夜里就背过气去，坐进了阎王老爷的宝殿。说起来，伍春水那个东西是瞎包玩意，可他的老子跟儿子，你们都瞅见了，他们丁点也不瞎包。"他悲伤地摸着那匹骡子，嘴里快速地念三遍阿门。伍春水已经从来家祥的铺子里抬回一口棺材。他祈求着那位上帝，那位仁慈的老爷，别便宜着那个瞎包东西，让他再往家里抬第二口棺材了。

"这算怎么回事？"周约瑟再次问着两匹骡子。

那是在昨日上午，他和这辆马车在院前大街上走着，忽然被在驴肉汤馆里常照面的两个酒友扯住了手里的缰绳。他们哈哈地笑着，问他："今日进城来，有没有发觉街面上新军比往日里多了?"然后又问他,在来城里的路上,他和他的骡子有没有听见晴天里响了声惊天的炸雷。不等他开口,他们中的一个又急切地告诉他,在他们遇见他半个时辰前,五龙潭地下刚发生了一场大爆炸。他走在路上,若是听见过炸雷声,那就是他们说的这场爆炸。"在五龙潭里游玩的一群学生跑出来,说他们走着路,脚下一阵地动山摇,天崩地裂,面前池子里的水和鱼,眨眼间就在一条裂缝里漏光了。"两个人轮番拍着驾辕那匹骡子,说他赶着马车在路上走,千万得小心,别一时不开眼,连马车带牲口掉进了路面上突然塌陷的地坑里,把他和两头牲口送上肉案子,骨头煮进了汤锅里。那是两个从来没正经的人。他嬉笑着,说那一准是闹地裂了,要他们赶紧回家去收拾细软,带上老婆孩子,学着城里闹独立前跑到泺口去的那些有钱人家,给一家老小找个地方避避难,别把家里那把值钱的尿壶埋进了土堆里。

离开那两个人,仅仅又往前走了几十步,他就验证了,那两个嘻嘻哈哈的人,这回当真没有和他说玩笑。大明湖饭店里一个买菜的伙计,推着车子从后面赶上他,居然跟那两个人一样,开口就给他说起了五龙潭里发生的火药案。

"说是一群躲在地下密道里开会的共和派,被官府的人捂在下面,全部炸死了。"那个伙计说,"地下一爆炸,前些天跑进城里来,端着枪要求独立的新军老爷,立马就换张面皮,嘴里嚷嚷着'城里的独立打今日取消了',眼下正满城里抓捕原先闹独立的那些革命新党。"

"你说什么,独立取消了?"周约瑟停一下步子,问那个伙计。

"你真是匹老骡子,天天往城里跑,连独立都不明白?就是前些日子跟朝廷分家那个独立,现在已经跟朝廷和好,又是一家人了。"买菜的伙计说,"刚独立那两天,你来送醋都看见了,到我们店里庆贺'独立、自由'那些客人,天天把店里挤得爆满,害得你这两头牲口,一天里要多拉上好几坛子醋。有人鸡叫三遍就来店门前排队,早上稍微来晚一步,就得挨到日头西,才会有张桌子给他们坐下。这刚独立几天,鞭炮炸飞起来的尘土还没落回到地面上,吓疯的狗还没从野外回来,好嘛,一巴掌就翻回去了。"那个伙计让周约瑟睁开眼睛,四下里瞧瞧,街上还有哪家铺子门口,张挂着庆贺独立的布幅旗子。"昨天下晚,听说新军的大炮就架到了衙门口,要那位大都督立即宣布撤销独立。这不,一夜工夫,衙门里就贴出告示,撤销了独立。各家铺子,凡是在门口挑旗子挂布幅庆贺过独立的,不按官府规定的时辰自行拆除,主动到衙门里报告,上交罚金者,一律要按通匪罪论处。"那个伙计扭头朝地上吐口唾沫。"老周你说,这都是什么鬼画符的买卖,一天乱画一道,比翻一根鸡肠子还快。"

　　城里取消独立的消息,在那一个上午里,差不多让周约瑟跑炸了肺。卸完车上的醋,他片刻没有在城里停留,晌午饭也没去吃,吆喝着两头疲惫不堪的牲口,慌慌地朝它们抽着鞭子,催促着它们朝商埠里赶。在南山米行,他又跟催牲口般,催着两个伙计往车上装红米,趁机在那里喂了喂两匹骡子。他心里跟着火一样,急着赶回浉口,把这个消息报告给老爷南海珠。城里宣布独立前那种恐惧气味,又密不透风地缠裹住了他,让他隐约觉得,事情怕是比那个时候还要糟了。那阵子,闹独立的各位老爷,天天拥挤在谘议局里,人山人海地开大会,号召着一票人到街上聚众游行,官府里却没有出兵抓人。拥进城里的新军,最乱的当口,也就是在夜里抢了几间铺子和两个大户人家。可这一日里,从遇见那三个人后,他赶着马车在街上走,差不多在哪条街上都能看到,那些背着长枪的新军,大摇大摆地进出各家店铺。没有人能够保证,这些军爷们到底会做出点什么。他暗自想着。城里宣布独立第二天,他到大明湖饭店里送醋,一停下车,就听说夜里有两个大户被新军哄抢了。"说是新军举着枪杆子,砸开了那些人家的大门。"那天回到洑口,他当即就把这个消息告诉了老爷南海珠。"谁也不知道夜里会转什么风。"他记得那位老爷听完后,这么对他说。后面那些天,尽管城里家家户户的菜刀剪子,都跟洑口一样,还是被拴在铁链子上,他也没再听到城里有人家被哄抢的传言。包括独立前从城里躲到洑口来的那些有钱人家,也纷纷回了城里。但是,老爷南海珠还是暗暗地将一些细软转移出来,藏到了他的地窖子里。因为经历了义和拳那节乱世,在挖地窖子为老太爷饲养壁虎时,他趁机挖出了两间,一间用来养那些小玩意;另外那间,他本意是想给苏利士预备着,万一哪天世道再乱了,就用它来帮着苏利士藏身护命。

站在两头牲口跟前,周约瑟一边看着它们吃料,一边琢磨着,回到洑口见了老爷,他该先说哪句话,是先说城里收回了独立,还是官府里正在四处搜捕革命党。不管先说哪一句,他明白,老爷听到后,都会像洑口那座兵工厂里全部的火药堆成一垛,被人放在南家花园里点了火。

周约瑟继续看着两匹吃草的骡子。现在,他想,他站在哪儿都能瞅见,让南家花园坐在炸药库上的,自然还是那位"记者老爷"。他一直没闹明白,这位老爷那颗拳头大的心里,都装了些什么东西。上帝给了一个人性命,是为了让他和一家人都好好地活着,不是为了别的什么非去寻死。他想起这位东家年少时,有一年,因为一个会变戏法的男人,在他的空钓钩上吹口气,变出

501

来一条什么鳄鱼,他差点就被马戏班子里那个男人诱拐走。他那会子年纪小,不明白自己是被一个幻境迷住了;可现在,他已经是位浽口人人知道的记者老爷,总该分辨清楚,他眼前看见的事情,是不是个幻境了。

城里宣布独立前那些日子,这位记者老爷,就让他们那座南家花园,天天都像坐在了炸药垛上。幸好城里面宣布了独立,他们那位老爷南海珠,总算畅快地喘出了一口气。独立那天夜里,那位记者老爷带着他的朋友们,星夜里骑着马,从城里赶回南家花园,在大宅子里摆宴席庆贺他们的胜利时,为着南家花园里躲过了一劫,他这个平时几乎不沾酒的教徒,都跟着吵吵嚷嚷的伍春水和陈芝麻喝了两杯。但他们那位老爷走到下人们的酒席上,一坐下来,他立时就察觉到,"他没有让任何一滴酒,沾染上他的嘴唇"。他立起身,走到门外的榆树下面,从站在树下的热乎那里,验证了他的猜测。他没再继续回去喝酒,而是把热乎推到了自己的座位上,让他去吃饭。然后,他又走回院子里,蹲在那棵粗壮的榆树下,听着风穿过树枝,听着树上那些还没有凋落的树叶子,在他头顶上簌簌地抖颤着,发出细碎的响声。

"他是不是早就看到今天这个日子了?"

周约瑟问那两匹低着头吃草的骡子。两头牲口都在忙着吃料,谁也没有理他。后来,有匹骡子停顿了下来,但它是为了撒一泡尿。撒完尿后,它又把嘴巴伸进了草料中。

赶着马车快要走出商埠时,周约瑟想来想去,决定还是绕到伍三羊做工的那家洋人的商铺前,找到伍三羊,先去问问他,城里面怎么会发生这些糊涂事。这个小子头脑灵光,门路也多,重要的是,他们记者老爷和谘议局里一些大老爷们,时常会出入那家洋人的铺子。谘议局是换了门庭,可进出那座大楼的先生老爷们，个个都是药神，药罐子里的汤换上百遍，里面熬的药还是那一味，熟地还是熟地，砒霜还是砒霜。可不管他们是熟地砒霜，还是白术甘草，他盼望着，伍三羊最好是从他们嘴里打探到了一些有用的针头线脑。他现在急切地需要根线头。"我猜想咱们那位老爷，更需要一些这样的线头。"他对那两匹骡子说。

刚靠近那间洋人的铺子，周约瑟顿了顿手里的缰绳，还没吆喝两匹骡子停下来，就看见商埠巡警局里三个背着枪的巡警，押住伍三羊两只胳膊，从那间洋人的商铺里走了出来。后面，跟着三羊那位洋人东家和两个伙计。

"三羊？三羊你犯了什么事？"周约瑟一把勒住了两头牲口。"我说，三位巡警大人，这是犯了什么事，你们就抓人？"他迎着伍三羊和三个巡警跑过去，伸手拦住了他们。

"你是什么人？"一个巡警打量着周约瑟，瞅着他手里的鞭子。

"这位巡警大人，我是他叔。"

"约瑟叔，我什么事也没犯。全城里人都知道，城里独立，是衙门里那些老爷们宣布的。现在要撤销独立，也是那帮老爷们。我一直都在铺子里，老老实实地卖力气干活。"

"你没犯事？那你可要找个地方闭上眼，好好审问一下，自己肚子里那几根花花肠子。"跟在他们后面那个巡警嬉笑着说，"按咱们衙门里说法，造反，闹独立，都是杀头的买卖。"

"大人，咱可不能吓唬着孩子。您瞧瞧他，还是个半青小子，能做下什么天大的事，就说到了杀头的份上。"周约瑟满脸堆着笑，拉住后面那位胖巡警的胳膊，请他借一步说话。

"独立已经取消了。你说前面造反闹独立，算不算杀头的大事？"胖巡警推开周约瑟，赶狗一般，朝旁边驱赶着他。"去去去！你要不是他们同伙的话，听我说，最好是离这里远两步，这可不是赶着去喝酒坐席。"

周约瑟从怀里摸出几块银圆，又朝前走两步，想把它们塞进那个胖巡警手里。早上出门前，周茉莉把五块银圆给了他，嘱咐他到院前大街的福瑞祥绸布店里，扯上块做衣服帽子的杭州绸缎，再扯两块上好的青布。"再有几十天就过年了，我得给咱娘和你们兄弟俩，预备过年穿的长袍了。"他知道，裁出衣裳、帽子，她还要用那些边边角角的布料，给他一家人，还有南家花园里的老太爷和老太太做鞋子。每逢过年，这个女人都会给大宅子里那两位天尊，各做上一件外衣，一顶帽子，一双鞋。尤其是那位老太太和他母亲的鞋子，她都要花细功夫，不惜花上多少个黑夜，绣出那些活灵活现的凤凰和牡丹花。可他上午一走到院前大街，就听到了城里取消独立，五龙潭下面发生了爆炸的事。

"滚开，老酸鬼！青天白日的，你也敢来糟蹋老子。你以为是在花两文钱买个鸡蛋？就想用这点眼药水，来断送老子的前程！"那个巡警骂骂咧咧着，一把推开了周约瑟。看到他还想上前，他又端起枪口对准了他。"再敢胡来，老子现场就先结果了你。我可告诉你，今日里，老子愿意打死哪个，哪个就是他奶奶的革命党，乱党。"

他原地站在了那里。

那个胖巡警瞪他两眼，把枪收了回去。然后，他嘿嘿着冷笑两声，对另外两个巡警说："你们说，咱们要是这个老鬼，是不是立马就会跑回家去，告诉他们家里人，赶紧买上口破棺材，预备着去收尸了？"

"约瑟叔，你回去见了俺爹，就说三羊没做下对不住祖宗的事！"伍三羊朝地上吐口血水，扭过头，大声对周约瑟说。

"主啊,阿门。主啊,阿门阿门阿门。"周约瑟浑身哆嗦着,口里急切地念叨着"阿门"。然后,他跑到了伍三羊那个洋人东家面前。"我是泺口南家醋园里的车夫。"他对那个洋人说,"莫多克先生,我知道您和我们家那位记者老爷南怀珠熟识,是朋友,请您看在我们家那位老爷的份上,帮帮忙,先把这个孩子保下来,救他一难。"

"这是你们自己的事情。"那个洋人对着他摊开两只手,摇了摇头。"我在你们这里,只做贸易。""您可是他的东家,他在给您干活呢。"周约瑟恳求着那个洋人掌柜。"他是我的雇工。他给我干活,我给他发工钱,这就是我们的关系。他做的其他事情,只要跟我们商行没有关系,我一概不会干涉,也不会过问。"那位莫多克先生冲着他摊了摊两只手掌。

周约瑟站在围拢过去看热闹的一群人中间,眼瞅着三个巡警,在他面前押走了伍三羊。然后,他又看着伍三羊那个洋人东家,吆喝着两个伙计,走进了自己的商铺。

奔回到泺口,周约瑟没有到醋园里去找伍春水。他反复地琢磨了一路,最后得出的定论,还是先去报告老爷,让他赶紧拿主意,找路子,前去搭救伍三羊。想想,伍三羊都被抓走了,他们那位"记者老爷",自然是更不消说了。他一路画着十字,念着"阿门",赶着拉满粮食的马车,汗流浃背地奔到了南家花园。城里宣布独立后,即便不是陪着老太爷到醋园里熬药的日子,每天黄昏前,南海珠还是跟往常一样,要到醋园里去,在给老太爷熬药的那间屋子里坐一会。给老太爷熬药需要用的壁虎,每条都是周约瑟清晨到醋园里上工时,装在一只蛐蛐罐子里带过去的。但至今,醋园里还没有一个伙计知道,他带给老太爷的那些壁虎,是从哪里弄到的。"说不上,那个不会生养小孩的神女,在窑子

505

里吃了什么药,专门在生养这个东西。"有两次,伍春水站在醋缸前,一边弯腰扒着醋缸,一边哈哈大笑着,对那个陈芝麻说。他反复掐算着时辰,确定着他赶到南家花园那会儿,老爷还不会走出大宅子。在不去城里,也没有意外事情发生的状况下,他知道哪个时辰里,这位老爷会在南家花园,哪个时辰,是在他的醋园里。

第三十一章 月　光

　　从城里回到泺口，南海珠先是在铺着层暗淡月光的大宅子里来回绕几圈，然后，他径直走向了父亲那间老书房。他没让那个叫热乎的孩子尾随在后面。那会儿，除了天上繁密的星星和半弯的月亮，他觉得自己不愿看见其他任何一丝光亮，也不想让他自己之外的任何人走过来，和他说话，打搅他。"你喂上马，再去告诉大小姐，让她给老太太和太太说，我回来了。"马车在院子里停下时，他吩咐着那个男孩子，并且告诉他，在没有招呼他之前，他和家里所有的人，最好都不要到那间屋子里去。"我想安静地歇一歇。就是大小姐和那位巡警局长，也别让他们过来。"南海珠说。"是，老爷。"热乎垂着手站在车门旁边，小心地回答着他的主人。南海珠扫了他的仆人两眼。在他们绕着城里跑来跑去的一天里，这个男孩子对他所有的回答，几乎都是这句话。一天时间里，他自己没吃东西，他也没有看见这个孩子吃过东西。在往书房走的路上，有那么一瞬间，他突然想起来，这个孩子刚到南家花园不久，拿着把修剪花树的剪刀，剪掉一匹骡子的阳物后，被他关进牲口棚里那次。他把他和那些牲口们关在一起，关了他五天五夜，而且吩咐管家"一口水也不许给他喝"。后来，管家告诉他，太太曾差他偷偷地给这个孩子送去过吃的东西。"可这个小子，他竟然扭过头去喝马尿，也没吃那些吃食。"管家说。

在准备推开书房门前，南海珠又在门外那片淡淡的月光里，站了下来。

"他们两个应该一般大。"他想着远在英国的两个儿子中，年龄大两岁的那个。他已经两年没有见到他们了。"他是不是也这样高了？"他看着自己投在地上的影子。那个大的儿子，差不多和他年轻时长得一模一样。在他们离开家时，他要求他们，每过上半年，就要给家里寄来一张兄弟两个并排站着拍的照片。在夏天里，他们最晚寄来的那张照片上，他隐约地看见，那个大儿子的唇角上，似乎长出了毛茸茸的胡须。那次，他放下那张照片，马上把站在门外的热乎叫到了跟前。他什么也没吩咐他去做，只是让他在他面前站一会。然后，他挥下手，打发他重新站到了门外。在这个男孩子的嘴角上，他真切地看见了，一个半大青年嘴角上生长着的那些柔软又细小得让一位父亲内心既欣喜自豪，又感到慌张的绒毛。

"至少，眼下不用操心他们。"南海珠安慰着自己，却更加想念那两个孩子，尤其是那个和他长得一模一样的大儿子，让他想得揪心。已经快半夜了。也许再过半个时辰，月亮就要落下地面去。他看着地上的月亮光，记起在《南海奇闻录》里看到的一则奇事：有个人因为太想念自己在外经商的儿子，就在子夜时分，咬破十根手指，把热血滴到了自己的影子上。结果，他那个影子，就化成他的儿子，站到了他面前。

"儿子。"南海珠想着那则奇事，心里念叨着儿子，把一根手指放在牙齿间，用力地咬了下去。他往自己的影子上滴完第一根手指上的血,接着又咬破了第二根。十根指头上的血依次滴落下去后,南海珠看见,他刚才还铺在地上的暗淡身影,陡然间就变成了他想见的那个儿子。

那个男孩子,结结实实地站在了他面前。

"爹。"儿子声音洪亮地叫了他一声。

"儿子。"他低声叫着儿子。因为欣喜和意外,他的喉头竟然哽咽起来。"儿子。"他把一只手放在他坚实的肩膀上捏两下。

"您怎么了?爹。"儿子问道。

"我在想,你们兄弟两个幸好都不在,眼下不用我为你们操心。"

"到底发生了什么事情?"

"都是那个独立。因为那个独立,咱们家怕是……"

"爹。"儿子又叫他一声。"您是不是多虑了?"

"不是我多虑。"他说,"是眼下城里的情形,差不多跟阴曹地府一样,让人心颤胆寒。街两边的店铺,十家有九家都关门闭户,加上了护板。大街小巷里那些人家,家家户户,也在大门紧闭,没人敢发出一丝声息。甚至连小孩子的哭叫声都听不到。以前满街流窜的那些野狗,也跑得不见了踪影。今天,我坐着马车在街上走,像是走在了一座没有人烟的鬼城里。好容易瞧见个行人,也跟遇见鬼魂似的,扭头就不见了。只有肩膀上背着枪的那些新军,吵吵嚷嚷着,在日头底下大摇大摆地走来走去,活像阎王派出来拿人魂魄的鬼差。"

"爹。"儿子放低了声音。"我想不出来,城里这些事,跟咱们家有什么关系。咱们家在泺口,马车还要走上半天。"

"你忘了,你二叔还住在城里呢。我还没告诉你,他已经好几天没回家了。没人知道他现在在哪里,是死是活。还有伍逍遥，就是醋园子里工头伍春水的儿子，原来那个伍三羊，我记得，你们一起到苏利士那里学过几回英国话。他在一家洋人商行里做伙计，也被商埠里的巡警抓走了。"

"我二叔是个大男人，他怎么会失踪呢？"

"我这两天在城里找他，能找的地方都找了。蚂蚁窝，老鼠洞，哪里也没找到一根线头。"

"您刚才说，城里面到处是新军，到底发生了什么事？"

"是城里头那个独立取消了。"

"您前面就说到独立。取消独立又是什么意思？"

"我在信里都给你们说了。你二叔和谘议局里那帮议员先生，听说南方的鄂省跟朝廷断绝关系，独立了门户，他们也跟着头脑发热，请求巡抚衙门学着鄂省，宣布山东独立。后来，那些酒派醋派酱油派，几大派别的人，天天坐在谘议局里开大会，争论如何独立。学界商界，还有那些说不上是什么界的鬼怪，也都涌出家门，聚集到街上，从早到晚喊着口号要求独立，绕着大街小巷游行，整天把街面堵得水泄不通。半个月前，衙门里那位巡抚大人，被共和党跟新军手里的火枪逼迫着，给全国发出通电，把巡抚的称呼改成了'大总统'，不对，是'大都督'，就算宣布独立了。可现在，刚过去十几天，这个独立就被他们取消了，大都督的名号重又改回了巡抚。新军手里的枪口也掉转了头。眼下，那些端着枪支持过独立的新军，正在帮着官府，满城里捉拿先前闹独立的革命党。"

"这些事情，我在外国一点也不知道。我们每回都要等上三两个月，等上半年，才能收到您写的信。"

"我真是急糊涂了。"

南海珠爱怜地望着他的儿子，记起他十多天前写给他们两兄弟的信,他们现在还不会收到。那是多么远的路途啊,他想,要漂洋过海,在看不到尽头的水面上走几十天,要经过一片一片望不到边际的田野,还要穿过一个个住着陌生人的村庄。他们的母亲,那位从前一天受到惊吓,又开始日夜游荡的柔弱女人,一直把她两个儿子去的地方称作"天边"。他也一直都在后悔着,把他们送到了那么遥远的"天边"。不过,这会儿,他又在庆幸着,正是因为他们都不在身边,也许,他们才会得以保全性命。从知道他的兄弟在城里参与了那场"独立"革命开始,他就不能躺在床上睡觉了。他躺下去,只稍片刻,就在他等待呼出的那口气,用同样的时间和路程,重新返回他身体里时,他发现,自己已经完全不能安心地等到那个出走的"呼吸"自由走回来了——一只看不见的手,窒息和死亡,在他等待的过程里,早就伸出它们的魔掌,紧紧地勒住了他的脖子。他惊慌失措地从床上坐起来,张大嘴巴,用尽全力喘息着,才能把正在准备彻底离开他的那个"呼吸",用九匹骡子的力气和一根风筝线,拉回到自己身上。除此之外,他还发现,他的眼睛也不能在睡觉时看见灯光了。所以,即便是在他兄弟那一派人取得"独立"后彻夜狂欢着,欢庆他们胜利那些天里,他也仍然不能躺到床上去睡觉,不能在黑夜里看见灯火。每个夜晚,他都只能蜷缩在一把椅子里,坐在漆黑的夜里,熬过漫长的夜晚。尽管他坐在椅子里入睡,但是,哪怕是在一些他自己都觉得最深沉的睡梦中,他也会忽然在惊吓里醒过来。惊醒他的东西,是滴在他额头上的、一滴滴雨点那样温热的鲜血。那样的时刻,他坐在黑夜里,全身都在发着抖。他甚至不敢去想象,在接下去的日子里,他们这座南家花园,究竟还会经历些什么。而在所有的梦里,他几乎都会听见,有个声音反复在耳朵边告诉他,所有一切要来临的灾难,在他们这座大宅子里，都还没有开始。

"您说那个伍三羊，他被巡警抓走了？"

"是周约瑟亲眼看着他在商埠里被抓走的。"

"他也参加了革命党？"差不多十年后，这个小伙子从英国归来，因参加一个名字叫共产主义小组的组织，参与编辑了一份报纸——《劳动周刊》，在东流水街被巡警抓走，那时候，他的父亲南海珠，正是用这同一句话，在询问着谷友之。那时候，他的姑爸爸，谷友之，已经是山东督军眼里最器重和青睐的一个人。

"这点我还没弄明白。我只是模糊地知道，他跟你二叔私下里有些交情。"

"我姑爸爸呢？他当过新军，又是洑口的巡警局长，一定认识很多人。您得让他去找人，先把伍三羊弄出来。"

"伍三羊被抓走的那天下晚，我就去找他了。"

"他帮忙了吗？"

"他立马就往城里通了电话。然后，又骑上他那匹白马，亲自跑到了城里，快半夜了才回来。他把手上所有的路，大路和小路，挨条跑了一遍，一条也没走通。唯一确认的，是城里面那个独立果真取消了，完全败了。因为这个要遭砍头的，不下几十人。他在过去一个老部下，一位新军管带手里，看到了那本写着被抓捕人名的花名册。你二叔和伍三羊两个人，他们都在那本被砍头的名册上……"

掠过暗淡月光的细风里，仿佛传来屋檐上雨滴滑落的声响。

南海珠在那些断续的雨滴声里，抬起一只手，捂在了额头上。一阵一阵的风，穿过那些隐隐约约的雨滴，来回地荡着。在刮过脸前的最后一阵风里，他闻见了冷风中夹着的一丝凝结后的咸冷血腥。那些腥咸冰冷的味道，在让他眼睛里突然流下两行热泪的同时,也让他胸口里涌出了一股子滚烫的东西。他清楚嗓子眼里将要喷出来的是什么。由于担心那些脏东西喷到儿子身上,他伸出手,用力地推了他一把。喷出那口腥热东西的同时,他觉得自己的头脑里,犹如有把月亮光扎成的笤帚,像鸽子身上的一根羽翎那样,在里面轻轻地扫动了一下。

很长日子没这么轻松过了。他这么想着,感觉身体已经被那把月亮光的笤帚扫到了老成吉思汗常年拎着的毯子那么大一块月光上面。它从他脚下的地面上飞了起来。他甚至还没来得及招呼一声儿子,那块白色的月光,就飞到了黄河上空。在黄河的水中央,他清晰地看到,老成吉思汗踏着他随时会跪在上面祷告的那张波斯毯子,在水面上疾速地前行着。河面上的月光亮如白昼。老成吉思汗那块没法辨认出颜色的毯子四周,缀着一颗一颗的人头。它们周围是成群的鱼。那些鱼自由自在地游来游去,像进出一座座无人把守的城池,在每颗人头的眼窝嘴巴和鼻孔里,灵巧地甩动着它们焰火般的尾巴。

孩子们全部离开后,蒙智园里立刻就散光生气,变成了一个夏日里被晒干水的池塘。天空、阳光、树木、房屋、门窗,甚至是在树木间穿来绕去的风,都缠裹上了一层没法摆脱的死寂。

南明珠和马利亚接受戴维先生的建议,给学堂里所有孩子都放了假。那些无家可归的小孩子,南明珠则请求着马利亚,将他们带回了她和戴维的家里。那个叫孔雀的女孩子还在发烧,并且,她一直都在哭闹着,不愿离开南明珠。"我不要离开园长夫人。"孔雀死死地搂抱着她,不肯去乘坐马利亚夫人带走他们的马车。她狠着心给了那个孩子一巴掌。南家花园里发生的事情,让她无心再顾及这里的任何一个孩子了。

马利亚抱着孔雀，带着孩子们坐上马车，让他们挨个从那扇"世界之窗"里伸出小手，跟园长夫人说"再见"。南明珠看着那辆马车驶出了院子。她独自一人，在空荡荡的后院里走了两圈。然后，在园圃里那片盛开的菊花跟前，她让身体靠着一棵柳树站了下来。她是乘着马利亚的马车来的。这会儿，她不想让自己带着满脸的恐慌和泪痕走在街上。

恐惧像鱼眼漩涡下的淤泥，不断地在南明珠心里弥漫着。因为恐惧，在那些菊花旁边，她没有闻到它们一丝凛冽的香味。尽管那些灿烂的花朵，它们拥拥挤挤着，铺满了她的眼睛，并试图在微风浅浅的摇曳里，博取她的一寸芳心。在她酿造的花醋里，马利亚形容着这些菊花，为了那些花醋"宁可放弃枝头抱香死"。但是，今年，由于城里的"独立"，她这个亲手栽植下它们的主人，既没有如往年的花开时节，带领孩子们，把一部分盛开的花头采撷下来，"将它们的芳香保存进花醋里"，也没有像之前那样，在下午这种闲适的太阳光里，让孩子们围绕着这些植物，反复地诵读古人写给它们的诗行。而现在，尽管是站在花朵跟前，她柔软的目光，甚至连一次也没有真实地落到这些可怜的植物们身上。

走到前面孩子们上课的院子，在谷友之曾经牵着马闯进来，心醉神迷地告诉她，"城里已经宣布了独立"那个位置上，南明珠又停了下来。这会儿，那棵椿树的影子正铺在那里，铺在谷友之和那匹白马站立着，给她报告独立喜讯的那小块地面上。时间仅仅才过去了两个星期。南明珠流着眼泪跪下去，伸手摸着泥土上面椿树投下的一片斑驳光影。"仅仅过去了不到两个星期啊，上帝，它怎么就消失了呢。"她用袖口抹下眼睛，瞅着眼泪滴在泥土上面打湿的两个小点。"时间是刚过去了不足两个星期，但天上风和云的事，就是这样没法揣测。"清晨，谷友之离开南家花园前，这么回答过她。他第一次在南家花园里，度过了完整的一个夜晚。半夜里，他们在老书房门口看到南海珠时，他跪在地上，身体抵在房门上，并没有让他的两只脚走进那间屋子。她叫了声"大哥"。南海珠没有回应她。她走上前去，摇晃一下他垂着的那只胳膊，他便顺着她的手，倒了下去。她惊叫起来。在马灯照射出去的光里，她先是在门板上瞅见一片像血的东西，接下来，又在他的嘴巴和衣襟上，看见了它们。她呼喊着那个叫热乎的男孩子，让他抓紧去套马车请大夫，一边帮着谷友之和戴维，把南海珠弄进了书房。然后，谷友之亲自驾着马车，到蒙智园对面的医世堂里，请回了那位擅长针灸的解老先生。这天黑夜里，谷友之没有再离开南家花园。马利亚和戴维两个人也没有离开。

"大哥现在这个样子，二哥又没有踪影，这座宅子里得有个男人撑着。"在周约瑟赶着马车，载着那位老先生离开后，南明珠对她的丈夫谷友之说。谷友之朝她看一眼，没有开口说话。她以为他会拒绝，并为此做好了对他发脾气的准备。但他留了下来。他们先是陪着马利亚和戴维，将这对洋人夫妇安排到客房里去歇息。随后，两个人又回到老书房里，瞧了瞧南海珠。十宣放血和安宫牛黄丸，让这个黑夜里只能睡在椅子里的人，睡得非常安稳。离开老书房，两个人去了南海珠和厉米多住的那座院子。屋子和院子里的灯火都还亮着。那是厉米多还在来回地游荡着，没有停歇下来。不过，南明珠早已经在她身边，安排了两个大一点的丫头，并嘱咐过她们，万一有事情，就去喊周茉莉。下房里，周茉莉和另外一个年长的女仆人，彻夜地守在那里。从周约瑟带回"城里撤销独立"的消息，他和周茉莉，夜间就被南海珠留在了大宅子里。

离开那座亮着烛火的院子，他们回了她昔日那间"闺房"。谷友之第一次，在她这间曾经的闺房里睡下来，并和她做了爱。她没有拒绝他。尽管她浑身疲惫，整颗心都被恐惧紧紧地攫住，鼻子里嗅到的全是热血的腥味。她那两只手，也用痉挛的方式，在暗示着她：这样的日子里，实在不是个适合亲热的日子。"我的小甜面团，我们现在真该有个孩子了。"一到床上，谷友之就搂抱住她，一件一件地脱掉了她贴身的衣裳。蜡烛红色的光团在微微摇动着。谷友之伸着舌尖，反复亲吻着她的眼睛耳朵和胸口。她在他的爱抚里，浑身在冒着汗。他以为她是因为身体里的情欲。他们每次做爱，她都会这样流着汗，把两个人弄得水漉漉的。但这次，她心里明白，自己身上的那些汗，完全是由于荒草一样疯长着，塞满她胸腔的那些恐惧，才流淌出来的。

南明珠弯起两根食指，在眼睛周围压了压。那里，在她眼泪没有冲洗到的地方，还有着谷友之夜里亲吻她时留下的津液。早晨起床后，她没有梳洗。她第一次想把他舌尖上的那些津液，留在自己身上。这样，不管她干什么，她认为，他都会一直跟她在一起，待在她身边。她需要他。她从来没有觉得像现在这样，需要这个男人。

离开那一小片树荫，南明珠走进了孩子们上课的屋子。"只要他们能活着。只要他们都能平安地活着，我愿意终生不生育自己的孩子。"她坐了下来，想着夜里口吐鲜血的大哥和下落不明的二哥，还有那个也许很快就会被送上法场的伍三羊。她双手合到胸前，开始向她想到的一切神灵求告着。"耶稣啊。圣母玛利亚。如来佛祖。观世音菩萨。泰山奶奶。玉皇大帝。土地爷爷……"她挨个念着他们的名字，把两个哥哥和伍三羊的名字，

——摆放在这些神仙们跟前,祈求着他们伸出救苦救难的大手,弯弯腰,把摆放在他们脚下的三个人兜起来,安放进他们的怀抱,用只属于神灵的那层亮光,包裹住这三个人,任由什么样的灾祸,也不能伤害到他们的性命。

伍三羊被抓走那天下晚,谷友之骑着他那匹白马进城后,南明珠就跟随大哥和周约瑟,三个人一起去了醋园。伍春水正带着伙计们淋醋,满屋子里弥漫着迷醉人的醋香。看见南海珠,伍春水笑着,大步走到他们跟前。"东家,今日的醋真叫好啊。就算玉皇大帝路过咱们醋园子,他也会按下云头,假装在屋脊上坐下来歇脚,在那里偷吸上两口香气。"

"先不说这个。"南海珠说,"老周打城里回来,在商埠里见到三羊了。"

伍春水瞅眼周约瑟,想知道这个车夫在搞什么鬼把戏,他天天赶着马车到城里去,在商埠里见到三羊,那是再稀松不过的事情。但南海珠的脸色,和他开口就提到三羊的名字本身,还是让伍春水脸上的笑意,慢慢退了下去。

"东家。"伍春水放低嗓音。"三羊,他惹出什么事了?"

"是老周看到,他在商埠里被巡警抓走了。"

"被巡警抓走了?"伍春水扭过脸看眼周约瑟。"不可能啊,他犯下什么事了,巡警就去抓他?"

"是城里的那个独立,今日里取消了。"周约瑟说。

"城里独立是衙门里捣弄出来的,取消不取消,跟他有什么瓜葛。"伍春水盯紧周约瑟,想着南家那位二少爷,他可是在谘议局里带头闹独立的人。独立那天,他们彻夜地喝酒,喝得尾巴都长了出来。衙门里就算是取消了独立,要抓人,也要先抓大鱼大蟹。他儿子在商埠里就是洋人铺子里一个小伙计,吃着洋人的饭，城里是不是独立，取消不取消，跟他能有多大干系？伍春水嘴角上挑起了一丝笑。"老周，不会是三羊定亲那会，你没能喝上我诺下的喜酒，现在编出个瞎包话，日鬼操弄我吧？"他对着周约瑟说。

"老爷在这里呢。"周约瑟说，"老爷先到巡警局里找了谷老爷。这会，谷老爷骑着马，已经到城里打探去了，看能不能找到门路，把三羊要出来。"

"老周没说瞎话。他身上揣几块买布的钱，当时就掏了出来，想从巡警手里把人拦下来，没拦住。他急着救三羊，回来先到大宅子里去，给我说了。"南海珠说。

"东家，我敢拿性命担保，三羊不会去招惹那些要命的事。"

"好，好，那就好。"南海珠对着伍春水点点头。

到了那天半夜里，谷友之从城里回到醋园，告诉南海珠和伍春水，他在新军里一个老部下手上，看到了官府里捉拿革命党的一本小册子。在那本花名册上列出的要被捉拿砍头的革命党名单里，南怀珠和伍三羊两个人的名字，都在上面。

伍春水在那里愣了一会。

"东家，三羊不会是革命党，您得帮着想个法子，救救三羊。"

他先是跪到了南海珠面前，不停地磕头。然后，他突然站起身子，像头发疯的牲口一样，跑出了醋园。当天夜里，伍三羊的爷爷，醋园里曾经的那个老工头，在得知孙子被官府里抓走，要被拉上法场砍头时，在一种极度的惊惧中，他呼出了七十年里从来没离开过他半步远的那口气息，再也没能把它收回到身体里。

求完各路神仙，南明珠走进了她的园长室。她在那里坐了很久。最后,她从手包里找出胭脂盒,给两边腮上擦了点胭脂。对着镜子犹豫半天,她又打开盛口红那只小瓶子,拿起刷子,给嘴唇上刷了点"口红"。这瓶产自荷兰阿姆斯特丹的红唇膏,是她和谷友之结婚纪念日那天,马利亚送给她的"糖婚"礼物。

"这样看起来,就会好看一些了。"

南明珠对着镜子里那个在夜间黑了眼圈的女人,用手指按了按眼睛周围。那里,还沾着她丈夫舌尖上的津液。她又想起了他那些亲吻。他反复地用舌尖亲吻着她的眼睛,对她说着:"我的小甜面团,我们现在真的需要有个孩子了。"可刚才,在祈求那些神仙们,请他们保佑她的两个哥哥和伍三羊时,她对他们说的都是些什么啊,她说的竟然是:"只要他们能活着,只要他们都能平安地活着,我愿意终生不生育自己的孩子。"

现在,因为对死亡的恐惧和对丈夫的愧疚,南明珠心里愈加恐慌起来。她像个失足跌进漩涡里的人,淤泥在瞬间封住了她的口鼻,也灌满了她的心灵。有那么一会儿,她在想能不能从神仙们那里,收回她前面的誓言。但这个念头刚冒出来,就被她一把掐灭了。她害怕这样会惹怒各路神仙,让灾难速度更快地席卷了南家花园。"现在,你们要做的准备,或许是该如何保全家里面其他的人。"在这之前,一整个晚上,戴维先生和马利亚跟他们讨论的,都是如何保护南家花园那座大宅子和它里面的人。最后,也正是这个讨论,这个沉闷的话题,让他们打算到院子里走走,"去呼吸点新鲜空气"。他们信步走着,走到那间老书房门前,恰好看见了倒在门口的南海珠。

跨过河面的风,在窗子外来回旋转着。一团被风推来晃去的树影,透过玻璃,落在了南明珠面前的桌面上。她手里捏着那只小巧的口红瓶子,盯住它看着,觉得她现在也许该到巡警局里走一趟,去见见她的丈夫。他喜欢她嘴唇上涂抹这个小瓶子里的口红。她想在回到南家花园前,先到他那里看看,他办公桌上那部通往城里的电话,有没有传来南怀珠的什么消息。她还想让他看看,她嘴唇上刷的这些,是他喜欢的口红。毕竟,她刚才是对着神仙们,说出了那样一番话。

"园长夫人,园长夫人,一只老鸹飞进屋里了。"

南明珠走到门口,看见那个叫银蛋的男孩,手里拿只弹弓,已经穿过院子跑到了她跟前。

"已经放假了,你怎么又跑回来了?"尽管厌恶那个开杂货铺子的男人,但她却喜欢他两个又调皮又聪明的儿子。

"我在追那只老鸹呢。它一路飞着,穿过三条街,飞到这里来了。"

"我可没看见哪里有老鸹。"南明珠努力让自己笑起来,对那个男孩说,"快点回家吧,大家都走了。我现在就要关大门了。"

"它真的飞进来了。您看这里还有根羽毛,是我拿弹弓打下来的。"男孩子手里举着根黑色羽毛,给南明珠瞧。

"马利亚太太给你们讲世界鸟类时,是不是告诉过你们,不能随便打鸟,什么鸟儿也不能打。"

"鸟又不是人。鸟要是人,它们被打死了,它们的家人就得到俺家铺子里,去给它们买口棺材。"

"它们也有家人呀。"

银蛋说出的"棺材"两个字,让南明珠心里剧烈地颤抖起来。

"那以后我就不打它们了。等我长大,能管我们家铺子时,再看见被打死的鸟,我就让伙计给它们做个棺材,把它们装进去。"

南明珠哆嗦着手锁好门。她走近那个男孩，在他脑袋上抚摸两下。她浑身没有了一点力气。后来，她索性就把那只手搭在了男孩的肩头上。

他们一起离开了蒙智园。

"园长夫人，城里取消独立，我们是不是就不能自由了？"

"这是谁告诉你的？"

"俺爹说的。他把铺子门口庆贺独立的布条子都扯了下来。他还说，城里取消独立后，衙门里派出了新军和巡警，满大街上在抓闹过独立的人，抓住了就拉去砍脑袋。他还给棺材铺子里的伙计加了工钱，要他们白天黑夜地赶工做棺材，说城里杀人多了，来买棺材的人肯定得排队。"

"那是城里的事。咱们泺口离城里还远着呢。"南明珠听见自己的声音像被大风吹动的风筝，在来回地摇摆着。在这句话结束时，她几乎听不见它后面的尾音了。

"园长夫人，您声音这么小，是生病了吧？孔雀因为生病，说话声音就变小了，像是蚊子在哼哼。"

"没有。我很好，没有生病。"南明珠低下头，又对男孩子笑了笑。

"咱们这回放假，为什么不发糖果呢，是不是因为没有独立了？"

"不能每回都发啊。我们要留下些糖果，等着过圣诞节。"

"到了圣诞节，我们是不是又能独立，又能自由了？"

"是。到了圣诞节，我们就发糖果。"南明珠说。

"好吧，"银蛋说，"我要去找老成吉思汗了，他那条毯子上全是跳蚤，我们能捉了它们，穿在钩子上去钓虾。"

男孩弯下腰，把两只胳膊剪到背后，跑到了南明珠前面。

521

"你是去斯卡布罗集市吗？芫荽、鼠尾草、迷迭香和百里香。你是去斯卡布罗集市吗？芫荽、鼠尾草、迷迭香和百里香。"男孩子高声唱着马利亚教给他们的一首歌的开头，欢快地朝前方奔跑着，道路在他脚下飞快地铺展开去。南明珠站了下来。"芫荽、鼠尾草、迷迭香和百里香。"她在心里念着男孩子唱出的歌词，看着他在路上奔跑起来的身体，直到她再也分辨不出他的脑袋跟四肢，再也听不见他唱出的歌声。在街的尽头，她看见他变成了一小团模糊不清的黑影。

第三十二章　淤　泥

在南怀珠失踪后的第七个晚上,周约瑟和他老婆,那个一直被伍春水和醋园里伙计称作"娼妓"的女人,从大宅子里吃过夜饭后,赶着马车,回到了他们自己的院子。"你们两个回家去歇一宿吧,也照看一下家里面。"在仆人们吃饭的那两间屋子门口,南海珠站在门外一小块暗黄的灯影里,对周约瑟说。这些天,大宅子里吃夜饭的时间越拖越晚,时常是入了亥时,主子们屋里还没开饭。听到院子里有人在低声喊"老爷",周约瑟就已经放下饭碗,离开了饭桌。他在门外候着老爷走近,听到老爷吩咐他回家,他立时明白,老爷是要在这个黑夜里,往他那间地窖子里搬东西了。

从城里宣布取消独立开始,每隔一两个晚上,南海珠就往那里搬运一回东西。"老爷这是在做坏得不能再坏的打算了。"南海珠第一次往那里搬运完东西离开后,周约瑟回到黑着灯的屋子里,对他老婆周茉莉说。

到这会儿,醋园里的伙计们中间,还没有第二个人知道,它的主人南海珠,已经写下一份文书,将醋园和醋园里的一切财产,包括他们这些在醋园里干活的伙计,都写在那份文书上,赠给了洋人戴维和他的太太马利亚。

除了赠送醋园,周约瑟还从二小姐南珍珠那里,得到了另外一个消息。老爷不但把醋园给了两个洋人,与醋园一起交到他们手上的,还有这位天使般的二小姐,和那位记者老爷的两个孩子。那是两个在城里出生的孩子,他们每次在浨口居住的时间,最长也没超过七天。因为他们的母亲,那位"巡抚家的表小姐",一点也不喜欢浨口这座大宅子。除了她的丈夫,她几乎厌恶这座大宅子里的所有人,甚至讨厌里面所有的东西。"园子里那些在夜晚飘来飘去的气味,熏得人心慌,睡不着觉。"她对她丈夫说。她丈夫则解释说,那应该是黄河里水的气息。"这倒是。千里黄河流到这里,里面什么没有啊,死人死猪死猫烂狗。"那位表小姐十分鄙夷,"就算黄河之水是从天上来的,天上死在水里的七星八宿,想借着雨中雷电升仙不成的各样杂碎玩意,哪样不是腐在了里头?"

"马利亚说,这两天里,我们就得离开浨口,从商埠乘火车到上海,再从那里坐邮轮到英国,去找我大哥那两个孩子。"这是前一日傍晚,周约瑟走进大宅子,在院子里遇到二小姐南珍珠时,她告诉他的。她牵住他的胳膊,把他拽到一棵山楂树旁边,躲开经过他们的两个仆人,眼睛里不停地流着泪水。"为什么城里取消独立,你们找不到俺二哥,我们就得离开浨口?"她问着他。"这些我也说不明白,二小姐。可我觉得,您听老爷和大小姐的安排,准是没错。"周约瑟不知道怎么回答二小姐,只好这样含糊其词。因为他实在说不准,后头的日子里,还会有什么意外发生。

洋人医院里那种死人的气味,仿佛夏日里突然降下的一阵雷雨,在泥地上砸起的泥腥气,铺满了城里的大街小巷。护城河里的水和城墙的青砖上,也沾着它们的味道。没有零落的那些树叶上,也是它们的味道。但他不敢把这些告诉二小姐。取消独立的第二天,他赶着马车从辘轳把子街走到南门,就看到了两户被洗劫的人家。住在泮池街那户,大门外石板路上都是流淌的血渍。他看到那些血迹时,它们已经在石头上变成黑色,被日头晒干了。后宰门左家热汤锅的掌柜告诉他,这户人家的老爷子,一个钱庄掌柜,二十天前还登报纸发过声明,和他在谘议局里带头闹独立的儿子,断绝了父子关系。

"可我不想离开家,不想离开泺口。"南珍珠用袖口擦着泪水。"光是听马利亚说,邮轮船要在大海里走上几十天,我就怕得要死。"

"别怕。您想想,医院里那么多洋人,还有苏利士神甫,戴维先生和马利亚太太,他们都是那样乘着船,来到咱们地面上的。"

他和二小姐说话时,除了几个下人走过时的脚步声,整个南家花园里,连一只麻雀飞动的声响都没有。寂静压得周约瑟胸膛里透不过气。为了畅快地舒口气,他伸出手,从旁边的山楂树上摘颗山楂,塞进嘴里胡乱嚼起来。他爱吃这玩意,可从来都没喜欢过它们开出的那些白颜色的花。它们的花瓣和茉莉花颜色差不多,都是一样的白,但他不喜欢它们那种带着缕腥气的香味。二小姐说她喜欢看山楂花,但一点不喜欢吃山楂。醋园里的人都知道,"假瘸子最爱吃能酸掉牙的那种山楂"。不过,他向天发誓,他从来没在这座大宅子和外面任何一处别人瞧不见的地方,做过刚才这种让他觉得羞耻的事情。因为自己有失检点的举止,接下去,他没再对二小姐说什么,尽管他很想给她说,在这个世上,很多事情肯定都会有它自己不得不到来的那一日。"那都是上帝

525

的安排"或是"那是只有上帝才会知道的日子"。在某件事情困扰着他,让他只能去找到苏利士,渴望从他那里得到某个清晰的解答时,苏利士常会对他说出类似的话。

周茉莉瘦小的身影跟在周约瑟后面,小声着问道:"掌灯吗,老爷?"

"没什么要照的,摸着黑吧。"

"今黑夜,大宅子里是不是又来搁东西?"

"估摸得等上个把时辰。"周约瑟转身抓过身后那个瘦小的黑影子,将她拉到床边,扯着她的裤腰带,把她按到了床上。

"老爷——"瘦小的黑影子低声叫道。从进了南家花园,她再回到他们这两间屋子里,就开始叫他"老爷"。开始,他不许她这么叫。他一直认为,只有住在大宅子里的人,才能被尊称老爷。但她死活不肯改口。"你比任何人,都值得我喊老爷。"她在床上紧紧地抱着他,用舌尖舔着他的耳朵。不过,在大宅子里和有外人在时,她从来不会这么称呼他。

"眼下,能过一天安稳日子,就是神在厚待咱们一天。但这种安稳日子,怕是连那个最狡诈的撒旦也算不明白,咱们还能过上几天。"周约瑟这样说着,脑子里滚过了一阵雷声。那些雷声,是从新军架在城里的大炮中发出来的。那位记者老爷告诉过他们,城里宣布独立前,是第五镇里那些新军,站在谘议局大楼的会场里,抱着枪,逼着衙门里那位巡抚老爷摘下顶带,变成了大都督。现在,大都督又变回了巡抚大人。这些什么新军旧军,枪口一调,在街上架起火炮,挨个学堂里围困遣散学生军,挨条巷子里搜捕革命党,跑得裤子都掉到了脚踝上。便宜坊里一个伙计告诉他,自打谘议局跟屁一样没了踪影后,那座大楼里紧跟着冒出了联合会和保安会。但这两个会也跟屁一样，转眼就被风吹散了。独立被取消后，眼下把持着那座鸟笼子的，是一个"保卫公安"的维持会。

周约瑟把先前的谘议局、联合会、保安会，跟现在的维持会串在一起，默默地把这几个名字念叨一遍，发现自己一个也没有弄清它们都是干什么的。他只好在这些名字面前沉默下来，继续听着脑子里那些雷声。在轰隆隆的响声里，他先是望了一会南家花园，又挨个望了一遍南家花园里所有的人。在太太厉米多和二小姐南珍珠那里，他停留的时间最久，大概有一穗麦子从收割到运进打麦场上那么长的时辰。当然，因为他完全没有意识到时间的问题，所以，也许那些停滞的时间，比他认为的那点还要更长久一些。

"好日子肯定会像屋梁上的那个燕子窝，会一直筑在咱们家里，老爷。"周茉莉在黑暗里等待一会，仿佛是在害怕她的声音会在空荡荡的夜里撞碎什么东西，像她在大宅子里看见的，太太在游走中撞碎那些灯光。

"那是你没闻到过城里面漾着的那层血腥味。"周约瑟的手在老婆的两只乳房上来回摸着。因为那些血腥味，能早一步落光的树叶子，都赶紧落下来，把身子藏进了烂泥里。就是那两头牲口在街巷里走，也会不停地摇晃起脖子，刨着蹄子，不肯朝前迈动步子。

"老爷，咱们这里是泺口，不是城里。"

"从泺口到城里，要是骑着马走的话，扬两下鞭子就到了。"

"那也不是城里，还有两鞭子的路程呢。"周茉莉把身子往周约瑟身上贴了贴，伸手揉捏着他的耳朵。"天塌下来，只要不落在咱们这个天井里，咱们就还是这么过日子。"

天塌下来？天已经坠到云彩眼里，离地面只有一老鸹翅膀的高度了。现在，醋园都被那位老爷写在文书中，暗地里送给了那对洋人夫妇。还有二小姐，她就要离开洑口，漂洋过海地到外国去了。他是个车夫，可也能够猜出老爷的几分心思：他担心自己没有力量护住南家花园了，但他还想护住这个醋园子。周约瑟想把这些都告诉老婆，但最后，他还是把塞进喉咙里的话收回去，重新装进肚子里靠近肚脐眼的地方，并用空着的一节肠子缠了缠。他没有不相信她。他是不想让这个女人跟着忧心。

　　眼下，他最担忧的是二小姐南珍珠，因为城里的狗屁独立，这位天使般的小姐，却要被牵连着，离开她从小长大的洑口，离开她的一家子人，走到四周都是洋人的外国去，隔洋望海地挨日子，说不上还会生死难卜。新天也好，新地也好，但那些新东西，除了新生的婴孩，怕是没有几个人一下子就能接受。那些来到济南府和洑口的洋人，他可是看见了他们过日子的光景。他们即便像众人看见的那个样子，吃喝无忧，可他却万难相信，他们在这样一个从人到半块土坷垃都生疏的地方，就算日子过得快活，但在他们心里面、睡梦里，就不念想他们的家人，不念想家门口那块天和地？苏利士身上有病痛的时候，跪在那里祈求的，也只有那位他从来没亲眼见到过的上帝。而这位老宣教士和那些洋人们，在这里遭遇义和拳追杀的日子，他的眼睛至今在黑夜里还能看得清清楚楚。由于那些追杀，他外出打听消息时，不得不装成一个瘸子。在听到他装成瘸子那段经历后，苏利士先是沉默着望他一会，然后，他眼里流着热泪，走上前，突然紧紧地抱住了他，嘴里喃喃地嘀咕着，说上帝肯定会在天堂里，给他留好一个挨着他右手最近的位置。他知道自己在乎的，可不是上帝那些远在天堂里的赏赐。因为他在那些黑夜里来回奔走时，心里从来也没想到过谁的恩赐。他一直记着苏利士那个有力量的拥抱留在他身上的那股暖意。他对着房顶叹口气。以后，谁能保证那些洋人的地盘上，一年四季无风无雨，没有争抢吞并，不会闹起义和拳杀洋人和城里独立这样的事端？要是心地良善，不贪婪别人家的好东西，那些德国兵就不会开着舰船，带着刀枪，占了胶州湾，两年工夫就从那里变出个"青岛"。还有那些八个国十个国的联军，谁能保证他们不是盯上了大清国的什么物件，才找着各样借口，漂洋过海，一路攻进紫禁城，把皇宫里的皇帝跟娘娘、大臣太监和宫女们，一个个吓成了倒树的猢狲。

周约瑟怜悯着二小姐，把老婆揉搓他耳朵那只手，捏在了手里。"还是等老爷来放下东西吧。"他说。那个没有翅膀的天使，在他离开时，把一只小香荷包塞给了他，请他保管着，等那位"表小姐"的第三个孩子降生后，替她"给那个小孩子买件礼物"。她自己生死都难卜呢，却还在惦记着给一个没有出世的孩子买礼物。周约瑟暗暗地感叹着，觉得哀伤像黄河里那些漩涡中泛上来的泥沙，一下子吞噬了他的心。白天，他按着老爷的吩咐，又到二老爷在双忠祠街的住宅去了一趟。那座宅子的大门，还和前一天一样锁着。二老爷不见了，那位怀着身孕的"表小姐"也没有了踪影。在二小姐带着两个孩子回到泺口的第二日，天还没亮，老爷就让管家带着热乎，"进城去把二太太接回泺口来"。但他们到了那里，只看见了大门上挂着的一把铁锁。

"站在一百里外的泰山顶上，也没人能想到，南家花园里会遭到这般难处。眼下老太太病倒了，太太昼夜地游荡，二小姐和城里回来那两个孩子，又要过江过海，被送到洋人的地面上去。那些洋人的地盘上，日头和月亮的颜色，怕是都跟咱们这里不是一个样。"周茉莉在黑暗里翘起头，想知道自己有没有多说话。

周约瑟仍然在捏着她的手。"老爷,"她把头重新枕回他的胳膊上,"你说城里头闹的那个独立,到底是个什么噬人心的鬼怪东西,让二老爷这样的人都能神魂颠倒。城里宣布独立那天夜里,他差不多是癫狂着,回到浂口来彻夜地摆筵席。看见我,他还说我们这些仆人,往后就不用再在南家花园里做仆人了。要不是老太太极力拦阻,他还要打发人连夜到外面请戏班子,说要把十里八乡的戏班子都请到浂口来,搭上十个八个戏台子,唱上半个月大戏。谁知道,转眼工夫,就有人把那个迷惑人的东西收起来,揣进了口袋里。它一被人捂进口袋,晴天霹雳就跟着落到了南家花园里。"

"二小姐的事,你是从哪里听到的?"周约瑟装作漫不经心地问。他尽量让自己在这个女人面前保持着安静。

"我在伺候大小姐,听见她和那位洋太太来回地商量,让二小姐他们什么时候去坐火车,什么时候去乘轮船。翻来覆去地盘算着,路上要是走得顺利,他们得走多少日子,才能到那个鹰国还是鹅国去。"

周约瑟把周茉莉的手放回她身边,并在那只手上按了按,叮嘱她,别再为大宅子里的人操心了。这些年,从买回这个女人,他这是第一次,听她一口气鼓噪上这么多话。并且,她所有的话都跟藤蔓一样,把那位二小姐牵扯在了里头。

"大小姐家那位谷老爷,那么大的官,也救不下难了?"

"什么事都不像戏文里唱的那么简单。老天爷要是真想好了,在什么时辰里刮风下雨,没人能去拦挡得住。"

"这么说,是没有半指余地了?"

"苏利士常说万物都有定时,先朝着最坏处盘算吧。"周约瑟坐了起来。他在穿过门缝钻进屋子的风里,隐约闻到了一阵血腥味。那些血腥让他的心在腔子里剧烈地摇荡起来,并促使他,快速地坐起身,穿好了衣服。

"那位二老爷,还是没打听到音信?"

"找遍了,一个针眼也没寻到。"他弯着腰,在床下摸索着鞋子。那位巡警局长告诉老爷,城里革命党起事前常去的茶馆饭庄、妓院戏院,都被四处抓人的新军查封了。那些闹独立的革命党,被衙门抓的抓,跑的跑,藏的藏,如今都已经没了踪影。"眼下,只求他多福,也跑到外面或是躲到什么地方去了。"

"这可怎么好!南家花园里真是要塌天了?"

"是风是雨,都只能睁眼看着,等着了。"周约瑟已经穿好鞋子。他敷衍着老婆,在黑暗里朝屋门口走去。

"这么快,老爷就到了?"周茉莉在黑暗里望向丈夫,"你不是说,怕是得等上一个时辰。"

"心里有点不踏实。我到外面去转转,看下动静。"

在走出屋门前,周约瑟听见了老婆窸窸窣窣着穿衣裳的声响。

外面阴着天。

在门外,周约瑟站在同样漆黑一团的院子里,伸着耳朵,辨别着四周的动静。刚才在床上,他隐约地听见,似乎是在某个地方,那位记者老爷在低声地叫着他"老约瑟"。

"二老爷?二老爷?是您吗,二老爷?"

周约瑟觉得,他的心被一根线吊到了嗓子眼里。

"不是我,你是不是盼着我被衙门里砍掉脑袋,变成了鬼?"南怀珠的声音,从一堆柴草后面冒了出来。"快出来,帮我把三羊弄进去。"

"三羊?我的老天神!您是说,二老爷,您还把三羊给弄回来啦?"

周约瑟拼命压住了嗓子。他几乎是在低声地惊呼着,在黏稠得让他迈不开步子的黑暗里,朝那个声音小跑过去。

大坝门内的剃头铺子街上,沿街驻扎着十个剃头匠子。在谷友之到浽口任巡警局长前,这些剃头匠子们,全部是把担子摆在露天场里。客人们剃头修面、采耳朵眼、修龙须、挖鸡眼、正骨点瘊子、敲背刮痧拔罐子,都是在日光下的空地里,至多是在三伏天和下雪时,拉着四角撑上块白布的顶棚。春夏秋冬,一年四季,只要不是大雨泼面,天天如是,每日清晨,日头刚露面,剃头匠子们肩上挑着担子,就到了这里。担子一头是个三条腿架子,里面是烧水的炉子,洗头敷面泡脚,一天的热水全指着它。架子其中一条腿向上伸出那部分,伸成根"旗杆",杆上挂着钢刀布和手巾。担子另一头是个木箱式凳子,下面带着两个抽屉,一个抽屉放钱,另一个里面放着剃头修面修脚的刀具、刮痧板、火罐子、洁面的香胰子。会采耳的,自然还会有耳扒子、鹅毛棒、铗子、震子、马尾、刮耳刀、耳起、白酒和棉花棒。

谷友之成为浽口巡警局长的第一年,他就在大坝门内,沿街盖起了一排简易房屋,勒令这条街上的剃头匠子们,全部搬进屋内。开始,这些手艺人里,没有一个人愿意额外花销房屋租赁那部分费用。后来起作用的,首先是巡警局里贴出的那张告示。告示上标明:十天之内拒不进屋营业者,一律不许再于浽口从事"头面生意";其次是有人仔细地思想两夜,觉得进屋亦有进屋的好处,起码在雨雪天气里,也亦不用愁无生意可做。有一个人带头搬进屋子,余下的也就鱼贯而入了。

十位剃头匠子,十间剃头铺子。把头的一间,是给戴维先生正过臂膀的那个老贾。他也是第一个搬进屋子里的人。紧跟着老贾搬进屋子里的，是位姓罗的小个子。老罗人长得瘦小，剃头修面，采耳修脚的手艺，在一群匠人中间都算不上拔尖。可在修脚之余，他治疗鸡眼和除瘊子的功夫，却堪比老贾给活鱼对接鱼刺。街面上的人，因此极少有谁肯提他的姓氏，老少都称呼他"瘊子王"。而实际上，这位剃头匠子最拿手的东西，并不是挖鸡眼和除瘊子。他跟其余剃头匠子最不一样的地方，是他在接待客人时，从来不使用洋人产的"洋胰子"给客人洁面。他自己会制作一种被他老婆夸张地形容为"王母娘娘和嫦娥仙子都想在睡梦里来向他讨要"的香胰子。他用来制作香胰子那些原料，成分极其复杂，传说有白面、米汤、黄豆粉、皂角肉、杏仁、樟脑、猪胰子、麝香、白檀、白丁香、白殭蚕、白术、白芷、白附子、白芨、白敛、白蒺藜这些平日里常见的东西，还有白狐狸板油、大雁蛋清、青木香、草乌、甘松、大黄、稿本、广陵香这些不很常见的玩意。除了前面这些，更有密陀僧、孩儿茶、排香草、鹤白、轻粉等很少有人听闻过的"奇药奇物"。这些东西或是日常或是名贵，都在其次；包括配制的过程里，自始至终不能见到一丝日光，也不算什么难事。哪怕熬制米汤的水，他要从子时的栀子花上，收集上一个盛夏，并且中间不能遭遇一次雨水。这些条件都具备后，他常常还要在某个季节和某种需要的天气里，为某几种香料混合后产生出的某些香味，等待上一些漫长的日子。为此，他制作一块胰子，"前后不知道要花费上多少个夜晚的工夫"。当然，这些仍然都不是最重要的。这位平时并不好酒的瘊子王，有一次意外地喝醉了酒，站在门外哗哗流淌的大雨里告诉老贾，顶要紧的，是他要在每年七月十五夜里，月亮最圆那刻，焚香净身，等候着一位仙人踩着月亮光从天上下来，附到他身上,他才能真正制作出那些香胰子。假如那一夜,阴雨天气遮了月亮光,或是那位仙人贪杯喝多了酒,又或是另外一些神仙也无法预料的岔子绊住了手脚,不能赶在月亮最圆那个时分前来附体,这一年里,他就不会有那些活命的香胰子了。

泺口的剃头匠子们,差不多每个人都坚信,这个剃头匠子不过是为了招揽生意,在那里借着鬼神搬弄玄虚;实际上,他就是把栀子丁香麝香这些玩意,跟洋人造的香胰子放在一起捣烂,重新混和在了一起。对于同行们的说辞,这位剃头匠子从来都不置一词。但是,在那次醉酒时,他告诉老贾,根据客人的需要,他给客人们用自己造的香胰子洁过面后,至少在三十六个时辰里,他都有足够的信心,保证那位客人在自己的头面上,闻到一层一层不同味道的香气缭绕在他的鼻翼间。"就像在揭开一层层薄雾。"而根据不同香味,那位客人还能自己决定他在睡梦里做一个什么梦。更要紧的是,即便那位客人不打算自己决定去做什么梦,他做的第一个梦,仍然和会他未来的日子"密不可分",并且在很大程度上还会决定着他的未来。当然,这位瘊子王更大的本领,是他知道光顾他铺子里的每个客人,都需要一个什么梦。为着那些梦,他接待的主顾,差不多有一半是预备着"做新郎官"的人——包括黄河里背纤的纤夫,也舍得花上三个月的血汗钱,在某个日子里,跑到他铺子里来剃头修面。另外一半,则是些衣衫穿戴考究,喜好身上带有点奇香异味,还喜欢做自己最不愿意别人猜到那种梦的富有客人。这类客人不需要在睡梦里寻觅财富,也不需要闭着眼睛摸索女人。尤其是与各个衙门有牵绊的客人,为了他们想做的那些春秋大梦,他们宁愿走上半天工夫的路,也会不辞劳顿,从城里来到他铺子里,花出比别处多三十倍五十倍的钱财。

自然，因为这个，这位瘫子王造出的香胰子，从不外售。浨口最大的那位盐商，衣老爷，打算用一块和他造出来的香胰子同等大小的银子，换走一块他手里的香胰子，没有换成。巡警局长谷友之，拿他那间屋子两年的租赁费，想换走他一块香胰子，也没有得逞。"比用龙脑麝香艳消做的什么婴香还会要人命。"浨口很多男人都在说。为了得到他一块香胰子，那位盐商最后提出来，愿意"每年用十二块和那些香胰子一样大小的银子，买他三块香胰子"，他丝毫也没有动心。至于巡警局长谷友之提出的那笔交易，街面上的传言则是：这个胆小如鼠的老家伙，翻来覆去地思谋了七天七夜，虽然表面上没答应巡警局长那笔交易，但最终，他还是用另外的方式，偷偷地送给了巡警局长一块香胰子。他这么做，完全是出于一种担心。离开那位衣老爷，他每天都可以吃到咸盐，但那位巡警局长老爷，随便找个由头，就能把他关进某间牢房里去。他可不愿意蹲在牢房里，给那些老鼠臭虫们剃头修脚开背采耳。不过，在那则传言结尾，人们说他并不知晓，谷友之把他送去的那块香胰子拿回家，转送给太太南明珠时，他的太太丝毫也没有表示出他想象中那种她得到一样宝贝时的惊喜。因为她从来没有听说过，更别说相信，它散发出来的香味，能够让人随心所欲地去做什么美梦。"和法国那些香水比起来，它简直就是坨沾了几片花瓣的狗屎。"那位巡警局长太太笑着说。而且在当天，她回到南家花园，就把它送给了醋园里车夫用猪肉价买回来的神女老婆。那是由于她觉得那个娼妓是个手脚比采花粉的蜜蜂还干净勤快的女人——她几年如一日地打扫清理着这位局长太太在娘家那间闺房，从来没让那间屋子里任何一个细小角落中，散发出丁点儿比如死了一只蚊子一只臭虫那样不洁净的气味，或是沾染过一星不该有的灰尘。

因为拥有那些香胰子,在剃头铺子街上,这个被人叫作瘌子王的家伙,差不多一直都是独来独往。其他九个剃头匠子,只有老贾,隔些天会走到他门口外面立一下脚,跟他闲聊上两句,一年里拉着他喝上两回或是三回酒。

城里宣布独立前,巡警局里聚集的铁匠们打完铁链子,将各家各户的菜刀剪刀拴到房梁上,也将剃头匠子们手里的剃头刀,统一编码计数,拴在了铁链子上那天,一条街上的匠人都扔下了手里的剃头刀子,相互串着门子,或是聚集在门前,三三两两地嘀咕着,这到底算是一出什么戏时,也只有老贾,背着手,到瘌子王的屋内踱一圈,笑着问他:"剃刀吊在链子上,使起来是不是省下些腕力了?"

在更早一些日子,鄂省独立的消息传到涑口的那个上午,整个剃头铺子街上,同样只有老贾一个人,挨个铺子里串一趟。进到瘌子王的铺子里时,他问他有没有听说"城里面银价哄抬得厉害,手拿纸票子进到银行里兑换银元的人,把银行的门都挤掉了,门外还踩死了好几个人"。起初,瘌子王好像不知道发生了什么事,问老贾是从哪条河沟里听到的这些谣言。"那些来抹了你香胰子的权贵老爷们,他们随便吐出一颗唾沫星子,都高过你那点臭胰子的价码。"老贾嘲弄道,"你天天乌龟样在这间铺子里缩着头,不知道天下已经变了,眼下鄂省已经宣布独立,脱离开了朝廷和旧制。一个武昌城,因为这个独立,早就打成了阎王爷的阴曹地府。"瘌子王伸过脑袋,从老贾身子一边朝门外街上看着。老贾不知道他在看什么,也转过头朝外面看一眼。除了天天在这条街上溜达的一条瞎眼狗,和一个赤裸着身子到处乱闯的疯女人,他什么也没看到。"脱离开了朝廷?"瘌子王朝老贾额头上伸着手,问他是不是黑夜里贪女人,在床上光久了腰身,让寒气袭了腰子。"若是腰子受了阴寒,最好是拔个血罐,通通经络。"老贾抬手挡住了瘊子王戏弄他那只手,朝前探下身子,压低声音说:"你这个死蚕脑筋,怎么就忘了,城里武备学堂的那些学生们,可是打上一年里就剪掉辫子,个个都弄根假辫子缝在了帽子上。"那天,老贾用这句话,结束了他和瘊子王的交谈,回到他的铺子里,开始招呼走进他铺子里的第一位客人。到了那天晚些时候,老贾又从两位进城回来的客人口里听到,城里面的各家店铺,眼下就算是卖把尿壶,也只认叮当有响的银子;凡是花纸票子买东西的主顾,店家一律要按当日市面上的银子价进行折算。商埠里那些洋人的铺子,买东西虽然不需折算当日的银价,却是要按着他们的要求,先在他们的商行里,存上一笔定额的预购金。

那天,在收摊回家前,老贾又进了老罗的铺子。这位剃头匠子,第一次,在一天时间里,允许自己的脚两次走进另一位剃头匠的铺子里。"要是你手里攥着买一把剃刀的纸票子,而不是一咬一个印的银子,那些纸票子在你手里多攥一天,就等于你亲手将那把剃刀弄出了一个豁口,也可能是两个,三个。还可能一觉醒来,你睁开两只大眼,就瞧见那把剃刀刃上全是豁口,完全成了把不能用的废物东西。"慢慢变暗的天色,仿佛一条看不见的长舌头,舔光了那天的光阴在一间屋子里仅存的光亮。瘊子王反复在钢刀布上蹭着他的剃刀。在一天所有空闲下来的时光里,这个人不是在盯住他的剃刀看,就是在磨着他的剃刀。"我说伙计,你能不能别再蹭它了!"因为那个磨刀子的人一直不接他的话,老贾看着那把被来回打磨的刀子,忽然有些气恼起来。"要是他娘的河水能切开的话,我得相信,你这把刀子,准能一下子就把整条黄河拦腰抹断喽。"但在那不久之后,仅仅过去一小会儿,在这天傍晚的天光将要消失殆尽那一刻,有个感觉忽然从远处跑来告诉老贾,他也许不需要站在那里,继续和这个磨刀子的人东拉西扯了。那会儿,他忽然醒悟过来,明白了两天前,他此时站立在里面的这间剃头铺子,为什么无缘无故地关了半日门。这完全是由于它的主人,在那一天里不声不响地跑去了城里啊,他想。差不多半个浤口的人都知道,除了大年初一,这间铺子的主人,从来都不肯让自己手里的剃刀安歇上半日。恰恰就是那一天,他一下子想起来,落日前的昏黄铺满剃头匠子街时,南家醋园里前来剃头的马车夫好像告诉过他,他和他的马车,走在城里那家"大清中国银行"的门口时,他和那两匹骡子,都看到这个想把一天过成两天的人,钻进了那家银行。"喜欢吃独食的狗东西!"那个傍晚,老贾一边心疼着自己手里惨遭贬值的钱票子,命令着自己两只脚飞快地走出了那间剃头铺子,一边暗暗地诅咒着猴子王"早一日被蛆虫吃光"。他臆想着,这个黑心的家伙一定是用他的狗屁香胰子,换到了跟银子一样可靠的信息,然后,他就一个人偷偷地跑进了城里的银行。在他们这些人手里的纸票子一夜变成废纸前,他已经将他口袋里的纸票子,兑换成了棺材钉子一样结实有力的银子。

第三十三章　呼　吸

"谢天谢地!""二老爷,您总算平安回来了。谢天谢地啊!"

南怀珠带着伍三羊回到泺口这天夜里,周约瑟背着伍三羊,走回屋子的整个过程中,他都在不停地重复着:"谢天谢地!""二老爷,您总算平安回来了。谢天谢地啊!"直到他的两只脚蹒跚着迈进屋子。屋子里仍旧漆黑一片,和他刚才离开时一样,没有燃灯。

"二老爷来了,快掌灯。"周约瑟朝那张床的方向走着,低声吩咐他老婆,同时提醒着那个女人:"是二老爷回来了。"他知道,由于惊慌和意外,这个女人会一下子什么也明白不过来,所以,她也就会完全忘记同他们这位失踪多日的二老爷打招呼。"快点招呼二老爷,是二老爷从城里回来了!"周约瑟又重复一遍,几乎跟呵斥一个孩子那样,呵斥着那个女人。"二老爷,您回来啦。"周茉莉在那里划着火柴点灯。但她划了两次,都因为手颤而没有划出火焰。到第三次的时候,整只火柴盒都从她手里掉落在了地上。"真是没用!"周约瑟已经把伍三羊放到了他们那张床上。他转过身子,跪到地上,先是摸到了两根散落的火柴,接着又摸到了火柴盒。他跪在那里划着火柴,举起胳膊点亮了油灯。那盏灯,是用二小姐给他的一只装过西药的小玻璃瓶改成的。然后,他一只手撑着地面爬了起来。

那个女人,周茉莉,已经被差遣到灶房里烧热水去了。

南怀珠背对灯光,俯着身子,一直在察看着伍三羊;他身体被灯光投下的那部分阴影,也因此落在了伍三羊身上。"阿门。阿门。"周约瑟心里不住地念着"阿门",站在这位主子身后,朝前探过脑袋,瞅着被暖黄色灯光照耀着的那张脸。要不是鼻翼左侧那颗绿豆粒大小的黑痣,他几乎认不出这张脸就是伍三羊了。现在这个伍三羊,脑袋大得像是戴上了蹭蹭鬼的头盔,两只眼睛因为肿胀,在放着一种水波样的亮光,似乎是谁把他那张脸,像闰月里六月六蒸面鱼那样,先是在笼屉里蒸成一张发面的面脸,然后又奢侈地拿猪鬃刷子在上面刷了层亮光光的猪油。

"二老爷,您这些日子到哪里去了?老爷那里焦急得日头都没有落的时候了。他天天跑去城里打探消息,找疯了,也没找到您一根线头。"

"就在城里,哪里也没去。"南怀珠回答。

"还有三羊,我在商埠里亲眼看着他被巡警抓走了。回来告诉老爷,老爷当即去了巡警局,托付谷老爷进城,不知托了多少门路,也没能把他搭救出来。我的老天爷,真不知道您是从哪里把他弄回来的。"

"从德国人那里。"

"您是说,那个卖面包的人?老爷和谷老爷可都去找过他。"

"他帮不上这个忙。"南怀珠盯住伍三羊,犹豫一下,告诉他身后这个老实的车夫,他找的是德国领事馆的人。当然,他没有告诉周约瑟,德国人愿意帮助他们的条件,是日后山东重新取得独立后,他们要把德国人在胶州湾的使用权限,再延长一百年。

而且，他已经说服他们，在城里重新宣布独立前，他们首先要帮助他取得渌口独立。"这个世界上最好玩的变戏法，就是把一个世界，变成另一个世界。"南怀珠心里想着那个能徒手变出鳄鱼，让手指发出亮光的男人。这天夜里，他同样没有把这件事情，说给站在他身后的车夫。但他很早就告诉了面前这个昏迷不醒的小伙子，而且不止一次。

"这个小子跟着您，算他福大命大。"周约瑟还想给这位记者老爷说，老爷南海珠已经不指望能救回这个孩子了。同样，他们，整个南家花园里的男人和女人，包括主子和所有的仆人，当然还有醋园里那些伙计，他们当中也没有一个人能够想到——他面前这位被他们称作"记者老爷"的人，还能活着回到渌口来。但现在，他不仅自己活着回到了渌口，还把伍三羊带了回来。当然，他站在那里思想一会，最终，什么也没有说。

"这些日子，你还是天天进城？"

"您知道，刮风下雨得去，下冰攒刀子也得去。老爷说了，不管世道乱成什么样，什么人坐天下，一园子人都得靠那些醋养家糊口。"

"你倒是你们那位上帝跟前最忠实的仆人。"南怀珠讥笑道。他相信周约瑟能够明白他的意思，"你那两条腿和那两匹骡子，没被那些大炮吓软腿脚？"他回过头，笑着问周约瑟。

"城里独立那天，您好像说过，是这些新军在会场里端着枪，逼着那位巡抚大人变成了大都督。"

"那些狗娘养的玩意，谁手里有肉骨头就听谁的，没人知道他们穿了几条裤子！"

"城里有好几户人家，血都淌到了大门外头。"

"泮池后面的街上呢，有没有？"南怀珠想着那个被父亲登报声明断绝了父子关系的人。他手里拿着那张卷成纸筒的报纸,速度极快地从他面前闪了过去。

"您是说靠西首那家吧?"周约瑟说,"我路过的时候,血都干了。马车远远地走着,血气还是冲得两头牲口不停摇晃脑袋,一个劲地在打响鼻。"

"是不是已经没人相信,我们,我是说,我和逍遥两个人,能再回洣口来了?"南怀珠看着伍三羊的脸,扬了扬下巴。

"二老爷您是大富大贵的命。宅子里上上下下的人,都在为您求着老天爷,求着各路神仙保佑您。"

"神仙是不是显灵了?"

"您带着三羊回到洣口来,就是神仙显灵了。"

"你呢,他们在求各路神仙,你没为我和逍遥去求求你那位上帝?"

"您已经带着三羊,来给俺们这间破屋子添荣光了。"要是会分身术,周约瑟想,他这会儿立马就会跑到苏利士跟前去,告诉他,他在那位君王面前的祷告应验了,他已经把三羊活生生地送回了洣口。并且,他还帮助他们,把大宅子里这位记者老爷也送了回来。大宅子里的男女主子,包括巡警局里那位巡警老爷,自然还有马利亚夫人和戴维先生,尽管他们没有相互说出来,但他们的眼睛都在说着,这位记者老爷,只能够在梦里重新站立在他们面前,和大家一起说笑了。

"看清了,不是鱼变的?"

"只有二老爷您,会这么说笑话。"

"大宅子里现在什么情形?"

"大宅子里都安好。老爷一会儿就过来。"因为要离开洣口,一直站在山楂树下淌眼泪的二小姐;病倒的老太太;彻夜游荡着不睡觉的太太。她们都从大宅子那边走过来，站到了周约瑟眼前。他假装着咳嗽了两声，在心里朝她们摆了摆手，让她们重新回到了大宅子里。他觉得这些事情，唯有老爷亲自说才会合适。

"来藏东西？"南怀珠笑了起来。"他是不是觉得，你这里真是天堂，果真会有什么上帝和天使护佑着。"

"城里头的情势，二老爷您比俺们都看得清楚。从城里到涑口，可是不足二十里路。"周约瑟明白老爷的意思。他是在担心，眼下，没人敢保证大宅子里还能安稳几日。

周约瑟瞅着南怀珠的后背。他身上从什么地方冒出来的一阵香气，让他忽然记起了城里那个被这位老爷称作"咸主笔"的女人。城里宣布取消独立的第五天，他见到过这个在谘议局大楼跟前，要给他拍摄相片的女人。她站在她丈夫、那位死在街上的绸布商的铺子门前，正在跟一个男人说笑着。他一眼瞅见她，就惶惶地将马车拉到旁边那棵榆树下面，火急火燎地走到了她面前。"您好啊，这位小姐。"他朝她躬下腰。"我在谘议局门前见过您，知道您和俺们那位记者老爷认识。眼下，他已经好几天不见人了，到处找不到踪影。谢天谢地！这会子遇到了您，能不能请您帮个忙，给打探一下他的下落？""我好像不认识你，自然就谈不上认识你说的什么记者老爷了。"那个女人瞅眼她身旁的男人。"您忘了，那回，在谘议局大楼跟前，您要给俺和俺们那位记者老爷，还有那辆马车，一起照张相。"周约瑟回身指了指榆树下面的马车，让那个女人辨认。"我可真是没见过你，更不明白你在说什么。我猜你一准是认错人了。"那个女人笑了起来，声音像在揉搓着一把晒干的谷秸。然后，她对和她站在一起的男人说，这个世道实在是越来越让人琢磨不透了，连个素不相识的车夫，也能够随意地走上前来，满口说着梦话，要求像她这样的陌生人帮助他们,而且是去做那些也许根本就是他们头脑里想象出来的蠢事。

那天,离开那个女人时,他手里的鞭子,已经被几根指头攥出了一把水。周约瑟在裤子上抹擦一下手心。要不是他拼命攥着它,他想,那条鞭子,在那天里一定会自己挣脱出去,狠狠地抽在那个小婊子的粉脸上。

南怀珠在试着伍三羊的鼻息。

从周约瑟把伍三羊放到床上,到这会儿,这位老爷已经试过了三次。"大宅子里不安稳,你这里就有天兵天将把守着?"南怀珠从伍三羊鼻前收回了那只手。

"这里有个地窨子。除了老爷和热乎,没有旁人知道。"

"还有我知道。老太爷吃那些壁虎,不是都养在里头?"

"我在下头挖了两间。我是说,您要是放心,就让三羊在下头养着。"

伍三羊右侧脸颊上,结着块月季花瓣状的黑色血痂。周约瑟瞅着那块血痂,想着城里宣布独立那天夜里,这位记者老爷从城里回到南家花园时,插在口袋里的那朵月季花。那天半夜里,他按着大小姐的吩咐,挑着灯笼站在大宅子门口,等着这位老爷和那位巡警局长从城里回来。在接马缰时,他瞥见他胸前的口袋里,奇怪地插着朵几乎落尽花瓣的月季花。他的眼睛仅仅是在那朵花上滑了一下。"你认识它的主人,就是在谘议局门口,要给你和马车照相那位小姐,咸主笔。是她把它插在了这里。"南怀珠哈哈地笑着,指了指他那只插着花朵的口袋。"她说这是朵独立之花。为庆贺咱们宣布了独立,我也得戴着它,就算它花瓣全落尽了,只剩下个秃头花萼插在这里。"

"城里的情形,你可都说了,好几户人家的血,都淌到了大门外头。"南怀珠想给这个车夫说,城里宣布独立不是开始,现在取消独立也不是结束。

"这里是泺口。"

"看看,你刚说完,这里离城里不足二十里地。"

"您得相信,我就是个车夫,也知道自己在做什么。"

周约瑟的半个身影在墙壁上晃动一下。

南怀珠盯住它看着。这个奇怪的世界——他在心里对身后的车夫说——这个奇怪的世界,不是让人觉得一天有一年那么长,就是一夜像条露水闪那么短。"您得相信,我知道自己在做什么。"在城里,他一直藏身在那座房子里,那位曾经的主笔小姐,也对他说过这句话。

城里宣布取消独立那天,他正睡在她的床上。那时候,独立与胜利带来的喜悦已经烟消云散;取代它的,正是这场革命焰火一样的光芒后,陡然而来的寂灭与死亡。他一边怒火中烧,一边担惊受怕。夜里鸡叫第二遍时,他还在和她做爱。一周前,那位石会长就已经南下去了上海。离开前,他把这个女人亲自交到他手里,让他帮忙"照顾她几天"。那是他们在那天夜里第三次做爱。算上下午的两次,他们已经做了五次。开始,他以为那个女人根本就猜不到,他是在用不停地交媾这种方式,在蹂躏着内心里那团恐惧和绝望的怒火。他没有想到,那个可怜又贪心的女人,她不但喜欢在床上和他一样没完没了,还说出了那句话来宽慰他。那天,第二次做爱前,她又跟变戏法那样,不知道从哪里弄出了一盒子月季花瓣,仿佛早就预备好了,只等着这个时刻到来。她依然固执地把它们叫做"玫瑰"。而他,再次顺应了她的叫法。

她把那些"玫瑰"花瓣全部铺到了床上,又将拇指大一瓶子真正玫瑰花的香水,倾洒在了屋子里。在第一滴香水挥发出浓烈香味的瞬间,他想到了他的妹妹南明珠。她热爱法国人制造的那些服饰和香水,爱得像是要发疯。而从小到大,对于这个妹妹,他要做的就是不断地告诫自己:"千万别抹掉了她脸上那些让他欢喜的笑。"

在真假玫瑰花那些几乎让他无法呼吸的香气里,他抱着她,把身体埋进了那些花瓣里,颠来倒去,一次次地死过去,又一次次地活了过来。当然,最终,正是他这些"贪欲"救了他一条命。早上,他差不多睡到了十点钟,延误到了五龙潭密道里开会的时间。从那个女人身边离开后,他走到距离蜜脂泉大约五百米远的地方,脚下就传来了轰轰隆隆的爆炸声。后来,那个女人告诉他:"所有进入密道中开会的人,都被埋在了五龙潭下面。"那些人里,包括他曾经带回南家花园的两个人。而那位副议长的日本老婆和两个孩子,在那天下午,就被三个新军打死了。打死他们之前,三名新军还用划拳的方式,挨个把那个日本女人睡了一次。

伍三羊微弱地呻吟两声。

"快去看看,水烧开没有。现在需要给他喂点热水。"南怀珠握住了伍三羊的手。"要是有现成的糖,能放上一点,就更好了。"

"有,有糖有糖。"周约瑟慌忙转过身,朝灶房里奔去。他巨大的身影率先离开这间屋子里的两位客人,跑到了他前头。

在灶房门口,周约瑟站了下来。水在锅里面吱吱地响着,柴草正在灶下燃烧。"大着点火,紧拉两下风箱。"他探着身子,对烧火的周茉莉说。

"再大就把棚子烧着了。"周茉莉用袖口擦下额头。"谢天谢地！老天爷，真是谢天谢地！那一家子人，不知道得怎么答谢二老爷的恩德。还有大宅子里，二老爷平安地回来，他们得开上三天宴席。二小姐和那两个孩子，也不用乘着船漂洋过海，到洋人地盘上去遭罪了。"

"好好烧火吧，抓上把硬柴火。"

周约瑟望着老婆伸手扯两把豆秸，那是她预备下来，过年时做豆腐烧的。虽然说不出什么因由，她还是坚持认为，做豆腐烧豆秸火，会比烧诸如各种树叶子、木头或是炭火，能够多做出差不多两成的豆腐。而在准备烧火煮豆汁前，她还会先将一把豆秸灰和一勺子热豆油调和在一起，搅拌在那些生豆沫里。

"二小姐心肠好，是个有大福的人。大小姐预备着让她明日走，二老爷今黑夜里就回来了。要是再晚一步，谁知道那一路上得遭多少罪。"

周约瑟又瞅眼灶下的火。"好好烧火吧。"他又说一遍。

"伏求圣神降临。以圣神之名，满信者之心，天主者，赐我等圣神光辉。"他向那位天帝求告着，朝大门口走去，想到那里听一听，老爷南海珠的马车会不会提早来了。尽管他心里明白，老爷这会儿肯定还没有离开南家花园。也许真像那个娘们说的，二小姐不用离开那座大宅子了。但城里面那些人家流淌到大门外的血，仍在他鼻子前荡着腥味，固执地提醒着他，明天，再一个明天，然后再一个明天，在日头出来后，或许都跟今天没什么不同。

第三十四章 谣　言

　　时间早已经到了太阳该升起来的那个钟点。在透进房间的一线晨光里醒来时，谷友之睁开眼睛，首先看了看他的妻子。南明珠仍然在熟睡中。他在昨天晚饭的桌子上，多喝了两杯玫瑰色香槟酒。这种被戴维先生称作"魔鬼酒"的东西，是马利亚在城里宣布独立那天晚上带进南家花园的。在介绍这种酒时，马利亚说它是用巴黎东北部一百五十公里的马恩省汉斯葡萄种植区里生产的葡萄酿造出来的；而只有用那个地区的葡萄为原料制造出的起泡葡萄酒，才可以被称为香槟。除此之外，其他所有流行在世面上的所谓香槟酒，都只能叫起泡酒或起泡葡萄酒。"一座王者之城生产的香槟啊。"那天夜里，马利亚这样形容着她带来的香槟酒。"我这么夸张，是因为在法国历史上，有二十多位国王，是在那座汉斯圣母大教堂里加冕的。"她微笑着对南明珠说。

　　这是他第二次整夜地留在南家花园里，留在南明珠这间曾经的"闺房"里过夜。南明珠怀了身孕的喜悦，一夜都在他睡梦里盘旋着，到现在仍然没减少一粒芥末子的万分之一。他看着南明珠，微笑着。不过，他随即又命令着那两只眼睛，重新合上了眼睑。这是由于他突然意识到，在这么重要的日子里，他似乎不应该这么草率地就让两只眼睛随便睁开。他安静地躺在她身边,听着她带有两个人的呼吸声,对着那位曾经掩面不再看他的上帝,差不多说了十遍"以马内利",又屈起指头,念了十遍"阿门"。那会儿,他发现,在谷兰德先生离开他们,莎士比亚夫人最终抛下他,带着冯一德回了美国后,差不多二十个年头里,他这是第一次纪念起那位从来也不是父亲的父亲,并感谢了他。有些时候,他闭着眼睛默默地想,迦南美地或许并不仅仅只是一块眼睛能够看到,手指能够触摸得到的真实土地。但在这之前,他总自以为是地认为,一块真正的迦南美地,才能算是迦南美地。"上帝永远是上帝。"他记起谷兰德先生说过的这句话。

做完这些,他才重新睁开眼睛,坐起来,凝视着他的太太,知道属于他的那块迦南美地,这些年一直就在他眼前。现在,他播撒的种子,一个属于他的小孩子,正在这块肥美的土地里生长着。因为那份持续的喜悦,他俯下身子,捧起南明珠的手,放在嘴唇上轻轻地亲吻着。这是城里取消独立后的第十二天。从城里赶来的那些死亡的恐惧,仍然在包围着整个南家花园。可神的奇妙,或者说世界的奇妙,正在于水乳交融。一个崭新的生命,一个完全属于他的孩子,恰恰在这个时候,悄悄地诞生孕育了。他继续凝视着南明珠。由于这些日子的过度担忧以及孩子上身,他发现,她红润的嘴唇,正在失去一些令他着迷的血色。

也许需要多给她买些"让人充满快乐的面包"回来了。谷友之小心地下床,盘算着早饭后到商埠里去买些什么面包回来。因为她腹中这个孩子的到来,他决定放弃几年里每日早饭前对巡警们的训诫。要买上一根法棍,两个布里,两个蜂蜜红豆,两个荷兰老虎,还要多买几个牛角,买上些凯撒森美尔。另外,他还想给她带上两块鲜奶酪,几块 Madeleine 蛋糕和一块莱茵河之波。

莱茵河之波是霍夫曼为他太太创造的,而那种 Madeleine 蛋糕,霍夫曼曾经告诉他,如果凯撒森美尔上面的风车代表皇帝,Madeleine 锁在贝壳形状里的美味,就完全是法国蛋糕的灵魂。平日里,她不允许他每次都买蛋糕,因为吃一块鸡蛋大的蛋糕,就等于吃掉了一筐麦子蒸出来的馍馍。但现在不同了,他觉得她需要那些高贵的营养。然后呢,等到下午,他打算陪着她,到马利亚家里去一趟。他要亲口告诉那对洋人夫妇,他的太太怀了孩子,然后再请那位洋太太为这位新晋升的母亲,做上些她最喜欢吃的苹果馅饼。这个季节,苹果的味道正是做馅饼的最佳时期。莎士比亚夫人总是能在这个季节里,做出最美味的苹果馅饼。她说真正的冬天到来之前,是属于一只苹果的黄金时期,因为储存在它果肉里的阳光和水分,甚至那些饱满的曾经只属于夏季花瓣的芳香,都还一点儿没有被寒冷消耗。

"千刀万剐的东西。"他在心里咒骂着冯一德。这家伙不但侮辱了他和莎士比亚夫人,更侮辱了他们的谷兰德先生。

他开始穿衣服,动作非常仔细。不过,他还是吵醒了南明珠。

"天亮了?"南明珠坐了起来。

"刚到日头出来那个时刻。你知道,我可是比一只钟表醒来得还要准时。你再睡一会吧。"谷友之靠过去,低下头,亲了亲她的额头。"我尊敬的大小姐,"他说,"现在,你需要比平时多睡上两个钟点才行。记住啦,你可不再是属于我一个人了。"他看着她笑一笑。

南明珠知道他指的是什么。她的心突然抖颤起来,想着前些天,她对着那些神仙们,许下的那个心愿。"只要他们能活着。只要他们都能平安地活着,我愿意终生不生育自己的孩子。"她想起来,那天,她一直在这样祈求着那些看不见的神仙们。她看不见他们,可不代表他们看不见她。就像她和马利亚,她们谁都没亲眼见到过那位上帝。

"再睡一会吧。等回到咱们自己家里,每天早上,我都要亲自把牛奶和面包,给你端到床上来。"他伸出胳膊搂住她的脖子,示意她靠着他的臂弯重新躺回枕头上。

"你天天骑着马在街上走,哪条路上不会遇到几个。"

"哪个女人能跟你比啊,我的太太。"他又笑一下。

南明珠仰头看眼丈夫,嘲弄道:"我是金枝玉叶啊?"

"在我心里,你一直都是金枝玉叶。"

南明珠躺了下去,谷友之又亲了亲她。十多天前,就是在这间屋子里,他热切地亲着她,渴求着马上有个孩子的念头,像湿了水的牛皮绳那样束紧了他。哈哈,他哪里知道,那个时候,他的孩子,已经安静地待在他的宫殿里,在那里瞧着他这位突然焦急起来的父亲了。"孩子。我的孩子。"他学着谷兰德先生对他们说话时的柔软声调,招呼了一遍他的孩子。这种感觉实在太美妙了。于是,他又对着那个孩子招呼了两遍。"孩子,我的孩子。孩子,我的孩子。"招呼末后一遍时,他觉得有一股子很热很烫的东西,决堤的河水那样,从他心里蔓延了过去。有个浪头,由于过高过猛,冲撞得他鼻子尖都要酸痛着坍塌下来。独立和自由,上帝在造人时,跟生命一起赋予了人的这种玩意,在每个人身上的需要肯定是不一样的,就像一年四季里有冷有热那样。一个车夫的自由和那个水鬼的自由,肯定不是一回事儿。为了他的孩子,他突然觉得,作为这个孩子的父亲,他完全有某种权力,从别人手里多拿过来一点儿他所急需的那样东西。比如在有些时候,在另外一些人看来似乎一文不值的阳光和空气,以及类似的什么。

"不能再睡了,你看看这个家里,不知道还有多少事在外面等着。"

"再睡一会吧。现在,天塌下来,也没有你的身子重要。"

"你在说什么呀?"

"我的小甜面团,你知道我在说什么。"

"这一座宅子,都还在半空里悬着呢。"南明珠说。夜里,她又做梦了。在梦里,她看见整座南家花园都悬在了半空中。院子下面是湍急的黄河水,一群背纤的人,赤裸着身子,在河滩上拼命地拉着他们家整座院子的房屋,包括后面的花园,朝上关渡口走着。而在院子上方,是一道一道刺目的闪电,从半空一直劈到了每间房屋的屋脊。有两间屋子的瓦缝里,已经在冒出一缕缕青烟。几个看不清面目的女人,在靠近客厅那间屋子的角落里,哭叫着拥挤成一团。她清晰地听见了她们的哭喊声。可等她走到门口,却发现她们都已经死了,那座房屋也变成了一只妆奁匣大小的黑漆木盒子。谷友之藏在巡警局里那只会和人一样说话的甲鱼,正从木盒子下面探出脑袋,瞪着两只绿豆粒大的眼睛,阴冷地朝她望着。

"就是在云彩眼里悬着,全泺口的人都被水鬼河神变成了各种鱼,还有我这个巡警局长,有我在这里顶着。白天会平安,黑夜会平安,日头会平安,月亮会平安,黄河会平安,泺口会平安,鱼会平安,船会平安,南家花园这座大宅子也会平安。"

谷友之手里握着那只有着"纽约的天空和星辰"的怀表。它又让他想了一遍冯一德。这会儿,那个家伙还被他藏在巡警局的地牢里,没有任何人知道他的真实身份。没有一只蚂蚁知道,也没有一只老鼠知道。或者说,根本就没有一只蚂蚁或是一只老鼠,屑于知道这个蹲在地牢里的家伙是谁。他每天都会下去看他。但是,出于一种他自己也无法说清楚的原因,即便是在城里宣布独立那十二天里,他也没有和他谈起过城里面已经宣布的独立。他觉得他和那些刀具一样,他下令用铁链子锁起来的刀具,现在仍然被老老实实地锁着。他非常清楚,自己一直在等待着某种东西。虽然他现在还没彻底想透彻,他在等待什么。那个家伙的一些话,尽管让他始终半信半疑,但他在世界上见过世面,从美国跑回来这件事,他丝毫都不用怀疑。南怀珠回到渌口后,他曾经动过两次念头,打算让他和冯一德会个面。不过,现在,他有一种感觉,似乎听见那个还没有出世的孩子在告诉他,已经完全没有这个必要了。"也许,对于一个生活在渌口的巡警局长来说,或者,对他未来的家人们来说,眼下最好的生存方式,就是坐看云起云落,以不变应万变。"他对自己笑了笑。

他又用力攥下那只怀表上面那片纽约的天空和星辰,然后,他把它们揣进口袋里,关紧了地下室的那道门。谷兰德先生一直把藏在地下的房子叫做"地下室",而且告诉他,每个人的心灵里都会藏有一间"只有上帝和自己才能够打开,并自由出入的地下室。"纽约的那片天空与星辰,它们怎么存在,是不是真正存在,都应该和他没有多大关系了。因为它从来也没有真正属于过他。有些梦境和想象中的东西,归根到底都是梦境和想象。谷兰德先生有一次跟莎士比亚夫人发生过争吵后,曾经苦恼地说,在上帝那里,人类世界也许仅仅是他在伊甸园里走累了,坐下来打瞌睡时,恶作剧般地构想出来的一个梦境。仅此而已。而他,他想,或许应该比现在更早地认识到这点。这是多么重要的一点,你这个笨蛋!他骂自己。

在绒布窗帘的一条缝隙里,谷友之看见,车夫周约瑟的老婆周茉莉正在走来。她手里提着一只鲜艳的大红色食盒。

　　雨是从半夜里开始下的。到这天早晨,尽管雨停了,但所有路面上存积的泥水里,都铺了层烂树叶子。到了太阳该升起的那个时辰,太阳仍然没有出来。那颗红色的火球,还被包在一块阴暗的破布片里,还没能从河水的另一岸浮上来,让那些飞扬跋扈的光线踏着树木的枝条或是暗影,跳过宽阔的水面,或是攀着围墙垛子,跌进大坝门内任何一条街上。所有的街巷都还在清晨的冷风里,阴冷萧索着。

　　因为儿子不能跟着他学剃头的手艺,又满心地想到美国人戴维先生在修建的铁路上找一份活,早晨醒来后,老贾便因此失去了躺在床上的那点耐心。想到铁路上去干活,是他儿子得知他在河堤上帮那个美国人推拿上摔坏的肩膀后,向他提出的一个请求。他的老婆也站在了儿子一边。他没有答应他们,但也没有反驳。他的儿子患有一种奇怪的羊角风。这种病是他们那个家族里传承下来的财富,每隔一代,就会有个"幸运"的男子被这份财富选中。他的儿子,便是这份财富的继承人。令他这位父亲忧愁和焦虑的是,每次发病,那个小伙子都会幻想着,他的某个妹妹嫁给了他,并会为此做出些有失体统的事情。尽管每年里,他只在暮春和秋天里各发一次病,但因为他那些羞于见人的不得体举止,老贾还是伤透了脑筋。他的儿子已经二十岁了,人又长得仪表堂堂。可由于患有这种奇怪的病,至今还没有哪户人家肯把他们的女儿嫁给他。同时,根据他们祖上的经验,他又一直相信,只要他的儿子成了亲,身边有个百依百顺的妻子,他的病就会悄悄地藏在他身体里的某个地方,不再在春天发芽,也不会在秋天里跑出来,晒冬天到来前最后一场让人感到暖洋洋的秋阳。

离开那张铺着麦草褥子的旧椿木床,老贾蹲在天井里抽着大红柳烟,喝了一碗土烧酒,起身出了院门。他打算到街口的糁铺子里喝碗鸡肉糁,吃上两根油条,然后在开门前,到大坝门外的河堤上走走,借着酒劲去试下运气,等等那个清晨常在河堤上骑马的美国人"戴维先生"。如果运气好,他也许能从他手里给儿子谋份差事,让他一边跟着那个洋人在黄河上修铁路,一边等待着,有个姑娘因看上他那份不同凡响的差事,并肯为此忽略掉他身体上的某种缺陷,嫁给她。他不想在自己的铺子里,在给这个美国人剃头修面时,向他提出这类有碍颜面的请求。尤其是他不愿意,在他们面前的镜子里,看见自己那副讨好的嘴脸。自从在河堤上给这个洋人推拿上摔掉的膀子,这位洋人就开始进到他的剃头铺子里,照顾他的生意。他不欠他一个铜板的人情。有时候,这位洋人"满头上都是麦芒子"的太太马利亚,也会跟着她的丈夫,走到他的铺子里来。然后,他给她的丈夫剃头修面,她就在他的铺子门口等候着,反复地向他讨问着一些推拿接骨的细节。她还一心想弄明白,他在接某个部位断掉的骨头时,为什么一定"要用整只带着皮毛捣烂的白公鸡肉骨泥"糊在上面;问他"其他颜色的公鸡和母鸡为什么就不可以"?有两次,她甚至提出来,他能不能收她做个接骨推拿的徒弟。在弄清楚他这种手艺只能传给他的孩子们,并且只传给儿子,连女儿都不能传授时,她为自己不能掌握到这种神秘的东方技艺,而在那里摇着头遗憾半天。在最后,他只是答应了她,在遇上盆骨和肩胛骨碎裂的人请他接骨时,他会让她到旁边去观看。而她,还可以给他拍摄几张给人接骨时的照片。早在两个洋人第三次走进他的铺子里时,他就知道了,每天早上,这个美国人和他的太太马利亚,都会像每个早晨天亮那样准时地骑着马,沿着河堤溜达上一趟。

他走进街口的糁铺子。涑口要独立的谣言,就在他端起碗喝第一口糁的时候,从街上传进了铺子。一个走进铺子里喝糁的人嚷嚷着,城里的独立虽然取消了,但涑口却像前些天的城里那样,要宣布独立了。

因为那个谣言,老贾喝完糁,已经完全忘掉了到河边上去等待戴维先生的事情。他踩着地上打滑的烂泥和树叶子,快步走到了剃头匠子街上。

敲门声很轻很轻地响着,从外面传进了屋内。

"大小姐?"

周茉莉声音极小地叫着"大小姐",说太太让她送来了糖水荷包蛋。

"我现在不想吃,你先拿回去吧。"南明珠说,"太太夜里睡得安稳吗?"

周茉莉回答她说太太半夜里上了床,一直睡到了五更天。

"我知道了。"南明珠把脑袋落回了枕头上。

周茉莉仍然站在那里,没有离开。

"还有别的事吗?"南明珠转过脸望着她的丈夫。

"老爷说,待会儿姑老爷起了床,请他先到老书房里去一趟。他和二老爷都在那里。"

"你回去说,我们一会就过去。"

他们一定是要去商量伍三羊的事。南怀珠把这个孩子从城里弄回了涑口,但他还是死在了周约瑟的地窖子里。南海珠指派周约瑟到南门外的教会医院,请来了那位母亲是土耳其人的马洛牧师。"病人的五脏六腑都腐烂了。在他体内四处流淌的胆液,将他受伤的内脏完全腐蚀透了。"那位老医生说。南明珠瞅着从门缝和窗帘缝隙里透进房内的微光。这些天光，从今日起，将要照到那个尘埃般消失的男孩的坟墓上，而不再是他活蹦乱跳的躯体上，手脚上，头发上，笑容上。

那天傍晚，伍三羊彻底合上眼时，南怀珠将手掌覆在他肿胀的眼睛上，说他从来没有像喜爱这个年轻人一样，喜爱过任何一个孩子，包括他自己亲生的两个儿子。

而伍春水的老婆，一个平时不怎么爱说话的高个子女人，在见到死去的儿子后，她伸出两条胳膊，像只大鹅那样护在儿子身上，嘴巴不停地哭诉了半夜，不许任何人靠近她的儿子，直到她的嗓子完全发不出声音，她的丈夫才不得不举起条板凳，从背后把她砸晕过去。伍春水自己则对着他儿子的身体，狠狠地吐了三回口水。"就算是个坑人鬼，也让他跟个新郎官那样，找瘊子王来给他收拾收拾吧。"最后吐完口水那次，他掩面背过他的儿子，声音极小地说。南怀珠一下子没弄清楚他在说什么。直到旁边的谷友之提醒了他，他才明白，那个似乎天生就会酿醋的工头究竟说了什么。

南明珠竭力回想着那个孩子的面容，想要永远记住他。可她一次也没能整体地把他想起来。在这种回想中，有好几次，她看见的都是他父亲，那个又高又壮的黑脸男人，在醋园子的一个角落里，不停地走来走去。有一回，她还看见这个男人和他的影子扭打了起来。他们搂抱在一起，在地上翻来滚去，相互抽着耳光，揪住对方的耳朵撕咬着。在他们周围，所有的醋缸都被吓跑了，先是跑到河边，最后又藏匿到了河水下面。她呆呆地看着那两个打斗的影子，直到她的眼泪流淌下来，在她胸前一小块地方汇成了奔涌的溪流。这是她第一次亲眼见到"独立"带到她面前的死亡。跟死亡相比，它之前带给她的那些期待、想象和喜悦，甚至恐惧,都是那么浅薄和虚假,不值一提。只有死亡是真实的。那个孩子就死在她面前,死在南怀珠的怀抱里。随着气息在那个孩子的头顶、胸口、四肢上一点点消散,沿着地窨子的四壁飘出地面,飘到空中,她之前所有的希望也跟着它们消失了。在南海珠的主张下,他们没有告诉那个工头,他的儿子是死在了周约瑟的地窨子里。"不管这个孩子死在哪里,他都不能在浨口地面上站立着,说笑和行走了。"南怀珠刚把伍三羊放平,南海珠就一把将他推倒在了地上。

除了蒙智园里的孩子们,以及大宅子里那个跑进跑出的热乎,这会儿,南明珠惊讶地想到,这几年,她竟从来没有记住和留意过伍春水家这个自己给自己改名叫作伍逍遥的小伙子。

猴子王的剃头铺子已经开了门。

"老罗!老罗!"老贾高声喊着他的邻居。旁边剃头铺子的门,都还紧紧地闭着。每日清晨,不管下雨还是落雪,老罗都是这条街上第一个敞开铺子门的人。经过他自己的铺子时,老贾没有打开自己的铺子门,先去屋子里生好炉子,温上热水,为接下来一天的生意做好准备。他让自己的两只脚带着身体,径直走到了邻居的铺子门口。由于步子太快,有那么一小会儿,他差不多忘了自己要干什么。直到他奔到那扇打开的门前,准备进去时,被巡警来福挡住,他才突然清醒过来,意识到自己正在做什么事情。他在那个门前立下来,让头脑清醒了一点,然后,他看着那个巡警,问他"街上那个谣言是不是真的"?

"谣言?什么谣言?"来福挡在门外,朝街当央赶了他两步。

"独立啊。现在满大街上都在传说,咱们浨口也要独立了。可城里那个独立咱们都知道,它宣布独立才十二天,就跟钻出裤裆的屁一样，没了踪影。"

"有些事情就是这样。你觉得它是，它就是。你要觉得它不是，它就狗屁不是。"

"这么说，在咱们浠口，怕是银子都快不当银子花了？"

"那要看你腰里有多少银子。"来福嘲弄道，"要是整个河滩上的沙子都是你们家里的银子，那它什么时候都还是银子。"

"眼下好像不单是银子的事了。"

"怎么又不单是银子的事了？"

"你看嘛，那个几千里外的鄂省闹独立，就让咱们怀里积攒的几张纸票子，一夜间变成了擦腚纸。后来咱们城里也闹起独立，闹得像煮沸的热汤锅，可那些擦腚纸还是擦腚纸。再后来城里宣布了独立，可独立没几天，蛋窝还没捂热，那个独立又被取消了。这么闹来闹去，不光擦腚纸没变回银子，城里闹独立那些个人，还要被抓去砍头抹脖子。"老贾瞅着来福。刚才在糁铺子里，有人议论起南家醋园里那个工头的儿子，本来好好地在洋人铺子里当伙计，谁知道他在城里受了南家那位"记者先生"的蛊惑，跟着大鱼上船，也在屁股后头去闹独立。结果，一口蜜没吃到嘴里，人倒是被抓进大牢，被官府里杀了头。"城里正抓人砍头呢，浠口现在又闹起独立。你说说，一个蛋大的地方，还能独立出什么新花样？只能是黄河水跟着变成红颜色。"他抬手抹一把脸，回头朝大坝门那里看了看。但是，他仍然没有想起来起床时候的那个打算。

"日头只管在天上挂着，你只管在铺子里剃头修面。管那么多闲事，您老眼蛋子和舌头根子不疼？"来福朝那间敞开的剃头铺子里看着。

"说起来还有件稀奇事。"老贾从大坝门那里收回眼睛，又左

559

右扫两眼。他站立的街上，这会儿没有一个行人。"刚才在半路上，那个疯子黄二皮又拦住了我。这回，他破天荒地没说水鬼被大鱼吞进肚子里。"老贾停顿下来，让眼睛穿过来福身体一侧的缝隙，朝面前的铺子里头望过去。由于阴天，太阳没有露出脸面，那间屋子里显得又阴又暗。门口里钻出了一股子烧头发的焦臭味。那个吝啬鬼，总是把一些零碎头发茬子扫进炉膛内，跟木柴烧在一起。这些焦臭味，说明瘊子王就在屋内。可从他走过来，大着嗓门喊了几声"老罗"，到这会，一泡屎都该拉完了，那个家伙居然还没吭一声。他仍然没在那一屋子的阴暗里，看到想看见的那个人，也没听到他磨刀子的声响，好像他面前是间只充塞着晦暗天气和焦臭味的空屋子，那个家伙根本就没在里面。或者，是他自己至今还在那张铺着麦草垫子的床上，没有醒来，他只是在睡梦里走回了剃头铺子街，隔着梦喊了两声那个讨人嫌的家伙。

"这没什么稀奇的，成日成月地说，那两片薄嘴皮子，早就该磨光了。"

"你猜猜看，他今日对我说了什么？"

老贾歪过头去，又朝铺子里张望一眼。他想试着弄明白，他面前这个窑货商的儿子，为什么在拦挡着他，不让他靠近瘊子王那间铺子。大街上四处在流传着浉口要独立的谣言呢。他琢磨着，在这个档口上，一大清早，瘊子王的铺子就被巡警堵着，若不是巡警局里那位局长老爷想趁着洺口闹独立，来搜刮这位剃头匠子的香胰子，就是这个总爱独来独往，喜欢偷着吞吃独食的老家伙，果真摊上了倒霉事。好运气不会总盘在一个人头顶上。尤其是这样一个贪吃独食，贪心到怕是连老天爷都不喜见的人。不管是被要挟着拿出香胰子，还是缠上了官司，再或是遇上了另外的倒霉事,这都应该算是老天的赏赐,是对爱贪吃独食那些家伙的一种报答喽?当然,要是独立能让这些家伙口袋里棺材钉子一样结实的银子,统统变回废纸般的纸票子,他想,谁爱让浉口独立上几天,那就让它跟前些天的城里一样,随便独立几天好了。

"我琢磨着,整个浉口,包括你和我,没几个人肯花掉手上仅有的那点闲工夫,去听一个疯子说胡话。"来福对老贾说着,并且笑了笑。这个清晨,来福的心情非常好,好到可以对一条朝着他乱吼的狗不扔石头。这是因为牙行里那个左手缺了两根手指的行头,天一亮就跑到了他家里,告诉他和他的家里人,他的老婆,想把自己的妹妹从洪家楼带到浉口来,给她在浉口找个好人家。"我被关进巡警局那天,我老婆去送赎金,你见过我老婆了。"行头说,"我敢说,我老婆那个妹妹,可是比她还要俊出去三条街。"那个行头的老婆就足够好看了,即便是月亮里那个嫦娥仙子,来福认为也不会比她更好看多少。他们当场就约好了,"两天后的正晌午,到窑货铺子里来相亲"。比起那个姑娘,浉口流传什么谣言,是不是宣布独立,伍金禄那个叫三羊的小兄弟是生是死,来福觉得这和他都没有一个铜钱的关系。"只有把那个比嫦娥还要好看三条街的姑娘娶进家门,夜夜搂在怀里,才是我要尽全力去做的事。"一个早上,他都在对自己这样说着。由于一直渴望着那个姑娘,他心里差不多盛了满满一罐子蜂蜜。现在,那些溢出罐子口的蜂蜜,让他想提醒这个不开眼的剃头匠子,这会儿,他最好是离开他脚下站立着的那一小片积有泥水的路面,回到他自己的铺子里去。

"你想不到,这个在窑子里睡多了烂娘们,常常醉死在河滩上,被什么妖物吸走魂子的疯子,他居然也在说'浉口要独立了'。还有他腚后头那条小尾巴,也一路不住嘴,把'浉口要独立'当成莲花落唱了。"老贾站在那里,也许是因为那碗土烧酒,也许是因为他完全忘记了起床时的打算,他嘴里就那么一直说个不停,丁点儿没有要离开的意思。

"这年月,就是王母娘娘光着身子在街上巡游,也没人觉得奇怪。"来福转过脸,往脚下吐了口口水,朝他身体挡住门口的屋子里看去。口水是冲着有官运那个死鬼吐的。远处,那个天生一只眼,早就死在水井里的有官运,正在"梆!梆!"地敲着他卖豆腐的木头梆子,朝他们这里走来。

"怎么,老罗没在铺子里头?"老贾从来福身侧往那间铺子门口探着头。"这种事情按说不会有。从清早开门到黑夜关门,这个老东西连尿都不肯跑出来尿一泡。"

"要我说,有时候,有些风最好是别去过问雨的事。"

老贾讪笑着,两只脚稍稍朝前移了两寸。他的眼睛一直没有离开挡在面前的来福,因此也就没有离开老罗那间剃头铺子。

伍金禄从铺子里面晃荡了出来。

"磨蹭半个时辰了,他是在给玉皇大帝剃头,还是给王母娘娘修脚?"来福说,"我说过,这个家伙谁也请不动。"

伍金禄把他肩上的枪取下来,提在了手里。老贾瞅着伍金禄满脸的怒气,直到瞥见他手里那杆枪,他才注意到,两名巡警手里今天竟然都有了枪。这之前,巡警们在街上巡逻,都只是在腰里挂着根刻有花纹的短木头棍子。

"以前没见你们背枪。"老贾朝前走两步,"你们这是?"

"退回去。"来福抬起枪口,朝老贾晃一下,"这里没你事。"

"你们都不摸这个老家伙的脾性。他不卖那些秘制的香胰子,也从来不会离开铺子,上门伺候任何主顾。"老贾又朝前迈一小步。他想告诉面前这两个小巡警,老罗就是个瞎子,谁也别指望他能看见天上有光。不管是剃头修面采耳修脚挖鸡眼除瘊子，也不管是被请去给活人还是死人干这些活计；无论是哪种情形，不等上门来的人讲完，他早就在那里一口回绝了。哪怕来请他的人，已经出到了比在铺子里剃头修面要高出五倍，或是十倍的价钱。这样想着的同时，他甚至还幸灾乐祸地臆想起，这个一向胆小如鼠的老家伙，对着巡警手里两杆枪，先是吓尿裤子，然后就用他手里那把剃刀，亲手割断了自己的喉管子。之后，是他最先跑过去，拿出祖传给活鱼接刺的绝密功夫，准备把这位老同行的喉咙接起来。但最后的场面却是，他弄得两手和衣衫上染满了腥臭的热血，地上的血流成了另一条黄河，还是没能把那根喜欢吞咽独食的喉管接上。这不单单是他的手艺问题，而是他犹豫再三后，为了这条街上所有的剃头匠子们，最终没有给他接。"整个镇上都在谣传着'浗口要独立'，头上还有两杆洋人造的火枪对着你，任你是头狮子猛虎，也会哆嗦得手脚失灵。"因为那些香胰子，他宁愿把祖上因这点手艺而赢来的声誉和名头，全部搭在这个贪心的老家伙身上。

不过，那两个巡警却最终没给他机会，让他把后面的话全部说出来。

"他给你说了，让你退回去！"

伍金禄瞪着眼睛走到老贾跟前，把枪口顶在了他脑门上。

"现在，街上到处都在传着，说浗口也要独立了！"老贾握住了那杆枪的枪管。他脸上仍然笑着，抖着身子，却始终也没弄明白，他为什么要说出这句话。

"独立！独立！都是城里那个狗日的独立，让三羊搭上了一条命！"伍金禄压住喉咙喊叫着。从他裂开的嘴里，老贾闻到了一股又热又臭的血腥味。"他要娶媳妇了。他就快娶媳妇了！让你独立！让你独立！"伍金禄骇人地嘶喊起来。老贾听见那杆枪也跟着吼叫一声，有个炸雷在远处的半空里滚了过来。他恐惧地盯着眼前黑乎乎的枪管，看见它一下子变长了几尺，又像是退远了几步。然后，他脑门子上热一下，好像有条狗的舌头舔在了那里。他想伸出手去，驱赶开那条滚烫的狗舌头。但是，他又突然发现，他实在是太累太困了，连膝盖都跟着迷糊起来，浑身上下轻飘飘的，就跟刚睡完一个那种让男人抱起来就不打算要命的娘们似的。"肯定是我在这里站得太久了，又吹了点风。"他说。那只手也是，它也一定认为自己垂得太久了。所以，在他准备举起它时，还在半道上，它就已经偷着懒，迫不及待地睡了过去。

第三十五章　鬼　皮

骑在马背上,谷友之想着南海珠说的"鬼皮",又暗自笑了起来。

"鬼皮。"他又笑一次,盯着在前面牵马的来福,问他有没有听说过,用什么法子能得到张鬼皮。"鬼皮?"来福扭转头,茫然地看着马背上的巡警局长。"局长大人,在下听渔鼓,只听说过那个画皮吞噬人心的鬼,从没听过,人能拿到他那张'鬼皮'。"来福的一只手在来回摸着马鬃,仿佛那些马鬃能指示他如何得到一张鬼皮。"要说怎么能弄到,我猜想,除了有莲花那个神婆子,和她养在缸里面的那个小鬼,怕是没人再有法子。鬼是什么呀,局长大人,它们千变万化,凡人哪里能杀得了鬼。"

谷友之盯着来福的一只耳朵。这个小巡警,好像已经从马鬃上面得到了他想要的答案。"不用说,你肯定杀不了鬼。"谷友之伸出鞭子把,敲了敲来福的脑袋,想着他曾经听到过的那个活人杀鬼的滑稽法子。那是他在新军第五镇里时听一个老伙夫讲的。那时候,他还没有见到南明珠。距离他见到她的日子,还需要等上差不多一年时间。"在鸡叫前,要是跟鬼相好的女子,死死地抱紧那个鬼,死活不让他离开,在听见鸡鸣后,那个没办法走脱的倒霉鬼，就只有伸直两条麻秆细腿等死了。"老伙夫说，为了弄到张鬼皮，他舍出去了三个老婆，"结果三个老婆的人皮都被鬼扒走了"。那个老伙夫是他见过的最擅于讲鬼故事的人。他说不管鬼如何聪明，总是会有活人把他们变成一只羊一头驴卖掉，或是扒下他们的鬼皮。"为什么要弄鬼皮？"老伙夫对围坐在他周边的人说，"鬼死后，他们变化成人时那张皮，不管什么人得到，他都可以把它套在身上，让自己无影无踪地在半空里飞。除了会飞，他还可以跟鬼那样，做任何人力不能做到的事情。因为不管他干什么，偷盗奸淫，偷珠窃国，偷天换日，凡人的眼目一律不会看见。"

那个鬼就在那里。谷友之摸了摸从冯一德身上弄到的那把短枪。那个家伙相信了他。他最终同意了和他做那笔交易——那家伙安静地在地牢里待满五个星期，他就做回那家伙的兄弟，还和谷兰德先生活着时一样。而他所以提出这个条件，仅仅是因为，他还没有想明白，他要怎么做。"相当于我待在船舱底下，又重新在大西洋里穿行了一趟。"冯一德笑着说，他在那天早上，半梦半醒中，突然看到了谷兰德先生。他安静地站在旁边看着他，脸上带着惯常的微笑，告诉他，在上帝面前，即使是拿纯金打造上一本《圣经》的封面，神的话语依然半句也不可更改。"神拿走了约伯的，又加倍地赏赐了他。"

神拿走约伯的东西，都加倍地赐给了他，这个谷友之当然知道。约伯得到的加倍赏赐，有一万四千羊、六千骆驼、一千对牛、一千头母驴。他又有了七个儿子、三个女儿。是不是也可以这样理解，那并不是因为约伯自己的缘故，而是那位上帝自己，他不想让魔鬼拿到更多攻击自己的把柄？要明白，约伯重新拥有的一切，没有一件是属于原来的东西。"况且，他也不是上帝。"

谷友之抬头朝那条街的尽头——大坝门方向看去。大坝门连接着的河堤下，是那条日夜不息的黄河。黄河不是长江。至少是现在，黄河里的泥沙不会允许任何一条庞大的舰船，驶入它的身体。

在靠近大坝门的街口上，谷友之看到了从河里上来的水鬼。水鬼照旧牵着他那匹瞎掉一只眼的长毛驴子，慢吞吞地走着，身上披挂的渔网，所有的网坠子都在叮当叮当地发出响声。水滴顺着他的鱼皮裤子，一路在打湿他身后的青石路面。在水鬼和那头瘦驴身后，几个小孩子玩着单腿跳的游戏，跟在他后面。他猜想着，那些小孩子会不会是水里的鱼变的。浺口的人一直都相信，这个水鬼会把浺口的一些成年男女和小孩子变成鱼，也会把水里的一些鱼变成人。那些单腿蹦跳的孩子们中间，有一个在高声地叫着："水鬼。水鬼。"其余几个，则在胡乱吼着新近流行到浺口的几句歌谣："有个军人身带弓，只言我是白头翁，东边门里伏金剑，勇士后门入帝宫。"

看见谷友之，水鬼拽住了那匹瞎眼的驴子，向这位巡警局长打着招呼，问他能不能仰头瞅下天，帮他看看日头还会不会出来。

"我说老水鬼，你这是打算晒鱼干子，预备过冬了？"水鬼身上的水味和鱼的腥味，在空气里飘荡着。谷友之抽着鼻子嗅了嗅空气，在马背上笑着，然后他发现，这是他今天第三次在马背上发出笑声。"不过，看你这模样，是不是今天的运气还不怎么样，又没赶上神集，没见到那位河神老爷？"他伸着鞭子朝头顶上指了指。"日头嘛，要我说，今天肯定是没戏了！"这会儿，天空已经阴沉得快要滴水了。这几日里，天气就跟南家花园里的小气候

567

一样，一直阴晴不定。他起床那会儿，那颗被包在破布子里的日头，还在虚张声势着，作势要挣脱出那块烂布头，驾起马车，带着满身气力冲上青天。"你没听见，雨点子正在路上喘着粗气，拼着全力朝这里跑？那些雨会越下越大，最后下成瓢泼大雨。它们是准备给你的瘦驴和篓子里的鱼痛痛快快地洗个澡，就跟沙子给水搓澡那样，把它们身上的臊气腥气臭气，都冲刷个干净。"

有个小孩子把他拎在手里的半只烂鞋底，扔到了那头瞎驴的脑门上。那头老驴晃了晃脑袋。谷友之朝那个男孩挥两下鞭子，吓唬着他，再敢朝这头瞎眼驴身上扔一回东西，不管扔的是什么，烂树叶子还是石头瓦片，他都会把他抓进巡警局的地牢里，让里头那些瞎眼的老鼠，先啃掉他两只手的手指头，再啃掉他两只脚的脚指头，最后啃掉他的鼻子和耳朵。

"俺们园长夫人说，城里独立自由了，添口也独立自由了。"那个小孩子瞅两眼谷友之，皱起鼻子，冲着他吐下舌头。然后，他带领着另外那些更小的孩子，一路高声喊着"阿莱夫、贝丝、吉梅尔"，朝剃头匠子街上跑去。

"跟他爹那个杂货商一样，又是个小杂货商。"

这些小孩子嘴里跑出来的希伯来文，毫无疑问，是马利亚夫人教给他们的。他那位聪明的太太，也仅仅学会了英文。谷友之示意来福调转马头。他在马背上瞅着那些小孩子奔跑的身影，哈哈大笑起来。"阿莱夫。贝丝。吉美尔。"他想着谷兰德先生一边抬高了脚在院子里走着，一边教给他们这三个数字的情景。谷兰德先生还告诉他们，除了是希伯来字母表中第一个字母是一切的开始，在一些神秘哲学家那里，阿莱夫还是无限纯真的神明，代表着"要学会说真话"。

"在这些小东西眼里，你这位局长老爷跟阎王爷没啥两样。"

水鬼说。"不过，我这头瞎驴今日里是有福了，这辈子，怕是也没人这么庇护过它。"

"那是因为，洑口今天所有的好运气，都落到这头瞎驴身上了。"

谷友之又看眼那匹白马刚才驮着他一路走来的方向。那群孩子，正在往那里奔跑，嘴里高声喊着"去看死人喽，去看死人喽！"他猜得出来，他们说的死人，就是那两个可怜的剃头匠子。或许，整个洑口的大街小巷里，现在都已经传遍了这个消息。至于那个杀人凶手伍金禄是不是逃走了，是不是跑出了洑口，这会儿还算不上是件重要的事。接下去，他想，回到巡警局里后，他得先认真地花费心思琢磨一下，怎么把这两个剃头匠子的死，记录进那本"洑口治安志"里，才算得上"真正"有点意义，和正经过他手里的这段日子相匹配。《圣经》里记录的，也不过就是些诸如此类的故事：一个人被杀，一个人逃走。关于正义和美德，那都是后来填补上去的玩意，有时候需要花点心思和银两，有时候则什么也不用花。因为那仅仅就是一块块补丁，是老和尚身上那件百衲衣。自然了，他笔下记录的这些事，最好是有人在十年二十年后，或者是比二十年更长的五十年一百年后，翻看到他写下的这些内容时，并不认为他的叙述太过乏味，或是没有什么"值得回味"。他相信，只要黄河水不完全把洑口吞噬进肚子，它就应该以自己的方式存留足够长的时间，至少比他活在世上的时间要长上那么几十年，或者几百年。

用不了多久，他的孩子也能够这样欢快地在这些大街上来回地奔跑。他盯着穿过街去的孩子们，心里响着那个孩子的笑声。他嘴里含住他的小鸡鸡，在亲吻着他。亲过那只小鸡鸡，他又想到，那两个倒霉的剃头匠子的血，在这群孩子跑到它们近前时，它们还是会在那条路的泥水和来往的风中,散发出浓烈的血腥味。而在那个刚跑到门口就被打死的剃头匠子的铺子里,他们仅仅找到了半块传说中那种香胰子。他第一次见到它们。不过,他敢肯定,那不过都是些糊弄鬼的烂东西,就是把它们的魂子榨出来,搅拌上芝麻油,它们的香味,也比不上马利亚送给他太太的任何一瓶香水中一滴的分量。谷兰德先生在给他们讲摩西和犹太教的《摩西五经》时,曾经告诉过他们,在犹太神秘主义者那里,他们会认为每个词语都有四十九种解释。"那么,一块传说中的香胰子,跟两个枪眼里冒着血死去的剃头匠子,尤其是一个完全可以算作无辜死去的人,他流出来的那些血,会不会有四十九层含义呢?"他问自己。"有时候,特别是在你像个婴儿一样软弱无力时,你简直就不会分清,和你面对面坐着的那个,到底是上帝还是魔鬼。"莎士比亚夫人带着冯一德离开他那个夜里,谷兰德先生在梦里拥抱了他。他亲吻了他的额头,然后站在那里看着他,微笑着对他说。他回忆着谷兰德先生在梦境里说话的声音和神情,心脏突突地跳了几下。那些心跳是因为,他无法弄明白,在过去十几年的时间里,这个梦境一直都藏在他身体的什么地方。

水鬼伸出手,抚了抚那头瞎驴的长脸。老驴那只瞎掉的眼睛里,一直在流淌着类似人泪水的东西。"要是醋园里那个假瘸子站在这里,听见你这些话,他准得对着这头老驴,替它念上十遍什么鬼'阿门'。谁知道呢,也说不定会念上十二遍,十三遍。"

"您可别告诉我,这头瞎驴是听了我的话,在感动得淌眼泪。"

"篓子里这些鱼会不会淌眼泪,我从来没瞅见过。可我得信,这个老东西确确实实会淌眼泪。有时候,那些眼泪会让你心里结成冰疙瘩。"

"说到这些鱼,您这些鱼还是准备送到城里去?"

"城里人口多。就是日月星斗全从天幕上掉进黄河里,城里要吃鱼的人也比浗口多。"

一条鱼从篓子里跳出来,落在了青石板上面,来回地弹跳着。"你这么跳,一会就跳累了,累瘦了。"水鬼把缰绳搭在驴身上,弯下腰,小心地把那条打算出游的鱼捡回到篓子里。捡完鱼,他拉起拴驴那条绳子,抖了抖,示意那头瘦驴朝前迈动步子。他不想继续站在这里和这位巡警局长老爷东拉西扯。自从来家祥告诉他,这位老爷从他手里买走的那只甲鱼会和人一样说话,他就害怕见到这位老爷了。有一回,他甚至在夜里梦见,这位巡警大人将他召集那些铁匠们打造的铁链子,全都捆绑在了他身上。他就像一条干瘪鱼,被缠裹在一挂用铁链子打造的渔网里。然后,这位巡警老爷从他身后背的一条口袋里,搬出只镶满珠宝的盒子。十字街口上空无一人,只有路中央摆放着一张雕花的梨木桌子。这位局长老爷万分小心着,把那只盒子捧放到桌面上,打开了它的盖子。那只盒子在桌子上不断地变化。在变到一间屋子那么大时,他看见,里面坐着的,竟然是他卖给这位局长大人的那只甲鱼。"老水鬼,你也有今日的下场啊。"那只甲鱼朝前抻着脖子,盯住他,大声地笑着说,"你做梦也不会想到,从今往后,这个世间就是我的天下了。'楼上楼下,电灯电话,我要让我的子孙们,都到地面上来玩耍玩耍'。"说着,它朝那位巡警老爷摆下脑袋,命令着他:"去把这个害死无数水族的老东西吊起来,晒成肉干。晒干了,再塞进石磨里磨成肉粉,撒进河水里,让黄河里所有被他残害过家人的水族,都喝上口他的肉汤。"

"要是城里没人付过钱。我是说,要是没人提前定下这些鱼,你现在就把它们送进南家花园里去。"

"两篓子，都送到南家花园去？"

水鬼想着自己在梦里晒成了肉干，被这位巡警老爷塞进磨眼里去磨的场景，怀里像突然揣满冰块子，浑身打起了冷战。他惶惶地伸出手去，在那头瞎驴的皮毛上摸索着，从它身上摸着暖和身子的一丝热气。"上帝的磨盘很慢，可磨得很细。"醋园里的周约瑟一旦跟人生了气，就会对人说起他那位上帝教他说的这句话。在那个磨得他骨头跟麦子粉一样细的梦里，他算是知道那盘磨有多慢了。比一只死去的蚕吞回它吐出的丝，大概还要慢上一万年。

"两篓子，都送过去，随便告诉一个人是我要的。他们会明白我的意思。"

"这可有点难办，"水鬼来回摩挲着瞎驴的背。"至多能给你留下半篓子。"

"那就留下半篓子。"

谷友之坐在马背上看着水鬼，直到他走远了，走过来家祥的杂货铺子门口。"五个饼两条鱼的神迹，可不会在这里显现。"他心里咕哝着，两条腿夹了夹那匹马的肚子，亮起嗓门，对着来福说声"走了"。

"局长大人，您前头说到鬼皮，我怎么把这个老水鬼给忘了。"来福拍打着脑袋。"除了能去赶河神的'神集'，泺口人人都知道，黄河里那些鱼鳖虾蟹变化出来的人，走上岸，混进人群里在街市上溜达，或是企图找个小娘们取下乐子，只要这个老水鬼走过去，往半空里撒下渔网，一网就能把它们搜罗干净。要说他去弄张鬼皮，就是掐根草的事。"

"走了。现在还是先忘了那张鬼皮！"

谷友之又碰下马肚子。在知道自己有了孩子的第一个早晨，无论是看到那两个死在枪口下的剃头匠子，还是来回地说到"鬼皮"，他觉得都不是件很吉利的事情。所以，看见水鬼和那头瞎驴驮在背上的两篓子鱼时，他突然意识到，也许该在南家花园里办场酒席，人声鼎沸地热闹一下，也算给他的孩子驱驱晦气。泺口是他这位巡警局长的天下，将来，自然也是他孩子的天下。既然城里已经取消的那个狗屁独立，都值得在南家花园里置办十桌酒席，让人狂欢烂醉上一夜。作为一名巡警局长，一位父亲，他自然更有理由，为他这个孩子的到来，做一场席面更庞大的盛宴。"我的孩子。"他看着远处的街道，再次感觉到，早晨从心底蔓延过去的那阵热流，又回溯了来，并且带来了更高的浪头。他继续看着远处，在心里柔声对那个小孩子说："I am your father, my child"。

关于莫卧儿王朝，冯一德在地牢里讲述了第二段故事：

"那位贾季汗，不是他父亲那样的神秘主义者。他和他的朝臣们，都喜欢丝绸香水，喜欢珠宝装饰的服装，也喜欢美酒和歌曲。当然，他还喜欢跟皇后妃子们，在华丽的后宫和花园中享乐。为此，他还训练了一大批身披绸缎珠宝的象队和舞女。长话短说吧，无论如何，这是位喜欢奢靡的皇帝。他那些儿子们的婚礼庆典，常常会持续上一个月，也许是两个月，或者三个月还不止。这都要看他的心情。在他那个时代里，绘画开始倾向于自然主义。我理解的自然主义，就是咱们那位上帝的伊甸园。结果一点也没错。在这位贾季汗皇帝的王朝当中，正统伊斯兰教禁止表现人和动物形象的条规，统统让位给了经典的拉杰普特。凡是熟悉伊甸园的人自然都会明白，那些自然主义的画面里，肯定都是些赤裸的人物和拥抱在一起的男女。所以，就是这位皇帝自己的肖像，也常常会出现在他所钟爱的花园里。"

"在他的敌人，阿拔斯沙赫带领着军队，从伊朗攻进莫卧儿，并征服了大半个阿富汗时，这位贾汗季皇帝，这位喜欢奢靡与享乐的皇帝，仍然沉溺于花园、美酒和他的后妃们中间，不愿意率领他的军队翻越高山，痛击他的敌人。他想把军队的指挥权交给他的儿子沙贾汗。可他宠爱的那个儿子，却拒绝了他，拒绝离开他们的首都。因为这位已经毒死了兄长的沙贾汗王子，在毒死他的哥哥后，正密谋着夺取他父亲的皇位。当然，这位聪明的王子非常清楚，他最大的敌人并不是他的父亲，那位老皇帝。他最大的敌人是皇后努尔·贾汗。因为在那个时候，皇后已经任命她的父亲和兄弟们，担任了整个王朝的最高官职。他们完全操纵了老皇帝贾汗季。那位皇后正在梦想着，她自己做一个女皇帝。宠爱皇后的贾汗季老皇帝，被皇后的美貌和才智早就迷惑得神魂颠倒啦。并且，正是他赐给了这位皇后努尔·贾汗的名字。你得知道，这个名字的意思是'时间之光'。这位皇后希望自己做个能主宰时间、主宰世界上一切的女人——她一直都在天真地认为，他们那个莫卧儿王朝就是整个世界，而不仅仅是世界的一部分——当然，接下来的故事是，公开反叛的王子沙贾汗，杀死了他最近的那些亲人们，自己如愿坐上了皇帝的宝座。他为他的登基，举行了三个星期的豪华庆典，也许是四个星期，谁知道呢。世界上的人知道的，就是他把自己封为了'世界皇帝'。"

冯一德朝谷友之扬了扬下巴。"你听明白了，可是世界皇帝啊，兄弟。"他说。

第三十六章 棺 木

这个早晨,谷友之跟随巡警来福离开不久,南海珠朝那间老书房的门口凝望一会,忽然举起右手,对着自己的脸狠狠地扇了两巴掌。

"大哥——"南明珠被南海珠的举止吓住了。她先是愣在那里,直到回过神来,才慌慌地跑上去,一把抱住了南海珠的胳膊。

"这是我替伍春水一家,和刚死那两个剃头匠子,在打咱们南家!人变不成鱼,也没有鱼能变成一个人。"

南海珠在地上顿两下脚,低垂下了脑袋。更大的灾难已经来了。他相信,他像在每个清晨嗅见黄河水的味道那样,嗅到了它的气息。那是一种腥甜的气味。在城里刚宣布取消独立那两天,他就在城里一户人家的大门口,在敞开的院门内躺着的三个大人和两个小孩子身上,闻到了它的味道。而在妹妹珍珠带着两个年幼的侄子,从城里回到南家花园后,那种腥甜的味道,便让他再也无法在夜里入眠。"当年,他怎么就没被那个变戏法的人带走呢。"有两次,他甚至幻想着,他失踪的这位兄弟,在他少年时失踪那次,就再也没有回到南家花园。"那会是一种终生难忘的美好怀念。"因为这个恶毒的念头,他曾狠狠地责骂过自己几次。

575

但在伍三羊死后,在他亲自到来家祥的铺子里,为那个孩子挑选棺木时,他紧紧绷着的那根神经,还是在他手指触摸到棺木盖子上那些细密木纹的瞬间,崩断了:那还是个孩子,只比他的头生儿子大两岁。一副价值千金的棺木,就算是用黄金白银打造而成,再镶满珠宝玉石,也配不上那个孩子咧嘴一笑。而现在,仅仅过去不到两天,居然又有两个剃头匠子,因为这个孩子的死,无辜地搭上了两条性命。他低垂着脑袋。从心底涌起来的恐惧浓雾般包裹过来,让他的两只手都在哆嗦。"珍珠带着那两个孩子,实在是走对了。"他听见脑袋里有个声音在说,"还有那座醋园,交给戴维先生,也一点没有做错。"

"您得先弄明白,什么是革命。革命,就不存在谁欠谁什么。革命是每颗参与革命的脑袋随时都可以掉。"南怀珠没有看他的哥哥,同样也没有瞧他的妹妹。伍三羊一直在他心里来回迈着步子。那个孩子的脚步轻得像只猫,仿佛是害怕有人听到他发出的任何声响。只有他知道,那迈出的每个步子下面,都有着一把锋利无比的刀尖。

"什么革命,都不该是让人去送命。一个人从母腹里生下来,是为了在这个世上活着。"

"您也该知道,有时候,有些人活着,远不如死了畅快。"

"这是你个人的想法!"南海珠抬手敲着桌子,提醒着他的兄弟。"你现在去弄张鬼皮穿上,把那个伍三羊叫回来,问问他,他是不是想活着?还想不想因为你们舌头上的那个革命送掉性命?他死之前,是不是一个劲地在喊着他娘,叫她赶紧去请大夫。一个人别管想干什么,都得先活着。"

"大哥,您就没觉得,一个早晨,您都在说鬼皮吗?"南明珠笑了笑。她想用自己的笑,让南海珠的情绪缓和下来。从巡警来福前来报告谷友之伍金禄开枪打死了两个剃头匠子后,她忽然就害怕起了"鬼皮"两个字。谷友之一离开这间老书房,她便立马在心里念起了"主祷文",到这会儿,她已经不知道自己念诵过多少遍了。

"天地鬼神都知道,一个人穿上了鬼皮,才有本事去做那些没边没沿的事。"南海珠看着他的兄弟。"刚才那个巡警跑过来,说是街上已经谣言四起,到处都在疯传着,洑口要宣布独立。这么说,城里败了,你们是要跑到洑口来,成立什么中华民国洑口军政府了?"

"您都说了,那是个谣言。"南明珠朝南怀珠使着眼色,希望他能表示点什么,让他们的大哥平静下来。"眼下最要紧的是那个孩子,他还在那里躺着呢。"她说。

"最好是谣言。不然的话,也许明天,也许今日黑夜里,南家花园的血就会随着那些骡马的蹄子,淌到黄河里去了。"

一切都需要重新开始。就算天地鬼神,也只能垂手站立在路的两旁。南怀珠望向窗外的树木。一多半的树木都已掉光叶子。真正的冬天就要来了。他想告诉他的大哥,南家花园赶上了这个在他眼里烂透的年月,它的生死存亡,就跟黄河里一滴水的存亡不会有丝毫区别。不过,在瞥见南明珠怀有身孕的腹部后,他又把蹿进喉咙里的这些话吞了回去。桌子中央是谷友之扔在那里的一盒"密西西比河"。南怀珠把它拿到手里,抽出一根放在鼻子下闻了闻,又将它塞了回去。那支烟里挥发出来的某种香味,让他想起了咸金枝柔软的床上那些香水的气息。他抽动两下鼻子。在他身上某处,或许是他的头发丝里,也或许是指甲缝、衣服的布纹内,他似乎又捕捉到了它残留在那儿的一缕淡淡的香气。那是他在南明珠和洋女人马利亚身上,从没有闻到过的一种香味。

他看眼他的妹妹。尽管非常淡,淡到一个粗心的男人几乎闻不到那些香甜,但他知道,南明珠身上细心地喷洒了香水。"有人说过,这是种让男人们想死在里面的香气。"那个"缠人的小婊子"俯在他耳朵上说。他当然明白,她说的那个人是谁。他已经完全抛弃了她,那个老东西、老杂种。她一点都不知道,他在准备逃往南方时,实际上已经把她送给了他。而她对他说话那会儿,谁也说不上,他是不是正在某个南方女人的被窝里,对着那个女人,在重复着他对她说过的那些话。

南怀珠的手指弹着那盒"密西西比河",继续回想着最后在城里度过的那个夜晚。如果可以,他想,他倒是非常愿意,将那张床上令人在恐惧中销魂的香味,命名为"真正的杂种和婊子"。"我向您保证,先生,在您回来前,我会日夜守在德国人的领事馆里。哪怕一根眼睫毛落下来那么大点动静,我也会通过那根细铁丝,将它们传递到您这只耳朵里。"回浜口前,在伍三羊还未被送到他手里那段时间,咸金枝在她那张睡着"真正的杂种和婊子"的床上,浑身汗津津地搂抱着他,不停地用舌尖舔着他右耳的耳垂。"吃人的小婊子!"他捏住她的鼻子尖轻柔地晃两下,对她说,等到城里重新宣布独立那日,他要一刻不停地睡她三天三夜,直到她的身子跟蛇一样蜕掉几层皮,然后俯伏在他脚前,苦苦地向他求着饶。

他套好衣服,带着被窝里的热气离开她时,她翘着脑袋看了看他,又把身体埋进了拥挤着"真正的杂种和婊子"的被窝里。那会儿,德国领事馆里派人前去送伍三羊的马车,恰好在那扇大门外摇响了手铃。

而现在,在伍三羊死去的第二天,仅仅因为传说中"能让男人随心所欲着做春梦"的一点什么香胰子,那个愚蠢的巡警,竟然荒唐地开枪打死了两个剃头匠子。"

南怀珠重新抽出根"密西西比河",叼在嘴上,点燃了它。他注意到,一股烟草的香味,像决堤的河水般卷着浪头,迅速淹没了南明珠身上的香水味,也淹没了他身上残留的那点"真正的杂种和婊子"。他丝毫也不会承认,浃口宣布独立,会是它的什么劫数。

"当初,衙门和你们谘议局的人,都说你们在代表民意。可独立来独立去,你们谁也没能代表谁。前人说,兴,百姓苦;亡,百姓苦。听我一言,回来安稳地过日子吧。三羊还是个不足二十岁的孩子,就躺在那里了。一个人无病无灾地活着,至多能活上百年,别说跟一块石头攀比,就是河滩里的一粒沙子,也比几辈子人活得长久。"那种美国烟草的香甜味道,南海珠非常不喜欢,甚至有些厌恶。事情怎么会是这个样子?从城里开始游行闹独立,宣布独立,再到取消独立,短短几十个昼夜间,天河边那把看不见的勺子把,也许还没移动上半寸,这座宅子里便什么都不一样了。他看着阻隔在他们兄弟俩之间的烟雾,放缓了声调。"咱们得知道,这个世上,差不多什么都比人活得长远。人生一世,草木一秋。咱们经历这些日月,不过就是场比一秋草木长一点的梦。人在梦里瞧见这个世间,对咱们谁来说,都没有过开头,也不会是结尾。梦里的世界,不管它发生什么天翻地覆的事情,都等同于没有发生。"

"这都是你个人的想法。"南怀珠用南海珠自己的话回答了他。然后,他对着眼里这个可怜的人,怜悯地说,"你知道,外面每天顶在我们头上的天空,晒热我们的日光,穿过我们身体的风,还有夜里的黑暗,它们都在提醒着我们,这个世界真实得不能再真实了。"

"最可怜的是,一个人活在梦里,却不知道自己是在梦里,还会在梦里做起另外的梦。"

"就算像你说的，咱们是在梦里，现在正做着一个梦中梦，那我也得把它做完整了。"城里独立那天夜里，插在他口袋上的玫瑰，一定还会再次插进他的口袋。他对那个缠人的小婊子说过。一朵玫瑰凋落了，一定还会有满园子的玫瑰，满世界的玫瑰，盛开在它们要开放的地方。一定盛开！必须盛开！

"一个人做梦，不管他做什么梦，都不能，也不该，把不相干的人拖带进去。"

南怀珠看着手里燃烧的"密西西比河"，笑了起来。"这恐怕有点难办。"他说，"一个人在梦里，他可是没法自己叫醒自己，也没法左右他的一言一行。"他眼前又跳出了那个能徒手变出鳄鱼，让手指发出亮光的男人。"这个世界上最好玩的变戏法，是把一个世界，变成另一个世界。"那个男人像他现在一样笑着，用那只能让手指发出亮光的手，来回抚摸着他的头顶。这会儿，他已经完全看透了城里面那群破坏独立的各种狗娘养的猪蛋派狗屁派，看透了他们玩的那些虚伪丑恶的鬼把戏。一百年后，他不希望一百年后，泺口还会有另外一个男人，像他今日里一样，备受他正在经历的这种煎熬。南怀珠停止了笑，继续看着钓在鱼钩上的那只鳄鱼。当然啦，他想，他这位哥哥，一个只关心南家花园，只关心自己手上店铺和醋园的商人，你不能指望和他谈论独立与自由，指望他完全去明白和理解，在这个世界上，自由的灵魂有时候会比自由的肉体更加重要。而"把一个世界变成另一个世界"这种"变戏法"，无论在什么年代，都偏偏需要站立在那个世界里的人，人人都要付出看戏的一张戏票钱，不管你是在戏园子里头，还是在外面，愿意或是压根就不愿意；再或者，根本就不知道世界上还有这么一出戏。

"老爷。老爷——"热乎在外面叫了两声南海珠。然后,这个男孩子非常小心地走进屋子,报告他的主人,"戴维先生家的车夫刚送来信,说戴维先生和马利亚夫人,早饭后就会到南家花园里来拜访。"

谢天谢地,他们终于可以休战了。南明珠停止了正在默念的主祷文。她立起身子,暗暗地舒口气。那位主显灵了。马利亚和她丈夫的到来,将会像泼过来的一盆水,暂时浇灭在那两兄弟间蔓延的战火。她猜,马利亚一定是带来了那三个孩子抵达上海后的最新消息。这是南海珠最关心的事情。仅仅因为这件事,他也会主动结束眼前这场兄弟间自相攻伐的争论。她走到南海珠面前,笑着问他能不能先去吃早饭。"我嫂子昨天下晚就吩咐灶房里,今早上要吃白菜豆腐馅饺子。你听听,我们肚子里是不是都在唱洋戏了。"南海珠走到门口时,她又停下步子,扯了扯南怀珠手里夹着密西西比河那只胳膊。

那对洋人夫妇带进南家花园的消息,让南海珠觉得,这个上午的时间,似乎比前几日里稍微变短了一小节。两天后,那三个孩子,就能够乘上一艘开往伦敦的邮轮。再过上几十天,他们就会和他的两个儿子在异国他乡团聚在一起!喜悦和哀愁交替着在他心里蔓延开,它们一会像早晨逐渐升高的日头,一点点缩短了地上树木的影子;一会又像临近傍晚那颗落日,把那些树木的影子拉得细长,细长得犹如一条没有尽头的绳子。

"上帝把他们需要的所有好运气,都慷慨地给了他们。"那位人类学家先生坐在马车上,两只脚还没踩到南家花园的地面,声音就像车上跳下来的一只兔子,蹦跳到了这座大宅子的主人面前。"他们的确是非常幸运。"马利亚跟在她丈夫后面,把她父亲从上海发来的一封电报，送到了南明珠手上。

南海珠从妹妹手里接过了电报。那页纸上面的每个字都工工整整，工整得像一个人走在平展的大道上，道路两边是同样平展的田野，田地里一望无际的庄稼安详而又宁静。日光暖洋洋地在那些庄稼上面流淌着，连经过庄稼地的风，都染上了日光的祥和颜色。

"独立！独立！"南海珠手里攥着那份电报，看着两位客人和南明珠一起，朝客厅的方向走着。"都是城里那个短命的独立，"他低声对自己咕哝着，"让这座宅子里的天和地，都失了原来的颜色。"

"老爷！"热乎远远地站着，叫着"老爷"，告诉主人马车已经备好了。

"我让你备车了？"

南海珠又把眼睛落在了那份电报上。谢天谢地，他们终于平安了！那个独立的胳膊再长，枪杆子再长，枪口也够不到那几个孩子的后背了。

"您说吃过早饭后，要去三羊家里。"

"来客人了，先等一等吧。"

南海珠朝前走几步，又回过头，把他的仆人叫到了跟前。他想起来，伍三羊的死，似乎让这个孩子突然安静了许多。他带着他出门，他差不多一句多余的话也没有了。这几天，他一直没有顾上这个孩子。现在，手里这份电报带来的平安信息，终于使他放松下来。

"老爷。"热乎站到了距离主人两步远的地方。

"我是想问你，不管人还是牲口，是不是要不紧不慢地走，才能走远路？"

"是，老爷。"热乎疑惑地望着他的主人。他显然没弄明白他的意思。

南海珠先是盯着热乎，然后又仰起头看下天空。天空阴沉着，如同一口新铸的大铁锅扣在那里。"一个人脚步太快了，有时候也会被自己的脚绊倒。要是比风还快，赶巧又遇上阵邪气重的旋风，它们怕是还会夺走他的性命。"他说。

"是，老爷。"

热乎小心地回答道。很小的时候，他就记住了"小旋风都是急着办差的小鬼"，也知道了在遇到它们时一定要想方设法地躲开。实在躲不开了就原地站住，往地上吐一口唾沫，闭紧眼睛，飞快地念上三遍"南无阿弥陀佛"。"鬼和人一样，也分好鬼和难缠的恶鬼。"那个喜欢给他讲故事，天天陪着各种男人睡觉，后来不知道被卖到哪里去的娼妓，他的母亲，曾经这样给他说。除了这个故事，现在，他差不多已经完全忘记了她的模样。

"这会趁着有空闲，你先到巡警局里去一趟。要是姑老爷在，告诉他上午得空了，就到伍春水家里走一遭。实在腾不出手，就等下晚径直回家里来喝酒。给他说水鬼把鱼送来了，我也吩咐下厨子，在置办晚上的酒席了。"

"是，老爷。"

南海珠看着热乎奔跑的身影，把手里那张电报纸揣进了衣袋。也许该把这个孩子一起送走。头脑里突然冒出来的这个声音，让他的手在衣袋里茫然无措地停顿了下来。眼下显然是来不及了。如果他还有点造化，老天就保佑着南家花园，度过眼下这道难关吧。但现在，南海珠瞧见的是，因为伍三羊的死，这匹被一条无法看见的绳索套住脖颈的马驹子，全身的皮毛都在散发出战栗不安的气息。

第三十七章 长 夜

那天，夜幕降临前，来福从大坝门走到来家祥的杂货铺子门口，把缉捕伍金禄的最后一张告示，贴到了杂货铺子门前的榆树上。

"还有没有茶水？"他把糨糊罐子扔到木质人行道下面，吆喝着铺子里的一个伙计，让他赶紧倒碗茶水出来。"都是伍金禄这个狗杂种，让老子的腿都跑断了！"他两只胳膊支在身后，仰着身子，对着谷友之常常过来拴马的那棵榆树，喷出一口痰去。

"依我看，你最好是滚回巡警局里，对着你们局长老爷骂去。要是害怕他，就到伍金禄家里，堵在他家门口骂。"

来家祥手里盘着两只拇指大的葫芦，从铺子里踱了出来。街上的天色正在变得更暗。他铺子里头，如同怄了盆烟火，一众货物都在薄烟里藏起了本来面目，像一个人残缺不全的梦境。通往黄河的大坝门那里，水汽已经离开大坝，跟着行人骡马的腿脚，游荡在了青石路面上。一个人若是想永远躲藏起来，或是预备在黑暗处捣弄点下三滥的勾当，那个让他心花怒放的好时机，正一点点地从远处向他走来。

那位手里时刻拎着块破毯子的成先生，正在经过他的棺材铺子,往大坝门的方向走去。来家祥对着手里的葫芦哈出两口气,琢磨着这位成先生跟那位老苏利士,恐怕已经没有多少泺口人记得,他们是从什么时候来到泺口的了。从城里闹独立开始,他对那个独眼老人的预言越来越深信不疑,深信那些洋人和他们带到泺口来的那位上帝,和他们谈论的什么魔鬼,不过是一回事。要不然,那座铁路大桥还没建成,它就让"独立"的大火从城里蔓延到了泺口?"这都是泺口的劫数。"他朝手里的葫芦吐口唾沫。

"依您老人家看?若是依我看,您最好是赶紧关了铺子,回家烧香拜关公老爷去。"

"闹瘟疫那阵子,别说关公老爷,就是根红布条子,也被人拜了又拜,拴在家门口避瘟神。"上年关外闹瘟疫,疫病传播过来,泺口差不多所有人家的门鼻子,都系上了避瘟神的红布头。一些女人和孩子肩头上,也拿针脚钉上了红布条。各个寺庙里香火缭绕,昼夜不息,除了玉皇大帝王母娘娘如来佛祖观世音菩萨这些正神,连那些皮狐仙石头瓦块仙各路鬼怪,都享用到了不尽的香火。神婆子有莲花家的院里墙外,也跪满了求仙药避瘟病的男女老少。他的两个老婆担心他在外面来回行走,撒尿时冲撞上瘟神,还在他腿档里那嘟噜玩意上拴了条红布。这是那两个为了他日夜都在争斗的女人,第一次,让他看着她们像是一对亲姐妹。来家祥想着那根在自己腿档里拴了好几个月的红布条,俯视着来福,从鼻子里嗤笑一声。"说起瘟疫,我现在倒觉得,那些革命党跟闹瘟疫没什么两样。鄂省那里一闹独立,才几日工夫,就顺着风传得满天下都染了这种瘟病。城里着了病,泺口也跟着发起大热。"

"先别说瘟疫不瘟疫了,这些都跟咱爷们没有干系。"

"没干系,你这会子能坐在这里?等会回到家,去问问你爹,他手里攒那几张预备给你娶亲的纸票子,因为这些瘟病,是不是都变成了擦腚纸。"

"您这是又在刮什么窝风?"来福想着牙行里那个左手缺两根手指,一大早跑进他们家的行头,猜测他爹是不是来过这里,把那件事情说给了这位杂货商。而他这位认为自己"从没在牙行里捞到过一分好处"的亲叔,一直都认为,牙行里那个整日都醉醺醺的牲口行头说的话,跟屁一样,半分也不可靠。"和牙行里一个行头结亲戚?您得掰扯清楚,他们最在行的是什么。捋毛看相,掰开牲口的嘴叉子瞧牙口,装神弄鬼地在袖筒里转乾坤,他们样样都是行家。"他一准会这样对他哥哥说。来福坐直了身体。夜晚正在来临。等满天星星挑着红彤彤的灯笼,急三火四地站满天庭,这一天就算过完了。等再过上一天,到第三天中午,行头那个比他老婆还要好看三条街的小姨子,就要到窑货铺子里来相亲了。这个时候,他可不打算从这位杂货商嘴里听到半句令人感到丧气的话。

"这场窝风,可在街上刮了不止一天了。"铺子里两个伙计还在忙着盘点打烊。来家祥朝铺子里瞅两眼,鼻子里又"哼"一声。这会儿,他还不会想到,仅仅五天后的夜里,他这间铺子,就会被巡防营里跑出来的官兵洗劫一空。并且,这间铺子劫后剩余的一切,还有他对面那间棺材铺子,以及这条街上另外几十家铺子,差不多都会在那天夜里化为灰烬。那时候,在这间铺子里,只有被铁链子锁住的刀具,和没有倒塌的墙壁一起,在熊熊的烈火里存留下来。"话说回来,管他神风妖风,城里那个独立咱们已经亲眼见识了,轰轰隆隆地独立十几天,转个眼花,就烟消云散了。像是一帮大头鬼走上戏台子,来回耍个鬼把戏。它跑到㴰口来,我估摸着也就是那张戏码。眼下,城里抓了多少革命党咱没法说,可前面有人说过,鄂省的武昌城里,官兵抓住那些革命党,跟拴蚂蚱似的,一串一串,塞满了大智门火车站。"

"别管他们耍什么鬼把戏,您护好自己的老窝,得空跟俺两个婶子摆场肉阵就够了。"

"滚回你娘的裤裆里去。"来家祥一边骂着来福,一边得意地笑起来。他告诉这个小巡警,有一点,他比浈口任何人都看得明白,从城里闹独立开始,遭殃的尽都是些大户人家。在浈口,只有手上握着码头和小铁路的那位盐商老爷和南家花园,才算是正经八百的大户。现在,让他觉得有嚼头的是,街上一直有人在传着,南家那位"记者先生",在城里取消独立,官兵们去捉拿他之前,他就把老婆卖进了商埠一家日本人开的窑子里。然后,他才带着家当和孩子,偷偷地潜回了浈口,而这两天,他正拿着卖老婆的金元宝银锞子,背地里央着水鬼,让他到黄河里弄上来一千条大鱼,变化成兵丁,供他差遣。他还给水鬼许诺说,等他率领这些鱼兵,对外宣布了浈口独立,成立起什么中华民国浈口军政府,那顶浈口大都督的轿子,就由水鬼来坐,他要亲自给水鬼做相爷。可惜的是,水鬼死活没敢接这桩买卖。原因是他卖到巡警局里的那只甲鱼,还有黄河里的河神,都在这位记者先生去找他前,差人给他送去了口信,说他若是敢把一条鱼变化成人,带到人间送死,不出三日,浈口就会变成黄河的河底。当然,南家那位第二的老爷卖老婆求水鬼的传闻,他只会当作笑话来听。不过,南怀珠跑回浈口,打算让浈口跟城里那样宣布独立这件事,他倒认为,这看上去可不像谣言。这像那个人做的事,他反复地在这样想。自然,他也清楚地看到了"浈口独立"那个结果——即便它宣布了"独立",变成个"浈口国",它也跟城里那个屁一般的独立没什么两样,一个风头就会被吹到九霄云外。尤其是那两个剃头匠子的枉死,让他对自己的猜测更加深信不疑。

"您放心,南家花园有俺们局长大人。就算浃口的大户人家被清扫干净,南家花园也会平安无事。"

"我倒觉得,他该去问问那只会说话的王八,伍金禄跑走一天,逃到什么鬼地方去了。不是指派着你们白费力气,满大街上张贴这些狗屁告示。"

来家祥又嘿嘿着笑两声,想着他在铺子前张挂庆贺城里"独立"的布条时,那位巡警局长扔给他的半包"密西西比河"。他以为,口袋里的烟盒上印着美国那条河的名字,他手里就能攥死一条黄河,攥死流油流蜜的好日子?你得相信,那条河就算跟天上的银河一样宽广,它也还是外国人的一条河。他在心里对那位巡警局长说。

来福在反复踢着那只盛糨糊的罐子。他出来贴告示前,谷友之已经派出人去,把伍金禄的爹娘和老婆孩子,全都拘押进了巡警局的牢房里。他一直没弄明白,他们那位局长大人为什么要拘押伍金禄的家人。"您最好别操心那只会说话的甲鱼了。"来福继续踢着那只罐子。"我可知道,巡警局的牢房里还有点空地方。您要是不想睡在那里,弄得俺两个婶子寻死觅活,现在就赶紧回家,喝上二两烧酒,眯瞪着眼,去听她们怎么在暗处斗宫。"

"杂碎玩意!"来家祥口里骂着,头脑里仍在想着那只会说话的甲鱼。日鬼的东西!他在心中骂道。鬼才知道,一只王八会不会说人话。早上,他站在铺子里,看着那匹白马垂着尾巴走过去,又垂着尾巴走回来。在白马走过去前,一个进铺子里买洋火的人告诉他,现在,街上到处都谣传着"浃口要宣布独立"。白马还没走回来,又一个过来买麻绳的纤夫给他说,有个巡警刚在剃头匠子街上杀了两人。日鬼的东西!他又咒骂一遍。从城里宣布取消独立的风声刮进浃口,他就一直想知道,那只日鬼的甲鱼,有没有给这位喜欢骑白马的巡警局长掐算过,城里的独立居然是个屁,一个风头就把它吹得没了踪迹。或者,正是因为它告诉了他,那个独立的寿命比一个屁还短,这位大人才会在城里宣布独立后,仍旧四平八稳地坐在巡警局长那把交椅里,屁股纹丝没有挪动。各家各户被他拴在铁链子上的刀具,他也没准许任何一户人家取下来。"那些锁住刀具的铁链子,早把浃口死死地锁死喽。"浃口的男人们都烂透了。浃口所有的人都烂透了。烂出的臭水已经顺着河道,流过了那座德国人正在建造的铁路大桥。来家祥回头瞅眼铺子。里面,一个伙计正叮叮当当地倒弄着刀具和拴它们的铁链子,往簿子上做着登记。

"十把菜刀。十五把剪刀。三把砍骨刀。七把斧头,五把剔骨刀。三把杀猪刀。十二把镰刀。"今天的数量和昨日里一模一样,也和前日里一模一样,因为他们已经两天没卖出一件铁器了。他替那个小伙计数算着那些刀具的件数。尽管每个买刀具的人和卖刀具的商家,买卖之前,双方都要到巡警局里登记备案,但按着那位巡警局长的要求,每日里日落后,铁匠铺子和售卖刀具的杂货铺子,皆要将铺子里一日售出刀具之数量,誊写在簿子上,上报到巡警局里去。即便这天里没能卖出一件,同样也要前去汇总报告画押。

"我得再给您老说一遍,那两个剃头匠子,都是白白地把命送给了一杆枪,半个大子的好处也没换到。"

"那个伍金禄,你说他能跑到哪里去?"

来家祥把手里的葫芦揣进衣袋,走到那棵榆树下面,跟经过他门前的老锔匠打声招呼,盘算着得有一个什么好手艺的锔匠,才能把眼下碎成一地的大清国锔起来。然后,他一手按住告示,在它右边折了折，仔细地撕下一条纸，慢吞吞地卷起个喇叭筒。"独立好啊。"他的一根食指伸进那个喇叭筒里转几下。这些年，他到醋园里去，只要工头伍春水在，他就没拿走过一坛子真正的好醋。这个"腚眼门"！眼下，他不仅接连死了老子和儿子，还又冒出个杀人犯侄子。那个南家花园，算是给了这条老狗全渌口最大一坨鲜粪。他展开那个喇叭筒，从烟荷包里弄出些烟沫，在纸面上匀成一条，重新卷出个喇叭筒，在它屁股上捻出根小尾巴。猪尾巴牛尾巴狗尾巴都长在腚后面，我的小尾巴为什么长在前边？他眼前这个小巡警，在他大约五岁的时候，曾经揪着自己的小鸡鸡，这样问他的老子。"小尾巴。"他继续捻着那根小尾巴，暗自咧了咧嘴角。

"就算变成一条鱼，钻进了水里，这个，也只有神仙和他自己的脚指头知道。"

伍金禄逃到什么地方去了，来福现在一点也不关心。杀人是伍金禄自己的事。他不想在任何地方找到他。他们那位局长大人，他估摸着，他也没怎么琢磨抓伍金禄的事。伍金禄差不多跑一天了，他才想起来，要他们出来贴告示，拿人。按他们这位局长大人的说法，那是为了不惊动逃犯，担心他狗急跳墙，再祸害了无辜。"他手里还拿着枪呢。"而他命人把伍金禄的家人拘押到巡警局里，据说是因为担心那两个剃头匠子的家人，在去伍金禄家里寻仇时，"动手伤害了无辜的人"。不过，从城里闹独立开始，来福发觉很多事情都在变，都和之前不一样了。第一个变化是巡警局里的牢房已经不再像座牢房了。他和伍金禄从窑子里抓回来那两个家伙，有一个，竟然在一天夜里逃走了。这可是打渌口巡警局成立从没有过的奇闻。另一个虽然被他们局长大人关进了地牢，可令人不明白的是，他又整天派人跑到城里去，给一个关在地牢里的犯人买面包,买西餐,好像那个地牢是座金銮殿,里面住的是个想吃面包时就有面包自己跑到他手上去的皇帝。

"前头你们巡逻,手里拿的可都是短棍子。"来家祥是指巡警们手里怎么会有了枪。

"城里面前头没宣布过独立,也没撤销过独立!"来福朝铺子里扭下头,"还有那些刀子剪子,以前,您什么时候拿铁链子锁过它们的脖子?"

来家祥清理着嗓子,朝木质人行道下方的青石路上啐出两口痰。"几年前我就说过,黄河上趴的那个铁家伙,会破了浗口的风水。眼下来看,它破的可不光是浗口的风水。"当年,正是现在这位喜欢骑着白马的巡警局长,用他从城里和兵营里带来的那些诡诈手段,将浗口一群反对在黄河上修建大桥的店主,"一个一个地瓦解了"。那时候,这位得意扬扬的巡警局长屁股下面骑着的,还是匹通身皮毛都是红色的马。没错,那是匹红色皮毛的马。只是他忘了,他到底是从什么时候,换上了一匹浑身没有半根杂毛的白马。他或许会以为,那是匹驮着唐僧到过西天取经的白龙马。

"这事您最好去找河神。找不到河神,就去找老水鬼,浗口男女老少都知道,他能去赶神集,能坐在河神老爷家的客厅里打盹。您请他给河神捎个信,让黄河里鼓起屋脊高的浪,一个浪头就把那座铁家伙卷走了。那些修桥的洋鬼子,正好给河神做个供菜。"

"末日来喽。从城里闹独立开始,一会谣言四起,一会又来平谣,到处是鬼扯的胡言乱语,没一句可信。取消独立后呢,城里面跑到衙门去密报的人,据说比在街上穿梭的人都多。回去等着吧,用不了两天,到你们巡警局里去密报的人,也会让你们整夜里合不上眼。"来家祥笑着,把抽到一半的烟卷扔到脚底下,伸出脚尖来回碾两下。"风水破了,如果黄花闺女被男人睡过,你就是用七仙女手里的针线,也没法修补了。"

"黑天了,鸣金收兵啦!"来福厌恶着这个杂货商。如果这个人不是他爹的亲兄弟,他真想一把火将他的铺子烧了。他伸个懒腰,站起来,离开了杂货铺子。走几步,他又转回来,弯腰把那只盛着糨糊的黑罐子,拎在了左手里。

平常,从普安门走到南家花园,路上须经过三条大街,二十条胡同,几十家店铺。但这天清晨,热乎站在普安门一侧的黑影里,朝通往城里的路上眺望着,在等着他们记者老爷从城里回来时,有件不可思议的事情发生了。天才拂晓,夜里那颗透明的圆月亮还在天上悬着。可他看见,从普安门到南家花园要经过那些大街、胡同,排列在胡同里的一间间房屋,房顶上枯竭的狗尾巴草,院墙上碧青的蜜罐子菜,全都消失不见了。他不知道它们是去了天上,还是钻进了河滩上的沙子里。再或者,像有人在河滩上玩耍那样,漫不经心地用手掌抹平一排矮小的沙丘般,抹平了它们。

热乎揉着眼睛,伸长脖子,想让眼睛看得更清楚一些。他得相信,他的眼睛比任何时候都要明亮。但千真万确,那些大街、胡同和房屋,全部消失了。在那块空出来的地块的对角上,他看见几个官兵簇拥在一起,正从南家花园的大门里走出来。开始,他以为是那位巡警老爷和他手下的巡警们。因为搜捕杀了两个剃头匠子的伍金禄,这几日,那位巡警老爷带着他的手下,一直在挨门挨户地搜查,叮叮当当地检查着那些被铁链子锁了几十天的刀具。为此,泺口有五个刚生下孩子的女人和六个小孩子,被那些叮当响的刀具吓得身体起了高热。其中一对孪生兄妹,由于高热,日夜都在不停地翻白眼和吐奶。那户人家请了神婆子有莲花,到家里跳了一夜大神,天亮时,那个男孩子安静下来,不再吐奶了,但那个女孩子却没有止住。她已经两天没再吃下去一口母乳,却源源不断地有奶从她的嘴角溢出来。更令人感到诧异的是,她两个花生粒大小的乳房里,也在不断地往外淌奶。而在同时,她母亲的乳房正在日渐萎缩,奶水也在一点点地消退。仅仅过去三天,那位母亲干瘪的乳头里,便再也挤不出一滴奶水。那家人没了主意,只能用小女孩乳房里流出的奶水,来喂养她的兄弟。一家人怎么也没弄明白,那些奶水,是怎么从他们母亲身上跑到小女孩乳房里去的。这个女孩的奶水再也没有停止,直到她长到十三岁,初次来了经血,她乳房里的奶水才会像突然流出来那样,忽然间消失,犹如谁在流淌的河水间,拦上了一道高耸入云的水坝。

现在,那条路变得越来越宽,也越来越短。热乎慢慢看清了,走出南家花园的那群官兵,不是巡警局里的巡警。他们是巡防营里的一队新军。记者老爷走在几个官兵中间,脖子上套着绳索,头上戴顶怪异的帽子。那顶帽子看上去是拿新鲜柳树条子编的,帽子周围,还羽毛样颤动着许多细长的叶子。他远远地盯着那些叶子的形状,就知道它们属于柳树。让他更加好奇的是,那几个人每朝前迈出一步,记者老爷头上那顶怪异的帽子,就在他们的上空划出一圈水波纹。这样,那些细长的树叶子,又仿佛是一条条鱼,在水里自由自在地游动着,随意地甩着尾巴。不断扩散的水波纹,弹跳着,荡漾到普安门时,热乎又发现,那些肆意摇摆的鱼尾巴,原来是在不断地甩出一滴滴的鲜血。正是那些飘落的血滴,让天空像水面一样,在荡着一圈圈的涟漪。

"二老爷!"

热乎惊叫一声,猛地站了起来,身上带起的沙子在黑暗里簌簌响着。四周一片黑暗。除了周约瑟,他在身边什么也没看到。

"听到二老爷的脚步声了?"

"是看见我自己骑在一条大狗背上,在黄河上面飞。"

从河面上吹来的冷风,让这个男孩子的身体剧烈抖动起来,也让他一下子清醒过来。这是他前一天夜里做过的梦。在那个梦里,他和伍三羊骑在一条黄狗背上,在黄河上空飞着,伍三羊手里还举着老宣教士送给他的一只望远镜。从那只望远镜里,他们看见了从来没有看见过的蔚蓝色大海,大海里墙壁一样高的白色海浪。现在,他想都没有去想,它就从他的牙齿间跑了出来。

他慢慢地蹲回去,手在脸上摸了一下,极力想着城里独立前的那个下晚,南怀珠骑在马背上从城里回到浈口来的情形。他一直在大声说着什么。他的两边,各有一个骑在马上的人。三匹马和三个人,缓缓地并行着,说笑声把一条宽敞的大路都挤满了。

"那是睡着了。"

"我一直睁着眼,在听着动静呢。"

天空中荡着波纹的那些血滴,已经像雨点般滴落下来。热乎又来回摸了摸脸,在上面寻找着那些血滴。但他一滴也没有摸到。

"有时候,睁着眼也会做梦。"

虽然没法看清周约瑟面部的神情,热乎还是盯住了那张脸,说他不信会有这回事。

"现在看不到天上那条天河了。要是在酷暑天里,你说,你信不信天上真有条天河?"周约瑟朝天上指了指。苏利士一直把天上那条天河叫做"牛奶河"。"你要是相信天上有条天河,这世上就什么蹊跷事都会有。"周约瑟想对这个孩子说,曾经就有个变戏法的男人,凭空把一条鳄鱼,挂在了他们记者老爷的鱼钩上,那是他亲眼看见过的事情。但他想了想,又把这件事情放回了它原来待着的那个地方,给它重新关上了门和窗户。"有一回,我站在河边上,看见另一个自己要过河。码头上的人,让那个我把身上一应东西全掏了出来,掏得一干二净,放在一间屋子的橱柜里,说是只有那样,才能安稳地渡过河去。那个我就把浑身上下掏个干净,过了河。"他说。

"不是在梦里?"热乎问。

"睁着眼,就那么眼睁睁地站在河滩上。"

"后边呢?"

热乎靠着墙壁,蜷缩起身子。千真万确,他想,千真万确,现在,四周一片黑暗,他跟前既没有那位记者老爷,更没有滴着鲜血的细长柳树叶子在那位老爷头上颤动。

"后面还是站在河滩上。没有码头,没有撑船的人,更没有那间放东西的屋子。"

"是不是赶上神集了?"

热乎的心怦怦地跳着,在黑暗里注视着周约瑟,猜测那一定是因为害怕,想用"神集"来说服自己:他刚才看见的情形,不过是河神或是前来赶神集的哪个神仙,在集市上喝大了酒,把别处一些街道搬到浂口来了。还有他们记者老爷和押解他的官兵,全是那位喝醉酒的神仙,像水鬼用鱼变人那样变出了他们,来吓唬他。如果真是这样,在那一会,普安门里边那些街巷跟房屋,又被那个神仙弄到哪里去了?他问自己。

"除了水鬼,浂口没人赶过神集。"

"那个水鬼……真能把鱼变成人?"

595

"别胡思乱想了。就是河神,也变不出咱们原来那个三羊。"

周约瑟解开烟荷包口上系的绦络,伸到鼻子下面闻着烟味。主啊,那还是个孩子呢。他想着伍三羊笑起来时的模样,又祷告起来,求神把那个孩子接进天堂——哪怕是把苏利士在为他求告上帝时,请求上帝给他留的那个位子,让他交出来。尽管他一直厌恶伍春水,厌恶那个工头,但那丝毫也没影响到他喜欢这个人的儿子。那是个还没真正摸过女人手的孩子。他拉紧荷包上的绦络,用拇指摸着荷包上那朵茉莉花。伍三羊也喜欢茉莉花。"等我成亲后,要是俺媳妇绣不出这样好看的茉莉花,就让她去找俺茉莉婶子学几天。"他到商埠里接伍三羊回渌口相亲那次,伍三羊看着他烟荷包上的茉莉花,这样对他说。伍三羊死后第二天,他定亲的姑娘家里接到报丧的凶信,那个姑娘就在半夜里悬梁自尽了。他们的工头,伍春水,在给儿子张罗完冥婚,跟埋两颗庄稼种子那样,亲手把一对"新人"埋进地下后,他的脖子和腰就塌了,像是谁把他的脊梁骨抽了去,跟他的儿子一起埋进了泥土里。那天,这个工头离开儿子的墓地时,没有同送葬的人一起走回家。他一个人独自回了醋园,仿佛众人请求他回家去那些话,都是刮过他耳朵边的风。在醋园里,人人都知道,在不晒醋的时候,这个工头从来不去关心天气,不关心风雨,也不关心日头和月亮。

现在,醋园已经属于在黄河上修铁路桥的那个美国人。但包括工头伍春水在内,醋园里还没有其他任何一个伙计知道,他们的主人已经换了。即便在南家花园里,除了老爷南海珠和大小姐南明珠,再有就是眼下也许正在大海上漂着的二小姐了,连他们那位记者老爷和巡警局长,都还被蒙在鼓里。二小姐所以知道,完全是因为她的姐姐,要用它来说服她离开渌口。周约瑟从没有怀疑过它的真实性。他开始没有猜出来老爷为什么这么做,当然,也没有花费心思去猜测。"这是那位老爷自己的事。"他一直记着,在准备用砒霜毒死他们兄弟俩那年,他母亲曾经告诉苏利士:"要是老天肯给人一线生路,就没人会舍弃自己的骨肉。"

"这两天,街上到处都在传着,二老爷去找了水鬼。"热乎还在想着,水鬼能不能真的把鱼变成人。他希望水鬼真像他听说的那样,能把一条鱼变成一个人,而且是想变成谁的模样,就变成谁的模样,连说笑的声音都一模一样。

"大小姐和那位巡警局长,他们是不是都没有告诉老爷,因为这些谣言,巡警局的牢房里都快塞满了?"周约瑟说。

第三十八章　阴　阳

　　河面上卷来的风中，夹带了一团团河水的冷硬和千里流淌后积淀的泥腥。南怀珠抓起把沙子，朝河水的方向投去。水面上黑漆一片。更远处那座铁路大桥，即便这会儿有弯月亮贴在天上，它的光泽也不足以照亮那团墨黑，让它与黑夜完全分离开。在河流上空，星星们犹如被牧放的羊群，散落在一轴天幕上。此刻，他和它们，世间万物，都被黑夜包在一块包袱里，抱在了它怀内。这让南怀珠想到了西方人的圣诞节里，那个挨门挨户给小孩子送礼物的"老货郎"。他的两个儿子，尤其是那个大儿子，听珍珠姑姑讲过一次圣诞故事后，他整日里都在盼望着，那个口袋里什么都有的"老货郎"，能在他姑姑讲给他们的平安夜里，赶着梅花鹿拉的马车来到他们家，从布袋里掏出个魔法盒子送给他。那样，在他什么时候想让天上有彩虹时，打开那个盒子，一道彩虹就会挂在天上。他喜欢彩虹，是因为他们邻居家的小女孩喜欢。现在，那个渴望拥有一只魔法盒子的男孩，正和喜欢给他们讲故事的小姑姑一起，乘着一艘驶往英国的轮船，在大海里航行着。即使没有任何意外，他想，在那艘邮轮将他们安全地带上英国的陆地时，那个"老货郎"口袋里的东西，大概也分光了。

他突然想让自己闭上眼睛,为他盼望得到魔法盒子的儿子,向那位外国上帝求告一次,尽管这有悖于他一贯的思想。不过,无论如何,他还是希望他的儿子,在抵达那块遥远陌生的土地后,能得到一个里面装有彩虹的魔法盒子,就如他当年在那个男人手上看见的,那根闪闪发光的手指。

他猜测着那艘行驶在海面上的轮船,这会儿是不是正走在黑夜里,从海面上能不能看见天上的月亮和星星。假如他们是在黑夜里,恰好已经睡着了,睡梦中的他们,有没有梦到他,还有他们那位母亲?

想到两个孩子的母亲,他的妻子,这会儿,他同样无法知道,那个被他们全家人、甚至包括仆人们在内,都在背后称呼"表小姐"的女人,现在在哪里,是不是还活在这个世上。那是个无比孤傲的人。正是那份过高的孤傲,让南家花园里所有的人都对她敬而远之。包括他的母亲,背后也在称呼她"那位表小姐"。他是和几个朋友在趵突泉的园子里闲逛时,在漱玉泉边遇见她,并一眼喜欢上了她。只是那会儿,他还不知道,她是巡抚老爷家的"表小姐"。她没有父母,也没有兄弟姐妹。这是她后来告诉他的。南家花园里所有的人都不知道,正是由于一直寄人篱下,她才恳求着,请他答应她,成婚后,他们要"独立生活",不要回到他们家在泺口那座大宅子里。

城里宣布取消独立时,他自己都没能计算出来,他已经多少天没回家了。好像从城里宣布独立那天开始,他就没在家中待过完整的一天。直到回到泺口,看见两个儿子,他才想到了她,他的老婆,那位"表小姐"。他的哥哥告诉他,除了管家,他还两次打发周约瑟前往他城内的家中,"想把她接回泺口"。但是,他们家的门上落着锁,周约瑟问遍了他们的左邻右舍,也没有探听到她的下落。没有哪一户邻居清楚"这座院子的人都去了哪里"。

"她的身子差不多有七个月了。"那天,他突然想到了她腹中的孩子,并为此惊诧着,在这段如此漫长的时间里,他竟一直忽略了她的身孕。

水面上没有一星光亮。横跨在河水上空那座黝黑的铁路桥上,最后一簇炫目的火焰——那些由红色、黄色、蓝色、紫色、白色、黑色等众多颜色组成的闪电般明灭着的烟火,在差不多两个时辰前,就钻进黑夜的被子里做梦去了。而在整个白日,那些光芒,即便是在几里地之外,它们也能照耀得万物睁不开眼睛。"那是氧气和氮气在大气中发生的化学反应。当然,你们也完全可以把它想象成是上帝恩赐给人类的某种焰火。说不上,那也正是上帝自己喜欢玩的一种游戏。"称呼自己人类学家的那位美国人,戴维先生,差不多在他每次到南家花园里做客时,都会给园子里的主人或某个仆人,这样描述上一遍,他们正在修建的那座铁路大桥上那些在钢铁上燃烧着的奇异烟花。

开始想孩子和妻子前,大半个夜晚里,他都在强迫着自己,一遍遍地去回想"玫瑰"的气味,回想那个"缠人的小婊子"洒在床上的"玫瑰花瓣"和香水,"那些真正的杂种和婊子",幻想着用它们打发掉那些模糊成一团的时间。在商埠里短短的几天时间,他给这位主笔小姐标了好几个名称:"小婊子""缠死人的小婊子""玫瑰小姐"。另外还有"小肉包子"和"小鲤鱼",她喜欢他叫她"小鲤鱼",他却最喜欢叫她"小婊子"。

水面上吹来的细风,虽然不是一种刺骨的冷,但整个世界还是冻进了一坨冰块里。他想完一遍玫瑰,从口袋里摸出那张纸条,用力地握在手里,想象手指是在握着那个"玫瑰小姐"一只结实的乳房。"玫瑰!一定还会盛开的玫瑰!"他对自己说着,闭上了眼睛。在闭上眼睛的一刹那,他看见了天上那位织女。这位仙女的手里,正在忙碌着结一张大网。转眼间,那张无边无际的巨网就结成了,并从天上撒落下来。天下万物,都被悉数收在了那张网里。他直了下身子。面前的黑夜并没有告诉他,他刚才"看见"的一切,还将是他在这天夜里,在他人生里最后那次闭上眼睛时,看见的情景。

有一会儿,他听见那张被他攥疼的纸条,急剧地喘息起来,就像那条突然令他着迷的"小鲤鱼",在他身体下面夸张地扭动身子,夸张地喘息着甩掉鱼鳞的声音。有好几次,他都对她充满感激,尽管他心里仍在叫着她"小婊子"。他想着在城里宣布取消独立那个昼夜里,她肉鼓鼓的身体给他提供的,一个突然失败后的男人在那种被虚无、恐惧、死亡、愤怒折磨的痛苦里,所需要的全部尊严和抚慰,以及输送给他的重新开始的所有勇气。"如果现在一定要选择死,那就死在这个小婊子身上吧。"有两次,他俯在她身上,在地动山摇间,这个念头差不多是一下子就跳出来,攫住了他,并且带着那种几乎令他窒息的力量。后面那次,他两手死死地抱着她,竟在陡然间毫无羞耻地哭了起来。

周约瑟又扯开烟荷包上的绦络,放在了鼻子下面。从南怀珠带着伍三羊回到渌口,他就在渌口闻到了城里弥漫着的那种血腥味。伍三羊死后,谣言跟蝗虫似的,飞满了渌口的大街小巷,连骡马的蹄印子里,都是谣言的碎末子。"渌口要独立了?"那两天,走在街上的人,几乎每个人嘴里和耳朵里,都说过和听见过类似的话。接下去,便是"南家那位在城里做记者的老爷,已经把老婆卖进了窑子里"。尽管没一个人说得出来这位老爷为什么卖老婆,但又好像人人都亲自瞅见了,他拿着卖老婆的银钱回到渌口,连夜进了水鬼家,央求水鬼去黄河里捕回鱼变化成人,帮他把守黄河占领渌口,然后效仿着城里,宣布渌口独立。谣言一起来,剃头匠子街上就出了凶案,两个还不算老的剃头匠子,一先一后，都死在了巡警伍金禄的枪口上。同样是在那一天里，神婆子有莲花的闺女，那个被她养莲花般养在缸里，从没人见过，却一直被人疑为"阴阳鬼"的疯子姑娘，天黑前死在了她那间"缸屋里"。虽然没人见过这个"阴阳鬼"，但她舅舅，那个同样是二尾子的独眼鬼有官运，在她出生那天就给人说过，他妹妹怀胎十三个月产下的，竟是老鼠那么大一个"小二尾子"。

与两个剃头匠子实实在在的死不同，那个"阴阳鬼"二尾子并不是真的死了。有莲花走进她邻居家里，告诉他们，她的女儿那不是死，是成仙了。"她先是化作一缸清水，到了夜间，那缸清水里又生出株莲花。天亮前，那朵纯白的莲花，就开得跟缸口差不多大了。"她对邻居们说。"佛观一钵水，八万四千虫。"邻居们犹疑闪烁的眼神，让有莲花第一次主动打开家门，邀请着她那些邻居们，走进了他们家的屋子。她男人十几年前在河滩上行走时，一步踏进鱼眼漩涡里，沉进了河底。从那，她家里就只剩下了她和那个声音尖细古怪，日夜拖着长腔喊叫的"阴阳鬼"。邻居们前去看过她"变成莲花"的女儿后，有莲花又站到了十字街口上，请求所有从此经过的行人，到她家里去观看她的"莲花女儿"。"阿弥陀佛！我闺女变成朵莲花，她已经功德圆满，升进仙界啦！"她对前去观看那朵莲花的人说着，并从每个围着那朵莲花观看的人手里，收取一样他们随身携带的东西——半节小木棍，一片树叶子，鞋子里的一颗沙粒，或是发髻、衣襟上别的一根针之类的玩意。手上什么东西也没有的，她就提醒着他们，从衣角上揪下个线疙瘩，或是咬下一牙手指甲，作为他们看到过那朵神秘莲花的见证物。然后，她就拿着他们交到她手上的那些物件，三言两语地，挨个给他们算上一次命。"算一下吧，过上一天，也说不上是过上半夜，那个命就不在咱们哪个人身上了。"那个神婆子一边给人算命，一边不停地嘟哝着。"别说咱们这凡体肉胎,就是浓口跟那条大河,也会说没就没了。"

两个剃头匠子和"阴阳鬼"姑娘死去的第五天夜里,巡防营里一队官兵跑了出来。他们先是在大坝门内的街上,抢劫了沿街几十家店铺,末了又点上一把火,将所有那些被抢的铺子烧个精光。被他们一起烧掉的,还有那些铺子门前的木质人行道。杂货铺子的主人来家祥跑到他的店铺前时,他的两间铺子——杂货铺子和棺材铺子,都只剩下了几面烧黑的墙壁,矗在街边上。他在那里坐到日头升起来,然后钻进杂货铺子的废墟里,找出把残存的砍骨刀,转身跑去了巡警局。他从东到西,一路叫骂着,纠集起另外那些店铺被烧光的人,要求巡警局长立马派人去搜捕缉拿罪犯。因为没找到局长谷友之,他挥舞着砍刀,先后砍倒两个驱赶他的巡警。被他砍倒的第一个人,是他哥哥的儿子,巡警来福。他一刀砍开了来福的小半个脑袋。而三天前,来福刚刚相看过行头那个比她姐姐还要好看三条街的小姨子。由于一再地回想着那个姑娘的美貌,他兴奋得两个夜晚都没有睡着觉。

"我听到了两匹马。"热乎转过脑袋,对周约瑟说。

"或许是老爷来了。你再细听听,是不是老爷的马车?"老爷虽然没有暗示他,今夜还会送东西过来,但他不能保证,他会不会突然想来送点什么。那可是一座他从来没有走到过边沿的大宅子。

"不是马车,是两匹马。老爷一个人不能骑两匹马。"

尽管黑暗令他无法分辨出眼前物体的所有界限,但这个男孩子还是相信,他的耳朵听得无比清晰。是两匹马。不是一匹马,也不是两匹马拉的马车,他仔细分辨着。如果是老爷来了,他想知道,跟老爷一起来的是谁。肯定是那位巡警局长老爷。他琢磨着,老爷发现他和记者老爷都不在家里,便去找了那位巡警局长。最后,那位巡警局长大人,就陪着老爷找到这里来了。他们记者老爷回到南家花园后,老爷一直让他在夜里跟着记者老爷,但这个晚上,他们离开那座大宅子时,他没有去禀告老爷。"就到三羊的墓地去看看他。"记者老爷说,"屁大点事,用不着去禀报你那位老爷。"从伍三羊墓地里出来后,这位记者老爷没有直接返回大宅子。而是带着他绕来绕去,最终到了周约瑟家里。他想象着老爷看见他时发怒的样子。一会儿,握在老爷手里的那根马鞭,一定会毫不犹豫地抽到他身上,直到抽得他皮开肉绽,变成一棵枝条乱窜的什么树。再然后,是把他捆粽子那样绑起来,拖在马后头,拖回南家花园。还有周约瑟。他们会被一起捆绑着手脚,扔进马棚,扔进混着尿水的马粪堆里,几天几夜不给水喝。这点他几乎不用怀疑。伍三羊死后,他们老爷完全变了一个人。现在什么都跟城里独立前不一样了。老爷不一样了,记者老爷和大小姐不一样了,那位巡警局长也不一样了。整个南家花园,连夜晚映在窗子上的灯火,和院子上空的星光,也不一样了。他说不上来哪里起了变化,可确确实实不一样了,就像他刚才看见的那些消失的房屋和街道,尽管他没法说清楚因由,可在那会儿,它们的确是忽然藏匿到一个什么地方去,消失不见了。

"听出来了?"

"听出来了,有一匹马,是巡警局长老爷的。"

"别管是谁来了。"周约瑟说,"你赶紧到河滩上,先去把二老爷找回来。"

有关织女的传说之三:

《续齐谐记》:桂阳成武丁,有仙道,常在人间。忽谓其弟曰:"七月七日,织女当渡河,诸仙悉还宫,吾向已被召,不得停,与尔别矣。"弟问曰:"织女何时渡河?去当何还?"答曰:"织女暂诣牵牛,吾复三年当还。"明日失武丁。至今云织女嫁牵牛。

第三十九章 玫 瑰

夜晚的微风暖洋洋地吹拂着，与这个季节该有的气温，好像完全不是一回事。

两匹马一前一后地走出了巡警局。

穿过运署街上的十字路口时，谷友之拽下马缰，让马蹄子迈得稍微慢了一点。城里宣布独立前，他想，他半夜里从南家花园出来，准备回巡警局里审讯那两个持枪的家伙时，就算有位神仙让他从天庭门前想到地狱门口，他也不会料想到，已经消失二十年的冯一德，会重新出现在浉口，重新和他面对面地说话。而在那个晚上，他让马蹄子在铺满月光的路口停下来，他坐在马背上，朝四周张望着，打量着运署街中间两家客栈和奎文街角"百乐坊"门外亮着的红灯笼，他同样没有想到，一个人的内心也好，整个狗娘养的世界也好，仅仅经过那么二十个三十个四十个白日黑夜，就会完全变了模样。不过，话说回来，在这个狗屁人世间，日子一直就是这么轮番变化的。几十天，一个季节就会完全被另外一个季节所取代。而在这个季节到来时，前面那个季节无论如何都要消失得干干净净。如同树叶子落下的时候，新芽早已开始了生长，那个不算远的春天，就已经跟在隆冬的后面了。

走到来家祥被烧塌的杂货铺子前,谷友之对着那片藏在黑夜里的废墟笑了笑。那天夜里,它面前那棵榆树也被烧焦了。一年里,他不记得会有多少回,他胯下这匹白马要被拴在它的树干上。明年春天,但愿它还能活回来,发芽抽枝,结出一串一串碧绿的榆钱,让他继续把这匹马拴在那里。不过,他现在还不能知道,那个亲手砍死自己侄子的杂货铺子掌柜,一个爱裹乱生事的老杂种,还有没有这棵树的好运气了。当然,如果他仅仅是带着那帮没脑子的家伙,跑到巡警局里去滋点事,他倒觉得,自己或许还会因为他那两间烧塌的铺子,表示上一点同情。现在好了,他不仅亲手砍死了自己的侄子,他的一个老婆,在去给这个侄子守灵,半夜里回家时,又被家中的骡子踢进天井一角的浑水坑里,淹死了。

"我说,这一路上都是他娘的焦煳味,好像整条街都过火了?"

"要是有油,整条黄河也能烧起来。"谷友之说,"就是这么回事。"

这种和煦的夜风,是他太太南明珠需要的,也是他们的孩子需要的。谷友之想象着,这会儿,南明珠一定还在南家花园的某处地方走动着,正在前往或是刚刚看过最后一个她认为睡前要去探望的人。那座宅子里有一大家子人呢。街上的店铺被巡防营的杂种们抢劫焚烧前,她让他给那座大宅子里弄去了三杆枪。不过,那恰好也是他正准备去做的。尽管他早已经安排了人,每天夜里都去那座宅子外面守着。"什么事情都没有万无一失。"那天夜里,他躺在南明珠身边,抚摸着她的腹部,心里不停地在对自己和他们的孩子说着这句话。

"还是地面上好啊,风后面还有风,风背着风,风生着风。"

冯一德跟在后面说。"哈哈！真是让人怀疑，要不是人计算错了月份，那肯定就是月份自己弄错自己的日子啦。"

"这里是浗口，没人能去管老天爷的事。"

"我是说，这天气，这风，暖和得跟他娘的春天似的。这看起来有点不正常啊。"

大雪才过去了一周。谷友之叉开手指，摸了摸风。到了冬至，进入数九寒天，风里自然就会长出牙齿、骨头，或是刀刃。河水也是。但是，老天的事谁能做主呢？也说不上，不用过上一天，仅仅到天亮前，那些牙齿、骨头和刀刃，就在这些暖洋洋的风里长出来了。对浗口来说，黄河严严实实地封河和开河淌凌的日子，可是浗口人最重要的两个大日子，家家户户的男人都会到河边上烧纸放鞭炮，感谢河神并祈求各路神仙继续保佑他们的家人、土地、房屋、庄稼、牲畜，风调雨顺，日夜平安。

"我还是想弄清楚，我们这是往哪里去？"冯一德说，"你知道，一个船员在上船前，他得先知道，那艘船最终航行到哪里，是去人人都向往的威尼斯，还是一块从来没人探索过的魔鬼新大陆。"

"你只要弄清楚，咱们现在是在浗口就行啦！"

谷友之想以此提醒冯一德，他现在不是在狗日的美国，也不是在一艘什么乱七八糟由魔鬼掌舵的轮船上。没错，他们现在就是在浗口，是在他的地盘上，尽管他们正在走的这条大街，被冯一德在他新绘的那张浗口地图上，用"格拉斯哥"这个鬼名字重新命名了它。可笑的是，冯一德为它取这个名字，竟然是因为他在马萨诸塞州爱上的一个妓女，来自那个没人知道的鬼地方。"她先是跟一个爱丁堡男人跑到了罗马，后来又从那里到了西班牙的地上天堂——马拉加。他们到那里去，完全是她好奇罗马人建造的那座半圆形露天剧场。一年后,那个男人因思念家乡,抛下她,独自回了爱丁堡。她则跟着另外一个男人,西班牙一名马戏团驯兽师,到了纽约。"谷友之让自己拿出足够的耐心,听冯一德说这些屁话,是在他把他弄进地牢的第七天夜里,冯一德刚绘制完那张地图的草图,并在上面标下了第一条街的名字。冯一德说他在缅因湾的塞勒姆镇遇到那名妓女时,她已经二十七岁了,"正是熟得最饱满的时候"。而她离开格拉斯哥时,才十九岁,在港口一家小酒馆里做了半年女招待。她给他说,从十九岁到二十二岁,也就是做妓女前,她经历了五次爱情。在第五次失去爱情时,她彻底放弃了幻想。她是跟随最后一次爱情,从纽约去的费城。同样是因为那份爱情,她又从费城返回了纽约。她在纽约做起了妓女,并发誓再也不相信世界上任何一个男人,当然也不再相信任何一份所谓的爱情。再次离开纽约后,这个可怜的女人先后去了斯坦福、纽黑文、波士顿。她接待的嫖客来自世界各地——土耳其、里斯本、阿根廷、比利时、北马其顿、波黑、德累斯顿、汉诺威、里昂、维也纳、布拉格、卢森堡、里尔、西雅图、丹佛、弗洛拉、哥德堡、奥尔堡、莫斯科、彼得堡。她什么人都接待,白人、黑人、黄人、阿拉伯人、波希米亚人,唯独拒绝英国人和罗马人。最后,她在美国东北部的塞勒姆遇上了他。她沿着大西洋海岸线一路北上,是希望心灵在空间上距离格拉斯哥更近一点,能够在睡梦中让脚步更快地回到家乡,清醒着时,又会在某个季风期里,尽可能早地让身体吹到从那个方向刮来的风。她说,她最初愿意离开格拉斯哥,是缘于她的某种固执的自我误判:他们那个地方阴晴不定的天气,会让人的性情也变得和天气一样;而她内心里,则渴望拥有一份恒定不变的爱情。"人生就像是塞勒姆那座古老七角阁上的七个尖角,永远在指着各自不同的方向。她让我头一回真正爱上了女人。但三个月后,我再去找她时,她却死了,被一个没人知道从哪里冒出来的流氓带出去,扔进了离港口不远的海水里。"那天,在谷友之准备离开地牢前,冯一德嘿嘿地笑着对他说。"我相信黄河里的水,最终会跟所有的海水混合,也最终会有一些涌到她脚下面,挠痒她的脚底板。她喜欢人挠她的脚底板。"谷友之什么也没说。他怀疑,是地牢里不见昼夜的阴暗,让他面前这个家伙嘴里冒出来的每句话,包括威尼斯与大海的婚姻以及什么莫卧儿王朝的那些鬼怪故事,都不过是他在一个他并不知道的梦里说出来的梦话。他是在往头脑中装启示录里那些异象时,因为走了神,完全把他们装错了口袋啊。离经则叛道,离经之血则为淤。他起身离开了地牢。立起身时,他面前那支蜡烛上的火头,猛烈地忽闪几下,冯一德背后墙上的半截黑影子,也跟着摇晃了起来。

昨天黄昏,夜幕拉开前,那位主笔小姐通过巡警局的电话,给南怀珠传来了城内的消息:"南先生要的玫瑰,城里面已经卖光了。"

谷友之将电话筒里那个女人的话,一字不落地抄写在了纸上。然后,他骑着那匹白马,从巡警局一路奔到了南家花园,满脸疑惑着,把它递到了南怀珠手里。

南怀珠盯住上面的字看了一会,就将那张纸攥成一团,扔到了地上。他脸上没流露出任何表情,只是在心里想着城里宣布独立那天夜里,他回到南家花园,摆宴庆贺他们的胜利时,那位自称人类学家的美国人戴维先生的太太马利亚,在这间客厅里,讲述的什么摩西的鬼故事。序幕,她说那位摩西带领以色列人逃出埃及地时,仅仅是一个序幕。她的预言应验了。而在那个时候,他想,是不是所有的洋人,包括德国领事馆里那帮操蛋的家伙,他们都已经在暗地里,将他们这些谋求独立的革命党人,跟曾经的义和拳民们,可笑地放在了一个筐子里。

起初,谷友之完全没有弄明白,他抄写下那几个字的真正意义。他并没有把它们跟南怀珠刚回到洑口时说过的什么德国舰船联系起来。仅凭着这位记者先生的力量,他在洑口起不了事。他没有请来帮手的银子和任何本钱。当然,他也控制不了黄河这条水上隘口。

"玫瑰!玫瑰!"在客厅里只剩下他们两个人时,谷友之重复着"玫瑰"两个字,问南怀珠,电话里那个女人传来的"玫瑰",到底是个什么狗屁玩意。"我可知道,现在已经不是酿玫瑰花醋的最好季节啦。"他说。

南怀珠一直在盯着地上那张纸。城里宣布独立那个下晚,尽管谷友之没有亲眼看到,那位玫瑰小姐是怎么把一朵"玫瑰"插到他口袋里的,但他相信,这位巡警局长一定不会忘记,他骑着马从洑口飞奔到城里后,在谘议局门前的大街上,他的眼睛首先是望见了那朵"玫瑰",之后才看到了他。"怎么还弄朵月季花,什么意思?"谷友之瞅着那朵花,抬起手臂擦着额头上的汗水。他们面前是潮水般躁动喧哗的人群,沿街道向前席卷着,扬起的灰尘不断落在他们的头上和身上。"这不是月季花,是玫瑰!"他微笑着,纠正着谷友之,并扭过头去,瞟了眼距离他们几步远的主笔小姐。那会儿,除了她的手,他还没有触摸过她身体的任何部位。主笔小姐穿着件长到脚踝的黑呢子大衣,头上戴顶跟那件大衣同样颜色与品质的宽边帽,站在商会那位石会长身旁,手里来回摇动着一块白色手帕,试图用它驱赶扑到她面前的灰尘。她那顶帽子上的缎带,从左侧系出一只在他看来并不算漂亮的蝴蝶结。蝴蝶结上，也插了朵半开的"玫瑰"。随着手绢扇动起来的微风，其中一条缎带浅浅地飞舞着，像是那只蝴蝶的翅膀，袭着花香，不停地在那朵"玫瑰"的花瓣上起落。他的鼻子嗅到了一缕从来没有闻到过的香气。后来，一直到那天半夜，从城里回到南家花园，他上衣的口袋里，一路都插着那朵假冒的"玫瑰"。在家门口，甚至连站在门外等候着给他牵马的老车夫周约瑟，眼珠子都在它上面滑了两脚。而且，他的妹妹南明珠，还在第二天早晨告诉他，那一夜里，他来回重复着"玫瑰，玫瑰"，叫着它千奇百怪的名字，曾让她一度怀疑，他会不会因为城里的独立突然疯癫了。"要是我哥哥因为独立疯癫了，成了中举的范进，我宁可永远也不要这个独立。"南明珠响亮地笑着，挽着他的胳膊。那一天里最柔和的太阳光，照耀在他们兄妹俩的身上。谷友之牵着他的白马，跟在他们身后。

在屋子两端踱完步子，走回谷友之跟前时，南怀珠又把扔在地上的那张纸捡起来，折叠两下，装进了之前插过玫瑰的那只衣袋里。他本来准备对着谷友之笑一下，什么也不去回答他。但是，到最后，他对着这位巡警局长说出的话却是："你应该明白那是什么意思。"

谷友之笑起来，是他突然意识到了一点什么。在来南家花园的路上，他头脑里的某根神经，曾经跳出来提醒过他一次。但他当时骑在马上，心里反复在念叨着"玫瑰"两个字，没能很认真地对待那个仅跃出水面一下子的念头。不过，南怀珠往口袋里放那张纸的动作，让他重新捉住了它。并且，他确信，他没有曲解它。他已经想起来，因为那个突然钻出来的魔鬼冯一德，他第一次不是为了买东西而去了霍夫曼的面包房。在那里，那个喜欢旅行和朗诵诗歌，迷恋绘画与星象学的德国犹太人，在那幅《椅子里的圣母》画像前,告诉过他,前一日里,他刚刚陪着"那位记者议员先生和他的朋友",去见了他们的德国领事。

"你应该明白那是什么意思。"南怀珠又对谷友之说一遍。

"不是什么石头都能拿来铺路啊。"谷友之笑着回答。停了一会儿,他又告诉南怀珠,他可以带个人来见他。"那也许是你,或者说我们,眼下正需要的一个人。"

那个按着契约生活在地下的杂种,他想,现在或许是时候让他到地面上来,呼吸一口混合着霜雪跟黄河水味道的凛冽空气了。一点不错,是黄河,不是他妈的什么 Mississippi River。那会是他喜欢的东西。他又想。他一定会非常喜欢,或许会和莎士比亚夫人带着他前往美国那个早晨一样,全身都被那些无法隐匿的喜悦与兴奋包藏着,样子像条冻在冰块里的鱼,令人看了又嫉恨又绝望。那个早晨是一条永远没再通航的河流。他闭了下眼睛,把那个漫长的早晨赶了出去。"我可以说,现在已经完全忘记你了。"他对那个早晨说。对莎士比亚夫人,他没有感到丝毫愧疚。倒是对谷兰德先生,他深感抱歉地笑了笑。他就是真的和那位上帝坐在一起,用和上帝一样的目光打量他,他坚信,他也会原谅他的背叛。"您是父亲,我现在也是一个父亲了。"在谷兰德先生那里,他们曾经是他丈量世界的一把尺子。他的孩子,那个还没出生的孩子,也将是他在这个世界上生活的唯一刻度。他注视着那双还在母腹里的眼睛,那双眼睛也在注视着他。"他需要的不是一个圣人,也不是一个为了什么狗屁独立被砍掉脑袋的英雄。他需要的是一个活着、能够领着他的手,随时看着他笑的父亲。""是的,爹。"那个还在母腹里的孩子回答着他,并且对他眨眨右边那只眼睛,笑了笑。

"什么人?"

"一个从美国来的人。先是到了南方,又到了这里。"

离开浉口回美国时,莎士比亚夫人将两件家具——谷兰德先生在大门外摆放圣经那张桌子和属于他的那把椅子,"还有一个无法带走的孩子",送给了城里一位叫苏利士的神甫。"请您在我离开这里的早晨,来带走他吧。"莎士比亚夫人抚摸着他的头顶,对那位神甫说。但她离开那天早晨,他坐在那位苏利士雇来的马车上,仅仅走过两个街口,他就逃走了。他先是躲进了谷兰德先生废弃在后院的一个地窖子,在里面藏了两天。当然,也可能是五天或是更多日子,因为惊慌与恐惧,他已经忘记了计算白天和黑夜。后来,他寻到了谷兰德先生的朋友,一位敲渔鼓的独身老瞎子。"跟着我学渔鼓吧。"老瞎子沉默一阵后,对他说。"那位天神没饿着你的肚皮,我也不会让它空着。"谷兰德先生每次带着他去给老瞎子送东西,食物或是另外的杂物,老瞎子都称呼谷兰德先生"天神"。半个月后,老瞎子带着他,从下关渡口过了黄河。"白日里,我牵着他的竹竿云游四方,夜里就跟着他学敲渔鼓。"他一直告诉他的太太南明珠,他的父亲是个瞎子。"我母亲也是个瞎子,在我出生三天后,她就死了。"如果不是在新军第五镇的营房里遇到南明珠,他愿意一辈子都忘掉浉口,把它埋进黄河最深的那层泥沙里。

老瞎子死的时候,他差不多十五岁,也许十四岁,因为他从来不知道自己具体是几岁。老瞎子是在睡梦里死去的。那是个冬日的早晨。他跪在老瞎子身边,宁愿相信是那位上帝派谷兰德先生接走了他,并带他看尽了天国里最好看的地方。"一个好人,上帝肯定会让他在走进天堂大门前睁开眼睛,而且比我们的眼睛还要明亮。"每回,在他们离开老瞎子后,谷兰德先生都会这样对他说一遍。

"又是一个洋人。要是从戴维先生那里认识的,可不怎么可靠。"南怀珠看着谷友之,想得到这种确认。那位戴维先生在修桥之余,一直喜欢鼓吹自己是位人类学家。可他从来没有弄清楚,这位人类学家在浉口都研究出了什么。他和妹妹南明珠以及这位巡警局长不同,他跟洋人交往,仅仅是局限于一种礼节性的往来。他想着现在仍然下落不明,从始至终被家人们在背后称作"表小姐"的太太。他和她一样,从来就没真正喜欢过马利亚带进南家花园中的任何洋人玩意。不过,这位戴维先生送给他的一本 *Manifesto of the communist party* 和另一本 *The civit war in france*,倒是让他欣然接受了。正是因为那两本书,他才没有真正地讨厌这个美国人。

"不是洋人,浉口也没人认识他。"

"你怎么就知道,那是块能用的石头?"

"你现在什么都不用问。"谷友之又笑了笑。"等见到人,你自然就会知道。"

"我们仍然是在一片黑暗中啊。"南怀珠笑着说。

第四十章 寂 静

天空中布满了群星。

天上那条银河尽管已经不见了踪影，但从黄河里刮上来的风，却带着一层那条银河的波光和泥沙的微甜。浗口人都相信，他们身边这条黄河，是跟天上那条银河连在一起的。"黄河之水天上来，天上的水都在那条银河里。"谷友之又想起了太太南明珠腹中的那个小孩子。如果需要，他可以带着那个小孩子，乘着水鬼捕鱼的那条船，一直将船划到天上去，他想，只要那个小孩子需要他这么做。

"浗口是你的地盘。我明白浗口是你的地盘。这点我绝对清楚。"冯一德说，"就像明白那位上帝，不管他是不是真的存在，在一些人那里，他永远都是上帝。"

"现在，整个浗口都睡着了。那位上帝也需要睡觉，咱们最好不去打扰他睡觉。"

"这是谷兰德先生要求我们睡觉时，常说的那句话。"

"咱们最好也不去打扰谷兰德先生。"谷友之说他一直相信，在黑夜里谈论一个逝去的人，肯定会让那个死去的人感到不安。因为人的黑夜，正是死去那些人的白日，这会让他们想起活着时的那些伤心时光。"他们被人谈起来，情形也许就像人在白日里撞见了鬼。"说这些话的时候，谷友之又想起了那张鬼皮。

万物都有定时。现在，这张鬼皮已经走在路上了。他对着自己那个还没出生的孩子笑了起来。有这张鬼皮，浉口就会风平浪静了。他在想象中摸着那个小孩子柔软光滑的小屁股说。浉口风平浪静，南家花园就会风平浪静。所以，眼下没有什么比浉口风平浪静更重要的事了。独立？一个人没有了性命，自由和独立是个什么鬼东西！只要浉口能够风平浪静，那些刀具完全可以拴在铁链子上，拴到它们烂成废铁那一日；巡警局的牢房里，也可以天天被犯人们挤得密不透风。当然，被铁链子拴住的刀具，还有牢房里关押的那些造谣生事的杂种，喜欢偷偷跑进巡警局里告密的瞎包玩意，他们跟这张鬼皮比起来，这会儿完完全全不值得一提，比一根鸡毛还轻。

谷友之又仰头看看天空。

这次，他仍然没有在群星中间，找到那条耀眼的带状河流。现在是冬天了，他想，他完全可以这样理解天上那条消失的银河：天上的神仙们害怕冻住那些河水，担心它日后跟黄河那样淌凌决堤，于是，他们干脆就拿一床无边无际的被子，把它严严实实地给盖起来啦。

"这里现在是被德国人占领着。说到死人，再给你讲个欧洲人的笑话。你猜那里的小偷夜里去偷东西，他们事先都会准备什么？"冯一德笑着停顿一下，接着说，"在斯拉沃尼亚，小偷会预备下一块死人骨头，扔到被偷人家的房顶上。而在塞尔维亚和保加利亚，小偷会把从坟地里带出来的泥土，撒在被偷那座房子的四周。他们都相信谷子地里有个什么谷神婆子，所以，他们也就愚蠢地相信，因为有了死人骨头和坟地里的泥土，那座被偷的房子就成了坟墓,里面的人会睡得跟死人一个样,再也听不到世界上任何风吹草动。就像死亡看见了死亡。"

"等一个人变成了死人,他才会明白什么是死人,才知道他是不是真的什么都听不到。当然,也会出现这种情况,有些人死了,仍然不知道他已经死了。"那个孩子能看懂星星时,他一定要在每个能看到那条天河的夜里,带着他去观看那条耀眼的"河流"。谷友之仍然在琢磨着天上那条银河。此刻,如果一个人骑着马行走在美国,行走在那里一条靠近河边的大街上,他对着天空仰起头时,会看到那条灼目的河流吗?他强迫着自己不去扭脸,不去看走在旁边的冯一德。这将是他最后一次头顶着满天繁星,最后一次走在这条空旷的街上了。"好好看看这条街吧。"他对冯一德说,"到了明天,咱们再看到的这条街,或许就不是今天黑夜里见到的这条街了。"

"就像海水不断地涨潮和退潮,这没什么稀奇。你知道,这些年,我在来回地做着一个什么奇怪的梦?那个梦里总是有一股子白色气体,像根搓出来纺线的棉花条子那样,又粗又长,摇摇晃晃着,从地面直竖到半空中。在它顶端,则跟顶着朵盛开的花头那样,顶着一口大锅。我一直在拼命地想啊想,可他娘的就是没弄明白,咱们那位上帝,那位咱们谁也没有亲眼见过的爷,他到底打算对我说点什么。"

"梦就是梦。在我这里,所有的梦除了它是梦,别的什么狗屁都不会是。"

谷友之想着自己曾经做过的一个梦:他的两条腿上面,有着两个一模一样的身子;一个是有血有肉的他,另一个则是黄泥雕成的他。两个身子面对着面,围着一张又宽又长的桌子在转圈,边转圈边流泪。肉身的那个他,还在不停地给泥雕的那个自己抹着脸上流淌的泪水。他不明白他们为什么在哭泣。更奇怪的是,肉身那个他眼睛里流下多少泪水,泥雕的自己眼睛里也会流出多少泪水,一滴不多,也一滴没少。另外让他惊奇的是,他既能从背后看见自己的两条腿和上面两个身子,跟在几个人后面,围着那张又长又宽的桌子绕来绕去,又能够清清楚楚地看见,那两张相互面对着一直在流泪的脸孔。而在以西结那里,那个有着四张脸的天使,四张脸,是相互背对着,同时面对着东南西北四个方向。

冯一德朝着夜空甩了两下鞭子。谷友之猜测着他是在想那个梦呢,还是又想起了什么塞勒姆那个死去的妓女。之后,一直到走出大坝门,走上河堤,冯一德都沉默着,没有再开口说话。这一点,正是谷友之最想要的。

那位戴维先生和他的马,总是在黎明后,太阳快升起来时,才会驮着他和他的太太马利亚出现在河堤上,"享受着真正来自东方的晨风和曙光"。谷友之望着星光照耀下的黄河。河道里没有一艘夜航的船,更没有一艘泊在水边的船上透出亮光。早在城里宣布独立前,巡警局奉命召集铁匠们打造铁链子那一天,夜间,他就不再准许船只在这条河里通行了。

"他用精金做一个灯台,这灯台的座和干,与杯、球、花,都是连接一块锤出来的。灯台两旁杈出六个枝子,这旁三个,那旁三个。这旁每枝上有三个杯,形状像杏花,有球、有花。那旁枝上也有三个杯,形状像杏花,有球、有花。从灯台杈出来的六个枝子都是如此。灯台上有四个杯,形状像杏花,有球、有花。灯台每两个枝子以下有球,与枝子接连在一块,灯台杈出的六个枝子都是如此。球和枝子是接连一块,都是一块精金锤出来的……"谷友之默想着谷兰德先生常和他们一起背诵的那节"造灯台"。这个世界从来就没变过模样啊。他伸出手去,在黑暗里摸了摸掠过他身边的风。

河堤上寂静无声。

两匹马一前一后地走着。沿水面刮上堤岸的暖风,在微弱星光下吹着两匹马,马蹄子踏着小石块和沙子发出的响声,以及骑在马背上的两个男人。

关于那个莫卧儿王朝,冯一德在地牢里讲述了第三段故事:"沙贾汗,这位'世界皇帝',统治了莫卧儿王朝三十年之久。他统治的王朝,得算是所有莫卧儿皇帝中,最爱挥霍浪费的一个王朝了。他喜爱镶嵌着各种珍贵宝石的雄伟建筑,沿袭着他父亲那一套豪华奢侈的宫廷生活。仅仅是后妃,他的皇宫里就有五千个。五千个妃子啊,要是让她们排队站着,得站满好几条大街。当然,在这五千个妃子里,他专心宠爱的,只有为他生育了十四个孩子的皇后。可惜的是,他的这位皇后,最后却死于难产,而且仅仅只有三十九岁。因为心爱皇后的去世,这位多情的皇帝,从此便陷入了莫大的孤独和凄凉之中。他再也不去见另外那四千九百九十九个妃子。他对身边服侍他的官员说,对于他这个皇帝来说,没了皇后,他的帝国再也没有可爱的地方,他的生活再也没有了生趣。"

"他的众多儿子们——因为他有五千个妃子——他的众多儿子们,早已经在那里相互敌对,暗中策划着搞阴谋了:他们中的大多数人,都已经准备着,趁这位老皇帝在病中夺走他的皇位。正和人们习惯想象的那样,这位老皇帝,他有个自己最中意的儿子,一个被人们叫作达拉的王子,一位哲学家。这位王子也和他的曾祖父阿克巴那样,是位神秘主义者。本来,这位幸运的王子，可以成为一位出色的统治者。但这位未来的出色的统治者，这位哲学家和神秘主义者，在最后，却只成为人们的一种想象。因为他的弟弟，一个名字叫奥朗则布的家伙，是个贪得无厌的野心家。这个奥朗则布，这个野心家，他先是把他们的父亲沙贾汗，监禁在了阿格拉红色堡垒的地牢中。在夺走他们父亲的皇位后，他又将他的哥哥，那位神秘主义者达拉的首级，送到了那位孤独的老皇帝面前。"

冯一德看着谷友之，笑了两声。

"耶路撒冷被毁灭的时候，决不留一块石头在另一块石头上。你一定想不到啊兄弟，那位衰老的沙贾汗，就是那位孤独的'世界皇帝'，他自己肯定从来也不会想到，在他人生的末年，只能透过牢房里一扇紧闭的窗户，去瞅一眼他最钟爱的泰姬陵。当然，你更加想不到的是，那个野心家，那位夺走了皇位的奥朗则布，在听到这个消息后，他竟然用石头把牢房的那扇窗户给堵上了。后来，他又毫无人性地把老皇帝的两只眼睛给挖掉了。"

第四十一章　泺　口

在一小块干燥的空地上，周约瑟面朝埋葬伍三羊那块墓地的方向，低声和热乎在说着伍三羊的死。"只有他自己知道，他这个死值是不值。"周约瑟说，"城里的天气跟乡下不一样，泺口所有的树木都落光叶子了，城里有些榆树、香椿和杨树上，叶子还青黄着，挂在枝子上。"从醋园那里回来后，他就在这一小块地面上坐了下来。这些日子，只要老爷不把他留在大宅子里过夜，他都会在夜半时分走到醋园那边，绕着醋园走一遭。或是站在院墙下面，听听院子里面沙粒和草叶蹑手蹑脚的移动，偶尔跳进蓄水池子里的一片树叶砸开的水花；或是闻一闻趁着夜深人静从醋缸、醋醅和泥地里翻腾起来的浓稠醋味，并在里面仔细地分辨出花醋和果醋那些特别的香气。这次，绕着醋园走完一遭，他从醋园门口走回来，仍旧弯腰抓把沙子，一路在手里细细地漏着。四处安静得像是一盆子被冻住的水。他听着沙子落到地面上的簌簌声。周围的静谧，把他的心也封在了那盆子冻结的水下。"日头要变黑了，月亮也不放光，众星要从天上坠落。主啊，求你与我同在。主啊，求你与我同在。"他一路念叨着从苏利士那里学到的祈祷词，来回在心里祷告着，想用它驱赶走这个夜晚里的寂静,以及从那份寂静里升腾起来的不安。真是该死!这个光景里,怎么能让一个孩子独自留在那里,独自把守着门口。在手里的沙子漏到一半时,他骂着自己,一边急急地加快步子,直到在门前看清楚了热乎的身影,他才长长地舒口气,把心从嗓子眼里放下去。

屋子内逃出来的那个声音,在跑出院门前,先是攀着星光,窜到了院子上空。在那里,它犹豫着停滞一阵子,仿佛有坨迅速冻结的冰块意外地包裹住了它。然后,它拼命地挣脱着,落下来,撞碎那坨封锁它的物质,撞开两扇关闭的木门,吊在了门板中央两只冰冷的黑铁环上。在门环急剧的响声里,它惊魂不定地摇晃着身子,掉到了门前那一小块坐着两个人的空地上。

周约瑟迎着那个声音跳起来,奔到了屋子门口。但他没有立即跑进去。他看见巡警局长站在屋内,油灯把他肥大的影子,从地面一直贴到了西墙上。

"谷老爷,怎么了谷老爷?怎么像是在打枪。"

"是在打枪。"谷友之抬手朝面前指了指。

周约瑟吩咐着两只脚迈进屋子。他看见南怀珠和巡警局长带来的那个男人,都躺在油灯下面的阴影里。

"我的天,二老爷!二老爷您这是出了什么事?"周约瑟手脚慌乱着扑过去,跪倒在南怀珠身边。他弯下身子,打算把南怀珠从地上弄起来。可他没能做到。他的一只手在南怀珠的衣服上,摸到了一些黏稠的液体。那些又黏稠又烫手的东西跟牙齿一样,咬得他迅速把手指缩了回来。"二老爷!"他又叫一声,伸出手在南怀珠身上摸索着。

"是那个杂种!那个狗杂种突然朝他开了枪。"谷友之说,"要不是我早有防备,带了枪来,今黑夜里,我们几个怕是都没命了。"他走到周约瑟旁边蹲下来,把手放到了南怀珠鼻子下面。没人想要他的命,是那个革命和独立杀了他,他对自己说。"不行了,没鼻息了。"他告诉周约瑟。接着,他又挪到冯一德身边,同样将手指放到他鼻子前试了试。然后,他拿起了冯一德手里的枪,站直身子,嘴里骂着:"婊子养的!"对着那个身体狠狠地踢了一脚。

"这可怎么办哪!天塌下来了,谷老爷!"周约瑟在南怀珠胸口的位置上,摸到了两个冒血的地方。血还在不断地从那里涌出来。

"热乎呢?"谷友之说,"赶紧去把他喊进来!"

"我让他在门口守着呢。屋里枪一响,那个孩子就吓瘫了。"

"快去把他弄进来!"

满屋子里的血腥,已经让周约瑟完全丧失了分寸。"咱们得赶紧去请大夫,看还能不能把人救回来。"他想试着把南怀珠弄起来,让他靠近他胸前坐着。

"先去把热乎弄进来!"谷友之低声吼道,"人已经死了,你有仙丹能让他起死回生?"

周约瑟放下南怀珠,在地上爬行两步。他站起来,想往门口走,身体却一下子撞到了墙上。他扶着墙壁,慢慢地摸到了屋门口。门外,热乎已经站在了门前铺开的一块灯光里。那块铺在地上的灯光,形状像一把拴在地上的菜刀,而热乎就站在那把刀的刀刃上。周约瑟让自己在门口停下来,两只眼睛瞅着铺在地上的那把刀。"这个情形,谁知道是谁先杀了谁。"在他准备迈出门口时,他心里钻出来的这个声音,几乎和那道门槛一起,把他绊倒在了地上。他没能确定是哪只脚被门槛绊到了。在他觉察到自己被绊了一脚时,他的整个身体早就摔倒在门外,摔在了热乎脚

623

前。"快进去！快进去！"周约瑟抱着热乎的身体，挣扎着爬起来，扯住热乎的胳膊，朝屋里推着他。"快进去看看二老爷吧！"他哭了起来，跟在热乎身后，重新回到屋子内。谷友之仍然站在他离开时的那个位置上，手里拿着刚捡起来的那把枪，一动不动地看着躺在地上的两个人。

"现在还不是哭的时候。"谷友之扭头看眼周约瑟。

"这到底是个什么人，他怎么会跑来杀了二老爷？"

周约瑟停止了哭泣。他从来没想到，在城里面看到的那些鲜血，会流淌在他的屋子里。前些天是伍三羊死在了这里，现在，居然会是他们这位记者老爷。"主啊，万能的主啊，这是怎么一回事？"他抬手捶两下胸口，追问着那位他从来没亲眼见到过的"主"。除了闹义和拳那年，他在黑夜里四处奔跑着，期待着能从他那里得到一点苏利士平安的消息，这是他第三次这样迫切地追问他。而第二次，是在伍三羊死去那一日。

"他的朋友。一个从城里跑来，鼓动他宣布浝口独立的杂种。他先是去了巡警局，让我带着他到了这里，说是他们之前已经联络好了。现在看，别管出于什么说辞，这个杂种都是专门跑来杀人的。"谷友之掂了掂冯一德那把枪。在它将第一颗子弹从后面射进冯一德的脑袋时，他看见他低下头，疯狂地跑出了屋子，拼命朝河边泊着的一条船逃去。Damn！他咬住牙，照准那颗脑袋，毫不犹豫地补开一枪。再接下去，它就让第三颗子弹，钻进了南怀珠的胸膛里。那会子，南怀珠已经站立起来，并且一直在盯着他和他手里那把枪。他有些意外，也有些吃惊。这是他那双眼睛告诉他的。为了保险起见，最后，他打出了第四颗子弹，并将那把枪迅速塞进冯一德手里，让它暂时回到了它的主人身边。周约瑟出现在门口前，他再次对着他开了两枪，并给自己的两只脚换个站立的位置。

热乎蹭到门后边,背靠墙壁站住,但只一会儿,他就滑到地面上,抱住脑袋哭了起来。周约瑟跟过去,挨着他蹲下,伸手在他头上摸了摸。那个男孩子哭得更厉害了。他身子下面,一摊水渍跟团黑色阴影那样,慢慢地朝周围洇着。周约瑟弄不明白这个黑夜里发生了什么,但刚才在门口摔倒前那种恐惧,又卷了回来。现在,他唯一能记清楚的,是二老爷带着热乎先到了他家里,后面,巡警局长又带了那个陌生客人来;眼下,二老爷跟那个客人都死了,只有巡警局长老爷还活着。这是他唯一确定的。他心里慌乱地跳着,拿不准这位局长老爷会不会忽然冒出个歹念头,把他和热乎全给杀了。这个莫名其妙窜出来的想法,是巡警局长手里两把枪塞给他的。进屋时,他看见他手里握着一把枪,一会儿,他又从那个陌生死人手里,捡起了另一把。

"别哭了!"谷友之说,"要是不打算听我的,想看着南家花园跟城里那些大户人家一样,热血淌到大门外头,你们就使劲地哭。"

周约瑟晃一下热乎的肩膀。"先别哭,听谷老爷的。"他说,"现在先听谷老爷说话。"他看见自己赶着马车,在城里面见到那些大户人家流淌到街门外的血,正沿着他每天从城里回来那条大路,跟在那辆马车轮子后面,一路往泺口流淌过来。

那个男孩子不再发出声响。他两只手抱着低垂的脑袋,并把它抵在了膝盖上。

"我再问一遍,你们想不想看见南家花园没了,泺口再也没有南家花园了?"

"不能啊谷老爷,南家花园要是没了,那一大家子人可怎么办。还有二小姐和那几个孩子,等他们回来了,到哪里去找南家花园。"周约瑟看着躺在地上的南怀珠，试着想让自己镇静下来。二老爷已经死了。他告诉自己，就算是为了二小姐，南家花园也得平安地待在那里。这些日子，他每天都在惦念着二小姐，祈求上帝保佑这位天使经过的海面上，从早到晚都风平浪静，日头高照，保佑她乘坐的那艘船早一天走到周茉莉口里的那个"鹅国还是鹰国"。不管是个什么国，只要她不遭到涑口这些塌天的事就行了。

"我也是这么想。二老爷已经没了，眼下最要紧的就是保住南家花园。"谷友之一直在盯着周约瑟。枪声完全消失了。涑口已经平安了。这会儿，那个还没出生的小孩子又跑了来，眼睛看了看他手里那把枪的枪口，轻轻地，温热地，握住了他另外那只手的一根手指。

桌子上那盏油灯的火苗慌乱地跳两下，又恢复了平静。周约瑟瞅眼那盏平静下来的油灯，问询着巡警局长，是不是先打发热乎回大宅子里，去把老爷找来。

"要是你们老爷看到这个场面，"谷友之用枪口指指躺在地上的两个人。握着他手指的那个小孩子，一蹦一跳着离开了他。"你觉得到明日晚上，那座南家花园还会安静地待在那里？你天天赶着马车朝城里跑，就是那两匹骡子也清楚，从城里到涑口的路程，是二十里地，还是十九里地。"

周约瑟低下了头。他想试着去想象一下，那位老爷看见他死去的兄弟后，接下去会做些什么。但对于那位老爷，他什么也没想象出来。他只是看见了日夜都在游荡的太太，以及站在山楂树下哭泣的二小姐，那位天使。

"说实话，虽然死人不会开口说话，但我现在最怕的，却是这个没人知道从哪里冒出来的杂种。"谷友之看眼周约瑟，说只有魔鬼知道,这个杂种是个什么鬼玩意,是不是官府里投下的钩子。"要是个钩子,南家花园的灭顶之灾就来了。"他说。

"老天爷,我的老天爷!我该怎么跟老爷交代!"周约瑟已经瘫倒在地上。在城里面看到那些大户人家流淌到街上的血,现在都蜿蜒着流到了他脚下。他躲避着地上的血,爬到南怀珠身边,又把手伸到南怀珠鼻孔下试了试。接着,他又去摸他的额头。那个额头上还没完全消退的温热,让他再次哭了起来。"二老爷,二老爷,您这都是为了什么呀!"他抚摸着那个正在变凉的额头,一边哭,一边嘴里含混地念叨着。"伏求圣神降临,从天射光,充满我心。尔为贫乏之恩主,孤独之父,灵性之光,忧者之慰,苦者之安,劳者之息,涕者之……"

"好了,现在不是求神求鬼的时候。"谷友之说,"咱们得先想想,大宅子里那些还活着的人。"

"您拿主意吧谷老爷,俺们都听着。"周约瑟抽动两下鼻子,停止了哭泣和祷告。他的手仍然在抚摸着南怀珠的额头。既然上帝能让约拿在一条大鱼肚子里存活下来,为什么就不能让他面前这个人坐起来?哪怕是像马戏班子里的那个男人,凭空把一条鳄鱼挂在那位小少爷的鱼钩上,转眼再让它消失,至少他也能问一句,这个黑夜里,在他这间屋子内,到底发生了一桩什么蹊跷事。

"眼下最好的办法,就是死无对证。活不见人,死不见尸,让跟在这个杂种后头的恶鬼,什么臭味也闻不到。就是二老爷,除了咱们三个人,也不能再有人知道,他已经没了。咱们就等于他变成一条鱼,游进了黄河里。"

"那,老爷呢?"周约瑟直了直身子,扭头看着谷友之。

"大坝门里头被抢光烧光的那条街,你们都看到了?这个节骨眼上，你们两个要是能保证南家花园不变成那样，就尽管让你们老爷知道。"谷友之盯住了周约瑟，"还有你那个地窖子和那边的醋园，你也得盘算明白，南家花园没了，它们还会不会安稳地待在那里。去了国外那几个孩子，他们日后都靠什么在外头活命。"

"只要能保住南家花园，您现在说什么，俺们都听着。"

周约瑟心里哆嗦得想要呕吐。他相信，上帝真实存在，那个撒旦也真实存在。他现在还不清楚，老爷南海珠是不是知道，他往地窖子里放的那些东西，这位巡警局长都摸得清清楚楚。"谷老爷已经派出人去保护南家花园了。"在通往大坝门那条街被烧之前，他老婆就告诉过他，南家花园的院墙外头，有背着枪的巡警在四周走动了。"就连大小姐的卧房里，也竖进了一杆洋枪。"周茉莉说。

"我天天夜里跟着二老爷。老爷说，他走到哪里，我都得像他的影子般跟到哪里。"热乎从膝盖上抬起头，惊恐地瞅着谷友之手里的那把枪。

"从现在起，你得记住，是你们这位二老爷把你带到这里，吩咐你在这里等着他。这一点，周约瑟会给你作证。"

"可二老爷已经死了！"热乎又哭了起来。

"忘了二老爷吧，他不会怪罪你。从眼前开始，要想让你们老爷活下去，让南家花园里剩下来的人都活下去，我现在怎么说，你就得怎么往脑袋里印，把眼下看见的都忘了。就当这是你今黑夜里做下的一个噩梦。"

"二老爷已经死了！"热乎哭着回答。

"我也知道他死了。"谷友之说。戴维说过的那条"贝希斯顿"铭文，现在，正被一匹马奔跑的蹄子，篆刻在大坝门内的青

628

石路面上。

"二老爷已经死了!"

"我知道他死了,比你还明白。"

"二老爷已经死了!"在他不是很漫长的一生里,这是热乎说出的最后一句话。二十多年后,侵占济南的日本兵在鹊山脚下架起大炮,从黄河对岸炮轰洛口镇那天,炮火瞬间就将南家花园夷为平地。他按着大小姐南明珠的吩咐,到牲口棚里牵了马,正在套着马车,准备陪着老爷搬进城里,到大小姐南明珠的家中去避难。就是在那个时候,一颗飞过黄河的炮弹,将他和那辆马车炸飞到了天上。到那一刻,也没有任何一个字词,再从他张开的嘴唇间吐出来。而在飞到空中时,他眼睛看见的不是已经残破的南家花园,不是老爷南海珠,也不是醋园跟那条黄河。他又看见了车夫周约瑟和他那间地窖子。在地窖子里,巡警局长谷友之将二老爷南怀珠和那个陌生男人,用壁虎的精水化掉后,周约瑟手里的木棒,终于砸在了那位巡警局长的脑袋上。接下去,那位巡警局长老爷,就跟二老爷和那个陌生人一样,只一小会儿工夫,就在那缸壁虎精水里消失了。巡警局长消失不见后,周约瑟又拉起他的手,和他一块跳进了那口大缸里。"我们也坐进来歇一会吧。"周约瑟闭着眼睛说。他们坐进了里面,谁也没有去看谁,但他知道,他们的身体,正像两坨融化的冰块那样,在壁虎那些带有点椿树味道的温暖液体里,慢慢地变小,变轻,溶进了那些壁虎的精水中。

"狗杂种,我们都知道二老爷死了!"周约瑟离开南怀珠,爬到热乎身边,他一只手扳住热乎的脸,一只手扬起来,照着那张惊恐万状的脸,狠狠地抽了一巴掌。然后,他抬起头,看着谷友之的脸。"您吩咐吧谷老爷。"他说,"您说怎么办,俺们就怎么办。"

"现在最要紧的,是赶紧找个地方,先把他们安顿好了。能不能保住南家花园,眼下就靠咱们三个人了。"

"您是说,咱们……三个人?"周约瑟问。

"是咱们三个人。现在,咱们得先去试一下,你那缸守宫的精水,能不能真正给咱们帮上点什么忙。"谷友之说,"这些年,我知道你收集了一大缸那玩意。"

周约瑟仍然跪在地上,仰头望着那位巡警局长。他无法完全看清楚他的脸。在一团昏暗的光影里,他听见谷友之像是从一个他无法看见的梦里那样回答着他。

这天的太阳光,仍旧是北方初冬里的那种亮度和温度。南明珠面前的桌子上,放着马利亚从她父亲那里抄录来的一本《偏方录》。她将目光从那本《偏方录》上,移到了窗子外。窗外的地面上,暖黄色的日光在那里铺了层并不发烫的火焰。她的目光停留在那层火焰上,在火焰的亮光里闭了会眼睛。

"每个人都有自己的位置和归宿。"南明珠在心里重复着马利亚的话。她感觉马利亚距离她无限遥远,远得就像是在世界尽头,尽管那会儿,她就在她身边不足一英尺远的地方,微笑着,刚刚说完"人和天上的星星一样,无论在什么时候,每个人都有自己的位置和归宿",并把一杯热水放在了她面前。

"说到位置,我好像从来没有弄清楚,你们为什么要把涞口称作卫星城?"

"哦,卫星城是英国一位叫霍华德的先生构想出来的新名词。那是位社会活动家。"马利亚看着凤凰把咖啡摆放到她面前,慢慢退后两步,离开她和她的朋友。"他写了本《明日的田园城市》，认为一座像伦敦和巴黎那样的大城市，人口增长到相对数量后，就要在它周围另建设一圈田园城镇，把这个中心城市里多余的人口疏散出去。那些小城镇，就如行星周围的'卫星'。他理想的田园小镇，也就是那些'卫星'，四周都有农田包围着。从这点看上去，浃口非常符合霍华德先生提出的'卫星'条件。对他来说，这样的小城镇，仿佛是月亮围绕着地球在旋转。"马利亚专注地看着她的朋友，微笑着。她的记忆提醒她，这些年，尽管他们一直在称呼浃口是"卫星城"，但在此之前，她们之间从没交流过类似的问题。

"您是说，月亮是地球的卫星吗？"

南明珠望向马利亚面前那杯咖啡。咖啡的苦味道，一直在往她鼻子里硬闯。咖啡的味道不一样了。从城里宣布独立到它被取消，再到现在，短短几十天里，所有一切都变了模样。再也没有什么跟先前一模一样的东西了，包括她自己。她一只手放在自己还没有隆起的腹部。现在，她身体里已经装进了另外一个崭新的生命。每日早晚，谷友之都会抚摸它几次，说它里面有着一座"最圣洁的宫殿"。悲伤再次像黄河漩涡里冒上来的泥沙，漫过了她的头顶。她让那只手离开了腹部。"天使把一粒种子放在了一个人嘴里，这粒种子长成一棵大树后，便做了十字架。"马利亚第一次给她讲到圣母玛利亚时，就是这样开始的。

"我个人可不是这样觉得。我想没有人可以完全确定，那些星球，它们到底谁是谁的卫星。"马利亚停顿下来，握起勺子，慢慢地搅动着咖啡。

"咖啡的味道，好像跟原来不一样了？"

"里面没有加奶。您忘了，我们那只山羊，已经好几天都不产奶了。戴维先生说，就像是天使趁着黑夜，把它的奶水全部偷光了。"

"是不是因为，河水冻住了？"

"亲爱的，您是说，山羊不产奶，会跟河水结冰有关系？"马利亚转过身体，俯在了椅子扶手上，笑着说，"我可没教过你这种冷门的学问啊。不过，我想，在某本我没读过的写给小孩子看的书里，也许会有人这样描写。就像我们苏格兰人一直都在相信，谷神会藏在最后割倒的那捆谷子里。"

靠近她右手的窗台上，是一盆开着两朵玫瑰色花瓣的月季。马利亚让眼角掠过还没完全绽开的一朵，心里闪过了那位记者先生的身影。在他回到浃口庆祝城里"宣布独立"的那个夜晚，他口袋里插着的那朵残破不堪的月季花，几乎和这朵一模一样。而在那整个晚上，这位陶醉于胜利喜悦之中的男人，一直都在称呼着它"玫瑰"。大约十天前，这位"玫瑰先生"跟某一阵空气和风那样，突然从浃口消失了。包括南家花园里所有的人，没有任何一个人知道，他去了哪里。现在，整个浃口的人，除了暗地里仍在流传着"浃口早晚都要独立"的谣言，另外又添加上了这位记者先生"被水鬼变成一条大鱼，隐遁进了黄河水里"。南家花园的主人，南海珠，把一直跟随他的那个年轻仆人捆绑起来，扔进牲口圈里，挥着马鞭把那个男孩子抽得浑身没了一寸好皮肉，那个忽然变成哑巴的小仆人，也没能开口说出来他们的"记者老爷"去了哪里。"没有人会真正变成鱼。"夜里，戴维不止一次地和她这样谈论过。"也许，他早就成了一根被割下的麦穗。"戴维说。在他那本一直用西班牙语书写的日记里，他对一个名字叫做弗洛雷斯的人，也是这样说的。在那本他以为她无法看懂的日记里，他不是称呼那个人"最最亲爱的弗洛雷斯"，就是在称呼他"天使般的王子"。他告诉他"最最亲爱的王子"，浃口镇上这位玫瑰先生再次失踪后,他一直都在猜想,他早就成了一根被割下的麦穗。La tierra de Europa ha enterrado inumerables cabezas como tales.(欧洲大地上埋葬过无数颗这样的脑袋。)他在后面继续写道:"因为,对于一个缺乏理性头脑的革命者来说,这是再正常不过的事情了。大地跟陶轮那样翻转起来时,没有任何个人能够阻挡。"当然,他和她,他们从来也没对她的朋友南明珠或是那位巡警局长,流露出半个类似的词语。

"在浗口,母鸡冬天里饮了雪水,就不再生蛋了。"南明珠说。"要等来年日光晒得青草发了芽,它们才会再趴到草堆里去,把脸憋红。"

马利亚移动一下椅子,伸过手,在南明珠的肩头上抚摸着。光明和黑暗也许从来就没有过一条明显的界限。她没给她这位朋友讲过,来中国之前,在他们全家人去往西班牙时,她曾跟随父亲欣赏过的一幅绝妙画作——《尘世乐园》。当然,她也没给她讲过,她所理解的上帝,从来就没离开过他那座花园,一步也没有离开。他站在他的伊甸园里,一直在默默地俯视着尘世间,看着人类在他们梦幻中的乐园里,如同一片凋落的罂粟花瓣那样,在他们各种无尽的欲望里,一寸寸地堕入地狱。

跟随她手指的移动,一些细小的尘埃,在明亮的日光里张开翅膀飞跃起来。"现在,您也许需要多吃点儿甜品。"马利亚一边点头赞同着自己的想法,目光朝另外那间房子的门口移去。那里,戴维先生和那位巡警局长,在谈论完醋园里那个车夫的意外死亡后,一直在高声谈论着他正在建造的那座铁路大桥。一个星期前,醋园里的车夫周约瑟赶着马车从城里回来,在经过铁路上方的天桥时,那两匹骡子突然发起疯,拖着身后的马车,还有那位可怜的车夫,一起坠落在了下面的火车道上。那会儿,一列驶出站台的火车,刚好在钻过那座天桥阔大的桥洞。"一定是火车鸣笛的声音和它喷出的蒸汽,让那两匹牲口忽然受到了惊吓。"车夫周约瑟死去那天,巡警局长谷友之从出事现场回到涞口,对南家花园和醋园里每个询问他的人都这样解释。对于南家花园里的那位主人,再次开始了每天到城里去寻找他兄弟下落的南海珠,这位巡警局长同样用这句话回答了他。而关于他沿着火车轨道走近那位车夫,看见他和两匹骡子以及那辆马车,全部包裹在一张巨形蜘蛛网里的奇怪事情,除了她和她的丈夫戴维,这位巡警局长谁也没有告诉。按照巡警局长的说法,包括他的太太南明珠,就是在梦里,他也没有将这件奇异的事情,透露给她一点蛛丝马迹。

"我得考虑,我们今天的圣诞晚餐里,除了苹果馅饼,Madeleine 蛋糕,还要给您增加一份什么甜点。"马利亚怜悯地看着她的朋友,微笑着说。

天空,大地,河流,树木,整个世界都凋零了。午后的黄河里,只有那座黝黑庞大的铁路桥,被一层紫色的薄雾缠裹着,寂静地横跨在那条河流的上空。南明珠想象着那座悬挂于半空中的铁路大桥在午后的模样,缓慢地端起了面前的水杯。

院子里,那个叫孔雀的女孩子,还沉浸在刚刚过去的平安夜里。她一天都在唱着歌,唱完了《昔日如此美好》,又在唱诸神瞻礼节时马利亚教给他们的 This is halloween。现在,她正大声地唱着:"你是去斯卡保罗集市吗?芫荽,鼠尾草,迷迭香和百里香。你是去斯卡保罗集市吗?芫荽,鼠尾草,迷迭香和百里香……"

你是去斯卡保罗集市吗?芫荽,鼠尾草,迷迭香和百里香。Are you going to Scarborough Fair, parsley, sage, rosemary and thyme. 南明珠跟随那个女孩子的声音，在心里哼唱着。她手里，那只杯子内的水清澈透明，在日光下，仿佛她握着的是一只空荡荡的杯子。

"河水和山羊奶会冻住，芫荽和鼠尾草会冻住，迷迭香和百里香也会冻住。"南明珠望着马利亚，手里握着那只变空的杯子。"您得相信，马利亚，"她喃喃道，"您得相信，世界上万物都会被冻住，大地被冻住时，天空也会被冻住。"

第四十二章 中　国

中国。

2020 年 4 月 6 日一稿
2020 年 11 月 29 日二稿
2020 年 12 月 31 日三稿

特别感谢

特别感谢：北京大学赵德明老师，中国人民大学夏可君老师，青岛大学陈皓老师，他们对小说中涉及的西班牙语片段、德语片段的翻译与校订，使小说文本锦上添花。